rororo

«Erinnerst du dich an den Zauberer von Oz?», fragt er. «Die Szene, in der der Tornado kommt. Was tun Dorothys Onkel und Tante als Letztes, bevor sie in den Keller gehen?»

«Weiß ich nicht mehr.»

«Klar weißt du das. Komm schon.»

Ich schließe die Augen, stelle mir die Szene vor, dieses Chaos in Schwarzweiß, den heulenden Wind, die aufgeschreckte Natur. «Sie lassen die Pferde aus dem Stall.»

«Du hast mich gefragt, warum sie sie freilassen, wo doch der Tornado kommt.»

Meine Unterlippe bebt, und ich spüre, wie ich anfange zu zittern. Er zieht mich noch fester an sich. Er zittert nicht. Ich unterdrücke ein Schluchzen. «Du hast gesagt ... weil die Pferde allein eine bessere Chance hätten.» Der Schluchzer steigt trotzdem in mir hoch.

Dad drückt seine Lippen auf meinen Kopf. Ich präge mir den Rhythmus seines Herzens ein, wie sein Atem sich anfühlt auf meinem Kopf. «So ist es besser, findest du nicht? Für den Onkel und die Tante? Wenn sie wissen, dass die Pferde irgendwo am Leben sind?»

«Aber die Pferde kommen wieder», sage ich. «Das hast du gesagt.»

«Natürlich tun sie das», sagt er. «Sie kommen auf jeden Fall zurück.»

Scott Bergstrom arbeitete jahrelang als Texter und Creative Director in einer der größten und renommiertesten Werbeagenturen in Manhattan und entwickelte Print-, Fernseh- und Onlinekampagnen für namhafte Firmen wie Ford, Boeing, Chase sowie für das Auswärtige Amt der USA. Er verfasste Essays und Artikel über Architektur und urbanes Leben. Sein Interesse gilt besonders den vernachlässigten Gegenden beliebter Touristenmetropolen – die er in seinen Romanen düster und anschaulich beschreibt. Das Debüt «Ohne Gnade» wurde in 20 Sprachen übersetzt.

SCOTT BERGSTROM

OHNE SKRUPEL

THRILLER | Aus dem Englischen von Christiane Steen

ROWOHLT TASCHENBUCH VERLAG

Die Originalausgabe erschien 2018 unter dem Titel «The Greed»
bei Feiwel & Friends/Macmillan Publishers, New York.

Deutsche Erstausgabe
Veröffentlicht im Rowohlt Taschenbuch Verlag,
Reinbek bei Hamburg, März 2019

Redaktion Lisa Kuppler
Umschlaggestaltung HAUPTMANN & KOMPANIE Werbeagentur, Zürich
Umschlagabbildung Stephen Carroll/Trevillion Images
Satz FF Scala Serif PostScript (InDesign) bei
Pinkuin Satz und Datentechnik, Berlin
Druck und Bindung CPI books GmbH, Leck, Germany
ISBN 978 3 499 27269 1

Für Sonja und Renata,
so weise und mutig

«Es ist nicht die Kugel, die dich tötet –
es ist das Loch.»

LAURIE ANDERSON

TEIL 1
JUDITA

1. KAPITEL

Judita betrachtet ihr Spiegelbild im Fenster nicht – im Moment vermeidet sie überhaupt alle Spiegelbilder. Stattdessen konzentriert sie sich auf die Menschen vier Stockwerke unter ihr. Ein paar Leute, die in ihrer Mittagspause barfuß über die Playa de los Pocitos schlendern, die Schuhe in der Hand. Sie gehen an einem alten Mann vorbei, der am Ufer steht und seine Angelschnur auswirft. Das Licht fängt sich in der Schnur, und sie bildet einen silbernen Bogen wie ein Schwert aus Draht, bevor sie wieder im kakaobraunen Wasser versinkt.

Juditas Arme sind braungebrannt von zu viel Sonne, doch eine Gänsehaut überzieht sie, weil sie die Klimaanlage zu kalt eingestellt hat. Die Kühle fühlt sich luxuriös an. Judita betrachtet das weiße Ledersofa mit den Seidenkissen und fragt sich, wie es wohl wäre, ein bisschen darauf zu schlafen. In letzter Zeit schläft sie nicht viel, und wenn, dann ist es kein erholsamer Schlaf. Doch sie hat keine Zeit für ein Nickerchen, sie hat noch viel zu viel zu tun.

Gleich beginnt die Party. Der Esstisch hinter ihr – eine schwere dunkle Holzplatte mit Beinen so dick wie die von Elefanten – ist mit einem Dutzend Porzellantellern gedeckt, um die jeweils achtteilige Silberbestecke liegen. Eine ganze Reihe von Speisewärmern steht auf einer Anrichte, und das Zimmer duftet köstlich nach fremdartigen Gerichten.

«Ach, da bist du!», ruft eine Frau auf Englisch. Ihrem Blick nach ist sie wütend auf Judita, weil sie den Eingangsbereich verlassen hat, wo sie hätte warten sollen. Die Frau lächelt trotzdem, denn sie ist Amerikanerin, und Amerikaner lächeln nun einmal, selbst wenn sie wütend sind. Der Ausweis eines Limonadenproduzenten baumelt an einem Band um ihren Hals. Sie kramt in ihrer Tasche und holt ein paar 500-Peso-Scheine heraus, mit denen sie noch nicht einmal die Rechnung begleichen kann, von Trinkgeld ganz zu schweigen. «Ihr habt nicht genug Salat geliefert. Verstehst du, Schätzchen?»

Judita blinzelt sie an. «Sorry», sagt sie mit Mühe. «Mein Englisch, nur wenig.»

«Te olvidó ensalada.» Die Frau verzieht das Gesicht, als würden die spanischen Worte ihr Zahnschmerzen verursachen. «In zwei Stunden kommen die Gäste. Also, wem soll ich jetzt Salat geben und wem nicht? Das würde ich gern mal wissen.»

Judita versucht ihr zu folgen, dann zuckt sie die Achseln.

Die Frau seufzt und reicht Judita das Geld. «Ich bezahle nicht für etwas, das ich nicht bekommen habe. Aber das hier reicht für alles andere.» Sie kneift sich in den Nasenrücken und presst die Augen zusammen, weil ihr die ganze Welt heute so zusetzt.

Judita schaut auf das Geld, dann zu der Frau.

«Beim nächsten Mal überprüft ihr vielleicht mal die Bestellung.» Die Amerikanerin deutet zur Tür. «Ehrlich, das ist so typisch für euch.»

Judita radelt den Boulevard an der Rio de la Plata zurück zur Altstadt. Sie ist viel schneller ohne die Bestellung der Frau, die vorher an ihrer Lenkstange baumelte und mit jeder Umdrehung der Pedale gegen ihre Knie gestoßen hat. Wenn sie sich beeilt, kann sie in dreißig Minuten zurück im Restaurant sein. Aber es ist ein heißer Februarnachmittag, das Ende des Sommers, und die Luftfeuchtigkeit ist so hoch, dass sie sie förmlich sehen kann. Darum fährt sie lieber langsam.

Es herrscht viel Verkehr, doch Judita schlängelt sich wendig zwischen den zerbeulten Fiat hindurch und zwischen den neuen Geely in hellem Orange und Grün, die aussehen wie Spielzeugautos. Ein Laster stöhnt auf und schießt vorwärts, er hüllt Judita in eine schwarze Dieselwolke ein. Sie packt den Griff an der Rückseite und lässt sich eine Weile vom Laster mitziehen, dann löst sie die Hand und biegt nach Norden in Richtung der Plaza Independencia ab.

Es ist Touristensaison, und die Altstadt ist voller rosa Haut, Sandalen und teurer Kameras, die an Hälsen baumeln. Nach den Gesprächsfetzen zu urteilen, die sie im Vorbeifahren aufschnappt, sind es heute hauptsächlich Briten, und zwar ältere. Sie knipsen Bilder von einheimischen Kindern, die für die Kameras posieren und danach die Hand aufhalten. Die Touristen wollen typische Bilder der Armut, und welch ein Glück, dass sie sie direkt zwischen den hübschen Gebäuden der Altstadt finden, gerade mal zehn Minuten vom Bootsanleger entfernt. Wenn ein gutes Schiff am Hafen liegt, verdienen die mutigsten Kinder hundert Peso am Tag.

Um die Menschenmenge zu umgehen, biegt Judita links ab in eine Gasse, die so schmal ist, dass sie die Gebäude zu beiden Seiten mit ausgestreckten Armen berühren könnte. In der Hitze stinkt die Gasse nach Urin und gebratenem Fleisch.

Vor ihr wird eine Frau mit aufgetürmten blonden Locken von zwei elf- oder zwölfjährigen Jungen bedrängt. Sie streiten mit ihr auf Spanisch, sie antwortet auf Englisch. Sie blockieren die schmale Straße, und Judita schwingt ein Bein über das Fahrrad und rollt mit einem Fuß auf dem Pedal weiter.

Die Frau presst ihre Brieftasche fest an ihre Brust, doch die

Jungs lassen sich nicht abwimmeln. Einer von ihnen greift nach ihrem Ohrring, und als sie seine Hand wegschlägt, reißt der andere ihr die Brieftasche aus der Hand. Die beiden rennen in Juditas Richtung, das Geschrei der Frau hallt von den Mauern wider.

Judita steigt vom Fahrrad, und als der Junge mit der Brieftasche vorbeilaufen will, streckt sie ihr Bein aus. Der Junge landet auf dem Kopfsteinpflaster, und die Brieftasche fliegt ihm aus der Hand. Der andere will sie fangen, doch Juditas Reflexe sind schneller, und sie schnappt sie ihm vor der Nase weg. Der Junge starrt sie an, und der andere Junge auf dem Boden sagt irgendwas über ein aufgeschlagenes Knie und dass sie lieber aufpassen soll. Dann rennen sie die Gasse hinab und verschwinden um die Ecke.

Die Touristin ist noch wie gelähmt vor Schreck, als Judita ihr die Brieftasche hinhält, und sie braucht volle zehn Sekunden, um zu begreifen, dass sie doch nicht gestohlen wurde. Als sie die Brieftasche an sich nimmt, tut sie es so vorsichtig, als sei sie vergiftet.

«Danke», sagt sie. Dann: «Gracias.» In ihren Augen kann Judita ihr Spiegelbild sehen: fleckiges T-Shirt, verschwitzte, schmutzige Haut. Die Frau öffnet die Brieftasche, nimmt einen 20-Peso-Schein und reicht ihn Judita, wobei sie darauf achtet, dass ihre Hände sich nicht berühren.

Judita schiebt ihr Fahrrad durch die Hintertür und in die Küche des Restaurants. Sie lehnt es an die Wand neben dem großen Kühlschrank, in dem die Steaks, Lammfleisch und Gemüse aufbewahrt werden – das beste Essen in ganz Uruguay, wie Judita den Schiffstouristen erzählt, die nur ein paar Blocks weiter anlegen. Emmanuel steht am Grill und wirft Judita einen Blick zu. Er weiß, dass er ihr zu wenig Salat mitgegeben hat, denn in diesem Jahr sind Tomaten und Gurken teuer, und er hofft, dass sie deswegen nicht rumzickt. Aber Judita zickt nicht rum, denn sie ist dankbar für den Job. Emmanuel schläft mit Mariela, der Besitzerin, und seine Meinung über das Personal zählt.

Judita bindet sich eine Schürze um und will durch die Küchentür hinausgehen, aber Mariela hält sie auf. Mariela ist groß und dick und trägt zu viel Make-up, und die Kunden finden sie unglaublich sexy. Sie schiebt sich ihre roten Haare hinter die Ohren und lächelt auf ihre besondere Weise. «Du bist dreckig», sagt sie. «Wasch dich erst mal.»

Judita nickt und überreicht Mariela das Geld von der Lieferung. Obwohl es zu wenig ist, gibt ihr Mariela eine Handvoll Peso als Trinkgeld. «Amerikaner», sagt sie. «Die wollen der Welt immer eine Lektion erteilen.»

In dem kleinen Bad, wo die Köche manchmal Gras rauchen, schrubbt sich Judita die Hände und Arme und das Gesicht mit der groben Scheuerseife. Sie vermeidet den Blick in den Spiegel so lange wie möglich. Ihr Gesicht ist schmal und hart – «abweisend» hat man es schon genannt. Der Blick aus ihren braunen Augen ist so durchdringend, dass jeder wegschaut. Sie solle mehr an ihrem Lächeln arbeiten, sagen die anderen Kellner, dann würde sie auch mehr Trinkgeld bekommen. Da sie keine Bürste hat, kämmt sie ihr tintenschwarzes Haar mit den Fingern und bindet es mit einem Gummiband zu einem kurzen Pferdeschwanz. Die Frisur hält ihr die Haare aus den Augen, sodass sie besser sehen kann. Und Judita muss alles sehen. Sie muss stets wachsam sein.

Das Restaurant ist laut und voller hungriger, grobschlächtiger britischer Touristen, die sich fast rohe Rinder- und Lammsteaks in den Mund schieben und brüllen: «He, Mädel! Mehr Wein, *por favor.*»

Judita hat diesen Job bekommen wegen den paar Brocken Alltagsenglisch, die sie beherrscht. Sie behält diesen Job, weil sie schnell ist und die Tabletts mit Essen auf einer Hand balancieren kann. Und weil sie niemals Nein zu Mariela oder den anderen sagt. Sie ist immer bereit, ihre Schichten mit jemandem zu tauschen, Erbrochenes vom Badezimmerfußboden aufzuwischen oder Bestellungen am anderen Ende der Stadt auszuliefern.

Von vier Uhr nachmittags bis ein Uhr morgens ist sie auf den Beinen – sie schwitzt, aber sie bewegt sich schnell zwischen der heißen Küche und den vielen Tischen, an denen sie bedient. Da erträgt sie eindeutige Angebote, Po-Tätscheleien und Weinspritzer auf ihren abgelaufenen Schuhen, arbeitet an ihrem Lächeln und sagt «no problem», bis Mariela die letzten betrunkenen Kunden aus der Tür schiebt und hinter ihnen abschließt.

Dann werden alle Tische abgewischt, die Toiletten geputzt, die Stühle auf die Tische gestellt, bevor man sich in der Bar trifft. Ein paar zünden sich Zigaretten an, während Gustavo, der Barkeeper, den übriggebliebenen Wein an alle verteilt. Judita trinkt ihr Glas schnell aus, und Gustavo gießt ihr noch eins ein, das sie ebenfalls schnell leert. In der erschöpften Stille zählen sie ihr Geld, und sie hofft, dass nach der Abrechnung noch ein bisschen übrigbleibt. Das restliche Geld legen sie in die Mitte, und Gustavo teilt es zu gleichen Teilen unter den Bedienungen, den Abräumern und den Köchen auf. Meistens ist es nicht viel. Vielleicht zweihundert Peso für jeden. Nur die Amerikaner geben immer viel Trinkgeld. Dafür sind sie bekannt, und die Bedienungen streiten sich darum, wer ihre Tische bekommt. Alle Bedienungen außer Judita, die immer bereit ist, die Amerikaner jemand anderem zu überlassen.

Nachdem das Geld gezählt ist, kommt Mariela mit Essenspaketen aus der Küche. Alle bekommen etwas Nahrhaftes mit nach Hause, und für die meisten, auch für Judita, macht dieses Paket den Hauptteil ihrer Mahlzeiten aus. Die Bestellungen, die Gäste haben zurückgehen lassen, sind die besten, weil sie noch unberührt sind. Aber keiner von ihnen ist pingelig. Der halbaufgegessene Reis von Tisch 10 und das fast unberührte Lammkotelett von Tisch 14 werden in Zeitungspapier gewickelt und nach Hause zu den hungrigen Mäulern getragen. Eine Frau mit fünf Kindern und einem kranken Mann bekommt alle Knochen, aus denen sie Suppe kocht, die sie am Samstagmorgen auf dem Markt verkauft. Was den Wein angeht, interessiert sich niemand für seine Herkunft. Alle Flaschenreste werden in die Eimer hinter Gustavos Bar geleert, Rotwein gemischt mit Weißwein, Malveck mit Pinot. Während die anderen putzen, füllt Gustavo das Gemisch mit einem Trichter in leere Flaschen um. Auf diese Weise betrinken sich ganze Familien, ganze Nachbarschaften.

Judita steckt ein Paket mit Essen und ein paar Flaschen Wein in ihren Rucksack. Ihr Bus fährt erst um 2.17 Uhr, darum schlendert sie langsam durch das Nachtleben Montevideos. Der Großteil der Stadt kommt schon früh zur Ruhe, doch in dieser Gegend in der Nähe des Busbahnhofs kriecht man überhaupt erst um Mitternacht aus dem Bett. Die Bars, Nachtclubs und Bordelle sind voll und laut. Der Geruch nach Marihuana hängt wie ein stinkender Geist über der Straße. Judita stört sich nicht daran, solange die Stadt sie in Frieden lässt.

Sie geht runter nach Piedras und hält den Blick dabei gesenkt, läuft ein wenig gebückt, nur ein Mädchen, das von der Arbeit nach Hause geht. Genau das ist Judita, sie will gar nichts anderes sein. Das Schiff der Briten bleibt offenbar bis zum nächsten Morgen im Hafen – ein Problem mit dem Funk, hatte jemand im Restaurant gesagt. Der Aufenthalt gibt den etwas abenteuerlustigeren Passagieren die Gelegenheit, eine Nacht im sexuell freizügigen Uruguay zu verbringen. Ein lauter Streit bricht zwischen verschiedenen Männergruppen aus, und Judita weiß, dass sich daraus bald eine Schlägerei entwickeln wird. Jemand stolpert über die Wurzel eines Baums, die sich durch den Bürgersteig geschoben hat, und lacht, obwohl ihm das Blut das Kinn herunterläuft. Judita achtet nicht darauf und rückt nur ihren Rucksack zurecht, der schwer ist vom Wein und dem Essen.

«Wie alt bist du?», ruft jemand auf Englisch. Der Stimme nach ist er nicht betrunken, noch nicht. Bloß laut.

Judita antwortet nicht. Vielleicht ist sie gar nicht gemeint, aber in jedem Fall ist es besser, die Frage zu ignorieren. Dann hört sie die Stimme noch mal. «Wie alt bist du?» Der Mann – in einem kurzärmeligen Golfhemd, das er über seinen dicken Bauch in eine Khaki-Shorts gesteckt hat – ist zu nah, als dass er jemand anderen gemeint haben könnte. Jetzt geht er neben Judita her.

Er ist um die fünfzig, übergewichtig, aber seltsam schmal im Gesicht. Judita sieht, dass er eine Kamera um den Hals hängen hat, eine gute. «Noch einmal sagen?», fragt sie in ihrem unsicheren Englisch.

«Ich habe dich nach deinem Alter gefragt», sagt er. «Sechzehn?»

Für einen Moment fliegt ein Schatten über Juditas Gesicht, als hätte sie sich an etwas besonders Unangenehmes erinnert. Sie lächelt und hastet weiter. Doch der Mann bleibt bis zur Straßenecke an ihrer Seite, wo sie warten muss, weil ein Bus vorüberfährt.

Er tritt näher an sie heran. «Ich habe richtig geraten, stimmt's?», sagt er. «Sechzehn.»

«Ja», lügt sie. «Was wollen Sie?»

«Wir könnten uns vielleicht ein Hotel suchen, aber ich bin da kein Snob. Mir ist egal, wo. Zweihundert Peso?»

Sie schließt die Augen und atmet tief ein, presst etwas in ihrem Inneren hinunter. «Zweihundert Peso für was?», fragt sie.

«Na, du weißt schon. Dass wir uns eine Weile Gesellschaft leisten.»

Leicht verdientes Geld. Geld, das Judita braucht. Sie fragt sich: Wie schlimm kann es schon sein? «Fünfhundert Peso», sagt sie.

«Zweihundert.»

Sie sieht ihm in die Augen. «Zeig mir.»

Er stößt ein nervöses Lachen aus, blickt sich um, dann legt er die Hände an seinen Hosenschlitz.

«Nein. Das Geld», sagt sie. «Hälfte jetzt.»

Er holt die Brieftasche aus seiner Hosentasche und reicht ihr einen zerknitterten, schmutzigen Hundert-Peso-Schein. Doch sie hat gesehen, dass er auch noch ein dickes Bündel leuchtender britischer Pfundnoten in der Brieftasche hat. Druckfrisches, neues Geld. Geld aus der Ersten Welt. Pink und grün und cremefarben.

Judita deutet mit dem Kopf in eine Seitenstraße. «Komm», sagt sie.

Er folgt ihr, während sie nach einer sichtgeschützten Stelle sucht.

«Du bist hübsch», sagt er.

«Ja?», sagt Judita schüchtern. Zwischen zwei Gebäuden liegt ein leeres Grundstück. Was auch immer hier vorher gestanden hat, ist zu einem Haufen Geröll zusammengefallen, der nach und nach abgetragen wird. Sie tritt vom Bürgersteig auf die mit Lastwagenspuren durchzogene Erde und ertastet mit der Spitze ihres Turnschuhs, ob der Boden Matsch ist. Ist er nicht. «Hier lang.»

«Ich war letztes Jahr in Thailand», sagt der Mann. «Aber die Mädchen hier sind hübscher, finde ich. Du jedenfalls.»

Sie dreht sich um und lächelt ihn an. Wie ein schlafendes Monster steht ein Bagger am Ende des Grundstücks, und sie führt ihn dahinter, wo es dunkler ist und von der Straße nicht einsehbar.

«Meinst du wirklich – meinst du, dass es hier sicher ist?», fragt er. Hier sind überall Schatten, hinter jedem Steinbrocken könnten Gefahren lauern.

«Oh ja», sagt sie und nähert sich ihm, ist so nah, dass sie seine Nervosität riechen kann. Im schwachen Licht glitzern Schweißperlen auf seinen weichen Wangen. Sie nimmt ihm die Kamera ab und stellt sie auf die Raupenkette des Baggers, direkt neben ihren Rucksack.

Er grinst kurz, dann öffnet er seinen Gürtel.

Judita rammt ihm das Knie fest in seine Weichteile. Der Mann krümmt sich nach vorn, und sie schlägt ihm mit der Handkante gegen das Kinn, sodass sein Kopf zurückfliegt. Röchelnder Atem explodiert aus seinem Mund, als Judita ihm ihre freie Faust direkt in die Niere rammt, und er geht zu Boden.

Sie gibt ihm eine Sekunde, wartet, ob er aufspringt und sie angreift, doch der Mann hier ist kein Kämpfer. Wie eine hektische Krabbe kriecht er auf allen vieren von ihr weg. Selbst in dieser Dunkelheit kann Judita seine aufgerissenen, erschrockenen Augen sehen. Sie tritt näher, und er möchte irgendetwas sagen, vielleicht um sein Leben betteln, aber er findet keine Worte.

«Steh auf», befiehlt Judita.

«Nimm … nimm meine Kamera», bringt er heraus.

«Gleich», sagt Judita. «Steh auf.»

Langsam und mit großer Anstrengung tut er, was sie sagt.

«Kämpf gegen mich», sagt Judita.

Wieder überzieht Angst sein Gesicht, doch er nimmt eine schlaffe Boxerhaltung an und hebt seine Arme in Verteidigungshaltung. Wahrscheinlich erinnert er sich daran, was er mal im Fernsehen gesehen hat. Er hat das noch nie gemacht, vermutet Judita.

Ihre Faust landet direkt auf seiner Nase, und die weichen Knorpel biegen sich und knacken gegen ihren mittleren Fingerknöchel.

Er stolpert zurück und hält sich die Hände vors Gesicht, doch da knallt ihm die Spitze von Juditas rechtem Turnschuh schon gegen sein linkes Ohr und bringt ihn zu Boden.

«Ich habe Pesos!», ruft er. «Pfund! Britische Pfund!» Er rollt sich auf den Rücken und zieht seine Brieftasche hervor. Judita reißt sie ihm aus der Hand. Das Banknotenbündel ist erfreulich dick, und sie schiebt es sich in ihre Jeanstasche. Aber er hat noch mehr. Sie weiß, dass Touristen nie all ihr Geld in ihrer Brieftasche bei sich tragen. Da ist immer noch ein Geldgürtel oder ein Notfall-Hunderter in einer verschwitzten Hemdfalte.

«Den Rest», sagt Judita.

«Ich habe nichts ...»

Sie stößt ihren Schuh in seine Seite, dann bückt sie sich und reißt das Hemd aus seiner Shorts. Bloß ein haarloser milchweißer Bauch ohne Geldgürtel. «Den Rest», wiederholt sie.

Er bückt sich umständlich zu seinem linken Fuß und zieht eine gefaltete Fünfzig-Pfund-Note heraus. «Das ist alles, was ich habe», sagt er. «Wirklich. Alles, was ich habe.»

Die Banknote ist feucht, aber Judita schiebt sie trotzdem zu den anderen in die Jeanstasche. Sie presst den Mann zu Boden, drückt ihm das Knie in seinen nackten Bauch, dann nimmt sie seine Kamera von der Baggerraupe. Der Blitz geht los, als sie ein Bild von ihm schießt, und eine halbe Sekunde später sieht sie das Gesicht des Mannes im Display, ein glänzender weißer Mond der Angst, dem das Blut langsam aus der Nase über den Mund bis zum Kinn läuft. Ihre Finger tasten über die Kamera, bis sie die Klappe für die Speicherkarte findet. «Für dich», sagt sie und wirft ihm die Karte auf die Brust. «Damit du deinen Besuch hier nicht vergisst.»

Einen Moment später ist Judita verschwunden, sie hat das Grundstück schon verlassen und schiebt die Kamera in ihren

Rucksack zu dem Essen und dem Wein. Eine Canon kann sie leicht versetzen. Zweitausend Peso bringt die Kamera locker ein. Kreditkarten und vor allem ein Pass hätten noch mehr eingebracht, aber dann hätte der Mann morgen früh sein Schiff nicht nehmen können, und Judita will ihm einen schnellen Abgang ohne Polizei ermöglichen. Nicht, dass sie sich wegen denen große Sorgen macht – in der Version, die er den Polizisten erzählt, wird sie sich in eine ganze Horde messerschwingender Männer verwandelt haben. Doch Montevideo ist eine kleine Stadt, und sie will nicht riskieren, dass sie ihn noch einmal trifft. Dass sie zufällig auf bekannte Menschen treffen könnte, ist das Einzige, weshalb Judita sich wirklich Sorgen macht.

2. KAPITEL

Ich bin gut darin geworden, von Judita in der dritten Person zu denken, so als wäre sie jemand anderes. Ihr Name ist nicht mein Name, sage ich mir. Ihre Gedanken – die sich hauptsächlich um Essen und Geld drehen – sind nicht meine Gedanken. Sie überhört die Beleidigungen der Gäste im Restaurant, in dem sie arbeitet. Sie überhört die geflüsterten Unverschämtheiten der Amerikaner und Briten, wenn sie sich darüber beschweren, dass diese südamerikanische Kellnerin oder Lieferantin nicht so gut Englisch spricht, wie sie es ihrer Meinung nach sollte. Sie überhört alles, und nur manchmal vergisst sie, wer sie sein soll, und fällt wieder in ihr altes Verhalten zurück. Aber nur, wenn sie allein ist. Nur, wenn sie niemand sieht.

Das Leben als Judita ist so, als würde man in einer quälend langweiligen Fortsetzungsserie jeden Morgen in der nächsten quälend langweiligen Folge aufwachen. Nie ändert sich irgendetwas. Die Erschöpfung von heute ist die Erschöpfung von gestern. Die endlose Busfahrt von heute ist dieselbe wie die von gestern. Ich rede mir ein, wie dankbar ich bin, am Leben zu sein. Ich rede mir ein, dass ich von Glück reden kann, dass ich hier in Uruguay bin, anstatt tot oder in einem CIA-Gefängnis in Turkmenistan. Judita – Juditas Leben – ist ein Geschenk.

Auf dem uruguayischen Pass von Judita Leandra Perels steht als Geburtsort eine Kleinstadt, 200 Kilometer von Caracas, Venezuela, entfernt. Ihr Vorname ist hier in Uruguay nicht ungewöhnlich. Aber in Uruguay tauchen sowieso alle möglichen Leute aus allen möglichen Gründen auf, deshalb fragt auch keiner wirklich nach. Im Fall von Judita Leandra Perels und ihrem Vater, Dario Javier Perels, erhielten die beiden die Staatsbürgerschaft, weil ihre Namen bei Verhandlungen über Visabestimmungen und Handelsabkommen zwischen Uruguay und Israel zur Sprache kamen. Welches Interesse Israel an zwei Venezolanern haben sollte, lässt sich nur vermuten. Doch ihr Antrag wurde vom Lateinamerikanischen Jüdischen Kongress mit persönlicher Empfehlung des Präsidenten vom Büro in Montevideo, Dr. Enrique Goldman, unterstützt, der wiederum mit dem Generalstaatsanwalt von Uruguay Tennis spielt.

Das ist die offizielle Version von Juditas Leben. Und das ist die Version, auf die ich schwöre. Ich habe genügend Material, um ein Verhör von zwei, vielleicht sogar drei Tagen durchzustehen.

Als ich aus dem Bus steige, habe ich noch einen Heimweg von etwa zwanzig Minuten vor mir. Um drei Uhr morgens sind die Straßen fast leer, und alle Fenster sind dunkel. Hier stehen hauptsächlich Einzelhäuser und ein paar dreistöckige Apartmenthäuser mit Stuck. Ein streunender Hund läuft neben mir her. Er bettelt nicht, sondern freut sich nur über meine Gesellschaft. Er war mal hübsch, vielleicht ein Golden Retriever, doch bei all dem Filz und Dreck lässt sich das schwer sagen.

Die Müllsammler treten schon jetzt aus ihren Wohnungen und spannen die Pferde vor ihre leeren Karren. Die Tiere sind uralt und heruntergekommen und stehen mit gesenkten Köpfen da, während ihre Besitzer alles festzurren. In ein paar Stunden sind die Karren voll mit Sachen aus Metall und Holz, aufgesammeltes Gerümpel, das für irgendwen irgendwo einen Wert haben könnte. Ich habe immer Mitleid mit den Pferden, auch wenn die Typen, die die Karren fahren, nicht viel glücklicher aussehen.

In der Altstadt und den Barrios in der Nähe des Zentrums sieht alles hübsch aus. Montevideo ist eine Stadt, die einen Ruf als saubere, sichere Hauptstadt eines sauberen, sicheren Landes genießt. Aber die Müllsammler und ich wissen es besser. Wir wohnen hier, wo die Touristen, die Politiker und die Mittelklasse-Angestellten nicht hinkommen, am Rand der Stadt und fast im 19. Jahrhundert. Mein Dad und ich können froh sein, dass wir fließendes Wasser haben, den meisten Menschen geht es sehr viel schlechter. Ich komme jeden Tag auf meinem Weg zur Arbeit an Kindern vorbei, die barfuß Eimer mit Wasser schleppen. Die Hütten, in denen sie wohnen, sind aus den Teilen zusammengeschustert, die ihre Väter nicht verkaufen konnten. Wer in diesen Vierteln lebt, hat andere Sorgen, als sich um ein altes Pferd zu kümmern.

Ich gehe die Stufen hoch zu dem Haus, in dem ich wohne. Die Vermieterin im Erdgeschoss schaut fern, vielleicht ist sie aber auch vor dem Gerät eingeschlafen. Die Stufen knarren, als ich in den ersten Stock steige, dann in den zweiten. Ich bleibe vor meiner Tür stehen und lege die Hand auf den Türknauf, dessen Messing vom Alter schon ganz braun geworden ist. In meiner Wohnung ist es still, so wie immer. Ich schließe die Tür auf und trete ein.

«*Soy yo, Papá*», sage ich. Nur ich, Dad.

Er betrachtet mich. Das Licht von der Tischlampe fängt sich in seinen Augen, und an den Seiten hebt sich sein Bart zu einer Art Lächeln.

«Wie war's?», fragt er leise.

«Gut.»

Ich verschwinde in mein Zimmer und nehme die Kamera und

zwei Weinflaschen aus dem Rucksack. Dann zähle ich das Geld. Zweihundertzehn britische Pfund und dreihundert uruguayische Peso. Wenn ich noch die Kamera dazunehme, war es ein erfolgreicher Abend. Ein Grund zum Feiern.

Das Geld, die Kamera und der Wein verschwinden in der Lücke zwischen meinem Bett und der Wand. Dort habe ich mittlerweile ein kleines Vermögen angehäuft: vier Kameras, sechs Handys und mit dem Geld von heute Abend insgesamt 1700 US-Dollar in bar. Ich weiß nicht, wofür ich das spare. Aber ich weiß, wir werden das Geld brauchen, und zwar vermutlich eher früher als später.

Ich ziehe mir ein frisches T-Shirt und Shorts an und wasche mich. Dann trete ich mit dem Essenspaket und der dritten Flasche Wein in das andere Zimmer der Wohnung, als hätte ich gerade einen Schatz gefunden. «Rind und Lamm, glaube ich», flüstere ich in Englisch. «Und auch etwas Spargel.»

Wir besitzen zwei Teller, zwei Gläser und zwei Sätze Besteck. Ich verteile das Essen auf den Tellern und bringe ihm seinen.

«Irgendwelche Abenteuer erlebt?», fragt er leise und inspiziert ein Stück Lamm auf seiner Gabel. Wenn wir Englisch sprechen, müssen wir immer leise reden. Fremdsprachen sind verdächtig.

«Ich hab einer Amerikanerin eine große Bestellung gebracht. Sie hat mir kein Trinkgeld gegeben.»

«Tut mir leid, Mäuschen. Das ist ärgerlich», sagt er. «Aber du hast uns auch ohne Trinkgeld was zu essen mitgebracht. Ich bin stolz auf dich.»

Wir essen schweigend, mein Dad auf dem Sofa, ich auf einem Esszimmerstuhl vom Flohmarkt. Nach ein paar Bissen legt mein Dad das Besteck vorsichtig auf den Rand seines Tellers und lehnt sich zurück.

«Heiß heute?», fragt er.

«Ja», sage ich.

«Es tut mir leid, dass du – du weißt schon – da draußen sein musst. Unangenehm.»

«Ja», sage ich.

«Vielleicht noch einen Monat.»

«Noch einen Monat was?», sage ich.

«Bevor es kühler wird», sagt er.

Es bringt mich um. Es bringt mich um, dass er so ist. Dass er so geworden ist. In ihm hat mal ein Held gesteckt. Doch es ist zwei Wochen her, dass er zum letzten Mal die Wohnung verlassen hat, und er ist auch nur raus, weil ich ihn darum gebeten habe. Geh mal auf die Straße, habe ich gesagt. Geh mal an die frische Luft. Er war nach zehn Minuten zurück, und ich konnte sehen, dass sein Gesicht unter dem grauen Bart und seinen struppigen Haaren weiß wie ein Bettlaken war vor Angst.

«Du musst mehr essen», sage ich.

«Zu schwer», sagt er. «Ich esse später noch ein bisschen.»

Ich nicke bloß und esse meinen Teller leer. Seinen Teller stelle ich in den Kühlschrank. «Du hast auch gar keinen Wein getrunken.»

Er fährt mit den Händen über seine Knie. «Ich habe keinen Durst.»

«Also – worüber wir gestern gesprochen haben», sage ich. «Der Plan.»

«Der Plan», wiederholt er, als hätte er das Wort noch nie zuvor gehört.

Ich trinke einen großen Schluck Wein, und als mein Glas leer ist, greife ich nach seinem. Es gefällt ihm nicht, dass ich so viel trinke. Er hat es mir früher öfter gesagt, aber in den letzten Monaten nicht mehr.

«Du musst wieder rausgehen», sage ich. «Hinaus in die Welt.

Ich habe einen Flyer für einen Schachclub im Jüdischen Zentrum in der Innenstadt gesehen.»

«Zu gefährlich», antwortet er und schlägt nach einer Stechmücke. «Vielleicht in einem Jahr oder so.»

«Wir sind schon ein Jahr hier!», zische ich laut.

«Sprich leiser», sagt er.

Die Wut kocht in mir hoch, aber ich schaue weg, damit er es mir nicht ansieht. «Buenos Aires», flüstere ich. «Das ist ganz nah. Nur drei Stunden mit der Fähre. Und viel größer. Da müssten wir uns nicht die ganze Zeit verstecken. Wir könnten einfach in der Menge untertauchen. Und ich könnte, was weiß ich, zur Uni gehen.»

«Mäuschen ...»

Ich weiß schon, was er sagen will, darum schneide ich ihm das Wort ab. «Es gibt einen Studiengang am Instituto Tecnológico, so als Teilzeitprogramm. Ich könnte Mathe belegen, die Einführungskurse. Ich habe mir das im Computer in der Bibliothek angesehen. Es kostet eine Menge, aber wenn ich Englischunterricht gebe ...»

Er streckt seinen Arm über den Tisch und legt mir die Hand aufs Bein. «Die Uni kann warten.»

«Worauf? Bis ich dreißig bin?»

Er drückt mein Knie. «Deine Stimme», flüstert er mit dem Blick zur Wand und den Nachbarn, die auf der anderen Seite schlafen.

Ich ziehe mein Bein weg.

«Wir können das schaffen, Dad. Dann hätten wir» – ich deute auf die Risse in den Wänden, die Vorhänge aus Bettlaken – «mehr als das.»

Ich stehe auf und bringe das Geschirr in die kleine Küche. Eine Spinne hockt an der Wand, eine hässliche, haarige Spinne, aber sie stört mich nicht, also werde ich sie auch nicht stören. Ich stelle die Teller in die Spüle, und als ich mich umdrehe, steht mein Dad da. Er hat die Hände über seinem vergilbten Unterhemd gefaltet. Sein Blick ist auf die gesprungenen Fliesen auf dem Boden gerichtet. *Nicht,* befehle ich ihm stumm. *Fang nicht jetzt damit an.*

Aber er entschuldigt sich nicht. Es ist noch eine Spur von meinem alten Dad da irgendwo in ihm, eine Spur des CIA-Spions, eine Spur Kraft. «Gwendolyn», sagt er und nennt mich zum ersten Mal seit Monaten bei meinem richtigen Namen. «Hinter uns sind keine Leute her, sondern ein Ding. Ein Ding mit zehntausend Köpfen und einer Million Augen und einem sehr, sehr guten Gedächtnis. Das hier – was wir hier tun, so unauffällig wie möglich zu leben – ist eine strategische Notwendigkeit. Verstehst du?»

Ich nicke. *Strategische Notwendigkeit.* Die Sprache von Soldaten, von Kameraden. Kein Vater redet so mit seiner Tochter. «Ja», sage ich, auch wenn ich daran zweifle, ob ich es wirklich verstehe. «Wie lange noch?»

«Bis sie von etwas anderem abgelenkt werden. Aber selbst dann ...» Der Gedanke hängt in der Luft, und er schüttelt den Kopf und will ihn nicht zu Ende denken. «Man sieht es nie kommen, Gwen. Niemals. Da klopft niemand an der Tür, da gibt es keine knarrenden Dielenbretter. Man bemerkt sie erst, wenn einen die Kugel schon getroffen hat.»

Ich wende mich ab. «Hör auf, so zu reden.»

«Es ist aber wahr, Gwen. Ich habe mir dieses Leben auch anders vorgestellt. Aber das ist es, was wir haben können.»

«Dann ändere es.»

«Wie?», fragt er.

«Du weißt, wie», sage ich.

Ich höre ihn durch die Nase atmen. Er ist enttäuscht und auch ein bisschen sauer. Wir reden über das verbotene Thema, die Sache, die man niemals ansprechen darf.

«Mäuschen», sagt er. «Geld kann hier gar nichts ausrichten.»

Ich drehe mich zu ihm um und blicke ihm direkt in die Augen, damit es endlich bei ihm ankommt. «Lass es uns wenigstens versuchen», sage ich.

Vielleicht schläft er. Schwer zu sagen. Es ist still im anderen Zimmer, aber es ist eigentlich immer still bei meinem Dad – der Maus, die jeden Schatten für eine Katze hält. Ich sitze auf meinem Bett, mit dem Rücken gegen die Wand, den Blick ziellos aus dem Fenster gerichtet. Manchmal am Morgen, wenn der Smog nicht zu dicht ist, kann ich hinter den Schuppen ein kleines Stück vom Fluss sehen. Und manchmal, wenn der Fluss nicht allzu schlammig ist, sieht er tatsächlich blau aus und schimmert verheißungsvoll. Jetzt allerdings bekomme ich nur die gelblichen Lichter von Montevideo zu sehen, und davon auch nur ein paar, als gäbe es hier kaum eine Stadt.

Ich greife in den Spalt zwischen meinem Bett und der Wand und ziehe eine der Flaschen von heute Nacht heraus, diese Mischung aus den Weinresten, die die Kunden im Restaurant übriggelassen haben. Ich habe keine großen Vergleichsmöglichkeiten, aber für meine geringen Ansprüche ist die Qualität nicht schlecht, und manchmal gibt es sogar ein überraschendes Geschmackserlebnis. Heute zum Beispiel schmeckt der Wein nach sauren Brombeeren, aber im bestmöglichen Sinne. Kompliziert und seltsam. Ich gieße ihn in einen gesprungenen Kaffeebecher und nippe vorsichtig daran wie eine verarmte, im Exil lebende Prinzessin.

Ich trinke nicht deshalb Wein, weil er mir so gut schmeckt oder weil ich betrunken werden will. Beides sind Nebeneffekte, und sie lenken vom eigentlichen Grund ab, nämlich, dass Wein mich schläfrig macht. Er ist eine Droge, eine Medizin. Als ich damit anfing, nach der Arbeit Wein mit nach Hause zu bringen, reichte schon ein einziges Glas aus. Dann wurden aus einem Glas zwei, dann eine Flasche. In letzter Zeit brauche ich eine ganze Flasche plus ein Glas von der nächsten, um müde zu werden. Es ist der direkte Weg zum Leben als Alkoholiker, aber ein Mädchen braucht nun mal seinen Schlaf. Ich kann es nicht ändern, wenn meine Gedanken sonst nicht zur Ruhe kommen wollen und mein Körper sich weigert, mich in meine persönliche Traumhölle gleiten zu lassen.

Ich nehme mein Kartenspiel und fange an zu mischen. Es ist ein altes Spiel, noch aus meiner Zeit in New York, vielleicht noch davor, und ich habe es mit nach Paris, Berlin und Prag genommen. Die Karten sind abgenutzt, verbogen und eingerissen, und ja, ich sollte wirklich mal ein paar Peso für einen neuen Satz Spielkarten ausgeben. Aber sie sind praktisch das Einzige, das mir aus meinen früheren Leben und von meinen anderen Namen noch geblieben ist, der einzige Faden, der sich von Judita über Sofia bis zu Gwendolyn zieht.

Während ich trinke, werden meine Hände sicherer, das Mischen genauer – noch ein schlechtes Zeichen, denn ohne Wein schaffe ich das nicht mehr. Ich lege die Karten umgedreht in einem perfekten Fächer auf meinem Bett aus, dann drehe ich sie von der einen Seite an um, und sie heben sich wie eine Welle und bleiben aufgedeckt liegen. Dies hier ist seit Jahren meine Therapie, diese ruhige, ordentliche Plastikwelt von Glück und statistischer Wahrscheinlichkeit. Nach jedem Mischen entsteht ein neues Universum aus Gewinnern und Verlierern.

Das Geld. Der Gedanke schießt mir wieder durch den Kopf. Ich nehme noch einen Schluck von der Weinpansche und sage dem Gedanken, er soll sich verziehen. Aber das tut er nicht. In diesem Cartoon mit dem Mann, der durch die Wüste kriecht, ist das Geld ein Wasserglas am Horizont, eine Fata Morgana, die ihn immer weitertreibt. Aber dies hier ist keine Fata Morgana, egal was manche Leute sagen. Das Geld gehört dem toten Verbrecherkönig Viktor Zoric, dem Mann, den mein Vater mit ins Grab gebracht hat, und jetzt liegt es ohnmächtig in der Schweiz und in Liechtenstein, schläft und wartet darauf, durch einen Kuss der wahren Liebe wieder zum Leben erweckt zu werden.

So hat Zoric die Leute bezahlt, sagt mein Dad. Einfach eine neue Firma aufmachen, ein neues Konto eröffnen und den Empfänger am Geschäft beteiligen. Einen Beamten zu bestechen ist einfach. Ich hatte die Kontonummern. Und mein Dad wusste, wo man die Passwörter und Namen finden konnte. Diese Informationen haben uns beide beinahe das Leben gekostet.

Ich schiebe die Karten zusammen und lege das Spiel auf meinen Nachttisch. Dann nehme ich den letzten Schluck, den ich mir gestatte – eine Flasche und ein Glas. Ich sinke zurück ins Bett und schließe die Augen. In Gedanken sehe ich die ungefähr zwanzig Leichen, die ich auf meinem Weg von Paris über Berlin nach Prag hinterlassen habe. Jedes einzelne Gesicht hat sich in meine Erinnerung eingebrannt. Der Typ, den ich im Zug erstochen habe, und der Typ, dessen Hirn ich in einer Gefängniszelle weggeblasen habe, sind die gnädigsten. Sie erscheinen mir nur im Moment ihres Todes – mit vor Entsetzen aufgerissenem Mund. Aber die anderen erinnere ich deutlicher. Emil im blauen Schein der Armaturenbeleuchtung seines Lasters, wie er zu amerikanischem Hip-Hop rappt. Roman, als er mir ein Kleid kauft und durch seinen Morphiumnebel hindurch versucht, das Geld zu zählen. Bohdan Kladivo, wie er mich anlächelt und seine Zigarre anzündet und mir sagt, dass ich grausamer sein muss als ein Mann, wenn ich es in der Welt zu etwas bringen will.

Diese Gesichter sehe ich, wie sie vor ihrem Tod aussahen. Lebendige Gesichter. Die Gesichter von Männern. Wenn es Tag ist, bin ich ganz rational davon überzeugt, dass jeder von ihnen seinen Tod verdient hat, ob nun durch das Messer, die Kugel oder das Rattengift, das ich in ihren Tequila gemischt habe. Aber bei Nacht ist mein Unterbewusstes da weniger sicher. Es erinnert sich an das Blut und das vergiftete Erbrochene und wie die Vorstellung von Gerechtigkeit so ganz anders aussieht als die Realität von Gerechtigkeit.

Und darum sind meine Laken jeden Morgen um meinen Körper gewickelt und nass vor Schweiß, egal wie viel ich trinke. Aber es war doch alles für einen guten Zweck, oder? Ich konnte meinen Vater retten. Es hat sich am Ende doch alles ausgezahlt, oder? Damit wir jeden neuen Morgen in Montevideo aufwachen und am Leben sind.

3. KAPITEL

Wir sehen uns auf der anderen Seite.

Das hat Yael gesagt, kurz bevor ich den deutschen Bauernhof verließ, ein paar Kilometer vor der tschechischen Grenze. Sie hat es so dahingesagt, als sie mich lieblos umarmte und mir dann zwei kurze Klapse auf den Rücken gab. Auf der anderen Seite von was? Des Atlantiks? Des Todes? Von Gut und Böse? Doch anstatt zu fragen, kletterte ich in den Kofferraum der Mercedes-Limousine. Jemand reichte mir eine Flasche Wasser und eine Kotztüte, falls ich sie brauchen sollte, dazu zwei kleine Pillen – ein Beruhigungsmittel und etwas gegen die Übelkeit –, die ich unter der Zunge auflösen sollte.

Ich fuhr eine sehr lange Zeit im Dunkeln dahin – zwei Stunden oder acht, ich wusste es nicht. Mein Geist wurde in der Enge des Kofferraums leer, war sich einzig seiner selbst bewusst und der unbequemen Lage des Körpers, mit dem er verbunden war. Ich fuhr über unebene und glatte Straßen, durch Städte und über Autobahnen. Ich übergab mich einmal in die Tüte und dann beinahe noch einmal, als der Gestank des Erbrochenen zu schlimm wurde. Am Ende musste ich so dringend pinkeln, dass ich fast ohnmächtig geworden wäre.

Als sich der Kofferraum endlich öffnete, befanden wir uns im schäbigen Hangar eines kleinen Flughafens. Die Luft stank nach Benzin, und an den Wänden stapelten sich Kisten und Ersatzteile. Ich kletterte auf den hinteren Sitz einer einmotorigen Propellermaschine, deren Kabine nicht größer war als die eines Kombis. Ein blasser Typ mit ängstlichem Blick, der sich eine Aktentasche an die Brust presste, stieg neben mir ein. «Sie hat mein Gesicht gesehen!», zischte er auf Französisch dem Mann zu, der sich als unser Pilot herausstellte.

Wir flogen in Richtung Osten zu einem anderen Flughafen mit polnischen Schildern, jedenfalls vermutete ich, dass die Sprache Polnisch war. Wir nahmen ein weiteres Flugzeug nach Süden, diesmal einen kleinen Jet mit praktischen blauen Vinylsitzen, zwischen denen sich Metallringe befanden. Ich starrte sie eine Weile an und versuchte herauszufinden, wozu sie gedacht waren. Als wir gestartet waren, wurde mir klar, dass man an ihnen perfekt Handschellen befestigen konnte. Eine hübsche Frau mit kurzen schwarzen Haaren lächelte uns an wie eine Flugbegleiterin, doch als ich versuchte, die Fensterblende hochzuschieben, packte sie meine Hand mit einem erstaunlich festen Griff.

«Die Fenster bleiben verdeckt», sagte sie.

«Bis wann?», fragte ich.

«Bis wir landen», sagte sie.

Als sie sich abwandte, sah ich eine Pistole in ihrem Rockbund.

Der Franzose schlief kurze Zeit später ein, und sein Kopf sank auf meine Schulter. Er schnarchte und murmelte im Schlaf etwas Unverständliches. Hin und wieder drückte er mit einem Schaudern die Aktentasche enger an seine Brust, als hätte er selbst im Schlaf Angst, sie zu verlieren.

Ohne einen äußeren Anhaltspunkt verlor ich erneut mein Zeitgefühl, genau wie im Kofferraum des Mercedes. Wir flogen vielleicht sechs Stunden lang, nahm ich an, jedenfalls lang genug, dass sich meine Angst in Langeweile und wieder in Angst verwandeln konnte. Gerade als mein Körper mir sagte, dass es nun Zeit sei, schlafen zu gehen, landeten wir. Der Franzose schrak beim

Aufsetzen der Räder auf der Rollbahn hektisch auf, er keuchte und saugte den Speichel ein, der ihm beim Schlafen aus dem Mund gelaufen war. Doch er hatte sein Ziel noch nicht erreicht. Nur ich.

Als sich die Kabinentür öffnete, trat ich in die seltsame Kälte einer Wüste bei Nacht hinaus. Ich stieg die Gangway hinab und sah nur eine kleine Ansammlung von Hangars und unmarkierte Militärlastwagen, die sämtlich hellbraun lackiert waren. Eine Frau wartete neben einem Jeep auf mich. Ihre olivfarbene Haut spannte sich über ihre zarten Gesichtszüge, ihre schwarzen Haare waren kurzgeschoren. Sie trug eine grüne Armeeuniform mit keinerlei Abzeichen, noch nicht einmal einer Flagge.

«Hallo», sagte sie in akzentfreiem Englisch. «Wir freuen uns, Sie hier zu haben, Schülerin 312.»

Der Ort hatte keinen offiziellen Namen, weshalb ihn früher mal jemand auf den informellen Namen «Waisenlager» getauft hatte. Wir nannten ihn so, denn in gewisser Hinsicht waren wir jetzt Waisen. Es gab keine Mauern oder Wachtürme, nur einen Zaun von gerade mal zwei Meter Höhe. Dies hier war kein Gefängnis, wie die Ausbilder uns bald klarmachten; es war der sicherste Ort der Welt für uns. Und wer braucht schon eine Mauer und Wachtürme, wenn man meilenweit nur von Wüste umgeben ist?

Ein paar Minuten nach meiner Ankunft führte mich eine andere Frau in der gleichen unmarkierten Uniform vor etwa ein Dutzend ernst dreinblickender Schüler und Schülerinnen und stellte mich vor.

«Willkommen, 312», erwiderten sie alle in beängstigendem Gleichklang.

In ihren Gesichtern lag eine Härte, etwas, das von einem Trauma oder Traurigkeit herrührte. Es hatte ihre Mienen zu einer steinernen, beinahe engelsgleichen Schönheit erstarren lassen.

Nichts konnte sie mehr überraschen oder verletzen. Die Hautfarben der Schüler rangierten von fast Schwarz bis Papierweiß, doch ihre Erfahrungen waren sich so ähnlich, dass sie mehr wie Geschwister schienen. Wir waren alle, aus Gründen, die nur Tel Aviv bekannt waren, irgendwie in Israels Orbit geraten. Darum unsere Anwesenheit hier.

Schüler 309, ein zierlicher arabischer Junge, der Englisch sprach wie ein britischer Graf, wurde abgestellt, um mich im Lager herumzuführen. Es gab nicht viel zu zeigen außer ein paar Metallgebäuden, herumstehende landwirtschaftliche Geräte und Felder hinter dem Zaun, wo künstliche Pflanzen sich an hölzernen Gitterspalieren emporrankten. Keine Ahnung, was für Pflanzen es sein sollten – vielleicht Weinranken, aber mitten in der Wüste? Danach half 309 mir dabei, Bettzeug, Hygieneartikel und meine Uniform zu holen: ein Anzug, der genauso aussah wie der von den Ausbildern, nur blau und nicht grün.

Zum Schluss landeten wir in den Baracken, wo er auf eine dünne Matratze auf dem oberen Bett eines Hochbetts klopfte. «Der Tag fängt um sechs Uhr an», sagte er. «Außer, wenn er noch früher anfängt.»

Ich sah ihn mit müdem Grinsen an. Er kapierte sofort, dass ich zu erschöpft war, um Rätselraten zu spielen.

«Manchmal gibt es um vier Uhr morgens einen Wüstenlauf», sagte er. «Manchmal fliegt auch eine Tränengasgranate durch die Tür.»

«Eine Tränengasgranate?»

«Damit uns der Adrenalinspiegel in die Höhe schießt», sagte er. «Das Koffein im Waisenlager.»

Am ersten Tag durfte ich mich noch ausruhen. Daran sollte ich mich allerdings lieber nicht gewöhnen, riet mir 309, «denn in den nächsten sechs Monaten wird sich das für dich aller Voraussicht nach nicht wiederholen». Aller Voraussicht nach. Zum ersten Mal hörte ich, wie jemand diesen Ausdruck tatsächlich verwendete.

Die Hitze in den Baracken war drückend. Wenn die anderen zurückkamen, würde es noch schlimmer werden, weil sich dann zu viele Körper auf zu engem Raum drängten. Ich war zu müde, um mich vor dem zu fürchten oder auch gespannt darauf zu sein, was mich hier noch erwartete. Als ich einschlief, hörte ich durch die Metallwände Ausbilder brüllen und hin und wieder die Sirene einer Fabrik.

Es gelang mir zu schlafen, bis die Schüler zurückkehrten, am späten Nachmittag, schätzte ich. Sie waren erschöpft und schmutzig und ihre Uniformen völlig verschwitzt. Keiner hatte noch die Energie zu reden, sie zogen sich einfach nur nackt aus und krochen in ihre Betten oder saßen erschöpft da. Diese Nacktheit, das begriff ich ziemlich schnell, war nur eine biologische Tatsache, die nichts anderem geschuldet war als der Wüstenhitze. Die Temperaturen waren einfach zu hoch und unsere Körper zu leer für so etwas wie Lust oder sexuelle Erregung.

Ich kletterte vom Hochbett herunter. Im unteren Bett lag eine Frau mit pergamentartiger Haut und roten Haaren, die nicht älter als zwanzig sein konnte. Sie hieß Nummer 303 und sprach ‹Drei› mit einem hartem, rollendem R aus. Dieses Aussehen und diese Aussprache kannte ich.

«*Wy russkij?*», fragte ich. Bist du Russin?

Sie sah mich mit kühlem Blick an. «Wie gesagt, ich bin 303.»

Hier gab es keine Namen und offenbar auch keine Nationalitäten.

Jeden Morgen hatten wir als Erstes Schusswaffentraining, und zwar bei einem blonden, blauäugigen Riesen, der uns in die Geheimnisse der gebräuchlichsten Pistolen und Sturmgewehre einführte. Tausende von Papierzielen später hatte ich Blasen an meinem Abzugsfinger und an der dünnen Haut zwischen Daumen und Hand. Wir übten das Zerlegen, Reinigen und Zusammenbauen der Waffen so oft, dass wir es am Ende mit verbundenen Augen und im Dunkeln beherrschten.

Nach den Schusswaffen wurden wir im Nahkampf trainiert, bei einer fröhlichen, mittelalten Frau, die so aussah, als würde sie in ihrer Freizeit Sammelbildchen einkleben und Porzellankatzen sammeln. Es war jedoch nicht ratsam, ihren Unmut auf sich zu ziehen. Als ein Junge, der seinem Akzent nach aus Westafrika stammen konnte, beim Training nicht fest genug zuschlug, verdrehte sie ihm den Arm auf dem Rücken, bis er schrie.

Diese Stunde endete immer mit der geheimnisvollen Fabriksirene. Sobald sie erklang, zogen sich alle Schüler und Ausbilder in den nächsten Unterschlupf zurück. Ein Traktor, der ein riesiges Stück Sperrholz an Ketten hinter sich herzog, fuhr über das Gelände und verwischte unsere Spuren. Am ersten Tag erfuhr ich, warum: Als wir in einem Schuppen warteten, deutete Schülerin 300, ein asiatisches Mädchen von etwa 18 Jahren, zum Himmel und sagte: «Satelliten.»

Das Sirenenpfeifen wiederholte sich regelmäßig, aber es gab auch Variationen: Einmal ertönte es insgesamt dreizehnmal an einem Tag. Ich fragte mich, woher die Ausbilder wissen konnten, dass Satelliten am Himmel waren. Die Bilder, die die Satelliten zurück nach Washington, Moskau oder Peking schickten, zeigten eine kleine Farm, die aus ein paar Gebäuden, etwas Getreideanbau und ein paar landwirtschaftlichen Geräten bestand. Nichts von Interesse. Und ganz sicher kein Sommercamp, bei dem statt Gitarrenklampfen ums Lagerfeuer Schießtraining an der AK-47 angesagt war.

Schießen und Nahkampf waren nur zwei der Fähigkeiten, die

wir in unserer geheimen Ausbildung lernen mussten. Andere Ausbilder in anonymen grünen Uniformen lehrten uns klassische Spionagepraktiken, geheime Übergaben, tote Briefkästen, Überwachungserkennung – analoge Vorläufer der heutigen Hightech-Methoden, aber gerade deshalb, so erklärte man uns, noch viel nützlicher als früher. Sie brachten uns bei, wie man jedes Fahrzeug von Motorrollern bis zu riesenhaften Panzern kurzschließt und fährt. Wir lernten, wie man eine Straßensperre durchbricht und wie man ein Auto nur mit einem Ruck des Handgelenks und einem geschickten Tanz auf Brems- und Gaspedalen um 180 Grad herumreißt.

Das Training machte mir auf eine gewisse Art Spaß. Ich sah alles, was ich lernte, als Werkzeuge für meine Rache. Besonders, als wir zu den Messern kamen. An die kam man leicht heran, sagte die Ausbilderin, und selbst in den Händen von Anfängern waren Messer tödlich. Wir begannen mit den raffinierten, die speziell für den Nahkampf entwickelt worden waren. Dann kamen die billigen Gemüsemesser, die man überall auf der Welt kaufen kann. Wie sich herausstellte, war ich gut mit Messern, und der Ausbilderin gefiel meine Technik. Mein Stil hätte eine gewisse, in ihren Worten, «elegante Aggression».

Das passiert mit der Wut, wenn man länger mit ihr zusammenlebt – sie verwandelt sich in elegante Aggression. Die Hände zittern nicht mehr, die Haut prickelt nicht mehr. Die Wut lebt in deinen Adern, wie eine Droge, und macht dich stärker und schneller. Sie ist der Grund, warum du viel zielgerichteter in die Halsschlagader oder Oberschenkelvene, in die Leber oder Nieren stichst. Die Schusswaffen waren gut, und das Autofahren machte Spaß, aber das hier – diese zehn Zentimeter spitzer Stahl, wie eine Verlängerung meines Arms –, das war meine wahre Berufung.

Abends in den Baracken wurde kaum gesprochen, und es entwickelte sich fast keine Kameradschaft. Es ist schwer, Freundschaften zu knüpfen, wenn man nur eine Nummer ist und nicht sagen darf, woher man kommt. Nur 303 wurde zu so etwas wie einer Freundin für mich. Wir hatten beide Schlafprobleme, weil uns beide dunkle Erinnerungen bis hierher verfolgten. Oft schlichen wir uns nach Einbruch der Nacht in den Hof, um der Hitze zu entkommen. Unsere Freundschaft bestand aus leisen Unterhaltungen, und wir sprachen nur über die Gegenwart oder die Zukunft, niemals über die Vergangenheit.

«Wir sind in Israel, oder was meinst du?», sagte sie eines Abends.

Ich zuckte die Schultern. «Zu offensichtlich.»

«Irgendwo in Nordafrika?»

«Vielleicht.»

Sie lehnte sich zurück an die Barackenwand. «Angeblich hat sich mal jemand ein Radio besorgt. Er ist auf das Dach geklettert, um ein Signal zu kriegen und vielleicht rauszufinden, wo dieser Ort hier liegt.»

«Hat er was gehört?»

«Ja», sagte sie und schaute mich durch die Dunkelheit hinweg an. «Eine Stimme hat ihm gesagt, er soll das Radio ausschalten und vom Dach runterkommen.»

Wir lachten beide in unsere Armbeugen, bis uns die Tränen kamen. Es war einfach zu absurd, um nicht wahr zu sein.

Leute kamen und gingen. Schüler 309 verschwand eines Tages, und eine Woche später auch Schülerin 202. Keiner von uns wusste, wo sie hingingen. Neuankömmlinge tauchten zu den seltsamsten Zeiten auf. Schülerin 313 hielt ich für eine Japanerin, bis sie ihren Mund aufmachte und reinstes Chicago-Englisch herauskam; 314 war ein Latino-Junge, der innerhalb eines Tages zum Vorzeigeschüler der Ausbilderin für Nahkampf aufstieg.

Meine Zeit kam eines Nachmittags, als ich schon sechs Monate dort war. Während sich die anderen in die Baracken zurückzogen, wurde ich ins Büro der Lagerdirektorin gerufen, derselben Frau mit der olivfarbenen Haut und den feinen Gesichtszügen, die mich vom Flugplatz abgeholt hatte.

«Deinem Vater geht es gut, erfreulicherweise», sagte sie ohne auch nur den Anflug eines Gefühls. Sie saß hinter einem abgenutzten hölzernen Schreibtisch. «Und? Wie geht es dir?»

Es war eine seltsame Frage in dieser Umgebung, wo man uns beibrachte, wie man andere Menschen überlistet und täuscht, und wie man tötet. «Ich ... Mir geht es auch gut», sagte ich. «Danke.»

«Unser Ziel hier war es, dir ein paar Survival Skills beizubringen», sagte sie. «Für ein neues Leben in einer neuen Welt mit einem neuen Namen. Hast du das Gefühl, dass wir dieses Ziel erreicht haben?»

Ich nickte. So hatten sie es vom ersten Tag an genannt, aber keiner von uns hatte es geglaubt. Survival Skills sind Dinge wie Feuermachen oder ein Konto eröffnen. Was man uns beigebracht hatte, war deutlich aggressiver: Wir lernten nicht, wie man sich verteidigte, sondern wie man angriff. Und es war mir nicht entgangen, dass ich dem Staat Israel nun etwas schuldig war und dass sie diese Schuld nicht vergessen würden.

«Ja», sagte ich, «Sie haben dieses Ziel erreicht.»

Sie reagierte gar nicht auf meine Antwort, sondern zog ein paar Papiere aus einer Aktenmappe. «Dein Spanisch», sagte sie. «Sprichst du immer noch fließend?»

«Tal vez», sagte ich.

Sie blinzelte mich über den Schreibtisch an.

Ich versuchte zu lächeln. «Vielleicht.»

Sie schob die Papiere zu mir herüber. «Montevideo, Uruguay», sagte sie. «Du heißt ab jetzt Judita Leandra Perels.»

4. KAPITEL

Sehr geehrte Dame, sehr geehrter Herr,

die beigefügten Dokumente enthalten die Einzelheiten von siebenundvierzig (47) Operationen, die von der Central Intelligence Agency der Vereinigten Staaten durchgeführt wurden. Sämtliche Operationen geschahen mit dem Wissen, der Unterstützung und/oder der Teilnahme der Mitglieder des Verteidigungsministeriums, der Exekutive und wichtigen Kongressabgeordneten. Ich beschreibe diese Ereignisse nach meiner persönlichen Erinnerung, da ich an allen Operationen mitgewirkt oder teilgenommen habe. Jeden Schrei eines Gefolterten, jede Leiche, die in einem anonymen Grab, im Meer oder irgendwo sonst entsorgt wurde, habe ich nach meiner Erinnerung wiedergegeben.

Nichts in diesen Dokumenten ist Spekulation oder Mutmaßung.

Was Sie hier lesen, ist ein Verbrechenskatalog. Diese Liste beinhaltet Folter an nachweislich unschuldigen Individuen sowie die Ermordung derselben. Diese Liste belegt Absprachen der CIA mit Diktatoren und Feinden der Vereinigten Staaten sowie Absprachen mit organisierten Verbrechersyndikaten, darunter die Zoric-Familie in Belgrad und Sarajevo, die Kladivo-Familie in Prag, das Solkov-Syndikat in Moskau, die Al-Alwadi-Schmugglerorganisation in Damaskus und mehrere andere. Diese Liste belegt die Teilnahme von CIA-Agenten an Waffen- und Drogenschmuggel sowie Menschenhandel, meist Frauen, oft auch Kinder, zum Zweck sexueller Ausbeutung. Dieser Liste belegt, wie sich Mitglieder der Spionage- und Verteidigungsabteilungen, Mitglieder der Exekutive und des Kongresses sowie anderer Interessen an diesen Aktionen bereicherten – sie werden alle namentlich genannt.

Vermutlich wird meine Tochter Gwendolyn Bloom Ihnen diese Dokumente überbringen. Es ist meine einzige Hoffnung, dass Sie sie mit allen Ihnen zur Verfügung stehenden Mitteln beschützen. Sie ist an diesen Geschehnissen unschuldig, jedoch davon berührt. Während ich diese Zeilen schreibe, gilt Gwendolyns Sicherheit meine größte Sorge. Wenn ich mich immer schon so um sie gesorgt hätte, wie ich es eigentlich hätte tun müssen, dann bräuchte ich heute diesen Brief nicht schreiben.

Vertrauensvoll, Ihr
William Bloom
Montevideo, Uruguay

So beginnen die ersten Seiten seines Geständnisses, geschrieben in seiner spinnenhaften, formellen Schreibschrift. Er nennt sie die «Schrift für das Jüngste Gericht». Sie füllt sieben Schulhefte – zwei blaue, drei rosa und zwei mit Hello-Kitty-Aufdruck. Jede Seite ist vorn und hinten mit Tinte beschrieben, in sorgfältig gewählten Worten, praktisch an keiner Stelle verbessert, als hätte er etwas abgeschrieben, das bereits voll ausformuliert in seinem Kopf existierte.

Die CIA ermordete eine französische Spionin als einen Gefallen für einen korrupten Oberst beim pakistanischen Geheimdienst. Ein Treffen in einer saudischen Hotelsuite zwischen amerikanischen Geschäftsleuten, einem US-Senator und einem saudischen Prinzen, bei dem hochentwickelte Waffentechnologie gegen Bargeld getauscht wurde. CIA-Agenten, die von Viktor Zoric in München zu einem sogenannten «Buffet» von Kinderprostituierten eingeladen wurden ...

Und so geht es Seite um Seite weiter, ein buntes Schulheft nach dem anderen, bis er mit jedem abgerechnet hat, den er je kannte, auch mit sich selbst. Ich habe die Seiten nur aus Versehen gelesen, in den verschiedenen Internet-Cafés, in denen ich sie einscanne und seine Videos hochlade, auf denen er das gesamte Geständnis laut vorliest. Stundenlang sitzt mein Dad da im schwachen Licht und spricht leise, damit die Nachbarn ihn nicht hören. Hin und wieder richtet er die Kamera neu aus oder das Smartphone, das ich auf seinen Wunsch hin in einem Pfandhaus gekauft habe. Sonst gibt es keine Unterbrechungen

Ich sehe mir die Videos nicht an, weil ich sonst unmöglich länger so tun könnte, als wäre das «Ich» in den Heften nicht mein Vater. Er, William Bloom, der Verfasser dieses Geständnisses, kommt natürlich besser weg als die anderen, er spielt nie eine aktive Rolle bei irgendeiner Folterung und ist nur für drei oder vier oder vielleicht fünf Morde verantwortlich, je nachdem, wo man die Linie zwischen aktiver Teilnahme und reiner Beobachtung zieht. Zu keinem Zeitpunkt hat er ein Geschenk oder Bestechungsgelder angenommen.

Ich liebe ihn. Immer noch. Trotzdem. Vielleicht, weil er mein Vater ist und sich das niemals ändern wird. Oder vielleicht, weil er das Einzige ist, das ich noch lieben kann. Aber es ist anders geworden. Seit wir hergekommen sind, seit ich seine Schrift für den Jüngsten Tag gelesen habe, hat sich die Liebe verändert.

Carga completa, sagt der Bildschirm. Upload fertiggestellt.

Zusammen mit diesem, hoffentlich letzten Teil von Dads Geständnis sind es vierzehn Videos insgesamt – zwei für jedes der sieben Hefte, aus denen er vorliest.

Mein Dad hat eine Liste von Redakteuren bei Zeitungen, Zeitschriften, Blogs und Nachrichtensendern zusammengestellt, die sich mit großer Wahrscheinlichkeit für diese Story interessieren werden. Ein paar sind gute Journalisten vom alten Schlag, für die Integrität und die Aufdeckung der Wahrheit über die Mächtigen über allem steht. Andere sind einfach Skandalreporter, die sich um jede Sensation reißen, die Schlagzeilen bringt. Die Videos liegen in mehreren unbenutzten Cloud-Speichern auf der ganzen Welt verteilt. Mit diesen Ordnern verlinkte E-Mails an die Redakteure sind bereits geschrieben und warten in den Entwurfsordnern von unterschiedlichen Mail-Accounts darauf, abgesendet zu werden. In dem Fall, dass mein Dad gekidnappt oder getötet wird, muss ich mich nur in einen einzigen Account einloggen und auf Senden drücken.

Ich lade das Video und die eingescannten Heftseiten noch einmal in den nächstbesten Cloud-Speicher hoch. Die Welt anzuprangern, ist ein mühsames Geschäft. Ich muss immer den TOR-Browser verwenden, wenn ich im Netz unterwegs bin. Er schickt die Daten durch Server auf der ganzen Welt, bevor sie schließlich ihr Ziel erreichen. Schon normalerweise ist das ein langsamer Vorgang, aber hier in Uruguay dauert es ewig.

Als es mir zu nervig wird, dem Fortschrittsbalken beim Kriechen zuzusehen, nehme ich wieder mein Buch zur Hand. Es ist nicht einfach, sich hier zu konzentrieren – das Piu-Piu-Piu der Computerspiele und das Stöhnen aus den Pornos ist unerbittlich. Und das Buch, das ich mir aus der Bücherei ausgeliehen habe, hilft auch nicht gerade: *Die Rolle der CIA in Zentral- und Südamerika. Eine kritische Analyse.* Ich habe den Schutzumschlag abgenommen, damit neugierige Blicke nur das nackte Buch sehen.

Das Thema ist interessant, aber das Lesen fühlt sich an, als müsste man sich einen Weg durch einen Dschungel schlagen. Ein dichter, Moskito-verseuchter Text von einem Autor, der kein Interesse daran hat, schnell auf den Punkt zu kommen.

Aber zumindest ist es geistige Arbeit, keine körperliche, kein Geschleppe von mit Steaks beladenen Tellern für Touristen, die nach meinem Arsch grabschen. Ich habe Freude daran, Verbindungen zwischen den verschiedenen Theoretikern zu ziehen, und ich denke gerne darüber nach, ob die Französische Revolution von 1789, die Russische Revolution von 1917 und die heutige politische Lage etwas miteinander zu tun haben, um dann festzustellen, ja, das tun sie.

Für mich sind diese Bücher mehr als abstrakte Ideen. Sie zeigen mir meinen Platz in der Welt. Es gibt Gründe dafür, dass die Welt so aussieht und sich so benimmt, wie sie es tut. Meine Geschichte – die einer Neunzehnjährigen, die feststeckt zwischen Grenzen und Ideologien – ist noch nicht mal originell. Das ist alles früher auch schon passiert, und es wird immer wieder geschehen.

Carga completa.

Ich lege das Buch hin, logge mich bei einem anderen Cloud-Service ein und starte den Upload erneut. Es ist der letzte, glücklicherweise, und für uruguayische TOR-Verhältnisse geht es sogar ziemlich schnell. Ich gönne mir eine Belohnung und öffne einen zweiten Tab.

In diesem Monat ist es Argentinien – bloß eine einzige Grenze von mir entfernt. Irgendwo auf dem Land, Fotos von argentinischen Cowboys und kleinen Dörfern. Im letzten Monat war es China, wundervolle Aufnahmen von Shanghai und Peking. Pärchen auf der Straße, Kinder mit Ballons in der Hand, Skateboarder im Sprung.

Ich bin keine Künstlerin und keine Fotografin, aber ich kann erkennen, wenn etwas gut ist, und Terrances Arbeiten sind gut. Vergesst eine Sekunde die Farben und das Licht und seht euch den Aufbau der Fotos an, ihre Komposition. Seht ihr das kleine Mädchen dort und ihre Großmutter da drüben? Seht ihr, wie die

Harke in den Händen der Großmutter in einer perfekten Diagonale steht, die die Form des Fahrrads im Hintergrund wiederholt? Terrance schaut genau hin, deshalb sind die Fotos so gut. Es liegt an der Art, wie er die Welt sieht.

TerraFirma nennt er sich auf Tumblr. Das ist alles, was von Terrance Mutai IV übriggeblieben ist. Von dem wundervollen, brillanten, zum Umfallen gutaussehenden Highschool-Jungen, der immer so wirkte, als käme er gerade aus einem Ralph-Lauren-Fotoshooting. Kein Facebook-Profil mehr. Keine Twitter-Meldungen. Nur noch ein Tumblr-Account mit Fotos für seine gerade mal 143 Follower.

Harvard, hat er mir auf dieser Bank in New York am Tompkins Square gesagt. Beide Eltern hatten schon in Harvard studiert, er würde dort auf jeden Fall einen Studienplatz bekommen. Aber das war, bevor sich der Himmel öffnete und es anfing zu regnen und die Welt – meine, und dann seine – auseinanderbrach. Es fühlt sich falsch an, die Welt durch Terrances Augen zu betrachten und die Dinge zu sehen, die er für schön hält, ohne dass er weiß, dass er sie mit mir teilt.

Carga completa.

5. KAPITEL

Ein schwarzer Labrador döst in der Sonne und schlägt mit dem Schwanz einen langsamen, faulen Rhythmus auf dem breiten Gehsteig. Ein Straßenkind von ungefähr neun Jahren in einem Red-Sox-Tanktop sagt «Hey, Baby» zu mir und fragt, ob ich eine Zigarette habe. Ich halte mich auf der schattigen Straßenseite und gehe an einem heruntergekommenen Gebäude vorbei, an dem ein Schild mit der Aufschrift HEILMANN TRADING GMBH hängt. Durch die offenen Fenster höre ich das Geräusch von Schreibmaschinen – richtigen Schreibmaschinen. Mit was genau handelt die Handelsgesellschaft Heilmann?

Das Schiff, das gestern im Hafen lag, ist abgefahren, und die Altstadt liegt beinahe still da. Ich könnte irgendwo eine ruhige Ecke finden und ein paar Stunden ausruhen, bevor ich zu Mariela fahre, aber die Unruhe würde mich auch dort aufspüren. Sie kommt immer, wenn ich ein neues Video hochgeladen habe und nur noch ich und die Bedeutung dieses Videos zurückbleiben. Es fühlt sich an, als würde mir ein Zug direkt in die Brust fahren, eine dumpfe Masse, Hunderte von Tonnen schwer. Wie eine Schwertscheide, die sich nach oben durch meinen Körper bohrt, am Magen vorbei, die Spitze auf der Suche nach meinem Herzen, geführt von einer erfahrenen Hand.

Es gibt nur einen Weg, dem zu entkommen, also gehe ich weiter nach Westen durch die Altstadt und die Wohnviertel, bis mein kleiner Zufluchtsort in Sicht kommt.

Ich höre es schon auf der Straße, die Rap-Musik und die grunzenden Männer, und ich rieche es Meter vor der Tür. Die Kur gegen meine Anspannung liegt da drin: Frieden durch Schmerz, Glück durch Leiden.

Eine Faust trifft mich an der Schläfe – ein dummer Fehler meinerseits, weil ich nicht aufgepasst habe. Aber ich erhole mich sofort und kontere mit einem Ellenbogenschlag gegen seinen Hals, dann reiße ich ihm den Kopf an den Haaren zurück und erledige ihn mit einem Aufwärtshaken in den Bauch. Der Typ ist gut und springt gleich wieder auf, ohne wie die meisten wild um sich zu prügeln. Er dagegen schlägt geübt und schwingt ein Bein herum, er zielt auf mein schwaches linkes Knie. Ich packe ihn am Knöchel und trete mit dem Fuß in seine Weichteile. Er presst die Augen zu und rollt von mir weg auf die Matte. Fast hätte ich mich entschuldigt.

Ich strecke die Hand aus, um ihm wieder auf die Beine zu helfen, aber der Trainer, Zvi, ist schon da. «Nein!», brüllt er mich an, als wäre ich ein ungezogener Hund. Du bist noch nicht fertig, will er damit sagen. Ich weiß, was Zvi von mir erwartet, also lasse ich mich auf meinen Feind fallen, bohre ihm das rechte Knie in den Rücken und lege ihm den rechten Arm um den Hals. Die Stoppeln des Mannes sind nass und kratzen auf meiner Haut. Ich lege den anderen Arm auf seinen Nacken, dann sehe ich zu meinem Trainer hoch. Gut, nickt Zvi. Das reicht.

Aus dieser Haltung reißt man den rechten Arm zurück und zur Seite, und wenn die Bewegung explosiv genug ist, bricht man seinem Feind damit das Genick. Aber ich lasse den Typen los und ziehe ihn auf die Füße. Er stößt seine zerschundene Faust gegen meine und sagt, gut gemacht. Und so macht man das hier in dem kleinen Krav-Maga-Studio hinter der Avenida San Martín. Es ist okay, was einzustecken. Deswegen stellt man sich nicht an.

Ich gehe rüber zum Wasserspender, spucke meinen Zahnschutz aus und trinke. Die ersten Schlucke schmecken nach Eisen von meinem eigenen Blut, aber das ist immer so. Ich trinke, bis das Adrenalin und die Endorphine gegen die Wände meiner Schädeldecke pochen; dann sinke ich auf eine Holzbank und starre an die Decke. Es ist kochend heiß hier drin. Und wozu dient eigentlich der wacklige kleine Deckenventilator, der die Hitze bloß umrührt? Mist, dieser Schlag gegen den Kopf tut mir weh.

«Er ist ein Bulle, wusstest du das?», sagt die Stimme neben mir.

«Was?»

«Der Typ, dem du gerade beinahe das Genick gebrochen hast. Er ist ein Bulle. Ein Detektiv.»

«Wirklich.»

Es ist Marco Levinbach, der Besitzer des Fitnessstudios. Er ist fünfundzwanzig, hat feine schwarze Haare, die er kurzgeschoren trägt wie ein Soldat. Passt zu seinem kantigen Sportlergesicht. Selbst sein Kiefer ist muskulös. «Rafael hat morgen Vormittag einen Termin beim Zahnarzt», sagt er. «Kannst du seinen Zehn-Uhr-Kurs übernehmen?»

Ich zucke die Schultern. «Ich gebe dir morgen früh Bescheid.»

«Wie wär's, wenn du es mir heute Nacht sagst», meint er. «Du fehlst mir.»

«Ich arbeite heute Abend», sage ich.

«Danach», sagt er.

«Danach bin ich müde.»

Ich stehe auf, um zu gehen, und Marco sieht mir nach. Es gibt hier nicht mal eine Umkleidekabine für Frauen, ich muss mich auf der Damentoilette umziehen. Ich bin die Einzige, die die Räume benutzt. Testosteron liegt wie dicker Qualm in der Luft, und die Männer behandeln mich wie etwas zwischen Novum und

Freak. In Uruguay sollen Frauen sich nicht mit brutalem israelischem Kampfsport beschäftigen, bei dem es nur darum geht, schmutzig und hart zu kämpfen. Ich wickle das Klebeband von meinen Händen. Um meine Fingerknöchel ist es doppelt gewickelt, in der Netztechnik, die Marco mir beigebracht hat. «Damit deine Hände hübsch bleiben», hat er gesagt. Mir ist das egal, aber die Restaurantkunden würde es vielleicht stören, wenn ich ihnen ihr Essen mit blutigen Knöcheln serviere.

Ich wickle auch die Bandage um mein linkes Knie ab. Die Schwellung ist zurückgegangen, aber es tut immer noch weh, seit Zvi es mir letzte Woche beinahe gebrochen hat, um mir was zu beweisen. Weil man immer auf seine Schwachstellen achten muss, hat er mir gesagt. Aber eigentlich ging es darum, mich Demut zu lehren.

Ich stopfe die Bandage und den Mundschutz in meinen Rucksack, dann wasche ich mir im Waschbecken den Schweiß vom Körper – meinen und den des Detektivs. Ich schrubbe fest – bei Mariela ist es wichtig, dass man ordentlich aussieht, und der Geruch nach Schweiß und Blut würde nicht gut ankommen. Ich binde mir die Haare zu einem Pferdeschwanz zusammen, ziehe mir meine Arbeitskleidung an: billige Jeans und ein Tank-Top – und werde zur anonymen Judita. Beim Rausgehen macht Marco noch einen Versuch. Seine Mom bereitet für den Schabbat einen Braten vor. Er würde mich gern seiner Familie vorstellen. Vielleicht, sage ich, und wir beide wissen, dass es Nein heißt.

Aber gerade als ich in die Straße verschwinden will, bleibe ich stehen. Ich habe jetzt ein oder zwei Stunden, sage ich.

Nachher schließe ich die Augen. Ich möchte gern noch ein paar Minuten so liegen bleiben, oder ehrlich gesagt, für immer. Das Zimmer riecht nach feuchten Handtüchern und der zotteligen gelben Katze, die Marco und mich abschätzig betrachtet. Wir liegen nackt auf der Matratze in seiner Einzimmerwohnung. Marco legt einen Arm um mich – einen muskulösen, sanften Arm – und zieht mich dicht an seinen Körper. Er ist warm, stark, und vor allem ist er da. Er küsst meinen Hals, und es kitzelt, und ich lächle, auch wenn ich so tue, als ob ich schlafe, damit er einfach so bleibt und niemand reden muss.

«Mir machst du nichts vor», sagt er.

«Ich schlafe», sage ich.

«Faules Stück.» Er kneift mich in die Seite. «Es ist mitten am Tag.»

Ich winde mich und schiebe sein Gesicht weg. «Das faule Stück muss in einer Stunde bei der Arbeit sein.»

Er lässt seinen Kopf zurück auf das Kissen sinken und stöhnt gespielt auf. «Ja, benutz mich ruhig», sagt er.

Er ist ein guter Kerl, stark und selbstsicher. Marco ist hier in Montevideo geboren, nach Israel zur Armee gegangen und dann zurückgekehrt, um sein Krav-Maga-Studio zu eröffnen. Seine Familie ist jüdisch-orthodox, aber er lebt nicht wirklich koscher, außer dass er kein Schweinefleisch und keinen Schellfisch isst. Ich schlafe seit letzten Juli mit ihm.

Er ist intelligent genug, ein anständiger Mensch, ein guter Kämpfer und genau das, was er zu sein vorgibt: ein Geschäftsmann, der seine Steuern bezahlt und von einem schönen Haus träumt und von einer netten Frau. Seine Welt ist unkompliziert. Und das sieht er auch in mir, oder eher, das sieht er in Judita. Sie ist genauso wie er: ein anständiger Mensch, eine gute Kämpferin und genau das, was sie zu sein vorgibt.

Ich spiele diese Rolle für ihn. Denn zum ersten Mal, seit ich auf der Flucht bin, fühle ich mich sicher. Hier in Marcos kleiner Wohnung in der kleinen Seitenstraße einer größeren Seitenstraße in

Montevideo, fühle ich mich unauffindbar. Keine Menschenseele außer ihm weiß, wo ich bin.

Ich döse eine Weile weg beim Geräusch des klickenden Ventilators und des Verkehrs.

«An was denkst du?», flüstert er. Sein Mund ist nur Millimeter von meinem Ohr entfernt.

Eines Nachts vor ein paar Wochen, als ich so in seinem Arm lag und seinen warmen Atem an meinem Hals spürte, wäre ich fast schwach geworden und hätte ihm die Wahrheit erzählt. Ich hatte den Mund schon offen, die Worte lagen mir auf den Lippen. Und ich glaube, er hätte es hingenommen und mir gesagt, dass es ihm egal ist. Aber es gibt Geheimnisse, die man niemandem aufbürden sollte. «Nichts», sage ich.

«Weißt du, was ich denke?», sagt er.

«Nein.»

«Dass ich dir was koche und du heute Abend die Arbeit schwänzt.»

Ich reiße die Augen auf. «Wie spät ist es?»

«Vier», sagt er.

Ich springe panisch von der Matratze auf und ziehe meinen BH und das Tank-Top an. Er sieht mir grinsend zu. «Komm schon. Bleib einfach.»

«Ich kann nicht. Gib mir mein – Dings.»

«Erst, wenn du es sagst. Bei mir brauchst du nicht schüchtern zu sein.»

«Meine – Unterwäsche.»

«Höschen.»

«Höschen.»

Er wirft es mir zu, und ich streife es über und dann meine Jeans.

Ich höre seine Worte, Worte, die ich hasse, während die Wohnungstür hinter mir zufällt. Ich genieße das alles – den Sex, seine Gesellschaft, die Wärme, den Frieden –, das tue ich wirklich. Aber immer, wenn ich gehe, sage ich mir, dass ich nicht wiederkomme. Ich sage mir, dass es zu gefährlich ist. Es ist zu gefährlich, weil ich schwach werden und ihm alles erzählen könnte, vor allem danach, wenn der Schweiß auf unseren Körpern abkühlt und er seine Brust an meinen Rücken presst und mir sagt, dass er mich liebt.

—

Bei Mariela ist es rammelvoll. Ein neues Schiff ist gerade im Hafen eingelaufen, und die Leute müssen eine ganze Stunde auf einen Tisch warten. Ich haste durch die Hintertür hinein. «Du bist spät dran», sagt Mariela, «und mach was mit deinen Haaren.» Aber sie sagt es mit einem Augenzwinkern, einem richtigen Augenzwinkern, und ihrem besonderen Lächeln. Ich schaue verlegen weg und binde meine Haare ordentlich zusammen. Dann greife ich nach einer Schürze und fange an zu bedienen.

Heute sind es ganz unterschiedliche Leute, hauptsächlich laute und betrunkene Touristen aus Russland und Asien, die begeistert sind von ihren blutigen Steaks. Mariela ruft mich und deutet auf Tisch 14, an dem ein einzelner Typ sitzt – offenbar Amerikaner, so wie er aussieht. Er ist groß, breitschultrig, hält sich kerzengerade und hat sehr kurzgeschnittenes graues Haar, was ihm den Anschein eines Armeeoffiziers in Zivil verleiht. Er trägt einen Anzug, aber keine Krawatte. Trotzdem ist das immer noch ziemlich formell für dieses Restaurant, aber irgendwie habe ich das Gefühl, dass er sich nie legerer kleidet.

«Ich hab zu tun», sage ich.

«Das haben wir alle», sagt sie und drückt mir eine Speisekarte in die Hand.

Ich nähere mich vorsichtig dem Tisch. Der Amerikaner beobachtet den Gastraum, sein Blick geht langsam von einer Seite zur anderen, und er sitzt so, dass er die Tür sehen kann, genau wie mein Dad es immer getan hat. Ich lege ihm die Speisekarte hin und begrüße ihn auf Englisch. Er antwortet mir in perfektem Spanisch. Kein Schulspanisch oder spanisches Spanisch, sondern Rio-de-la-Plata-Spanisch. Das ist der Dialekt, der hier und in Buenos Aires gesprochen wird, und wer ihn nicht kennt, für den klingt er mit seinem fließenden, ausufernden Rhythmus wie Italienisch. Der Amerikaner bestellt Rotwein, was immer ich empfehlen kann, das Rind und als Beilage ein Bohnengericht, das nur Einheimische bestellen.

Er lächelt kokett, während er spricht. Ich bin daran gewöhnt, dass Kunden mich anmachen, aber es ist nicht diese Art von kokett.

«Ist es hier immer so voll?», fragt er.

«Nur wenn ein Schiff am Hafen liegt», sage ich.

«Ah», sagt er. «Leute aus aller Welt, nehme ich an.»

Ich zucke die Schultern. «Gestern waren es Briten. Heute sind es andere.»

Er schüttelt den Kopf, als gefalle ihm diese Vorstellung. «Scheint, als ob alle irgendwann mal in Uruguay landen.»

Ich gehe zu schnell weg und spüre seinen Blick, während ich Wein einschenke und an meinen anderen Tischen bediene. Als ich ihm sein Essen bringe, dankt er mir und macht sich an die Arbeit.

Als er fertig ist, faltet er seine Serviette und legt sie auf den Teller, und ich bringe ihm die Rechnung. «Danke für das wunderbare Essen», sagt er, als er aufsteht. Er zählt die Pesos ab und gibt mir ein dickes Trinkgeld. Dann beugt er sich zu mir vor und sagt in perfektem amerikanischem Englisch: «Freut mich, dich endlich kennenzulernen, Gwendolyn. Yael lässt dich grüßen.»

6. KAPITEL

Yael. Der Name gleitet wie eine Nadel in mein Ohr und lähmt mich, sodass ich an Ort und Stelle erstarre. Die Mossad-Agentin, die mich in Paris trainiert und in Prag gerettet hat. Eine Freundin fürs Leben, so nenne ich sie, wegen allem, was sie für mich getan hat. Aber sie sieht unsere Beziehung in einem anderen Licht. Das weiß ich, weil sie es mir gesagt hat. «Unsere Interessen sind momentan miteinander verknüpft», hat sie einmal gesagt. «Aber wer weiß, wie's morgen aussieht.»

Der Mann knöpft sein Jackett zu und verlässt das Restaurant ohne ein weiteres Wort. Erst als er weg ist, kann ich mich wieder rühren und starre auf das Geld in meiner Hand. In der Mitte der Scheine liegt eine Visitenkarte, eine Seite auf Spanisch, die andere auf Hebräisch beschrieben.

Brent Simanski
Kulturattaché – Israelische Botschaft
Buenos Aires, Argentinien

Am Rand der spanischen Seite steht mit Kugelschreiber: *Piedras / Bartolomé Mitre – 1.30 h.* Das ist eine Kreuzung nicht weit vom Restaurant. Ich stopfe mir die Karte in meine Tasche und arbeite weiter – jedenfalls versuche ich es.

Warum will dieser Brent Simanski mich treffen? Und warum jetzt? Steht Yael immer noch auf unserer Seite, oder haben sich unsere Interessen auseinanderdividiert? Es ist acht Monate her, seit jemand von der israelischen Regierung Kontakt mit uns aufgenommen hat. Sie hatten einen Deal mit meinem Dad ausgehandelt, der uns aus Europa rausbrachte, und im Gegenzug musste er ihnen alles sagen, was er weiß. Wie die CIA arbeitet. Wer die Entscheidungen trifft. Wie die Machtverhältnisse geregelt sind. Er würde schließlich einem Verbündeten helfen, hatten sie gesagt, aber nur, weil das besser klingt als Hochverrat.

Nachdem sie alles hatten, was sie brauchten, meldeten sich die Israelis nicht mehr bei uns. Mein Dad war deswegen nicht traurig. Ich war bei vielen dieser Treffen in unserer Wohnung dabei, hielt mich im Hintergrund, servierte Kaffee und Sandwiches, während sie sich mit Dad unterhielten. Für die Nachbesprechungen schickten sie Experten von Tel Aviv, deren Job es war, Informationen aus Leuten rauszuholen. Aber genau das war auch der Job meines Vaters gewesen, und daher gab es viele Situationen, in denen sie sich in die Augen starrten und anschwiegen, und dann kam ich immer rein und fragte fröhlich, ob vielleicht jemand noch etwas zu trinken haben wolle.

Natürlich setzt das alles voraus, dass der Mann, auf dessen Visitenkarte *Brent Simanski, Kulturattaché – Israelische Botschaft* steht, wirklich ein Kulturattaché der Israelischen Botschaft ist. Visitenkarten sind billig, und weder sein Name noch sein Aussehen passte zu den Typen, die in unserem Wohnzimmer einen Kaffee nach dem anderen getrunken haben. Brent. Was für ein israelischer Name soll das überhaupt sein? Die Worte meines Dads vom Abend zuvor klingen in meinem Kopf: «Man sieht es nie kommen, Gwen.»

Irgendwie kriege ich meine Schicht zu Ende. Irgendwie schaffe ich es, nicht durchzudrehen. Für einen kurzen Moment überlege ich, einfach raus aus dem Restaurant und nach Hause zu laufen. Aber falls das alles eine Falle der Amerikaner ist, dann sind sie schon längst da und warten darauf, dass ich genau das tue.

Um ein Uhr entschuldige ich mich bei Mariela und folge dem letzten Kunden zur Tür hinaus. Die Hitze des Tages hat einer feuchtwarmen Nacht Platz gemacht, trotzdem zittere ich. Ich gehe durch Piedras, und jeder Block führt mich ein wenig weiter weg von dem touristenfreundlichen Barrio am Hafen. Laute Musik dringt aus den Bars, streunende Hunde, betrunkene Männer und Zuhälter sind auf den Straßen. Ich erreiche die Ecke von Piedras und Bartolomé Mitre etwas zu früh und schaue mich um nach dem Mann aus dem Restaurant, auf dessen Karte steht, dass er Brent heißt.

An der Ecke ist ein Reisebüro, das seine Türen und Fenster über Nacht vergittert hat, und davor warte ich auf ihn. Aus dem Nachtclub gegenüber dröhnt House-Musik, und hinter den Fenstern pulsiert pinkes und gelbes Licht. Ein dunkelhaariger, etwa vierzigjähriger Typ in Jeans und heraushängendem weißem Hemd stolpert aus einer Bar. Er sieht mich und kommt sofort über die Straße auf mich zu. Ein Lieferwagen bremst mit quietschenden Reifen und hupt wütend.

«*Chica*», lallt der Typ und versucht einen aufreizenden Gang. «Hast du Lust auf ein Date?» Er lispelt sein Spanisch wie ein Europäer.

Ich sehe ihn mit schmalen Augen an. *Hängt davon ab, was du in der Tasche hast.* «Ich habe schon ein Date», sage ich.

Brent kommt um die Ecke, sieht den Mann und lächelt mich an. «Liebes! Da bist du ja.»

Der Mann im weißen Hemd mustert Brent von oben bis unten und drückt die Brust heraus, weil ein zweiter Pfau sein Territorium betreten hat.

«Ich hole meine Tochter ab», erklärt ihm Brent. «Danke, dass Sie auf sie aufgepasst haben.»

Schließlich nickt der Mann langsam, er akzeptiert Brents Lüge, auch wenn er sie nicht glaubt. Wir sehen ihm beide nach, wie er davonstolpert, und erst als er weg ist, sagt Brent: «Kennen Sie einen schönen Strand in der Nähe?»

Ich starre ihn verständnislos an.

Brent seufzt. «Darauf solltest du antworten: ‹Es gibt einen schönen Strand die Küste runter, aber Sie kommen nur mit dem Zug dorthin.›»

So was nennt man eine Losung, ein vorab vereinbartes Frage-und-Antwort-Paar, mit dem man die Identität eines unbekannten Kontakts überprüft. «Das hat mir niemand gesagt», antworte ich. «Sorry.»

«Man erwartet von dir, dass du jeden Tag deine E-Mails liest», sagt er. «Sie werden dir nicht grundlos geschickt.»

«Das ... Sie haben recht. Tut mir leid.»

Er deutet die Straße runter, und wir gehen los. Seine Augen sind ständig in Bewegung, jeder Fußgänger wird abgecheckt, in jedes Schaufenster wirft er einen Blick, auf der Suche nach Leuten, die uns beschatten.

«Die Amerikaner hätten einen Hubschrauber voller SEALs geschickt», sagt er. «Aber trotzdem. Man kann nicht vorsichtig genug sein. Du weißt überhaupt nicht, wer ich bin.»

«Ich werde ab jetzt meine E-Mails checken. Versprochen.»

Wir halten neben einem kleinen Ford, der am Bürgersteig parkt. Der Wagen piept kurz auf, als Brent ihn mit einer Fernbedienung öffnet. «Du sitzt vorn», sagt er. «Wo ich dich sehen kann.»

Die Angst kommt und geht in weniger als einer Sekunde – es sind die üblichen Warnsignale bei fremden Autos, fremden Männern und dunklen Straßen. Aber das ist normal in dieser Welt, in der ich die letzten Jahre gelebt habe, also setze ich mich auf den Beifahrersitz, während Brent hinter dem Steuer Platz nimmt.

«Wenn der Typ im weißen Hemd übergriffig geworden wäre, was hättest du gemacht?», fragt er, während er den Motor anstellt.

«Ein Kniestoß in die Eier. Damit fange ich meistens an», sage ich.

«Kniestoß. Das kann nie schaden.» Er legt den Gang ein und fädelt sich in den Verkehr ein. «Ich schätze, Schritt eins ist gemacht: Vertrauen aufbauen über unsere gemeinsame Leidenschaft für Kniestöße.»

«Schritt zwei», sage ich. «Sie erklären mir, worum es hier eigentlich geht.»

«Es ist bloß ein Treffen», sagt er. «Keine Sorge, du bist nicht in Schwierigkeiten. Es möchte sich nur jemand mit dir unterhalten.»

«Und dafür schicken sie einen Kulturattaché?»

Er sieht mich an, als müsste ich es eigentlich besser wissen. Und ich weiß natürlich, dass sein Titel in der Diplomatenwelt praktisch ein Klischee für einen Undercover-Spion ist.

«Nicht so herablassend. Kulturattaché ist ein faszinierender Job. Gerade letzte Woche war eine Puppentheatergruppe aus Haifa am Flughafen von Buenos Aires gestrandet.» Er nimmt irgendetwas im Rückspiegel scharf ins Visier. «Offenbar waren sie nur im Besitz von Visa 21-A, sie brauchten aber 22-A. Das Drama kannst du dir nicht vorstellen.»

Ich betrachte sein Gesicht und suche in seinem Akzent, oder vielmehr in seinem fehlenden Akzent, nach einem Hauch von Isreali.

«Redwing, Minnesota», sagt er.

«Was?»

«Die Frage, die du mir stellen willst. Woher ich komme.» Er seufzt ein bisschen, wie jemand, der keine Lust auf Erklärungen hat. «Die anderen Kinder waren mit Räuber und Gendarm beschäftigt, während ich schon immer Mossad gegen Nazis-die-sich-in-Südamerika-verstecken gespielt habe.»

«Sind da noch viele Nazis übrig heute?»

«Manchmal rufen welche an und erzählen uns, sie hätten Mengele beim Friseur getroffen.»

«Und was sagen Sie denen dann?»

«Dass Mengele 1979 gestorben ist, aber wir uns darum kümmern werden.» Wieder ein Blick in den Rückspiegel auf der Suche nach Gefahren, die nur Leute wie er sehen können. «Hauptsächlich kümmere ich mich heutzutage um unsere lokalen Aktivposten.»

Aktivposten. Komische Wortwahl. Durch das Beifahrerfenster sehe ich die Kräne in den Docks, die im Flutlicht Container durch die Luft bewegen. «Und ich bin jetzt auch ein Aktivposten?», frage ich.

«Lieber ein Aktivposten als ein Passivposten», sagt er. «Wozu bist du deiner Meinung nach sechs Monate lang in der Wüste gewesen?»

«Ich habe nie zugestimmt, dass ich für irgendwen arbeiten werde.»

Er sieht mich aus dem Augenwinkel an. «Du hältst dich gut. Lässt hier das Training nicht schleifen. Gute Einstellung.»

Woher will er das wissen? «Schön, dass Sie zufrieden sind», sage ich.

«Die meisten Leute, die wir umsiedeln, erzählen irgendwann jemandem von ihrem alten Leben. Einer Freundin, einem Liebhaber. Aber du nicht. Das zeigt Stärke.»

Da ist irgendwas in seinen Worten, was mich stutzig macht –

das Wort «Liebhaber». «Sie haben mit jemandem über mich gesprochen», sage ich.

«Wir halten eben Verbindung zu unseren Freunden.»

«Mit wem?», frage ich. «Meinem Trainer? Mit Zvi?»

Er überhört die Frage und fährt weiter. Doch die Antwort ist offensichtlich. Wenn sie sich sorgen, dass ich mit jemandem reden könnte, dann werden sie nicht zu Zvi gehen, der nur mein Trainer ist und den ich nur ein paarmal die Woche sehe. Was bedeutet, dass Brent jemanden anderen meint, die einzige Person, die sowohl von meinem Training weiß als auch von meiner Fähigkeit, den Mund zu halten.

Ein elektrischer Schlag tanzt über die Haut in meinem Nacken. Ohne es zu wollen, spreche ich seinen Namen laut aus. «Marco.»

«Marco?», wiederholt Brent mit hochgezogenen Augenbrauen, als höre er den Namen zum ersten Mal. Was meinen Verdacht voll bestätigt.

Ich presse die Augen zu und umklammere den Türgriff. «Vorher oder nachher?», frage ich.

«Vor oder nach was?»

«Bevor ich mit ihm geschlafen habe oder danach?»

«Danach», sagt er und sieht mich mit einer Art Bedauern an. «Falls das wichtig ist: Wir sind auf ihn zugegangen, nicht andersherum. Und er hat nie Geld angenommen.»

«Warum dann?»

«Aus Liebe zu Israel», sagt Brent mit einem Achselzucken. «Witzig, oder? Etwas zu lieben, das die Liebe gar nicht erwidern kann.»

Ich legte die Hände an meine Schläfen, so ohrenbetäubend ist meine Wut, und zwar im wahrsten Sinne des Wortes. Sie dröhnt in meinen Ohren wie rauschendes Wasser. Wütende Elektronen feuern, bis sich die Lichter auf dem Armaturenbrett und von den

Straßenlaternen krümmen. Ich habe Marcos Liebe erwidert, oder es zumindest versucht oder gewollt. Wenn ich ihn das nächste Mal sehe, reiße ich ihm eigenhändig den Kopf ab.

«Hey», sagt Brent. «Hör mal, das ist nichts Persönliches.»

«Das ist absolut etwas Persönliches.»

Wir verlassen die Rambla und biegen scharf links in eine Straße zwischen dem Kraftwerk und einer Reihe weißer Container mit Brennstofftanks ein. An der Straße parkt ein Auto mit ausgeschalteten Scheinwerfern. Durch die Heckscheibe sind die Umrisse zweier Personen zu sehen.

Brent parkt hinter dem Wagen und schaltet den Motor ab. «In ein paar Minuten», sagt er, «fühlt sich das alles nicht mehr so wichtig an.»

In der Ferne leuchten die Lichter von Montevideo schwach über die Bucht, und das Geräusch des Verkehrs auf der Rambla ist nur noch ein leises Rauschen. Ein Mann in Lederjacke und dunkler Jeans steigt aus dem Fahrersitz. Er ist fit und gutaussehend, und er bedeutet mir, mich umzudrehen. Er tastet mich schnell, aber gründlich ab, dass ich eine Frau bin, ist ihm egal. Als er fertig ist, klopft er auf das Dach des Autos, und die Beifahrertür öffnet sich.

Sie ist, schätze ich, Ende vierzig. Ihre Haut ist blass, durch ihre blonden Haare ziehen sich silberne Strähnen. Sie trägt ein zerknittertes Business-Kostüm, als hätte sie im Flugzeug geschlafen. In den Händen hält sie einen Umschlag.

«Danke, dass du gekommen bist», sagt sie auf Englisch. Ihr israelischer Akzent ist hörbar, aber nicht besonders stark. «Wie geht es dir, Judita?»

«Wer sind Sie?»

«Man nennt mich Dorit», sagt sie und bedeutet mir, ihr auf einem betonierten Joggingpfad zu folgen, der am Strand entlang der Bucht führt. «Ich war heute Nachmittag in eurer Wohnung und habe mich mit deinem Vater über eure Lage unterhalten – über deine und seine.»

«Was ist damit?»

«Es gab – es tut mir leid, Judita. Die Dinge sind eskaliert.»

Ich atme scharf durch die Nase ein. «Spucken Sie es einfach aus, was immer es ist.»

Wir gehen den Weg entlang. Die Wellen schlagen nur einen Meter von uns entfernt ans Ufer und hinterlassen Halbmonde aus schmutzigem Schaum.

«Plant dein Vater irgendwelche Reisen? Nach Hongkong, zum Beispiel? Oder Moskau?»

Will er ein zweiter Snowden werden, meint sie. Will er an die Presse gehen und Geheimnisse verraten. Ich denke an seine Schrift für den Jüngsten Tag, die überall auf der Welt in Cloud-Speichern liegt und nur darauf wartet, dass ich die Taste drücke. «Das würde er nur tun, wenn man ihm keine andere Wahl lässt.»

«Die Amerikaner sind davon überzeugt, dass er es tut», sagt sie «Sie machen sich deswegen richtig verrückt.»

«Das haben wir immer gewusst», sage ich. «Darum sind wir ja hier.»

«Aber jetzt haben sie beschlossen, etwas dagegen zu unternehmen.» Dorit fährt mit den Händen in die Taschen ihrer Jacke, als suche sie nach einer Packung Zigaretten, die nicht da ist – die Gewohnheit einer Raucherin, die aufgehört hat, aber sich im Moment liebend gerne eine anstecken würde. «Die Amerikaner führen eine Liste. Eine ‹Todesliste›, wie sie es nennen. Kein Prozess, kein Gefängnis.»

«Für Terroristen», sage ich.

«Oder für jeden anderen, der ihrer Meinung nach nicht vor einem Gericht aussagen sollte.» Sie holt tief Luft und reibt die

Hände gegeneinander. «Letzte Woche haben sie deinen Vater auf diese Liste gesetzt.»

Eine Welle kracht gegen die Felsen, und als sich das Wasser zurückzieht, scheint es alle Geräusche der Welt mit sich zu nehmen. Ich gehe von Dorit weg zum Rand des Weges und setze mich hin, während mein Hirn versucht, die Worte zu enträtseln, die sie gerade gesagt hat. Sie waren laut genug, aber an den Sätzen scheint irgendetwas nicht zu stimmen.

Die Farbe des Himmels ist Frankreich. Liebe wiegt vierzehn Zentimeter. Dein Vater steht auf der Todesliste.

Sie bleibt hinter mir stehen und verschränkt die Arme vor der Brust. «Das ist kein Gerücht oder eine Vermutung – ich möchte, dass dir das vollkommen klar ist. Wir haben eine Kopie dieser Liste mit der Unterschrift des Präsidenten.»

«Des *Präsidenten*?»

«Es ist eine Verfügung des Präsidenten. Nur er kann so etwas befehlen.»

Es ist unmöglich, was sie da sagt. Das muss es sein. «Sie sind eine Scheiß-Lügnerin.»

Dorit setzt sich neben mich. «Du hast recht», sagt sie und öffnet den Umschlag. «Nur heute Abend nicht.»

Das Blatt, das sie mir reicht, fühlt sich wachsig an und rollt sich in meinen Händen, doch das Bild ist deutlich zu erkennen: Es ist das Foto von einem Blatt Papier auf einem Schreibtisch, der Name William Bloom und die Unterschrift des Präsidenten darauf sind gestochen scharf.

Ich starre es lange an. «Wie hat er reagiert?», flüstere ich dann. «Als Sie es ihm gesagt haben, was hat er getan?»

Dorit schaut aufs Wasser hinaus. «Er hat es gut aufgenommen. Ziemlich gut. Er ist aufgestanden. Hat die Vorhänge zurückgezogen, das Fenster geöffnet.»

Ich schließe die Augen. Das ganze letzte Jahr hat der Mann keine zehn Minuten Sonne abbekommen, und jetzt zieht er plötzlich die Vorhänge zurück und macht das Fenster auf.

«Ich wollte aus einem bestimmten Grund mit dir alleine reden», sagt Dorit. «Du musst wissen, dass dies nicht unbedingt ein Todesurteil ist.»

«Aber genau das ist es doch, sogar wörtlich: ein Todesurteil.» Ich zerre an dem Papier in meinen Händen, bis es reißt.

Sie nimmt es mir ab und schiebt es wieder in den Umschlag. «Wir haben keine Hinweise dafür, dass die Amerikaner wissen, wo ihr seid. Und hier geht es nur um deinen Vater. Nicht um dich.»

Ich sehe sie an. «Ich bin bloß Kollateralschaden.»

«So werden sie es sehen, ja.» Der Wind frischt auf und bläst ihr die Haare ins Gesicht. Sie streicht die Strähnen zurück. «Die Frage ist, was du dagegen unternehmen willst.»

«Was kann ich denn tun?», frage ich.

Dorit steht auf und verschränkt die Arme vor der Brust. «Ich muss jetzt gehen, Judita», sagt sie.

«Warten Sie», sage ich. «Sagen Sie mir, was ich tun soll.»

«Das ist nicht meine Aufgabe. Das musst du deinen Führungsoffizier fragen.» Sie blickt wieder aufs Wasser und kneift die Augen zusammen, als würde sie nachdenken. «Vielleicht – tust du gar nichts. Vielleicht ist es am sichersten, wenn du hier weiter als Judita lebst.»

Ich sehe ihr nach, wie sie über die Felsen zurück zum Auto klettert und mich allein am Ufer zurücklässt. Sie steigt in den Beifahrersitz, und einen Augenblick später ist sie fort. Brent – mein Führungsoffizier – kommt zu mir herüber. Er tritt vorsichtig über die Steine auf den Pfad und scheint es kein bisschen eilig zu haben.

Als er mich erreicht, hat er die Hände in den Hosentaschen

und wirkt irgendwie dämlich und gleichgültig, genau das Gegenteil von dem, was ich jetzt brauche. Er zieht einen Flachmann aus der Jackentasche und reicht ihn mir. «Trink einen Schluck», sagt er. «Du kannst es gebrauchen.»

Der Flachmann fühlt sich warm an, weil er an seinem Körper gelegen hat, und der Alkohol darin schmeckt wie verbranntes Holz. Ich nehme einen langen Schluck, dann noch einen. Brent nimmt mir die Flasche wieder weg. «Langsam.»

Ich verziehe das Gesicht, als das Zeug in meiner Kehle brennt. «Sie sind also mein Führungsoffizier», bringe ich heraus.

Er setzt sich neben mich und nimmt einen Schluck aus der Flasche. «Sieht ganz so aus.»

«Und was jetzt?», sage ich und warte auf ein paar Weisheiten, während er sich nachdenklich das Kinn kratzt. «Wie gehen wir jetzt vor?»

«Möglichkeit eins: Ignorier es einfach. Leb dein Leben hier. Warte ab, was passiert.» Er betrachtet den Flachmann in seinen Händen, dann schiebt er ihn zurück in die Jackentasche. «Die Amerikaner regen sich manchmal total auf, aber dann geht jemand in Ruhestand, jemand wird versetzt, und die Prioritäten verschieben sich.»

«Und Möglichkeit zwei?»

«Möglichkeit zwei: Du tust, wofür man dich ausgebildet hat.» Er dreht den Kopf und sieht mich an. Seine Augen sind jetzt kalt, und sein kokettes Grinsen ist verschwunden. «Viktor Zoric – erinnerst du dich an ihn?»

«Natürlich.»

«Die CIA ist zu seinem Sohn Lovrenc gekommen. Hat ihn auf seiner Yacht besucht, als sie vor Kreta lag. Wir haben Fotos, kein Audio.» Brent sagt es ohne jedes Mitgefühl, er informiert bloß seinen Aktivposten. «Tel Aviv glaubt, die CIA will den Reset-Knopf in den Beziehungen zwischen Amerika und Zoric drücken. Sie haben ihm einen Job angeboten.»

«Was für einen Job?»

«Washington kann wohl schlecht in Uruguay eine Drohne einsetzen, oder?» Er reibt sich fest über seinen Skalp. «Jedenfalls haben sie es noch nicht getan.»

Er meint, Zoric soll uns umbringen. Oder zumindest meinen Vater. Auf die altmodische Weise: ein Typ mit Latexhandschuhen, der eine Pistole ohne Seriennummer trägt. Allein die Vorstellung davon ist beleidigend. Lieber ein Millionen Dollar teurer fliegender Roboter als ein Volltrottel in Lederjacke und Jogginghose, dessen einzige Qualität darin besteht, dass er keine Fragen stellt, wenn man ihm einen Befehl erteilt.

«Die CIA hat also Viktor Zoric getötet», sage ich, «und jetzt arbeitet sie mit seinem Sohn. Welchen Sinn ergibt das denn?»

Brent zuckt resigniert die Schultern. «Willkommen in meiner abgefuckten Welt», sagt er. «Unserer abgefuckten Welt.»

Und irgendwie ist das meine Möglichkeit zwei: Es ist klar, worauf er hinauswill, aber ich kann es trotzdem kaum glauben. «Ich soll also ... tun, wozu ich ausgebildet wurde.»

«Ich habe gehört, du bist gut mit dem Messer.» Er fummelt an seiner Uhr herum, als hätte er noch einen anderen Termin. «Dieser Lovrenc Zoric gefährdet israelische Interessen, und er gefährdet euch. Ich würde sagen, die Lösung ist offensichtlich. Auch wenn ich das nie im Ernst sagen würde.»

«Ich soll ihn umbringen, meinen Sie.»

Er schüttelt übertrieben langsam den Kopf. «Das habe ich nie gesagt. So ein Vorschlag wäre illegal.»

Dass er es nicht ausspricht, wird mir klar, ist genau der Punkt. Deshalb sitzt er hier neben mir, dem Aktivposten. Dinge, Ereignisse, Zufälle kristallisieren sich plötzlich in meinem Kopf heraus, und Verbindungen und Gemeinsamkeiten werden sichtbar: das Lager an einem unbekannten Ort, die Ausbilder mit ihren unmarkierten Uniformen und verschliffenen Akzenten – alles mit Bedacht so konzipiert, dass es glaubhaft geleugnet werden kann. Selbst mein Führungsoffizier, Brent – der einzige Beweis für seine Existenz, den ich besitze, ist eine billige Visitenkarte.

Brent erhebt sich und fährt mir durch die Haare, als wäre er mein Vater. «Es wird spät», sagt er. «Und du hast was zu tun.»

7. KAPITEL

Das Wohnzimmerfenster steht immer noch offen, als Brent mich absetzt, und zum ersten Mal, seit wir hier wohnen, riecht das Apartment nicht nach Angst. Mein Dad hat irgendwo ein sauberes T-Shirt gefunden, das nicht allzu verknittert ist, und er trägt eine frische Hose. Wo sie auf dem Boden schleift, ist der Saum ausgefranst, aber ansonsten sieht sie nicht übel aus.

Ich sehe das Lächeln unter seinem Bart.

«Da bist du ja», sagt er. «Ich hab mir schon Sorgen gemacht.»

«Jemand hat mich hergefahren.»

«Das habe ich durchs Fenster gesehen», sagt mein Dad. «Brent Simanski. Netter Typ, find ich.»

Ich merke, dass wir in ganz normaler Lautstärke Englisch sprechen. «Ja, ganz nett», sage ich und stelle meinen Rucksack ab. «Heute habe ich nichts mitgebracht, tut mir leid.»

«Schon okay, Kleine», sagt er. «Ich habe im Supermarkt ein paar Empanadas und Blaubeeren gekauft. Neben der Kasse hat eine Katze geschlafen, so ein kleines, faules Ding.»

Er hat die Wohnung verlassen. Er hat tatsächlich die Wohnung verlassen. Ich nähere mich ihm vorsichtig, weil diese Version meines Vaters so anders ist als die, von der ich mich heute Morgen verabschiedet habe. «Was tust du?», sage ich leise.

Aber er zuckt bloß die Schultern und lächelt. «Ganz normale Sachen», sagt er. «Ich habe Essen gekauft. Ein bisschen frische Luft geschnappt. Unten an der Straße ist ein kleines Café, wo es exzellenten Kaffee gibt, wirklich exzellenten Kaffee. Aber das weißt du wahrscheinlich.»

«Red nicht so laut», zische ich. «Die Nachbarn.»

«Scheiß auf die Nachbarn», sagt er.

«Dad ...»

«Scheiß auf die Nachbarn», wiederholt er und lässt sich aufs Sofa fallen, schlägt die Beine übereinander und legt den Arm über die Rückenlehne. «Setz dich», sagt er.

«Gleich.» Ich gehe in unsere kleine Küche, gieße etwas vom gestrigen Wein in einen Kaffeebecher und trinke ihn aus. Dann fülle ich den Becher wieder auf und gehe zu ihm.

«Diesen Befehl – diese Todesliste – gibt es wirklich», sagt er leichthin. «Dorit und Brent haben sie mir gezeigt.»

Ich setze mich auf den Stuhl ihm gegenüber. «Wie ist das passiert? Nicht warum, aber wie ... wie läuft so was ab?»

«Die Viererbande entscheidet das.» Er greift nach meinem Weinbecher und trinkt einen Schluck. «Der ist echt schlecht, weißt du das? Der Wein. Totaler Müll.»

«Das sind die Reste. Was abends übrigbleibt», sage ich. «Diese Viererbande, wer ist das?»

«Das Entscheidungskomitee. Jemand von der CIA, jeweils einer vom Verteidigungsministerium, vom Justizministerium, vom Weißen Haus. Bürokraten. Billige Anzüge, fette Pensionen. Sie kommen regelmäßig zusammen, um die Kandidaten zu besprechen.» Er legt die Hände über sein Herz, reißt die Augen auf und deklamiert: *«Allein schon nominiert zu sein, ist ein große Ehre.»*

Er ist wie ausgewechselt, und ich bin es auch. Aber was genau ist meine neue Rolle? Unterstützende Erwachsene oder ängstliche Tochter? «Sie können doch nicht einfach einen amerikanischen Bürger töten», sage ich. «Es gibt doch wohl noch so was wie die Verfassung.»

Er sieht mich an, legt den Kopf zur Seite, spitzt leicht die Lippen. So schaut mein Vater nur, wenn er enttäuscht ist. «Einmal in Moskau hast du die Zeitung gelesen. Einen Artikel über jemanden namens Abdullah Sabbagh. Weißt du noch?»

Ich kämpfe mich durch den Alkohol – den Wein und was immer mir Brent angeboten hat – und versuche mich zu erinnern. Als ich die Augen schließe, fällt es mir wieder ein. Ich sitze im Schneidersitz auf dem Parkettboden unserer Wohnung und lese die *International Herald Tribune* im stahlgrauen Licht eines Moskauer Nachmittags. Mein Dad trägt eine blaue Schürze, weil er einen Kuchen bäckt, den er jemandem mitbringen will, der in Rente geht. Ich lese und mache mich gleichzeitig über ihn mit seiner Schürze lustig.

«Ich erinnere mich», sage ich. «Er war ... sechzehn. Geboren in Kansas oder so. Wurde von einer CIA-Drohne im Jemen getötet.»

«Er war der Sohn eines Terroristen», sagt mein Dad. «Was noch?»

«Er wurde zwei Wochen nach seinem Vater getötet.»

«Und was hat das Weiße Haus gesagt?»

Ich schüttle den Kopf. «Weiß ich nicht mehr.»

«Sie haben behauptet, er wäre ein zweiundzwanzigjähriger Al-Qaida-Soldat. Bis ein Reporter angefangen hat zu graben.»

Ich sehe zu Boden, weil mir alles wieder einfällt. Es hatte mich wahnsinnig geärgert und irgendetwas in mir kaputtgemacht.

«Du hast mich gefragt», flüstert er, als dürfe man Erinnerungen nicht laut aussprechen, «wie die amerikanische Regierung einen Sechzehnjährigen umbringen kann.»

«Ich habe gesagt, die Guten tun so was doch nicht.»

Er nickt. «Und was habe ich darauf geantwortet?»

Ich beuge mich vor und starre in den Wein in der gesprungenen Tasse. «Du hast gesagt: ‹Stimmt, die Guten tun so etwas nicht.›»

Ich versuche eine Empanada zu essen, aber sie ist kalt und schmeckt nicht, und nach zwei Bissen gebe ich auf. Vielleicht ist sie schlecht, oder vielleicht wird mir ab jetzt einfach nichts mehr richtig schmecken.

Einen Augenblick lang überlege ich, ob ich ihm auch von der anderen Hälfte meiner Unterhaltung mit Brent erzählen soll. Mein Dad war wütend wegen des Trainings im Waisenlager; Ausbeutung hat er es genannt und noch alle möglichen anderen Namen. Wenn ich ihm erzähle, dass man mich jetzt dazu überreden will, den Mann zu töten, der versuchen wird, ihn zu ermorden, dann flippt er aus. Er wird direkt zur US-amerikanischen Botschaft laufen und sich selbst ausliefern, bevor er zulässt, dass ich in diesen bodenlosen Spionageabgrund falle. Dieser bodenlose Abgrund, der, wie wir beide gerade erfahren haben, sehr wohl einen Boden hat.

Ich fahre mit dem Finger über das aufgesprungene Furnier des Sofatisches. «Diese Frau, Dorit ... Sie hat gesagt, hier ist es vielleicht am sichersten für uns.»

«Das stimmt», sagt mein Dad. «Es wird lange dauern, bis sie uns hier finden.»

«Wie lange ist lange?»

Er hebt die Arme, die Hände mit den Innenflächen nach oben. «Monate.»

Monate. Nicht *niemals*. Noch nicht einmal *Jahre*. Der Grund für den Fatalismus meines Vaters – und genau das bedeutet das offene Fenster, seine gute Laune und der plötzliche Appetit – ist mir nur zu klar. All die anderen Stadien der Trauer – Verdrängung, Wut, Verhandeln, Depression – scheint er in wenigen Stunden durchlebt zu haben, und jetzt ist er glücklich im letzten Stadium angekommen, wo er sein Schicksal einfach akzeptiert.

«Sie hat, sie hat auch gesagt ... dass das, dass das kein ...» Die

Worte kommen mir nur holprig aus dem Mund, und ich hole tief Luft. «Das es nicht unbedingt ein Todesurteil sein muss.»

Seine Knie knacken, als er langsam aufsteht und zum Fenster geht. «Was soll sie auch sonst sagen?»

«Und du hast kein Problem damit?»

Zuerst kommt es mir so vor, als würde er mich gar nicht hören. Er ist von irgendetwas auf der Straße gefesselt. «Hier gibt es so viele streunende Hunde», sagt er.

«Hast du kein Problem damit?», wiederhole ich. «Akzeptierst du es einfach?»

«Wir können nicht wirklich etwas dagegen tun, oder?» Er setzt sich aufs Fensterbrett und schaut weiter nach draußen. «Schau mal», sagt er. «Ein Dalmatiner. Als du klein warst, wolltest du unbedingt einen Dalmatiner haben.»

Ich schlage mit der Hand auf den Tisch und springe auf. «Verdammt noch mal, Dad!»

Er dreht sich überrascht um. «Doch, wirklich», sagt er. «Du hast sie ‹Feuerwehrhunde› genannt und hast dir immer wieder einen gewünscht, zum Geburtstag oder zu Hanukkah.»

«Wir müssen nicht sterben», zische ich, weil mir die Lautstärke meiner Stimme bewusst wird und die Nachbarn uns vielleicht hören. «Wir haben andere Möglichkeiten.»

Er schließt die Augen, als würde die Sonne scheinen und ihm die Haut wärmen. «*Du* hast andere Möglichkeiten.»

«Ich weigere mich ...» Der Gedanke erstarrt in meinem Kopf und will nicht weiter, also korrigiere ich mich. «Ich will dich nicht hier zurücklassen.»

«Natürlich willst du das nicht», sagt er. «Aber es ist schon lange her, dass einer von uns das tun konnte, was er wollte.»

Ich erinnere mich nicht daran, wie alt ich war, als wir am Opferfest am Ende des Ramadan teilnahmen. Es fühlt sich an wie Dubai, aber es könnte auch davor gewesen sein, vielleicht war es in Kairo. Ich erinnere mich nur, dass ich klein war und dass wir extra in einem Jet des Außenministeriums dorthin geflogen und auf dem Flugplatz eines Würdenträgers gelandet sind, irgendeines Scheichs. Seine Villa lag tief in der Wüste, ein unglaublicher Ort mit mehreren Swimmingpools, himmelblaue Rechtecke mitten im endlosen Beige. Er und mein Vater sprachen sich gegenseitig als «Bruder» an, als sie sich umarmten, was mich verwirrte, bis mir mein Vater erklärte, dass sie bloß sehr gute Freunde seien. Am deutlichsten erinnere ich mich an ein Lamm, das sie hatten, ein süßes kleines Ding. Die anderen Kinder – es gab eine Million anderer Kinder – spielten eine Weile mit ihm. Ich erinnere mich, dass ich dachte, wie seltsam das war, ein Lamm auf einer Party, wie ein Streichelzoo mit nur einem Tier.

Irgendwann versammelte der Scheich alle Gäste zu einem Kreis, stellte sich rittlings über das Lamm und rieb es beruhigend zwischen den Ohren. Dann schnitt er ihm mit dem Messer die Kehle durch.

Als das Blut aus dem Lamm floss und alle klatschten, drückte ich mein Gesicht in den Bauch meines Vaters. Deshalb weiß ich, wie klein ich noch war. Ein paar Stunden später aß ich trotzdem vom Lammbraten. Und am nächsten Tag dachte ich schon gar nicht mehr daran. Schon damals wusste ich, dass die Welt genauso funktionierte: Lämmer und Menschen. Vertrauen wird mit einem Messer belohnt.

Ich weiß nicht, warum ich jetzt daran denke. Ich sehne mich nicht nach dieser Zeit zurück. Ich habe auch keinen Appetit auf Lamm. Vielleicht, weil ich mich daran erinnere, wie ich mein

Gesicht an meinen Dad drückte, so als könnte er mich vor der Welt beschützen.

Ich liebe ihn. Wirklich. Aber niemand wird mir die Kehle durchschneiden. Ich werde mit ihm überleben und mit ihm kämpfen, aber ich werde nicht mit ihm sterben. Ich möchte am liebsten laut schreien, wie unfair das alles ist. Doch die Welt kümmert sich einen Dreck darum, was fair ist. Die Welt ist so, wie sie schon immer war: Alles dreht sich um die Wünsche von starken und gerissenen Fleischfressern. Die Sanftmütigen überleben nicht. Man überlebt nicht als Judita das Lamm.

Im Schlafzimmer steht die feuchte Luft. Ich ziehe einen Schuhkarton unter meinem Bett hervor. Darin liegt ein Filetiermesser in einer Scheide, das ich bei meiner Ankunft in Montevideo gekauft habe. In den ersten sechs Monaten hier habe ich es jeden Tag innen an meinem linken Unterarm getragen. Jetzt werde ich es wieder umschnallen.

Das Messer liegt neben mir auf dem Bett, und ich gieße mir noch einen Becher des schlechten Weins ein und trinke. Ich trinke zu viel, um Pläne zu schmieden oder überhaupt einen klaren Gedanken zu fassen. Einzig die feste Überzeugung, dass ich hier nicht sterben werde, steht mir vollkommen klar vor Augen, bevor ich in die Bewusstlosigkeit sinke. Ich werde hier nicht sterben.

Ich finde Ruhe im Chaos von Marielas Restaurant. Ich genieße es, wie alles im Hier und Jetzt geschieht und sich in Geld auf dem Tisch verwandelt. Es ist weder kompliziert noch voller Lügen und Intrigen. Jedes Mal, wenn die Tür aufgeht, überlege ich, ob es wieder Brent ist, aber natürlich taucht er nicht gleich wieder auf. Es ist bloß noch ein Trupp hungriger Touristen, die unsicher die Augenbrauen hochziehen und fragen: «*¿Habla Inglés?*» Mariela schlägt vor Freude die Hände zusammen, als wären es alte Freunde, die sie allerdings gerade zum ersten Mal sieht, und sagt: «Besser als eure Englischlehrerin!» An Mariela werden sie sich am besten erinnern.

Ich sehe traurig den letzten Gästen hinterher, die betrunken und mit kneifenden Gürteln aus dem Lokal stolpern. Ich bin traurig, als die Toiletten sauber sind und Gustavo den Wein abgefüllt hat. Der Weg zum Busbahnhof ist die reinste Qual, weil ich weiß, dass am anderen Ende der Fahrt mein äußerst gutgelaunter, fatalistischer Vater wartet, der sich praktisch schon die Farbe der Robe aussucht, die er im Himmel tragen will, obwohl er gar nicht an den Himmel glaubt. Ich wünschte, es wäre möglich, ohne Schlaf auszukommen, dann könnte ich bis zur nächsten Schicht einfach durch die Stadt wandern. Ich wünschte, ich müsste den Wein in meinem Rucksack nicht trinken, um so etwas wie Ruhe zu finden.

Ich fange schon mal an und trinke auf dem Weg, direkt aus der Flasche. Ich hole mein Handy heraus, klemme mir die Flasche beim Gehen unter den Arm und schaffe es irgendwie, eine neue SIM-Karte einzulegen.

Ein eleganter Mann Ende fünfzig, aber ziemlich attraktiv, sitzt einsam in einem Café und trinkt Bier aus einem hohen Glas. Hinter ihm sitzt eine Frau Anfang fünfzig, die ebenso einsam und traurig ihr Bier aus einem hohen Glas trinkt. Ach, Terrance, ich würde was geben dafür, wenn ich die Welt aus deinen Augen sehen könnte.

Ich scrolle durch seine anderen Fotos. Auf einem legt eine alte Dame Blumen auf ein Grab. Auf einem anderen beugen sich zwei Frauen auf einer Parkbank vertrauensvoll zueinander, um Geheimnisse auszutauschen.

Die morgendliche Paranoia hat dazu geführt, dass ich dieses Leben nicht mehr ertrage. Ich hoffe, wenigstens das hier ist ungefährlich: Lass mich bitte einfach ein Tumblr-User in Uruguay sein, ohne Profilbild, ohne Posts, ohne Follower, ein User, der sich einfach bloß den Account eines gewissen TerraFirma ansieht, der nichts anderes will, als schöne Dinge mit denen zu teilen, die selbst keine besitzen.

Niemand ist an der Bushaltestelle, und ich muss noch zwanzig Minuten warten. Ich sitze da und trinke Wein – er schmeckt heute besonders eklig, oder vielleicht hat mein Dad recht, und er schmeckt immer so furchtbar. Aber was soll's, ich denke an Buenos Aires und wie es wäre, wenn ich jetzt dort mit Terrance wäre. Ich habe nicht seinen Blick auf die Welt. Ich bemerke die kleinen alltäglichen Dramen nicht, all die Statisten des Lebens, die vielen interessanten Dinge auf der Welt. Vielleicht könntest du sie mir zeigen, Terrance.

Der Fähranleger von Buquebus ist nicht weit von hier. Ich könnte zu Fuß hingehen, einfach da sein, wenn die erste Fähre abfährt, und in drei Stunden in BA ankommen. Aber das ist ein alberner Gedanke; ich würde Terrance dadurch nur noch weiter in Angelegenheiten hineinziehen, mit denen er nichts mehr zu tun haben soll.

Ich trinke noch einen Schluck und habe das Gefühl, ich muss mich gleich übergeben. Heute Abend wirkt meine Medizin schnell. Mein Daumen schwebt über dem Foto des einsamen Mannes und der einsamen Frau im Café – zu gefährlich, sage ich mir, tu es nicht –, und dann drücke ich doch auf das kleine Herz unter dem Bild. Achtung, NSA, ein Foto von User TerraFirma wurde um 2.09 Uhr von User RedShoesForSale geliked.

Dad hat irgendwo eine Lesebrille ausgegraben und sieht mich über die Brillengläser hinweg an, als ich reinkomme. Die Schulhefte liegen in einem ordentlichen Stapel auf dem Tisch vor ihm.

Ich atme langsam ein. «Machst du das wieder?»

«Bloß – ein paar Kleinigkeiten, die ich vergessen habe», sagt er.

Ich lasse mich auf den Stuhl ihm gegenüber fallen. «Morgen», sage ich. «Ich lade es morgen hoch.»

«Klar», sagt er. «Wenn du willst. Es geht um die Schweizer Konten.» Er schlägt ein Heft mit einem Hello-Kitty-Einband auf, blättert zur letzten Seite und reicht es mir.

Walter Kahn, Pension Alexandra, Hareth bei Bärenbad, Österreich. Ein Name und ein Ort, von dem ich noch nie gehört habe. Ich sehe ihn an.

«Wenn man irgendwie an Zorics Geld rankommen kann, dann über Informationen, die Walter Kahn hat.» Seine Stimme ist so leise und angestrengt, als würden die Worte ihn wertvolle Lebensenergie kosten. «Ich weiß nicht, ob es klappt, aber vielleicht.»

Ich betrachte den Namen. Er hat etwas Bedrohliches an sich. «Ist das ein Banker?»

«Walter Kahn ist ein Gastwirt. Der Besitzer der Pension Alexandra.» Er schlägt das Heft wieder zu und richtet den Stapel. «Er ist ein netter Mann. Kein ... kein Feind.»

Ich lächle ihn an und ziehe mir den Rucksack auf den Schoß. «Ich habe ein gutes Schweinekotelett mitgebracht. Fast unberührt.»

Sein Gesicht hellt sich auf. «Ja? Das ist toll. Vielleicht später. Hast du Wein mitgebracht?»

«Willst du welchen?», frage ich.

Er schüttelt den Kopf. «Aber trink du ruhig, wenn du möchtest. Und dann ... lass uns ein bisschen reden.»

Ich stehe auf und gehe in die kleine Küche, um meinen Becher zu holen. Auf dem Tresen stehen in einer ordentlichen Reihe alle Kameras und Handys, die ich gesammelt habe. Ein angenehm altmodisches Gefühl von Teenager-Angst – beim Klauen erwischt worden, einen Monat Hausarrest – flackert in mir auf und verschwindet sofort wieder. Ich nehme den Becher aus dem Schrank und fülle ihn.

«Du hast sie gefunden», sage ich und trete wieder ins andere Zimmer.

«Wir tun, was wir tun müssen», sagt er.

Ich setze mich auf den Stuhl.

«Nein, Mäuschen», sagt er und klopft neben sich auf das Sofa. «Hier.»

Ich rutsche neben ihn, und er legt mir den Arm um meine Schultern.

«Das Geld, das du versteckt hast, habe ich auch gefunden», sagt er.

«Bist du sauer?»

Eine Weile schweigt er. «Die Kameras und Handys müssten ein paar tausend Dollar wert sein», sagt er dann.

«Meinst du?»

«Vielleicht mehr», sagt er. «Außerhalb von Uruguay.»

Mehr sagt er nicht, sondern wartet nur, bis mir langsam klarwird, was seine Worte bedeuten. Er zieht mich zu sich heran, und ich lege den Kopf in die Kuhle unter seinem Arm.

«Erinnerst du dich an den Zauberer von Oz?», fragt er. «Das war doch unsere Tradition. Jedes Jahr zu Thanksgiving.»

Eine nostalgische Stimmung hat ihn plötzlich erfasst. Aber ich spiele mit. «Ja», sage ich. «Wir haben uns immer heiße Schokolade gekocht. Sogar in Dubai.»

«Die Szene, in der der Tornado kommt», sagt er. «Was tun Dorothys Onkel und Tante als Letztes, bevor sie in den Keller gehen?»

«Weiß ich nicht mehr.»

«Klar weißt du das. Komm schon.»

Ich schließe die Augen, stelle mir die Szene vor, dieses Chaos in Schwarzweiß, den heulenden Wind, die aufgeschreckte Natur. «Sie lassen die Pferde aus dem Stall.»

«Jedes Jahr hast du mich gefragt, warum sie das tun.» Seine Finger schieben sich durch meine Haare, streicheln vor und zurück über meinen Kopf. «Du hast mich gefragt, warum sie sie freilassen, wo doch der Tornado kommt.»

Meine Unterlippe bebt, und ich spüre, wie ich anfange zu zittern. Er zieht mich noch fester an sich. Er zittert nicht.

Ich unterdrücke ein Schluchzen. «Du hast gesagt ... weil die Pferde allein eine bessere Chance hätten», sage ich. «Wenn sie weglaufen könnten, dann würden sie vielleicht überleben. Aber im Stall ...»

Der Schluchzer steigt trotzdem in mir hoch. Dad drückt seine Lippen auf meinen Kopf. Ich präge mir den Rhythmus seines Herzens ein, wie sein Atem sich anfühlt auf meinem Kopf.

Er macht ein kleines Geräusch, das Zufriedenheit und Bedauern zugleich ausdrückt. «So ist es besser, findest du nicht? Für den Onkel und die Tante? Wenn sie wissen, dass die Pferde irgendwo am Leben sind?»

«Aber die Pferde kommen wieder», sage ich. «Das hast du gesagt.»

«Natürlich tun sie das», sagt er. «Sie kommen auf jeden Fall zurück.»

—

Ich mache mich im Morgengrauen auf den Weg, als er auf dem Sofa eingeschlafen ist und ich endlich wieder einigermaßen nüchtern bin. Ich packe das Nötigste in meinen Rucksack: Wechselklamotten und all die gestohlenen Kameras und Handys. Ich nehme das Bargeld, die SD-Karten mit seinem Geständnis für den Jüngsten Tag sowie die Hefte – zwei mit blauem Einband, drei in Pink, zwei mit Hello Kitty.

Die Pferde werden an ihre Karren gespannt, und weder sie noch ihre Besitzer sehen mir hinterher, als ich durch die Straßen gehe, an den bellenden Hunden vorbei, an den Blechhütten, bis zur Bushaltestelle, wo ich den Bus ins Zentrum nehme.

Wir haben uns nicht voneinander verabschiedet, denn sonst hätten wir Dinge gesagt, die mich zurückgehalten hätten. *Wir müssen das nicht tun. Wir finden schon einen Weg.* Gefühle hätten den Verstand unterlaufen, und wir hätten uns niemals getrennt.

Und wie macht man so etwas überhaupt? Den eigenen Vater verlassen, die einzige Familie, die man hat, die einzige Person, der man vertraut?

Ein Schritt nach dem anderen. Ein Fuß vor den anderen. Und irgendwo da am Horizont, die Vorstellung, dass ich zu ihm zurückkehre. Wir werden steril elektronisch miteinander kommunizieren, mit verschlüsselten E-Mail-Accounts, so wie man es uns beigebracht hat. Ein geheimer E-Mail-Account, den nur wir beide kennen, bei einem verschlüsselten Provider in Norwegen, mit einem vorab ausgemachten Bedrohungscode, einem unverfänglichen Satz, der bedeutet, dass sie einen von uns geschnappt haben. Das Vorgehen kam mir so makaber vor, und ich wollte nicht glauben, dass das wirklich nötig sein sollte. Aber nun ist es nötig. Die Todesliste. Noch einer wie Zoric.

Ich konzentriere mich auf die Tatsache, dass Überleben Handeln bedeutet. Mit etwas Anstrengung und Glück wird das, was ich als Nächstes tue, uns beide retten. Aber ich muss mich darauf einstellen, dass es vielleicht nicht so ausgeht, dass nur ich überlebe, und es fällt mir schwer, die Angst zu ignorieren, die mir in der Brust sitzt und mich drängt, zu meinem Vater zurückzugehen. Der biologische Befehl, unter allen Umständen zu überleben, treibt mich voran. Ein Schritt nach dem anderen. Ein Fuß vor den anderen.

Durch das Busfenster wärmen die ersten Sonnenstrahlen die Haut auf meinen Armen und weichen meine harte Entschlossenheit auf. Meine Augen füllen sich mit Tränen, aber ich presse sie fest zusammen. Mir stockt der Atem, doch ich schlucke die Angst hinunter mit aller Kraft.

Als ich den Fähranleger von Buquebus erreiche, warte ich unter den weißen Torbögen und mische mich unter die Raucher, die ihre letzten Zigaretten inhalieren, bevor sie an Bord gehen. Ich überprüfe jeden, der die Halle betritt oder verlässt, und halte Ausschau nach irgendwelchen Auffälligkeiten. Doch alles ist wie immer, ein paar Polizisten, Gruppen von Geschäftsleuten und Touristen. Kein Militär. Keine amerikanisch wirkenden Typen in billigen Anzügen und mit Sonnenbrillen.

Ich bin nur ein paar Straßen von Marielas Restaurant entfernt. Es wäre schön, mich von ihr zu verabschieden, aber was könnte ich ihr sagen als Erklärung, warum ich gehe? Nur der Gedanke an Marco erfüllt mich mit Bedauern, vermischt mit einer Art Schmerz. Aber das ist seine Schuld – weil er mich verraten hat –, und deshalb halte ich es auch leichter aus.

Ich kaufe mir mein Ticket und gehe mit den letzten Passagieren an Bord. In der Fähre sieht es aus wie in einem Flugzeug, mit vielleicht fünfzehn oder zwanzig Sitzreihen. Ich gehe an ihnen vorbei zum hinteren Deck. Die Schiffsschrauben wühlen ungeduldig das braune Wasser des Flusses auf, schlagen es zu einem wütenden Cappuccino aus Weiß und Beige. Ein paar Besatzungsmitglieder lösen die Seile, und die Fähre fährt ab. Niemand steht am Kai, um uns zu winken.

Montevideo schleicht davon und wird zur Erinnerung, während

die Fähre an Fahrt aufnimmt. Ich bleibe noch ein paar Minuten an Deck, dann gehe ich rein. Familien breiten Essen aus, das sie mitgebracht haben, und die Geschäftsleute öffnen ihre Laptops. In meinem Körper baut sich der Alkohol allmählich ab, und ich muss nun ohne die Hilfe der Betäubung zurechtkommen. Ich dränge mich an der Menge vorbei zum Außendeck am Bug der Fähre. Der Wind ist scharf, und das Wasser teilt sich vor uns. Ich stütze mich mit den Unterarmen auf die Reling und atme den Geruch des Flusses ein.

8. KAPITEL

Eine Nachricht von MackintyreMac69@yahoo.com landet in meiner verschlüsselten Mailbox. *Musste bei dem Artikel an dich denken,* steht in der Betreffzeile. Die Nachricht selbst ist bloß ein Link zu einem Artikel in einem britischen Klatschmagazin, «Die 10 heißesten Gangster». Es folgen ein Haufen Fotos und atemlose Beschreibungen der sexy Heldentaten, Ausschweifungen und geschätzten Nettoeinkommen der jungen und gutaussehenden Stars in der Welt des organisierten Verbrechens. Sexy Waffenschmuggel. Sexy Drogenschmuggel. Sexy Mord. Drei Russen stehen auf der Liste, zwei Chinesen, drei Amerikaner, ein Kolumbianer und ein Serbe – Lovrenc Zoric.

Die Fotos sehen aus, als hätten Paparazzi sie geschossen. Aufnahmen aus der Ferne: ein Typ, der mit seinen Begleitern aus einem Nachtclub kommt, ein Typ, der mit seinen zwei Freundinnen aus einer Limo steigt, ein Typ, der mit nacktem Oberkörper neben einem luxuriösen Pool liegt, das Handy am Ohr. Das Bild von Lovrenc zeigt ihn an Bord einer großen Yacht, wie er attraktiv die Augen zusammenkneift, während seine schwarzen Haare im Wind wehen. Er ist vierunddreißig, verrät der Artikel (und Single!) und etwa 900 Millionen britische Pfund wert.

Die nächste E-Mail stammt von JulieKurland2000@hotmail.com. Betreff: *Mensch, da möchte ich hin ...* Darunter folgt eine richtige Nachricht. *Ich war noch nie in Valencia. Was meinst du? In den Frühjahrsferien? Wir könnten uns ein Boot mieten und ein biss-*

chen herumfahren. Der Link führt zum Hafen von Valencia. Ein wunderschöner Ort, wenn man den Bildern glauben will, und es gibt hilfreiche Rubriken zum Thema Segelbootmieten, über das Restaurant und die eine Bar am Platz und über den neu ausgebauten Anleger für Mega-Yachten.

Ich brauche ein paar Minuten, um das Rätsel zu lösen. Ich kehre zum Artikel aus dem Klatschmagazin zurück und betrachte noch einmal Lovrencs Bild. Gleich hinter ihm sieht man ein Stück seiner Yacht und darauf den Namen *Erebus.* Dann gehe ich wieder auf die Seite vom Hafen Valencias, klicke mich durch und finde eine Auflistung der Yachten, die in den nächsten Tagen ankommen oder abfahren. Die *Erebus* hat sich in zwölf Tagen angekündigt und kommt aus Marseille.

In zwölf Tagen muss ich also dort sein.

Also, Brent, das ist ja mal wirklich clever, wie du mir meine Befehle erteilst. Die Arroganz seines Vorgehens macht mich wütend – erledige einfach diesen Job; wie du es machst und wie du das alles bezahlst, interessiert mich nicht. Aber nicht nur du kannst so alles abstreiten, Brent, das gilt für uns beide. Denn kann man es mir vorwerfen, wenn ich einen Auftrag nicht ausführe, den man mir eigentlich nie erteilt hat?

Ich bin seit drei Tagen in Buenos Aires, drei federleichte Tage ohne Ketten, die mich an irgendwelche Verpflichtungen binden. Ich hatte mir diese Stadt schon ganz richtig vorgestellt: Sie ist riesenhaft und chaotisch, und es ist einfach, darin unterzutauchen. Der öffentliche Verkehr wird bestreikt, und Taxis sind die einzige Alternative zu Bussen und U-Bahn. Aber die Straßen sind verstopft, weil die Hauptverkehrsadern von Demonstrationen blockiert werden. Anarchisten mit roten Tüchern über den Gesichtern haben sich die Probleme der Arbeiter zu eigen gemacht und prügeln sich alle paar Blocks mit der Polizei, werfen ihnen ihre

Tränengasgranaten zurück und setzen Autos und Mülleimer in Brand.

Ich liebe diese Stadt.

Vielleicht bleibe ich eine Weile hier. Eine Woche oder zehn Jahre.

Zum ersten Mal in meinem Leben bin ich an einem Ort, den ich mir selbst ausgesucht habe.

Ich beginne eine neue Sitzung am Computer, verbinde mich wieder über TOR und schaue mir Terrances neue Fotos an. Er ist in Mendoza, Argentinien. Ein alter Mann mit fleckigen Händen, der ein Weinfass baut. Eine Frau, die einen Schluck aus einem Glas nimmt, in dem köstlicher Malbec sein muss, denn sie schließt die Augen, als würde sie einen Kuss bekommen. Der User RedShoesForSale klickt unter allen Bildern von TerraFirma das Herzsymbol an.

Dann postet RedShoesForSale ein paar eigene Bilder. Als erstes ein Foto aus dem Internet von einem Plattenladen, in dem die Kunden durch Kästen kramen, auf denen deutlich das Wort JAZZ zu lesen ist. Dann noch ein gestohlenes Bild von einem Mädchen, das allein auf einer Parkbank sitzt, hinter ihr die Skyline von Manhattan. Ich betitele das Bild mit «Ich vermisse New York».

Ich bin an einem Ort, den ich mir ausgesucht habe. Da kann ich auch entscheiden, mit wem ich hier sein will.

Ich habe ein billiges Hotel im Barrio Retiro gefunden, direkt beim Busbahnhof, wo nur ich und ein paar Dutzend Prostituierte wohnen. In den letzten drei Tagen habe ich mich an die pinken Wände und die grünen Bodenfliesen gewöhnt. Der ständige Lärm vom Verkehr draußen und die hohe Arbeitsmoral meiner Mitbewohnerinnen stört mich allerdings immer noch.

Von meinem Pseudobalkon – der bloß aus einer schmiedeeisernen Brüstung besteht, die ein paar Zentimeter von der Fenstertür absteht – kann ich die Sirenen und Gesänge und das Knallen von Polizeigranatwerfern hören. Ich frage mich, ob das Tränengas hier nach oben in den dritten Stock des Hotels ziehen kann, aber bis jetzt rieche ich nur brennenden Müll.

Obwohl ich mich die ganze Zeit wie schwerelos fühle – diese Freiheit fühlt sich an wie ein neues Paar Schuhe, die schön aussehen, aber noch nicht richtig eingelaufen sind –, trage ich das Messer, das ich mir mit der Scheide an die Innenseite meines Unterarms gebunden habe. Es ist mein einziges Zugeständnis an die Tatsache, dass ich zwar von Judita weggelaufen bin, sie mich aber bald einholen wird. Außerdem habe ich Geschäfte zu erledigen, vor allem muss ich die letzten paar Kameras und Handys verkaufen, die ich aus Uruguay mitgebracht habe.

Gleich nach der Mittagszeit ziehe ich wieder los, den schweren Rucksack auf den Schultern. Eine der Frauen vom Hotel, die immer draußen steht und raucht, hat mir von den Pfandleihern im Congreso-Viertel erzählt, etwa eine Stunde von hier zu Fuß. Ich gehe jetzt zum dritten Mal in den drei Tagen, seit ich hier bin, hin.

Mittlerweile meide ich die Hauptstraßen, und jedes Mal, wenn ich das Heulen von Sirenen höre, wende ich mich in eine andere Richtung. Das Letzte, was ich brauche, das Allerletzte, ist eine Passkontrolle oder dass ich sonst irgendwie auffalle, nicht mit einem Rucksack voller Diebesgut. Als ich in dem Viertel ankomme, mache ich da weiter, wo ich gestern aufgehört habe, auf halber Höhe der westlichen Straßenseite.

Ich betrachte den Laden ein paar Minuten durch das verschmierte Fenster, sehe goldene Armbanduhren und Silberbesteck, die wahllos in Vitrinen ausgestellt sind. Ein Mann mit einem sehr dicken Bauch und einem schwarzen Schnurrbart steht hinten im

Laden, stützt die Hände auf die Hüften und erzählt zwei andächtig lauschenden jungen Männern in Muskelshirts eine Geschichte. Die Pointe – «und ich hab sie gezwungen, alles aufzuessen, bis zum letzten Krümel» – löst brüllendes Gelächter aus.

Ich zupfe versunken über die Saiten einer E-Gitarre, die an der Wand hängt. Dann wird die Luft über meiner Schulter wärmer, und ich höre jemanden atmen. «Der nächste Jimi Hendrix», sagt eine Männerstimme.

Mein Kopf reicht gerade mal bis zum Schnurrbart des Mannes. Er ist größer, als er hinten im Laden gewirkt hat. «Ich hab was zu verkaufen», sage ich und berühre den Gurt meines Rucksacks. «Eine Kamera und ein Handy. Sind Sie interessiert?»

«Hab ich dich nicht gestern schon hier auf der Straße gesehen?», sagt er.

«Das muss jemand anderes gewesen sein», sage ich.

«Wenn du deinen Kram loswerden willst, dann kommst du nächstes Mal gleich zu mir, okay?» Er streckt mir seine aufgedunsene Hand entgegen. «Guillermo.»

Ich schüttle sie. «Freut mich.»

Der Mann deutet auf eine Tür hinter dem Ladentisch. «Bei den Seriennummern muss man aufpassen. Die werden mit einer Datenbank verglichen.»

«Ich weiß nicht, was Sie meinen.»

«Wenn sich die Ware als gestohlen rausstellt, dann wird sie von der Polizei beschlagnahmt. Ohne Entschädigung.» Er öffnet die Tür und bedeutet mir mit dem Kopf, in ein dahinterliegendes Büro einzutreten. «Darum überprüfe ich nie die Seriennummern.»

Er schaut mich an und grinst kumpelhaft.

Die Neonlampe in seinem Büro surrt und taucht alles in ein kränklich grünes Licht. Ein stumpfer Spiegel in einem verschnörkelten Goldrahmen hängt schief über ein paar Aktenschränken, die mit Papieren vollgestopft sind. Eine Tigerkatze blickt auf, als wir hereinkommen, schläft aber gleich weiter. Guillermo setzt sich auf seinen Schreibtischstuhl und hält mir die Hände entgegen – *also?*

Ich lege eine Canon auf den Tisch, und er nimmt sie und betrachtet sie.

«Okay», sagt er.

«Okay was?»

«Okay, was hast du noch? Ich hab dich hier nach hinten gebeten, um richtige Geschäfte zu machen.»

Einer der beiden Männer im Muskelshirt lehnt sich gegen den Türrahmen, die Arme vor der Brust verschränkt.

Es bringt nichts, ihn zappeln zu lassen. Ich kriege weniger Geld, wenn ich alles auf einmal verkaufe, aber es ist sicherer, als es in verschiedenen Läden anzubieten. Vor allem, wenn Guillermo mit den Seriennummern recht hat. Ich stelle den Rucksack auf meinen Schoß und packe alles aus.

Guillermo und der Typ im Muskelshirt untersuchen jedes Stück, sie unterhalten sich flüsternd in einer Art Geheimsprache und runzeln beim kleinsten Kratzer übertrieben die Stirn.

Fünf Minuten später lehnt sich Guillermo in seinem Stuhl zurück und schaut mich finster an. «Ich werde ehrlich mit dir sein – für eine Diebin hast du kein besonders gutes Auge. Das hier ist billiger Schrott. Völlig veraltet.»

Der andere Typ nimmt seine Position am Türrahmen wieder ein und grunzt zustimmend.

«Aber du gefällst mir», fährt Guillermo fort. «Ich tue dir einen Gefallen, und vielleicht können wir in Zukunft mehr Geschäfte machen.» Er holt eine fette Brieftasche aus seiner Tasche, zieht ein paar Scheine heraus und schiebt sie mir über den Tisch.

Ich rechne im Kopf – weniger als sechshundert US-Dollar.

Die totale Verarschung. Er kriegt zehn- oder fünfzehnmal so viel, wenn er alles verkauft.

«Nein, danke», sage ich und greife nach den Kameras.

Guillermos Hand schießt vor, packt mein Handgelenk, der Messergriff an meiner Arminnenseite ist nur ein paar Zentimeter entfernt von seinen Fingerspitzen.

In weniger als einer Sekunde wäge ich meine Reaktionsmöglichkeiten ab – ich kann ihn nach vorn reißen, ihm die Faust gegen das Ohr schlagen, dem anderen Typ hinter mir mit dem Fuß in die Eier treten.

«Was bringen sie dir, wenn du im Gefängnis sitzt, Schätzchen?» Guillermo lächelt mich an.

Der Mann an der Tür zieht ein Handy aus der Tasche. «Detective Moreno?», sagt er. «Dem haben wir schon länger keinen Tipp mehr gegeben.»

Mein Blick fliegt von Guillermo zu seinem Partner. Ich kann es mit beiden aufnehmen, aber da ist noch ein dritter Mann im Laden, und in jedem Pfandleihhaus liegt eine Knarre in Reichweite. Zu viele unbekannte Risiken, zu viele Dinge, die schiefgehen könnten.

Ich beuge mich vor und lege eine Hand auf das Geld. «Deal», sage ich.

Immerhin ist der Tag nicht komplett für die Tonne. Ganz im Gegenteil. Trotz der Abzocke in der Pfandleihe gibt es gute Nachrichten: Tumblr-User RedShoesForSale hat ihr erstes Like erhalten.

TerraFirma hat das kleine Herz unter dem Foto mit dem Mädchen auf der Parkbank angeklickt, dem Bild, unter dem «Ich vermisse New York» steht. Er hat sogar einen kurzen Kommentar hinterlassen: «Ich auch.»

Mein Herz klopft schneller, doch nur für einen Moment und auch nur ein bisschen. Aber hat Terrance die beiden Hinweise, die beiden Fotos von mir miteinander verbunden? Ich hinterlasse ihm das dritte und wichtigste von allen. User RedShoesForSale postet ein Foto, das sie gestern Abend aufgenommen hat – ein Jazzclub im Nobelviertel Recoleta. Wenn man das Foto genau betrachtet, findet man ein Plakat mit den Veranstaltungen für dieses Wochenende: An drei Abenden hintereinander tritt ein Avantgarde-Trio aus Japan auf.

Das ist der letzte Versuch, den ich mir gestatte. Wenn es klappt, ist es gut, und wenn nicht – sicher ist es eh besser, wenn wir uns nie wiedersehen. Mit Terrance Kontakt aufzunehmen, widerspricht jedem Sicherheitsprinzip, jeder Regel, die man mir über den unüberbrückbaren Graben zwischen dem alten und dem neuen Leben beigebracht hat. Aber Judita Perels ist von Judita Perels fortgelaufen.

Ich habe noch zwei Tage bis Donnerstag, wenn das Trio zum ersten Mal im Jazzclub auftritt. Neben der Route der *Erebus* habe ich Terrances Route durch die Städte, die er besucht hat, verfolgt. Wenn er die Nachricht bekommt, wenn er die Verbindung herstellt, wenn er mich nicht hasst, dann wird er kommen. Und mit diesen reizvollen Aussichten im Kopf wandere ich zwei weitere Tage durch Buenos Aires, nur als ich selbst, weder als Judita noch als Gwendolyn, sondern als beide zugleich, als das Ich, das zu kompliziert ist für einen Namen.

9. KAPITEL

Am Samstagabend, dem letzten Abend, taucht Terrance auf.

Er kommt mit den letzten Zuschauern, die für die Spätvorstellung in den Club drängen. Gutgekleidete, reiche *porteños*: Blondinen Mitte fünfzig in kurzen Cocktailkleidern, Typen im selben Alter mit maßgeschneiderten Anzügen und makellos frisierten grauen Haaren. Sehr wenige junge Menschen. Eigentlich nur einer.

Terrance fällt auf wegen seiner Jugend und seiner dunklen Haut, aber das ist nicht das Erste, was ich sehe. Er trägt dunkelblaue Hosen und ein gebügeltes weißes Hemd und hat sich jedenfalls von hinten, jedenfalls seinem Gang nach zu urteilen, kein bisschen verändert. Er wirkt schlank und aristokratisch, als komme er gerade von einem Werbeshooting für Ralph Lauren.

Mein Magen verknotet sich bei seinem Anblick wie der eines Schulmädchens, und das Gefühl erinnert mich daran, wie einfach das Leben uns vorkam, als wir uns zum ersten Mal auf dem St. Mark's Place in der Lower East Side begegnet sind, in diesem Plattenladen, wo alles nach Staub, Ozon und altem Vinyl gerochen hat. Als unsere größten Sorgen Klausuren und Hausaufgaben waren. Ich muss mich richtig beherrschen, um nicht laut nach ihm zu rufen. Aber ich muss vorsichtig sein. Jetzt mehr denn je.

Ich sitze an einem Tisch vor einem kleinen Café in der Nähe des Clubs und schaue die Straße rauf und runter. Ich halte Ausschau nach Personen, die Terrance beschatten. Das hier wäre ein professioneller Einsatz, und seine Verfolger würden sich unter die Menge mischen. Jeder ist ein Verdächtiger. Zum Beispiel dieser bärtige Penner da. Oder das Teenagerpärchen, das auf einer Bank rumknutscht. Ich beobachte ganz genau, ob sie sich auffällig bewegen, als Terrance vorbeikommt, was sie als Nächstes tun. Aber er ist sauber. Zumindest soweit ich es beurteilen kann. Nicht, dass ich es mit Sicherheit sagen könnte.

Ich bestelle noch einen Maté, während Terrance im Club verschwindet. Auf keinen Fall kann ich mich ihm während der Show nähern. Ich weiß nicht, was er dann tut, wie er reagieren wird. Also beschließe ich zu warten, bis er wieder rauskommt.

«Bist du allein?», fragt der Kellner, als er mir die Kürbisflasche mit dem Maté bringt.

Ich nehme einen Schluck durch den metallenen Strohhalm und zucke mit den Schultern. «Ich warte auf meinen Freund», sage ich mit einem sehnsüchtigen Ton in der Stimme.

Er zieht die Augenbrauen hoch und schaut auf seine Armbanduhr. «Wenn er nicht auftaucht», sagt er. «Ich mache um zwei Uhr Schluss.»

Ich lächle den Kellner an. «Bei Bedarf komme ich darauf zurück», sage ich.

Gott, ich hätte so gern einen Drink, bloß einen Schluck von dem Malbec, der hier billiger ist als Mineralwasser. Aber ich traue mich nicht, Wein zu bestellen. Ich brauche die Konzentration und die Paranoia, die mich nur überkommt, wenn ich nüchtern bin.

Um Mitternacht, als die Zehn-Uhr-Show zu Ende geht, werfe ich ein paar Scheine auf den Tisch. Die ersten *porteños* kommen aus dem Club, dann immer mehr Leute und dann Terrance. Sein Gesichtsausdruck ist nicht besonders freundlich. Die Tumblr-Hinweise waren anscheinend doch ein Missverständnis. Er geht die Straße runter, aus der er gekommen ist. Ich warte noch ein bisschen länger, überprüfe erst, ob ihm irgendjemand folgt.

Ein halber Block ist ein guter Abstand zwischen ihm und mir. Ich mische mich unter die Fußgänger, bin bloß ein Mädchen auf dem Weg zu einer anderen Bar. Mitternacht ist in BA früh, praktisch noch Abendbrotzeit, und die Straßen sind so voll, dass ich Terrance in der Menge kaum sehen kann. Er biegt nach links ab, also biege ich auch nach links ab. Er geht nach rechts, und ich auch. Ich sehe nichts Verdächtiges, also gehe ich schneller.

Vor uns liegt ein kleiner Platz, der von Bars umringt ist. Die Straßen sind voll mit lauten, betrunkenen Menschen in unserem Alter. Ich nähere mich ihm von hinten links und sage auf Englisch, gerade laut genug, dass er mich hört: «Dreh dich nicht um.»

Er dreht sich nicht um. Er zuckt noch nicht einmal zusammen. «Bist du es?», antwortet er.

«Ja», sage ich.

Ein paar Schritte lang sagt er nichts, dann: «Folgt uns jemand?»

«Ich glaube nicht», sage ich. «In welchem Hotel wohnst du?»

«Im Paradiso.»

Eines der großen, beliebten Hotels, das seine besten Jahre schon hinter sich hat. Es liegt vielleicht zwei Kilometer von hier entfernt. «Zimmernummer?»

«Fünfhundertzwei.»

«Wir treffen uns dort, in einer Stunde.»

Er dreht nicht den Kopf, er nickt nicht, er lässt sich überhaupt nicht anmerken, dass er mich gehört hat. Stattdessen geht er schneller, während ich langsamer werde und Abstand zwischen uns lege. Er versteht, dass wir diskret sein müssen, dass wir uns nur im Geheimen treffen können. Und das macht mich traurig. Ich hatte erwartet, mir vielleicht sogar gewünscht, dass er der Junge geblieben ist, den ich in New York kannte. Aber diesen Terrance gibt es nicht mehr.

Ich lasse mich zurückfallen, beobachte die Leute um ihn herum, scanne die Pärchen, die sich aneinanderdrängen, die Streifenpolizisten, die auf Ärger warten, die verirrten Touristen, die zu den Straßenschildern hochschauen. Der Weg, den Terrance einschlägt, führt nicht direkt zu seinem Hotel. Genau so hätte ich es auch gemacht. Wer immer ihn verfolgt, würde sofort auffallen. Aber ich sehe nur Zivilisten. Selbst als wir das Paradiso erreichen, sieht alles ganz harmlos aus: schäbige Portiers in schäbigen Uniformen, die die Leute in Taxis schieben; Touristen, die mit ihren iPhones Bilder machen.

Terrance verschwindet im Hotel, und ich verschwinde in der Menge auf der anderen Seite der Straße. Schließlich gehe ich hinüber und betrete die Lobby. Das himmelblaue Dach schwebt fünf Stockwerke über uns. Zwischen der abblätternden Farbe und den Wasserflecken hängt ein Kronleuchter aus massivem Gold, der sich nach einer Seite neigt. Alte Kellner, die hier schon ihr ganzes Leben lang arbeiten, bringen den Touristengruppen, die in abgenutzten Ledersofas und Sesseln sitzen, Wein und Bier. Irgendwo spielt jemand auf einem unsichtbaren Klavier, und die Töne ziehen wie verlorene Geister durch die Lobby.

Ich schaue mich nach irgendetwas Verdächtigem um. Als ich nichts sehe, gehe ich zu der großen Treppe und steige langsam und zielstrebig nach oben. Dabei fahre ich mit der Hand über das schmiedeeiserne Geländer und observiere unauffällig die Gäste in der Lobby. Im fünften Stock gehe ich den Flur entlang, Zimmer 508, 506, 504. Vor Zimmer 502 bleibe ich stehen und lausche mit gesenktem Kopf. Ich höre einen Fernseher weiter unten im Flur, aber ansonsten ist es still. Ich hebe die Hand, zögere kurz und klopfe ein einziges Mal.

Drinnen atmet jemand scharf ein, und ich höre das Reiben von Stoff auf Stoff – jemand erhebt sich aus einem Sessel. Ich trete einen Schritt zurück, damit er mich durch den Spion sehen kann. Die Tür öffnet sich einen Spalt, dann ganz.

Ich betrachte Terrance – gutaussehend, sauber, aufrecht – all das habe ich vermisst. Aber es muss warten. Ich schiebe ihn mit dem Arm zur Seite und eile ins Zimmer, schaue mich um, suche nach jemandem, der vielleicht noch hier sein könnte. Das Zimmer ist groß und schäbig, mit abgewetztem Parkettboden und Wänden, die vor dreißig Jahren zuletzt gestrichen wurden. Hohe Decken mit Stuck und Gold, schlaffe Vorhänge neben hohen Fenstern.

«Gwen, was machst du …?»

«Lass dir ein anderes Zimmer geben», sage ich. «Ruf die Rezeption an und sag ihnen, dass du das Zimmer tauschen willst.»

Er erstarrt. «Wieso?»

«Tu es einfach.»

Er zögert einen Moment, dann greift er zum Telefon. Er lässt mich nicht aus den Augen, während er mit der Person am anderen Ende spricht, und ich lasse ihn auch nicht aus den Augen. Ich starre ihn an, stelle ich fest. Es ist der Schreck, ihn endlich wiederzusehen, die Freude. Doch er betrachtet mich anders, eher wie eine Fremde, der er nicht über den Weg traut.

Er legt auf. «Fünf Minuten.»

«Danke», sage ich. «Ich bin … ich bin bloß paranoid.»

«Das Zimmer ist nicht verwanzt, falls du dir deswegen Sorgen machst», sagt er.

Ich lehne mich ein wenig vor, und er tut es auch. Dann nimmt er mich in die Arme. Meine Wange liegt an seiner Wange, seine Arme um meine Schultern. Ich atme ihn ein, die teure Seife, der nervöse Schweiß, all das ist so real, und es ist genau hier.

«Ich habe es dabei», sagt er.

«Was?», frage ich.

«Das Buch. Das du mir gegeben hast.»

Aus einem ramponierten Leinenrucksack holt er das Exemplar von *1984*, zusammen mit einem gefalteten Blatt Papier. Ich nehme das Buch hastig an mich, dann betrachte ich das Papier, ob es auch dasselbe ist, das ich in dem Lagerraum in Queens gefunden habe. Zorics Kontonummern.

«Ich habe das Buch und den Zettel eingescannt, nur für den Fall», sagt Terrance. «Alles ist auf einer verschlüsselten FTP-Seite hochgeladen, falls du es mal verlierst.»

«Danke», sage ich.

«Ich habe es überallhin mitgenommen, weißt du? Für alle Fälle.»

«Für welche Fälle?»

«Für so einen wie jetzt. Dass wir uns irgendwo treffen.»

Ich umarme ihn fest. «Das bedeutet mir … alles», sage ich.

«Hast du es je gelesen?», fragt er.

«Nicht das ganze Buch», sage ich. «Ich weiß, dass es ein trauriges Ende hat. Ich mag Bücher mit traurigen Enden nicht.»

«Winston betrügt Julia», sagt Terrance, und ich umarme ihn immer noch. «Er betrügt sie, und damit endet es.»

Die Angestellten vom Paradiso überschlagen sich beinahe, um Terrance ein anderes Zimmer zu geben. Man fragt höflich nach: Hat Señor vielleicht die Aussicht nicht gefallen? Auf jeden Fall wollen sie es Señor jetzt recht machen, indem sie ihm ein noch größeres und noch schäbigeres Zimmer geben, das einen Erker mit einem Bogenfenster besitzt, von dem man einen Platz und eine Kirche sehen kann. Während uns der Page herumführt, kommt ein Manager mit einem Eiskübel herein, aus dem eine Flasche Champagner ragt, teurer französischer Champagner, und aufs Haus. Terrance akzeptiert das alles mit einem höflichen «Gracias»; die Welt hat schon immer eilfertigst dafür gesorgt, dass er sich rundum wohl fühlt.

Ich erkenne sofort, dass der Zimmerwechsel ein Fehler war, mein Fehler. Jetzt wissen sie, wer Terrance ist. Sicher hat jemand an der Rezeption seinen Namen gegoogelt, und jetzt ist er – und damit auch ich – auf ihrem Radar. *Der Sohn eines Hedgefonds-Milliardärs wohnt bei uns, ruft den Manager zu Hause an.* Ich weiß, wir sollten in ein anderes Hotel gehen, und zwar sofort, heute Abend noch. Dann höre ich das Knallen der Champagnerflasche und vergesse, was mir durch den Kopf gegangen ist.

«Möchtest du?», sagt er und gießt so akkurat ein, dass die Blasen genau bis zum Rand des Glases steigen, nicht weiter.

Ich nehme ihm gierig das Glas aus der Hand und will schon trinken, als Terrance mit mir anstößt.

«Auf ... dich», sagt er. «Und auf was immer wir hier tun.»

Es ist nicht so leicht, wie ich gedacht hatte. Er greift nicht nach mir, wie in meiner Vorstellung. Stattdessen stehen wir einfach lange da und trinken den Champagner. Vielleicht müssen wir gar nichts sagen. Nein, wir müssen uns alles sagen. Ich: Entschuldigungen und Erklärungen. Er: Entschuldigungen annehmen oder verweigern.

Bloß, dass ich gerade keine Lust zum Reden habe, also übernehme ich – mutig, aber ohne wirkliches Geschick – die erste Berührung. Ich lege die Hand an seine Wange, dann beuge ich mich vor und will ihn küssen. Stattdessen packt er mein Handgelenk.

«Was ist das?», sagt er und hält meinen Arm, während er mit der anderen Hand das Bündchen meiner Bluse öffnet. Das Messer in seiner Scheide, das mit Klebeband an meinem Unterarm befestigt ist – ich habe ganz vergessen, dass es da ist, so sehr ist es schon mit mir verwachsen.

«Das ist zum Schutz», sage ich.

«Vor wem?», fragt er. «Vor mir?»

«Nein. Nicht vor dir» sage ich. «Vor dir am allerwenigsten.»

Er schüttelt den Kopf. Trauer und Mitleid. Abneigung. «Wer bist du?»

«Ich ... ich bin immer noch dieselbe», sage ich, obwohl die Absurdität dieser Aussage so offensichtlich ist wie das Messer selbst. «Schau, ich nehme es ab.»

Ich kratze an dem Klebeband, das die Scheide hält, und als meine Fingernägel nicht reichen, beiße ich den Rand mit den Zähnen ab. Endlich habe ich ein Ende gelockert und reiße mir das Klebeband von der Haut. Es hinterlässt feuerrote Streifen auf meinem Unterarm, die schwarz sind an den Rändern, wo das Band den Dreck der Stadt an meine Haut geklebt habt.

Doch Terrance hat sich von mir zurückgezogen. Er steht an der mit Wasserflecken übersäten Wand und schaut zur Seite, als schäme er sich für mich.

Ich gehe zum Sofa und fühle mich gedemütigt, weil ich in seine Welt eingedrungen bin. «Ich bin dir dankbar», sage ich schließlich mit steifer, förmlicher Stimme. «Du bist ein großes Risiko eingegangen, um mich zu treffen. Und ich weiß das zu schätzen.»

«Da ist nicht mehr viel übrig, das ich riskieren könnte», sagt er. «Wen immer du verärgert hast, sie haben es an meinem Dad und mir ausgelassen.»

«Wie, ausgelassen?»

«Glaubst du vielleicht, sie wussten nichts von uns? Du hast mich angerufen, mir Nachrichten aus Prag geschickt, weißt du noch?»

«Das war mit einer neuen SIM-Karte, ich dachte ...»

«Eine neue SIM-Karte, na und? Ich werde zum allerersten Mal in meinem Leben aus Prag angerufen. Mehr brauchten die doch nicht.» Er schließt die Augen und atmet langsam ein und aus.

«Das … das ist kein Beweis. Das ist bloß Zufall.»

Er verzieht das Gesicht, presst die Lippen zusammen, drängt seinen Ärger zurück. «Ihnen hat es gereicht. Drei Monate später sind sie gekommen. Drei Monate nach – was immer du da drüben gemacht hast. Stimmt es eigentlich? Was sie gesagt haben?»

Ich zucke die Schultern. «Ich weiß nicht. Vielleicht haben sie übertrieben. Terrance, was haben sie mit euch gemacht?»

«Sie haben meinen Vater beschuldigt, Geldwäsche für Terroristen in Syrien und im Sudan zu betreiben.» Er leert sein Glas, stellt es ab und nimmt einen Schluck direkt aus der Sektflasche.

«Das tut mir leid, Terrance.»

«Die ganze Sache war sehr – abstrus. Irgendein Gericht, von dem noch nie jemand etwas gehört hatte. Beweise, die mein Vater nicht mal sehen durfte. Am Ende haben sie die schwersten Anschuldigungen fallenlassen, er ist mit fünf Jahren in einem ganz angenehmen Gefängnis in Nevada davongekommen. Aber er musste seine Lizenz abgeben. Und nachdem er alle Anwälte und Strafen bezahlt hatte, war nicht mehr viel übrig.»

Ich kann nicht anders, ich schaue mich im Hotelzimmer um, so schäbig es auch ist, und muss an alle seine Reisen denken. Für ihn ist «nicht viel» immer noch weit mehr, als mein Dad und ich je hatten. Die Wut packt mich, aber ich beschließe, die Dinge mit seinen Augen zu sehen. Wenn man vorher Milliarden besessen hat, ist es scheiße, wenn man nur noch Millionär ist. Das verstehe ich. Glaube ich.

«Aber du hast es ihnen nie gegeben», sage ich. «Das Buch. Die Codes.»

Er sieht mich an und zuckt die Schultern. «Natürlich nicht.»

«Das hast du … für mich getan.»

«Ich habe es aus Prinzip getan. Scheiß auf sie. Scheiß auf ihr falsches Gericht.»

Ich muss blinzeln und sehe zu Boden. «Danke, Terrance. Danke.»

«Ja, klar, gern geschehen.» Er stößt ein kleines Lachen aus, dann hebt er die Flasche wieder zum Mund. «Beide Eltern in Harvard, Stiftungen der Familie an die Universität. Da würde man doch annehmen, ich bekomme sofort einen Studienplatz, oder?»

«Vermutlich.»

«Abgelehnt. Ohne Begründung.» Terrance schwenkt sein Glas verächtlich durch die Luft. «Bei Princeton genauso. Yale. Sogar die Universität von Scheiß-Minnesota hat mich abgelehnt.»

«Und was machst du jetzt? Hast du einen Job?»

«Ich arbeite manchmal als Freiberufler. Hie und da mal ein Auftrag. Netzwerksicherheit. Aber richtige Firmen wollen nichts mit mir zu tun haben. Vielleicht kriegen sie einen Anruf aus Washington, sobald ich mich bewerbe, was weiß ich.» Er geht zum Fenster und schiebt mit einem Finger den Vorhang zur Seite. «Hauptsächlich reise ich. Ich war ein paar Monate in Australien. Und China.»

«Ich weiß. Ich hab deine Fotos gesehen.» Ich schlucke und sehe zu Boden. «Du bist richtig gut.»

«Danke.» Ein Lächeln huscht über sein Gesicht. «Das sind nur – was ich mit dem Handy aufnehme. Für die wichtigen Bilder habe ich eine alte Kamera gekauft. Ich glaube, das ist es, was ich gern machen möchte.

«Fotograf werden?»

«So was Ähnliches», sagt er. «Graphiker.»

Schön, wenn man die Wahl hat.

«Graphiker», sage ich. «Das klingt – irgendwie cool.»

Er hört mich und versteht, was zwischen meinen Worten mitklingt. Sein Gesichtsausdruck wird weich, und er kommt zum Sofa und stellt sich neben mich. Dann berührt er meine Schulter.

«Sorry. Für dich hört sich das wahrscheinlich alles wie Jammern auf hohem Niveau an. Ich weiß, dass es für dich viel schlimmer war. Was du durchgemacht hast – ich kann es mir nicht vorstellen.»

«Nein, ich ... Es tut mir bloß so leid. Was sie dir angetan haben.»

Er lässt sich neben mich in die Kissen sinken. «Erzählst du mir davon?»

«Von was?»

«Von Prag. Was du da gemacht hast.»

Ich leere den Champagner in meinem Glas, und er gießt mir nach. «Schlimme Sachen, Terrance.»

10. KAPITEL

Erzähle ich ihm nichts, oder erzähle ich ihm alles? Das ist die Entscheidung, die ich treffen muss, und ohne lange darüber nachzudenken, entscheide ich mich für alles. Ich gestehe den Verrat, die Morde – die Worte fühlen sich ebenso gefährlich an wie die Taten selbst. Soll das reiche Kind diese Last ruhig ein bisschen mittragen, denke ich. Er wird mich nicht auffliegen lassen. Und wenn er es tut, umso einfacher für mich. Dieses ganze Versteckspiel dauert schon viel zu lange. Ich habe mich zu gut im Verborgenen gehalten, und jetzt ist es Zeit, einen Fuß unter dem Bett hervorzustrecken. *Findet mich doch endlich.*

Er nimmt es besser auf, als ich gedacht hätte, behält sein persönliches Urteil über mich für sich, versteckt es hinter einem ruhigen, kühlen Gesichtsausdruck. Noch eine Flasche – Rotwein diesmal – wird beim Zimmerservice bestellt, zusammen mit zwei BLT-Sandwiches und einer Schokoladenmousse, die wir uns teilen. Ich esse fast die ganze Mousse alleine auf, und Terrance stört es nicht.

Es ist bemerkenswert, dass er während meines ganzen Geständnisses nichts sagt, sondern nur die Fakten in sich aufnimmt, wie ein Journalist. Leidenschaftslos und stumm wirkt er, abgesehen von kurzen, kaum hörbaren Äußerungen, um zu zeigen, dass er mir immer noch folgt. Als ich fertig bin, als ich ihm alles erzählt habe, hocken wir schweigend da. Terrance liegt seitlich auf dem Sofa, ich an ihn gekuschelt, mein Rücken an seiner Brust, mein Arm auf seinem Bein.

Er nimmt meine Hand, verschränkt seine Finger in meinen und sagt schließlich: «Wie hast du dich dabei gefühlt?»

«Wie habe ich mich wobei gefühlt?»

«Bei den Sachen, die du getan hast», antwortet er.

«Sachen?», sage ich.

«Du weißt schon.»

«Du möchtest wissen, wie es sich anfühlt, jemanden umzubringen», sage ich.

«Ja», sagt er.

Ich zucke die Schultern, aber dann finde ich es feige von mir, so zu tun, als wüsste ich es nicht. Denn ich weiß genau, wie ich mich dabei gefühlt habe. Und jetzt, wo ich Terrance in Gefahr bringe, weil ich mich hier mit ihm treffe, und weil ich ihn in den nächsten Wochen noch mehr in Gefahr bringen werde, schulde ich ihm die Wahrheit.

«Der Erste – das war ein Typ in einem Zug», sage ich. «Ich wollte es nicht. Ich habe mich schuldig gefühlt. Glaube ich. Eine Zeitlang.»

«Und der Zweite?»

«Der Zweite war irgendein Schläger. Er hat andere schikaniert. Mir persönlich hat er nichts getan», sage ich. «Dieser, der Zweite, der hat mich überrascht.»

«Wieso?»

«Weil es so leicht war.»

Wir schweigen beide aus Respekt davor, was es bedeutet, wenn es beim zweiten Mal leichter wird, jemanden umzubringen. Er legt seinen Arm fest um mich, und es fühlt sich genauso an wie die Sicherheitsstange in der Achterbahn. Ich lege meinen Kopf gegen seine Schulter und schlafe ein.

Ich weiß nicht, wie lange er mich so hat schlafen lassen, aber irgendwann gehen wir ins Bett und nehmen dort unsere Positionen wieder ein. Ich schlafe ein, während er mich von hinten umarmt, und sein anmutiger Körper ist warm wie ein sonniger Strand. Selbst durch die Kleidung fühle ich seinen Herzschlag an meinem Rücken, ruhig und unaufgeregt.

Und so schlafe ich einen halben Tag oder zumindest fast so lange.

Als ich aufwache, ist es im Zimmer hell, es ist Tag, und Terrance sitzt angezogen und rasiert in einem Stuhl, den er sich neben das Bett gezogen hat, als wäre das hier ein Krankenhaus und ich der Patient.

«Brauchst du irgendwas?», fragt er. «Wasser? Eine Kopfschmerztablette?»

Ich schüttle den Kopf, dann bemerke ich etwas in seinen Händen – eine altmodische mechanische Kamera mit einem schmalen schwarzen Gehäuse. «Was tust du da?»

Er zuckt die Schultern. «Ich schau dich nur an.»

«Nein, damit», sage ich. «Hast du mich fotografiert?»

«Ja. Du sahst so ... schön aus.» Er hebt die Kamera an sein rechtes Auge und stellt die Linse ein.

«Stopp», sage ich und drehe mich weg. Meine Haare sind total zerstrubbelt, und wahrscheinlich habe ich getrockneten Speichel im Gesicht.

Er dreht mein Kinn zurück, sodass ich ihn wieder ansehe. «Wirklich. Du bist schön», sagt er.

Aber das bin ich nicht. Das kann nicht sein. Eine Mörderin ist nicht schön. Eine alkoholabhängige Flüchtige ist nicht schön. Jeder weiß das. «Lügner», sage ich.

«Gwendolyn, du bist schön», wiederholt er.

«Nenn mich nicht mehr so», sage ich und ziehe mir das Kissen über den Kopf, damit er mich nicht mehr ansehen kann. «Und es stimmt nicht.»

Das Kissen wird mir weggerissen, und er wirft es ans Fußende. Er steht neben dem Bett, dann schwingt er ein Bein über meine Taille, sodass er über mir kniet. «So heißt du nun mal», sagt er und hebt die Kamera. «Und das bist du.»

Bevor ich protestieren kann, höre ich das Klicken der Kamera und das höfliche Ratschen des Films, als er ihn mit dem Daumen weitertransportiert. Ich schlage ihm auf den Bauch, ein bisschen zu fest, aber er lacht und drückt wieder ab.

«Schau da rüber», sagt er. «Zum Fenster.»

«Meine Haare sehen total scheiße aus», sage ich.

«Ich mache keine Fotos von deinen Haaren. Ich mache Fotos von dir. Jetzt dreh den Kopf.»

Ich werfe ihm einen bösen Blick zu, tue es aber trotzdem. Wieder ein Klicken, und ich frage mich, was er in dieser Millisekunde gesehen hat und was ihm gefällt. Ist es möglich, dass er es ernst meint? Ist es möglich, dass er mich nach allem, was ich ihm erzählt habe, immer noch schön findet? Dass er mich noch gut findet, dass er sich für immer an mich erinnern will?

In diesem Moment feuert irgendein Bürokrat in meinem Kopf eine panische Nachricht an mein vernünftigeres Selbst: Er macht Fotos von dir! Aber es ist ein echter Film, nicht digital, und die Bilder stecken fest in der Kamera, jedenfalls im Moment. Und wenn das die letzten Bilder sind von mir, der letzte Beweis meiner Existenz, dann zeigen sie zumindest, dass ich für eine kleine Weile glücklich war. Denn die Wahrheit ist, dass ich in dieser Sekunde glücklich bin. Dass ich hier mit Terrance sein kann, ist ein Sieg. Dass ich glücklich bin, ist ein Sieg. Sollen die Fotos ruhig zeigen, dass ich eine kleine Weile lang gewonnen habe.

«Wenn man dich damit erwischt», sage ich, «dann beweist das, dass wir zusammen waren.»

«Ich schäme mich nicht dafür.»

«Darum geht es doch nicht. Es geht um die Folgen», sage ich.

«Für manche Menschen lohnt sich so ein Risiko», sagt Terrance.

Ich drehe den Kopf zur Seite, so wie die Models es in Magazinen immer machen, und schaue ihn aus den Augenwinkeln an. «So?»

«Ja», sagt Terrance. «Aber hör auf zu lächeln.»

«Ich kann nicht.» Ich lege einen Arm über den Kopf und tue mein Bestes, um verträumt und gelangweilt auszusehen, wie eine Adelige nach dem Sex. «So?»

«Gut.» Noch ein Klicken.

Ich schiebe die Decke zurück und streife die Träger meines Tank-Tops herunter. «So?»

Noch ein Klicken.

Ich ziehe mein Tank-Top weiter runter. «So?»

Es ist nicht so wie mit Marco. Es machte keinen Spaß, oder vielmehr nicht diese Art von Spaß. Dass Spaß nicht unbedingt etwas mit Lust zu tun haben muss – und mit Terrance zu schlafen, bereitet mir eine Menge Lust –, überrascht mich. Diese Lust ist eine ernste Sache. Lust im Sinne von einer Aufgabe, die wir viel zu lange aufgeschoben haben. Und wenn ich ehrlich bin, hat es beim ersten Mal gar nicht geklappt.

Erst später, beim zweiten Mal, nach noch mehr Geständnissen und Reden, nach – ja, tatsächlich – sogar ein bisschen Lachen, passiert es wirklich. Es ist nicht dieses spielerische Drängen und Zögern, dieses Gitarrenspiel von Fingern auf meiner Haut, dieses *das* und jetzt *dies*, wie mit dem erfahrenen Marco. Tatsächlich fühlt es sich ein bisschen grob an, ein bisschen trocken, und einmal beiße ich ihn zu fest in seine Lippe, und er schreit auf. Hinterher ziehe ich ihm das Kondom ab und lege es auf den Nachttisch.

Wir sind – ich jedenfalls bin es – froh, als es vorbei ist; dass die Spannung von etwas Unausweichlichem sich gelegt hat. Jetzt können wir sehen, dass die Teile tatsächlich zusammenpassen, dass wir beide trotz allem noch menschliche Wesen sind.

Er hebt meine Hand von seinem Bauch und betrachtet sie, schaut sich die Rillen und kleinen Narben an, die ich mir durch Scherben, heiße Pfannen und scharfe Messer zugezogen habe.

«Eine unverschämte Frage», sagt er.

«Raus damit», sage ich.

«Hattest du einen Freund, dort, wo du vorher warst?»

«Ja.»

«Aber jetzt nicht mehr.»

«Er – er hat mich betrogen. In gewisser Hinsicht.»

Er nickt und schiebt seine Finger durch meine. «Arschloch.»

Eine Sekunde lang überlege ich, ob ich ihn nach seinen Freundinnen fragen soll, aber ehrlich gesagt, interessiert mich die Antwort nicht. Selbst wenn ich nur eine von tausend anderen bin, ich habe keinen Platz in meinem Kopf für Eifersüchteleien. Mein Blick fällt auf den Nachttisch, wo seine Kamera neben dem Kondom liegt. Ich löse meine Finger aus seinen und nehme die Kamera in die Hand. Sie ist schwerer als erwartet, und ihr schwarzer Metallkorpus ist an den Rändern abgerieben. Sie fühlt sich wichtig an und erinnert mich an das erste Mal, als jemand mir eine Pistole gegeben hat. Leica steht auf dem kleinen roten Punkt vorne.

«Danke», sage ich. «Dass du Fotos von mir gemacht hast.»

Er rollt sich auf die Seite, sieht mich an und dreht eine Strähne meiner Haare um seinen Finger. «Es hat dich nicht gestört?»

«Ich habe mich zum ersten Mal so gefühlt, als ... als ob ich mich nicht verstecke.» Ich drehe die Kamera um. «Das ist jetzt also dein Ding? Fotos zu schießen?»

Er beobachtet mich, folgt meinen Bewegungen mit den Augen.

«Das Fotografieren ist nur ein Teil davon. Ich möchte sie auf Papier bannen. Etwas Schönes erschaffen, etwas, das man anfassen kann.»

«Etwas Schönes, das man anfassen kann. Das gefällt mir.»

«Da gibt es diesen Typen, Miksa Jò. Er ist Graphiker.» Er drückt die Lippen gegen meine Schulter. «Mein Traum ist es, bei ihm zu lernen. Sein Assistent zu sein und dann mein eigenes Studio aufzumachen.»

«Miksa – was ist er, Japaner?»

«Ungar. Er lebt in Budapest.»

Unten an der Kamera befindet sich ein vertiefter Drehverschluss. Ich ziehe die Spule ein Stück heraus. «Wozu ist das?»

«Damit öffnet man die Kamera. Wenn du daran drehst, kommt Licht an den Film, und du zerstörst die Aufnahmen.»

Ich schaue ihn an, sein Gesicht ist nur wenige Zentimeter von meinem entfernt. «Ich sollte es wirklich tun, oder?»

Er schließt die Augen, dann nickt er. «Solltest du», sagt er.

Ich drehe an der Spule, dann kurble ich sie wieder zurück. «Scheiß drauf. Behalt sie.»

«Keine gute Idee», sagt Terrance.

«Meine Ideen sind selten gut.» Ich stelle die Kamera wieder auf den Nachttisch, drehe mich zu ihm um und lege eine Hand auf seine Wange. Die Worte kommen ganz automatisch aus meinem Mund: «Ich liebe ... Ich liebe es, dass du hier bist.»

Gerade noch rechtzeitig.

Er fährt mit dem Daumen über meine Hand. «Und warum bin ich hier?», flüstert er. «Um dir das Buch zu bringen?»

Ich küsse ihn, damit er die Klappe hält. Die Antwort kann noch eine Stunde warten. Oder auch noch einen Tag.

Er schiebt mich sanft von sich. «Warum bin ich hier, Gwen?»

Ich schwinge die Beine über den Rand des Bettes. Ich bin wund vom Sex und wische mich mit einer Ecke der Bettdecke zwischen den Schenkeln ab. Er beobachtet mich, ich spüre seinen Blick auf meinem Rücken, meinem Po, meinem Nacken. «Bist du sauer, Terrance?»

«Auf dich? Nein. Nicht mehr.»

«Nein, auf die.»

«Die?»

Ich drehe mich zu ihm um. Er hat den Kopf auf die rechte Hand gestützt. «Auf die Leute, die mir das angetan haben. Und dir und deinem Dad.»

Terrance schließt die Augen. «Klar. Aber was bringt das?»

«Es ist wichtig», sage ich. «Es ist wichtig, dass jemand dafür bezahlt.»

Er rollt sich auf den Rücken. «Niemand zahlt für irgendetwas. Besser gesagt, es zahlen immer die falschen Leute. So ist die Welt.»

Ich nehme seine Hand und küsse jeden einzelnen seiner schlanken Finger. «Und das nimmst du so hin?», sage ich zwischen den Küssen. «Gibt es nichts, was wir tun können?»

Er verzieht das Gesicht und artikuliert dann wie ein weißer Mann: «Vielleicht sollten wir einen scharf formulierten Leserbrief an die Zeitung schicken.» Er hat den Ton perfekt drauf.

Ich lächle. Oder tue zumindest so, als wäre ich amüsiert. «Nein, jetzt mal ehrlich, wie sieht dein Plan aus? Glaubst du, dass du noch mal einen richtigen Job bekommst? Glaubst du, sie lassen dich jemals ein normales Leben führen?»

Nur das Rascheln der Bettdecke ist zu hören, als er sich bewegt und mich dabei ansieht. Da ist etwas in seinem Blick. «Ja, ich habe darüber nachgedacht. Ziemlich viel sogar. Und ich habe einen Plan.»

«Und wie ist der?»

«Meine Eltern haben einen Treuhandfonds für mich eingerichtet – er ist unübertragbar. Das Geld liegt in der Schweiz, die Regierung kann da nicht ran. Ich bekomme das Geld, wenn ich fünfundzwanzig bin. Mein Plan ist, eine Online-Zeitung herauszugeben.»

«Einen Blog?»

«Nein. Eine echte Zeitung. Was Großes. Um gegen die Ungerechtigkeiten und Übergriffe der US-Regierung vorzugehen.»

«Also doch ein Blog.»

«Nein. Mit richtigen Reportern, die vor Ort recherchieren. Um die Leute auf diese Zustände aufmerksam zu machen.» Er drückt meine Hand. «Ich habe schon einen Business-Plan. Das Magazin trägt sich selbst, ohne Anzeigen. Ich arbeite schon ein Jahr daran.»

Ich schließe die Augen und nicke. «Und in der Zwischenzeit?»

«Ein gutes Leben ist die beste Rache. Sagt man das nicht so?»

«Ein gutes Leben», wiederhole ich. Ich stehe auf, gehe zum Erkerfenster und ziehe die Vorhänge auf. Unter mir staut sich der Mittagsverkehr, die Straßen von BA sind voller Taxis und hupender Fahrer. Ich beuge mich vor und spüre die kühle Fensterscheibe an meinen Brüsten. «Ich dachte, du wolltest ein eigenes Graphikstudio gründen.»

«Das ist mein Traum, habe ich gesagt. Was ich gerne tun würde. Die Zeitung ist das, was ich tun muss.»

Ich schnappe mir die Weinflasche vom Teewagen, den der Zimmerservice hier hat stehenlassen, und neige sie, in der Hoffnung, dass noch etwas drin ist. Aber sie ist leer. «Wie funktioniert Geld, Terrance?»

«Was?»

«Erklär mir, wie Geld funktioniert. Ich möchte, dass du es mir beibringst.»

Ich höre, wie er über das Bett krabbelt, und ich drehe mich zu ihm um. Er sitzt auf dem Rand und hat sich die Decke über die Hüfte gezogen, als wäre da plötzlich ein Hauch von Scham durchs Zimmer geweht.

«Ich habe keine Ahnung», sagt er.

«Doch», sage ich. «Du hast Ahnung. Du weißt über solche Sachen Bescheid. Dein Vater ist ein Milliardär. Oder war es mal.»

«Was willst du denn wissen?»

«Wie funktionieren Schweizer Bankkonten?»

Terrances Schultern senken sich, und er schließt die Augen. Er weiß, wovon ich rede, ohne dass ich es aussprechen muss. Ich habe ihn um Hilfe gebeten, als ich die Kontonummern in dem Lagerraum in Queens entdeckte. Er hat sie dechiffriert, und gemeinsam haben er und ich auf die brutalstmögliche Art erfahren, dass die Gier nach dem Geld anderer Leute die Welt antreibt.

«Die Zoric-Konten», sagt er.

«Ja.»

«Es ist nicht mehr so einfach wie früher», sagt er. «Vor dreißig Jahren, oder vor zwanzig, da hatte die Bank nichts als eine Nummer. Totale Geheimhaltung. Aber heute ist das anders.»

«Wie anders?»

«Die Gesetze haben sich geändert, was weiß ich. Die Amerikaner geben jetzt den Ton an. Es gibt keine Geheimnisse mehr, für niemanden. Ich weiß nur, dass man nicht mehr einfach so mit einem Passwort reingehen und dann mit dem Geld rausgehen kann.»

«Es muss aber möglich sein. Zumindest theoretisch. Mein Dad meint das.»

«Und was dann? Sagen wir mal, du kriegst das Geld. Wie bewegst du es, wie gibst du es aus, ohne Steuern zu bezahlen?»

«Ich kann ja Steuern zahlen. Das ist mir egal.»

Terrance schnappt sich seine Boxershorts vom Fußboden und

zieht sie an. «Es geht nicht darum, ob du Steuern zahlst. Aber wenn du zahlst, will das Finanzamt wissen, woher das Geld kommt. Wie du es erwirtschaftet hast.»

«Aber die Leute – die Reichen –, die kommen doch ständig damit durch, oder? Sie bewegen ihr Geld, und sie geben es aus.»

Ich höre, wie er sich hinter mir bewegt und mir näherkommt. Dann legt er seine Hände um meine Taille, und er presst seine Brust gegen meinen Rücken.

Er küsst meinen Hals. «Willst du das Geheimnis wissen?»

«Ja.»

«Anwälte. Gute Anwälte. Naz Sadik in Zürich. Egal, was du vorhast, sie findet einen Weg, wie du es umsetzen kannst.»

«Wer ist Naz Sadik?»

«Die Anwältin von meinem Dad. Und von allen seinen Freunden.» Er drückt mich an sich.

«Wie teuer?»

«Teuer», sagt er. «Ein paar tausend die Stunde.»

«Ein paar tausend?», sage ich. «Himmel.»

«Wenn du Wasser in Wein verwandeln willst, dann musst du mit solchen Stundensätzen rechnen.»

Ich greife nach hinten, umfasse seinen Kopf und fahre mit den Fingern durch seine Haare. «Komm mit mir», sage ich. «Nach Zürich. Wir teilen uns das Geld.»

Ich höre an seinem stockenden Atem, dass er sich unsicher ist. «Ich will das Geld nicht», flüstert er. «Du kannst sogar was von meinem haben. Und noch mehr, wenn ich den Treuhandfonds bekomme. Du kannst haben, was immer du brauchst.»

Er will großzügig sein, und obwohl ich es rational verstehe, macht mich die Vorstellung, dass er mir Geld schenken möchte, wütend. «Dieses Geld, das ist nicht nur Geld. Es ist ... Gerechtigkeit.»

«Rache», sagt er.

«Gerechtigkeit», sage ich noch einmal. «Kommst du jetzt mit, oder nicht?»

Er dreht mich herum, sodass wir voreinander stehen, Brust an Brust, Hüfte an Hüfte. Er nimmt mein Gesicht zwischen seine Hände und küsst mich. «Ja», sagt er, «ich gehe mit dir.»

11. KAPITEL

Verlangen ist Liebe. Oder vielleicht ist Verlangen einfach nur wie Liebe. Oder vielleicht weiß ich einfach nicht, was Liebe ist. Aber ich weiß, was Verlangen ist, nämlich das Gegenteil von Angst.

Wenn man Angst hat, dann tut man alles, um das zu vermeiden, wovor man sich fürchtet. Und wenn man nach etwas Verlangen verspürt, wenn man etwas wirklich will, dann tut man alles, um es zu bekommen. Darum wird es ab jetzt kein Kopfeinziehen mehr für mich geben. Kein Versteckspiel mehr. Ich werde mich ganz dreist um das kümmern, was ich wirklich will. Ich werde furchtlos sein. Ich werde gnadenlos sein. Und ich werde mir dieses Geld holen.

Ich löse mich von Terrances Körper, und die Luft ist kühl an den Stellen, wo unsere Haut aneinandergepresst war. Wir schlafen wieder miteinander, diesmal auf dem Fußboden. Dabei werfen wir eine Blumenvase um, und das Wasser rinnt auf den verschlissenen alten Läufer. Als Terrance sich von mir rollt, stehe ich auf, ziehe mein Hemd an und steige in meine Jeans. Von hier aus kann ich die Uhr auf dem Nachttisch erkennen. Es ist 22.17 Uhr. Ich schiebe die Vorhänge zur Seite und schaue auf das nächtliche Treiben in BA unter uns hinab.

Terrance stellt sich neben mich. Ich sehe unsere Umrisse in der Fensterscheibe, fühle die Wärme seiner nackten Brust nur einen Zentimeter von meinem nackten Arm. «Lass uns ausgehen», sagt er. «Was trinken. Tanzen.»

«Weil wir morgen tot sind?»

«Nein. Wir feiern das Ende der Angst.»

«Es ist gefährlich für dich, wenn du mit mir gesehen wirst», sage ich.

Er berührt meine Schulter. «Es ist Nacht, Gwen. Niemand sieht da irgendwas.»

Die Schlange auf der San Telmo zieht sich den ganzen Block runter und dann noch weiter um die Ecke herum. Wunderschöne, sexy *porteños* lachen, rauchen und beäugen sich. Normalerweise steht man hier nicht ordentlich an, aber für diesen einmaligen Rave-Event in einem leeren Lagerhaus benehmen sich alle. Obwohl Terrance die Stadt gar nicht kennt, weiß er natürlich, wo und wann dieser Rave stattfindet. Vielleicht gibt es eine App für internationale reiche Kids.

Der Geruch von gutem Gras vermischt sich mit dem Duft von teurem Parfüm, während Terrance mich an der Hand an der Schlange vorbeiführt, bis zu den Stahltüren und den beiden baumgroßen Türstehern. Im Vergleich zu den teuer gekleideten Frauen in der Schlange sehe ich in Jeans, Tank-Top und Turnschuhen total peinlich aus. Der kleinere der beiden Türsteher sieht uns kurz an, dann winkt er uns weg. Doch Terrance geht zu ihm und setzt sein Killer-Lächeln auf. Ich sehe einen gefalteten grünen Schein in Terrances Hand, der eine Sekunde später verschwunden ist. Die Spende ist offenbar so großzügig, dass der Türsteher sogar eine kleine Verbeugung macht, als er die Tür öffnet und uns einlässt.

Die Bässe hämmern mir gegen Brust und Trommelfelle, das Stroboskoplicht friert ekstatische Gesichter in der Menge ein. Auf einer Bühne in der Mitte der Tanzfläche steht der DJ hinter einem Pult voll mit Plattenspielern und Laptops. Mit jeder Veränderung der Musik, bei jedem Build-up und jedem Drop jubelt die Menge, und der DJ, ein blendend aussehender blonder Typ mit dem Mund voller LED-Zähne, grinst zurück.

Wir werden in die Menge hineingesogen, in die Zwischenräume gequetscht und bewegen uns plötzlich mit ihr. Unsere Hände greifen nach oben, als wollten wir einen der Laserstrahlen fangen, die über das Meer aus Körpern huschen. Es ist schon Jahre her, dass ich bloß aus Spaß in einen Club gegangen bin – seit mein Dad in Moskau stationiert war, wo man schon mit vier Jahren trinken darf und sie an der Tür nur prüfen, ob der Rock auch kurz genug ist. Damals fühlte es sich herrlich verboten an, in einem Club zu tanzen. Jetzt ist es eine Befreiung – unter anderen Menschen zu sein, das zu fühlen, was sie fühlen, sich zu bewegen, wie sie sich bewegen, und zu spüren, wie die Musik an meinem Magen zieht, als würde ich über den höchsten Punkt einer Achterbahn fahren.

Terrance nimmt meine Hand und führt mich zur Bar. Einen Augenblick später reicht er mir ein Schnapsglas mit einer süß riechenden grünen Flüssigkeit, der magischen Formel eines irren Wissenschaftlers. Ich stoße mit ihm an, und wir trinken beide. Das Zeug ist klebrig und schmeckt herrlich. Ich knalle das Glas auf den Tresen. «Noch einen», sage ich.

Terrance sieht mich aus den Augenwinkeln an und gibt dem Barkeeper ein Zeichen. Zu viel, zu schnell, ermahne ich mich. Taktische Situationserkennung. Immer. Jeden Moment. Und dieses grüne Gift wird genau das verhindern.

Aber.

Aber scheiß drauf. Ich will heute namenlos sein. Ich will heute Nacht in einer anderen Welt leben. Ich trinke, dann nehme ich Terrance bei der Hand und ziehe ihn auf die Tanzfläche. Selbst als der Song in einen anderen übergeht, in eine fröhliche, hüpfende Kinderversion von bassbetonter Tanzmusik, hören wir nicht auf zu tanzen. Der neue Song ist offenbar einer der großen Hits des DJs, denn alle brüllen nur noch lauter. Ich habe so viel Energie mit Angst verschwendet, so viel von mir selbst wegen der Angst aufgegeben – es ist herrlich, sie mal für etwas anderes zu verschwenden. Terrance presst seinen Körper an meinen, ich presse mich gegen die Frau neben mich, sie drückt sich gegen jemand anderen. Und so geht es weiter, breitet sich aus, bis wir alle auf diese Art miteinander verbunden sind.

Der Schweiß auf meinen Armen glänzt im weißen Licht und dem von den Lasern, als wäre ich aus Silber. Dann spüre ich Terrances Arm um meine Hüfte, und er führt mich von der Tanzfläche. Am Fuß einer Treppe findet wieder eine Geldübergabe statt, dann noch eine oben, worauf wir zu einer weißen Ledercouch geführt werden, wo wir allein sind.

Hier werden nur Flaschen serviert, also bestellen wir eine Flasche. Mit meiner Übersetzungshilfe bestellt Terrance Wodka und Sodawasser zum Mischen, beides zwanzigmal teurer als im Laden.

Drei Frauen in Cocktailkleidern nähern sich, sie sind wunderschön und nervös, mit kunstvoll aufgesteckten schwarzen Haaren und paillettenbesetzten Clutches. Sie sagen etwas auf Spanisch zu Terrance, und als er sie wegen der Musik nicht verstehen kann, wiederholen sie es etwas lauter. Ich pruste los, gerade, als ich einen Schluck Wodka im Mund habe. Ich huste und huste und spucke den Wodka in meine Hand.

«Was ist denn so lustig?», fragt Terrance.

«Sie wollen wissen, ob du ein Rapper bist.»

«Ein was?»

«Ein Rapper.»

Jetzt prustet auch Terrance los.

Ich gehe die Rapper, die ich kenne, im Kopf durch, aber mir fällt keiner ein, dem er ähnlich sieht. «Ladies, darf ich euch T-Maxus vorstellen», sage ich auf Spanisch und verziehe selbst fast das Gesicht bei dem Namen.

Sie unterhalten sich leise, dann schüttelt eine nach der anderen den Kopf. Eine von ihnen reicht mir ihr iPhone. «Buchstabier mal», sagt sie.

«Sein Debütalbum kommt nächsten Monat raus», sage ich. «Jetzt kennt man ihn noch nicht, aber in einem Jahr ist er größer als Kanye.»

Sie schmachten ihn trotzdem an – ein Wort, das ich nie richtig gewürdigt habe, bis ich die drei hier sehe: Sie stöhnen und halten sich dabei die Hand vor den Bauch, als müssten sie sich übergeben. Dann drängen sie sich alle drei dicht an Terrance heran und ziehen ihre iPhones heraus, um Selfies mit ihm zu machen. Da schreite ich jetzt aber doch ein.

«Keine Fotos», sage ich und nehme einem Mädchen das Handy aus der Hand.

«Und wer bist du, Bitch?», sagt eine von ihnen.

«Seine Leibwächterin», antworte ich.

Erst will ich sie wegscheuchen, dann tue ich es doch nicht. Stattdessen bitte ich sie, sich zu uns zu setzen, und Terrance sagt einem vorbeilaufenden Kellner, dass wir noch mehr Gläser brauchen. Hier sitzen wir also mit unseren neuen Freunden und leben das Leben, wie Freunde es tun. Die Gläser kommen, und Terrance gießt allen Wodka ein. Der Alkohol rinnt mir hart und kalt wie Eis die Kehle hinunter, und ein Kribbeln breitet sich von meinem Magen bis in den Kopf, die Finger und Zehen aus.

Das Leben als jemand anderes fühlt sich gut an.

Die Frauen heißen Delfina, Marti und Sol. Es sind einheimische *porteños*, die drei kennen sich schon aus dem Kindergarten. Das alles erfahre ich gleich in der ersten Minute, während ich für Terrance übersetze. In der nächsten Minute erfahre ich, dass zwei von ihnen katholisch sind, während die dritte – die, die mich «Bitch» genannt hat – sich als Buddhistin bezeichnet. Sie sind alle miteinander charmant und süß, und das Mädchen namens Sol besitzt eine Schlagfertigkeit, die auf Spanisch urkomisch ist, sich aber nicht ins Englische übersetzen lässt. Terrance und ich erfinden Geschichten über das Leben als angehender Hip-Hop-Star, wir reden über den hammerharten Tourneeplan als Vorprogramm von irgendeiner Berühmtheit, über die Massen von Fans, die am Flughafen von Tokio auf ihn warten. All das ist so viel angenehmer als die Realität.

Eines der Mädchen – Delfina? – verschüttet Wodka über ihr Kleid, und Terrance hilft ihr beim Abwischen. Er ist ganz der Gentleman und achtet darauf, dass er sie nicht zu viel berührt. Ich nutze die Gelegenheit und trinke noch ein Glas Wodka. Und dann noch eins. Meine Augen schließen sich, und ich sehe feurige Wirbel hinter meinen Lidern, die sich im Takt der Musik bewegen. Das ist das Gefühl, das ich gesucht habe. Alkohol macht sentimental. Er bringt einen dazu, sich zu verlieben. Er bringt einen zum Heulen, weil man noch nie einen so schönen Jungen gesehen hat.

Ich stehe auf, oder stelle vielmehr fest, dass ich auf einmal stehe. Ich stelle auch fest, dass ich auf einmal die Treppe hinunter und auf die Tanzfläche gehe. In die Menge eintauche, die Arme in die Höhe strecke, meinen Körper an andere Körper presse. Die Musik hebt mich, trägt mich. Ich drehe mich im Kreis, oder werde vielmehr im Kreis gedreht. Das Tempo verändert sich, wird schneller. Sanfte Blips werden zu Scratchtönen und zum Geräusch von reißendem Stoff. Ein heftiger Trommelwirbel baut sich auf, und ich sehe, wie sich die Köpfe der anderen Tänzer mit offenen Mündern zur Decke drehen, als ob sie nach Luft ringen, ich sehe, wie sich ihre Arme nach oben recken, als versuchten sie, an die Oberfläche zu klettern. In den hin und her kreuzenden Lichtlasern verwandelt sich unser Atem in Drachenfeuer. Ich gehe unter darin.

Um die Tanzfläche herum sind Sitznischen, und ich kämpfe mich durch die Menge zu einer hinüber. Ich entdecke einen leeren Tisch mit unbeaufsichtigten Getränken, die auf die Rückkehr ihrer Besitzer warten, und leere eines der Gläser in drei Zügen. Der Drink hat Zimmertemperatur und schmeckt nach Maraschino-Kirschen und Benzin.

Ich sollte gehen. Ich sollte hier verschwinden. Es war falsch von mir, Terrance da mit reinzuziehen. Selbstsüchtig. Gierig. Ich darf nicht einfach mit ihm machen, was ich will. Er braucht das Geld nicht, das ich stehlen will. Und ich kriege es sowieso nicht. Weil ich nämlich sterbe, bevor ich auch nur in die Nähe des Geldes komme. Genau wie er.

—

Ein Arm liegt um meine Hüfte. Ein Mund küsst meinen Hals.

«Ich dachte schon, ich finde dich nicht mehr», sagt Terrance.

Wir stolpern in die Nacht hinaus, wobei ich beinahe über die Bordsteinkante falle und über Hindernisse, die gar nicht da sind, und er mich festhalten muss.

Terrance ist sauer auf mich. Ich habe zu viel getrunken, und jetzt ist er sauer auf mich, weil ich so rührselig und dumm bin. Als er mich wieder mal aufrichtet, packe ich ihn am Hemd und ziehe ihn nah zu mir heran.

«Du bist ein Idiot», sage ich.

Er versucht, meine Hände zu lösen, aber ich lasse nicht los.

«Du bist ein Idiot», sage ich noch einmal. «Ich benutze dich nur, Terrance, merkst du das denn nicht?»

«Wir werden alle von jemandem benutzt.» Es gelingt ihm endlich, meine Hände zu lösen, und er dreht mich herum. «Die Frage ist nur, wofür.»

Er legt einen Arm um meine Hüfte, streckt den anderen zur Straße hin aus, winkt mit seinen königlich schlanken Fingern lässig auf diese gewisse königliche Art und Weise und befiehlt einem Taxi, sich zu materialisieren. Und genau das geschieht.

«Sieh dich nur an, du kannst zaubern», sage ich.

«Was?», sagt er.

«Nichts.»

Terrance zieht mich neben sich auf den Rücksitz des alten Fiats, und wir fahren zum Hotel. Wir rumpeln die Straße entlang, und irgendwie kann ich in den emsigen kleinen Motor des Fiats hineinschauen und die Sturmwolke von Bienen erkennen, die ihn antreibt. Andere Autos kommen uns entgegen, und ihre Scheinwerfer werfen Feuer- und Glasstrahlen auf uns – die einen fühlen sich brennend heiß, die anderen kühl und glatt an auf meiner Haut. Aber das sind bloß Halluzinationen vom Alkohol, unwirkliche Eigenschaften von Dingen, die real sind. Ich kneife die Augen zusammen und drücke meine Stirn in Terrances Schulter.

«Wenn sie dich mit mir erwischen, dann werden sie dir etwas antun, Terrance.»

«Vermutlich werden sie das versuchen.»

Aber er kann es sich nicht vorstellen, denn er ist ein guter Mensch, und ein guter Mensch kann sich die Dinge nicht vorstellen, die ich gesehen habe, die Dinge, die ich in den Geständnissen meines Vaters gelesen habe.

«Tadschikistan», sage ich.

«Was ist in Tadschikistan?», sagt Terrance.

«Da werden sie dich hinschicken. Wenn sie uns erwischen.»

Er lächelt, fühlt sich dem betrunkenen Mädchen überlegen und fährt mit dem Finger durch meine Haare. «Ich hab gehört, da soll es ganz schön sein», sagt er.

Ich löse mich mit Gewalt von seiner Schulter und beuge mich vor, weil ich dem Fahrer sagen will, er soll anhalten, damit ich aus dem Taxi springen und im Dunkeln verschwinden kann, weg von Terrances Leben.

Aber da sind wir bereits vor dem Hotel. Terrance zieht Geld aus seiner Tasche. Und der Portier in seiner zerschlissenen Weste und seinem zerknitterten weißen Hemd öffnet uns die Tür des Taxis und grinst.

«Willkommen zurück», sagt er.

Noch eine Nacht. Dann verschwinde ich.

Das hier ist meine beschissene Welt, nicht seine. Wie kann ich es wagen, ihn da reinzuziehen? Den Göttern und dem Alkohol sei Dank, dass ich meinen Fehler noch rechtzeitig eingesehen habe, dass mir noch Zeit bleibt, um zu gehen.

Terrance zieht die Schlüsselkarte aus dem Schloss und drückt die Tür auf.

«Ich muss mich jetzt erst mal übergeben», sage ich.

Er folgt mir ins Badezimmer und hockt sich neben mich, während ich vor der Toilette knie und den Kopf über die Schüssel beuge. Er hält mir die Haare mit seinen schlanken Fingern hinter die Ohren, als ich die Nacht auskotze, Alkohol und rosa Galle. Er tupft mir den Mund mit einem Waschlappen ab, der weiß ist wie ein Engelskleid. Er hält ein Glas Wasser an meine Lippen. «Kleine Schlucke», sagt er.

«Ich sehe komische Dinge, Terrance. Ich habe Halluzinationen.»

«Wie viel hast du getrunken?»

«Viel zu viel.» Ich winke ihn weg. «Geh. Ich muss mich waschen.»

Ich setze mich in die Wanne, spüle mir den Mund aus, spucke alles aus, spüle wieder. Ich schrubbe mit dem Waschlappen an den schwarzen Kleberesten an meinem Arm, wo das Messer in der Pappscheide festgeklebt war. Das grüne Zeug und der Wodka haben den Zenit ihrer Wirkung überschritten, und ich setze mich zittrig wieder auf den Badezimmerboden. Da ist ein schüchterner, guter Engel in mir, der mich ermahnt, meine Erkenntnis auch wahrzumachen: *Halte dein Wort, Gwen, und verschwinde morgen.*

Draußen vor dem Badezimmer höre ich, wie Terrance gegen irgendwas stößt. Vielleicht hat er den Zimmerservice gerufen, und der Teewagen ist gegen die Wand gerammt. Toast wäre jetzt schön. Das ist genau das, was ihm einfallen würde: eine Scheibe trockenen Toast für das kotzende Mädchen.

Ich drehe das Wasser ab und wickle mich in einen kratzigen Bademantel. «Terrance?», rufe ich. Ich reibe auf dem beschlagenen Spiegel einen Fleck frei und kämme mir die Haare. Keine Antwort.

«Terrance?», wiederhole ich.

Wieder nichts.

Ich binde mir den Gürtel des Bademantels fest um die Taille und trete aus dem Bad. Terrance sitzt am Fuß des Bettes. Seine Arme hat er höflich in den Schoß gelegt, seine Handgelenke sind mit weißen Plastikhandschellen zusammengebunden. Zwei Meter neben ihm steht ein Mann, der in der Hand lässig eine Pistole hält.

12. KAPITEL

Der Mann lehnt sich müde gegen die Wand und hebt nicht mal die Waffe, als ich hereinkomme. Er ist Mitte zwanzig, pummelig und groß und hat das hier schon so oft gemacht, dass es ihn gar nicht weiter aufregt. «Gwendolyn Bloom», sagt er auf Englisch. «Hoch mit den Händen.» Er hat einen slawischen Akzent, aber es ist nicht Russisch.

Gekränkte Eitelkeit, das ist es, was in mir in diesem Augenblick lauter rumort als die Panik. Lovrenc Zorics Geschenk für mich sieht genau so aus, wie ich es erwartet hatte – ein Idiot in Latexhandschuhen und mit einer Pistole. Genau genommen hatte ich mir eine Lederjacke und Jogginghosen vorgestellt, aber dieser hier trägt Jeans, Turnschuhe und eine Joggingjacke, was immer noch nahe genug dran ist.

Ich hebe die Hände und werfe einen kurzen Blick auf Terrance. Seine Augen sind vor Angst weit aufgerissen. Man hat ihm noch nie eine Waffe vorgehalten, dämmert es mir.

«Ich habe Geld», sagt Terrance mit fester Stimme und schaut weiter geradeaus. «Viel mehr als das, was man Ihnen zahlt.»

«Ja?», sagt der Mann. «Hast du es hier? Bei dir?»

«Nein. Auf der Bank.»

«Ah», sagt der Mann und hält Terrance die Waffe an den Kopf. «Zu schade, dass wir in einem Hotel sind.»

Ich senke meine Hände ein bisschen, gerade tief genug, dass ich den Gürtel des Bademantels lösen kann, sodass er sich vorn öffnet. Es ist ausdrücklich keine Einladung, keine Aufforderung. Sondern ein Versehen. Ein Versehen, dem ich ein bisschen nachhelfe.

Der Mann schaut mich an, und ich spüre seine Blicke auf meinem Körper. Dieser Schläger gehört zu der Sorte, die ich gut kenne. In seiner Jackentasche werde ich eine Packung Marlboros und einen BMW-Schlüssel finden. Auf seinem Handy sind amerikanischer Hip-Hop, rassistischer deutscher Rap und Bilder von nackten blonden Frauen mit riesigen Titten.

Ich senke meine Hände noch ein kleines bisschen, lasse den Mantel etwas an meiner Schulter hinunterrutschen. Sein Blick trifft auf meinen, und ich wende schüchtern die Augen ab.

Er zögert. Die Waffe immer noch auf Terrance gerichtet, sieht er mich an. Er hat Befehle, und ein Scheck erwartet ihn am Ende des Auftrags. Man hat ihn vor mir gewarnt. Aber er stellt sich bereits vor, wie er mich fickt. Er stellt sich vor, wie er seinen Freunden später davon in einer Bar erzählt, welche Gesten er verwenden wird. Wie atemlos und mit großen Augen ihm seine Freunde zuhören werden.

Er geht einen vorsichtigen Schritt vor, dann selbstbewusster noch einen. Ich halte den Blick unterwürfig gesenkt. Dann spüre ich seine Finger auf meiner Brust – sie fühlen sich klebrig an, wegen der Latexhandschuhe. Er drückt meine Brust, erst sanft, dann fester. Ich spüre seinen Atem an meiner Stirn. Zigaretten und Kaugummi.

Mit der Spitze des Schalldämpfers streicht er mir die Haare hinter mein Ohr und schiebt den Bademantel ganz von meinen Schultern. Er fällt zu Boden, und nur das eine Ende des Gürtels bleibt in meiner Hand.

Das ist zu viel für Terrance. Mit einem Wutschrei springt er vom Bett. Die Pistole schwingt in seine Richtung, doch ich packe sie mit der linken Hand und drehe sie abrupt herum. Es knackt, und der Mann brüllt auf, als sein Zeigefinger am Abzug gebrochen wird. Terrance wirft sich auf ihn, schlägt ihm den Rest Luft aus den Lungen und reißt ihn herum. Die Pistole fliegt mir aus der Hand und schlittert über das Parkett.

Ich reiße den Gürtel ganz vom Bademantel los, schlinge ihn dem Mann um den Hals und ziehe ihn zu mir heran. Er drückt den Rücken durch und versucht, die Finger unter den Gürtel zu schieben, aber ich ziehe fest und lehne mich mit den Schultern nach vorn. Meine Finger werden vor Anstrengung blutrot, und der Stoff des Gürtels brennt wie Feuer auf meiner Haut. Unverschämt ist das. Wie er sich in diese kleine Ecke der Welt eingeschlichen hat, die Terrance und ich uns gebaut haben. Dass er uns töten wollte. Scheiß unverschämt.

Er ist fast einen ganzen Kopf größer als ich und hat mindestens zwanzig Kilo mehr auf den Rippen, also muss ich ihn zu Boden bringen, wo ich ihn besser kontrollieren kann. Ich ziehe ihn langsam runter, steuere ihn, sodass er sich nicht mit einem Ruck freimachen kann. Jetzt liegen wir beide auf der Seite, und ich denke an meinen Trainer Zvi in Montevideo, der über meinen Anblick enttäuscht den Kopf schütteln würde. Würgen ist zu schmutzig. Und zu langsam. Es ist besser, ihm das Genick zu brechen und fertig. Aber die Realität ist manchmal schmutzig und langsam. Der Trick ist, nicht nachzulassen, nicht für eine einzige Sekunde, bis er wirklich tot ist. Ich presse ihm ein Knie in die Wirbelsäule, die Kraft jedes einzelnen Muskels in meinem Körper konzentriert sich darauf, den Gürtel noch enger und fester um seinen Hals zu ziehen.

Er hat eine Mutter, dieser Mann. Vielleicht Kinder. Was vom Alkohol in mir übrig ist, bittet um Gnade und Menschlichkeit für ihn, *compasión, misericordia*. Aber ich ziehe fester und fester. Man bekommt keine Liebe, ohne welche zu geben.

Terrance kriecht zur Pistole und hält sie dem Mann unsicher vor die Brust. Er hat ganz offensichtlich noch nie zuvor eine Waffe gehalten und betrachtet das Ding in seiner Hand. Ist da ein Sicherheitshebel? Muss ich den Abzug ziehen? Wofür ist dieser Knopf hier? Gott, Terrance wird mich auch noch umbringen. Durch zusammengebissene Zähne zische ich ihn an, die Waffe wegzulegen, aber er kann nicht oder will nicht.

Dieses Arschloch will einfach nicht sterben. Sein Gesicht ist knallrot und geschwollen, und seine Augen sind so rund und weiß wie Golfbälle, aber er kämpft immer noch. Jemanden zu erwürgen ist nicht so, wie man es aus Filmen kennt. Es ist nicht in zehn Sekunden vorbei. Auch nicht in einer Minute. Der Körper jedes Tieres kämpft mit allem, was es hat, ums Überleben. Deshalb braucht man den richtigen Winkel, Ausdauer und einen sehr festen Griff um das Seil, den Gürtel oder das Halstuch, was immer man gerade benutzt.

Er verabschiedet sich nach meiner groben Schätzung irgendwann nach zweieinhalb Minuten. Da hört sein Körper auf zu strampeln, löst sich sein Griff, kommt sein würgendes Keuchen zum Ende. Als ich den Gürtel lockere, zeigt sich ein dunkelvioletter Ring um seinen Hals, der zum Teil aufgerissen ist und blutet. Ich lege mühsam zwei Finger dorthin, wo sein Kiefer in den Hals übergeht und taste nach einem Puls. Doch da ist nichts.

Ich stehe auf, keuchend vor Anstrengung, und betrachte meine Hände, die bluten und so verkrampft sind, dass ich sie kaum öffnen kann. Ein Gefühl wie elektrische Spannung beginnt in meinem Bauch – Drähte, die sich aufladen und straff spannen –, es steigt in meine Kehle hinauf und kommt wie ein Lachen oder Keuchen aus meinem Mund.

Ich ekle mich vor mir.

Ich bin stolz auf mich.

Terrance hält immer noch die Pistole, also sage ich ihm, er soll sie hinlegen, und als er es nicht tut, sage ich es noch mal. Ich passe auf, dass ich nicht vor der Mündung stehe, dann öffne ich ihm vorsichtig die Finger, nehme die Pistole und lege sie auf den Boden.

«Alles in Ordnung mit dir?», frage ich. «Musst du dich übergeben? Es ist okay, wenn du dich übergeben musst.»

Er hat Augen und Mund weit aufgerissen und ringt nach Luft wie der Mann eben. Ich höre ihn keuchen, dann schüttelt er den Kopf. Sein Gesichtsausdruck ist voller Angst, Angst und Ungläubigkeit, als hätte sich die Welt auf den Kopf gestellt, und er könne nicht glauben, was er da gerade gesehen hat. Sein Blick wandert zwischen der Leiche und mir hin und her. Dann setzt er sich rückwärts auf das Bett.

«Du hast ihn umgebracht.» Es kommt ganz flach aus seinem Mund, ohne Bewertung, bloß die Tatsache ...

«So sieht's aus, Terrance.» Ich berühre ihn an der Schulter. Er zuckt zusammen. «Und bevor wir das Geld kriegen, kommen vielleicht noch mehr. Ich hoffe nicht, aber es ist ziemlich wahrscheinlich.»

Er nickt einmal, dann spannen sich seine Kiefermuskeln an, und er nickt wieder. «Ich verstehe.»

Ich setze mich zu ihm aufs Bett und lege den Kopf auf seine Schultern. Terrance legt mir den Arm um die Taille und zieht mich nah an sich heran. Ich bin nicht sicher, wer hier wen tröstet. Er nimmt meine Hände in seine und betrachtet sie, die Abschürfungen und Blutstropfen, die zu dunklen Flecken trocknen.

«Wir – wir können nicht die Polizei rufen, oder?», sagt Terrance.

Gut. Er denkt wie ein Erwachsener. «Nein», sage ich.

«Also was jetzt?»

«Wir durchsuchen seine Taschen», sage ich. «Nehmen seine

Brieftasche, sein Handy. Seinen Pass, wenn er einen dabeihat. Wir finden heraus, wer er ist.»

«Und die Leiche?», fragt er.

Die Leiche. Es gibt keine realistische Möglichkeit, sie zu beseitigen. Und wenn wir das *Bitte nicht stören*-Schild an die Tür hängen und uns zum Flughafen davonmachen, dann wird Terrance als flüchtiger Mörder gesucht.

«Ich kann jemanden anrufen», sage ich. «Einen Freund. Eine Art Freund.»

Ich durchsuche meinen Rucksack, bis ich die Visitenkarte finde, dann rufe ich die Nummer mit einer neuen SIM-Karte in meinem Handy an. Eine schläfrige Männerstimme geht ran.

«Hier ist Judita Perels», sage ich. «Ich muss mit Brent Simanski sprechen.»

Ich hatte recht: Marlboros, BMW-Schlüssel, Handy, Brieftasche, Pass. Die Sachen liegen auf dem Tisch ausgebreitet, und sein Handy ist mit Terrances Laptop verbunden. Es war gesperrt, erklärt er mir, aber wegen dieser Sicherheitslücke in der abgelaufenen Version von Android sowieso-sowieso-sowieso ... Ich kapiere es nicht, aber er, und das reicht.

«Boleslaw Koziol», sagt Terrance. «Er hat einen serbischen Pass, ist aber gebürtiger Pole. Siebenundzwanzig Jahre. Nach den allgemein zugänglichen Informationen gehört ihm ein Unternehmen in Belgrad, wo er auch eine Wohnung besitzt. Das ist jedenfalls sein offizielles Leben.»

Ich schaue Terrance über die Schulter, während er einen weiteren Tab im Browser öffnet.

Er deutet auf den Bildschirm, und da ist ein Polizeifoto des Mannes, der momentan tot neben uns auf dem Boden liegt. «Ich habe ihn bei Interpol gesucht, bei den Meldungen, die sie ans FBI und so weiter rausschicken», fährt Terrance fort. «Nach Informationen der Polizeibehörde in München gibt es keinen Boleslaw Koziol, zumindest nicht mehr. Es ist ein Deckname für einen Bulgaren namens Nikko Kucheto, aber das könnte ebenfalls ein Alias sein, steht da.»

«Dieser Nikko Kucheto, für wen arbeitet der?»

Terrance scrollt am Bildschirm nach unten und deutet auf eine Zeile: *Partner von Viktor Zoric.*

Viktor Zoric streckt die Hand aus seinem Grab, um sein Geld zu schützen. Ich stütze die Arme auf den Tisch und presse die Finger an meine Schläfen. «Wie hat er mich gefunden?»

«Hat er nicht», sagt Terrance. «Er hat mich gefunden.»

Er macht ein neues Fenster auf und klickt auf eine E-Mail. «Meine Reisen in den letzten Wochen wurden vor zwei Tagen an Nikko geschickt. Flugnummern. Hotelzimmer. Kreditkartenzahlungen. Dann kam vor drei Stunden noch eine E-Mail. Mit der neuen Zimmernummer, nachdem du wolltest, dass ich mir ein neues Zimmer nehme. Gwen, jemand hat diesen Nikko auf mich angesetzt. Weil ich ihn zu dir führe.»

Etwas Kaltes kriecht mir die Wirbelsäule hinauf. «Wer hat die E-Mails geschickt?»

«Ein anonymer Absender von einem Server auf Kreta, aber das heißt gar nichts. Es ist eine Black Box, ein TOR-Relais, also bloß ein Schalter, wo die E-Mail umgeleitet wurde. Sie kann von irgendwem stammen.»

Aber sie kommt nicht von irgendwem. Sie wurde von einer ganz bestimmten Person geschickt, jemand, der direkten, sofortigen Zugang zu Reisedaten hat, zu Bankdaten, Hotelzimmernummern. Jemand, der von Terrance wusste. Jemand, der wusste, dass ich mich bei ihm melden würde.

Er ist so tapfer. Doch die Bedrohung, die noch vor einer Stunde bloß Theorie war, ist jetzt real. Und nun muss es auch seine theoretische Tapferkeit mit der Realität aufnehmen. Ich ziehe einen Stuhl neben Terrance und setze mich, dann nehme ich seine zitternde Hand in meine. Oder vielleicht ist es auch meine Hand, die zittert.

13. KAPITEL

Brent Simanski kommt eine halbe Stunde später an, verschlafen, unrasiert, ein Jackett über dem verknitterten Hemd von gestern. Er kommt nicht allein. Eine junge Frau mit Hipster-Brille betritt nach ihm das Zimmer, und ein junger Mann mit Taxifahrer-Käppi und einem flotten kurzen Schal, den er sich über die Schulter geworfen hat. Beide ziehen Reisekoffer hinter sich her wie zwei coole Touristen. Sie taxieren mich von oben bis unten, sagen aber nichts.

«Du musst Terrance sein», sagt Brent und schüttelt Terrance mit der überfreundlichen Begeisterung eines Kaufmanns die Hand. Ich habe Terrance am Telefon nicht erwähnt und habe keine Ahnung, woher Brent weiß, wer er ist. Brent zieht sich durchsichtige blaue Handschuhe über und hockt sich mit seinen beiden Kollegen neben die Leiche. Die Frau fährt mit den Finger über das Würgemal und flüstert ihrem Partner etwas auf Hebräisch zu.

«Meine Freundin hier fragt, ob du ihm den Kopf abtrennen wolltest.» Brent grinst. «Für die Zukunft kannst du dir merken, dass du nicht ganz so viel Kraft einzusetzen brauchst. Aber das gefällt mir so an dir, Judita. Du machst alles immer mit so viel Begeisterung.»

Der Typ mit dem Taxi-Käppi nimmt mit dem Handy ein Foto vom Ohr des Toten auf, während die Frau seine Fingerabdrücke abnimmt. «Wir schicken die ein und wissen in ein paar Minuten, wer das ist», erklärt Brent.

Terrance hält den Pass hoch. «Boleslaw Koziol», sagt er. «Ein Deckname für jemanden namens Nikko Kucheto.»

«Weißt du, was das heißt, Nikko Kucheto? Das ist ein Spitzname. Nikko der Hund.» Brent steht auf und untersucht die anderen Gegenstände auf dem Tisch. «Er ist gestern mit Lufthansa aus Frankfurt hergeflogen, Platz 24D. Er hat dich verfolgt, Terrance.»

«Das wissen wir», sage ich. «Wir haben die E-Mail auf seinem Handy gesehen.»

Brent schiebt sich Nikkos Pass in die Tasche. «Er hat die Verhöre für Viktor Zoric geführt. Ein Spezialist, um Informationen aus Leuten herauszupressen. Die Morde waren bloß Beiwerk. Such einfach weiter bei Interpol, dann findest du, was er mit einem Drogenfahnder in Rumänien gemacht hat. Du brauchst bloß die Suchbegriffe ‹Lockenstab› und ‹Rektum› einzugeben.»

Brents Kollegen öffnen ihre Reisekoffer. Der Mann zieht eine gefaltete Plastikplane heraus, die aussieht wie ein Duschvorhang. Die Frau holt eine elektrische Säge aus ihrem Koffer, dazu ein paar Batterien von der Sorte, die man für Elektrowerkzeuge braucht.

«Ihr habt doch eine Badewanne, oder?», fragt Brent.

Terrance kneift sich in den Nasenrücken und deutet mit dem Kopf in Richtung Badezimmer.

«Nun, dann lassen wir sie mal ihre Arbeit machen», sagt Brent. «Judita, wir beide könnten einen kleinen Spaziergang machen, ein bisschen frische Luft schnappen. Was meinst du?»

«Alles, was Sie mir sagen, kann Terrance auch wissen», meine ich.

«Wir haben was Geschäftliches zu besprechen, Judita», sagt Brent. «Terrance, setz dich irgendwo hin und mach den Fernseher an. Und dreh ihn schön laut.»

Im Park, der einen Block vom Hotel entfernt liegt, sind ein paar Leute, die noch nicht nach Hause gehen wollen. Einige *porteños* sitzen im Schneidersitz unter einem knorrigen Baum, der ungefähr tausend Jahre alt ist, und trinken Wein. Ein Jongleur führt im Licht der Straßenlaterne ein paar Touristen seine Künste vor. Ein Teenager und seine Freundin sitzen auf einer Bank. Er spielt Gitarre und singt ihr was vor.

Wir gehen über den asphaltierten Fußweg. Ich schiebe meine zitternden Hände in die Taschen. «Danke», sage ich, «dass Sie ... sich darum kümmern.»

Brents Augen blitzen kurz im Licht auf, als er sich zu mir dreht. «Ist dir eigentlich klar, was du getan hast?» Seine Stimme ist so leise, dass ich ganz dicht neben ihm gehen muss, um ihn zu hören. «Erst verschwindest du einfach aus Montevideo. Dann lässt du deine Deckung auffliegen und kontaktierst Terrance. Tel Aviv ist stinksauer auf dich. *Stinksauer.*»

Ich deute mit dem Kopf zurück zum Hotel. «Ich kann mich selbst verteidigen. Das sehen Sie ja.»

«Dieses Chaos? Nein, Judita», sagt er. «Das ist ein totaler Scheißhaufen. Dein Scheißhaufen. Du kennst die Regeln: Es gibt dein altes Leben und dein neues Leben, und die beiden dürfen sich niemals vermischen. Sie dürfen sich nicht mal berühren.»

Ein Pärchen mittleren Alters geht vorbei, und Brent lächelt sie schüchtern an, als wäre er ein Vater, den man bei einem Streitgespräch mit seiner bockigen Tochter erwischt hat. Als sie weiter weg sind, beugt er sich näher zu mir. «Dieser Terrance, was ist er für dich? Liebst du ihn? Oder ist er bloß ein Freund?»

«Wieso?»

«Tel Aviv ist neugierig.»

«Was geht die das an?»

«In diesem Moment sitzen ein paar alte Männer, die dich noch nie getroffen haben, in einem Büro, rauchen zu viel und kratzen sich am Hintern. Weißt du, was du für die bist?»

«Ist mir egal.»

«Du bist eine Spalte in einem Kostenplan. Und gerade jetzt fragen sie sich, ob es sich überhaupt lohnt, dich und deinen Dad noch mal umzusiedeln. Neue Pässe, neue Identitäten. Da entscheiden sie sich vielleicht lieber gleich für die zweite Möglichkeit.»

Ich will schon fragen, was er meint, aber da durchfährt es mich, als hätte Brent mich mit seinen Worten körperlich geschlagen. Die zweite Möglichkeit ist, den einzigen Außenseiter zu eliminieren, der meinen neuen Namen und meinen neuen Aufenthaltsort kennt. Terrance zu töten. Ihn zu töten und ihn kleinzuhacken wie Nikko. Pillepalle, Problem gelöst. Ich balle die Fäuste, und meine Fingernägel pressen sich wie kleine Messer in meine Handfläche. All meine Instinkte, mein antrainiertes Muskelgedächtnis, befehlen mir, genauso zurückzuschlagen, Gewalt mit Gewalt zu beantworten. Aber ich bezwinge den Drang.

«Schauen Sie, es ist ganz einfach», zische ich. «Wenn Sie ihn auch nur anfassen, bringe ich Sie um.»

«Tut mir leid, Judita, aber so ist die Welt nun mal», sagt er. «Und ich bin der Einzige, der gerade deinen Sargdeckel noch offen hält. Also pass gefälligst auf, was du sagst.»

Wir gehen schweigend einen Waffenstillstand ein und schlendern weiter, langsamer als vorher. Als wir uns den Touristen nähern, die dem Jongleur zusehen, halten wir an. Er hat die Gummibälle gegen Kegel ausgetauscht, fängt mit dreien an und nimmt dann einen vierten und fünften dazu.

Ich sehe zu Brent, während er fasziniert zuschaut. «Terrance ist anders als ich», flüstere ich. «Er ist besser. Er hat ein Leben. Eine Zukunft. Ich habe ihn in diese Welt reingezogen, aber er gehört da nicht hin.»

«Jetzt schon», sagte Brent. «Und das hat er dir zu verdanken.»

«Sie müssen die überzeugen, Brent. Er muss am Leben bleiben.»

«Es wird mit jedem, der dazukommt, exponentiell schwieriger», sagt Brent.

Ich blinzle ihn verwirrt an. «Was?»

Er deutet mit dem Kopf zu dem Jongleur. «Mit vier ist es doppelt so schwer wie mit drei Kegeln. Und mit fünf ist es noch mal doppelt so schwierig wie mit vier.»

Ich schaue dem Jongleur zu. Die Kegel fliegen durch die Luft. Ich höre ihn leise ächzen, während er fängt und wirft und fängt und wirft. Ich sehe ihm zu, bis er danebengreift und ein Kegel nach dem anderen auf den Rasen fällt. Die Menge klatscht trotzdem: Er ist großartig gescheitert, und es war so unterhaltsam, ihm zuzusehen.

Ich neige mich zu Brent, und meine Worte werden vom Applaus überdeckt. «Sie haben mir einen Auftrag gegeben.»

Brent grinst und klatscht mit den anderen mit. «Ja, und als du nicht geantwortet hast, bin ich davon ausgegangen, dass du nicht dabei bist.»

«Es war falsch von mir. Tut mir leid.»

«Zoric ist nicht bloß unser Feind. Er ist deiner.» Er berührt mich am Oberarm und führt mich von der Menge weg. «Schade, dass erst ein Besuch von Nikko nötig war, um dir das klarzumachen.»

«Es ist mir jetzt klar.»

Ein Handy klingelt in Brents Anzugjacke, und er geht ran. Ich höre die Stimme am anderen Ende, sie spricht Spanisch. Die Reinigung ist fertig und kann abgeholt werden. Dann eine Frage, irgendwas, das ich nicht verstehe.

«Nein», sagt Brent ins Telefon, während er mich ansieht. «Der junge Mann bleibt.»

Strahlend sauberes Porzellan, das nach Bleichmittel riecht. Ich sitze auf dem Badewannenrand und fahre mit der Hand über die Innenseite. Sauberer, als die Wanne jemals war.

Terrance steht in der Tür. «Sie haben ihn in ihren Koffern rausgebracht», sagt er. «Am Schluss haben sie diese Neonlampen benutzt, um nach Blutstropfen zu suchen. Als sie einen gefunden haben, haben sie ihn mit einem Wattestäbchen entfernt.»

«Es tut mir leid», sage ich. «Niemand sollte das sehen müssen.»

«Ich habe es eigentlich gar nicht gesehen.» Er setzt sich neben mich auf den Rand. «Sie haben mich nicht reingelassen, bis das meiste vorbei war. Ich habe sie hauptsächlich gehört. Die Säge.»

Ich lege ihm eine Hand aufs Knie und lasse mich zu Boden sinken. Ich scanne den Raum erneut. Nikko ist mehr als einfach nur fort. Er ist ausgelöscht worden. Terrance hat keine Ahnung, dass nicht viel gefehlt hätte, und er wäre ihm auf diesem Weg gefolgt. «Es tut mir leid, Terrance, wirklich.»

Er schiebt mir die Haare aus den Augen, legt eine Hand auf meine Wange. «Das waren die Amerikaner, oder? Meine Kreditkarten, das Zimmerwechseln – nur die Amis kommen sofort an solche Informationen ran.»

Ich beiße mir auf die Lippe und nicke.

Er blickt zu Boden, wie gelähmt, kurz davor, sich zu übergeben. «Dann ... dann werde ich jetzt auch gejagt.»

«Sie besorgen dir einen neuen Pass», flüstere ich. «Sie rufen mich morgen an. Sie lassen ihn uns zukommen, wo immer wir gerade sind.»

«Was meinst du damit, ein neuer Pass?»

«Ich habe sie dazu überredet. Brent wollte ... Jedenfalls ist das der beste Plan.» Ich beuge mich vor, fahre mit den Händen seine

Arme entlang. «Ein neuer Name, Terrance. Damit wir verschwinden können.»

Ein Schluchzer kommt aus seinem Mund, aber eine Sekunde später erkenne ich, dass Terrance lacht. «Wer werde ich sein?»

Ich schüttle den Kopf und versuche, hoffnungsvoll zu klingen. «Sie entscheiden das für dich. Da kannst du nicht mitreden.»

14. KAPITEL

Er steht unter Schock, vermutlich unter dem größten Schock seines bisherigen Lebens. Doch er ist auch rational, versteht die nächsten Schritte, und er kann meinen Gedanken folgen. Da ist zum Beispiel die Logistik: Wir müssen eine neue Unterkunft finden, bis wir einen Weg gefunden haben, wie zwei Flüchtige nach Europa einreisen können. Und dann ist da natürlich noch die Frage des Geldes, wie immer. Ich habe um die 1500 US-Dollar in bar, und er ungefähr genauso viel. Kreditkarten kommen nicht in Frage – zu leicht zu verfolgen. Darum beschließt Terrance, dass ein Besuch bei der Bank das Risiko wert ist, um Geld vom restlichen Vermögen seines Vaters abzuheben. Knapp unter zehntausend für jeden, lautet unser Plan. Genug für zwei Last-Minute-Flugtickets und genug, um eine Weile davon zu leben, aber nicht so viel, dass wir Probleme mit den EU-Zollbeamten bekommen, falls wir durchsucht werden.

Ich warte an einer Ecke, wo sich zwei belebte Straßen kreuzen, mitten im anonymen Menschengewimmel, während Terrance eine große Treppe emporsteigt zu einer Bank, die einem römischen Tempel gleicht. Sein Bild wird nun von mindestens einem Dutzend Kameras aufgezeichnet, und ich habe keinen Zweifel daran, dass seine Transaktion eine ganze Reihe von Ereignissen in Gang setzt, an deren Ende Bildmaterial per Satellit oder Unterseekabel nach Washington gesandt wird, wo man jede einzelne Aufnahme genauestens analysieren wird. Jemand wird einen

Untergebenen im Flur beiseitenehmen und sagen: Wieso ist der noch am Leben? Und wo ist das Mädchen?

Ich stehe mit verschränkten Armen im Eingang eines Feinkostgeschäfts, starre die Türen der Bank an wie ein Scharfschütze und warte darauf, dass Terrance die Bank verlässt. Als er die Treppe wieder heruntersteigt, geht er locker, lächelt Vorbeikommende an, scheint keine Sorgen zu haben. Doch als er unten ankommt, ändert sich sein Gesichtsausdruck, und er geht schneller. Er wird auch kaum langsamer, als er an mir vorbeikommt, und ich gehe mit ihm weiter und passe mich seinem Tempo an.

«*Una irregularidad menor*, hat sie gesagt.»

«Wer?», sage ich.

«Die Kassiererin.» Terrance wischt sich mit dem Handrücken über den Mund. «Sie hat den Filialleiter geholt. Er meinte, der Transfer würde nicht durchgehen, aber er wüsste den Grund nicht. Er hat mir angeboten, in New York anzurufen, um es zu klären.»

«Hast du ihn gelassen?»

«Natürlich nicht», sagt Terrance. «Ich bin gegangen. Hab versucht, ganz locker zu wirken, aber ich bin sicher, ich bin *ganz sicher*, dass er jetzt gerade in New York anruft.»

Ich lege ihm eine Hand auf den Arm. «Alles wird gut.»

«Wie denn? Ohne Geld sitzen wir hier fest.»

«Gut. Sollen sie das ruhig glauben», sage ich. «Wir haben noch andere Alternativen.»

Wir finden ein kleines Stundenhotel in der Villa Crespa, in dem die Zimmer immer für fünf Stunden vermietet werden. Wir zahlen für einen ganzen Tag und schieben das Geld durch einen Schlitz in der kugelsicheren Scheibe der Rezeption, wo ein fetter Mann mit einem künstlichen Arm es in Empfang nimmt. Dafür schiebt er uns einen Schlüssel zurück. Es ist ein kleines Hotel, nur vier Stockwerke, an der Spitze eines dreieckigen Häuserblocks. Wir bekommen ein Zimmer im dritten Stock und ganz am Ende des Flurs. Ein kleiner Balkon geht auf eine Straße hinaus, auf der Vespas vorbeiknattern. Dahinter liegt ein Park voller knorriger alter Bäume. Der Klang einer Geige dringt herüber.

Terrance verzieht angewidert das Gesicht, als er die veilchenblaue Decke vom Bett hebt. «Da sind Brandlöcher auf den Laken», sagt er.

Ich nehme ein kleines Pappschild von einem Tisch. «Aber es gibt umsonst Internet.»

Über uns schrammt ein Metallbett in einem sich steigernden Rhythmus über den Holzfußboden. Dann bricht das Schrammen ab, ein Mann heult wie ein Wolf, während eine Frau auflacht.

Terrance setzt sich auf das Bett und starrt vor sich hin.

«Was ist los?»

Er schaut niedergeschlagen hoch. «Ich denke bloß nach.»

Vom Fenster dringt immer noch das Geigenspiel herein, je nach Wind stärker oder schwächer, während man im Zimmer über uns das Tapsen nackter Füße auf dem nackten Boden hört. Die Schritte des Mannes sind schwer und selbstsicher, während er zum Badezimmer trampelt. Ihre sind leise und zögernd. Sie steht jetzt am Fenster und lauscht der Musik. Ich kann die Zigarette riechen, die sie raucht.

«Paganini», sagt Terrance.

«Was?»

«Die Musik. Der Komponist ist Paganini.» Terrance zieht die Beine zu sich heran. «Mein Dad hört das ständig.»

Die Toilette über uns rauscht, und die alten Rohre stöhnen.

«Wir brauchen einen Plan», sage ich. «Falls wir getrennt werden oder einer von uns geschnappt wird.»

«Wie kommunizierst du normalerweise? Zum Beispiel mit Brent? Oder deinem Vater?»

«Durch chiffrierte E-Mails», sage ich. «Mit meinem Dad über einen Provider namens ParallaxMail. Über einen anderen mit Brent.»

«Ich benutze auch solche Provider, ich kenne das.» Er schnappt sich seine Tasche und zieht einen Block mit Post-it-Zetteln hervor. «Wie ist deine Adresse?»

Ich sage sie ihm, und er schreibt sie auf. Dann schreibt er seine eigene auf und reicht mir den Zettel.

«Wir lernen sie lieber auswendig», sage ich. «Es ist besser, wenn wir keine Zettel zurücklassen.»

Wir prägen uns die Adressen eine Weile ein, dann nehme ich einen Aschenbecher und das Heft Streichhölzer vom Hotel. Ich schaue zu, wie die beiden kleinen gelben Vierecke sich krümmen und verkohlen und schwarzer Rauch zur Decke steigt.

Als sie verbrannt sind, sehe ich auf. Terrance hält seine Kamera in der Hand. Er dreht und wendet sie, dann reibt er mit dem Daumen über einen Fleck. «Sie ist ein paar tausend Dollar wert. Genug, damit du nach Europa kommst, jedenfalls.»

«Was für eine teure Kamera ist das denn?»

«Eine Leica. Du wirst nicht den vollen Wert dafür bekommen, aber nimm nicht weniger als dreitausend für Kamera und Objektiv zusammen.» Er hebt die Leica an sein Auge und richtet sie auf mich. «Darf ich? Ein letztes Mal?»

«Wir müssen uns ja nicht mehr verstecken. Sie wissen, dass wir zusammen sind.»

«Ist das ein Ja?»

Ich nicke, und der Auslöser klickt. «Kann man damit auch Selfies schießen?», sage ich. «Wir sollten eins von uns beiden machen.»

«Wir können es versuchen.»

Ich gehe zum Bett und ziehe Terrance neben mich. Er stellt irgendwas am Objektiv ein, dann hält er die Kamera auf Armeslänge über uns. Ich presse mich dicht an ihn, halte meine Wange an seine. Er drückt auf den Knopf. Jetzt ist dieser Moment aufgezeichnet. Eine halbe Sekunde von uns beiden zusammen wird in der Welt weiterexistieren. Etwas für die Akten, zum Ausgleich für die Autopsiebilder. Hier waren wir lebendig, mit offenen Augen.

Am nächsten Tag stehe ich kurz nach fünf Uhr nachmittags vor dem Laden, gerade als Guillermo der Pfandleiher-Dieb aus der Hintertür in die Gasse tritt und mit ein paar teuren Damenhandtaschen herumfummelt. Vielleicht überlegt er, welche er seiner Frau und welcher er seiner Freundin geben will. Ich rufe ihn aus zehn Schritten Entfernung, und seine linke Hand schießt zur rechten Seite seiner Anzugjacke. (Merken: Pistole rechts, nicht links.) Doch als er mich sieht, lässt er die Hand wieder fallen.

«Ich muss was verkaufen», sage ich. «Etwas Besonderes.»

«Geschlossen», sagt er und geht an mir vorbei auf einen parkenden Mercedes zu.

«Okay. Dann bringe ich es woandershin.»

Doch er bleibt stehen und schaut zu Boden, als hätte er etwas fallen lassen. «Du bist die Diebin.»

«Es ist zu wertvoll, um es Ihnen hier draußen zu zeigen. Gehen wir rein.»

Ein Stöhnen, ein Seufzen, noch mehr Theater. Ich will schon weitergehen, da zieht er die Schlüssel hervor und lässt sie klimpern. Hoffentlich ist es die Sache auch wert, drückt er damit aus. Er schließt die Hintertür wieder auf und deutet mit dem Kopf hinein. «Geh.»

Das Neonlicht in seinem Büro summt, als er es anschaltet. Die

Katze hockt immer noch oben auf dem Aktenschrank, wo sie schon beim letzten Mal gelegen hat. Sie springt auf ein höheres Regal an der Wand, als ob sie möglichst weit von dem weg sein will, was jetzt passiert.

Guillermo setzt sich an seinen Tisch, und ich hole die Kamera aus meiner Tasche.

«Eine Leica? Ich habe den Laden wegen einer Leica noch mal aufgemacht?»

«Wollen Sie sie oder nicht?»

Er nimmt sie, drückt auf die Knöpfe, schraubt das Objektiv ab. «Das ist eine Fälschung.»

«Ist es nicht.»

«Ich kenn mich aus mit Leicas, du diebische kleine Sau, und das hier ist keine.»

Er bietet mir eine Summe an, die ungefähr dreihundertfünfzig Dollar ergibt. Die totale Verarschung.

«Ich will amerikanische Dollar», sage ich. «Fünfhundert.»

«Dreihundert, oder gar nichts.»

Ich schnappe mir die Kamera und stehe auf. Aber Guillermo hebt eine schlaffe Hand, streckt zwei Finger aus, als wäre er plötzlich Papst Guillermo, der den Handel segnen will. Fünfhundert amerikanische Dollar für eine Leica ist das Schnäppchen des Jahres, und das kann er nicht sausenlassen. Sein ganzes raffgieriges Wesen sträubt sich dagegen. «Okay», sagt er. Guillermo der Gutherzige.

Ich stelle die Kamera wieder auf den Tisch, und er hievt seine Körpermassen vom Stuhl hoch. Der Tresor befindet sich gleich hinter ihm, verborgen hinter einem Stapel Laptops, kaputter Uhren und antiker Humidore, die mal ein Liebhaber für teures Geld gesammelt hat. Er macht eine kreisende Bewegung mit seinem Finger, damit ich mich umdrehe und die Kombination nicht sehe. Ich tue wie mir befohlen und lausche. Sein Körper knackt beim Vorbeugen, seine Anzugjacke raschelt, als sie sich über seinem Rücken strafft, und dann höre ich das Ritsch-Ratsch vom Ziffernrad des Tresors. Die Tür schwingt auf – ein schnarrendes, fröhliches Geräusch wie das kurze Lachen eines alten Mannes: *Ha.*

In einer halben Sekunde bin ich über dem Tisch und reiße ihm den Kopf mit der linken Hand zurück, während ich mit der rechten um seine Anzugjacke herumgreife und die Pistole darunter herausziehe, die er in der Achselhöhle trägt. Ich knalle seinen Kopf nach vorn gegen den Rand des offenen Tresors, zweimal, dreimal und noch ein viertes beschissenes Mal, weil es Guillermo ist. Dann ziehe ich ihn zurück. Auf seiner Stirn ist eine flache Kerbe, rot und lila, ein perfekter Trennstrich, der von einer Seite zur anderen verläuft. Er hat die Augen weit aufgerissen, sieht aber nichts. Ich schwinge die Pistole durch die Luft und lasse den Griff gegen seine linke Schläfe knallen. Er bricht am Schreibtisch zusammen.

Im Tresor liegt der übliche Kram, den ein Pfandleiher spannend findet. Halsketten und Armbänder. Winzige Edelsteine in winzigen Umschlägen. Eine Pistole für die Fälle, wenn man jemanden von der anderen Seite eines Zimmers erschießen muss. Doch es gibt auch Banknotenbündel, die mit Gummibändern zusammengehalten werden, Köpfe von Königinnen, Präsidenten und Tyrannen verschiedener Nationen auf Rechtecken aus Baumwollpapier, die vom Fett der Finger schon ganz weich geworden sind. Die finde ich spannend. Ich habe keine Zeit, sie zu zählen, aber die Stapel fühlen sich angenehm dick an, als ich sie in meine Tasche stecke. Damit kommen wir sicher nach Europa und können uns eine Weile ein billiges Dach über dem Kopf und Junkfood leisten.

Was den Rest von Guillermos Zeug angeht, möchte ich eigentlich alles unberührt lassen. Ich bin eine Diebin, die sich nur nimmt, was sie braucht. Aber im letzten Moment packe ich doch einen der Umschläge mit den Edelsteinen und schüttle seinen Inhalt in meine Hand. Fünf Diamanten, nicht besonders groß oder von besonderem Aussehen, aber immerhin Diamanten. Leicht zu schmuggeln und leicht zu verkaufen. Ich stecke sie in meine Hosentasche.

Die Katze springt leise auf den Boden und schlendert auf mich zu. Sie reibt ihren Kopf an meinem Knöchel, dann richtet sie ihren Schwanz in die Höhe, zeigt mir ihren Hintern und verschwindet durch die Tür.

Terrance sitzt im Schneidersitz auf dem Bett, sein Gesicht wird vom Laptop-Bildschirm orangefarben angestrahlt. Er schaut auf, als ich hereinkomme, und hält einen dunkelblauen Pass hoch.

«Mein neuer Pass», sagt er leise. «Eine Frau ist auf der Straße in mich reingelaufen. Ich wollte uns was zu essen holen, sie ist einfach aus dem Nichts aufgetaucht. ‹Das ist Ihnen runtergefallen›, hat sie gesagt.»

Er wirft ihn mir zu – Belize, gut abgenutzt, ein echter Pass. Ich schlage ihn auf, und da ist Terrances Foto, aus irgendeiner Datenbank entnommen, nehme ich an. Dr. Andre Mason, siebenundzwanzig.

«Du bist jetzt ein Doktor», sage ich.

«Was zum Teufel soll ich damit?»

Ich werfe ihm den Pass zurück. «Leben. Sie hätten ihn dir nicht gegeben, wenn er nicht wasserdicht wäre.»

«Wer ist Andre Mason?»

Ich stelle meine Tasche auf den Boden. «Eine Leiche, vermutlich. So machen sie das manchmal.»

Er verzieht das Gesicht, weil er die Vorstellung ebenso abstoßend findet wie ich, als ich zum ersten Mal einen Namen mit den Toten teilen musste. Ich setze mich im Schneidersitz auf den Boden und ziehe das Geld aus meiner Tasche.

«Ach du Scheiße», sagt Terrance. Er springt vom Bett und nimmt einen Stapel Euros mit einer Hand und amerikanische Dollar mit der anderen. «Ach du Scheiße.»

Dann hole ich seine Kamera hervor und stelle sie vorsichtig neben die Geldscheine. Seine Schultern senken sich, und er sieht mich entsetzt an.

«Geht es ihm gut?», sagt er und hockt sich vor mich.

«Mir geht's gut.»

«Nein, geht es *ihm* gut? Dem Menschen, dem du das Geld gestohlen hast.»

«Sein Name ist Guillermo. Er ist ein Schwein.» Ich nehme einen Stapel 100-Peso-Scheine und fange an, sie zu zählen. «Und ich weiß nicht, ob es ihm gutgeht. Ich hab nicht nachgeschaut.»

Terrances Arm schießt vor, er reißt mir das Geld aus der Hand. «Was hast du getan?»

Ich nehme das Geld ruhig von ihm zurück, oder zumindest so ruhig, wie ich kann. «Ich habe ein Problem gelöst. Er hatte Geld. Wir brauchten Geld. Was möchtest du hören? Wie sehr er es verdient hat, dass ihm jemand den Schädel gegen seinen Tresor knallt?»

«Hat er das verdient?»

«Ich erzähle es dir, wenn es dir damit bessergeht.»

Einen langen Augenblick starrt er mich an und ich ihn. Ich weiß, was er denkt: wie abscheulich ich bin, wie tief ich gesunken bin. Aber es gibt kein Leben ohne Flucht, keine Flucht ohne Geld, kein Geld ohne Gewalt.

Er wirft einen Blick auf das Geld, dann steht er auf.

«Wo gehst du hin?», frage ich.

«An die frische Luft.»

«Bleib hier.»

Aber die Tür fällt hinter ihm zu, und ich höre, wie seine Schritte sich im Gang entfernen.

Terrance versucht leise zu sein, als er kurz nach Mitternacht zurückkommt, aber der Boden knarrt, und die Sprungfedern sind alt. Ich drehe mich zu ihm, als er sich aufs Bett setzt. Er hat sein Hemd ausgezogen, es hängt an einem Haken an der Tür. Ich berühre seine Haut, küsse einen der leicht hervorstehenden Rückenwirbel. «Alles in Ordnung?», frage ich.

Er schweigt eine lange Zeit. Im schwachen Licht sehe ich, wie sich die Muskeln in seinem Rücken beim Atmen bewegen. «Gwen ...»

«Schau, was ich gesagt habe, das war ... Ich war ... ich weiß nicht. Ich war auf Adrenalin, schätze ich. Tut mir leid.» Ich küsse seinen Rücken noch einmal und lege einen Arm um seinen Bauch.

«Es tut dir leid, was du gesagt hast.»

«Mm-hm.» Noch ein Kuss.

«Aber nicht, was du getan hast.»

Ich hebe den Kopf, öffne den Mund, aber ich weiß nicht, was ich sagen soll. Es tut mir nicht leid. Es tut mir nicht leid, dass ein fieser Mann in einer fiesen Welt verprügelt und ausgeraubt wurde. Es tut mir nicht leid, dass sein Geld jetzt bei guten Leuten ist, die es nötiger brauchen als er. Wieso versteht Terrance das nicht?

«Ja», lüge ich. «Das tut mir auch leid. Was ich getan habe.»

Wieder Schweigen. «Dieser Typ, Nikko. Als sie ihn zerteilt haben, haben sie eine Säge benutzt.»

«Das hast du mir gesagt.»

«Manchmal ist sie steckengeblieben. In einem Knochen oder was auch immer. Dann hat der Motor … aufgeheult. Ganz hoch.»

Ich verziehe das Gesicht. «Das ist furchtbar.»

«Ja», sagt er. «Furchtbar.»

Ich versuche, mir etwas einfallen zu lassen, was ihn trösten könnte, irgendwelche guten Nachrichten. «Ungefähr siebzehntausend», sage ich und wünsche mir im nächsten Moment, ich hätte den Mund gehalten.

«Siebzehntausend was?»

Ich schüttle den Kopf. «Nichts. Ich sag's dir morgen früh.»

«Siebzehntausend was?», wiederholt er mit scharfer Stimme.

Ich drehe mich von ihm weg zur Wand. «Das Geld. In amerikanische Dollar umgerechnet.»

Er schnappt sich eines der Kissen vom Bett, dann legt er sich am anderen Ende des Zimmers auf den Fußboden.

Keiner von uns schläft, aber wir sprechen auch nicht miteinander. Die drückende Stille wird vom Brummen der Vespas draußen, von Gelächter oder vom Ficken in den Nachbarzimmern unterbrochen. Eine Sirene rast jaulend vorbei, und ein paar Minuten später noch eine.

Terrance hat natürlich recht. Was die Gewalt angeht und was für eine abstoßende Person ich geworden bin, und dass ich von ihm verlange, dass er auch so wird. Diebstahl und Gewalt als normale Ereignisse, so wie Wäsche waschen. Aber wenn wir uns moralisch richtig verhalten, dann schnappen sie uns und legen uns um. Oder wir kommen in eine Lage, in der wir uns den Tod herbeisehnen. Ein Blick darauf, wie es auf der anderen Seite aussieht, auf meiner Seite – Nikko Kucheto erwürgt, zerteilt –, war offenbar nicht genug, um Terrance zu überzeugen. Und weil ich diese Art von Gewalt zu oft gesehen habe, bin ich dagegen immun geworden.

Ich nicke irgendwann kurz vor der Morgendämmerung ein, als die Geräusche der nächtlichen Stadt gerade vom ersten Vogelzwitschern abgelöst werden. Es ist ein unangenehmer, traumloser Schlaf, in dem ich nicht wirklich schlafe und immer noch merke, was um mich herum vorgeht. Terrance, der aufsteht. Terrance, der duscht. Terrance, der sich anzieht und den Reißverschluss an seine Tasche schließt.

Als ich mich umdrehe und die Augen öffne, steht er in Jeans und einem weißen Hemd am Fenster. Ich sehe mich im Zimmer um und stelle fest, dass er alle seine Sachen gepackt hat.

«Hey», sage ich schläfrig.

Er dreht den Kopf zu mir. Nicht seinen Körper, nur den Kopf. «Hey.» Seine Stimme ist klar und sicher.

Ich bin nicht blöd. Ich weiß genau, wessen er sich sicher ist. Ich schwinge die Beine über den Rand des Bettes, stehe auf und schwanke einen Moment.

«Hast du deinen Pass, Doktor?»

«Doktor?»

«Andre Mason.»

Ein gespieltes Lächeln. «Ach ja. Ganz vergessen.»

«Das solltest du besser nicht vergessen. Deine neue Identität ist wichtig ...»

«Ich weiß, Gwen.»

Ich nicke und beiße mir auf die Lippe. Ein Schluchzen steigt in meiner Kehle hoch, und ich presse die Augen zu und schlucke es hinunter. «Du bist nicht der Einzige», sage ich.

«Der Einzige was?»

«Der das hier hasst», sage ich. «Glaubst du, mir gefällt das? So zu sein?»

Seine Schultern sacken herab. Es ist nicht das, was er hören wollte. «Du tust – was du tun musst. Das verstehe ich.»

«Du bist in genauso großer Gefahr wie ich», sage ich. «Es tut mir leid, dass es so ist. Es tut mir leid, dass es meine Schuld ist. Aber, Terrance ...»

«So mache ich das nicht», sagt er, und in seiner Stimme schwingt so etwas wie Wut mit. «Wenn ich ins Gefängnis gehen muss, dann ist es eben so. Wenn ich ... erschossen werde, auch. Aber ich werde mein Leben auf meine Weise führen. Meine. Und ich werde nicht ... Ich werde mich nicht in jemanden verwandeln, der ich nicht bin.»

«Der nicht so geworden ist wie ich.» Jetzt bin ich auch wütend. «Das meinst du doch: dass du nicht so werden willst wie ich.»

Terrance öffnet den Mund, um zu protestieren. Dann schließt er ihn wieder. «Wie ich dir gesagt habe: Wenn du nach Zürich kommst, frag nach Naz Sadik.»

Ich lege mir die Hand über die Augen und schaue weg. Wieder unterdrücke ich ein Schluchzen. «Wo willst du hingehen ... Nein, sag es mir besser nicht. Ich schicke dir eine E-Mail. Über den ParallaxMail-Account, okay?»

«Naz Sadik», wiederholt er. «Ich melde mich bei ihr. Ich sage ihr, dass du kommst.»

Mein Körper schwankt, ich taste nach dem Bett und setze mich wieder hin. «Sag mir ... dass du das auch fühlst, Terrance», sage ich. «Sag mir, dass es dir auch schwerfällt.»

Im nächsten Moment ist er bei mir, legt seine Hände an meine Wangen, hebt meinen Kopf. Er beugt sich vor und küsst mich. Seine Lippen sind sehr weich. Sie sagen mir, dass es so ist.

TEIL 2
LILA

15. KAPITEL

In Valencia fällt der Frühlingsregen, und die Straßen sind leer. Es ist noch einen Monat hin, bis die Touristen kommen, und jetzt sind nur Einheimische hier und Besucher aus anderen Teilen Spaniens. Mein Akzent geht nicht als einheimisch durch – zu *porteño*, zu südamerikanisch und ohne diese schönen Zischlaute, mit dem jedes S in ein Th verwandelt wird. Aber ich verstehe alles und werde verstanden, und ich habe keine Schwierigkeiten, unsichtbar zu bleiben.

Zwei Tage lang spiele ich Touristin. Ich leihe mir eine Vespa und nehme mir ein Zimmer in einem billigen Hotel am Strand, mit einem nach vorne gelegenen Pool, der aber wegen der Nebensaison noch leer ist. Ich kaufe mir ein paar billige schwarze Ballerinas und ein schwarzes Cocktailkleid aus diesem Stretchmaterial, das man unten in den Rucksack stopfen und im Waschbecken auswaschen kann. Auf einem Flohmarkt kaufe ich mir außerdem ein kleines Fernrohr, das mich nachmittags zum Hafen begleitet. Dort vertrödle ich Stunden in einem Straßencafé und beobachte die Yachten, die im Hafenbecken ein und aus fahren.

Ein Golfprinz mit einem stattlichen Bauch steht in einer knappen Badehose am Deck einer enormen Yacht. Er verzieht den Mund unter einem Schnauzbart von der Größe eines Frettchens und betrachtet die Küste von Valencia, als wolle er sie aufkaufen. Auf einer anderen Yacht raucht ein Wirtschaftsboss mit rosiger Haut und Büscheln schneeweißer Haare eine Zigarette mit einer langen Zigarettenspitze, während er splitternackt über sein Deck spaziert. Seine Freundin, die ungefähr so alt ist wie ich, erhebt sich in ihrem goldenen Bikini aus einem Liegestuhl und gießt sich gelangweilt einen Cocktail ein.

Hier lohnt es sich wenigstens, Voyeur zu sein, denn alles ist so viel dekadenter und interessanter als die braven Szenen aus dem Privatleben der Mittelklasse, die ich aus meinen Apartmentfenstern in Montevideo, New York und Moskau beobachtet habe. Aber so interessant die Menschen in meinem Hafen-Zoo auch sind, ich überprüfe immer zuerst die Namen an den Yachten. Es gibt merkwürdige – *Anonym II, Medusa* – und alberne – *Nauti-Boy, Sail-a-bration*. Der Name, auf den ich warte, *Erebus*, fährt pünktlich am späten Abend meines zweiten Tages in den Hafen ein.

Das Schiff ist riesenhaft, selbst für eine Yacht, und nur die Männlichkeit des Golfprinzen bleibt nach ihrer Ankunft unbeschadet. Sieben Mannschaftsmitglieder, alle in weißen Uniformen, hasten zwischen elegant geschwungenen weißen Wänden und schwarz getönten Fenstern an Deck umher. Eine unfassbar komplizierte Ansammlung von Antennen und Satellitenschüsseln sprießt wie ein alberner Hut aus der Spitze des Schiffes. Drei Personen – zwei hauptsächlich in Schwarz gekleidete und einer in einem beigen Anzug und offenen weißen Hemd – steigen eine Treppe vom Heck des Schiffes hinab auf den Kai. Die Typen in Schwarz sind vom selben Schlag wie Nikko Kucheto – kurzgeschorene Haare und stämmiger Körperbau. Der Mann im beigen Anzug wirkt fit und gutaussehend hinter seiner teuren Sonnenbrille. Er unterhält sich mit irgendeinem Beamten in Uniform, der sie begrüßt. Man einigt sich schnell, und ein paar Minuten später gehen die drei weiter zur Straße.

Ich werfe einen Fünf-Euro-Schein für meinen Eistee auf den

Tisch und gehe in einem großen Bogen um die Männer herum, um sie mir von der anderen Seite gut anzuschauen.

Lovrenc Zoric sieht sogar noch besser aus als auf dem Foto, das ich mir angesehen habe. Er ist größer und irgendwie souveräner, dazu bewegt er sich energisch und mit viel Kraft. Keiner der drei schaut auch nur in meine Richtung. Ich überquere die Straße und starte den Motor meiner gemieteten Vespa, während die Männer in einen parkenden Range Rover steigen. Ich lasse dem SUV einen halben Block Vorsprung, dann hänge ich mich an sie dran.

Wegen des spärlichen Verkehrs in der Nebensaison muss ich weiter zurückbleiben, als mir lieb ist. Der Range Rover erklimmt einen kleinen Hügel, und dann verliere ich sie beinahe, als sie einem Bus abrupt die Vorfahrt nehmen und nach links in eine schmale Seitenstraße einbiegen. In letzter Sekunde reiße ich den Lenker nach links herum und fahre durch einen Haufen Fußgänger, die mir wütend hinterherrufen. Lovrencs Fahrer hat eine Umgehungsstraße gewählt, die genau das verhindern soll, was ich gerade tue, doch meine Vespa ist wendig und schnell, und der große SUV ist das genaue Gegenteil davon. Wie man es mir im Waisenlager beigebracht hat, nutze ich größere Fahrzeuge als Deckung, variiere die Abstände und versuche, außerhalb ihres Sichtfelds zu fahren.

Nach zwanzig Minuten hält der SUV vor einem gutbesuchten Restaurant mit einer Terrasse direkt am Strand – *Mariscos de Stavros* steht auf dem Schild. Ich parke meine Vespa, verschwinde auf einer öffentlichen Toilette und ziehe mein Cocktailkleid und die Ballerinas an. Anstelle von Schmuck trage ich das andere Souvenir, das ich mir vom Flohmarkt mitgebracht habe: ein zehn Zentimeter langes Filetiermesser in einer Metallscheide, schmal und überraschend scharf. Es wandert auf die Unterseite meines linken Unterarms, unter den Ärmel des Kleides und in eine Halterung, die ich mir aus zwei Lederarmbändern gebastelt habe.

Ich schwinge meinen Rucksack über der Schulter und sehe mich um wie eine Touristin, die etwas essen will. *Mariscos de Stavros* ist voll und laut. Ein Trio aus griechischen Musikern geht von Tisch zu Tisch, und die klagende Musik wird je nach Windrichtung lauter oder leiser. Ich bleibe vor der Karte draußen stehen und tue so, als betrachte ich die angebotenen Speisen, während ich die Tische nach Lovrenc absuche. Alles, was ich brauche, sind fünf Sekunden in seiner direkten Nähe. Ein Gang zum Männerklo, eine Zigarettenpause draußen – alles würde gehen.

Lovrenc sitzt in der hinteren Ecke der großen Terrasse, bei einem Mann in einem grauen Anzug, der mindestens zwanzig Jahre älter ist als er. Seine zwei Leibwächter sitzen bei den Leibwächtern seines Tischnachbarn, trinken Kaffee und behalten alles im Auge. Ich nehme mir einen freien Hocker an der Bar, wo ich sie sehen kann.

Für spanische Verhältnisse ist es noch sehr früh fürs Abendessen, aber was immer Lovrenc und seine Begleiter hier tun, es zieht sich endlos hin. Auf die Suppe folgt Hummer, dann ein riesiger Fisch, der im Ganzen auf einer Platte serviert wird. Es ist ein Geschäftsessen, das kann ich sehen. Beide Parteien verhandeln intensiv irgendetwas, wobei mal Lovrenc, mal der Typ im grauen Anzug wütend wird und beleidigt einschnappt wegen etwas, das der andere sagt.

Aber als Lovrenc die Rechnung bezahlt, haben sich die beiden offenbar geeinigt. Sie umarmen sich herzlich, und Lovrenc geht in Richtung Tür. Seine Leibwächter folgen ihm auf den Fersen wie die überbesorgten Eltern eines Kleinkindes. Auf die Toilette lassen sie ihn alleine gehen, doch beide warten vor der Tür. Ich stehle mich aus dem Restaurant und überlege fieberhaft, wie ich näher an ihn rankommen kann.

Der Range Rover steht am Bürgersteig, und es ist unwahrscheinlich, dass ich hier eine Chance bekomme. Ich klettere auf die Vespa, warte, bis Lovrenc und die Leibwächter einsteigen, und fahre ihnen erneut hinterher. Doch der Abendverkehr ist so spärlich, dass ich die Verfolgung einfach nicht länger riskieren kann. Ich biege ab und fahre zurück zum Hafen.

Hier ist es lebendiger mit all den Leuten, die die Straßen entlangschlendern oder in den Cafés essen. Ein Jongleur und ein Akkordeonspieler mit einem Affen an der Leine wetteifern um die Aufmerksamkeit der Kinder. Ein Teenager-Pärchen steht knutschend an einem Laternenpfahl. Ich stehe herum, warte auf Lovrencs Rückkehr und feile in Gedanken an einem Plan. Ich weiß nicht, wo sie hingefahren sind, nachdem sie das Restaurant verlassen haben, aber sie sind auf keinen Fall auf direktem Weg hierhergefahren. Es dauert zwei Stunden, bis sie auftauchen und auf den Eingang des Yachthafens zugehen.

Ich bleibe bei einem Eisverkäufer stehen und kaufe mir drei aufeinandergetürmte Kugeln in der Waffel – Schokolade, Vanille und Erdbeer. Dann gehe ich langsam auf sie zu, bloß eine junge Frau, die herumwandert und sich gedankenverloren die Leute anschaut. Gerade als sie an mir vorbeiwollen, trete ich ihnen ein bisschen in den Weg und pralle mit dem größeren der beiden Leibwächter zusammen. Dabei wird mir das Eis gegen die Brust gedrückt. Der Wachmann wirft mir einen finsteren Blick zu, schiebt mich zur Seite und geht vorbei.

«*Gilipollas!*», schreie ich wütend hinter ihm her. Ich wechsle zu Juditas Englisch mit ihrem starken Akzent. «Blödarsch, du hast mein Kleid ruiniert!»

Jetzt habe ich ihre Aufmerksamkeit, besonders die von Lovrenc. Er bleibt mitten auf dem Weg stehen und mustert mich über den Rand seiner Sonnenbrille, dann schlägt er dem Wachmann den Handrücken gegen den Oberkörper. «Obrad, du dummer Ochse, schau doch, was du angerichtet hast.»

Der Leibwächter schaut von mir zu ihm und fragt sich offensichtlich, ob das ein Witz sein soll. Da kommt Lovrenc schon lächelnd auf mich zu und zieht ein Taschentuch aus der Brusttasche seiner Anzugjacke. Er legt eine Hand auf meine Schulter, dann tupft er das Eis von meiner Brust.

«Bitte entschuldigen Sie», sagt er. «Lassen Sie mich Ihnen helfen, das sauberzumachen.»

Ich greife nach meinem linken Ärmel, berühre den Griff des Filetiermessers, halte aber inne, als die beiden Leibwächter an Lovrencs Seite auftauchen. Sie ziehen ebenfalls Taschentücher hervor und versuchen, ihrem Boss zu helfen, aber ich schlage ihre Hände fort. «Hey, hören Sie auf!»

Lovrenc lächelt ihnen zu. «Wirklich, ihr beiden. Das ist doch kein Benehmen.»

Ich weiche vor allen dreien zurück, meine Chance ist vorbei. «Schon in Ordnung», sage ich zu Lovrenc. «Ich mache es zu Hause sauber.»

«Aber meine Yacht ist ganz in der Nähe», sagt Lovrenc leise. «Wir können etwas zusammen trinken, während man sich um Ihr Kleid kümmert.»

Das Angebot ist nicht ungefährlich, und er macht es mit einem aalglatten Charme, sodass ich sicher bin, er hat solche Einladungen schon oft ausgesprochen. Es ist riskant, mit ihm zu gehen, aber auf der Yacht wird er entspannt sein und weniger auf der Hut als hier. Ich denke an Nikko Kucheto in Buenos Aires, an die Wut, die ich gespürt habe, wie er sich in diese einzige private Ecke der

Welt eingeschlichen hat, die ich für Terrance und mich gefunden hatte. Jetzt kann ich ihm den gleichen Gefallen tun.

«Eine Yacht?», sage ich. «Ich weiß nicht.»

«Na, kommen Sie», sagt er. «Ich verspreche Ihnen, dass ich nicht beiße.»

Ich lächele schüchtern. *Nein, aber ich.*

Lovrenc geht langsam neben mir den Kai entlang und interessiert sich für alles, was das einheimische Mädchen zu sagen hat. Die Leibwächter halten sich ein paar Schritte hinter uns, sind aber zu nah, als dass ich mein Messer zücken könnte.

«Also, wie heißen Sie?», sagt Lovrenc.

«Judita.»

«Judita», wiederholt er. «Auf Englisch ist das Judith, ja?»

«Ja.»

«Lesen Sie manchmal die Bibel, Judita? Die verbotenen Geschichten, die nicht in der offiziellen Ausgabe stehen?»

«Die Apokryphen», sage ich. «Nein, ich habe bloß davon gehört.»

«Da gibt es eine Geschichte über eine Frau namens Judith. Israel ist im Krieg, und sie verführt einen assyrischen General.» Er legt eine Hand auf meine Schulter und grinst. «Dann nimmt sie sein eigenes Schwert und schneidet ihm den Kopf ab. Gute Geschichte.»

Schweißperlen bilden sich in meinem Nacken. «Wie gesagt, ich habe die Bibel nie gelesen.»

Wir erreichen die *Erebus*, und Lovrenc macht einen Schritt über die große Lücke zwischen Kai und Boot. Sofort erkenne ich meinen Fehler. Auf der Yacht werde ich gefilzt, und dann finden sie das Messer. Es gibt nur eine logische Erklärung dafür.

«Obrad!», ruft Lovrenc dem Wachmann zu. «Gib mir ihren Rucksack und hilf ihr an Bord.»

Ich schiebe die Hand unter den Ärmel und löse die Halterung. Lovrenc ist das Risiko wert, und ich kann immer mit einer Gabel, einem zerbrochenen Weinglas oder meinen bloßen Händen improvisieren.

Obrad wirft Lovrenc den Rucksack zu, doch er dreht sich in der Luft, sodass meine Stiefel auf dem Deck landen. Alle drei Männer hasten ihnen eilig hinterher, damit sie nicht über Bord rollen, und ich lasse blitzartig das Messer zwischen Boot und Kai ins Wasser fallen.

Das offene Deck an der Spitze der Yacht ist mit honigfarbenem Holz getäfelt und so auf Hochglanz poliert, dass es beinahe schon nach Plastik aussieht. Sanftes weißes Licht aus Lampen, die im Überstand eingelassen sind, bringen den Tisch, das Geschirr und die Weingläser darauf zum Leuchten. Die Leibwächter sind gegangen, aber wir sind ganz offensichtlich nicht allein. Eine Bedienstete in einem weißen Hemd und schwarzen Hosen steht vor der Wand, ein gebügeltes weißes Geschirrtuch über dem Arm.

«Ihr Kleid», sagt Lovrenc, während die Bedienstete einen Schrank öffnet und einen zusammengelegten blauen Morgenmantel hervorholt. «Ziehen Sie es aus, bitte. Sie können das hier tragen, bis Ihr Kleid gereinigt ist.»

«Hier soll ich es ausziehen?»

«Ja. Sofort.»

Sein Ton ist sehr geschäftsmäßig. Es liegt nichts Bedrohliches darin. Vielleicht läuft es immer so für ihn, dass er nur ganz nebenbei seine Befehle erteilt, und alle springen.

Ich ziehe mir das Kleid über den Kopf, und ich stehe einen Augenblick nur in der Unterwäsche da, bis die Bedienstete mir in den Morgenmantel hilft. Er ist aus echter Seide gefertigt, mit wundervollen eingestickten Vögeln über der Brust. Lovrenc starrt mich nicht an, sondern schaut ganz unbeteiligt, als wäre ich nicht interessanter als jedes andere Objekt, das ihm vor die Augen kommt.

Dann fährt das Schiff los.

Lovrenc lächelt mich strahlend an. «Ich dachte, wir könnten eine kleine Fahrt unternehmen. Valencia bei Nacht?»

«Halten Sie das Schiff an, bitte. Ich möchte lieber hierbleiben.»

«Keine Sorge. Sie sind in ein paar Stunden wieder zu Hause.» Lovrenc deutet auf einen Stuhl. «Setzen Sie sich. Lassen Sie uns einen Moment reden.»

Ich sehe mich nach etwas um, das ich als Waffe benutzen kann. Auf dem Tisch ist eine Platte mit Essiggurken, Fisch, Käse und Brot – Fingerfood, kein Besteck also. Aber es gibt Weingläser, die zur Not auch als Waffen einsetzbar sind.

Die *Erebus* wird langsamer, dann läuft ein Stoß durch die Yacht, und die mächtigen Motoren drücken uns nach vorn. Die Bedienstete stützt mich, damit ich nicht hinfalle. Sie ist ein paar Jahre jünger als Lovrenc, mit ausladenden Brüsten und einer kräftigen Statur. Ihre schwarzen Haare hängen auf beiden Seiten gleich lang herab und bedecken die Hälfte ihres Gesichts.

Ich schaue zur Seite des Schiffes, es sind schätzungsweise vier Meter bis zur Reling. Ich kann in ein paar Sekunden dort sein und über Bord springen. Aber Lovrenc ahnt, was ich plane, und hindert mich daran, indem er eine kleine Pistole unter seiner Anzugjacke hervorholt. Er hält sie locker am Oberschenkel, eine ganz lässige Drohung.

«Es ist noch genügend Zeit, bis sich das Schiff wieder in einen Kürbis zurückverwandelt», sagt er. «Du hast dir das ja schlau ausgedacht mit dem Eis. Ich wusste gleich, dass du es bist.»

Die anderen Yachten, die schon für die Nacht festgemacht haben, gleiten an uns vorüber, während wir auf den Ausgang des

Hafens zusteuern. In wenigen Minuten sind wir auf dem offenen Meer.

«Sie wussten, dass ich es bin?», sage ich.

«Die Frau in der Restaurantbar, die uns mit dem Moped gefolgt ist.» Er klopft mit der Spitze des Pistolenlaufs auf einen Stuhl, als wäre die Waffe eine Verlängerung seiner Hand. «Bitte, du gibst mir das Gefühl, ein schlechter Gastgeber zu sein.»

Langsam setze ich mich hin, bereit loszuspringen, sobald er die Pistole wieder senkt. «Ich weiß nicht, wovon Sie sprechen.»

Er schenkt mir ein müdes Lächeln. «Sag mir: Warum wollte ich wohl, dass du diesen Morgenmantel trägst.»

«Um das Kleid zu reinigen.»

«Nein. Ich wollte sicher sein, dass du kein zweites Messer bei dir hast. So wie das, das du vorhin ins Wasser geworfen hast.»

Die Yacht nimmt an Geschwindigkeit auf, und ich verschränke die Arme gegen die Kälte. «Ich bin nicht, wer Sie glauben.»

«Sei nicht so schüchtern», sagt er in einem Ton, als versuche er mich zu trösten. «Gwendolyn Bloom sollte sich niemals dafür schämen, wer sie ist.»

16. KAPITEL

Vergiss das nie: Deine neue Identität ist dein einziger Freund. Also halte daran fest, so lange du körperlich dazu in der Lage bist. In der Vernehmung. Während der Folter. Und falls nötig, stirb mit dieser Identität. Wenn du dich selbst nicht retten kannst, dann kannst du wenigstens die Operation retten. Das haben sie uns im Waisenlager beigebracht.

Doch sie haben uns außerdem gelehrt: Wenn du dich starr an die Regeln hältst, ohne die jeweiligen Umstände miteinzubeziehen, wirst du getötet. Also improvisiere. Folge deinem Bauchgefühl. Selbst wenn es das Gegenteil von dem sagt, was du gelernt hast. Wenn du deinen Feind überraschst, unterminierst du seine Strategie.

Daher mein Dilemma.

«Findest du diese kleine Geschichte nicht ermüdend, die die sich da ausgedacht haben?», sagt Lovrenc und deutet mit der Pistole auf das Schiff und die Welt dahinter. «Dein Vater legt meinen Vater um, und jetzt müssen wir uns gegenseitig umbringen. Amateurhaft. Amateurhafter Scheiß. Bitte sag mir, dass du das auch so siehst.»

Ich werfe einen Blick über meine Schulter, und die Bedienstete steht immer noch mit regloser Miene da. Offenbar kümmert es sie nicht, dass ihr Arbeitgeber seinem Gast eine Pistole vorhält.

«Wie gesagt, ich bin nicht die, für die Sie mich halten», sage ich so ruhig, wie es mir möglich ist.

Lovrenc knallt die Pistole so abrupt auf den Tisch, dass die Weingläser und Teller klirren und ich zusammenfahre.

«Ich bin wirklich ... enttäuscht», sagt er. «Schau dich doch an, benimmst dich wie ein Feigling. ‹Ein Monster›, haben sie mir gesagt. ‹Hat in Prag ein Dutzend Männer umgelegt›, haben sie gesagt. Na ja.»

Er sinkt in seinen Sessel und reibt sich mit der Schusshand müde über den Kopf. Mit den Augen fordert er mich dazu heraus, mich auf die Waffe auf dem Tisch zu stürzen. Ich strecke vorsichtig die Hand aus und nehme mein Weinglas.

Ich sehe ein, dass es keinen Ausweg gibt, keine saubere Lösung für mein Dilemma. Ganz egal, ob ich zugebe, wer ich bin oder nicht – hier auf dieser Yacht endet es. Meine Angst verschwindet und wird von einer nicht unangenehmen Gewissheit abgelöst. Auf einer Yacht vor der Küste Spaniens erschossen zu werden, ist viel interessanter, als von einem Bus überfahren zu werden oder an der Grippe zu sterben. Und der Wein ist wirklich exzellent.

Ich scheiß auf die Lektionen aus dem Waisenlager. Lovrenc weiß Bescheid. Und er weiß, dass ich weiß, dass er Bescheid weiß. Der Weg im Labyrinth schließt sich, es ist also nichts zu gewinnen, indem ich weiter eine Rolle spiele. Außerdem habe ich mit der Wahrheit vielleicht bessere Chancen, als wenn ich mich an eine erfundene Identität klammere, an die keiner von uns beiden glaubt.

Ich hebe mein Glas zu einem Toast. «Auf unsere Helden», sage ich. «Mögen wir nie die Enttäuschung erleben, ihnen im wirklichen Leben zu begegnen.»

Ein erleichtertes Grinsen breitet sich auf seinem Gesicht aus. Er prostet mir zu, nimmt einen langen Schluck, dann schaut er an meiner Schulter vorbei zu seiner Angestellten hinüber. «Du kannst ab jetzt übernehmen», sagt er auf Englisch zu ihr.

Sie nähert sich dem Tisch und streckt mir die Hand entgegen. Überrascht stehe ich auf und schüttle sie.

«Ich heiße Dragoslava Zoric», sagt sie. «Ich bin Lovrencs Schwester. Viktors Tochter.»

Dragoslava steckt sich die Pistole vom Tisch in den Hosenbund und sagt ein paar Worte auf Serbisch zu ihrem Bruder. Lovrenc antwortet etwas, das sie zum Lachen bringt, dann verschwindet er durch eine Tür, die zu einer Treppe nach unten führt.

«Armer Lavro», sagt sie und setzt sich mir gegenüber. «Er mag die teuren Klamotten, das Geld und die Mädchen. Aber das hier hat ihm noch nie Spaß gemacht.»

«Und was ist ‹das hier›?», frage ich.

Dragoslava schiebt sich die Haare von der linken Gesichtshälfte, und ich sehe ein Narbengewebe, das von ihrer Schläfe bis zum Kinn verläuft, zum Teil verblasst, zum Teil entzündlich rot. «Wenn dich jemand umbringen wollte, wie würdest du reagieren?»

«Genau so, wie ich auf Nikko Kucheto reagiert habe.»

«Ah», sagt sie. «Armer, dummer Nikko.»

«Euer Mann.»

«Er war schon immer der Dümmste aus der Truppe», sagt sie betrübt. «Hast du es selbst getan? Du persönlich?»

«Ja.»

Dragoslava seufzt. «Nun, es tut mir leid, dass du ihn töten musstest. Auch dafür, dass dieser Idiot uns in diese Lage gebracht hat.»

«Nikko hat uns in diese Lage gebracht?», sage ich. «Und ich dachte schon, ihr wärt das gewesen.»

Sie nimmt etwas Käse von einem Teller und belegt ein kleines Brötchen damit. «Diese Trottel von der CIA, die hier waren ... Na ja, sie haben nie gesagt, sie sind von der CIA, aber das weiß man einfach. Sie haben uns das sehr plastisch dargestellt: Dein Vater hat den Tod unseres Vaters organisiert, also sollen wir das ganz genauso machen.»

«Der Unterschied ist nur, dass mein Vater kein Monster ist.»

Sie sieht mich ohne Regung an. «Du hast recht», sagt sie schließlich. «Der Mann, den die Welt als Viktor Zoric kennt, war ein Monster. Der Viktor Zoric, den ich kannte, war keines. Aber es steht besser um die Welt ohne ihn.»

«Warum habt ihr mir dann Nikko Kucheto auf den Hals gehetzt?»

«Ich war das nicht. Rache ist ein sinnloses Unterfangen. Das habe ich den CIA-Typen auch gesagt, bevor ich sie vom Schiff geworfen habe.»

Eine offensichtliche Lüge. Aber da es für mich so oder so zu Ende gehen wird, lasse ich sie ihr durchgehen. Ich hebe mein Glas und trinke einen großen Schluck Wein. «Ich würde dir wirklich gerne glauben», sage ich dann.

«Nein, ich schätze, das solltest du nicht», sagt Dragoslava. «Übrigens, wer hat dich geschickt? Die Israelis, nehme ich an.»

«Ich arbeite nicht für die Israelis. Ich bin auf eigene Faust hier.»

«Klar», sagt sie. «Nun, falls du zufällig den Israelis begegnest, kannst du ihnen vielleicht eine Nachricht überbringen.»

«Sicher.» Ich tue so, als ob ich ihr glaube. Dabei lässt sie mich auf keinen Fall lebendig von ihrer Yacht. «Was denn?»

«Dass die Familie Zoric aus dem Waffengeschäft ausgestiegen ist. Wir verkaufen nicht mehr an die Hisbollah. Auch nicht an die Palästinenser oder an Al-Qaida. Oder an irgendwen sonst. Kannst du ihnen das ausrichten für mich?»

«Ich gebe es weiter.»

«Du glaubst mir nicht», sagt Dragoslava.

«Spielt das noch eine Rolle?»

Dragoslava erhebt sich und deutet auf die Treppe. «Komm. Ich möchte, dass du dir etwas ansiehst.»

Im Inneren der Yacht ist ständig das Dröhnen der mächtigen Motoren zu hören, aber es ist kein unangenehmes Geräusch. Ich gehe ein paar Schritte vor Dragoslava und bin mir der Pistole in ihrem Hosenbund nur zu bewusst. Und dann ist da noch Obrad direkt hinter ihr. Als er mich auf dem Kai zur Seite gestoßen hat, konnte ich ihn mir genauer anschauen. Geschorener Kopf, fetter Stiernacken, aber scharfe Augen, als würde sein mieses Äußeres seinen tatsächlichen Intellekt schlecht wiedergeben.

Dragoslava führt mich einen Gang entlang bis zu einer offenen Tür, hinter der ich den glänzenden Edelstahl einer Großküche sehe. Die Männer darin sprechen Serbisch und lachen, bis ich in der Tür erscheine. Sie sitzen an einem Tisch voller Bierflaschen und spielen Karten. Als sie mich bemerken, starren sie mich an. Dann taucht Dragoslava hinter mir auf, und sie springen alle hoch.

Dragoslava mustert sie kurz und deutet auf einen dicken Mann mit blonden kurzen Haaren, der eine Lederjacke und Jogginghose trägt. «Sergei», sagt sie. «Lass uns ein bisschen reden.»

Die anderen vermeiden jeden Blickkontakt mit ihr und ziehen sich hastig zurück; selbst Obrad schließt hinter uns die Tür und lässt uns drei allein. Sergei steht nervös stramm, die Schultern angespannt, den Blick geradeaus gerichtet.

«Wir sprechen Englisch, damit sie uns versteht», sagt Dragoslava zu Sergei. «Jetzt setz dich wieder. Und entspann dich, Herrgott noch mal. Du bist nicht in Schwierigkeiten.»

Sergei tut, was sie sagt. Er räuspert sich und blickt von mir zu ihr. Seine Unterlippe zittert.

«Ich habe gehört, dass du Nikkos bester Freund bist. Ihr seid wie Brüder, sagen alle.» Ihre Stimme klingt sanft, wie eine Grundschullehrerin, die vorsichtig versucht, die Wahrheit herauszufinden.

«Ja, Dragoslava.»

«Dann hat er dir bestimmt gesagt, wohin er in den Urlaub gefahren ist.»

Es entsteht eine lange Pause, in der Sergei über das Problem nachdenkt. «Er ist nach Bulgarien gefahren. Sein Vater ist krank.»

Dragoslava nickt bedächtig. Sie setzt sich an den Tisch, verschränkt die Arme vor der Brust und starrt ihn ohne zu blinzeln lange an. Beide schweigen. Es ist hart, Sergeis Angst mitanzusehen. Sein Blick schießt zwischen ihr, mir und einer Packung Zigaretten auf dem Tisch hin und her. Mit jedem Augenblick wird er nervöser, bis ich ihn schon fast anfeuern möchte und hoffe, dass ihm irgendwas Kluges einfällt, um die Lage zu entschärfen.

«Nikko ist nicht bei seinem Vater», sagt er schließlich.

«Ah», sagt Dragoslava. «Aber mir hast du gesagt, er wäre dort. Du hast also gelogen?»

«Ja.»

Wieder herrscht eine Weile Schweigen, dann hellt sich Dragoslavas Miene plötzlich auf. «Nun, du willst deinen Freund einfach nur beschützen, nehme ich an.» Sie beugt sich vor und legt ihre Hand auf seine. «Aber ich muss wissen, wo er ist, Sergei. Es ist wichtig.»

«Er ... er hat diesen Job angenommen.» Sergei blickt immer wieder zu der Packung Zigaretten und dreht dabei ein Feuerzeug in seiner Hand. «Von diesen Amerikanern, die hier waren. Als Sie nein gesagt haben, sind sie zu ihm gekommen. Es geht um viel Geld, hat Nikko gesagt.»

Er zittert jetzt am ganzen Körper und kann sie nicht einmal mehr ansehen. Dragoslava lehnt sich in ihrem Stuhl zurück und lächelt ihn an. «Danke, Sergei. Ich weiß, das war nicht leicht für dich.» Sie schiebt ihm die Zigaretten hin. «Rauch ruhig.»

Sergei fummelt sich eine aus der Packung, steckt sich beinahe das falsche Ende in den Mund und zündet sie schließlich an. Seine Schultern entspannen sich, und fast kann er ihr Lächeln erwidern, während er langsam den Rauch aus Mund und Nase stößt. «Es tut mir leid, Dragoslava. Ich hatte einfach Angst.»

«Vor mir?», sagt sie. «Du warst meinem Vater treu ergeben ... Wie lange war es noch mal?»

Er hustet und zählt an seinen Fingern ab. «Zehn Jahre, glaube ich. Elf.»

Dragoslava greift nach der Packung Zigaretten und zieht sich selbst eine heraus. «Du brauchst vor mir keine Angst zu haben, Sergei. Merk dir das. Feuer?»

Er schiebt ihr das Feuerzeug über den Tisch zu. Sie nimmt es, dann lässt sie es ungeschickt auf den Fußboden fallen. Sergei beugt sich vor, um es aufzuheben.

Der Pistolenschuss lässt mir fast das Trommelfell platzen, und ich springe auf und stolpere zurück. Dragoslava erhebt sich, die Pistole aus ihrem Hosenbund hält sie locker in der einen Hand. Blutflecken zeigen sich vorn auf ihrem weißen Hemd. Sie lässt die unangezündete Zigarette in einen Aschenbecher fallen und schiebt Sergeis Leiche mit dem Fuß auf die Seite. Eine Blutlache bildet sich unter seinem Kopf und wird mit jeder Sekunde größer.

Die Tür schwingt auf, und Obrad eilt herein, die anderen drängen hinter ihm in die Küche. Ohne ein weiteres Wort öffnet Dragoslava eine Schranktür und holt einen Mopp und Eimer heraus. Die Männer brauchen keine Erklärungen; so ist das hier eben manchmal. Einer von ihnen hebt den Eimer ins Waschbecken und füllt ihn mit Wasser. Die anderen fassen Sergeis Leiche unter den Armen und schleppen ihn zur Tür, als wäre er bloß betrunken und müsste ins Bett gebracht werden.

Dragoslava sagt etwas auf Serbisch zu ihnen, und die Worte sind dem Russischen ähnlich genug, dass ich ihre Bedeutung verstehe. Die Strömung ist hier stark, also nehmt mehr Gewicht.

Als der Eimer voll ist, macht sich Dragoslava an die Arbeit, wischt das Blut auf und spült den Mopp im Wasser aus, das sich erst rosa, dann rot verfärbt. Sie sagt noch etwas, offenbar etwas Lustiges, denn die Männer lachen. Einer von ihnen bietet ihr an, den Mopp zu nehmen. Dragoslava protestiert, er bietet es ihr noch einmal an, und diesmal akzeptiert sie das Angebot. Ein anderer Mann reicht ihr ein Handtuch, nachdem sie sich die Hände und das Gesicht abgewaschen hat.

Die Küstenlichter blinken in der Dunkelheit wie freundliche Sterne. Es sind nur wenige, ein kleines Dorf, doch wie weit es entfernt ist, kann ich nicht sagen. Auf dem Wasser lassen sich Distanzen schwer abschätzen. Dragoslava und ich stehen allein auf der Hafenseite des Decks, während die *Erebus* weiter nach Norden fährt. Sie lehnt sich drei Meter neben mir an die Reling, während Obrad etwas zum Anziehen für sie sucht, damit sie ihre blutdurchtränkte Bluse wechseln kann.

Sie hält die Pistole in einer Hand, eine Flasche Wodka in der anderen. «Man muss immer die Erste sein, die den Mopp in die Hand nimmt. Das respektieren deine Untergebenen», sagt sie. «Es zeigt ihnen, dass du dich nicht für zu gut hältst, um die Arbeit selbst zu erledigen. – Frierst du?»

Die Luft ist kalt, aber Dragoslava scheint es nichts auszumachen. Ich verschränke die Arme vor der Brust. «Ein bisschen.»

«Hier», sagt sie und hält mir die Flasche hin. «Ein bisschen Wärme aus der Wodkaflasche.»

Ich nehme die Flasche, trinke aber nicht. Die Kälte macht ihr nichts aus, und sie scheint auch nicht besonders beeindruckt zu sein von dem, was gerade passiert ist. Oder von der Leiche, die in diesem Moment auf dem Weg zum Meeresgrund ist. Sie hat ohne Skrupel abgedrückt, während sie Sergei gerade noch beruhigt hatte, sodass er sich sicher fühlte. So etwas Ähnliches macht sie gerade mit mir. Wir trinken zusammen, wir unterhalten uns ein bisschen auf dem Deck; jeden Moment wird sie mich erschießen.

«Diese Idioten stellen einen ständig auf die Probe, wollen andauernd sehen, wer den größten Schwanz hat.» Sie drückt sich von der Reling ab und wendet sich mit vor der Brust verschränkten Armen mir zu. «Man muss ihnen immer wieder zeigen, wer der Boss ist. Nikko, Sergei – sie hätten sich diese Scheiße nie getraut, als Papa noch da war. Es gibt ein Sprichwort über Macht – irgendwas mit einem Tiger, den man reitet. Wie heißt es noch?»

Ich mache einen Schritt auf sie zu. «Macht ist wie der Ritt auf einem Tiger: Wenn man erst einmal oben sitzt, kann man schwer absteigen.»

«Nicht, wenn der Tiger tot ist. Dann muss man sich nämlich um die Hyänen Sorgen machen.» Sie nimmt die Flasche wieder. «Zwei Monate nachdem sie meinen Vater erschossen hatten, ist mein Fahrer mit einer Bombe hochgegangen. Ich sollte eigentlich in dem Auto sitzen, aber ich war nicht drin.»

«Berufsrisiko», sage ich.

«Ich habe mir diesen Beruf nie ausgesucht.» Sie nimmt einen Schluck Wodka und verzieht das Gesicht. «Der Tod meines Vaters war eine einmalige Gelegenheit. Weißt du, wer den Anschlag geplant hat?»

«Nein.»

«Bohdan Kladivo», sagt sie. «Und er hatte schon einen zweiten Anschlag geplant, doch dann hast du ihn in Prag umgelegt.»

«Gern geschehen.»

Sie greift fester um die Pistole. «Wenn du Lovrenc getötet hättest – was war dann dein Plan? Wärst du nach Hause gegangen? Oder in die Schweiz, um an diese fiktiven Konten ranzukommen, von denen alle reden?»

Wieder weiß sie die Wahrheit schon, ohne dass ich sie ihr sagen muss. Ohne es zu wollen, muss ich ungläubig lachen. «Mir war nicht klar, dass es so offensichtlich ist.»

«Es ist ein verzweifelter Plan, du bist eine verzweifelte Frau.» Dragoslava zuckt die Schultern. «Nur, damit du es weißt: Mein Vater hat die Schweizer Konten schon vor Ewigkeiten leergeräumt. Wenn es noch irgendwelche anderen Konten gibt, dann nur, weil sie auf jemanden warten.»

«Auf jemanden warten?»

«Man kann einem Premierminister oder CIA-Bürokraten nicht direkt Geld geben. Also gründet man eine Firma und macht sie unter einer falschen Identität zu Partnern.»

Genau so beschreibt mein Vater das Vorgehen in seinem Geständnis für das Jüngste Gericht. «Das Geld auf diesem Konto wurde also schon für jemanden zurückgelegt.»

«Ja. Und was mich betrifft, ist das nicht mein Problem. Wenn dieser gierige kleine Gauner bloß nett gefragt hätte …» Sie nimmt einen Schluck Wodka und lächelt mich an. «Es ist zu schade. Ich mag dich. Wir hätten Freundinnen sein können.»

Ich zucke die Schultern. «Vielleicht im nächsten Leben.»

«Klar. Dann trinken wir einen Kaffee zusammen.» Das Mondlicht fängt sich in Dragoslavas Augen, als sie das sagt. Ihr Blick ist direkt und unerschütterlich, er passt gut zu ihren ruhigen Gesichtszügen. Ihr Leben unterscheidet sich gar nicht mal so sehr von meinem. Wir haben nicht die gleiche Geschichte, aber doch zumindest das gleiche Schicksal. Ich könnte eine Menge von ihr lernen.

«Ich bin froh, dass du es bist», sage ich.

«Was meinst du?»

«Die die Pistole abdrückt.»

Sie blickt auf die Waffe in ihrer Hand. «Es ist zu gefährlich, dich am Leben zu lassen. Aber andererseits hast du mir das Leben gerettet. Kein gutes Karma, wenn ich dich töte.»

Obrad kommt an Deck und hält einen zusammengelegten Pulli in den Händen. Dragoslava schiebt sich die Pistole in den Hosenbund und knöpft sich die blutbefleckte Bluse auf. Ihr Körper ist genauso, wie ich ihn mir vorgestellt habe – untersetzt, mit harten Muskeln unter dem Fett, die sich im schwachen Licht bewegen, während sie die Bluse zusammenknüllt und über die Reling wirft. Obrad reicht ihr den Pulli, und sie zieht ihn über.

Sie wechseln ein paar Worte, dann verschwindet Obrad wieder.

Wir zwei schweigen eine Weile. Dragoslava schaut hinaus aufs Meer, behält mich aber seitlich im Blick. An der Küste kommen ein paar Lichter in Sicht. Sie deutet mit dem Kopf darauf. «In diesem Ort habe ich mal einen Tag in einem Hotel verbracht. Ich bin erst um zehn Uhr aufgewacht, hab Krebse gegessen und Sangria getrunken. Ich war schwimmen. Das war der beste Nachmittag meines Lebens.»

«Es klingt nach einem wunderbaren Ort.»

«Das war er. Ist er immer noch, nehme ich an», sagt sie. «Guten Kaffee gibt's da auch. Vielleicht gehen wir dahin. Im nächsten Leben.»

Ich sehe zu, wie wir uns den Lichtern nähern. Der Ort liegt auf einer kleinen Halbinsel vor der Küste. Noch hundert oder zweihundert Meter, dann fahren wir daran vorbei. Von hier aus kann ich die Umrisse des Kais und der verankerten Boote sehen, kleine Gebäude mit gelben Fenstern, Lichterketten und Menschen, die herumgehen.

Ich lächle sie an. «Wozu noch warten?»

Dragoslava blinzelt. «Worauf warten?»

«Auf das nächste Leben.» Ich öffne den Morgenmantel und lasse ihn aufs Deck fallen. «Lass uns den Kaffee doch jetzt trinken.»

Und damit springe ich über die Reling.

Der Schock verschlägt mir den Atem, als das eisige Wasser gegen meine Haut prallt. In der Tiefe ist mein primitiver Kopfsprung gar nicht mehr elegant, und ich strample wie wild nach oben, um Luft zu kriegen. Gerade als ich durch den Mund einatmen will, kracht eine Welle über mir zusammen, und ich sauge Salzwasser in meine Lungen.

Aber Panik bringt mich jetzt nicht weiter. Ich huste das Wasser aus, hole tief Luft und schwimme weg von der bedrohlich über mir ragenden schwarzen Silhouette der *Erebus*. Ich bin keine gute Schwimmerin, nie gewesen, und ich kann höchstens damit angeben, dass es ziemlich lange dauern würde, bis ich ertrinke.

Ich strample wie wild mit den Beinen, finde einen Rhythmus und schwimme ziemlich ungelenk auf dem Rücken zum Ufer. Die Wellen schwappen wie fiese, eisige Überraschungen über mich hinweg, und ich muss mich sehr zusammenreißen, dass ich nicht jedes Mal vor Schreck aufkeuche. Etwas platscht neben der Yacht ins Wasser, und in der Rückenlage kann ich gerade noch erkennen, dass Dragoslava mit kräftigen Zügen hinter mir herkrault.

Suchscheinwerfer leuchten vom Schiff auf, gleiten über das

Wasser und richten sich schließlich auf uns. Zwei weitere Platscher, und auf Deck wird herumgebrüllt. Dragoslava hat mich erreicht.

Sie ist offensichtlich die bessere Schwimmerin und könnte mich selbst ohne Waffe leicht besiegen. Doch stattdessen dreht sie sich ebenfalls auf den Rücken und schwimmt neben mir.

«Du verrückte Idiotin!», schreit sie. «Was zum Teufel hast du denn vor?»

«Das Problem beim Töten», rufe ich zurück, gerade als eine Welle auf mein Gesicht trifft. Ich huste mich durch. «Nach einer Weile geht es ganz leicht.»

«Und Ertrinken ist besser?»

«Kaffee ist besser.»

Dragoslava hebt den Kopf und beobachtet die Hektik an Deck. «Sie lassen das Motorboot ins Wasser. Obrad hat ein Gewehr dabei.»

«Dann entscheide dich», keuche ich. «Kaffee oder das da. Du hast die Wahl.»

Wir brauchen ewig bis zum Ufer, und das Motorboot tuckert den ganzen Weg über hinter uns her. Ich war mir sicher, dass sie mich umbringen wird, aber jetzt weiß ich, dass sie es nicht tun wird, jedenfalls nicht sofort. Das schlechte Karma, und weil wir etwas Ähnliches durchgemacht haben. Es macht uns zu Verbündeten. Sie hat die Spuren davon auch in mir gesehen. Ich stolpere völlig erschöpft ans Ufer und bin derartig durchgefroren, dass ich noch nicht mal mehr zittere, sondern am ganzen Körper wie betäubt bin.

Dragoslava watet gleichzeitig mit mir aus dem Wasser und legt mir eine kalte Hand auf die Schulter. Sie hat sich vor dem Sprung ins Wasser ebenfalls ausgezogen und trägt nur ihre Unterwäsche. «Was das Hotel betrifft», sagt sie, «wollen wir mal hoffen, dass das Restaurant offen hat.»

Obrad springt aus dem Boot, zieht es an den Strand, und zwei weitere Wachmänner klettern heraus. Dragoslava dreht sich zu ihnen um und brüllt ein paar Befehle. Einer eilt mit ein paar Decken zu uns. Sie sind aus fester, kratziger Wolle und genau das, was wir jetzt brauchen. Meine Zähne klappern schon.

«Hier entlang», sagt Dragoslava und deutet den Strand hinunter auf eine Gruppe kleiner, zweistöckiger Gebäude. Ich folge ihr, und Obrad folgt uns. Die zwei Wachmänner schieben das Boot wieder hinaus aufs Meer, vermutlich fahren sie zurück zur Yacht.

Nur drei Pärchen sind auf der Terrasse, als wir barfuß und klatschnass unter unseren Decken hereinstolpern. Ein Kellner kommt besorgt herbei und fragt, als ob wir medizinische Hilfe bräuchten.

«Wir waren nur schwimmen», sage ich auf Spanisch und bemühe mich um ein Lächeln. «Können wir einen Tisch bekommen?»

Er erklärt mir, dass sie gerade schließen wollen, aber Obrad zieht einen Stapel Euroscheine hervor, und plötzlich haben sie wieder geöffnet. Ein schöner Tisch für zwei neben dem Außenkamin, und eine Kanne schwarzen Kaffee, extrastark. Obrad trinkt seinen an der Bar.

«Hier kann ich dich schlecht erschießen», flüstert Dragoslava.

Ich nehme einen Schluck aus meinem Becher und lasse den heißen Kaffee durch meine Kehle rinnen. «Das war der Sinn der Sache», sage ich. «Müssen wir uns eben was anderes ausdenken. Armdrücken, zum Beispiel.»

Dragoslava beugt sich vor, und ihre Schultern bewegen sich, als ob sie weint, aber dann höre ich, dass sie lacht. «Also – wie soll das ausgehen? Umarmen wir uns zum Abschied? Und versprechen uns, dass wir uns schreiben?»

Mir fallen fast die Augen zu vor Erschöpfung und Angst, und ich mache sie einfach zu. Mit geschlossenen Augen sage ich: «Ich will nicht sterben. Nicht für die Scheiße, die unsere Väter angerichtet haben. Ich bin's leid.»

Ein langes Schweigen, und als ich die Augen wieder öffne, schaut Dragoslava mich an.

«Liebst du ihn? Deinen Vater?»

Ich würde nie zugeben, wie schwer es mir fällt, diese Frage zu beantworten. «Ja», sage ich. «Und du?»

Sie starrt in ihren Becher, als könnte sie die Antwort darin finden. «Er hat mich gerettet. Mir das Leben gerettet. Also ja.»

«Er hat dich gerettet?»

«Er war Serbe. Aber in Bosnien geboren und dem Land treu. Er hat mich in Sarajevo gefunden, während der Belagerung. Ich war eine Waise. Hast du in der Schule was über Sarajevo gelernt? Oder ist das bloß eine alte Schlagzeile irgendwo in Europa für dich?»

«Wir haben in der Schule was drüber gehört», sage ich. «Die Serben haben die Stadt zerbombt.»

«Und als nichts mehr übrig war, haben sie sie noch mal zerbombt. Vier Jahre lang.» Sie stößt einen langen, müden Seufzer aus. «Ich war halb verhungert, voller Blut und Dreck. Ja, Viktor Zoric war ein Monster. Aber einmal, diesen einen Moment im Winter 1994, da war er keins.»

«Und deine biologischen Eltern sind bei der Belagerung gestorben?»

«Meine Mutter, ja. Mein Vater, keine Ahnung. Er liegt in irgendeinem Graben, zusammen mit anderen moslemischen Männern.»

«Das ... Es tut mir sehr leid.»

Sie schweigt eine ganze Weile und drückt einen rotviolett lackierten Fingernagel in ein großes Brandloch auf dem Tisch. «Aber du kennst das ja, nicht? Deine Mutter ist gestorben, als du noch klein warst. Stand in der Akte, die uns die CIA gezeigt hat.»

Ich blicke zu Boden und nicke. «In Algerien. Ich war sieben.»

Sie beugt sich vor und schaut mir in die Augen. «Wir müssen nicht für die Sünden unserer Väter sterben, oder? Können wir uns darauf einigen?»

«Ja.»

«Das war ernst gemeint vorhin: Das Geschäft der Familie Zoric gibt es nicht mehr. Du bist nicht meine Feindin, und ich nicht deine. Und ich habe auch keine Rechnungen offen mit wem auch immer du zusammenarbeitest.»

«Es tut mir leid», sage ich, «dass ich hinter dir her war.»

«Wenn in der Schweiz noch irgendwelches Geld liegt, dann kannst du es haben», sagt Dragoslava. «Als Entschädigung für Nikko. Und als Dankeschön, dass du Bohdan Kladivo umgelegt hast, bevor er mich töten konnte.»

Ich schaue sie an. Die unheimliche Narbe in ihrem Gesicht glänzt im Feuerschein. Die skrupellose Killerin, die sie mal war oder noch ist, verrät sich immer noch in ihrem ruhigen Gesichtsausdruck. Doch trotz ihrer Macht, und obwohl sie mich tausendmal in den letzten paar Stunden hätte umbringen können, bin ich hier und immer noch am Leben. Vielleicht hat sie Mitleid mit mir, oder vielleicht ist es etwas anderes. Vielleicht ist es auch einfach egal.

Ein paar Neuankömmlinge betreten die Terrasse, und Dragoslava und ich heben den Kopf. Es sind die anderen beiden Wachmänner aus dem Motorboot, und sie übergeben Obrad meinen Rucksack und eine kleine Reisetasche, vermutlich mit Kleidung für Dragoslava. Obrad kommt zu uns und stellt beides auf den Tisch.

«Ich muss gehen», sagt Dragoslava und steht auf. «Nur eine Bitte habe ich noch.»

«Natürlich», sage ich. «Was immer du willst.»

«Lass dich nie wieder blicken in meiner Nähe.» Dragoslava schnappt sich die Tasche und geht zur Tür, die ins Restaurant führt.

Ich hole meine Jeans und einen Pulli aus dem Rucksack, dann ziehe ich mich an, direkt hier am Tisch.

17. KAPITEL

Ich bin völlig fertig und am Ende meiner Kräfte, aber ich muss mich sofort auf den Weg machen. Ich muss so weit weg von hier wie möglich. Dass Dragoslava mich gehen lässt, ist ein Akt der Großzügigkeit. Ein Akt der Schwesternschaft und Nächstenliebe. Doch sie hat diese Entscheidung aus einem Impuls heraus getroffen. Es ist die Art von Entscheidung, die man schnell bedauert, vielleicht schon nach wenigen Minuten. Ich ziehe mir die Strümpfe und Stiefel auf einem kleinen Platz an, einen Block vom Hotel entfernt. Dann laufe ich eine breite Straße entlang, in der Hoffnung, dass sie zu einem Bahnhof führt, wo ich in einen Zug steigen kann.

Doch der Ort endet abrupt an einer Schnellstraße, und ich folge ihr ungefähr eine Stunde, bis ich den nächsten Ort erreiche. Es ist kein so hübscher Badeort wie der Ort an der Küste, sondern eine Ansammlung von Nullachtfünfzehn-Läden, die schon geschlossen haben, mit einer Tankstelle, wo ein paar Achtzehntonner schnaufend von den Dieselsäulen abfahren. Also kein Zug, aber vielleicht die Kabine eines Lastwagens.

Ich betrete die Tankstelle, die eine Snackbar hat, die noch offen ist. Ich kaufe mir einen Kaffee und ein in Plastik verpacktes Sandwich und setze mich damit an einen der paar Tische. Bräunliche Avocado, gelber Käse und eine Scheibe Fleisch, die Schinken sein könnte oder Truthahn oder irgendeine Frankenstein'sche Mischung aus beidem. Von meinem Platz aus mustere ich jede eintretende Person. Was meine Sicherheit angeht, könnte ich mich gegen alle wehren, aber ich suche nach jemandem, der nicht viele Fragen stellt.

Ich lege eine neue SIM-Karte in mein Telefon und logge mich in den verschlüsselten E-Mail-Account ein, den ich mir mit meinem Vater teile. Das Konto ist leer, abgesehen von den beiden E-Mails, die ich ihm aus Buenos Aires geschickt habe, und der einen vom Cafétisch am Hafen von Valencia. Er hat auf meine E-Mails nicht geantwortet, was entweder bedeutet, dass er nichts zu erzählen hat, oder dass man ihn erwischt hat. Ich schaudere, vor Kälte und auch wegen dieser Vorstellung. Schnell hinterlasse ich ein Update: *Im Moment alles okay hier.*

Einfach hier zu sitzen kann mir auch gefährlich werden. Ich werde schläfrig, und der Verkäufer hinter dem Tresen behält mich ständig im Auge, als erwarte er Ärger. Ein Anruf bei den Bullen, ein Problem mit meinem Pass, dann ist alles vorbei. Ich fahre mir durch die Haare und merke, dass sie vom Salzwasser total verklebt sind. Also hole ich einen Kamm aus meinem Rucksack und gehe zu den Toiletten.

Als ich in den Spiegel blicke, wird mir klar, dass mich so kein Fahrer mitgenommen hätte. Abgesehen von meinen Haaren ist mein Make-up, das ich aufgelegt hatte, bevor ich mit Dragoslava in das Restaurant ging, total verschmiert. Es klebt in blau-schwarzen Streifen an meinem Gesicht. Ich beuge mich über das Waschbecken und wasche mir Gesicht und Haare, so gut es geht. Die Handseife benutze ich als Shampoo.

Jemand kommt herein, während ich mir gerade die Haare ausspüle, und betritt eine der Kabinen. Ich sehe die Person nicht, höre sie aber auf Deutsch vor sich hinsingen. Ich ziehe gerade den Kamm durch meine Haare, als sie laut «Scheiße» sagt.

«Alles okay?», frage ich, ebenfalls auf Deutsch.

Schweigen, dann seufzt die Person in der Kabine. «Hast du einen Tampon für mich?», fragt sie.

«Nur eine Binde», sage ich.

«Kann ich die haben?»

Ich krame in meinem Rucksack, finde eine Binde und klopfe vorsichtig an die Tür. Sie öffnet sich einen Spalt, und eine gerötete Hand mit abgekauten Fingernägeln greift nach der Binde.

Ich säubere das Waschbecken und wische es trocken, als die Frau aus der Toilette kommt.

Sie beugt sich über das Waschbecken, ihre beige Jacke spannt sich über ihren breiten Rücken. «Danke», sagt sie.

Ich schaue ihr im Spiegel in die Augen. «Wohin fahren Sie?», frage ich.

Wie sich herausstellt, fährt sie nach Norden, eine Leerfahrt über Barcelona nach Marseille. Dort erwartet sie eine Ladung mit industriellem Zubehör, das sie durch Italien, Österreich und die Tschechische Republik bis nach Krakau transportiert. Für die Binde habe ich freie Fahrt bis Frankreich, sagt sie, und danach geht das Essen auf mich, bis ich an meinem Ziel bin: Wien.

Die Fahrerin heißt Cordula, und sie fährt schon seit zwanzig Jahren durch Europa. Lebende Tiere, Autoteile, Spielzeug, Benzin, Tiefkühlgemüse – alles, was mit dem Laster transportiert wird, hat sie schon gefahren. Ihr Führerhäuschen riecht nach Bananenschalen und verschüttetem Kaffee, doch der Sitz ist gemütlich und die Musik – Chopin – leise.

«Hast du Kinder?», frage ich, als wir aus dem Parkplatz fahren.

Sie hebt einen Finger an die Lippen und deutet mit dem Kopf zum Bett hinter uns. «Sie schläft», flüstert Cordula.

«Deine Tochter?»

«Auch so eine Herumstreunerin», sagt sie. «So wie du.»

Wie sich herausstellt, heißt die andere Herumstreunerin Sabiha. Cordula hat sie irgendwo bei Malaga aufgelesen, an einer Tankstelle, genau wie mich. «Ein Flüchtlingsmädchen», erklärt Cordula mit leiser Stimme. «Aus Syrien. Sie spricht Englisch. Ist aufs Gymnasium gegangen, glaub ich.»

Wir reden noch eine Weile flüsternd miteinander, dann schlafe ich irgendwo vor Barcelona ein, während Cordula zu einer Nokturne summt.

Ich schlafe volle sechs Stunden. Es ist ein tiefer, erholsamer Schlaf, ein Luxus für mich heutzutage. Als ich aufwache, sind wir schon auf halber Strecke zwischen Barcelona und der französischen Grenze.

«Sie lebt noch!», ruft Cordula auf Englisch, als ich meine Augen aufschlage und mich strecke. «Sabiha, das ist ... Wie heißt du eigentlich?»

Ich öffne den Mund, aber mir kommt kein Wort über die Lippen. Dann fällt mir mein Deckname wieder ein. «Judita», sage ich.

«Spanisch?», fragt Cordula.

«Aus Uruguay», sage ich. «Ich ... ich bin Studentin.»

«Ich auch bin Studentin», sagt eine leise Stimme hinter mir. Ich drehe mich um, und da ist Sabiha, eine kleine, dünne junge Frau, etwa in meinem Alter. Sie sitzt mit angezogenen Knien auf einer Liege, die sich aus der Wand klappen lässt. Sie korrigiert ihr Englisch sofort. «Ich bin auch eine Studentin.»

Ich strecke ihr meine Hand hin, und sie schüttelt sie mit einem schlaffen Griff. «Schön, dich kennenzulernen», sage ich.

«Ja. Für mich auch.»

«Was studierst du?»

«Kunst. In Beirut. Malerei», sagt sie. «Dann in Aleppo, ein Jahr an der medizinischen Fakultät. Als es noch eine medizinische Fakultät gab.»

«Das tut mir leid», sage ich.

«Warum?», sagt sie. «Ich habe die Fakultät gehasst.»

In Marseille braucht Cordula eine Pause. Sie parkt auf der Straße am Hafen hinter anderen Lastwagen, die auf ihre Beladung warten. Sabiha und ich gehen ein bisschen spazieren, blinzeln in die warme mediterrane Sonne und suchen nach einem Laden, um etwas zu essen zu kaufen. Cordula hat uns eine Liste mitgegeben: Tampons, Kaffee, Bananen, Zahnpasta, Zutaten für belegte Brote.

«Die Sonne tut gut», sage ich.

«Ja?», meint Sabiha. «Ich habe lieber Regen.»

Ich schaue sie an. «Wieso?»

Sie überhört die Frage und holt tief Luft, als wolle sie einen Geruch identifizieren, den sie nicht mag. «Da. Ein Laden.»

Der Laden ist gut sortiert und sauber. Wir teilen uns die Liste auf, und ich treffe Sabiha vor einem Kühlschrank mit Limonaden wieder. Sie nimmt ein paar große Flaschen und versucht, sie in ihren übervollen Korb zu legen. Ich nehme sie ihr ab und lege sie in meinen.

«Ich habe draußen Tische gesehen», sagt sie. «Wir können uns ein bisschen hinsetzen, wenn du magst.»

Wir verlassen den Laden mit mehreren Tüten, setzen uns an einen der Tische neben dem Parkplatz und öffnen zwei Flaschen Fanta.

Sabiha trinkt einen großen Schluck, dann schließt sie die Augen und hält ihr Gesicht in die Sonne. Es wirkt, als hätte sie sich eine Ewigkeit auf so einen Moment gefreut.

«Wohin fährst du?», frage ich.

«Künstler gehen dorthin, wohin sie wollen», sagt sie immer noch mit geschlossenen Augen, dann zitiert sie etwas aus dem

Gedächtnis. «Grenzen sind willkürliche Linien, die von Vertretern des Patriarchats gezogen wurden, um ihre Macht zu erhalten.» Sie lacht über etwas, das sich wie ein Insiderwitz anfühlt.

Ich lächle mit ihr. «Berlin könnte gut zu dir passen», sage ich. «Da gibt es eine Menge Künstler. Und die Mieten sind nicht hoch.»

«Hm», sagt sie. «Vielleicht. Wohin fährst du?»

«Erst nach Österreich, einen Freund besuchen. Und dann in die Schweiz. Nach Zürich.»

«In Zürich gibt es gute Kunst. Eine Künstlerkolonie, im Westen. Ich habe im Internet darüber gelesen. Ist vielleicht auch was für mich.»

«Es ist teuer in Zürich.»

«Für Künstler ist Geld nicht wichtig.»

In ihrer Stimme höre ich keine Hoffnung. Eher so etwas wie die Gewissheit, dass alles schon irgendwie gut werden wird. Dass das, was sie erlebt hat – der Krieg, die brutale Überfahrt über das Meer, die Schrecken des Flüchtlingslagers – bloß Hirngespinste waren, die sie sich eingebildet hat, und nicht das wahre Europa.

Ich trinke noch einen Schluck Fanta. Die Limo ist kalt, süß und schmeckt köstlich.

Fünfzehn Stunden Fahrt bis zu meinem Ziel. Aus Chopin wird Brahms und dann Tschaikowsky. Cordula summt immer mit, sie kennt jeden Ton. Ein Unfall vor Venedig und Bauarbeiten zwischen Villach und Klagenfurt in Österreich kosten uns Zeit, und als sie mich in einem Ort westlich von Wien absetzt, ist es so spät, dass ich keinen Zug mehr bekomme.

Cordula lässt mich vor einem einfachen kleinen Hotel aussteigen. Ich klettere aus dem Führerhaus, danke ihr noch mal, verabschiede mich von Sabiha und sehe dem davonfahrenden

Lastwagen nach. Er hält fünfzig Meter weiter noch einmal an. Die Beifahrertür öffnet sich, und Sabiha klettert heraus. Sie hat eine kleine Reisetasche über der Schulter.

Grinsend kommt sie auf mich zu, während Cordula mit dem Laster davonfährt. «Ich habe mich entschieden», sagt sie. «Zürich. Die Künstlerkolonie.»

Gesellschaft ist das Letzte, was ich brauche. Ich erkläre ihr, dass ich hier in Österreich zu tun habe, aber dass wir uns für die Nacht gern ein Zimmer teilen können.

Sie ist einverstanden, also nehmen wir uns zusammen ein Hotelzimmer. Glücklicherweise will der Mann an der Rezeption nur meine Papiere sehen. Als wir unser Zimmer bezogen haben – klein, aber mit zwei Doppelbetten, sehr sauber, und es riecht nach frischer Farbe –, gehe ich duschen, während sie fernsieht. Sie schaut immer noch, als ich wieder ins Zimmer komme, fasziniert von einer Spielshow, der deutschen Version einer amerikanischen Show, bei der die Leute irgendeinen Namen oder einen Ausdruck erraten müssen und sich Vokale dazukaufen können.

«Kannst du Deutsch?», fragt sie, ohne die Augen vom Fernseher zu nehmen.

«Ein bisschen», sage ich.

«Kannst du das erraten?»

Ich schaue auf den Fernseher, während ich mir die Haare kämme. St--t---t--c-t f-ei, steht auf der Tafel.

«Keine Ahnung», sagte ich.

«Komm schon, rat einfach.»

Ich kämme mich weiter und setze mich ans Fußende meines Betts. Ein Teilnehmer, ein dicker Mann im Anzug, der aussieht wie ein Beamter, rät ein D. Eine hübsche Blonde im Paillettenkleid dreht einen Buchstaben im ersten Wort herum.

«*Stadtluft macht frei*», sage ich.

Sabiha schaut mich begeistert an. «Ja?», sagt sie. «Was heißt das?»

«Es ist ... ich weiß auch nicht. Eine Art Sprichwort.» Ich übersetze ihr den Satz ins Englische.

«Warum soll ausgerechnet die Luft in der Stadt ... Freiheit bringen?»

Ich zermartere mir das Hirn und versuche mich zu erinnern, in welchen Zusammenhängen ich den Ausdruck gelesen habe. «Wenn ein Leibeigener im Mittelalter in eine große Stadt flüchtete und da ein Jahr lebte, dann brauchte er nicht mehr zu seinem Herrn zurück und war frei.»

Sie lächelt den Fernseher an. «Das gefällt mir.»

«Mir auch», sage ich.

Sie schläft nicht, sie tut nur so, als würde sie schlafen. Ich liege ebenfalls wach im Bett und betrachte ihren Rücken, über dem sich die Decke bewegt. Der Verkehr rumpelt die ganze Nacht am Fenster vorbei, aber es ist ein beruhigendes Geräusch, ähnlich wie ein Wasserfall. Und es erklärt, warum es eine ganze Weile dauert, bis ich höre, das Sabiha weint.

Ich schließe die Augen und versuche, es zu ignorieren. Es ist ihr Problem, nicht meins, sage ich mir. Aber ich kenne dieses Weinen, ich weiß, wie es sich anfühlt und warum man so weint. Es klingt leise, als hätte man aufgegeben, aber so ist es nicht. Es ist ein Schluchzen, das aus Hoffnungslosigkeit und Erschöpfung entsteht. Ich habe jede Nacht so geweint, in den ersten sechs Monaten in Montevideo, bis ich den Alkohol für mich entdeckte.

«Alles okay?», flüstere ich schließlich.

Sie erstarrt unter der Decke, hält ganz still.

«Sabiha, alles okay?»

Ein langes Schweigen, dann: «Alles gut.»

«Sicher?»

Der Schmerz strahlt wie Hitze von ihr ab, und ich spüre ihn bis zu meiner Seite des Zimmers.

«Ja», sagt sie. «Alles gut.»

Am Morgen frühstücken wir am Bahnhof, Croissants und Kaffee, ziemlich gut für einen Bahnhofskiosk. Sabiha ist wieder fröhlich und hoffnungsvoll. Sie schaut immer und immer wieder auf die Uhr an der Wand, sie wartet auf den Zug um 9.17 Uhr. So ist es mit dieser Art von Traurigkeit: Am schlimmsten ist es nachts. Egal, wie viel Hoffnung man auch bei Tageslicht zusammenkratzen kann, es reicht nie für die vollen vierundzwanzig Stunden.

Sie gibt mir ihre Handynummer, und ich verspreche, sie anzurufen.

«Zürich.» Sie grinst, als wäre Zürich ein utopischer Ort, der nicht existieren kann, ein Ort wie Shangri-La. «Ich werde viel wissen, wenn du kommst. Dann kann ich dich herumführen.»

«Ja», sage ich. «Dann kannst du mich herumführen.»

Ein elektronischer Glockenton gibt die Ankunft eines Zuges bekannt, und ich stehe auf und hänge mir meinen Rucksack über die Schulter. «Bis dann», sage ich und umarme sie.

«Bis ganz bald», sagt sie.

18. KAPITEL

Ich steige aus, der Zug fährt davon, und ich stehe allein auf dem Bahnsteig. Es ist kein richtiger Bahnhof, nur ein Ticketschalter, ein steriler Wartesaal mit ein paar Bänken und ein verwaister Kaffeestand, der bereits geschlossen ist. Ich nehme eine Werbebroschüre aus einem staubigen Aufsteller – die Handelskammer heißt ihre Besucher in Hareth bei Bärenbad willkommen. Die Mineralquellen sind gut gegen Arthritis und Rheuma. Es gibt Wanderwege und gesunde Luft. Ein Besuch in der evangelischen St.-Michaels-Kirche reinigt die Seele. Auf der Rückseite der Broschüre ist eine kleine Karte, und ich entdecke die Straße, wo die Pension Alexandra liegen soll.

Die Nachmittagssonne glitzert silbern auf der noch regennassen Straße, und eine dunkle Limousine fährt vorüber. Es hat gerade erst aufgehört zu regnen. Wir sind hier zwar in Österreich, aber es sieht aus wie in Bayern – die Häuser haben spitze Giebeldächer und Mauern aus weißem Gips mit freiliegenden Holzbalken. Zwei alte Männer plaudern an einer Straßenecke, beide tragen braune Lederhosen und grüne Hüte mit Federn daran. Es sind keine Kostüme, sondern es ist ihre normale Alltagskleidung. Wenn ich mich recht erinnere, ist Hareth bei Bärenbad nicht weit von Berchtesgaden entfernt, wo Hitler seine Sommer verbrachte und die kühle, nach Kiefern duftende Luft einatmete, die wirklich gesund ist, genau wie es die Broschüre verspricht.

Nur zwei oder drei Läden haben noch geöffnet. Wie in Valencia dauert es auch hier noch einen Monat, bis die Touristen kommen. Die wenigen Menschen, die auf den Straßen sind, schauen mich neugierig an. Ich bin mindestens vierzig Jahre jünger als der Durchschnitt hier, und meine Anwesenheit außerhalb der Saison ist ungewöhnlich. Ein kleiner Gemüseladen an einer Ecke fällt mir ins Auge. Auf den Auslagen draußen stapeln sich Kürbisse, Kartoffeln und Äpfel. Neben der Tür ist ein kreisrunder Rostfleck auf dem Gehweg, als hätte da lange Zeit etwas gestanden. Ein Schild? Nein, sagt mir eine innere Stimme, etwas anderes. Für eine halbe Sekunde blitzt ein Geräusch in meiner Erinnerung auf, Lachen, und eine Melodie, die aus einem Lautsprecher kommt. Es ist eine Erinnerung, vermischt mit etwas, das ich mir vorgestellt habe.

Eine Frau in einem langen Kleid kommt aus dem Laden. Sie trägt Schuhe mit dicken Sohlen und geht an einem Stock. Aus ihrem Leinenbeutel ragt ein Stück Brot hervor. Sie nickt mir zu, ich nicke zurück.

Dann hört der Fußweg auf, ich habe das Ortsende erreicht und gehe am Straßenrand weiter. Der Hügel steigt an, die Straße windet sich und verschwindet in jeder Kurve hinter überwuchernden Kiefern, deren Äste vom Regen schwer herunterhängen. Wie zum Teufel ist mein Dad auf die Idee gekommen, hier etwas zu verstecken?

Irgendwann sehe ich eine kleine Einfahrt im Wald, einen Kiesweg, der kaum breiter ist als ein Auto. Ein Holzschild steht daneben, auf das jemand mit weißer Farbe PENSION ALEXANDRA geschrieben hat. Selbst zu Fuß hätte ich es fast übersehen. Wer mit dem Auto kommt, muss genau wissen, dass es hier zur Pension abgeht. Ich folge dem steilen Pfad, lehne meinen Körper in die Steigung, und meine Stiefel knirschen auf den nassen Steinen. Dann kommt der Gasthof in Sicht. Giebel mit stumpfen Spitzen und Wände aus verwitterten Holzschindeln erheben sich aus dem Waldboden. Ein paar Fenster sind erleuchtet, sie bilden gelbe Rauten in der Dunkelheit. Fehlt nur noch, dass ein Kuckuck durch die Balkontür im zweiten Stock hervorkommt und die Zeit ansagt. Doch stattdessen öffnet sich die Tür, und eine Frau in weißem Bademantel erscheint. Sie zündet sich eine Zigarette an, lehnt sich an das Geländer des Balkons und schnippt die Asche in einen Topf mit roten Blumen, die über das Geländer wuchern. Ich rieche Feuer und noch etwas anderes – der Duft von frisch gebackenem Kuchen. Nur wenige Autos parken auf der ungepflasterten Fläche vor dem Haus: ein rotes Cabriolet, ein schwarzer BMW, nicht ganz S-Klasse, und ein protziger weißer SUV. Leute mit Geld, die hier mitten in der Woche ein Wochenende verbringen.

Im Eingangsbereich duftet es noch verlockender nach Kuchen. In einem kleinen Salon an der Seite saugt ein Dienstmädchen einen verblichenen Läufer. Sie trägt die klassische Dienstmädchenuniform, inklusive Häubchen und Rüschenschürzchen. Am Empfangstresen beugt sich ein alter Mann mit silbernen Haaren über ein Kassenbuch und trägt Zahlen in eine Zeile ein. Er sieht gut aus, obwohl er bereits über siebzig sein muss, sportlich und elegant, und trägt einen makellosen schwarzen Anzug.

«Guten Abend», sage ich auf Deutsch.

«'n Abend», antwortet er kühl und ohne aufzusehen.

«Ich bin auf der Suche nach dem Eigentümer», sage ich. «Walter Kahn.»

Er hört auf zu schreiben, und die Spitze seines Füllers malt einen schwarzen Punkt an der Stelle, wo er sie auf dem Papier hält. Er schaut mich über die silbernen Ränder seiner Brille an. «Sie haben ihn verpasst», sagt er.

«Ich kann warten», sage ich.

«Das kann eine Weile dauern», sagt der Mann.

«Ich habe es nicht eilig.»

Er betrachtet mich, während er die Kappe auf seinen Füller schraubt. «Er ist den ganzen Abend weg. Vielleicht kann ich Ihnen helfen.»

«Man hat mir gesagt, ich soll speziell nach ihm fragen.»

Etwas blitzt im Gesicht des Mannes auf, er verzieht den Mund. Vor Ärger? Oder ist es Neugier? «Dann bringe ich Sie besser zu ihm», sagt er. «Mein Name ist Mucha.»

Der grüne Lodenumhang um seine Schultern flattert im Wind, während er den Pfad durch den Wald erklimmt. Es ist schon dämmrig, und das Licht wird mit jeder Minute schwächer. Mit dem Gehstock klopft er warnend zweimal gegen eine Wurzel, die sich durch die Erde empordrängt.

Wir gehen etwa einen Kilometer einen Pfad entlang, der mit jedem Schritt schmaler und dunkler wird. Dichter, uralter Wald umgibt uns. Ein Märchenwald mit sprechenden Wölfen, die sich als Großmütter verkleidet haben. Der Wind pfeift und stöhnt zwischen den Bäumen, er schwingt Äste durch die Luft, und nur dank meiner guten Reflexe schlagen die knorrigen Finger nicht auf meine Haut. Du bist hier nicht willkommen, scheint der Wald zu sagen. Von irgendwo in der Nähe höre ich etwas Großes und Mächtiges durch das Unterholz krachen, und mein ganzer Körper stellt sich auf einen Angriff ein, der aber nicht kommt. Die Geräusche werden schwächer, das unheimliche Wesen entfernt sich von uns.

«Ein Hirsch», erklärt Herr Mucha, von dem ich nur die Umrisse wahrnehme. «Wenn Walter jetzt hier wäre, würden wir einen Monat lang Wildbret speisen wie die Könige.»

Der Pfad führt zu einer Lichtung oben auf dem Hügel. Das Licht hat sich in ein kräftiges Blau verwandelt, und es ist noch hell genug, um zu erkennen, dass die Lichtung abrupt an einer Klippe endet. Darunter liegt ein Tal, bewaldete Abhänge erheben sich zu allen Seiten. Ich wende mich erwartungsvoll zu Herrn Mucha um, doch er ist am Ende des Pfades stehen geblieben und stützt die Hände auf den Spazierstock.

«Sie wollten, dass ich Sie zu Walter bringe», sagt er.

Ich schaue mich um, und dann, im Schatten der Kiefern am Ende der Lichtung, sehe ich, was er meint: Zwei Grabsteine stehen dort nebeneinander, auf einem liegt ein wackliger Haufen aus kleinen Steinen. Ich nähere mich langsam, auch wenn ich es nicht wahrhaben will, auch wenn ich nicht will, dass der Grabstein mir bestätigt, was ich schon weiß. Ich gehe in die Knie, beuge mich noch tiefer und lese die Inschrift. WALTER KAHN. Ich presse die Augen zusammen.

«Vierhundertdreiunddreißig», sagt er.

«Was?»

«So viele Steine sind es.» In seiner Stimme liegt ein trauriges Ächzen, das an den Enden schon ganz abgenutzt ist. «Ich bringe jeden Tag einen her.»

Ich komme über ein Jahr zu spät.

Herr Mucha kommt von hinten näher. «Das andere Grab ist meins. Für irgendwann mal. Oder vielleicht schon bald.»

«Es tut mir leid», sage ich, und es tut mir wirklich leid.

«Warum? Haben Sie ihn geliebt?» Seine Stimme klingt wieder fest, er steht direkt neben mir. «Es gibt Menschen, die uns lieben. Und es gibt Menschen, die etwas von uns wollen. Sie gehören zur zweiten Sorte, meine ich.»

Ich nicke langsam. Es fühlt sich an, als würde ich meine Schuld für irgendeine Sünde gestehen. «Ich suche nach ... nach einer Information. Walter Kahn hat sie gehabt. Jemand hat sie ihm gegeben, ein gemeinsamer Freund.»

«Walters Geheimnisse sind jetzt alle bei ihm.»

«Ich verstehe», sage ich. «Es tut mir sehr leid, dass ich Sie belästigt habe.»

Er stößt den Spazierstock fest auf den Boden auf. «Nein, sie sind bei ihm. Da unten. *Begraben.*»

«Im …?»

«Guter Gott, nein. Nur einen halben Meter tief. Papiere. Ich hätte sie verbrannt, aber der alte Sturkopf hat darauf bestanden, dass sie unversehrt bleiben. Weil er es versprochen hat, geschworen, hat er gesagt. Jemand würde ihretwegen kommen, hat er gesagt.»

Hoffnung flackert in meinem Bauch auf, und ich streiche über die Erde. Sie ist steinig und fest. Aber bloß ein halber Meter – das kann ich mit den Händen schaffen.

«Hat er gesagt, wer wegen der Papiere kommen würde?», frage ich.

Herr Mucha räuspert sich und stößt ein kleines Kichern aus. «Das Bloom-Mädchen, hat er gesagt. Das Mädchen, das früher immer hier gewesen ist.»

Ich blinzele ihn in der Dunkelheit an.

«Und da bist du, genau wie er gesagt hat», sagt Herr Mucha. «Du ähnelst deiner Mutter sehr, weißt du das?»

Herr Mucha sitzt auf seinem eigenen Grabstein und sieht mir beim Graben zu. Ein sanfter, eiskalter Regen fällt auf den Boden, während ich mich mit den Fingern durch die Erde wühle und meine Nägel gegen Steine und Wurzeln stoßen. Ich grabe wie ein Hund, werfe den Dreck zwischen meinen Beinen hindurch hinter mich. Gibt es eine angemessenere Art, ein Grab zu schänden?

«Ein junger Mann kam aus Paris. Er hat die Papiere persönlich überbracht.» Herr Mucha richtet seinen Umhang, zieht ihn fest um seinen Körper. «Ich kannte ihn nicht, aber Walter schon. Ahmed Tannous.»

Irgendwie kommt mir der Name bekannt vor – nicht der Vorname, aber der Nachname. Ahmed Tannous aus Paris. Das ist es ... Es ist Nachname des Mannes, den Yael aufgesucht hat, als mein Dad gekidnappt wurde. Hamid Tannous. Er starb vor meinen Augen, und ich wollte ihm noch mit den Händen die Einschusslöcher in seiner Brust zuhalten, damit er nicht verblutete. Im Dunkeln hatte das Blut wie schwarze Tinte ausgesehen.

«Ahmed war nur eine Stunde hier. Er ist noch nicht mal über Nacht geblieben. Er und Walter haben sich im Salon miteinander unterhalten. Der Name deines Vaters ist gefallen, und sie haben noch über jemand anderen gesprochen, vielleicht Ahmeds Bruder. Kann das sein?»

Ich höre auf zu graben. «Ja», sage ich, «das stimmt.»

«Kanntest du ihn?»

«Ich kannte den Bruder, Hamid. Wir haben uns mal getroffen. Einmal.»

«Die beiden Brüder, das waren Freunde deines Vaters. Oder Kollegen. Hamid ist tot, aber er hat Ahmed die Papiere hinterlassen mit der Anweisung, sie herzubringen», sagt Herr Mucha. «Es ist tragisch, wenn man so jung stirbt. Das mit deiner Mutter tut mir übrigens leid.»

«Ist lange her.»

«Trotzdem.» Herr Mucha hustet auf dem Grabstein. «Deine Eltern waren unsere Lieblingsgäste. Sie kamen im Winter oder im Sommer ... Die Jahreszeit war ihnen gleich.»

Ich schaue ihn an, doch in der Dunkelheit kann ich sein Gesicht nicht erkennen. «Sie erinnern sich an sie?»

«Oh, sicher», sagt er. «Und auch an dich. Du warst immer still, aber sehr neugierig. Hast gern alles ausgekundschaftet.»

«Ich war auch hier?»

«Du warst mit Frau Wexler befreundet, sie war damals die Wirtschafterin. Ihr beide seid zusammen auf den Markt gegangen und habt Brot und Gemüse gekauft. Meine kleine Helferin, hat sie dich immer genannt.»

Meine kleine Helferin. Ich schließe die Augen und denke an die seltsame Nostalgie, die ich vorhin im Dorf gespürt habe. Diese Erinnerung an Lachen und Musik aus einem blechernen Lautsprecher. Dann ist da mit einem Mal ein Bild in meinem Kopf: ein rosa Nilpferd aus gesprungenem Fiberglas, das sich im Kreis bewegt. «Ich erinnere mich ... an ein Karussell», sage ich. «Es war rosa. Und lila. Und alt.»

«Ah, richtig. Vor dem Gemüseladen. Die Fahrt hat zwanzig Cent gekostet, das war noch billiger damals. Jedes Mal hast du Frau Wexler angebettelt: ‹Nilpferd reiten! Ich will auf Nilpferd reiten!› Dein Deutsch ist übrigens nicht viel besser geworden.»

Wie seltsam, mit einem Fremden an einem fremden Ort zu sein und doch alles so vertraut vorzufinden. Ich stelle mir vor, wie ich und meine Eltern den Pfad zu dieser Lichtung hinaufgehen. Mein Vater und ein Schatten, der meine Mutter darstellt. Ihr Gesicht ist ein kubistisches Mosaik aus meinen Erinnerungen und den Fotos, die ich von ihr kenne.

Das Loch, in dem ich stehe, geht mir gerade bis über die Knie, als ich mit den Fingern eine glatte Oberfläche ertaste. Ich suche in der Erde, bis ich die Kanten finde, dann ziehe ich den Gegenstand heraus. Herr Mucha schaltet seine Taschenlampe an, während ich das Ding hochhalte und es betrachte: schwarze Plastikfolie, die mit Isolierband fest verklebt wurde. Es ist ein Paket von der Größe eines Papierstapels. Ich schaue zu ihm hinüber.

«Da hast du, weswegen du gekommen bist», sagt er. «Nun mach das Loch bitte wieder zu.»

Ich lege das Päckchen beiseite und schiebe die Erde wieder an ihren Platz, wobei ich Herrn Muchas Blicke die ganze Zeit auf mir spüre. Der Regen verwandelt den Boden in Schlamm, und ich versuche, die aufgehäufte Erde so gut wie möglich wieder in das Loch zu schieben. Nach fünfzehn Minuten harke ich das Grab mit den Fingern glatt. Das tue ich so lange, bis Herr Mucha aufsteht und sagt: «Das reicht.»

Wir gehen den Pfad wieder zurück – er vor mir mit der Taschenlampe, ich folge ihm und halte das schmutzige Päckchen fest in meinen Händen.

«Du bleibst natürlich über Nacht», sagt er über die Schulter. «Ich lasse dir Zimmer dreiunddreißig zurechtmachen – das Lieblingszimmer deiner Eltern.»

«Sind sie oft hergekommen?»

«Vier-, fünfmal im Jahr. Alle sind sie gekommen. Es war wie ein Club.» Die Lichter des Gasthauses tauchen auf, sie leuchten warm und freundlich. «Aus irgendeinem Grund war unser Haus beliebt bei diesen Leuten.»

«Diesen Leuten?»

«Dem Geheimdienst», sagt er.

Die Zimmertür fällt leise hinter mir ins Schloss, und ich lege den Schlüssel mit dem flachen, rautenförmigen Anhänger – Zimmer 33 – auf eine Kommode. Mondlicht fällt durchs Fenster, fängt sich in den leichten Vorhängen und malt Muster auf die weiße Daunendecke, die gefaltet auf dem Bett liegt. Wieder stelle ich mir meine Eltern vor. Sie liegen auf dem Bett, während ich auf dem Fußboden spiele. Oder vielleicht sitzt meine Mutter auch da drüben in diesem abgenutzten Sessel, die Messinglampe neben ihr ist angeschaltet, und sie liest ein Buch. Oder vielleicht bin ich auch mit Frau Wexler zum Markt gegangen, und sie kichern miteinander und küssen sich und versuchen dabei leise zu sein.

Ich schaue weg und drücke das Päckchen an meine Brust. Es ist der Grund, weshalb ich gekommen bin, ermahne ich mich. Das Päckchen ist das Einzige, was zählt. Ich kratze an meiner linken Wange, weil mich etwas kitzelt, und stelle fest, dass meine Haut nass ist.

Im Badezimmer mache ich die Dusche an und halte den Duschkopf über das Päckchen, bis alle Erde abgespült ist. Als es sauber ist, wasche ich mir die Hände, bevor ich das Plastik von dem Päckchen reiße.

Herr Mucha hat den Inhalt des Pakets mit großer Sorgfalt verpackt. Vermutlich hätte es dort im Boden über Walter Kahns Sarg Jahrzehnte überdauert, vielleicht sogar Jahrhunderte. Als ich es endlich von den Plastikschichten befreit habe, halte ich eine rechteckige dunkelgrüne Munitionsschachtel in der Hand, ein Stück zerbeultes Blech aus irgendeinem Armeefundus. Ich löse den Verschluss und hebe so vorsichtig den Deckel, als könnte darin ein Monster sein, das nur auf seine Befreiung wartet. Aber es ist bloß ein dicker Ziehharmonika-Ordner aus Pappe, der mit einem roten Band um eine kleine Lasche verschlossen ist. Der Ordner sieht offiziell und altmodisch aus. Anwälte verwenden solche Ordner, um wichtige Dokumente zu schützen – die Grundbucheintragungen eines Hauses oder ein Testament. Ich löse das Band und lasse einen Stapel Papiere in meine Hand gleiten. Und da ist noch eine Überraschung, die für mich gedacht ist.

Der Pass wurde von der ungarischen Regierung in Budapest für eine Lila Kereti ausgestellt. Lila ist vierundzwanzig Jahre alt, und sie sieht mir ausgesprochen ähnlich. Tatsächlich ist das Passbild ein Foto von mir. Es ist identisch mit dem Bild in Gwendolyn Blooms altem US-amerikanischen Pass. Es überrascht mich nicht, dass ich hier auf dieses Bild stoße. Kaum war der burgunderrote Pass aus dem Ordner gerutscht, wusste ich, dass mein Foto darin sein würde. So laufen die Dinge hier eben, so sehen Geschenke hier aus.

Mein Vater hat mich hergeschickt, also kann ich bloß annehmen, dass dies hier sein Werk ist. Aber warum diese – ich blättere noch mal zurück – Lila? Wieso Ungarn? Ich spreche die Sprache nicht und war noch nie in Budapest. Diese Tarnidentität kann viel zu leicht auffliegen, sie ist mit Sicherheit nichts, auf das ich ein Leben aufbauen könnte.

Ich lege den Pass vorsichtig auf den Boden und wende mich den Papieren zu. Es sind mindestens hundert Seiten – nein, mehr, doppelt so viele. Einige der Dokumente sind eng mit deutscher Juristensprache beschrieben. Bei vielen anderen liegen offiziell beglaubigte englische oder französische Übersetzungen bei. Wo soll ich anfangen? Dieses einzelne cremefarbene Blatt aus Leinenpapier zum Beispiel sieht sehr wichtig aus mit all den Siegeln und unleserlichen Unterschriften. *Freistellungsbescheinigung* steht oben. Aber für was und von wem? Um den Rest des Dokumentes zu verstehen, müsste ich sehr viel besser Deutsch sprechen. Ich nehme ein anderes Dokument zur Hand und tippe mit dem Finger auf irgendeinen Satz. «... wird eine Übereinstimmung mit dem Bundesdatenschutzgesetz als notwendig erachtet.» Oh, du süße deutsche Sprache, wie du einem von der Zunge rollst.

Ich schalte die Nachttischlampe an. Ihr Licht bildet einen goldenen Halbkreis auf dem Parkettboden. Wie Puzzleteile breite ich die Papiere um mich herum aus und suche nach Eckstücken, Verbindungslinien und passenden Farben zwischen den einzelnen Teilen. Sämtliche Dokumente sind vollkommen langweilig und staubtrocken, für Anwälte verfasst, nicht für mich. Dann sehe ich mit einem Mal den Namen, der alles miteinander verbindet. Zuerst fällt er mir auf einer Liste von Aktionären einer Firma namens Webb-Rosenthal AG auf. Niemand mit dem Namen Webb oder Rosenthal steht auf der Liste, dafür aber drei Russen sowie drei Chinesen, ein Araber und eine Ungarin. Der ungarische Name lautet Lila Kereti.

Der nächste Stapel sind Gesellschafterverträge für eine Firma namens España Shipping AD. Trotz des Firmennamens wurde das Zertifikat von der Regierung Mazedoniens ausgestellt. Die Firma besitzt drei Schiffe, die unter liberischer Flagge fahren, und sie least zwei weitere Schiffe aus Panama. Wieder gibt es eine Liste der Aktionäre, meist deutsche, italienische und spanische Namen, mit Ausnahme einer Ungarin: Lila Kereti.

Ich blättere durch einen Stapel Dokumente, in denen peinlich genau die Verkaufsbedingungen einer Firma namens Fomax Optical Instruments aus Zagreb festgelegt werden. Sie wurde vor fünf Jahren von einer Investorengruppe in Paris für eine Summe von fünfundsiebzig Millionen Euro verkauft. Wieder taucht Lila Keretis Unterschrift als Verkäuferin auf der letzten Seite auf. Das gleiche bei der Pacht eines Tresorraums bei Ports Francs et Entrepôts de Genève SA. Die Pachtdauer beträgt zwanzig Jahre, und Lila Kereti hat alles im Voraus bezahlt, und zwar in bar.

Insgesamt handelt es sich um Dokumente für fünf Aktiengesellschaften und zwei gemeinnützige Stiftungen. Baugewerbe, Fertigungsindustrie, Transport und Versand. Medizinische Forschung. Jede Organisation hat einen anderen Zweck. Jede wurde in einem anderen europäischen Land gegründet. Es gibt nur eine einzige Überlappung, einen einzigen gemeinsamen Knoten in der DNA: die Unterschrift von Lila Kereti.

Ich erhebe mich zu schnell aus meiner kauernden Haltung, das Blut weicht aus meinem Kopf, und mir wird schwarz vor Augen. Ich schwanke, taste nach dem Bett und setze mich. Der Pass ist überhaupt keine falsche Identität. Er ist eine Fluchtmöglichkeit vor den zerstörerischen Konsequenzen, die das Geständnis meines Vaters auslösen wird. Genau wie mein Vater und Terrance es beschrieben haben, besteht der Schlüssel nicht aus Kontonummern und PIN-Nummern, sondern aus Dokumenten und Papieren, die von Anwälten aufgesetzt wurden. Und der Schlüssel führt mich nicht auf die Spur das Geldes, sondern er bringt das Geld zu mir.

Ich drehe den Pass in den Händen hin und her, berühre jede Seite, auf der Suche nach einem Hinweis, dass er bloß eine billige Nachahmung ist. Aber er fühlt sich vollkommen an wie ein echter Pass. Das alles ist ein Geschenk an mich, vom Vater an seine Tochter, ein Akt der Fürsorge. Mein Vater ist ein tapferer Mann, und – zumindest habe ich das geglaubt, und vielleicht glaube ich es immer noch – mein Vater ist ein guter Mann. Doch all dies hier zeigt mir eine neue Seite an ihm, eine Gerissenheit, der ich ihn nicht für fähig gehalten habe. Diese Sorte hochkarätigen Betrugs beweist, dass er bei der Erpressung und Täuschung nicht zugeschaut hat, vielleicht hat er das alles sogar selbst organisiert. Es ist klar, warum er mich erst im letzten Augenblick in diese Richtung geschickt hat. Das alles zeigt mir, dass er mehr Schuld auf sich geladen hat, als er zugeben will. Und es zeigt mir, dass es die einzige Möglichkeit war, die er finden konnte, um etwas von dem Geld für mich zu retten.

Jemand klopft höflich an meiner Tür. Hastig sammele ich die Papiere ein und öffne. Aber es ist nur das Dienstmädchen. Das Abendessen wird in fünf Minuten im Speisezimmer serviert.

Ich ziehe mir eine schwarze Hose und einen Pulli an, die beide schrecklich zerknittert sind, weil sie ganz unten in meinem Rucksack gelegen haben. Dann wasche ich mich im Schein zweier flackernder gelber Glühbirnen. Im Spiegel erhasche ich einen Blick auf mein Gesicht, und für den Bruchteil einer Sekunde sehe ich das Gesicht meiner Mutter, wie ich es von einem Foto kenne. Sie hat einmal in diesen Spiegel geschaut, genau wie ich jetzt. Sie hat sich ihr Gesicht mit Seife abgeschrubbt, genau wie ich. Sie hat ihre schwarzen Haare gekämmt und sie mit einem Gummiband zum Pferdeschwanz gebunden.

Ein Abend mitten in der Woche und außerhalb der Saison. Nur vier Pärchen – gedämpfte Unterhaltung und leises Klirren des Bestecks gegen das Porzellan – sitzen im Speisezimmer mit uns. Der Tisch von Herrn Mucha steht ein wenig abseits in der Ecke, zwischen einem riesigen steinernen Kamin und einem Fenster mit Spitzenvorhängen. Auf Lauchsuppe folgt Entenbrust. Eine eisgekühlte Flasche Riesling steht vor mir auf einem Untersetzer auf dem Tisch.

«Walters Krebs hat sich Zeit gelassen. Als es vorbei war, war ich beinahe froh seinetwegen.»

Ich würde gerne etwas darauf sagen, etwas anderes als bloß eine dürftige Beileidsbekundung, aber ich kann nicht.

«Wir mochten deine Eltern so gern.» Herr Mucha schaut mich an und lächelt. «Sie haben dich ins Bett gebracht, und dann tranken Walter und ich mit ihnen immer noch einen Brandy im Salon. Das Deutsch deiner Mutter war perfekt, wie das einer Adeligen. Jede Präposition an der richtigen Stelle. Das von deinem Vater war ... grausam. Genau wie deins.»

«Sie haben vorhin von ‹diesen Leuten› gesprochen. Vom Geheimdienst. War sie ... Hat meine Mutter auch dazugehört?»

Herr Mucha blinzelt, er versteht meine Frage genau. «Natürlich wurde das niemals offen ausgesprochen. Aber ich habe keinen Zweifel daran. Deine Mutter wurde von allen anderen respektiert.»

Also noch etwas, das mein Vater mir nie gesagt hat, eine stillschweigende Lüge. Ich versuche, nicht wütend zu werden, zumindest verschiebe ich meine Wut auf den Moment, wenn ich ihn wiedersehe. Ich hätte meine Mutter gerne so in Erinnerung behalten, wie sie in meinem Kopf ist, voller Liebe und Güte, nur die sanften Dinge. Doch natürlich war sie nicht nur so – so funktioniert die Welt nicht.

«Und wie waren sie so? Miteinander?»

«Sie waren typisch frisch Verheiratete, konnten die Finger nicht voneinander lassen, küssten sich ständig beim Essen zwischen den Gängen. Mir gefiel das natürlich nicht. ‹Das ist so amerikanisch›, habe ich gesagt. Aber Walter meinte: ‹Sie sind der Grund, warum wir das hier machen.›»

Ich senke den Blick und versuche, mir meine Eltern hier vorzustellen. Wie sich ihre Hände berühren, wie sie sich küssen, vielleicht genau an diesem Tisch. Das sanfte gelbe Licht, die weißen Tischdecken. *Gemütlich*, wie die Deutschen das nennen. Das Wort für einen Ort, an dem man gerne sein möchte, an den man sich immer zurücksehnt, wenn man nicht dort ist. Dieser Gasthof, dieses Speisezimmer sah damals bestimmt genauso aus wie jetzt. Orte wie diese ändern sich nicht. Männer wie Herr Mucha ändern sich nicht. Genau diese Dinge machen die Pension Alexandra gemütlich.

«Und jetzt bist du hier. Und führst die Familiengeschäfte fort», sagt Herr Mucha mit einem kleinen Lächeln.

«Nein», sage ich. «Ich bin nicht wie sie.»

«Du hast es dir nicht ausgesucht, meinst du», sagt er. «Aber du bist wie sie. Die Welt schert sich nicht besonders um das, was wir uns wünschen. Übrigens, wie ist es denn?»

Ich trinke einen Schluck Riesling. «Das Essen? Sehr gut.»

«Nein. Walters Päckchen. War eine Antwort auf die Rätsel der Welt darin?»

«Es sind bloß juristische Papiere. Verträge. Zertifikate.» Ich achte sorgfältig auf seine Reaktion. «Ich weiß nicht, wofür sie sind.»

«Das ist typisch Walter.» Herr Mucha zuckt die Achseln und lächelt traurig. «Wie lässt sich ein Rätsel besser erklären als durch ein anderes Rätsel?»

Ich beuge mich vor. «Sagt Ihnen der Name Lila Kereti etwas?», frage ich leise.

Er spießt ein Stück Spargel mit der Gabel auf, zeigt aber ansonsten keine Reaktion. «Klingt ungarisch.»

«Ja. Das nehme ich jedenfalls an.»

«Ich erinnere mich nicht an jemanden mit diesem Namen», sagt er. «Vielleicht ist es niemand. Vielleicht gibt es sie nur auf dem Papier.»

«Nur auf dem Papier?»

Er schaut sich um und beobachtet, ganz der gelassene Gastwirt, ein Paar an einem anderen Tisch, der Mann Mitte fünfzig und die Frau vielleicht fünfundzwanzig. «Diese beiden da», sagt er sehr leise zu mir, «haben gestern eingecheckt. Er hat sich als ‹Herr Schmidt› vorgestellt. Dann hat er mir einen Pass mit seinem Bild gegeben, und der Pass lautet auf den Namen Schmidt.»

Ich betrachte das Paar einen Moment, dann schüttle ich den Kopf. «Ich verstehe nicht, was Sie meinen.»

«Er ist Herr Schmidt», sagt Mucha, «weil in seinem Pass steht, dass er Herr Schmidt ist.»

In diesem Moment kommt ein Ober mit dem Nachtisch. Sachertorte, natürlich. Sie mögen die Kuchen hier gern trocken, und die Torte zerkrümelt unter meiner Gabel.

Ich nehme einen Bissen und betrachte Herrn Mucha dabei. Meine Eltern haben ihm vertraut, und ich merke, dass ich ihm ebenfalls vertraue. «Ich möchte Sie um einen Gefallen bitten», sage ich. «Wenn Sie können.»

Er schaut von seinem Kuchen auf.

«Die Papiere, die ich zurzeit benutze, machen mir etwas Sorgen.»

Ein Schluck Wein und ein kurzes Nicken. «Sind ein bisschen abgenutzt, ja?»

«Sie kennen sich doch in dieser Welt aus.»

«Nur am Rande.»

«Aber trotzdem ... Kennen Sie jemanden, der mir da helfen kann?»

Er denkt einen Augenblick nach. «Wo reist du hin?»

«Zürich», sage ich leise.

«Wenn du nach Osten müsstest ... Ich kenne ein paar Leute in Polen und Rumänien. Die besten Fälscher auf der Welt, diese alten Kommunisten. Aber in Zürich ...» Er schaut auf den Tisch, kramt offenbar etwas ganz hinten aus seiner Erinnerung hervor. «Vidor. Er nannte sich Vidor. Er hatte einen Laden für Antiquitäten.»

«Und ist er gut?»

«Ich hatte selbst nie mit ihm zu tun, aber er hatte einen guten Ruf.» Er greift nach der Flasche Riesling, füllt unsere beiden Gläser. «Vidor Sonnenfeld, so hieß er. Zumindest hat er sich so genannt.»

«Danke», sage ich. «Dafür ... und für alles andere.»

Herr Mucha wischt sich den Mund mit einer Stoffserviette ab. «Keine Ursache. Wir brauchen alle Freunde», sagt er. «Ganz besonders in schwierigen Zeiten.»

—

In Zimmer 33 breite ich die Papiere erneut aus und suche nach einer weiteren Gemeinsamkeit außer dem Namen und der Unterschrift von Lila Kereti. Doch ich finde nichts. Die Geschäfte und

Stiftungen sind völlig unterschiedlich, ganz so, als hätte Lila sie genau deshalb gewählt, weil keine Verbindung zwischen ihnen hergestellt werden kann. Und wer war diese Lila eigentlich, bevor sie ich wurde? Ein Mensch auf Papier, wie Herr Mucha gesagt hat, eine erfundene Person, vielleicht von meinem eigenen Vater erschaffen? Oder hat sie tatsächlich gelebt, lebt vielleicht immer noch, und ich habe ihren Namen gestohlen?

Schließlich schlafe ich auf dem Fußboden ein, umgeben vom Inhalt des Päckchens. Irgendwann mitten in der Nacht wache ich auf und klettere ins Bett, wo ich unter der Daunendecke zittere. Der Schlaf kommt und geht in Wellen. Die Papiere, lange deutsche Wörter und eine gesichtslose Frau in meinen Gedanken lassen mich nicht zur Ruhe kommen.

Als ich Herrn Mucha am nächsten Morgen frage, was ich zu zahlen habe, winkt er ab. Ich danke ihm noch einmal, und er neigt würdevoll den Kopf, wieder ganz der formelle Gasthofbesitzer.

Ich lasse mich vom Hausmeister mitnehmen, der in die Stadt fährt, um einen neuen Duschkopf zu besorgen. Er setzt mich am Bahnhof ab, und ich kaufe mir bei einer schläfrigen Kartenverkäuferin ein Ticket nach Zürich.

«Einfache Fahrt oder hin und zurück?», fragt sie, während sie in einem Modemagazin blättert.

«Einfache Fahrt», sage ich.

19. KAPITEL

Auf dem Züricher Hauptbahnhof herrscht gepflegtes Chaos: Menschenmassen bewegen sich in perfekter Ordnung, niemand drängelt, niemand durchbricht den Rhythmus. Ich schlüpfe hinaus auf die Straße und befinde mich, wenn man der Karte am Bahnhof glaubt, in der Altstadt. Überladene Architektur, gut in Schuss gehaltene Gebäude. Ordentlich gebundene Krawatten, zugeknöpfte Jacketts, glänzende Schuhe. Es gibt keine Penner, keine Betrunkenen, keinen herumliegenden Abfall. Ein deutscher Ausdruck kommt mir in den Kopf: «Alles ist in Ordnung». Hier ist nicht nur alles in Ordnung, sondern alles ist genau so, wie es sein sollte – ein ästhetisches sowie ein moralisches Gebot.

Ich kaufe eine Telefonkarte für Auslandsverbindungen und bezahle in bar, dann suche ich eine Telefonzelle. Im Zug habe ich noch einmal in meinem verschlüsselten E-Mail-Account nachgesehen, aber seit der Nachricht, die ich in Spanien abgeschickt habe, ist nichts gekommen. Daher meine Entscheidung für eine drastische Aktion, bei der ich einen Anruf lang meine Tarnidentität riskiere. Ich wühle mich durch die Zettel in meinem Rucksack, bis ich die Nummer gefunden habe, dann wähle ich. Es klingelt schnarrend, und ich stelle mir das Telefon in Señora Lopez' Küche vor, die von vierzig Jahren fettigen Gerichten schon ganz gelb geworden ist.

Die Stimme einer alten Frau antwortet, und ich höre im Hintergrund eine Vorabendserie.

Ich senke meine Stimme und versuche, bürokratisch und offiziell zu klingen. «Señora Lopez?»

«Sí?»

«Ich bin auf der Suche nach einem Ihrer Mieter. Señor Perels. Wissen Sie, wie ich ihn erreichen kann?»

Stille am anderen Ende der Leitung, als hätte sich die alte Dame wieder ihrem Fernseher zugewandt. «Perels», wiederholt sie schließlich. «Der ist weg. Die sind beide weg.»

Ich erstarre und muss den Hörer ein Stück weiter weghalten, damit sie meinen zitternden Atem nicht hört. Ich räuspere mich. «Weg, aha. Interessant. Ist er ausgezogen?»

«Ja, letzte Woche. Er ist mit einer Tasche fortgegangen. Er schuldet mir noch die Miete.»

«Ist er allein weggegangen?»

«Nein, mit seinen tausend Freunden. Natürlich allein. Perels ist immer allein. Wer spricht denn da?»

«Ich muss Schulden bei ihm eintreiben.»

«Versuchen Sie es mal bei seiner Tochter, Judita, die arbeitet bei ...»

Ich hänge auf und lege den Kopf gegen die Scheibe der Telefonzelle. Allein, er ist allein untergetaucht. Besser als die Alternative. Irgendetwas hat ihn aufgeschreckt. Ich habe keine andere Wahl, ich muss ruhig bleiben und darauf vertrauen, dass er sich bald meldet.

Eine Zeitlang gehe ich eine Straße mit Kopfsteinpflaster entlang, vorbei an eleganten kleinen Boutiquen, in deren Schaufenster Kleider, Schuhe und Handtaschen wie Schätze in einem Museum ausgestellt werden. Eine Frau, blond wie eine nordische Gottheit, kommt aus einem der Läden und trägt die Einkaufstüten ihrer Kundin zu einem wartenden Range Rover mit getönten Scheiben, während sie sich fast freundschaftlich auf Mandarin unterhält. Trotz des Kopfsteinpflasters schwankt sie nicht ein einziges Mal auf ihren hohen Absätzen, sie schaut nicht einmal nach unten.

In einem Kiosk kaufe ich eine SIM-Karte und ein Drei-Tages-Ticket für die öffentlichen Verkehrsmittel der Stadt. Dann rufe ich die Nummer an, die Sabiha mir gegeben hat. Ich lande bei Voice-Mail, also schreibe ich ihr eine Nachricht: *Bin in Zürich. Hast du Zeit?* Ein paar Minuten später kommt die Antwort: *Adresse ist schwer zu finden, treffen uns Haltestelle Aargauerstraße in 45 min, ok?*

Die Fahrgäste besteigen in einer ordentlichen Reihe die Straßenbahn 4, kein Schieben, keine Unfreundlichkeiten. Ein vielleicht siebenjähriger Schüler, der ohne Begleitung eines Erwachsenen fährt, steht sofort von seinem Platz auf, als eine ältere Dame in die Bahn steigt. Ein geflüstertes «Danke» – «Keine Ursache». So verhalten sich die Schüler hier, alles andere wäre undenkbar.

Der Treffpunkt ist nicht weit, nordwestlich der Altstadt, es ist eine kurze Fahrt. Die Architektur verwandelt sich in Betonbrücken und glänzende Glas- und Stahlkästen, der Traum eines Architekten von Utopia. Wir kommen an einem Design-Museum vorbei, einer Werbeagentur, einer öffentlichen Bibliothek, die so gepflegt und sauber aussieht wie ein wissenschaftliches Labor, an coolen Restaurants und Boutiquen – Hipsterland im Bauhaus-Chic.

Die automatische Durchsage der Straßenbahn kündigt die Haltestelle Aargauerstraße an, und ich und ein paar andere steigen aus. Eine Frau in einer Matrosenjacke und weiten, mit Farbe verschmierten Jeans lehnt an einem Laternenmast. Ihre Haare stecken unter einer Baseballmütze, die ebenfalls voller Farbe ist. «Judita!», ruft sie.

Sabiha ist wie verwandelt: Sie strahlt, und jede ihrer Bewegungen knistert vor Energie. Sie umarmt mich, als wäre ich ihre Schwester, die sie lange nicht gesehen hat. Dann schiebt sie mich von sich, und ihre Augen strahlen zwischen dicken schwarzen Kajalstrichen hervor. «Du bist gekommen, Judita!» Sie grinst.

Sie führt mich an ein paar Gewerbeschuppen und einem leeren, abgezäunten Baugrundstück vorbei. «Du wohnst natürlich bei mir. Bei uns. Es ist nichts Tolles, aber es gibt viel Platz, und wenn du willst, kannst du immer gerne auf dem Boden schlafen.»

«Bei uns?», frage ich. «Wohnst du bei ... einem Freund? Verwandtschaft?»

«Nein, ich habe einen Job. Ich bin die Assistentin eines Künstlers. Er heißt Peggo. Er malt. Und arbeitet auch in Mixed Media. Hast du schon mal von ihm gehört?»

Ich schüttle den Kopf. «Ich glaube nicht. Wohnt ihr nur zusammen, oder seid ihr zusammen?»

«Ich kann bei ihm im Atelier wohnen.» Sabiha legt mir den Arm um die Schultern. «Da wohnen auch noch andere. Es ist ein Künstlerkollektiv.»

Ein paar hundert Meter weiter kommen wir zu einem Gewerbehof mit Schiffscontainern. Als Sabiha mich auf den Hof führt, erkenne ich, dass die Container alle zu Wohnbereichen, Ateliers und Werkstätten umgewandelt wurden. Einige sind horizontal miteinander verbunden, andere stehen übereinander. Die zerbeulten Stahlwände in verblasstem Gelb, Rot und Blau tragen immer noch die Namen und Logos der Firmen, denen sie einmal gehört haben.

«Hier wohnst du?», frage ich.

«Ich nenn es nur das Lego-Dorf.» Sie breitet die Arme aus. «Und wir sind kleine Dorfbewohner, die hier ihre kleinen Leben führen.»

Ein paar Lego-Dorfbewohner gehen über den Hof, reden über Kunst, rauchen oder kramen in Haufen von Metallresten. Sie beachten uns überhaupt nicht.

Sabiha führt mich zu einem Komplex aus fünf Containern am Ende der Reihe, die von außen wie zufällig nebeneinandergestellt wirken. Doch als wir drin sind, sehe ich, dass alle miteinander verbunden sind und einen zusammenhängenden Raum bilden. In den Holzregalen sind ordentlich Papierrollen und Leinwände verstaut, auf den Tischen sind saubere Pinsel und Ölfarben aufgereiht. Fünf oder sechs andere Personen, Männer und Frauen, arbeiten oder diskutieren miteinander. Der Mann, den Sabiha mir als Peggo vorstellt, schaut von der Mitte einer riesigen Leinwand auf, die er auf dem Fußboden ausgebreitet hat. Er trägt einen farbbespritzten weißen Overall, der aussieht wie ein Schutzanzug. Sein Bart ist lang und rotbraun, und die Haare hat er so kurz geschoren, dass seine Kopfhaut durchschimmert. Er tritt vorsichtig über die Leinwand und streift sich weiße Schuhüberzüge ab.

«Besichtigungen erst ab morgen», sagt er müde. «Sabiha, das weißt du doch ...»

«Sie will nichts kaufen, Peggo. Das ist meine Freundin», sagt Sabiha. «Ich habe dir doch von ihr erzählt, weißt du noch?»

«Ah, die Argentinierin», sagt er. «Judas?»

«Judita», sage ich. «Nett, dich kennenzulernen.»

«Entschuldigung, Judita. Willkommen bei uns.» Er schwenkt den Arm in einer Geste, die das gesamte Atelier einschließt. «Nimm dir, was du brauchst. Hier gehört allen alles.»

Zu Sabihas Job gehört es auch, Peggo zu bekochen. Ich helfe ihr dabei, Grünkohlsalat mit Tomaten und Buchweizengrütze zuzubereiten. Wie Sabiha mir erklärt, isst er das anscheinend jeden Abend. Nach dem Essen klettert Peggo über eine Leiter zwei

Container weiter nach oben und ist um neun Uhr eingeschlafen. Sabiha und ich gehen über den Hof zu einem anderen Container, einer improvisierten Bar, vor der die anderen Lego-Dorfbewohner um ein Feuer stehen, Bier trinken und das essen, was der Barbesitzer gerade im Angebot hat. Wir bekommen gegrillte Würstchen und ein festes Weizenbrot zum Abendessen und spülen es mit zwei Flaschen Pilsener hinunter. Im Feuerschein leuchtet Sabihas glückliches Gesicht orangefarben.

«Peggo ist nett. Er gibt mir Unterricht dafür, dass ich seine Pinsel reinige und für ihn koche.» Sie leert ihre Bierflasche. «Noch eins?»

«Das ist alles, was du tun musst?»

Ihre Augen werden schmal, weil sie sehr wohl verstanden hat, was ich vielleicht oder vielleicht auch nicht mit der Frage andeuten wollte. «Das arme kleine Flüchtlingsmädchen», sagt sie mit hoher Stimme. «Pass bloß auf, dass die große Stadt dich nicht ausnutzt!»

«So habe ich das nicht gemeint ...»

«Doch, genau so hast du es gemeint», sagt sie. «Willst du jetzt noch ein Bier oder nicht?»

Sabiha geht zur Bar, um Bier zu holen, und ich sehe ihr nach. Es liegt eine Freude in jedem ihrer Schritte, ich höre die Hoffnung in ihrer Stimme – *Stadtluft macht frei*. Vielleicht war das wirklich herablassend von mir. Vielleicht bin ich eine zynische Zicke, die unbedingt jemanden bevormunden muss. Oder vielleicht habe ich recht. Vielleicht leben selbst im Lego-Dorf Monster.

Sie kommt mit zwei Flaschen Bier zurück.

«Wie lange bleibst du?», sagt sie.

«Ich weiß noch nicht», sage ich.

Sie trinkt einen großen Schluck, dann schaut sie mich an. «Vermisst du es, woher du kommst? Wo war das noch mal?»

«Uruguay.» Ich schüttle den Kopf. «Das ist bloß ein Ort für mich.»

«Aber du musst doch deine Leute vermissen.»

Ich schließe die Augen. Das Bier macht mich schlagartig hundemüde, und ich merke, wie erschöpft ich bin. «Ich habe eigentlich keine – Leute.»

Sabiha verdreht die Augen. «Jeder hat Leute.»

Ich schüttle den Kopf. «Dann habe ich meine noch nicht gefunden.»

Die Matratze ist alt und fleckig, die Pferdedecke muffelt und kratzt. Die ganze Nacht über schnarchen die Künstler, Wasser tropft an tausend Stellen, draußen auf der Straße donnern Achtzehntonner vorbei. Und jedes Mal, wenn ich die Augen schließe, sehe ich meinen Vater auf der Flucht.

Er ist gut im Fliehen. Was nur logisch ist, mit seiner Erfahrung. Er weiß, wohin er gehen muss, wem er trauen kann. Ich habe oft erlebt, wie er einen Verkäufer auf einem Basar für seine Sache eingespannt hat, einen Verkehrspolizisten, einen hochdekorierten Würdenträger. Mein Vater war schon immer ein Meister darin, den passenden Ausdruck im richtigen Dialekt anzubringen, oder den passenden, nur ganz leicht verfänglichen Witz. Worte und Witze, die jeden zum Mitverschwörer machen, der sie hört und versteht. Mein Vater bekam immer das, was er wollte, einen besseren Preis, keinen Strafzettel, vielleicht ein oder zwei Geheimnisse.

Doch das war vor Montevideo gewesen. Vor Prag und Paris. Bevor die Welt ihn gebrochen hat und wir beide Schlimmeres erlebt haben, als zwei Menschen ertragen können, und dann noch ein bisschen mehr. Welche Version von Dad ist jetzt auf der Flucht – die alte oder die neue?

Beim Frühstück am nächsten Morgen herrscht Chaos, es sind zu viele Menschen, und es mangelt an Waschgelegenheiten. Die Privatsphäre seiner Mitarbeiter scheint auf Peggos Prioritätenliste ganz weit unten zu stehen. Als ich dran bin, dusche ich mich in einem Garten hinter seinem Atelier, indem ich einen Gartenschlauch benutze und mich in ein Planschbecken stelle. Der Garten ist von einem rostigen Stahlzaun umgeben. Als ich mich abtrockne, bin ich halb erfroren.

Im Zug von Österreich überkam mich eine vage Ahnung, irgendwo aus den Tiefen des Unterbewussten, eine Idee, die noch nicht weiß, dass sie eine Idee ist. Als ich mich jetzt anziehe und meine bestrumpften Füße in die Stiefel schiebe, pikst mich etwas in die rechte Fußsohle. Ich greife in den Stiefel und entdecke den kleinen Umschlag mit den Diamanten, den ich aus Buenos Aires mitgebracht habe. Er ist aus den Schichten der Innensohle hervorgerutscht, wo ich ihn versteckt hatte. Und mit dem Umschlag drängt sich die Idee ins Freie.

Die Straßenbahn bringt mich über den Fluss hinter die Altstadt. Ich spähe in die Schaufenster der Juwelierläden und suche nach einem, der wohlhabend wirkt, aber nicht zu schick. Ich finde einen ein paar Häuserblocks vom Fluss entfernt. Der Teppich ist fleckig, und die Neonlampen flackern, aber die Vitrinen sind gut bestückt.

Der Mann hinter dem Tresen hat eine Juwelierlupe über dem einen Auge und schaut nicht von seiner Arbeit auf, als ich eintrete. Ägyptische Musik dringt leise aus dem Radio neben ihm.

«Wie kann ich Ihnen helfen?», fragt er auf Deutsch.

«Ich möchte etwas verkaufen», sage ich.

«Was für ein Zufall, das möchte ich auch», sagt er, immer noch ohne aufzusehen. «Versuchen Sie Ihr Glück woanders. Nehmen Sie den Zug nach Antwerpen.»

Ich wechsle auf Arabisch. «Sie haben meiner Großmutter gehört. Ich möchte sie einfach gern loswerden.»

Die Lupe klappt hoch, und er schaut mich aus zusammengekniffenen Augen an. «Na gut», sagt er nach einer Weile. «Ich schaue sie mir an, aber versprechen kann ich nichts.»

Ich gebe ihm vier der fünf Diamanten – den größten behalte ich in meiner Tasche. Ich schaue zu, wie er die Steine auf ein Samtdeckchen legt und sie untersucht. Er arbeitet sorgfältig, hält jeden einzelnen mit einer Pinzette in die Luft und betrachtet ihn durch die Lupe. Als er fertig ist, wendet er sich einer altmodischen Drehkartei zu und blättert durch die Karten. «Mendy in Antwerpen. Er ist ein Freund von mir. Ich gebe Ihnen seine Nummer …»

«Was wird er mir dafür geben?»

«Fünftausend vielleicht für den hier, und für die anderen – drei- oder viertausend für jeden.»

«Fünfzehn für alle zusammen?»

«Wenn Sie Mendy an einem guten Tag erwischen.»

«Aber Antwerpen – das ist eine ziemliche Strecke.» Ich schaue ihn über den Tresen hinweg an. «Wie wäre es, wenn ich sie Ihnen für zehn verkaufe?»

Der Mann seufzt und betrachtet die Steine noch einmal. «Ich muss meine Frau anrufen», sagt er.

Ich fahre mit der Straßenbahn Nummer 4 zurück bis zu der öffentlichen Bibliothek, die ich bei der Hinfahrt durchs Fenster gesehen habe. Sie besitzt nicht diese erhabene Schönheit, die die besten Bibliotheken andernorts auszeichnen, keine himmelhohen Decken oder schöne Holzmöbel. Mein erster Eindruck war richtig – diese Bibliothek ähnelt eher einem Labor: saubere weiße Oberflächen, summende Computer, vollkommen ebenmäßige

Regale voller Bücher, alle in bestem Zustand. Ich finde einen freien Computer und beginne mit der Arbeit.

Erst die öffentlich zugänglichen Nachrichtenseiten, dann die legalen Datenbanken. Als ich nichts finde, absolut nichts, bin ich erleichtert. Dann also der zweite Schritt, die Suche nach *Vidor Sonnenfeld Antiquitäten Zürich*. Hier bekomme ich ein paar Treffer, aber alle sind irrelevant oder alt: die Facebook-Seite eines Musikproduzenten in San Francisco mit gleichem Namen, der jetzt an einem Album mit dem Namen *Zurich* arbeitet und Antiquitäten sammelt. Der Name wird in einem Reiseforum von 2007 erwähnt, ein Tipp, wo man in der Schweiz seltene Bücher kaufen kann. Und er taucht in einem Verzeichnis von Geschäften östlich der Altstadt auf. Ich schreibe mir die Adresse heraus.

Mit zwei verschiedenen Straßenbahnen fahre ich in ein nüchternes Viertel mit älteren Wohnhäusern. *Seltene und ungewöhnliche Handschriften*, steht auf einem handgeschriebenen Schild im Schaufenster. Eine Glocke klingelt, als ich die Tür öffne und eintrete. Staub wirbelt in der Luft herum wie ferne Galaxien, und die Luft riecht nach altem Papier und dem aufdringlichen Parfüm einer älteren Frau. Regale voller alter Bücher stehen an den Wänden, dazwischen hängen Dokumente in billigen Holzrahmen: ein Glückwunschschreiben von Papst Johannes Paul II. an einen spanischen Fußballstar; eine Nachricht von Präsident Reagan, in der er einer österreichischen Diplomatin zum Geburtstag gratuliert. Ich nehme ein Buch vom Tisch, eine deutsche Ausgabe von *Der Fänger im Roggen*, und lese die handgeschriebene Inschrift auf der Titelei: *Best wishes! Your friend, J. D. Salinger.*

Von hinten aus dem Laden taucht eine winzige Person auf, die gerade mal eine Ecke des Türrahmens ausfüllt. «Wir haben geschlossen. Kommen Sie am Dienstag wieder», sagt die Person mit weiblicher, aber altersbedingt knorriger Stimme. «Oder vielleicht Mittwoch, ich weiß es noch nicht.»

Sie tritt ins Licht. Ihre grauen Haare sind zu einem Dutt gebunden, sie trägt eine schwarze Männerarbeitshose, altmodische Hosenträger und ein weißes Hemd, das sie an den Ärmeln hochgekrempelt hat.

«Ich habe mal gehört, dass J. D. Salinger niemals Autogramme gegeben hat», sage ich.

«Hat er auch nicht», sagt sie. «Ich gebe Ihnen zwanzig Prozent Nachlass.» Sie lächelt, als könne sie meine Gedanken lesen, dabei nimmt sie mir das Buch aus der Hand und legt es wieder auf den Tisch. Ihre Nägel sind knallrot lackiert.

«Eine Kuriosität», sagt sie. «Wenn andere Leute behaupten, dass das Autogramm authentisch ist, dann ist das ihr Problem.»

«Ein Freund hat mir von Ihrem Laden erzählt. Ich suche nach Vidor Sonnenfeld.»

«*Vidor.* Vidor ist im Ruhestand. Alzheimer.» Sie hakt die Daumen hinter ihre Hosenträger. «Und wie ich schon sagte, wir haben geschlossen.»

Sie dreht sich um und geht wieder in Richtung Lager.

«Herr Mucha hat mich geschickt», sage ich. «Aus der Pension Alexandra. Er hat gesagt, ich könnte … dass Vidor mir helfen würde. Bitte.»

Die Frau bleibt stehen und dreht sich langsam um. Sie schaut mich genau an. «Wie geht es dem alten Mann?»

«Gut», sage ich. «Sein Partner, Walter …»

«Ist gestorben, ich weiß.» Sie seufzt, als hätte ich ihren Tagesrhythmus auf unangenehme Weise durcheinandergebracht. «Mucha hat mich vor ein oder zwei Tagen angerufen. Hat gesagt, es würde jemand kommen.»

Ich halte das J.-D.-Salinger-Buch in die Höhe. «Ich suche nach einer Kuriosität», sage ich. «Einer Maßanfertigung.»

Sie verzieht die Lippen und nickt, dann geht sie zur Tür und schließt ab. «Ich heiße Miriam. Und es ist besser, wenn Sie mir Ihren Namen nicht sagen. Kommen Sie.»

Ich folge ihr nach hinten durch einen unordentlichen Lagerraum, der bis zur Decke mit Büchern und Papieren vollgepackt ist. Sie holt einen Schlüssel hervor und schließt eine schmale Holztür auf, hinter der eine Treppe nach unten sichtbar wird. «Achten Sie auf die dritte Stufe», sagt sie.

Miriam geht voran. Sie tritt vorsichtig über die Bücher- und Papierstapel auf den Treppen und lässt die dritte Stufe aus, die nur noch halb vorhanden ist. Im Keller hat sich der Großteil des Putzes von den Wänden gelöst. Dahinter kommt der nackte Backstein zum Vorschein.

«Das war Vidors Atelier, jetzt ist es meins», sagt Miriam und schaltet eine Lampe an, die auf einem Tisch in der Ecke steht. «So, Sie möchten also eine Kuriosität. Einen Pass, nehme ich an?»

«Einen Pass habe ich. Was ich brauche, ist alles andere.»

«Und warum brauchen Sie das alles? Was ist das Ziel? Vermutlich wollen Sie nicht nur ungeschoren durch eine normale Polizeikontrolle kommen.»

«Nein, sehr viel mehr», sage ich.

Sie beugt sich vor. «Wie viel mehr?»

Ich straffe die Schultern. «Ich muss beweisen können, wer ich bin. Mit Belegen, die einer juristischen Prüfung standhalten.»

«Pinocchio möchte also ein richtiger Mensch werden.» Miriam bewegt die Mundwinkel zu einem schwachen Lächeln. «Nun gut. Ein ganzer Schwung von Dokumenten also. Geburtsurkunde, Führerschein, Wohnbescheinigung – ein schönes, abgerundetes Bild.»

Ich lege Lila Keretis Pass vor ihr auf den Tisch. «Alles muss dazu passen.»

«Ungarisch, aktuelle Ausgabe, Serie C.» Miriam betrachtet den Pass mit fachkundigem Blick. *«Örvendek»*, sagt sie dann.

Ich blinzele. «Bitte?»

«Das bedeutet auf Ungarisch ‹Nett, Sie kennenzulernen›.» Sie zieht einen verstaubten Stuhl vor den Tisch und lässt sich darauf nieder. «Aber Sie können doch nicht ernsthaft vorgeben, jemand zu sein, dessen Sprache Sie gar nicht sprechen.»

«Doch», sage ich. «Es muss sein.»

Sie seufzt und nimmt den Pass zur Hand, betrachtet die einzelnen Seiten. «Na gut. Dann sind Sie als Kind ausgewandert. Sprechen Sie Französisch? Spanisch? Denn Ihr Deutsch ist ...»

«Ich weiß. Dann Spanisch. Das spreche ich fließend.»

«Also, eine schöne Adresse in Barcelona für», sie blättert zur Anfangsseite zurück, «Lila Kereti.»

«Wie ist der Pass?», frage ich. «Sieht er echt aus?»

Miriam zieht hörbar die Luft ein. «Leider nein.»

«Was ist damit?»

Miriam schiebt mir den Pass zu und tippt mit einem roten Fingernagel auf die Mitte der Seite. «Schauen Sie genau hin», sagt sie. «Sehen Sie die winzigen Musiknoten hier? Das ist ein Mittel gegen Fälschung, das man 2009 eingeführt hat. Praktisch unmöglich nachzumachen.» Sie blättert zu einer anderen Seite, auf der ein holographisches Siegel im Licht der Schreibtischlampe aufschimmert. «Dasselbe hier, nur in den Serien B und C zu finden. In Serie D wurde das schon wieder verändert.»

Ich zucke die Schultern. «Ich verstehe nicht.»

Miriam klappt den Pass zu und tätschelt ihn. «Das hier ist entweder ein echter Pass oder die beste Fälschung, die man für Geld kaufen kann.»

«Was ist dann das Problem?»

«Was fehlt, meine Liebe, sind Sie, und das ist das Problem», sagt Miriam. «Dieser Pass ist zu perfekt. Er muss lebendiger aussehen. Ein Kunstwerk wie dieses verdient es, lebendig zu sein.» Sie öffnet eine Schublade und schiebt den Pass hinein. «Lassen Sie ihn bei mir. Miriam wird sich darum kümmern.»

20. KAPITEL

Ein neues Leben für siebentausend Franken – die Hälfte jetzt, die Hälfte bei Abholung. Miriam lässt sich lang und breit darüber aus, wie aufwendig die Details sind, dass die neuen biometrischen Vorgaben viel mehr Zeit brauchen, als ich ihr gebe, dass siebentausend Franken nicht annähernd genug sind, nicht für eine so gute Arbeit wie ihre. Doch Miriam ist auch Künstlerin, und Künstler beschweren sich immer über Einschränkungen, Abgabetermine und die hohen Kosten. «Kommen Sie in vier Tagen wieder», sagt Miriam. «Aber nur, wenn Sie die zweite Hälfte des Geldes mitbringen.»

Also hänge ich vier Tage lang im Lego-Dorf herum und helfe Sabiha, Peggo und den Künstlern, die das genaue Gegenteil von Miriam sind. Mit ihrer Arbeit erschaffen sie Wahrheit mit den Werkzeugen der Phantasie: Farbe, Metallresten, künstlerischem Ausdruck. Wohingegen Miriam Lügen aus den Werkzeugen des Realen erschafft: offiziellen Stempeln, eingescannten Fingerabdrücken und anderen Fetisch-Objekten der Bürokratie.

Meine Aufgaben – Pinsel reinigen, Leinwände vorbereiten, Federn aus alten Matratzenrahmen ziehen – sind angenehm und fordern gerade so viel Aufmerksamkeit, dass ich mich stundenlang in ihnen verlieren kann. Ich lerne sogar, mit dem Schweißbrenner umzugehen und über Kunst zu reden: Negativräume, Simulakren, Gegenüberstellungen, Form und Material. Nach etwas Übung und ohne dass ich eigentlich irgendetwas tue, akzeptieren mich die Künstler als eine der ihren.

Spät am Nachmittag des dritten Tages sitze ich mit Sabiha und den anderen in unseren farbbespritzten Overalls auf dem Hof vor der Lego-Dorfbar und trinke Kaffee. Sabiha spricht darüber, dass die unterschiedlichen Scherben, die zusammengenommen die postmoderne Kunst darstellen, nicht wirklich ein Publikum finden werden, wenn sie sich nicht definieren wie die Modernisten. Die anderen nehmen dazu Stellung und argumentieren, dass sich die Postmoderne eben genau über die Ablehnung einer Definition definiert.

Peggo geht zum Feuer und setzt sich neben mich. Er schlürft seinen Tee und raucht einen Joint. «Hier, Judas.»

Ich nehme den Joint zwischen Daumen und Zeigefinger und ziehe aus Höflichkeit daran. Es war noch nie mein Ding, aber ich sage, er ist gut, und gebe ihn ihm zurück.

«Also, hat Judas ein Manifest?», fragt er ziemlich gequetscht, nachdem er wieder einen Zug genommen hat.

Ich schaue ihn an.

«Was ist deine Philosophie? Was beeinflusst dich in deiner Arbeit?»

«Ich bin nicht wirklich politisch.»

«Nein? Gut für dich. Ich war mal Marxist-Leninist, bis ich den Anarcho-Syndikalismus für mich entdeckt habe.»

Ich nicke und überlege, wie ich ihn am besten wieder loswerde. «Verstehe.»

«Aber mittlerweile bin ich Anarcho-Primitivist.» Er wendet sich ab und hustet. «Aber ich habe deine Kunst gemeint. Was ist dein künstlerisches Manifest?»

Ich sauge mir etwas aus den Fingern. «Realismus, schätze ich.»

«Realismus. Wir haben eine Radikale unter uns. Und was ist dein Medium? Du bist keine Malerin, das ist offensichtlich. Und auch keine Bildhauerin.» Er hält mir wieder den Joint hin, aber ich lehne ab.

«Ich bin ... Performancekünstlerin.»

Er hebt eine Augenbraue. «Ja? Habe ich deine Arbeiten schon mal gesehen?»

Du siehst sie jetzt gerade. «Ich lerne noch», sage ich.

Peggo mustert mich. «Mein Rat ist: Vertraue nie abstrakten Theorien», sagt er. «Folge deinem Bauchgefühl.»

Nach vier Tagen komme ich zurück in das Atelier im Keller. Miriams Kunst – im Medium Papier, Stempel und Tinte – ist die reine Perfektion. Lila Keretis ungarischer Pass ist nun voller Geschichten mit Reisen auf die Seychellen, nach Panama und Mazedonien, die genau zu den Daten auf den Dokumenten passen, die ich ihr gezeigt habe. Ein spanischer Führerschein, eine ungarische Geburtsurkunde und eine Büchereikarte aus Barcelona sowie eine schön geknickte und gefaltete Meldebestätigung von einem guten, aber nicht zu guten Viertel in Barcelona, liegen für mich bereit. Alles ist leicht abgenutzt, angestoßen und ausgefranst, als wären die Dokumente schon seit Jahren in meinem Besitz.

Erst zögert sie, doch dann gibt sie ihrer künstlerischen Eitelkeit nach und zeigt mir ihre Tricks. Ein bisschen Essig, um die Tinte anzugreifen – «ehrlich, du hast keine Ahnung, was das für eine Arbeit ist». Dann wird feinporiges Sandpapier ganz leicht über die Dokumente gerieben, woraufhin sie aussehen, als hätte man sie lange Zeit in einer Jeanstasche getragen, erklärt sie mir.

Ich übergebe ihr nur zu gern die zweite Hälfte der siebentausend Franken. Sie fährt mit der Zunge über ihre Fingerspitzen und zählt die Scheine, die ich vor ihr auf den Tisch lege. Als die Transaktion abgeschlossen ist, schüttelt sie mir die Hand, wünscht mir Glück und sagt, es sei am besten, wenn ich ihren Namen niemandem gegenüber erwähne. Denn sonst würden ihre Söhne – alle vier schon erwachsen – mich besuchen kommen. Ich weiß nicht, ob das eine leere Drohung ist oder ob sie wirklich vier schlagkräftige Söhne hat, aber ich nicke und verlasse ihren Laden als neuer Mensch.

Die Büros von Frau Dr. Naz Sadik liegen auf der anderen Seite des Flusses, gegenüber der Altstadt, in einem hügeligen Viertel mit verschlungenen schmalen Gassen. Die Gebäude sind alt und sehen daher noch eleganter aus. Kleine Läden und Restaurants wechseln sich mit den konservativen Büros von Steuerberatern, Bankern und Anwälten ab. Ich finde Naz Sadiks Büro in einem Gebäude, das genauso aussieht wie alle anderen, abgesehen von einem schnörkeligen Treppengeländer aus Messing draußen und hohen Fenstern, die von komplizierten geschwungenen Mustern untergeteilt werden.

Ich nähere mich dem Mann am Anmeldetresen mit einem Lächeln, das nicht erwidert wird. «Ich würde gern Frau Dr. Sadik sprechen, bitte. Mein Name ist Perels, Vorname Judita. Ich habe keinen Termin.»

Wenn Terrance mit der Anwältin über mich gesprochen hat, müsste er diesen Namen verwendet haben. Doch wie schon befürchtet, ist hier – um mal wieder den deutschen Ausdruck zu benutzen – nichts *in Ordnung*. «Frau Sadik hat heute keinen Termin mit jemandem namens Perels.» Es geht keine Feindseligkeit von diesem kinnlosen Sekretär aus, er folgt bloß der Tyrannei von Regeln und Plänen, die über allem steht.

«Ich weiß. Wie gesagt, ich habe keinen Termin. Aber ich hätte gern einen ...»

«Frau Dr. Sadik nimmt momentan keine neuen Klienten auf.»

Er wendet sich wieder seinem Computer zu, als wäre ich schon gar nicht mehr da.

«Hören Sie, es tut mir wirklich leid. Aber ich bin eine Freundin von Terrance Mutai. Sie war seine Anwältin ...»

Eine fröhliche Stimme erklingt hinter mir: «Eine Freundin von Terrance? Natürlich, meine Liebe, ich habe Sie schon erwartet.»

Ich drehe mich um. Eine kleine Frau in einem kanariengelben Trenchcoat und mit einem hellblauen Kopftuch schaut mich über ihre übergroße Audrey-Hepburn-Sonnenbrille hinweg an. Sie trägt eine knallrote Aktentasche und einen roten Schirm, was die Ansammlung von Primärfarben vervollständigt.

Sie nimmt die Brille ab und lächelt. «Unser Freund hat mir gesagt, Sie würden mich anrufen. Wie geht es Ihnen denn?» Ihre Stimme klingt wie eine wohltönende Glocke, ihr Englisch nach einer teuren britischen Elite-Universität. Es liegt eine professionelle Wärme darin, für die man bezahlen muss.

Ich schüttle ihre ausgestreckte Hand. «Ich freue mich, Sie kennenzulernen, Frau Dr. Sadik.»

«So formell», sagt sie immer noch lächelnd. «Sie können mich Naz nennen.»

Ein Bediensteter im Anzug und mit weißen Handschuhen serviert uns den Kaffee, den er aus einer silbernen Kanne in beinahe durchsichtige Tassen schenkt. Naz setzt sich in ihrem cremefarbenen Hosenanzug zu mir ans andere Ende des Ledersofas und schiebt eine dunkelbraune Strähne zurück unter das Kopftuch. Der Bedienstete stellt die Kanne ab und bringt Naz eine Kristallkaraffe mit einer Flüssigkeit darin.

«Möchten Sie einen Whiskey zum Kaffee?», fragt sie.

«Whiskey?», frage ich. «Nein, danke.»

Naz merkt, dass ich sie dabei beobachte, wie sie sich etwas davon in ihren Kaffee gießt. «Eine praktizierende Muslimin, die mitten am Tag trinkt», sagt sie lächelnd und liest meine Gedanken. «Stimmt's?»

«Entschuldigung», sage ich. «Ich wollte Sie nicht anstarren.»

«Haben Sie nicht. Sie haben mich beobachtet. Also, welche Schlussfolgerungen ziehen Sie?»

«Ich ziehe keine Schlussfolgerungen, Frau Doktor ...»

«Naz, bitte. Es gibt keinen Grund für diese schweizerische Höflichkeit.» Sie stellt die Karaffe ab und trinkt einen Schluck, wobei sie den kleinen Finger abspreizt. «Also – eine praktizierende Muslimin, die trinkt. Ist sie Alkoholikerin? Ist sie überhaupt eine Muslimin? Vielleicht trägt sie einfach gern Kopftücher?»

Es ist irgendein Test. Sie will mich einschätzen. Ich straffe die Schultern.

«Meine Annahmen sind falsch», sage ich. «Ihre Handlungen passen nicht zu Ihrem Auftritt, und jetzt muss ich sie neu überdenken. Ihr Verhalten bewirkt Verunsicherung. Man fragt sich, wer Sie wirklich sind.»

Ein Lächeln und ein Nicken. «Korrekt.» Sie zieht ein Notizbuch und einen schmalen Stift heraus. «Also, woher kennen Sie Terrance?»

«Wir sind ... Freunde. Seit der Schule», sage ich.

Sie wirft mir einen verschwörerischen Blick zu. «Er ist ein junger Mann geworden, nicht wahr? Ich kenne ihn schon, seit er ein Baby war. Er hat viel Stärke bewiesen bei all den Schwierigkeiten, die sein Vater in letzter Zeit durchmachen musste.»

«Ja. Ich mag ihn wirklich sehr gern.»

«In seiner E-Mail hat er geschrieben, dass Sie nach einer sehr speziellen Leistung suchen. Eine Leistung, die nur ich anbiete. ‹Bitte behandeln Sie Señora Perels genauso, wie Sie mich oder meinen Vater behandeln würden›, hat er geschrieben. Spreche ich Ihren Namen richtig aus?»

Diese Frage fühlt sich anders an, wie ein verdecktes Verhör, aber sie stellt sie so freundlich, dass ich noch nicht mal sicher bin, ob mein Eindruck stimmt.

«Ich ... ich muss Sie etwas fragen», sage ich. «Ich habe noch nie etwas mit einem Anwalt zu tun gehabt.»

«Nein? Wie schön für Sie.» Sie lächelt.

«Ich muss wissen ... Was ich Ihnen hier sage, das ist doch vertraulich, oder? Hundertprozentig.»

Sie verbeugt sich leicht, und das Lächeln verschwindet. «Natürlich.»

«Dann lassen Sie uns einfach damit anfangen», sage ich und schiebe ihr das Päckchen Dokumente und die Liste mit den Kontonummern zu. Naz rührt sich nicht.

«Diese Konten gehören zu einer Bank hier in Zürich», sage ich. «Ich möchte das, was darauf liegt.»

«Und sind es Ihre Konten?»

Ich lehne mich zurück und beiße mir auf die Unterlippe. Ich kann sie nicht anlügen, wenn sie ihren Job machen soll. «Sie stehen mir zu», sage ich. «Mit dem, was darauf liegt, wird eine Schuld abgeglichen. Ich bin die Gläubigerin.»

Naz legt den Kopf zur Seite, dann nimmt sie die Dokumente zur Hand und blättert sie durch. «Die Kontonummern sind mit diesen sieben Firmen verbunden?»

«Das hat man mir jedenfalls so gesagt», sage ich. «Also ja, das nehme ich wenigstens an.»

Naz betrachtet die Dokumente gründlich und legt sie nacheinander wieder auf den Tisch. «Es scheint, als hätte jemand namens Lila Kereti die finanzielle Vollmacht über ... alles.» Sie schaut auf. «Wenn Sie glauben, dass sie Ihnen etwas schuldet, dann sollten wir uns mit ihr in Verbindung setzen. Dabei kann ich Ihnen helfen.»

Ich nehme den Pass aus meiner Tasche und schiebe auch den über den Tisch.

Naz schlägt ihn auf, und dann verzieht sie ihre Lippen zu einem fast unmerklichen Lächeln. «Ich verstehe», sagt sie. «Wusste Terrance, dass Sie mich darum bitten würden?»

«Nein», sage ich. «Er wusste, dass es um Geld geht, aber nicht, um was genau.»

Naz schaut mich mit ernstem Blick an und faltet die Hände. Es ist der Moment, wo sie aufstehen und mich bitten wird, ihr Büro sofort zu verlassen, bevor sie die Polizei ruft.

«Wissen Sie, was ich tue?», sagt sie. «Was mein Beruf ist?»

«Sie sind Anwältin.»

«Ich bin tatsächlich eine Magierin. Die beste Magierin. Aus diesem Grund vertrauen mir Leute wie Terrances Vater und die Kollegen seines Vaters. Wissen Sie, was notwendig ist, damit meine Magie wirkt?»

Ich schüttle den Kopf.

«Vertrauen», sagt sie. «Vollkommenes Vertrauen. Zu einem gewissen Stundenhonorar. Sagen Sie, Frau Perels, kennen Sie meinen Stundensatz?»

«Ich nehme an, es ist viel Geld.»

Naz schreibt eine Zahl auf einen Zettel und schiebt ihn mir zu. Ich schaue nicht darauf. Stattdessen fische ich den letzten Diamanten aus meiner Tasche und lege ihn auf den Tisch.

«Reicht das?», frage ich.

Naz nimmt den Diamanten und hält ihn ins Licht. «Zumindest für den Anfang.»

In der nächsten Stunde erzähle ich ihr die ganze Geschichte. Es fühlt sich eher an wie eine Therapiesitzung oder ein Geständnis. Und es kostet mich ja bloß ein paar tausend Dollar die Stunde. Doch der Unterschied ist, dass ich ihr nur die wichtigen Dinge erzählen muss. Keine Hintergrundinformationen oder Gefühle. Sie fragt mich nicht, warum ich das Geld haben will. Für sie ist es eine reine Geschäftsabwicklung, es geht ihr nicht um Moral, sie will nicht einmal Gründe wissen. Aber als ich mit ihr spreche, spüre ich, wie ein Gewicht von mir genommen wird und meine Anspannung sich legt. Ich betrachte ihr Gesicht, jede ihrer Handbewegungen, wenn sie sich etwas notiert, suche nach einem Hinweis, dass sie das, weswegen ich mich an sie wende, für unmöglich hält. Doch da ist nichts.

«Schlafende Konten. Stillgelegte Konten, darüber reden wir hier», sagt sie, als ich ihr alle Informationen gegeben habe, die sie benötigt. «*Falls* sie wirklich stillgelegt wurden. Und *falls* überhaupt etwas darauf ist.»

Ich sehe sie an. «Also, was jetzt?»

«Als Erstes schauen wir mal, wer Lila Kereti ist.» Sie schließt ihren Stift mit einem Klicken und steht auf. «Als zweiten Schritt statten wir der Bank einen Besuch ab.»

In ihrer Stimme liegt Hoffnung, keine Angst. All das hier ist bloß Routine, kein Grund, sich Sorgen zu machen. Es ist offensichtlich, dass sie für heute mit mir fertig ist, aber ich bleibe sitzen.

«Ist irgendwas an dieser Sache für Sie ...?»

«Belastend?», beendet Naz meinen Gedanken.

«Ja», sage ich.

Sie setzt sich so dicht neben mich, dass ich die Seife riechen kann, die sie heute benutzt hat, und den Whiskey, den sie vor einer Stunde getrunken hat. «Geld ist eine komische Angelegenheit. Menschen fangen Kriege deswegen an. Oder verlieben sich wegen Geld.»

«Ich weiß. Aber wie kann – wie kann das alles legal sein?»

Naz seufzt tief und tätschelt mir das Bein. «Nur zu, sagen Sie es.»

«Was soll ich sagen?»

«Das System ist korrupt. Das denken Sie doch, oder?»

Ich nicke.

«Was Sie als korruptes System betrachten, sehe ich als ein funktionierendes System. Es ist nicht kaputt. Es wurde mit Absicht genau so eingerichtet.» Sie steht auf, lockert ihre Schultern wie ein Boxer und sammelt die Dokumente zusammen. «Es wurde so konstruiert, damit Leute wie Sie und ich solche Dinge tun können.»

«Ich verstehe.» Ich erhebe mich und schüttle ihr steif die Hand. «Danke.»

«Diebstahl, oder sich das nehmen, was einem zusteht. Der Unterschied liegt nur darin, ob man einen guten Anwalt hat oder nicht.» Naz blinzelt mir zu. «Vereinbaren Sie bei meinem Sekretär einen Termin für morgen. Ich schaue mir die Dokumente heute Abend an.»

Wir verabschieden uns, und ich gehe zur Tür. Erst als meine Hand schon auf der Klinke liegt, sagt sie vom anderen Ende des Zimmers: «Und legen Sie sich einen Anzug zu, ja? Wie sind hier in Zürich, nicht auf dem Bauernhof.»

Bei Peggo und den anderen bin ich meistens still und höre zu. Man kann den anderen allerdings auch nicht vorwerfen, dass sie mir besonders viele Fragen stellen. Leute kommen und gehen hier ständig, das habe ich mittlerweile mitbekommen. Das Lego-Dorf ist für die meisten bloß eine Zwischenstation für eine Nacht, eine Woche oder ein Jahr. Keiner bringt je irgendetwas Neues ein, und wenn es nichts Neues gibt, lohnt es sich auch nicht, Fragen zu stellen. Wenn wir also abends zusammensitzen und etwas trinken, dann dreht sich das Gespräch immer um Kunst – um ihre *Arbeit*, wie sie betonen – oder um Themen, die niemanden persönlich betreffen. Privates, wo man aufgewachsen ist, zum Beispiel, gilt als banaler Mist. Ob sie vor gewalttätigen Vätern oder vor dem Hunger davonlaufen, ist vollkommen egal. Unterm Strich zählt, dass man sich im Lego-Dorf wunderbar verstecken kann.

Ich frage sie, wo ich einen Hosenanzug kaufen kann, ohne zu viel Geld zu bezahlen. Ich ernte viel Gelächter, weil allein schon die Vorstellung eines Hosenanzugs so lustig ist. Nach einiger Zeit nennt mir jemand den Namen eines Kaufhauses – der «Spießerspielplatz», wie er es nennt –, das am Ende einer langen Straßenbahnfahrt liegt.

Ich fahre am nächsten Morgen hin, und die Verkäuferin zeigt mir einen Hosenanzug in einem Dunkelgrau, das anscheinend alle Frauen außer Naz tragen. Er ist konservativ und langweilig, und ich sehe ihn etwas unwillig an. Darum zeigt die Verkäuferin mir noch etwas anderes, das nach ihren Worten besser zu einer jungen Frau mit einem etwas wilden Touch passt. Es ist derselbe Anzug, nur in einem helleren Grauton.

Ich nehme den ersten – wenn schon, dann so konservativ wie möglich. Dazu wähle ich die günstigste Bluse und die billigsten Schuhe, die ich finden kann. An der Kasse stelle ich fest, dass selbst die langweiligsten Klamotten in Zürich sündhaft teuer sind. Der Hosenanzug sitzt ein bisschen locker und ist mir ein paar Zentimeter zu lang, aber ich trage ihn trotzdem gleich und nehme die Straßenbahn zu Naz' Büro.

Sie schaut unter einem quietschgrünen Kopftuch hervor, als ich eintrete, und lächelt, weil sie dafür bezahlt wird. «Hm», sagt sie. «Na ja, ich habe gesagt, kaufen Sie sich einen Anzug. Und das haben Sie getan.»

Ich breite die Arme aus und drehe mich für sie um meine Achse. «Gefällt er Ihnen?»

«Sieht ein bisschen sehr nach Praktikantin aus», sagt sie. «Erinnern Sie mich daran, dass ich Ihnen den Namen meines Schneiders gebe. Setzen Sie sich.»

Sie deutet auf den Stuhl vor ihrem Tisch, eine gepolsterte Monstrosität mit Seidenüberzug. Der Sitz ist steif, und die geschnitzten Lehnen haben kleine scharfe Wirbel, die sich durch den Stoff hindurch in meine Haut drücken.

Naz hält einen schmalen Aktenordner hoch. «Soweit wir wissen, war sie niemals real.»

«Wer?»

«Lila Kereti. Sie haben eine Geburtsurkunde und einen Pass. Aber es gibt keine Schulzeugnisse, keine Festnahmen, keine Stromrechnungen, nie auch nur eine Bonitätsprüfung.»

Ich rutsche in meinem Stuhl herum und versuche, eine bequeme Position zu finden. «Also ist sie ein Geist?»

Naz schaut aus dem Fenster in den sanft fallenden Regen. «Eine Lücke im bürokratischen System, die jemand, der wie ich arbeitet, ausgenutzt hat. Eine Person auf dem Papier, um die wahren Personen hinter den Transaktionen zu verbergen.»

Mit anderen Worten: Sie brauchen kein schlechtes Gewissen zu haben.

«Das ist gut», sage ich.

«Das ist ideal», sagt sie. «Was die Konten angeht, befinden sie sich bei Hindemith & Cie. Das ist eine kleine Privatbank, die seit sechzehnhundertirgendwas von derselben Familie geführt wird. Ihre Kundenliste sieht aus wie das Personenregister eines Geschichtsbuchs.»

«Was machen wir als Nächstes?»

«Hindemith & Cie. ist dafür bekannt, dass sie bestimmte Dienstleistungen erbringen. Zum Beispiel haben sie ein äußerst schlechtes Ablagesystem, wenn das für ihre Kunden von Vorteil ist.»

«Was bedeutet das?»

«Laut der Dokumente, die Sie mir gegeben haben, ist Lila Kereti die sogenannte Nießbrauchsberechtigte der Konten. Das heißt, sie hat die Kontrolle über das Geld. Theoretisch müssten alle Banken in der Schweiz Kopien des Passes der Nießbrauchsberechtigten vorliegen haben.»

«Theoretisch», sage ich.

«Aber in der Praxis ziehen manche Kunden es vor, das Konto unter einem Decknamen zu führen. Das ist illegal, und die Bank kann dafür verklagt werden, aber für Hindemith & Cie. gehört das zum Geschäftsrisiko.» Sie lehnt sich zurück und kaut auf dem Ende ihres Stiftes herum. «Also, was meinen Sie, Frau Kereti aus Budapest? Wollen wir Ihrer Bank einen Besuch abstatten?»

21. KAPITEL

Hindemith & Cie. befindet sich in einem sandfarbenen Gebäude gleich hinter dem Paradeplatz, nur fünfzehn Minuten zu Fuß von Naz' Büro. Das Haus ist eine Katastrophe: Säulen, Friese, Winkel, Efeu, Putten, Greife – eine dreidimensionale Ansammlung von allem überflüssigen architektonischen Quatsch, den man sich vorstellen kann. In der Lobby begrüßt uns ein steifer Mann mit zusammengekniffenen Lippen. Sein Anzug hat denselben Grauton wie meiner. Er wechselt ein paar Worte mit Naz, dann – oder bilde ich mir das nur ein? – schlägt er die Hacken seiner auf Hochglanz polierten Schuhe zusammen und dreht sich auf dem Absatz um, um jemanden zu holen.

Er kehrt mit einem Bankangestellten zurück, der uns in ein Büro hinter der Lobby führt. Formalitäten werden ausgetauscht; Lila Keretis Pass wird vorgelegt und kurz betrachtet.

«Wir möchten Sie bitten, einige Guthaben zu überprüfen», sagt Naz.

Der Banker nickt langsam und bedächtig, als wäre dies eine heilige Ehre für ihn, und Naz teilt ihm die erste Kontonummer mit. Er tippt sie in seinen Computer ein, macht ah und hm, dann runzelt er die Stirn. «Das Konto wurde leider vor drei Jahren aufgelöst.»

Naz gibt ihm die zweite Kontonummer und erhält dieselbe Antwort.

Doch bei der dritten Nummer seufzt der Bankangestellte hoffnungsvoll, dann lächelt er und nimmt einen Stift zur Hand. «Da haben wir es. Und so sieht es aus.»

Naz nimmt den Zettel von ihm entgegen, wirft einen Blick darauf, reicht ihn mir. Knapp über zehntausend Franken.

Fomax Optical, das nächste Konto, ist wieder bereits leergeräumt worden. Ebenso Education des Artes, Ltd. Und Caldex Imports. Dagegen weist Spaña Shipping 75 000 Franken auf. Mein Herz pocht beim Anblick dieser Zahl. Das ist mehr, als ich jemals zuvor auf einem Haufen gesehen habe. In Montevideo könnte ich davon zehn Jahre lang leben. Aber es reicht mir nicht, nicht annähernd, nicht für alles, was man mir angetan hat. Naz dagegen entspannt sich sichtlich; zumindest kann ich jetzt ihre Rechnung bezahlen.

«Nun Rosenthal-Webb», sagt Naz und gibt ihm die Kontonummer.

Der Banker tippt sie ein und setzt sich im nächsten Moment noch mal aufrechter hin. Jetzt betrachtet er mich mit anderen Augen. «Sehr schön. Gute Neuigkeiten.»

Naz lächelt, als sie die Zahl sieht, dann reicht sie den Zettel weiter an mich.

Ein Keuchen drängt sich aus meiner Kehle, und ich schlage mir die Hand vor den Mund. Ich schaue den Bankangestellten an, dann Naz, dann wieder auf die Zahl. Es sind ein bisschen mehr als 1,3 Millionen Schweizer Franken – ungefähr dasselbe in US-Dollar. Meine Hände zittern, deshalb schiebe ich sie mir unter die Oberschenkel.

Ich bin vollkommen zufrieden, mehr muss ich gar nicht mehr wissen. Ich will sogar schon aufstehen, doch Naz hindert mich daran.

«Noch ein Konto», sagt sie. «Genza Securities.»

Der Angestellte tippt die Nummer ein, die Naz ihm diktiert.

«Genza Securities», murmelt er vor sich hin und klickt sich zu einer weiteren Seite. «Auf den Seychellen, ja. Das Konto wird geführt von ...»

Er bricht ab und schaut auf meinen Pass. Eine ganze Weile betrachtet er ihn, bevor er sich wieder seinem Computer zuwendet.

«Alles in Ordnung?», frage ich auf Deutsch.

Er antwortet nicht, nimmt stattdessen den Telefonhörer zur Hand und drückt auf eine Taste. «Ungewöhnlich, ja ... Vielleicht könnten Sie ... Ja, Herr Doktor ... Wie gesagt, das ist ... Nein, Herr Doktor ... Nein, Herr Doktor ... Sehr wohl, ich sage es ihnen.» Er legt auf.

«Was ist?», frage ich und kann die Ungeduld in meiner Stimme nicht ganz unterdrücken.

Naz hebt die Hand, dann beugt sie sich vor. «Mit wem haben Sie da gesprochen?»

«Mit dem Bankdirektor, Frau Doktor. Er wird ... Es tut mir sehr leid. Es dauert nur einen Augenblick.»

Naz schaut mich beruhigend an, doch ihr Nacken wirkt angespannt.

Auf ein höfliches Klopfen an der Tür erheben sich der Bankangestellte und Naz. Ich stehe ebenfalls auf und halte die Hände schüchtern vor meinem Körper verschränkt. Ein Zwerg von achtzig oder neunzig Jahren tritt ein. Er trägt einen maßgeschneiderten grauen Dreiteiler, und der Knoten seiner Krawatte ist so fest gebunden, dass er praktisch waagerecht aus seinem Kragen ragt. Er verbeugt sich, wobei er uns seine kahle und mit Altersflecken übersäte Schädeldecke präsentiert, während der Bankangestellte ihn uns mit einem lächerlich langen Titel vorstellt. Herr Dr. Kolb lautet die Zusammenfassung, und er schüttelt uns mit erstaunlich kräftigem Druck die Hand.

Der Angestellte und Kolb betrachten eine Weile den Computerbildschirm. Der ältere Mann sagt «Ja, ja, natürlich», während der jüngere Mann ihm zeigt, was er meint. Schließlich schaut Kolb auf. «Frau Kereti und Frau Dr. Sadik, würden Sie mir bitte in mein Büro folgen?»

Schlagartig ist die Atmosphäre um einiges formeller. Wie in Naz' Büro schenkt uns ein Angestellter in weißen Handschuhen Kaffee aus einer kostbaren silbernen Kanne ein. Das scheint eine Art Ritual in Zürich zu sein, wie ein Sakrament, das man erhält, wenn man miteinander Geschäfte macht. Herr Dr. Kolb schickt nach zwei Prokuristen, während der vorige Angestellte offenbar eine zu geringe Position innehat, um bei einem so wichtigen Gespräch dabeibleiben zu dürfen. Die beiden Neuankömmlinge wissen, wer Naz Sadik ist, entweder sie kennen sie persönlich oder wissen von ihrer Arbeit.

Wir setzen uns alle um einen dunkelbraunen, fast schwarzen Konferenztisch, der offenbar schon seit Jahrhunderten in Benutzung ist. Schwere dunkelbraune Samtvorhänge hängen missmutig neben den Fenstern, die auf einen grauen Züricher Himmel hinausgehen.

«Es ist mir eine Freude, Sie endlich kennenzulernen, Frau Kereti», sagt Kolb. «Es ist kaum zu glauben, dass dies nach so vielen gemeinsamen Geschäften Ihr erster persönlicher Besuch bei uns ist.»

Er sagt das durchaus freundlich, doch Naz drückt den Rücken durch und bereitet sich auf ihren Gegenschlag vor. «Herr Dr. Kolb, wenn wir jetzt bitte die Summe des Guthabens erfahren dürften.»

«Hat man es Ihnen unten noch nicht mitgeteilt?», fragt er.

«Nein, hat man nicht.»

Dr. Kolb nimmt einen Stift, schreibt etwas auf einen Zettel, faltet ihn und reicht ihn an Naz, die ihn öffnet und liest wie eine Pokerspielerin, ohne jede Reaktion. Ich erwarte, dass sie ihn mir weiterreicht, doch sie tut es nicht. Daher schaue ich zwischen den Gesichtern hin und her und suche nach Hinweisen, wobei ich mich frage, warum die Leute in dieser Stadt so eine Aversion dagegen haben, Zahlen laut auszusprechen.

«Wie Sie verstehen werden, Frau Doktor, müssen wir bei einer solchen Summe Vorsichtsmaßnahmen ergreifen. Die Identität verifizieren und so weiter.» Kolb verschränkt die Finger vor sich auf der Tischplatte, als wolle er beten.

«Ihnen liegen die Kopien der Gesellschafterverträge von Genza Securities vor, in denen Frau Kereti die finanzielle Befugnis übertragen wird, richtig?», sagt Naz.

Kolb nickt.

«Und die Dokumente, die ich Ihnen heute vorgelegt habe – Pass, Führerschein, sogar einen Büchereiausweis von Frau Kereti, sie korrespondieren mit Ihren eigenen Unterlagen, nicht wahr?»

Kolb tauscht schweigend Blicke mit seinen Kollegen aus. «Es scheint, dass unsere eigenen Unterlagen in dieser Hinsicht ... ungenügend sind.»

Der Prokurist zu Kolbs Linken, ein gutaussehender junger Mann, schlank und mit rosigen Wangen, räuspert sich. «Frau Dr. Sadik, es passiert schon mal, dass Unterlagen falsch abgelegt werden. Wir haben nur die Namen der Nießbrauchberechtigten. Frau Keretis Name ist auch darunter, aber ...»

Naz erkennt ihre Chance und unterbricht ihn. «Ihre eigenen Unterlagen entsprechen also nicht dem Schweizer Bankenrecht, Herr Doktor? Ich bin entsetzt.»

Der Prokurist verzieht angesichts der geschmacklosen Dramatik den Mund. «Da Genza Securities nicht in der Schweiz liegt, müssen jegliche Streitfälle nach den Gesetzen des Landes verhandelt werden, in dem die Firma registriert ist, in diesem Falle die Seychellen.»

Naz schaut ihn an, und der Hauch eines Lächelns spielt um ihre Lippen. «Ach, wollen Sie andeuten, dass wir einen solchen Streitfall vorliegen haben?»

«Natürlich nicht», sagt der junge Mann. «Es ist nur eine Frage der – Authentizität.»

«Und eine Frage von schlampiger Ablage», sagt Naz mit scharfer Stimme. «Artikel eins, Paragraph neunzehn des Handelsgesetzes. Wenn kein Streitfall vorliegt, sondern nur finanzieller Anspruch erhoben wird, gilt Schweizer Recht.»

Kolb nimmt eine noch steifere Haltung ein. «Frau Doktor, Sie können nicht erwarten, dass wir eine solche Summe auszahlen, und das nur auf Basis der Unterlagen, die Sie uns heute vorgelegt haben.»

«Genau das erwarte ich, Herr Kolb», sagt Naz. «Es greift Artikel zweiundvierzig, Paragraph drei des Zivilgesetzbuchs von 1907, nachdem Sie mehr als ausreichende Belege in der Hand haben, um die Identität meiner Mandantin zu verifizieren. Also, wenn Sie die Rechte meiner Mandantin, ihr Eigentum in Besitz zu nehmen, weiter beschneiden wollen, können wir gern das Gericht darüber entscheiden lassen.»

Ich versinke in meinem Stuhl und starre Naz an. Sie beachtet mich nicht.

Kolb und die Prokuristen flüstern miteinander, dann wendet Kolb sich uns zu und schenkt uns ein dünnes Lächeln. «Frau Doktor, da es unsere eigenen Unterlagen sind, die offenbar nicht optimal gepflegt wurden, würden wir es vorziehen, die Dinge privat zu regeln.»

Die Prokuristin auf Kolbs anderer Seite, eine füllige Frau um die vierzig, hebt einen Finger. «Eine Bestätigung über Frau Keretis Identität durch das Standesamt würde uns genügen.»

Naz lächelt und schaut mich an. «Ich denke, dem können wir zustimmen. Meinen Sie nicht auch, Frau Kereti?»

Ich werfe ihr einen sorgenvollen Blick zu. Können wir das? Aber ich sehe, dass das nicht die Antwort ist, die sie hören will. «Natürlich», sage ich.

Die Einzelheiten werden zwischen ihnen geklärt, dann schütteln wir uns alle die Hände, ohne dass ich wirklich kapiere, was gerade passiert ist. Erst auf der Treppe zum Erdgeschoss drückt Naz kurz meinen Unterarm und wirft mir ein schelmisches Lächeln zu.

Sie sagt nichts, bis wir vor Hindemith & Cie. auf der Straße stehen. Dann dreht sie sich mit einem Mal zu mir um. «Das ist eine einfache Anhörung», sagt sie und strahlt übers ganze Gesicht. «Ein Standesbeamter soll sich Ihre Papiere anschauen und sie beglaubigen.»

«Und? Werden sie das machen?»

Naz legt ihren Kopf schief, und wieder löst sich eine rotbraune Haarsträhne aus ihrem Kopftuch. «Es ist eine reine Formalität. Die Bank will sich absichern. Wenn Ihre Papiere so gut sind, wie sie aussehen, dann würde ich sagen: Unsere Chancen stehen besser als fünfzig Prozent.»

Ich schlucke. «Und die Summe? Die haben Sie mir gar nicht gezeigt.»

Sie schließt die Augen und holt tief Luft. «Ein Drink», sagt sie. «Lassen Sie uns etwas trinken gehen. Ich kenne da eine nette Bar ...»

Dann führt sie mich an der Hand, als wären wir alte Freundinnen, um die Ecke am Bankgebäude vorbei in eine schmale Gasse, die zum Fluss führt. Sie öffnet eine Tür ohne Schild und bedeutet mir einzutreten. Leises Klavierspiel und gedämpftes Licht empfangen uns. Der geschwungene Holztresen ist zu dieser Tageszeit noch leer. Wir setzen uns in eine freie Nische.

Naz zieht den gefalteten Zettel heraus, den Kolb ihr gegeben hat, und reicht ihn mir.

Mein Körper fühlt sich ganz taub an, von meinem Gesicht bis zu den Fingerspitzen, und die Taubheit macht mich unbeholfen. Der Zettel fällt zu Boden, und ich hebe ihn auf.

Das Dumme an Zahlen ist, dass man sie in jedem Land unterschiedlich schreibt. Manchmal hat eine Sieben einen Querstrich, Neunen sehen aus wie kleine Gs, Einsen wie kleine Zelte. Manchmal werden die Tausender mit einem Punkt gekennzeichnet, dann wieder mit einem Komma, einem Apostroph oder bloß einen Leerschritt. Daher erfasst mein Hirn die Zahlen nicht, die auf dem Zettel stehen: 17'394'117, was eher aussieht wie Koordinaten und weniger wie eine Geldsumme. Ich schaue zu Naz, spreche tonlos die Worte *siebzehn Millionen, dreihundert …*

Sie nickt heftig und überdeutlich, mit einer diebischen Freude im Gesicht. Dann umarmt sie mich, was mir für eine Anwältin irgendwie unpassend erscheint, bis ich merke, dass sie mich eigentlich stützt, damit ich nicht vom Stuhl kippe.

Ich lege meine Hände auf den Tisch. «Alles zusammen, also …» Die Stimme versagt mir. «Ich kann das gerade nicht zusammenzählen.»

Naz addiert die Beträge im Kopf. «Knapp unter neunzehn Millionen Franken.»

Ich fange fast an zu weinen und muss den Kopf wegdrehen.

In diesem Moment kommt der Kellner, und Naz lässt uns Champagner bringen.

Als wir die Bar verlassen, sind wir betrunken, und in der Straßenbahn, auf dem Rückweg Richtung Lego-Dorf, muss ich scharf darüber nachdenken, worüber wir zuletzt gesprochen haben. In ein oder zwei Tagen wird es eine Anhörung geben, bei der ein Standesbeamter meine Papiere prüfen und ein Schreiben aufsetzen wird, welches bestätigt, dass ich wirklich Lila Kereti bin. Oder, wie Naz schnell betont: dass ich *juristisch* Lila Kereti bin. Meine Chancen stünden besser als 50:50, hat sie gesagt. Ist das jetzt eine vorsichtige Schätzung von ihr, oder eine optimistische? Wir werden es bald wissen.

Während die Straßenbahn dahinrumpelt, denke ich darüber nach, wie ich es meinem Vater sagen werde. Ich beschließe zu warten, bis das Thema irgendwie von selbst auf den Tisch kommt. Es gibt so viele Sprichworte darüber, dass man Dinge nicht frühzeitig preisgeben soll: Den Tag nicht vor dem Abend loben. Das Fell nicht verkaufen, bevor man den Bären erlegt hat. Neunzehn Millionen Franken – das klingt auf Deutsch so wunderbar. Entschuldige deutsche Sprache, ich nehme alles Unfreundliche zurück, was ich je über dich gesagt habe.

In dieser Nacht liege ich eingewickelt in die kratzige Pferdedecke auf meiner behelfsmäßigen Matratze am Rand des Ateliers. In einer anderen Ecke des Containers kichern zwei Künstler leise miteinander und teilen sich eine Graspfeife, während sie über ihre Arbeit reden.

«Um die künstlerische Identität geht es. Geld zerstört die Identität des Künstlers», sagt der eine.

«Schwachsinn», sagt der andere. «Das tun wir uns selbst an. Kunst ist Masturbation, schon seit der Höhlenmalerei. Also nimm das Geld und hör auf zu zicken.»

«Was ist damit, was Mao gesagt hat?», meint der Erste. «Kunst als die reinste Form der Revolution.»

«Der Scheiß-Mao ist tot», sagt der Zweite. «Und das hat er sowieso nie gesagt.»

Von irgendwoher kommt ein lautes «Pssst», und die beiden hören auf zu reden. Sie sitzen noch eine Weile zusammen, rauchen schweigend, dann schlafen sie ein.

Doch hier ist es niemals wirklich still. Draußen dröhnt ein Laster über die Straße und lässt die Metallwände wackeln. Ich höre Wasser tropfen, und zwar an unterschiedlichen Stellen. Wenn die Geräusche wenigstens gleichmäßig wären, dann könnte ich dazu einschlafen.

Der Sinn des Geldes – zumindest der Sinn, den ich darin gesehen hatte – war ein besseres Leben für mich und meinen Dad. Nicht Sicherheit; die kann es niemals geben. Aber ein Studium. Ein guter Therapeut. Ein Leben nicht ganz unten im Untergrund.

Aber die Summe, mit der ich gerechnet hatte – maximal ein oder zwei Millionen – ist weit überschritten. Und jetzt hat sich meine Gier mit ihr multipliziert, und ich muss meine Erwartungen anpassen. Was für ein Leben kann man mit neunzehn Millionen Franken führen? Für einen Privatjet wird es nicht reichen, aber für ein Leben, bei dem man sich niemals wieder Sorgen machen muss – dafür ist es genug. Ein Leben mit guten Ärzten und einem gemütlichen Zuhause in einem halbwegs sicheren Land. Eine gewagte Vorstellung: eine heruntergekommene alte Villa irgendwo am Strand. Dad in einem Liegestuhl in der Sonne – und ich fange an zu malen. Ja, Malen, und meine Staffelei steht am Wasser. Ein weißes Baumwollkleid, lange Haare. Ich stelle einen Einheimischen an, der alle Einkäufe für uns erledigt. Und ich brauche die Welt nie wieder mit meiner Anwesenheit zu belästigen.

Die Anhörung findet in einem Raum statt, dessen goldene Decke in acht Metern Höhe über uns schwebt. Ich fühle mich winzig in diesem riesigen Gerichtssaal. Eine Frau in Robe und gepuderter Perücke sieht von ihrer Richterbank aus Mahagoni hoch über mir herab und lauscht aufmerksam Naz' Argumenten. Dann verschwindet sie wieder in ihrem Büro, wo sie ein riesiges Buch konsultiert, das mit eintausend Jahren Schweizer Gesetzen gefüllt ist.

Jedenfalls stelle ich es mir so vor, und daher bin ich erleichtert, aber auch ein wenig enttäuscht, als Naz und ich auf einer Bank in einem Flur mit ausgetretenem PVC-Boden vor einem Büro warten müssen.

Pünktlich um 14 Uhr öffnet sich die Tür, und wir werden zu einer Frau in weißer Bluse in ein winziges Büro geführt, in dem wir drei kaum Platz haben. Im Mülleimer neben ihrem Schreibtisch liegt ein durchsichtiger Plastikbehälter mit den Überresten eines Salats. Ich rieche die Vinaigrette von meinem Platz aus. Die Standesbeamtin ist eine rundliche, liebenswerte Frau, vielleicht schon mehrfache Großmutter, mit fröhlich geröteten Wangen und einer freundlichen, melodischen Stimme. Ich verstehe praktisch nichts von dem Juristen-Schweizerdeutsch, das aus ihrem Mund kommt, aber ich könnte dabei sofort einschlafen. Ich wette, sie kann wunderbare Gutenachtgeschichten erzählen.

Naz gibt irgendeine obskure, aber entschiedene Erklärung ab, sie deutet auf ein Dokument, bezieht sich auf Artikel soundso Absatz soundso des Schweizer Zivilgesetzbuchs. Mehr verstehe ich nicht. Die Standesbeamtin runzelt die Stirn, und ich muss wegsehen, sonst übergebe ich mich vor Stress. Jetzt hängt alles von ihr ab. In einem Regal steht ein gerahmtes Foto mit drei ihrer Enkel, die gerötete Gesichter haben wie sie. Die drei spielen auf einer Wiese, die Alpen im Hintergrund. Ich muss an *The Sound of Music* denken und taufe die Enkel Gretl, Friedrich und die hübsche Liesl, die älteste der drei und der Grund für so viele Probleme, das Mädchen, das mit diesem Fahrradkurier und zukünftigen Faschisten Rolf gegangen ist.

Naz berührt meinen Arm, und ich komme zurück in das Büro. Die Standesbeamtin sieht mich erwartungsvoll an, ebenso wie Naz, die mich mit einem stummen Schulterzucken auffordert, die Frage zu beantworten.

«Entschuldigen Sie», sage ich auf Deutsch. «Können Sie das bitte wiederholen?»

Die Standesbeamtin seufzt. «Können wir Ihnen den Eid abnehmen?»

Ich schaue Naz an, die einmal langsam nickt.

«Der Eid», sage ich. «Ja. Natürlich.»

Die Beamtin erhebt sich, öffnet die Tür und ruft nach einem Angestellten. Als er kommt, versammeln wir uns alle vier im Flur, und ich werde gebeten, die rechte Hand zu heben. Ich wiederhole die Worte der Standesbeamtin.

Versichere ich eidesstattlich, kein falsches Zeugnis abgelegt zu haben?

Ja, das versichere ich.

Versichere ich eidesstattlich, dass ich die Dokumente, die ich heute vorgelegt habe, weder gefälscht noch gestohlen oder in irgendeiner Weise zweckentfremdet habe?

Ja, das versichere ich.

Versichere ich eidesstattlich, dass mein rechtmäßiger Name Lila Kereti ist, dass ich eine Bürgerin Ungarns und die Eigentümerin der Konten bei der Bank mit Namen Hindemith & Cie. bin, um die es hier geht?

Ja, das versichere ich.

Die Standesbeamtin hustet hinter vorgehaltener Hand, dann hält sie ein Dokument gegen die Wand. Der Angestellte unterschreibt auf dem Feld für den Zeugen, dann unterschreibt die Standesbeamtin selbst.

Der Besuch bei Hindemith & Cie. ist überraschend angenehm. Naz präsentiert Kolb und seinen beiden Prokuristen die Bestätigung. Dann erklärt sie ihnen, dass ich das Geld gern dort belassen möchte, wo es ist, nur eben auf einem neuen Konto. Das erfreut Kolb, und seine Mundwinkel heben sich zu einem zwergenhaften Lächeln. Als der Kaffee serviert ist und Kolb und die Prokuristen zufrieden sind, beginnt der Papierkram.

Hin und wieder reicht man mir ein Papier zur Unterschrift. Lila Keretis Unterschrift fließt mir ganz natürlich aus dem Füllfederhalter. Erst nach einer Weile bitte ich um einen Moment unter vier Augen mit Naz. Ich erwarte, dass wir beide kurz auf den Flur treten, doch stattdessen verlassen Kolb und die Prokuristen den Raum. Offenbar kann eine Kundin wie ich ein solches Verhalten in Zukunft erwarten.

«Könnte ich ... Ich hätte gern etwas Bargeld.» Die Worte kommen mir beinahe schamhaft aus dem Mund.

«Ah, natürlich. Das möchten alle», sagt Naz. «Wie viel?»

«Ich dachte – eine halbe Million?»

Ihre Augen werden schmal, und sie verzieht den Mund. «So viel Bargeld haben sie nicht hier in der Bank. Aber lass uns mal sehen, was ich tun kann.»

Als die anderen zurückkommen, stellt Naz ihre Frage. Kolb wird rot, und der Prokurist mit den rosigen Wangen verzieht das Gesicht. Doch dann wird ein leiser Anruf getätigt, und gerade als unser Besuch sich dem Ende zuneigt, kommt das Geld. Derselbe Angestellte mit den weißen Handschuhen, der uns den Kaffee serviert hat, legt fünf Pakete mit Geldscheinen auf den Tisch und schiebt mir eine Abbuchungsbestätigung zur Unterschrift hin.

Fünfhunderttausend Franken in tausend-Franken-Scheinen. Ich betrachte sie mit geneigtem Kopf, und der junge Prokurist sagt etwas zu der Prokuristin, worauf sie lächelt. Kolb wirft ihnen einen mahnenden Blick zu wie ein Vater seinen ungezogenen Kindern in der Kirche.

Dann werden Hände geschüttelt, alle wünschen sich gegenseitig Erfolg und weiterhin gute Zusammenarbeit. Ich höre schon gar nicht mehr hin, sondern spüre nur das Gewicht der großen, feinen Ledermappe, die Herr Dr. Kolb mir persönlich überreicht hat. «Ein Geschenk», sagt er, «von Hindemith & Cie.» Ich fühle mich unsicher wegen des Bargelds. Vielleicht war es irgendwie kindisch und provinziell, dass ich danach gefragt habe. Aber es ist mein Bargeld, und diese Tatsache allein schon hebt meine Laune, kaum sind wir aus dem Raum.

Auf den Stufen vor der Bank frage ich Naz, ob ich mit so viel Geld überhaupt herumlaufen kann. Sie lächelt bloß und erinnert mich daran, dass wir hier in Zürich sind. Sie drückt meine Schulter, dann sagt sie, wir sollten morgen feiern, denn jetzt hätte sie viel zu tun. Sie muss ganze Konzerne herbeizaubern, deren Präsidentin ich bin, neue Urkunden bei mehreren tropischen und unternehmensfreundlichen Nationen hinterlegen und Vorbereitungen treffen, um fast neunzehn Millionen herrlicher, bunter, glatter Schweizer Franken auf Firmen zu übertragen, die von mir kontrolliert werden.

Sie bindet ihr Kopftuch straffer – es ist rosa heute und elegant wie immer. Ich sehe ihr nach, wie sie in der Menschenmenge verschwindet. Es ist später Nachmittag, die Straßen füllen sich, und es wird langsam dunkel. Selbst die Besitzer der Welt gehen jetzt nach Hause. Ich drücke die Ledermappe fest an meine Brust.

Auf dem kleinen Platz, wo ich stehe, ist alles voller Leute, und alle scheinen zu lachen – Freunde an Cafétischen, alte Damen mit kleinen Hunden und ein Eisverkäufer, der trotz der Kälte ein gutes Geschäft macht. Da erklingt lautes Kirchengeläut, nicht nur von einer Kirche, sondern von allen Kirchen in der ganzen Stadt. Es ist, als hätte gerade eine königliche Hochzeit stattgefunden oder als wäre das Ende eines Krieges erklärt worden.

Und ein Krieg ist zu Ende gegangen. Wie leicht das alles gewesen ist. Anwälte. Papierkram. Ein Pass. Eine neue Identität. Eine Anhörung vor einer Standesbeamtin. Mehr war nicht nötig. Kein Blut, keine Leichen, kein Rattengift. Seht euch an, wie zivilisiert ich daherkomme in meinem dunkelgrauen Hosenanzug. Und meine Hände sind sauber.

Ich gehe über eine kleine Brücke und überquere den Fluss. Die Glocken läuten immer noch. Du hast gewonnen. Du hast gewonnen, Gwendolyn Bloom. Du brillante, glückliche, brutale Frau, du hast gewonnen.

22. KAPITEL

Wie zielsicher ich war, wie ruhig mein Finger am Abzug gelegen hat. Und als die Kugel das Ziel dann traf, wie sauber sie durch eintausend Jahre Bürokratie hindurchgedrungen ist, die doch dazu gemacht war – jedenfalls dachte ich das –, um genau das zu verhindern, was ich gerade getan habe. Das System ist korrupt. Das System funktioniert genau wie beabsichtigt.

Ich bin so nüchtern wie noch nie, vollkommen klar im Kopf. Und doch fühle ich mich wie betrunken. Ich kann nichts gegen die chemischen Reaktionen, die in meinem Hirn, im Herz und meinen Eingeweiden ablaufen. Ich bestehe auch nur aus Fleisch, Blutkörperchen und elektrischen Impulsen, die zwischen Neuronen herumspringen. Mein Körper schüttet Endorphine und Adrenalin in einer hochkonzentrierten Menge aus, was auf Dauer nicht gesund sein kann. Ich zittere und kann nicht mehr sicher gehen. Es sind reine Glücksgefühle, mehr geht nicht.

Doch mit den Glücksgefühlen kommt die Angst, dass man mir das Geld wieder nehmen könnte. Daher bin ich gleichzeitig vorsichtig und paranoid. Auch wenn das hier Zürich ist, spaziert niemand so einfach mit fünfhunderttausend Franken in der Stadt herum. Ich stolpere in einen Laden, kaufe mir einen weiten Pulli und eine billige Bauchtasche, die ich unter dem Pulli trage. Als die Verkäuferin kassieren will, kriege ich Panik, weil ich keine kleinen Scheine habe. Aber sie zuckt nicht mal mit der Wimper, als ich mit einem Eintausend-Franken-Schein bezahle.

In einem Café besorge ich mir einen Cappuccino to go, auch wenn Koffein das Letzte ist, was ich jetzt brauche. Damit gehe ich zur Toilette, um einen Augenblick für mich zu haben. Gott segne Europa für dieses Gespür für gute Toilettenarchitektur, für die Wände und Türen der Kabinen, die von der Decke bis zum Boden reichen. Ich öffne die Ledermappe und hole die Notenbündel heraus, um sie mir anzuschauen. Nicht, dass ich Hindemith & Cie. nicht vertrauen würde. Ich möchte das Geld nur einfach gern selbst noch einmal zählen.

Die Scheine sind vielleicht fünfzehn Zentimeter lang und acht Zentimeter breit. Sie sind auf elegante Weise schmal, mit einem Farbspiel aus Lila und Blau, Streifen in Pastellgrün und Gelb, dazu hübsche rosa und rote Flecken. *Tausend Franken* steht darauf, und das harte Deutsch unterscheidet sich merklich von den Worten *Milli Francs, Mille Francs, Mille Franchi,* die ebenfalls auf jeder Note stehen. Wenn man sie hintereinander sagt, klingt es fast wie ein Mantra.

Terrance würde mich auslachen oder einfach bloß enttäuscht sein. Geld so zu fetischisieren, ist was für Anfänger, würde er sagen. Aber er ist nicht hier, also tue ich, wozu ich Lust habe. Ich denke an meinen Dad: Ich muss es ihm erzählen, ich möchte das hier mit ihm teilen. Freude durchströmt mich, dieses wunderbare Gefühl, mit guten Nachrichten nach Hause zu kommen. Ich fummele mit meinem Handy herum, brauche drei Versuche, um es zu entsperren, und fünf, um mich in den Account einzuloggen, den ich für unsere Kommunikation benutze. Er hat immer noch nicht auf die Nachricht reagiert, die ich ihm von der Tankstelle in Spanien geschickt habe. Meine Daumen fahren umständlich auf den Tasten herum, als ich die E-Mail schreibe: *Bin am Zielort. Alles ist gut. Ich hab's!!!!! Bitte melde dich schnell. ICH HAB'S GESCHAFFT!!*

Wie dumm und kindisch, so etwas zu schreiben. Ich will die Nachricht schon löschen, aber nein … Er soll ruhig etwas davon mitkriegen, von dieser Freude, die mich füllt wie einen Ballon. Ich speichere die E-Mail, bevor ich es mir anders überlegen kann.

Auf dem Weg nach draußen stelle ich den Cappuccino auf den Tresen und laufe zur Straßenbahn. Dabei ziept die Bauchtasche unter meinem Pulli bei jedem Schritt an meiner Haut. Als ich im Lego-Dorf ankomme, steht Sabiha draußen und raucht eine Zigarette – eine neue Angewohnheit von ihr. Als sie mich kommen sieht, macht sie die Zigarette aus, als wäre ich ihre Mutter.

«Judita, alles okay mit dir?», fragt sie mit besorgtem Blick.

«Ja. Bestens.»

«Du siehst ganz durcheinander aus.»

Ich schüttle den Kopf, dann bedeute ich ihr, mir nach hinten in den Garten zu folgen, wo alle duschen. Es ist der einzige halbwegs ungestörte Ort, der mir einfällt.

«Judita, du machst mir Angst», sagt Sabiha. Sie wischt mit der Hand eine rostige Metallbank sauber und setzt sich hin.

Ich setze mich neben sie. «Ich möchte dir etwas geben. Aber zuerst musst du mir versprechen, dass du es nur für dich verwenden wirst, nur für dich allein, verstanden?»

«Ich kann nichts versprechen, bis ich weiß, was es ist.»

Ich hatte erwartet, dass sie sofort nachgibt. Ich will nicht, dass das Geschenk von Peggo und den anderen verschleudert wird. Aber es ist ihr Geschenk, ihre Entscheidung, ihr Leben. Ich ziehe ein Bündel Franken aus der Bauchtasche und gebe es ihr.

Sie starrt mich an. «Judita …»

«Das sind einhunderttausend Franken.» Ich lege meine Hand um ihre und schließe ihre Finger um das Geld. «Es ist nicht gestohlen. Es ist meins. Und jetzt gehört es dir. Ich schenke es dir.»

«Nein.» Sie schüttelt ihren Kopf, erst langsam, dann nachdrücklich. «Nein.»

«Du kannst damit tun, was du willst. Hingehen, wohin du möchtest.»

«Ich will hier sein.»

«Dann bleib hier, aber weil du es willst und nicht, weil du keine anderen Möglichkeiten hast.»

Sie gibt mir das Geld zurück, und es fällt zu Boden. Die Scheine liegen im Gras und auf der Erde.

«Ich bin nicht dein Projekt, Judita.»

Als ich sie am Arm packe, reißt sie sich los, doch ich erwische ihr Handgelenk und halte sie fest. «Hör zu – das ist keine wohltätige Spende.» Ich sammle mit einer Hand die Scheine auf und drücke sie ihr an die Brust. «Nach all der Scheiße, die die Welt dir angetan hat, hast du es verdient. Die Welt macht dir eine Anzahlung von dem, was sie dir schuldet.»

Ich lasse sie los, und Sabiha stolpert rückwärts, doch sie hält das Geld fest. Sie schaut es an, dreht es in den Händen. «Und bevor es deins war? Wem hat es da gehört?»

Ich zucke die Schultern. «Irgendwem.»

«Wem?»

«Einem, der Schuld daran ist, dass schlimme Dinge passieren.»

«Und warum soll ich es dann kriegen?»

Ich trete nah zu ihr, möchte sie berühren, möchte die Distanz zwischen uns überwinden, damit sie es versteht, aber sie weicht zurück. «Weil … weil ich nicht länger schuld daran sein will, dass schlimme Dinge passieren.»

Jemand rüttelt laut an dem Stahlzaun und brüllt, dass er den Wasserschlauch braucht. Sabiha schiebt sich das Bündel Scheine unter ihr T-Shirt.

Im Atelier heuchle ich ein paar Minuten Interesse für ein Siebdruckprojekt, um das sich alle versammelt haben, um dann meine Abreise bekanntzugeben. Ich murmele, dass ich irgendwohin fahren muss – ich glaube, ich sage Rotterdam, aber es ist eigentlich egal. Für alle ist es okay, dass sich die Dinge hier ständig verändern, sie akzeptieren, dass Leute manchmal eben nach Rotterdam müssen. Ich räume meinen Schlafplatz auf und gebe Peggo ein bisschen Geld, aber nicht viel, nur für Bier oder Pinsel. Ich sage allen Tschüs, vielleicht sehen wir uns ja mal wieder, vielleicht auch nicht.

Sabiha beobachtet mich stumm, und als ich gehe, sagt sie auch nur Tschüs.

Irgendwie wusste ich immer, was als Nächstes passieren würde, irgendwie war dieser Teil in meiner Phantasie immer schon klar. In der Straßenbahn ziehe ich mein Handy hervor und schicke eine E-Mail an Terrance. Die Nachricht ist kurz, ich habe sie schon vorher im Kopf formuliert und versuche, locker und unbekümmert zu klingen: *Es tut mir so leid wegen BA. Aber jetzt ist alles anders. Ich bin anders. Ich habe bekommen, was ich wollte, und würde es gern mit dir teilen.*

Dann nur ein G und die Telefonnummer meiner neuen SIM. Ich habe keine Ahnung, ob er anruft, aber ich meine, was ich ihm geschrieben habe: Die Kämpfe und Anstrengungen sind jetzt vorbei. Ich bin anders, und die alte, gewalttätige Gwendolyn ist in die Vergangenheit verbannt. Ich kann es mir endlich leisten.

Ich rufe ein paar Hotels in meinem Handy auf und entscheide mich für ein absolut absurd teures Schloss namens Obelisk Grande mit spitzen Türmen, das auf einem Hügel mit Blick über die Stadt steht. Ich brauche fast eine Stunde, um mit der Straßenbahn dorthin zu kommen, östlich an der Altstadt vorbei, die Hügel hinauf und in ein wohlhabendes Viertel hinein.

Ich gehe zu Fuß die Auffahrt hoch, nur den Rucksack über der Schulter, während Mercedes und Bentley an mir vorbeikriechen und mir klarwird, dass mir außer einem angemessenen Gepäck auch das luxuriöse Automobil fehlt. Direkt nach mir betritt eine zwölfköpfige Familie aus den Golfstaaten in fließenden Gewändern und Tschadors die Lobby, ihnen folgt ein Geschwader aus Portiers, die Gepäcktrolleys voller exquisiter Koffer und Überseekoffer schieben.

Jede Person in der Lobby ist makellos gekleidet und frisiert. Es sind sprechende Mannequins, die Männer in schimmernden Anzügen, die Frauen in schulterfreien Cocktailkleidern, mit glitzernden Perlen und Juwelen. In meinem weiten Pulli über der Bluse und dem billigen Jackett über dem Arm falle ich auf, und einen Augenblick lang erstarre ich vor Angst. Es trifft mich, wie sehr ich nicht hierhergehöre.

Nimm es dir einfach, sagt eine innere Stimme. Sag ihnen, was du willst. Und sie sollen es dir bringen.

Und das tue ich. Ich spreche die Rezeptionistin hinter dem Tresen mit einem Ton an, der zu meinem neuen Status passt. «Ein Zimmer, bitte», sage ich. «Für vier Nächte.»

Die Frau – die blonden Haare fest zurückfrisiert, feine Züge und nur den Hauch von Make-up – betrachtet mich mit einem leeren Lächeln. «Auf welchen Namen haben Sie reserviert?»

«Ich habe nicht reserviert.»

Das Lächeln wird breiter, weil sie jetzt eine Antwort nach ihrem Geschmack geben kann. «Leider haben wir nichts mehr frei.»

«Gar nichts?»

«Nur noch Suiten. Eine Executive-Premier-Suite.» Sie nennt mir den Preis. Die Nacht kostet so viel wie die Monatsmiete für ein Loft in Manhattan in bester Lage.

«Ich nehme die Suite», sage ich.

«Wie bitte?»

«Ich nehme die Suite. Für vier Nächte.»

Sie richtet sich auf, und die Zeremonie beginnt. Ich greife nach Lila Keretis Pass, dann überlege ich es mir. Lila ist wie ein schönes Kleid oder wie ein kostbares Geschirr – nur für besondere Gelegenheiten. Also zieht Ms. Judita Perels aus Uruguay ihren Pass hervor und schiebt ihn über den Tresen.

«Und Ihre Kreditkarte?»

Ich zähle ein kleines Vermögen in Tausend-Franken-Scheinen ab. «Ich zahle in bar.»

«Ich fürchte, wir brauchen Ihre Kreditkarte als Sicherheit ...»

Ich zucke die Schultern. «Wissen Sie, ich habe mein Portemonnaie verloren. Wie hoch ist die Garantiesumme?»

«Zehntausend Franken.»

Ich zähle weitere zehn Scheine ab und lege sie auf den Haufen.

Ein Page bringt mich zur Suite. In der Mitte steht ein riesiges Bett, auf dem eine weiße Tagesdecke liegt. Es sieht aus wie ein Berg aus Eiscreme. Glänzende Parkettböden und Seidenteppiche in Rosa und Blau, dazu blutrote Vorhänge an den Fenstern, hinter denen das bescheidene Zürich in der Ferne glitzert. Instinktiv berühre ich das Mobiliar nicht. Hier sieht es aus wie in einem Museum, es fehlt nur die Samtkordel, mit der alles abgesperrt ist, damit die Besucher die Louis-Sowiesos nicht anfassen. Aber ich fahre mit dem Finger leicht über eine Kommode.

Der Page bemerkt es sofort. «Madame, gefällt Ihnen das Zimmer nicht?»

Ich rümpfe die Nase. «Es ist nur etwas staubig.»

«Ich werde sofort die Zimmermädchen rufen ...»

«Bemühen Sie sich nicht.»

Ich drücke ihm einen Hunderter in die Hand, dafür, dass er

einen einzigen Rucksack aufs Zimmer gebracht und mir gezeigt hat, wo die Minibar ist. Im nächsten Moment komme ich mir vor wie eine angeberische Ziege. Aber es wird dauern, bis ich mich an diese neue Realität gewöhnt habe, und irgendwo muss ich ja anfangen.

Als er weg ist, springe ich aufs Bett und hüpfe wie ein Kind darauf herum.

Wenn ich reich bin, hatte ich mir immer ausgemalt, dann lasse ich mir vom Zimmerservice die gesamte Karte rauf und runter aufs Hotelzimmer liefern und dazu eine Sauce aus flüssigem Gold. Seltsamerweise überfresse ich mich aber nicht, jedenfalls nicht so. Ich bestelle ein Club Sandwich, einen Salat und ein Stück Karottenkuchen als Nachtisch. Es ist ein sehr gutes, sehr teures Club Sandwich, aber trotzdem fühlt es sich ein bisschen zögerlich an, irgendwie irreal. Außerdem sind meine Gäste, die ich zum Feiern brauche, noch nicht angekommen.

Ich checke wieder meine E-Mails, falls Terrance oder mein Dad geantwortet haben, doch nichts. Also nehme ich ein Bad, wickle mich in einen weißen Bademantel, der unglaublich dicht gewebt und weich wie ein Pelzmantel ist. Dann öffne ich die Minibar. Natürlich entscheide ich mich für die Flasche Champagner. Es ist eine Dreiviertelliterflasche, gefüllt mit dem besten Produkt, das Frankreich hervorgebracht hat.

Draußen auf dem Balkon klingt das Knallen des Korkens wie ein Schuss. In der Kälte bekomme ich Gänsehaut, die sich von den Füßen bis zu meinem Kopf ausbreitet, während ich mir ein Glas einschenke und mich in den eleganten Weidenkorb setze. Als das Glas leer ist, schenke ich mir nach und trinke auch das zweite Glas aus. Dabei frage ich mich, ob es das hier ist, wonach ich mich die ganze Zeit gesehnt habe.

Ich kann mir wirklich nichts Besseres vorstellen. Dies ist die Perfektion des menschlichen Seins, ein Punkt, von dem aus es nicht mehr besser werden kann. Sollte dieser Abend, dieser Moment, sich morgen wiederholen, dann kann er nicht besser werden, nur mehr. Selbst wenn es für den Rest meines Lebens immer so wäre, besser werden kann es nicht.

Aber wem mache ich etwas vor? Wenn es morgen noch mal so ist, wäre das schön. Doch es würde mich überraschen, wenn meine Glückssträhne bis übermorgen anhält. Und dann? Ich krame in meinem Gedächtnis nach Königen oder Königinnen, die nur einen einzigen Tag regiert haben. Bestimmt gab es welche. Und was tun Bergsteiger, wenn sie den Gipfel des Mount Everest erreicht haben? Bleiben sie dort? Bauen sie sich da oben eine Hütte? Nein. Sie sehen sich um, sind stolz auf sich, dann gehen sie wieder zurück zu ihrem normalen Leben als Versicherungsmakler. Nur Sherpas wie Naz erleben die Gipfelbesteigung immer und immer wieder.

Aber wäre es nicht traurig, wenn all das hier langweilig würde?

Mein Telefon vibriert in der Tasche des Bademantels. Eine Nummer, die ich nicht kenne, aber die Anrufer-ID kommt aus den Niederlanden.

Ich halte das Telefon etwas weg vom Ohr, als könnte irgendwas aus dem Hörer kriechen und mich packen. «Ja?», melde ich mich.

Eine knisternde Pause und im Hintergrund das Geräusch einer Bahnhofsdurchsage. «Bist du das ... Hey, ich bin's», sagt Terrance.

Ich rutsche ein wenig im Sessel runter. «Hey», antworte ich.

Schweigen. «Ich hab deine E-Mail bekommen», sagt er dann. «Glückwunsch.»

«Danke.»

«Bist du … Geht's dir gut?»

«Sehr.»

«Das ist gut», sagt er. «Es ist gut, dass es dir gutgeht.»

Ich lache ein bisschen, und er auch.

«Und du bist – wo?», frage ich.

«Amsterdam. Noch.» Im Hintergrund höre ich Leute, die sich unterhalten und singen.

«Hör zu …», sagen wir beide gleichzeitig.

«Du zuerst», sage ich.

«Nein, du zuerst», sagt er.

«Es tut mir leid. Das wollte ich dir sagen.» Ich wickle mich fester in den Bademantel und trinke noch einen Schluck Champagner. «Wie ich mich verhalten habe. Aber das ist jetzt vorbei. Ehrlich.»

«Du hast getan, was du tun musstest.»

«Aber Terrance, ich hab's geschafft. Es gehört mir. Ganz offiziell. Mein Dad und ich müssen uns keine Sorgen mehr machen.»

«Na dann», sagt er. «Dann hast du doch, was du wolltest.»

«Nicht ganz.»

Wieder Schweigen, und ich höre im Hintergrund eine Durchsage, die die Abfahrt eines Zuges nach Paris bekanntgibt. «Wir sollten nicht telefonieren», sagt er.

«Vermutlich nicht.» Ich schließe die Augen. «Kannst du kommen?»

«Du bist in … Hast du dich mit der Person getroffen, die ich dir genannt habe?»

«Ja. Sie war umwerfend.»

Ich höre ihn ins Telefon atmen. Dann sagt er: «Ich bin morgen da.»

Ich warte in einem Café gegenüber vom Bahnhof auf ihn. Trotz der Wolken, die wie dicke Baumwollsträhnen über Zürich hängen, fühle ich mich, als hätte ich den ganzen Tag in der Sonne verbracht. *Bin da*, schreibt er. Und mehr muss er nicht sagen.

Als er ein paar Minuten später ankommt – den Kopf gesenkt, die Schultern angespannt –, muss ich mich zusammenreißen, um ihm nicht entgegenzulaufen.

Ein cooles «Hey» von ihm.

«Selber hey», von mir.

Aber sein Gesicht und seine Schultern entspannen sich, und ich sehe so etwas wie Freude in seinem Gesicht, als er sich auf den Stuhl neben mich setzt. Unter dem Tisch nimmt er meine Hand, und ich lege meinen Kopf auf seine Schulter. Wieder einmal gibt es so viel zu sagen, so viel ist in der Zwischenzeit passiert, Dinge, die man kaum glauben kann. Aber er wird mir glauben. So ist das mit Terrance.

«Schon komisch, unter fremdem Namen zu reisen», sagt er.

«Stimmt, du bist ja jetzt sexy Andre», sage ich. «Hast du Schwierigkeiten gehabt?»

«Nein. Es ist bloß unangenehm.»

«Wie war Amsterdam? Hast du gekifft?»

«Nein.»

Der Kellner kommt, und Terrance bestellt zwei Cappuccini und zwei Croissants. Als der Kellner wieder weg ist, lege ich meinen Kopf wieder auf seine Schulter. Er riecht nach Reise, nach Zügen und nach dem Rasierwasser des Mannes, der im Abteil neben ihm saß. Und jetzt ist er hier.

Ich erzähle ihm, dass ich bei Sabiha gewohnt habe, dann fällt mir ein, dass ich Sabiha noch nie erwähnt habe, also erzähle ich ihm, wie ich Sabiha kennengelernt habe. Dann erzähle ich ihm von Peggo und dem Lego-Dorf und wie seltsam das alles war.

«Es war wie im Traum», sage ich.

«Ist Peggo ein Spitzname?»

«Keine Ahnung. Alle haben immer nur Peggo gesagt», sage ich. «Und meinen Namen konnte er sich nicht merken. Er hat mich immer Judas genannt.»

Der Kaffee und die Croissants kommen, und dann erzählt er von seiner Zeit zwischen Buenos Aires und hier. Amsterdam, davor Helsinki. Großartige Fotos, sagt er. Ich freu mich schon drauf, sie zu sehen, sage ich. Als wir unsere Cappuccini ausgetrunken haben, erzähle ich ihm von Naz und Lila Kereti.

«Wer ist das?», fragt er.

Also zeige ich ihm meinen neuen Pass.

Terrance schaut weg, und seine Erleichterung und Freude, die eben noch zu spüren war, verschwindet. «Du hast das ganz allein gemacht?»

Ich nicke, dann schüttle ich den Kopf. «Sozusagen. Zum Teil. Hör zu, Terrance, es ist vorbei. Nichts von diesem Scheiß mehr. Ich bin nur noch ich. Und ich versuche so normal zu leben wie möglich.»

«Das sehe ich», sagt er. «Und es freut mich.»

Ich drücke meine Lippen an seine Wange. «Dann komm jetzt mit in mein Hotel.»

Terrance steht am Fenster, einen Arm am Glas, er hat sein ganzes Gewicht auf ein Bein verlagert. Von uns beiden ist er derjenige, für den so ein Zimmer ausgestattet wurde.

«Schau dir das an», sagt er. «Die Stadt ist so – ich weiß auch nicht.»

«Was?»

«Zürich. Wenn Geld ein Land wäre, dann wäre das sein Kapitol.»

«Das Kapitol des Kapitals.» Ich grinse.

Er verdreht die Augen und lächelt zurück.

«Wie auch immer», sage ich und krieche unter die weichste Decke der Welt. Mein Kopf liegt auf dem weichsten Kissen der Welt. «Ich kann mir jetzt bessere Sprüche kaufen.»

Er hebt den Arm und riecht an seiner Achsel. Dabei verzieht er das Gesicht. «Kann ich mal duschen?»

«Nein», sage ich, «erst musst du herkommen.»

«Ich dusche, dann essen wir.»

Ich werfe ein Kissen nach ihm. «Nein, komm erst her.»

Er nähert sich langsam dem Bett, ein halbes Grinsen auf dem Gesicht.

«Warte», sage ich. «Stopp.» Ich deute lässig zur Minibar. «Hol mir erst eine von diesen Eine-Million-Dollar-Flaschen.»

Dr. Andre Mason hat keine Reservierung im Restaurant des Obelisk Grande, doch der Maître d' führt uns trotzdem zu einem Tisch. Es ist ein wunderbarer Tisch mit Blick über die Stadt; der Premierminister irgendeines Landes sitzt am Nebentisch. Ich versuche zu verstehen, was zwischen Terrance und dem Maître d' vor sich geht, aber ich entdecke keine Magie. Da gibt es keine Codewörter oder heimliche Handzeichen, sondern es liegt einfach an der Art, wie er spricht, an seinem Ton, mit dem «Haben Sie einen Tisch?» zu «Sie haben einen Tisch» wird. Dass Dr. Mason der einzige Mann ohne Anzug ist und seine Begleitung die einzige Frau ohne Kleid spielt ebenfalls keine Rolle. Es lässt die anderen Leute im Raum nur lächerlich overdressed wirken.

Ein unterwürfiger Ober reicht uns die Speisekarten. Als er geht, betrachte ich meine mit zusammengekniffenen Augen.

«Da stehen gar keine Preise», flüstere ich.

Terrance verdreht freundlicherweise nicht die Augen. Aber ich sehe es ihm trotzdem an.

«Du hast die Damenkarte», sagt er.

Ich schaue ihn fragend an.

«Die Preise stehen auf der Herrenkarte.»

Er lacht über meinen schockierten Gesichtsausdruck – dass so etwas im 21. Jahrhundert noch möglich ist! «Das ist sexistisch», zische ich so leise wie möglich.

Er schaut mich an, als überlege er, wie mich nach allem ausgerechnet diese Tatsache so schockieren kann.

«Das Degustationsmenü. Sechs Gänge», sagt er. «Wie klingt das?»

Ich will schon fragen, wie teuer es ist, aber dann lasse ich es. Die Preise sind ja offenbar nicht die Sorge der Dame. «Und Champagner», sage ich.

Terrance breitet die Arme aus. «Selbstverständlich.»

Gegrillter Hummer und Artischockensuppe mit schwarzen Trüffeln, gefolgt von Foie Gras, gefolgt von Wachtel mit Winterbohnen und Spargel, gefolgt von Rosensorbet. Im Ernst, Rosensorbet.

Als wir gegessen und ich in bar bezahlt habe, fahren wir wieder nach oben. Der Fahrstuhl passiert den vierten, den fünften Stock.

Ich presse mein Gesicht in Terrances Schulter. «Wenn das Fahrstuhlseil jetzt reißt ...»

Terrance schaut mich an. «Ja?»

«Dann wär es mir egal.»

Er lacht. «Du bist betrunken.»

«Trotzdem.»

Zurück im Zimmer ist es irgendwie unausweichlich, dass wir wieder miteinander schlafen, und so tun wir es, nicht halbherzig, sondern ziemlich erschöpft und im Halbschlaf. Terrance ist schon eine Minute später eingeschlafen, während ich noch im Badezimmer pinkle, aber es stört mich nicht. Ich will nicht reden. Ich habe auch keine Lust, Pläne zu schmieden oder irgendetwas zu besprechen. Ich will nur das hier. Nicht bloß Terrance, sondern auch diese seidene weiße Bettdecke, auf der er liegt, das weichste Kissen der Welt, das er sich unter den Kopf gezogen hat, diese Louis-Sowieso-Kommode und die blutroten Vorhänge. Ich rolle mich wie eine Katze neben ihm zusammen und warte auf den Schlaf.

Terrance weckt mich am nächsten Morgen, indem er mich auf den Arm küsst. Ich tue so, als würde ich noch schlafen, damit er weitermacht. Aber nach einer Weile kann ich mein Lächeln nicht mehr unterdrücken. «Wach auf, Buttercup», flüstert er mir ins Ohr. «Wir müssen bald los zur Arbeit.»

Als wären wir zwei ganz normale Menschen, dusche ich zuerst, dann er, und während ich mir die Haare föhne, sehe ich ihm beim Rasieren zu. Als er sich wieder denselben Pulli und dieselbe dunkle Jeans anzieht, sage ich, dass er sich wirklich mal bessere Klamotten kaufen muss.

«Und eine Krawatte», füge ich hinzu.

«Eine Krawatte?»

«Ja. Damit ich sie dir am Morgen zurechtrücken kann.»

Wir verlassen das Hotel zusammen, aber ich nehme ein Taxi zu Naz' Büro, und er fährt mit seiner Kamera in die Altstadt.

«Also, eine Firma auf den Kanarischen Inseln», sagt Naz, als ich mich auf ihrem Sofa niedergelassen habe. «Wie klingt das?»

Ich zucke die Schultern. «Klar. Gut. Können Sie mir sagen, was meine Firma da macht?»

Sie kaut auf ihrem Stift herum. «Vielleicht ... Finanzmanagement. Warum nicht?»

«Ja, warum nicht.»

«Und noch eine andere auf St. Kitts, denke ich», sagt sie. «Die

Karibik ist immer eine gute Wahl. Sie haben ein günstiges Einbürgerungsprogramm. Falls Lila Kereti mal einen Pass braucht.»

«Sind die Kanarischen Inseln nicht in der Karibik?», frage ich.

«Die Cayman-Inseln sind in der Karibik», sagt Naz. «Die Kanaren liegen vor Afrika.»

«Ach ja, stimmt», sage ich. «Ich dachte nur ... egal.»

Ich bekomme zwei Firmen – eine, deren einziger Sinn und Zweck es ist zu existieren, und die andere Firma ist die Eigentümerin der ersten. Ein doppelter Vorhang. Alles ist in wenigen Stunden erledigt, einschließlich des Papierkrams. Naz macht ein paar Anrufe, um den Prozess zu beschleunigen, und das Geld wird innerhalb eines Tages auf die Konten überwiesen.

Und das war's. Mehr braucht es nicht, um fast neunzehn Millionen Schweizer Franken zu stehlen.

23. KAPITEL

Nachdem ich Naz' Büro verlassen habe, gehe ich direkt zu der Adresse, die sie mir genannt hat – ein imposantes altes Gebäude hinter dem Paradeplatz und bloß ein paar Türen hinter Hindemith & Cie. Auf dem Messingschild am Gebäude steht Feldman Capital Services.

Drinnen sieht es aus wie in einer Bank – und tatsächlich ist es auch eine Bank. Doch die Abteilung für besondere Dienstleistungen, wie Naz es genannt hat, ist getrennt untergebracht, und ihretwegen bin ich hier. Lila Kereti möchte ein Schließfach mieten; das ist die besondere Dienstleistung, wegen der sie gekommen ist.

Praktisch neben jedem Feld auf dem Anmeldeformular steht das Wort *optional*, selbst bei Passnummer und Name. Die einzigen beiden Felder ohne diese Möglichkeit sind die Einwilligungserklärung für eine Netzhauterkennung und die Zahlungsmethode. Die Miete ist für mindestens fünf Jahre im Voraus fällig. Das ist die Nische, die FCS für sich entwickelt hat, hat Naz mir erzählt: Sie bieten Dienstleistungen für wohlhabende Klienten, für die Passnummern und Namen manchmal unbequem sein können.

Eine hübsche blonde Frau mit klugen grünen Augen führt mich in einen mit Mahagoni ausgetäfelten Nebenraum von der Größe eines kleinen Badezimmers. Sie legt eine flache Stahlkassette von etwa dreißig Zentimetern Länge auf den Tisch.

«Sagen Sie mir Bescheid, wenn Sie fertig sind», sagt sie und schließt die Tür hinter sich.

Ich lege meinen Fingerabdruck gegen ein Display vorn auf der Kassette, und das rote LED-Licht wechselt zu grün. Das Innere der Kassette ist mit einer schwarzen Gummimatte ausgelegt.

Alles, was ich hierlassen will, lege ich nacheinander in die Kassette. Dreihunderttausend Franken in bar. Lila Keretis Pass und Ausweisdokumente. Eine kleine Plastiktüte mit einem Dutzend SD-Karten, auf denen Kopien vom Geständnis meines Vaters sind. Die Originalhefte des Jüngsten Gerichts.

Die Sonne geht unter, und der Himmel leuchtet in einem wunderschönen Orangegelb. Es taucht die Gebäude in Gold und bringt die Haut der Menschen zum Leuchten. Terrance wartet pünktlich auf dem Paradeplatz.

«Alles geschafft?», fragt er.

«Alles geschafft», sage ich.

Eine Straßenbahn rumpelt auf den Platz und jagt einen Schwarm Tauben in die Luft, wo sie sich in dunkle Pfeile auf hundert gebogenen Flugbahnen verwandeln. Ich ducke mich lachend, dann sehe ich, dass Terrance Vogelkacke auf der Schulter hat, und lache noch mehr.

«Das bedeutet Glück», sage ich und suche vergeblich nach einem Taschentuch. «Ehrlich, das ist in Dutzenden von Kulturen so.»

Er betrachtet nur angeekelt seinen Pulli.

Ich ziehe eine Zeitung aus einem Papierkorb und versuche, die Vogelkacke abzureiben. «Du brauchtest sowieso einen neuen», sage ich und spucke auf die feine Wolle, in der Hoffnung, dass es hilft. «Komm, ich kaufe dir einen. Schau, da ist ein Laden.»

Ich ziehe ihn über die Straße und in Lorbers Bekleidungsgeschäft. Den elegant gekleideten Verkäufern ist das Problem bekannt: Die Tauben auf dem Paradeplatz haben wieder mal ein

Opfer gefordert. Man reicht Terrance einen ganzen Stapel an Hemden, und ich beschäftige mich so lange mit einer Holzkiste, in der Stoffmuster aus eleganter Wolle liegen. In einem Geschäft wie diesem kleiden sich die Prinzen ein, die in der Lobby des Obelisk Grande sitzen. Die Stoffe, die durch meine Finger gleiten, sind tiefblau und dunkelbraun, schwarz, mit Karos, Nadelstreifen – alles, was man sich nur vorstellen kann.

Ein Mann materialisiert sich neben mir. «Wir bekleiden auch Damen», flüstert er.

Er ist weit über sechzig, rundlich, trägt einen leuchtend blauen Anzug, und über seinen Schultern hängt ein Maßband wie der Schal eines Priesters. Er stellt sich als Marcel vor, dann legt er die Fingerspitzen aneinander, als nehme er im Geiste bei mir Maß. Die Manschettenknöpfe seines weißen Hemds blitzen auf, silbern wie seine Haare, die er ordentlich zurückgekämmt hat.

«Ich ... ich brauche eigentlich nichts.»

Marcel sieht mich an und zwinkert mir beinahe zu. Dabei zieht er ein Stoffquadrat aus der Kiste. «Dieser Stoff gefällt einer gewissen Premierministerin», sagt er. «Natürlich für Abende, wenn sie in verwegener Stimmung ist. Diese geheimnisvolle Farbe ...»

Der Stoff ist tiefschwarz, wie Öl oder Tinte, doch dann hält Marcel ihn ans Licht, und für einen Augenblick erscheint er eindeutig blau.

«Mitternacht», sagt er und beantwortet damit meine Frage, bevor ich sie stellen kann. «Der Ton liegt genau zwischen zwei Farben und wirkt deshalb manchmal wie beide zusammen.»

Ich nehme den Stoff und wiederhole den Trick – von Schwarz zu Blau, von Blau zu Schwarz. Die Wirkung ist subtil, aber einzigartig. Als ich aufschaue, hält Marcel ein aufgeschlagenes Buch mit Modezeichnungen in der Hand, seins oder von Lorbers, doch alle von Hand gezeichnet und in eleganter Schrift mit Notizen versehen. Er fährt mit dem Finger über eine Bleistiftdame mit breiten Schultern und geraden Linien, die stark und zielorientiert wirkt.

«Madame Premierminister ist natürlich hier und da ein wenig kräftiger, und sie hat nicht Ihre Schultern, aber ...» seine Stimme verliert sich, dafür spielt um seinen Mund ein freches Lächeln, «... für Sie, ja. Sie können diese Farbe ebenso gut tragen wie sie. Besser sogar.»

Ich drehe den Stoff in meinen Händen und schaue zu Terrance hinüber. Er ist von einem Dutzend ausgebreiteten Hemden umringt, und mehrere Verkäuferinnen flattern um ihn herum.

Ich frage Marcel, wie viel der Stoff kostet. Die Summe, die er nennt, schmerzt mich, und mir gehen etliche gute Gründe durch den Kopf, um Nein zu sagen. Doch dann schüttle ich Marcels Hand und sage Ja.

Er führt mich zu einer freien Stelle und fängt an, meine Maße zu nehmen. Dabei ruft er die Zahlen einer Assistentin zu, die aus einem Hinterzimmer erschienen ist. Terrance sieht mich, und seine Mundwinkel gehen nach oben. Ich nicke ihm zu, und er nickt zurück.

«Können Sie in sechs Wochen wieder in Zürich sein?», fragt Marcel aus der Hocke, während er die Länge meiner Beine misst.

«So lange dauert es?»

«Oh ja. Wir können es Ihnen per Kurier schicken, doch für die letzten Änderungen ...»

«Ich werde da sein.»

«Sehr gut. Wir berechnen die Hälfte sofort, die andere, wenn Sie zufrieden sind.»

Ich schaue auf ihn hinab, auf die kahle Stelle auf seinem Kopf und seine breiten Schultern, als er den Umfang meiner Fersen misst.

«Ich bezahle lieber gleich auf einmal.»

Ein weißes Hemd, Terrance hat sich ausgerechnet ein weißes Hemd ausgesucht. Es steht ihm allerdings wunderbar, genauso wie das Jackett, das ich ihm kaufe, aus irgendeinem weichen und schweren Stoff. Es fühlt sich angenehm an, als ich an seinem Arm durch die Altstadt gehe. Wir gehen natürlich essen, und das in einem teuren Restaurant, wo anscheinend alle Banker hingehen. Steaks und Cocktails, alles sehr amerikanisch. Das Fleisch und der Wein liegen mir schwer im Magen, und danach kann ich mich kaum noch rühren.

«Ich hab zu viel gegessen», sage ich.

Terrance verbirgt ein Stöhnen hinter seiner Serviette. «Ich auch.»

«Ich glaube, mir wird gleich schlecht.»

«Mir auch.»

«Gott, wie gern wir Reichen herumjammern», sage ich.

In ganz Zürich gibt es nichts mehr, das wir essen oder trinken möchten, also fahren wir im Taxi zurück zum Obelisk Grande. Nach Hause, denn in diesem Hotel werden wir bleiben, nur wir beide, und zusammen alt werden. Die Weihnachtsbäume werden vom Portier aufgestellt, und das Essen fürs Passahfest liefert der Zimmerservice.

Wir schleichen uns schuldbewusst hoch in die Suite, ganz so, als hätten wir ein schlechtes Gewissen, weil wir bei einer einzigen Mahlzeit eine Kalorienmenge verschlungen haben, die eine kleine, arme Nation satt gemacht hätte. Ich falle aufs Bett und denke an das Kostüm, das ich mir schneidern lasse.

Terrance hängt sein Hemd an einen Bügel im Schrank und knöpft den ersten Knopf zu, damit es nicht herunterfällt.

«Ich hätte dir gleich ein paar kaufen sollen», sage ich.

«Ich brauche bloß eins.»

«Wieso? Wir kaufen dir einen Koffer.»

Er antwortet nicht. Er geht ins Bad und wäscht sich hinter der verschlossenen Tür. Als er zurückkommt, schlafe ich schon fast, schrecke aber auf, als er sich auf dem Bettrand niederlässt.

«Komm ins Bett», sage ich.

«Gleich», sagt er.

Ich sehe, wie seine Muskeln sich im Rhythmus seiner Atemzüge ganz leicht bewegen.

«Hey.» Ich berühre seine Schulter. «Hey, was ist los?»

«Nichts», sagt er.

Aber sein Tonfall sagt mir, dass etwas nicht stimmt. Er dreht sich langsam um und sieht mich mit seinem ernsten Gesicht an, dann legt er sich neben mich auf das Bett. «Ich habe überlegt ... Ich dachte ... weil ich ja nicht mehr zurück in die Staaten kann, meine ich.»

Ich streichle über seinen Arm.

«Budapest. Dieser Graphiker, von dem ich dir erzählt habe, dieser Miksa Jò ... Ich könnte vielleicht als sein Assistent arbeiten. Wenn er mich nimmt.»

Ich zucke die Schultern. «Klar. Budapest soll toll sein. Wir können allerdings nicht ewig da bleiben. Ich meine, ich weiß nicht. Und ich muss meinen Dad kontaktieren.»

Er nickt und schiebt sich das Kissen unter den Kopf. «Klar», sagt er. «Dein Dad.»

«Stimmt irgendwas nicht?»

Er schließt die Augen, schüttelt den Kopf. «Bin bloß müde.»

Meine Freunde vom ersten Abend – der Champagner, der Balkon, die kühle Nachtluft – sind wieder um mich versammelt. Diesmal ist es nur eine bescheidene Feier, eine kontemplative Feier. Wahrscheinlich ist es gar keine Feier. Ich bin auch nicht müde. Die Schwere im Magen war nach einer halben Stunde verschwunden, während ich Terrance dabei zusah, wie er vorgab zu schlafen. Aber erst, als er wirklich einschlief und wieder leise so schnarchte, wie ich es an ihm liebe, stand ich auf.

Himmel, wie konnte ich nur so kurzsichtig sein? Meine Pläne gingen nie weiter als bis gestern. Nie. Und über das, was jetzt passiert, habe ich mir keine Gedanken gemacht. Dass es überhaupt ein Jetzt geben würde, hatte sich immer völlig unwahrscheinlich angefühlt. Aber Terrance hatte schon immer einen Plan für danach, oder zumindest einen Traum. Er hatte ihn mir erzählt. Budapest. Miksa Jò. Ist dort ein Platz für mich? Hatte er geplant, dass ich ein Teil seiner Zukunft werde?

Wir sind wie diese Tauben auf dem Paradeplatz – eine Zeitlang sitzen sie zusammen auf dem Boden, aber dann kommt eine Straßenbahn, und sie fliegen davon. Ihre Flugbahnen führen hierhin und dorthin, sie verbinden sich oder eben nicht. Und was habe ich ihm schon geboten, um sich zu verlieben, außer die gierige, verfressene Gwen? Mein schlimmstes Selbst – und doch das einzige Selbst, das ich seit Jahren kenne.

Gut, dass ich Geld habe, um das alles zu regeln.

Ich schenke mir nach. Mein Hirn dröhnt, getragen auf einer Wolke aus Alkohol. Ich drehe mich um und betrachte die schlafende Form auf dem Bett, voller Zukunftspläne. Wir haben noch morgen und eine letzte Nacht im Obelisk Grande, um uns zu entscheiden. Am Morgen wird alles anders aussehen, wie immer.

Am nächsten Morgen erwartet uns beide ein Kater sowie eine Nachricht von Naz, dass die Überweisungen auf die Konten meiner brandneuen Firmen begonnen haben. Heute Nachmittag sollte alles transferiert sein, sagt sie, also schon mal herzlichen Glückwunsch.

Wir frühstücken nur etwas Toast und Kaffee. Terrance probiert irgendwas an seiner Kamera aus und sagt, er würde gern ein paar Aufnahmen machen. Ich lächle und sage, das ist eine tolle Idee und dass ich es kaum erwarten kann, die Bilder zu sehen, weil sie bestimmt ganz toll werden. Ich trage ein bisschen zu dick auf, fürchte ich, aber bloß in der Art und Weise, wie ich es sage. Ich meine es genau so. Als er geht, küsst er mich lange und fährt mit dem Daumen über meine Wange.

Ich nehme ein Bad, liege gemütlich im dicken Schaum, bis meine Haut langsam schrumpelig wird und ich mich zwinge, aus der Wanne zu steigen. Doch der Morgenmantel macht die Unannehmlichkeit mit einer weichen Umarmung wieder wett. Ich lege mich aufs Sofa und blättere durch die Touristenmagazine und entdecke neue Sachen, die ich kaufen möchte.

Nach einer Stunde habe ich die Nase voll von Juwelen und Uhren. «Schmuck» ist das deutsche Wort dafür, aber eigentlich ist alles bloß Tand: Dinge, die man nicht braucht, aber trotzdem kauft. Wie ein maßgeschneidertes Kostüm in einer Farbe namens Mitternacht. Das war so dumm von mir. Ich checke die E-Mails in meinem Handy und suche nach einer Nachricht von meinem Dad, aber da ist immer noch nichts.

Ich versuche, mich davon nicht beunruhigen zu lassen. Rede mir ein, dass es ja nicht anders ist als gestern oder vorgestern. Doch irgendwann bedeutet das leere Eingangspostfach mehr, als dass Dad es bloß noch nicht geschafft hat, mir zu schreiben. Ich hocke noch eine Weile auf dem Sofa und versuche, meine wachsende Unruhe zu ignorieren. Schließlich ziehe ich mich an und gehe nach draußen. Dabei rede ich mir ein, dass Bewegung an der frischen Luft immerhin produktiver ist, als im Zimmer herumzuhocken. Die Spannung kriecht in meinen Körper, während ich die Auffahrt des Hotels hinunter zur Straßenbahn gehe. Jedes

Geräusch ist überlaut und scharf, das Sonnenlicht wechselt am wolkigen Himmel alle paar Sekunden von blendend grell zu sanft.

Die Straßenbahn ist fast ganz leer, als ich einsteige, und fährt friedlich weiter in interessantere Viertel. Bäume und Autos gleiten vorüber, Mütter mit Kinderwagen, alte Männer, die sich über irgendetwas streiten.

Wir halten wieder, und ein einzelner Fahrgast steigt ein. Eine wohlhabende Geschäftsfrau im Burberry-Trenchcoat mit einem guten Anzug und teuren Pumps. Sie trägt die schwarzen Haare sehr kurz, hat dunkelbraune Haut, feine Wangenknochen und eine schmale Nase. Sie schaut sich im Waggon um und nähert sich mir, wobei ihr Trenchcoat sich öffnet und einen leichten Parfümduft freigibt. In der Bahn sind vielleicht fünfzig leere Plätze, doch sie wählt den Sitz direkt mir gegenüber. Ich schaue aus dem Fenster, aber ich spüre ihren Blick auf mir.

Noch eine Haltestelle, dann noch eine, Passagiere steigen ein oder aus, doch die Frau bleibt auf ihrem Platz sitzen.

«Entschuldigung», sagt sie auf Englisch. Sie spricht mit einem kaum wahrnehmbaren Akzent, den ich nicht eindeutig einordnen kann. «Du kommst mir bekannt vor.»

Ich schaue sie an. «Ich glaube nicht.»

«Doch», sagt sie. «Wir hatten ein Seminar zusammen an der Uni. Die Geschichte des Israel-Palästina-Konflikts, war es, glaube ich.»

Ich versuche zu lächeln. «Nein, ich hab nie ...»

«Bei Professor Brent Simanski.»

Ich schaue mich um, doch die wenigen anderen Passagiere achten nicht auf uns. Wir sehen uns einen Moment lang an. Sie lächelt, ich nicht. Ich erkenne etwas an ihr, nicht an ihrem Äußeren, sondern in der Art, wie sie sich hält – entspannt, aber bereit zum Angriff. Sie weiß, was sie will, aber mich kann sie nicht einschätzen.

Die Straßenbahn wird langsamer und nähert sich der ersten

Haltestelle der Altstadt. Die Frau steht auf und bedeutet mir mit einer Kopfbewegung, dass ich ihr folgen soll.

Auf dem Gehweg laufe ich neben ihr. Sie geht schnell, als müsste sie irgendwohin.

«Du kannst mich Mazal nennen», sagt sie.

«Worum geht's?», sage ich.

Aber Mazal antwortet nicht. Wir treten auf einen belebten Platz, von Straßenbahnschienen zwischen Cafétischen und Verkaufsständen durchkreuzt – die höfliche, fröhliche Anarchie eines nachmittäglichen Zürichs.

Mazal hakt sich bei mir ein, als wären wir alte Freundinnen, und beugt sich zu meinem Ohr. «Lovrenc Zoric lebt noch.»

«Lovrenc hat nichts zu bestimmen», antworte ich leise, «sondern seine Schwester. Und sie machen keine Waffengeschäfte mehr. Das war ihr Vater, sie nicht. Sie sind raus.»

«Hast du dafür Beweise?»

«Sie haben es mir gesagt», sage ich. «Sie hat es mir gesagt, Dragoslava.»

«Du hattest Befehle und hast sie nicht ausgeführt.» Sie drückt meinen Arm. «Der Kinderwagen, an dem wir gerade vorbeigekommen sind – beschreib mir die Frau, die ihn geschoben hat.»

«Schwarze Yogahose, blaue Jacke, um die dreißig.»

«Hast du einen Mann mit einem Eis in der Hand gesehen, der gleichzeitig telefoniert hat?», fragt Mazal.

«Rosa Hemd, grauer Anzug. Groß, sportlich. Inder oder Pakistani. Um die vierzig.»

Mazal nickt mit einem gerissenen Lächeln. «Okay, und wen siehst du vor uns? Wer gehört zu uns?»

Ich scanne die Menge auf der Suche nach Hinweisen, nach dem Unauffällig-Auffälligen. «Der Bauarbeiter», sage ich. «Bart, gelbe Weste und Helm. Er raucht eine Zigarette.»

«Und?»

«Eine Frau mit dem blonden Pagenschnitt, die ihr Rad schiebt. Mit der grünen Jacke.»

«Noch jemand?»

Ich schaue mich weiter um, aber sonst fällt mir niemand auf. Ich schüttele den Kopf.

«Zwei von vier», sagt Mazal und drückt wieder meinen Arm. «Nicht schlecht, für eine Anfängerin. Beschreib mir, was die beiden verraten hat?»

Ich schüttele den Kopf. «Nur so ein Gefühl.»

«Gut», sagt sie. «Gut. Dann denkst du nicht zu viel darüber nach. Es ist dir schon in Fleisch und Blut übergegangen, wie ein Muskelgedächtnis.»

Sie lobt mich, aber da ist noch etwas anderes: Sie macht mir klar, dass ich umzingelt bin.

«Warum sind sie hier?», frage ich.

«Wir werden eine unerfreuliche Unterhaltung führen, Judita», sagt Mazal und strahlt mich an. «Sie sind hier, damit du keine Dummheiten machst.»

«Was für eine unerfreuliche Unterhaltung?»

Sie schenkt mir ein kurzes Lächeln. «Ich werde mir jetzt eine Zigarette anzünden. Das ist das Zeichen, dass zwischen uns alles okay ist. Wenn ich die Zigarette fallen lasse, dann knallen sie dich ab. Alles klar?»

Ich nicke.

«Gut.» Die Zigarette erscheint zwischen ihren Lippen, und sie zündet sie mit einem billigen Plastikfeuerzeug an. Sie atmet ein und hustet. «Du hast deine erste Mission in den Sand gesetzt. Also haben wir dir einen neuen Auftrag erteilt, den du erfolgreich erledigt hast.»

«Wovon reden Sie?»

Sie geht langsam. «Von dem Geld, das du dir von Zorics Konten geholt hast. Neunzehn Millionen Franken. Die Veteranen in Tel Aviv haben schon an dir gezweifelt, aber sie haben ihre Meinung geändert. Jetzt halten sie dich für ein Ausnahmetalent.»

Etwas, das sich anfühlt wie Helium, strömt durch meinen Körper und will mich in die Luft heben. Instinktiv gehe ich aufrechter und setze eine ausdruckslose Maske auf. «Zum einen arbeite ich nicht für Sie», sage ich leise. «Und zweitens ist es mein Geld. Meins.»

Mazal inhaliert und lässt den Rauch aus ihrer Nase strömen. «Jetzt kommt der Teil, der dir nicht gefallen wird», sagt sie. «Der Teil, wo du dich wirklich im Griff haben musst. Keine hektischen Bewegungen, okay? Sprich mir nach: ‹Keine hektischen Bewegungen.›»

«Verstanden», sage ich mit zitternder Stimme. «Keine hektischen Bewegungen.»

Mazal hält meinen Arm ganz fest. «Wir haben das Geld heute Morgen abgefangen, als es transferiert wurde. Jetzt ist es unser Geld. Tut mir leid.»

24. KAPITEL

Am liebsten hätte ich Mazal meine Handkante gegen das Kinn geknallt, ihr den Arm ums Genick gelegt und sie umgebracht. Nur mit größter Mühe kann ich mich zurückhalten. Aber der Bauarbeiter beobachtet mich. Er hat die Hand unter seine gelbe Weste geschoben. Die Blonde mit dem Pagenkopf tut so, als suche sie etwas in ihrer Kuriertasche.

«Meine Anwältin, Naz Sadik ... Sie arbeitet also für Sie», bringe ich mühsam heraus.

«Oh nein. Wir haben nur einen Blick in ihre E-Mails geworfen und auf die Transferanweisungen. Als der Transfer durchging, haben wir eine Bankvollmacht vorgetäuscht. Jetzt weiß sie es allerdings. Und glaub mir, sie hat Angst.»

«Wovor denn?»

«Vor dir», sagt Mazal. «Mein Rat ist, lass sie laufen. Es ist nicht der Fehler deiner Anwältin. Erledige sie meinetwegen, wenn es dir damit bessergeht. Aber tu es diskret.»

Die Welt gleitet davon, die Menschen auf dem Platz werden zu schwarzen Schatten, das Gemurmel der Stadt verwandelt sich in das Summen von tausend Wespen. Nur Mazal bleibt.

«Ich muss mich hinsetzen», flüstere ich.

Sie führt mich am Arm zu einer Bank und lässt sich neben mir nieder.

«Sie hatten kein Recht dazu», flüstere ich. «Das war mein Geld. Es gehörte mir.»

«Dein Geld?» Mazals Stimme wird hart. «Weil du es verdient hast für das, was du durchgemacht hast?»

«Ja!»

«Red leise.» Mazal blickt sich um, dann beugt sie sich zu mir. «Gwendolyn Blooms Leid ist also mehr wert als das Leid all der Frauen und Kinder, die Zoric verkauft hat, mehr als das Leid der Familien, die Zorics Waffen ausgelöscht haben?»

«Das habe ich nicht gesagt.»

«Wer hat denn das Geld verdient, von dem du meinst, dass es dir zusteht? Du oder das fünfzehnjährige Mädchen, das Zoric als Sklavin verkauft hat? Du oder das Kind ohne Arme, das Zorics Splitterbombe abbekommen hat?»

«Es gehört mir, weil ich es mir genommen habe.»

«Und das hast du sehr gut gemacht.» Sie deutet mit der Zigarettenspitze auf ein Juweliergeschäft, dessen Auslagen selbst im stahlgrauen Licht noch silbern und golden glänzen. «Was wolltest du überhaupt mit dem Geld tun? Na toll, du hättest dir eine Uhr für fünfundzwanzigtausend Dollar kaufen können. Oder vielleicht ein paar Bentley – einen für jeden Tag der Woche.»

Mein Kopf macht nicht mehr mit, und ich wische die profane Vorstellung zur Seite, dass sie recht haben könnte und ich nicht. «Und was hat Israel damit vor?»

«Diese Pässe, die du alle verbrauchst, die Fluchtrouten, das Training – glaubst du, das ist alles umsonst?»

«Das kostet keine neunzehn Millionen Schweizer Franken.»

Sie blickt einem vorbeigehenden Pärchen nach und spricht erst weiter, als sie außer Hörweite sind. «Als ich vier Jahre alt war, bin ich mit meiner Mutter von Äthiopien in den Sudan marschiert. Wir haben unsere Körper mit Scheiße beschmiert, um uns die Banditen im Flüchtlingslager vom Leib zu halten. Weißt du, was dann passiert ist?»

«Nein», flüstere ich.

«Ein israelisches Frachtflugzeug hat auf einer sandigen Landebahn aufgesetzt, mit übermalten Markierungen. Die Motoren haben geheult wie der Teufel. Ich hatte eine Riesenangst, denn ich hatte noch nie ein Flugzeug gesehen.»

Ihr Gesichtsausdruck ist streng, als wolle sie mir befehlen, ihr zuzuhören.

«Eine Frau kam auf uns zu, ich hatte noch nie jemanden wie sie gesehen. Wir dachten, sie sei Araberin, aber in Militärkluft. Sie sagte zu meiner Mutter, sie sei gekommen, um uns nach Hause zu bringen. Nach Israel, wo uns niemand mehr abschlachten würde. Stell dir das einmal vor: ein Zuhause, an dem man noch nie gewesen ist.»

Mazal schaut mich an, als wolle sie sichergehen, dass ihre Worte mich auch erreichen. «Auch dafür wird das Geld benötigt.»

Ich kann meinen eigenen pfeifenden Atem hören. Die Wut in meinem Inneren lässt nicht zu, dass ich Mazal ihre Argumente abkaufe. «Klar, Israel ist ja bekannt für seine humanitäre Arbeit», sage ich. «Wie sie den Kindern in Gaza per Fallschirm Liebe schicken.»

«Manchmal werden die falschen Leute getötet.» Sie zieht an ihrer Zigarette. «Manchmal bekommen die richtigen Leute Hilfe.»

Ich schließe die Augen. Verdammt soll sie sein. Dafür, dass sie recht hat. Dieses Geld ist aus den stinkenden Flüssen der ganzen Welt zusammengeflossen, bis es sich hier in einem kleinen Teich namens Schweiz versammelt hat. Zoric hat es von seinen Opfern gestohlen. Ich habe es von Zoric gestohlen. Tel Aviv hat es von mir gestohlen.

«Sei ruhig wütend, das ist okay», sagt Mazal leise. «Aber halte deine Wut nicht für Rechtschaffenheit.»

Wenn man mir das Gefühl nimmt, dass man mir irgendwie Unrecht getan hat, welche Wut bleibt dann noch übrig? Eine reine Wut, die weiß und sehr, sehr heiß in mir brennt. Es ist nicht bloß meine plötzliche, unerwartete Niederlage. Mir wurde der Sieg genommen, indem die Regeln in letzter Sekunde geändert wurden. Doch selbst die Vorstellung, dass es überhaupt einmal Regeln gegeben hat, scheint mir jetzt so derartig naiv, dass sich meine Wut auch gegen mich selbst richtet.

Mazal bewegt sich, zieht noch einmal an ihrer Zigarette. Sie brennt schon ziemlich dicht am Filter. Entweder ist die Unterhaltung gleich beendet, oder ich bin tot. «Du hast dir wie viel genommen – fünfhunderttausend?», fragt sie. «In bar. Für dich.»

«Ja.»

«Du kannst sie behalten. Betrachte es als Bonus. Für deine gute Arbeit.»

Ich werfe ihr einen bösen Blick zu.

«Sieben Jahre», sagt Mazal. «So lange muss ich arbeiten, um das zu verdienen. Vor Steuern.»

Ich schiebe meine Hände in die Taschen und nicke. «Dann nehme ich mal an, dass wir jetzt fertig sind, Sie und ich.»

«Ich schätze schon.»

«Man sieht sich», sage ich.

«Vermutlich.» Mazal steht auf, geht schon los, dann dreht sie sich noch mal um. Mit einem Lächeln auf den Lippen, das keines ist, sagt sie zu mir: «Der Staat Israel ist dankbar für deine Mühe.»

Einen Augenblick später sind alle verschwunden, einfach aus dem Sichtfeld geglitten wie Schatten im Sonnenlicht. Selbst Mazal, die schnell noch über die Gleise tritt, als eine Straßenbahn sich nähert, löst sich in der nachmittäglichen Menschenmenge auf. Ich bleibe noch lange auf der Bank sitzen und bin unfähig, mich zu rühren.

Die weißglühende Wut in mir brennt schnell aus, als kein Brennstoff mehr nachkommt. Mazal und die anderen sind weg. Was mich angeht, bin ich ebenfalls weg. Da ist nur noch eine verbrannte metallene Hülle, ein Bruchteil dessen, was ich einmal war. Mein Geist erhebt sich und fühlt nichts, er durchdringt jede Materie, ungesehen von den Lebenden. Ich spüren einen vagen Drang, in der Nähe von Naz' Büro aus der Straßenbahn zu steigen. Doch dann fahren wir weiter, und der Drang vergeht. Lass sie in Ruhe, sage ich zu mir. Sie trifft keine Schuld.

Dann ist mein Geist zurück in der Suite des Obelisk Grande, öffnet Terrances Laptop, loggt sich in die Konten in St. Kitts und den Kanarischen Inseln ein. Wie Mazal versprochen hat, sind sie leer. Ich taste nach meinem Handy, schaffe es, Naz' Nummer zu tippen. Als die Mailbox anspringt, lege ich auf, aber sie ruft eine Sekunde später zurück. Das Wort «präzedenzlos» fällt mehrmals, ebenso «tragisch» und «äußerst bedauerlich». Versprechen werden gegeben, sogar ein Schwur. Wir werden uns morgen zusammensetzen, sagt sie zum Schluss und fügt hinzu, dass sie dann mehr wissen wird. Doch ihr Ton ist der einer Anwältin, die ihrer Mandantin nichts mehr versprechen kann. Wieder hat Mazal recht gehabt: Man hört die Angst aus jedem Wort, das Naz sagt.

Eine Stunde später höre ich ein Schaben an der Tür und den aggressiven Ton eines Schweizer Türschlosses, das kundtut, dass die Schlüsselkarte falsch eingeschoben wurde. Es ist natürlich Terrance, der drei herrlich unbekümmerte Sekunden braucht, um das Zimmer nach mir abzusuchen.

«Warum sitzt du auf dem Fußboden?»

Das tue ich wirklich, auch wenn ich nicht mehr weiß, warum oder wann ich mich auf den Teppich gesetzt habe. Die Tränen kommen mir, und ich fahre mir mit den Fingerspitzen übers Gesicht, als wollte ich es mir abreißen. «Es ist weg, es ist alles weg. Sie haben es mir einfach genommen, Terrance, einfach weggenommen ...»

Er ist neben mir, auf den Knien, er zieht mich an sich und streichelt mir über die Haare. «Was ist weg, Gwen? Was ist passiert?»

Die ganze Geschichte kommt in einem riesigen Durcheinander aus mir heraus, viel zu schnell und zu überstürzt, sodass ich wieder zurückrudern muss. Dann fülle ich sie mit nutzlosen Einzelheiten, als wären die wichtig – wie die Farbe der Jacke, die die Blonde mit dem Fahrrad getragen hat, oder die Zigarettenmarke, die Mazal geraucht hat. Aber am Ende hat er alles gehört und verstanden.

Er schaut mich ungläubig mit einem Gesichtsausdruck an, als versuche er, diese Geschichte mit allen Sinnen aufzunehmen, als könnte man diese Geschichte mit den Augen, der Zunge und der Nase begreifen. Er geht ruhig zu seinem Laptop, fragt mich nach den Passwörtern, dann nickt er. «Ja», sagt er. «Alles weg.»

«Es tut mir so leid, es tut mir so leid, ich bin so ein dämlicher Idiot ...»

Terrance geht im Zimmer auf und ab, und seine Turnschuhe quietschen auf den Dielen.

«Ich hab's verkackt, verdammt, ich hab's total verkackt ...»

Dann bleibt er stehen, kommt wieder zu mir, zieht mir die Hände vom Gesicht, sodass ich ihn sehen kann. Sein Kiefer ist angespannt, seine Augen sind schmal, sein Atem geht gleichmäßig und kontrolliert. «Du bist am Leben, Gwen. Du wirst zurechtkommen.»

Ich fange wieder zu jammern an, doch er umklammert meine Handgelenke, bis es weh tut und er mich zwingt, ihm zuzuhören.

«Es ist bloß Geld, Gwen. Nur Papier. Noch nicht mal das, bloß Elektronen.» Er zwingt sich zu einem Lächeln, beugt sich vor.

«Und – du hast noch das Schließfach, wo du die dreihundert reingelegt hast.»

Ich atme laut ein und muss mich anstrengen, damit meine Stimme mir nicht entgleitet. «Die sind immer noch da. Das Bargeld darf ich behalten. Das haben sie mir gelassen.»

«Also hast du das noch, und alles, was du bei dir hast – Gwen, du wirst klarkommen, ich schwöre es.»

«Du hast leicht reden. *Du* kommst klar, Terrance. Mit dem Geld deines Vaters, das in deinem Treuhandfonds auf dich wartet …» Kaum sind die Worte aus meinem Mund, möchte ich sie sofort zurücknehmen. Ich hasse mich dafür, dass ich sie gesagt habe. Sie treffen ihn direkt in die Brust, und er weicht ein wenig zurück. Ein Muskel zuckt in seinem Kiefer.

«Es tut mir leid», sage ich. «Das war scheiße von mir.»

«Ist schon okay», sagt Terrance. «Ist okay.»

Er setzt sich im Schneidersitz vor mich hin.

«Als das FBI das Geld meines Vaters beschlagnahmt hat, dachte ich, ich sterbe. Mein Vater meinte, es gibt Schlimmeres, aber ich habe ihm nicht geglaubt.» Er rutscht näher an mich heran und beugt den Kopf nach unten, sodass ich ihn ansehen muss. «Dann haben sie ihn ins Gefängnis gesteckt. Und ich habe begriffen, dass er recht hatte.»

Ich nicke langsam. «Ich verstehe.»

«Wirklich? Denn du bist am Leben und hast eine Menge Bargeld in einem Schließfach liegen. Es gibt Leute, die würden jemanden töten, nur um das zu kriegen, was du hast, Gwen.»

Ich drehe mich zur Seite und lege den Kopf in seinen Schoß, und er streicht mir über die Haare.

Wir werden morgen auschecken und dann nach Osten weiterreisen. Weiter wollen wir nicht denken. Ich versuche wegen Mazal und dem Geld nicht die Fassung zu verlieren, und mit Terrances Hilfe klappt es auch meistens. Aber vielleicht verwechsele ich auch Gelassenheit – die sich in dem tiefen Bedürfnis ausdrückt, mich nie mehr von der Stelle zu bewegen – mit Schock und Verzweiflung.

Immer wieder wiederhole ich, was Terrance gesagt hat, diese fehlerlose Logik, dass die dreihunderttausend, die ich versteckt habe, und all das, was ich bei mir habe, ein sehr guter Start sind. Es wäre obszön, etwas anderes zu denken. Aber wenn man auf der Flucht ist und legale Arbeit und sogar die Einschreibung in eine Uni nicht ohne offizielle Dokumente möglich ist, was bedeutet, dass man seine Deckung aufgeben muss – nun, es ist eine kostspielige Lebensweise, und Terrance weiß nicht so viel darüber wie ich.

Ein letzter Auftritt, ein letztes Festmahl: Döner Kebabs, die wir uns von einem Straßenverkäufer ins Hotel holen. Terrance leckt sich die Sauce vom Finger, und mir hängt ein Stück Kohl oder Zwiebel wie ein Schnürsenkel aus dem Mund. Er lächelt mich an und deutet auf mein Kinn.

«Geht's dir besser? Ein bisschen wenigstens?», fragt er.

«Ich glaube, so lange es Döner Kebabs gibt, kann ich glücklich sein», sage ich vor allem ihm zuliebe.

«Ganz schön teuer hier. Fast fünfzehn Dollar.»

«In Berlin kosten sie drei», sage ich. «Da sollten wir hinfahren.»

«Da sucht die CIA bestimmt nach uns», sagt er.

«Die suchen überall nach uns», sage ich.

Als wir aufgegessen haben, fällt er aufs Bett, und ich tue es ihm nach und lande in der Kuhle zwischen seinem Arm und seiner Brust. Kurz flammt die Wut in mir auf, aber ich ignoriere sie, atme, ignoriere sie, atme. Er hat das Wort «uns» benutzt, das ist schon mal was.

«Hat schon Spaß gemacht», sagt er, als ob er meine Gedanken lesen kann. «Ich werde das Hotel vermissen.»

«Ich will unsere letzte Zeit hier nicht mit Schlafen verschwenden.»

«Ich auch nicht.»

Also liegen wir bloß da und schauen hinauf zu der prachtvollen Decke.

Zwanzig Minuten liegen wir so in einer Art Trance da, dann schrillt das Telefon neben dem Bett. Wir schrecken beide zusammen und schauen suchend nach der Quelle des Geräusches. Ein drängendes rotes Licht auf dem Telefon blinkt, während das laute Schrillen weitergeht. Nach viermal klingeln hört es auf, und wir legen uns wieder wie vorhin aufs Bett.

Da klingelt es wieder.

«Ich gehe nicht dran», sagt Terrance. «Da hat sich jemand verwählt. Niemand weiß, dass wir hier sind.»

Außen denen, die es wissen.

Der Gedanke kommt uns beiden gleichzeitig. Terrance nimmt den Hörer auf. «Ja?»

Ich höre die Stimme, die Terrance ins Ohr brüllt: *«Raus aus dem Hotel, haut ab, haut ab, raus da …!»*

Wir sind in weniger als einer Sekunde auf den Beinen. Terrance stopft Laptop und Handy in seinen Rucksack. Ich werfe alles, was ich rumliegen sehe, in meinen. Er ist als Erster an der Tür, presst sein Ohr dagegen, dann formt er mit den Lippen: «Alles leer.»

Aus einem Instinkt heraus greife ich über den Tisch, auf dem noch unsere zerknüllten Einwickelpapiere von den Dönern liegen, und nehme mir den schönen goldenen Brieföffner, auf dessen Griff *OBELISK GRANDE* eingraviert ist.

Terrance öffnet die Tür, und wir schlüpfen in den Flur. Er ist leer, wie Terrance gesagt hat, und still. Wir wollen zum Fahrstuhl, doch in diesem Moment ertönt der Gong und die Fahrstuhltüren öffnen sich. Wir drehen um und rennen in die andere Richtung. Hinter mir höre ich schwere, schnelle Schritte, die uns rasch näher kommen. Mindestens zwei Männer rennen schwer atmend hinter uns her. Ich erreiche die Tür zum Treppenhaus als Erste und presche hindurch, Terrance kommt gleich hinter mir. Ich nehme drei Stufen auf einmal, dann vier. Die Männer vom Fahrstuhl sind nur ein Stockwerk über uns.

Auf den Stufen unter uns sind nun auch Schritte zu hören, die uns eilig entgegenkommen. Terrance und ich sind zwischen den Verfolgern über und unter uns eingeschlossen. Ich umfasse den Brieföffner fester, als die Männer von unten auf dem nächsten Treppenabsatz auftauchen. Die stumpfe Klinge fährt mit Wucht in den Hals des Ersten und dringt unter seinem Adamsapfel in seine Kehle. Mit aller Kraft stoße ich ihn rückwärts gegen den zweiten Mann und reiße ihm noch im Fallen die Pistole weg, bevor er auf den Betonboden kracht.

Terrance und ich schauen kurz über die Schulter, als die zwei von oben mit den anderen beiden zusammenprallen. Einer von ihnen keucht laut auf. Ein Befehl wird gebrüllt, Bewegung, weiter, weiter – alles auf Englisch, und zwar eindeutig amerikanisches Englisch.

Wir preschen in die Lobby und laufen an eleganten Paaren vorbei, die vor Schreck aufschreien und aus dem Weg springen. Hinter uns entsteht so ein hilfreiches Chaos, das unsere Verfolger ausbremst. Ich bewege mit der Schulter die Drehtür, und Terrance folgt mir. Der Parkplatz ist hell erleuchtet, und Paare fahren in Taxis vor. Zwei Chevy-SUVs stehen am Bordstein, Fremdkörper vor dem Luxushotel. Einen Augenblick stehen Terrance und ich wie erstarrt – die Auffahrt ist sehr lang, aber sie ist der einzige Weg zur Straße. Wenn wir da entlanglaufen, überholen sie uns auf halber Strecke in ihren SUVs.

Eine Mercedes-Limousine fährt vor, und ein Parkdiener eilt herbei. Ich dränge ihn zur Seite und halte dem Fahrer die Pistole an den Kopf, kaum dass er die Tür öffnet. Er reißt die Hände in die Höhe, und sein Gesicht wird so weiß wie sein Smokinghemd.

«*Raus! Raus!*», schreie ich ihn an. Er klettert hastig aus dem Wagen, die Frau auf dem Beifahrersitz braucht keine Zusatzaufforderung. Ich klemme mich hinter das Steuer und drücke aufs Gaspedal, kaum hat Terrance die Tür geschlossen. Mehr Gekreische, während Menschen vor dem Auto aus dem Weg springen. Ich drücke das Gaspedal durch, und wir schießen den Hügel hinab.

Klassische Musik spielt, ein leichtes Klavierstück, vielleicht Mozart. Terrance fummelt an den Reglern herum, um die Musik auszuschalten. Sie wird erst lauter, dann verstummt sie.

Am Ende der Auffahrt führt die Straße links weiter in die Wohngebiete von Zürich, rechts geht es in die Stadt. Oder vielleicht auch andersherum. Egal, ich reiße das Lenkrad nach rechts.

Der Mercedes ist schnell, aber auch sehr groß. Er schlittert die gefährlich gewundenen Straßen entlang, die immer mal wieder ohne Vorwarnung schmaler werden. Hundert Meter hinter uns folgen uns Scheinwerfer. Die SUVs knallen mit tiefen, heiseren Motoren über Bodenschwellen.

«Wo fahren wir hin?», brüllt Terrance.

«Ich weiß es nicht», brülle ich zurück. «Weg!»

«Das sind Amerikaner – diese Typen da sind Amerikaner, hast du sie gehört?»

Ich reiße das Lenkrad bei einer roten Ampel nach links, das Hinterteil des Wagens rutscht weg, bevor die Räder wieder greifen und das Auto nach vorn schießt. Ein Auto, das hinter mir herankommt, weicht aus und kracht beinahe in einen Laster, der aus der Gegenrichtung kommt.

«Die wollen mich, nicht dich!», schreie ich. «Ich bringe dich in die Stadt, und dann trennen wir uns, verstanden?»

«Nein, niemals! Keine Chance. Ich lasse dich nicht mit denen allein.»

«Verdammt, Terrance, hör mir doch zu!» Ich sehe, wie die SUVs hinter uns um die Ecke schießen. Mit hohem Tempo nähern sie sich dem Mercedes. «Sie werden die Bahnhöfe von Zürich überwachen, also nimm ein Taxi in Richtung Osten, keinen Zug, bis du in eine Kleinstadt kommst. Von dort reist du weiter.»

Wir nähern uns einer Kreuzung mit einer mehrspurigen Straße. Noch ist grün, aber wenn es rot wird, sitzen wir in der Falle. Ich trete das Gaspedal durch, und die Geschwindigkeit presst uns in die Sitze. Die SUVs hinter uns beschleunigen ebenfalls.

Gelb.

Vor uns leuchten Bremslichter auf. Ich lenke den Mercedes auf die Gegenfahrbahn. Autos weichen erschrocken zur Seite, ein paar prallen laut krachend ineinander.

Rot.

Ich drücke das Gaspedal ganz runter und schieße vorwärts. Der Verkehr kriecht auf die Kreuzung. Ich blende auf, schlage auf die Hupe.

Und dann drehen wir uns, die Welt wird still, und eine Masse aus weißer Wolke explodiert vor meinem Gesicht. Wir drehen uns dreimal, viermal, fünfmal. Irgendetwas stößt aus der entgegengesetzten Richtung gegen uns, und wir drehen uns andersherum. Terrances Körper liegt auf meinem, oder meiner auf seinem. Das ist das Ende, so wie ich es geahnt habe. Doch es ist besser als das, was die Kerle in den SUVs mit uns vorhatten.

Darauf bin ich stolz. Dass ich diesen Weg gewählt habe, nicht ihren.

Das Drehen hört auf, und die Welt wird wieder laut.

Eine Hupe. Nein, mehrere Hupen. Ein nervtötendes, misstönendes Konzert von Autohupen, die bald den Geist aufgeben. Die Airbags sind zusammengefallen zu einer bleichen Masse aus dünnem weißem Plastik, durch das ich mich durchkämpfen muss, um aus der Windschutzscheibe zu klettern, die nicht mehr existiert.

Ich lande hart auf dem Asphalt und knalle mit der Schläfe auf den Boden. Doch ich ziehe mich auf die Füße, und da steht auch Terrance mitten im hellen Scheinwerferlicht und starrt auf das Blut, das aus seinem Mund fließt.

«Lauf!», keuche ich. «Lauf!»

Und er tut es, und ich folge ihm. Wir sind beide überrascht, dass unsere Beine funktionieren, dass überhaupt noch irgendein Körperteil funktioniert.

Der Verkehr staut sich um uns herum, Autos rücken langsam vor, sie halten neugierig an, stellen ihre Warnblinker an. Leute steigen aus, rufen uns zu, fragen, ob wir okay sind. Ich drängle mich an ihnen vorbei, dann höre ich hinter mir Schreie. Ich schaue über meine Schulter: Die Männer aus dem Hotel stürzen mit gezückten Waffen auf uns zu.

Terrance läuft drei oder vier Autos vor mir. Sein Rucksack hüpft wie ein Tier, das ihm am Rücken klebt und versucht loszukommen. Er rennt nach rechts, eine andere Straße entlang, dann wieder nach rechts und verschwindet neben einem Bus, der gerade anhält.

Ich renne weiter geradeaus, doch da geht vor mir eine Autotür auf, und ich werfe mich über die Motorhaube eines Wagens, renne über das Dach und springe auf die Motorhaube des Kombis dahinter.

Zwei der Männer folgen mir. Ihre Schuhe landen schwer auf dem Stahl und verbeulen die Autos, als wären sie Riesen mit Schuhen aus Stein. Ich springe wieder auf eine Motorhaube, doch diesmal lande ich falsch und rutsche zur Seite. Mein Gesicht trifft auf die Windschutzscheibe. Durch das kalte Glas sehe ich das erschrockene Gesicht einer Frau, die lauthals losschreit.

TEIL 3
GWENDOLYN

25. KAPITEL

Mein Vater und ich sitzen nebeneinander in der letzten Reihe des Air-France-Fluges von Algier nach Paris.

Ein dicker Mann sitzt neben uns und dreht eine dicke Gebetskette in seinen dicken Fingern. Er lächelt mich an, wobei sich sein schwarz-grauer Schnurrbart an den Ecken hebt wie die Augenbrauen des Schurken in einem alten Film. Er sagt auf Französisch, dass ich ihn an seine Enkeltochter erinnere.

Auf dem Hinflug hatten wir noch drei Plätze belegt.

«Wir schicken sie in ein paar Tagen nach Hause, sobald die Militärpolizei den Leichnam freigegeben hat.» Das waren die Worte der Chefin von meinem Dad, die ich Botschafterin Cassie nennen soll. Ich hielt mit beiden Armen fest die Hüfte meines Dads umschlungen und drückte den Kopf an seinen Bauch, während die Erwachsenen sich mit den Details beschäftigten.

Ich sehe den dicken Mann an und überlege, wie sie das machen wollen. Werden sie meine tote Mutter in einem Sitz anschnallen? Und wer wird neben ihr sitzen?

Eine knarzige Lautsprecherdurchsage ertönt, erst auf Französisch, dann auf Arabisch und dann auf Englisch. Die Passagiere stöhnen kollektiv auf. «Air France ist um Ihre Sicherheit bemüht und bedankt sich für Ihre Geduld.» Es ist heiß auf dem Flugfeld, und im Flugzeug selbst ist es noch heißer. Ich kann jeden einzelnen Passagier riechen, die Zwiebeln und die verrauchte Kleidung. Der dicke Mann riecht nach Aftershave und Früchten.

Mein Vater legt seinen Kopf ans Plastikfenster. Sein Gesicht ist schlaff, unrasiert und mit Schweißperlen bedeckt. Er sieht mich aus dem Augenwinkel an. Was bedeutet es, jemanden so anzusehen? Mit sieben Jahren wusste ich es noch nicht.

Aber jetzt weiß ich es:

Ich möchte mich erschießen ...

Endlich habe ich diesen Blick dechiffriert:

Und jetzt kann ich es nicht.

Spürt man in einem Traum echten Schmerz? Vielleicht spürt man nur die *Vorstellung* von Schmerz. Vielleicht spürt man nur die *Angst* vor dem Schmerz. Und darum ist der echte Schmerz, die Eindeutigkeit des Schmerzes an meinen Hand- und Fußgelenken, vermutlich ein Hinweis darauf, dass dies kein Traum ist.

Weil ich nicht richtig zwischen Schlaf und Bewusstsein, zwischen real und irreal unterscheiden kann, ist es wichtig für mich, dass ich weiter Sätze formuliere. Sätze mit Worten, die eine Bedeutung haben, Worte, die sich auf Begriffe beziehen, Begriffe, die sich auf die Realität der Welt beziehen, von der ich weiß, dass sie existiert, oder zumindest vor dem hier existiert hat.

Jetzt geht es wieder los.

Ein kaum hörbarer Ton – von einer Geige? Nein, elektronisch, computergeneriert –, der nicht länger als eine halbe Sekunde anhält. Er erklingt in meinem linken Ohr. Ein einzelner Ton, ein hohes F. Ganz normal. Soweit man unter diesen Umständen von normal reden kann.

Ein paar Sekunden später noch ein Ton. Fis, auch in meinem linken Ohr.

Mir läuft der Schweiß herunter. Ich umklammere alles, was ich umklammern kann. Mein Körper zittert. Meine Zähne knirschen.

Fang an zu zählen, befehle ich mir.

Als ich bei drei bin, höre ich ein D in meinem linken Ohr. Ich fange wieder von vorn an, und diesmal komme ich bis sieben, dann höre ich das H. Bei dreizehn noch ein H.

Es hilft, wenn ich die Zeit zwischen den Tönen zähle. Selbst wenn es keine Gleichmäßigkeit gibt, kann ich zumindest die Abstände messen oder jedenfalls fast richtig einschätzen. Das funktioniert eine Weile.

Bis es im anderen Ohr anfängt.

Von rechts kommt ein lauteres E, das sich mit dem C von links überschneidet. Ich versuche, für jedes Ohr separat zu zählen, muss aber sofort aufgeben. Es ist zu schwierig.

Manchmal sind die Töne überall. Hoch und tief. Lang und kurz. Leise und laut. In einigem Abstand voneinander oder dicht aufeinanderfolgend. Weil sie so willkürlich erklingen, kann ich sie nicht zählen oder auch nicht an einem Gedanken festhalten. Das Ziel ist es – da bin ich mir sicher –, jede Analyse zu verhindern, den Verstand unbrauchbar zu machen.

Stundenlang geht das so. Oder zumindest kommt es mir so lange vor. Aber ich muss eins klarstellen: Die Dauer ist nicht das Schlimmste daran. Die Folter – Albträume, Halluzinationen, Wahnsinn, wovon das Ton-Chaos noch das Harmloseste ist – beginnt und stoppt ohne jedes System. Die Willkür ist das Schlimmste. Das ist es, was einen wirklich fertigmacht.

Zwischen der Folter gibt es Pausen, Unterbrechungen. Finsterzeit nenne ich das, eine Periode absoluter Lichtlosigkeit, absoluten *Un*-Lichts. Es ist eine umrisslose Nichtexistenz, doch zumindest ist es ein Raum für mich, in dem ich wieder Gedanken fassen kann. Mit der Zeit – wenn man die Finsterzeit in Zeiteinheiten messen kann und nicht in Zentimetern, Gramm oder irgendeiner anderen Maßeinheit – lerne ich einen Trick.

Die Erinnerung existiert weiter.

Vielleicht ist sie die einzige Realität, die mir geblieben ist.

Meine Mom und mein Dad schnarchen in der Pension Alexandra, Zimmer 33, unter der Daunendecke. Es ist ein kalter Herbstmorgen, vielleicht auch Winter. Ich hopse zu ihnen aufs Bett.

Dad stöhnt und dreht sich weg.

«Zu früh», murmelt Mom.

Also schlüpfe ich zwischen ihnen unter die Decke, und Wärme hüllt mich von beiden Seiten ein, wie eine Tasche für mein kleines Ich.

Licht kommt durch das Fenster, Grau wird zu Weiß. Gibt es heute Schnee? Oder scheint die Sonne? Hier unter der Bettdecke spielt das keine Rolle.

Ein Pups – kein Geräusch, nur der Geruch. Vom Abendessen gestern. Ich mache ein Würgegeräusch.

«Verdammt, Will!» Meine Mom schwingt ihren Arm über mich und schlägt die Faust in Dads Schulter.

Sein Körper wackelt, und er stößt ein lautes «Aua!» aus. Er dreht sich um, und die beiden schauen sich rechts und links von mir an, wie die großen Präsidentengesichter am Mount Rushmore. «Ich war's nicht», protestiert er.

Also kichere ich, ziehe mir das Nachthemd über den Mund.

«Ich war's», sage ich, bevor ich mich vor Lachen nicht mehr halten kann.

Mom kitzelt mich zur Strafe, bis ich keine Luft mehr kriege.

Die Finsterzeit endet mit dem Geschrei eines Babys.

Das Schreien hat eine ganz bestimmte Qualität: genervt, wütend, voller Schmerzen. Es trifft genau auf mein Kleinhirn, das tief in meinem Verstand wartet – *rette es, rette es, bevor es stirbt* –, ein biologischer Imperativ, ein menschliches Muss. Und allein das wäre schon schlimm genug, wenn das Geschrei bloß so wäre, wie ich es eben beschrieben habe. Aber es ist eben nicht so, nicht ganz.

Denn das Schreien verläuft rückwärts. Es beginnt mit einem dämonisch hohen Kreischen und wird dann rückwärts in den Mund des leidenden Babys gesogen, wie in ein schwarzes Loch. Und das Geräusch hält einfach ewig an, all der Schmerz der ganzen Welt pfeift durch ein winziges Loch.

Jemand muss ihr helfen!

Jetzt läuft mir der Schweiß in Sturzbächen herunter, und es fühlt sich an, als würden mir eine Milliarde Insekten über die Haut krabbeln. Ich winde und drehe mich, versuche dem zu entgehen, was als Nächstes passiert, was immer als Nächstes passieren wird.

Bilder füllen mich, die so hell sind, dass ich sie sogar sehen kann, wenn ich die Augen schließe. Es ist eine Illusion, das muss es sein.

Ein Messer, das einem Mann an die Kehle gehalten wird.

Ein menschlicher Körper, der im Zeitraffer bis auf die Knochen verwest.

Ein Kind auf einer Schaukel, in Zeitlupe, mit einem ekstatischen Gesichtsausdruck.

Wieder das Messer, von ganz nah, wie es die Schlagader trifft.

Der Mund einer Frau, geöffnet im Orgasmus.

Abwasser, das einen Hügel herunterfließt.

Eine menschliche Zunge, die vom Stachel einer Wespe durchbohrt ist.

Wieder im Zeitraffer Sonnenblumen, die erblühen.

Abwasser.

Messer.

Moder.

Kind.

Messer.

Und durch alles hindurch das umgedrehte Babygeschrei.

Regen, so viel Regen. Genau hier – einen Meter von mir. Er spritzt gegen meine roten Doc Martens und meine Jeans. Es ist kalt hier im Eingang des Mietshauses im East Village. Es zieht, und ein Flyer, auf dem der Auftritt eines DJs angekündigt wird, wirbelt um uns herum. Ich sollte frieren, zittern, aber ich tue es nicht. Jemand hält mich.

Zu seinem Namen gehört eine Zahl. Terrance Mutai IV. Wird bestimmt IV geschrieben, mit römischen Ziffern, damit es schicker aussieht. «Was bedeutet das, bist du adelig?», frage ich.

«Ich bin genauso wie du», antwortet er. «Wir sind beide adelig.»

«Und wo ist unser Reich?», frage ich.

«Wir herrschen als König und Königin über das hier», sagt er.

Er meint den Hauseingang. Oder vielleicht New York. Oder vielleicht bloß unsere Leben. Die uns gehören. Nur uns. Wir können damit machen, was wir wollen.

Ein Taxi kommt – ein Wunder in New York bei Regen –, und wir steigen auf den Rücksitz unserer königlichen Kutsche, die so gelb ist wie die Sonne. Wir fahren den Boulevard hinauf, an Restaurants, Bodegas und Matratzengeschäften vorbei. Die aufsteigende Nummerierung der Straßen macht mir Angst – Forty-Fifth Street wird zur Forty-Sixth und dann zur Forty-Seventh. Wir nähern uns meiner Wohnung.

Terrance IV reibt mir die von der Kälte geröteten Hände, während seine immer noch braun und beige wie ein Pfirsich sind und warm und so viel größer als meine, mit langen, aristokratischen

Fingern. Wir sind uns noch fremd, doch wir wissen schon alles über uns, das wichtig ist.

Das Taxi hält am Randstein an.

Terrance küsst mich.

«Wir werden immer zusammen sein», flüstert er, «bis zu dem Tag, an dem wir sterben.»

—

Vielleicht muss ich meine ursprüngliche Annahme überdenken. Vielleicht ist die Opposition Traum oder Realität die falsche Opposition. Vielleicht geht es eher um die Opposition tot oder lebendig.

Wenn das der Fall ist, dann ist die Antwort nur zu offensichtlich:

Ich bin tot.

Und das hier ist die Hölle.

Ich habe genug verbrochen, um in die Hölle zu kommen. Darüber gibt es keinen Zweifel. Ein Haufen Leichen, bei dem sogar einem Psychopathen schlecht werden würde. Die Konsequenz dieser Überlegung ist, dass keine menschliche Hand für meinen momentanen Zustand verantwortlich ist, sondern eine göttliche Hand. Und die Konsequenz aus dieser Konsequenz ist, dass ich mich im Alter von sieben Jahren schwer getäuscht habe und es doch einen Gott gibt.

Ich weiß nicht, ob wirklich eine bärtige Gottheit in Menschengestalt verantwortlich ist, irgendein Jahwe oder Baal, eine Athene oder Gaia. Doch jemand hat den Job, die Seelen zu wiegen und jene zu bestrafen, die für zu schwer befunden werden.

Und, mein Gott, was lastet nicht alles auf meiner Seele.

Vor allem Gier. Die Gier nach Geld, das nicht mir gehört hat. Die Gier nach einem Leben, das offenbar auch nicht meins war.

Gewinne um jeden Preis, hatte ich gesagt. Nun, ich habe gewonnen. Und dies hier ist der Preis.

Die Folter, das Ton-Chaos, die Bilder und die schreienden Babys, das alles macht diese Hölle zur Hölle. Doch sie sind nur ein Teil. Die Erinnerungen dienen nicht dazu, dass ich mich in der Finsterzeit von den schlimmen Dingen erholen kann. Die Erinnerungen verfolgen einen didaktischen Zweck und sind selbst eine eigene Folter: Sieh dir an, was du hattest. Sieh dir an, was du weggeworfen hast. Neunzehn Jahre voller Erfahrungen, schlimme, neutrale bis großartige und erhabene, die du alle in den Mülleimer geworfen hast, und wofür?

Ich nehme an, dass mir irgendwann die Erinnerungen ausgehen, und irgendwann sind es nur noch alte und langweilige Wiederholungen. Nach zehn Jahren Wiederholungen wird es anstrengend. Nach einer Million Jahren unerträglich.

Das Problem mit der Ewigkeit ist, dass es ewig dauert, bis man sie hinter sich hat.

—

Er tanzt und wirbelt wie ein Verrückter herum. Mein Dad benimmt sich wie ein Irrer. Unsere Wohnung in – wo war sie noch mal? Unsere Wohnung in Kairo. Ich bin ein Kind, vielleicht zehn, und traurig. Um mich aufzuheitern, hat Dad sein Handy in die Stereoanlage gesteckt und sie voll aufgedreht.

They say love awaits us all, high up in the sky
Where heaven's open to all God's children if we try

Er dreht sich mit ausgebreiteten Armen, er grinst teuflisch, dreht eine Pirouette, versucht sich an einer Pirouette. Der Song, der kitschigste 70er-Jahre-Kitsch, ist ein Multikulti-Hit, überall strahlendes Lächeln.

Wouldn't it be nice, if we all could learn to fly
Wouldn't it be sweet, if we could sail up in the sky

Der Teppich in unserem Wohnzimmer – ein rot, orange und blau gewebter Kilim, den Dad auf dem Souk al-Gomaa gekauft hat – wickelt sich um einen seiner bestrumpften Füße. Er fuchtelt mit den Armen und fällt, *ka-wumm*, auf den Parkettfußboden. Ich lache laut auf. Lauter, als ich je gelacht habe. Er hebt den Kopf, und da ist Blut an seinem Haaransatz.

We'd fly together to heaven's gate, you and I
Chasing peace, love, and happiness through the sky

Er ist verletzt. Ich bekomme Angst. Dann lacht er auch. Mein Dad wischt sich das Blut ab. «Ich wollte es nur ein bisschen spannender machen», sagt er. «Kein Grund zur Sorge.» Und dann nimmt er mich, presst sein Gesicht in meinen Bauch und bläst *phflllllll* durch mein Baumwoll-T-Shirt hindurch. Wieder lache ich. Seit Jahren hat er das nicht mehr gemacht, und ich lache und lache, bis mir alles weh tut und er mich festhält. Ich musste das T-Shirt allerdings wegwerfen, wegen der Blutflecken darauf.

A groovy flying pair of fools gettin' high
As we soar high, so high ...

Nach der normalen menschlichen Zeitrechnung – die in Umkreisungen der Erde um die Sonne sowie der Rotation der Erde um die eigene Achse (also 365 und 24 Einheiten) gemessen wird – war ich siebzehn Tage und dreizehn Stunden tot. Das ist eine erfundene Zahl. Es könnten genauso vier Tage und achtzehn Stunden oder dreißig Jahre und zwei Monate oder bloß eine Stunde gewesen sein. Doch um es irgendwie greifbar zu machen – lange genug, dass es lang ist, kurz genug, dass es nicht ewig ist –, gehe ich von siebzehn Tagen und dreizehn Stunden aus.

Sehr schmerzhaft und plötzlich komme ich im sterilen und grellweißen Licht eines Krankenhauszimmers zu Bewusstsein. Es riecht in dieser Welt nach Desinfektionsspray.

Eine Frau Anfang vierzig, die ihre dunklen Haare zu einem Pferdeschwanz gebunden hat, steht neben meinem Bett. In ihren Händen hält sie einen Helm. Er ist groß und geht bis über die Ohren, er hat ein dunkles Visier. Selbst jetzt, direkt nach meiner zweiten Geburt oder meinem Nicht-Tod, was auch immer, weiß ich sofort, dass dieser Helm das Universum ist, in dem ich die letzten siebzehn Tage und dreizehn Stunden verbracht habe. Der Helm ist die Quelle der quälenden Töne, der unheimlichen Bilder und dieses beschissenen, rückwärts schreienden Babys.

Die Frau ist völlig unauffällig mit ihrem vage hübschen Gesicht, dem neutralen Make-up und dem marineblauen Anzug. Ihre goldenen Ohrringe haben die Form von Muscheln, ein Touch von provinzieller Extravaganz. Sie ist die mathematische Durchschnittlichkeit in Person.

Und das verwirrt mich im ersten Moment. Etwas an ihr kommt mir bekannt vor, eine Besonderheit, als wäre sie absolut durchschnittlich, und genau das würde sie so besonders machen. Wo? Auf einem Werbefoto in der Lobby einer Bank? *Machen Sie einen Termin mit Ihrem Berater.* In einem Werbespot für ein leckeres Joghurt? *Auch Mütter brauchen Zeit zum Genießen.* Nein. So etwas Banales ist es nicht. Von dieser Frau geht eine Gefahr aus, sie umgibt sie wie der Duft eines Parfüms.

«Ich entschuldige mich, Gwendolyn», sagt sie. «Du heißt doch Gwendolyn, oder? Nicht Gwen?»

Ihre Stimme. Ich wusste, dass sie so klingen würde, munter und ruhig zugleich.

Ich öffne den Mund, um zu sprechen, doch kein Laut kommt heraus. Meine Spucke ist so dickflüssig wie Kleister.

«Oh, tut mir leid – Wasser!», sagt sie fröhlich und nimmt einen Pappbecher mit einem gebogenen Strohhalm von einem Edelstahltablett. «Eisstückchen», sagt sie und drückt auf einen Knopf am Bett, der das Rückenteil hochfährt. «Kleine Schlucke – nicht zu schnell trinken.»

Instinktiv bewege ich die Hand, um den Becher zu nehmen, doch ein beißender Schmerz hindert mich daran. Meine Handgelenke sind mit breiten Lederhandschellen an das Krankenhausbett gefesselt. Ich betrachte die Haut unter dem Leder und daneben, rot und wund, bedeckt von winzigem Schorf. Auch meine Fußgelenke sind mit Lederriemen an das Bett gebunden, und die Haut um sie herum sieht genauso aus.

«Nimm den Strohhalm», sagt die Frau. «Etwas von dem Eis muss schon geschmolzen sein.»

Meine Lippen schließen sich um das Ende des Halms, doch selbst eine solch einfache Sache ist plötzlich schwierig. Meine Lippen schmerzen und zittern, und der erste Schluck Wasser läuft mir am Kinn hinunter. Beim zweiten Versuch gelingt es mir, ein paar Tropfen zu schlucken. Sie fühlen sich in meiner Kehle an wie hochprozentiger Wodka.

Die Frau drückt ein Handtuch gegen mein Kinn, dann wischt sie mir den Mund ab. «Wir haben uns schon mal getroffen. Weißt du noch?»

Ich nicke, auch wenn ich immer noch nicht weiß, wo.

«In Prag», sagt sie.

Es ist ein anderer Traum, der so lebendig ist wie die Realität oder das, was ich gerade dafür halte: eine Hotelsuite, ein gemütliches Sofa, ein gemütlicher Bademantel. Und eine Injektion.

Sie sei eine Psychiaterin, hat man mir gesagt. Und soll mir helfen, über das traumatische Erlebnis zu berichten.

Ich habe ihr alles erzählt: wie ich meinen Vater gerettet habe, wie er dabei angeschossen wurde. Wie ich ihn mit jemandem namens Sam fortgeschickt habe. Wie ich als Höhepunkt der Nacht ein Dutzend Männer mit Rattengift umgebracht habe.

Doch das interessierte sie gar nicht. Sie war hinter den Kontonummern her, die mein Vater gefunden hatte, die Konten, die ich aufgespürt hatte, die ich geleert habe, und hinter dem Geld, das mir letztendlich der Mossad abgenommen hat.

Sie hatte mir irgendetwas in den Arm gespritzt. «Etwas, das dir hilft zu entspannen», hat sie gesagt. «Damit du dich erinnern kannst.»

Ihr Name ist Dr. Simon.

Ich zerre sinnlos an den Fesseln, schüttle heftig den Kopf, bis ich das Blut in meinem Kopf rauschen höre. *Wach endlich auf, verflucht noch mal.* Doch als ich die Augen wieder öffne, ist sie immer noch da, diese absolut durchschnittliche Person, die nach Gefahr riecht. Sie streicht mir sogar über den Kopf, beruhigt mich, sagt, dass jetzt alles gut ist. Alles ist gut. Ein Piepen im Hintergrund wird langsamer, und ich stelle fest, dass ich an einen Herzmonitor angeschlossen bin. «Pst», sagt sie, den Blick auf den Monitor geheftet. «Ganz ruhig.»

Sie reicht mir wieder den Becher, und ich sauge am Strohhalm. Diesmal geht es etwas leichter.

«Die Angst, die du spürst, ist völlig normal», sagt sie und streicht mir immer noch über die Haare. «Ich habe deine Beruhigungsmittel reduziert, seit ich hier bin. Als ich rausgefunden habe, was sie getan haben – Gwendolyn, ich möchte dir sagen, wie leid es mir tut.»

Sie hält meinen Kopf mit beiden Händen und schaut mir so ernsthaft in die Augen, dass ich ihr schon fast glauben möchte. «Das ist Barbarei», sagt sie. «Anders kann man das nicht nennen.»

Das Piepen des Monitors ist jetzt gleichmäßiger. Ich sehe die Anzeige über ihrer Schulter. 102, 102, 101, 99.

Sie seufzt und schüttelt den Kopf. «Du hast keinen Grund, mir zu vertrauen, das weiß ich. Aber selbst wenn ... Was sie getan haben, das ist jetzt vorbei. Okay? Es ist vorbei. Nick mit dem Kopf, wenn du mich verstanden hast.»

Ich nicke.

Sie sitzt auf einem Stuhl, als ich das nächste Mal aufwache, den Laptop auf den Knien. Es ist ein dicker schwarzer Laptop. Er hat ein Gummigehäuse und wirkt sehr robust. Ein Laptop für Umgebungen, die weitaus gefährlicher sind als ein Krankenzimmer in ...

«Wo bin ich?», frage ich, und meine Stimme klingt rau und leise.

Dr. Simon sieht auf, lächelt kurz und klappt den Laptop zu. Mit den Nägeln – rosa lackiert, nicht zartrosa, nicht pink, sondern durchschnittsrosa – trommelt sie auf dem Plastikdeckel. «Gut geschlafen?», fragt sie.

Ich nicke und versuche mich aufzusetzen, doch die Lederriemen halten mich fest. Dr. Simon schiebt den Laptop in eine geschmackvolle Aktentasche aus braunem, genarbtem Leder. In jedem Einkaufszentrum kann man solche Aktentaschen kaufen. Im nächsten Moment steht sie neben mir und drückt den Knopf, der das Rückenteil hochfährt. Wieder gibt es geschmolzenes Eis durch den Strohhalm, und das kalte Wasser fühlt sich an wie eine Klinge, die mitten durch meinen Körper gleitet.

«Wo bin ich?», frage ich wieder.

Sie zieht die Augenbrauen hoch. «In einer Forschungseinrichtung. Eine Art Krankenhaus.»

«Also nicht im Gefängnis.»

«Aber nein», sagt sie. «Überhaupt nicht.»

«Kann ich dann gehen? Wenn ich will?»

Sie verzieht die Lippen. *Das kannst du dir doch wohl denken.* «Wir sind der amerikanischen Regierung vertraglich verpflichtet, uns um deine Sicherheit zu kümmern, Gwendolyn.» Dr. Simon setzt sich wieder auf den Stuhl und schlägt anständig die Beine übereinander. «Wie hat dir Südamerika gefallen?»

Ich antworte nicht.

«Hat es dir gefallen? Das Klima, die Menschen?»

Ich wende mich ab. «Wo ist er?»

«Wer, dein Vater?», sagt sie. «Oder Terrance?»

«Beide.»

«Wir haben die Wohnung in Montevideo gefunden», sagt sie.

Obwohl ich mich durch keine Reaktion verraten möchte, zucken meine Mundwinkel. Sie bemerkt es, da bin ich sicher.

Sie spricht weiter. «Doch er war bereits – du weißt schon: *Puff.* Verschwunden. In Luft aufgelöst.»

Ich drehe den Kopf wieder zu ihr. «Gut.»

«Die Vermieterin hat euch beide identifiziert. Sie sind weg seit *dos semanas*, hat sie gesagt.»

Zwei Wochen. Sie sind zwei Wochen zu spät gekommen.

«Ich weiß nicht, wo er hin ist», sage ich.

«Nein», sagt sie. «Natürlich weißt du das nicht. Und das ist okay. Wir können später darüber sprechen.»

«Was ist mit Terrance?», frage ich. «Wo ist er? Haben Sie ihn?»

«Wir hatten ihn, aber jetzt nicht mehr. Terrance ist wieder in den Staaten. Wir helfen ihm dabei, einen guten Studienplatz zu bekommen. Wir sind ihm wirklich sehr dankbar.»

Keine Gefühlsregung auf ihrem Gesicht, nicht einmal ein kleines Siegerlächeln.

«Dankbar wofür?», sage ich, auch wenn ich die Antwort schon weiß.

«Dass er dich an uns ausgeliefert hat», sagt sie.

26. KAPITEL

Danach kann es kein weiteres Gespräch mehr geben. Das wissen wir beide. Deshalb wendet sie sich zu einer gläsernen Halbkugel in der Zimmerecke und sagt: «Na los, ladet das Band hoch.» Eine Weile passiert nichts, während ich alles zusammenpresse, von meinen Augen über meine Zähne bis zu meinem Hintern, und dann beginnt die Aufnahme mit einem digitalen Zischen. Einsen und Nullen reihen sich zu einer Folge von Worten, und die bitgepresste Stimme erklingt, die Terrance Mutai IV gehört.

Er flüstert, offenbar nicht, weil er leise sein will, sondern weil es ihn schmerzt, die Worte auszusprechen:

Terrance: Sie hat mir das Leben gerettet, okay? Sie hat mich gerettet. Der Typ, den sie erwürgt hat, sollte uns umbringen.

Männliche Stimme: Gwendolyn wird wieder ganz gesund werden. Wir haben nicht die Absicht, sie zu bestrafen.

Terrance: Warum haben Sie dann diese Typen geschickt, wer immer das war ...

Männliche Stimme: Haben wir nicht, haben wir nicht, Terrance ...

Terrance: Schwachsinn.

Männliche Stimme: Das ist nicht unser Stil, Terrance.

Die Aufnahme wird vorgespult, wobei die Stimmen von Terrance und dem anderen Mann sich zu rasanten Tönen vereinen, einem explodierenden Missklang aus E-G-As, C-F-Es. Dann kommt die Aufnahme zum Stillstand, und die Töne werden erneut zu menschlichen Stimmen.

Männliche Stimme: Terrance, hör mir zu, Terrance, das ist wichtig.

Terrance: Ich hör ja zu, verdammt, ich höre zu.

Männliche Stimme: Wir wollen sie beschützen, wir wollen, dass sie in Sicherheit ist.

Terrance: Hören Sie auf mit dem Scheiß, sie ist bei mir sicher.

Männliche Stimme: Terrance, wenn du sie so liebst, wie du sagst …

Terrance: Sie sind so ein Schwein, dass Sie das benutzen, als wäre es ein Argument für …

Männliche Stimme: Wenn du sie liebst, dann sagst du uns, wo sie ist.

Pause, im Hintergrund knisternde Geräusche, Terrances Atmen.

Terrance: Sie ist hier. In der Dusche.

Männliche Stimme: Im Hotel? Im Obelisk Grande?

Terrance: Wenn Sie ihr auch nur ein verdammtes Haar krümmen …

Die Aufnahme endet, ich keuche auf und schmecke Blut, weil ich mir auf die Unterlippe gebissen habe. Dr. Simon steht auf und fährt sich mit dem Finger über die Kehle, damit das Video abgestellt wird.

Durch meine Tränen sehe ich sie näher kommen, und in ihren langsamen, wohlüberlegten Bewegungen liegt so etwas wie Mitgefühl. Sie hält mir ein Taschentuch ans rechte Auge, dann ans linke. Wischt mir mit einem weiteren über die Wangen. Betupft mit einem dritten noch mal meine Augen.

«Was fühlst du jetzt?», sagt sie. «In diesem Moment? Das erste Wort, das dir in den Sinn kommt?»

«Verraten.»

«Ja.» Sie nickt. «Ja.»

«Ich hasse ihn», zische ich. «Und Sie hasse ich noch mehr.»

«Und du hast allen Grund, dich verraten zu fühlen. Aber was ich dir gern sagen möchte, Gwendolyn, was ich dir gern zeigen wollte, ist ...» – sie hockt sich neben mich, und ihre Stimme ist nur noch ein Flüstern – «... dass es vielleicht genau so ist, wie Terrance gesagt hat. Dass er es aus Liebe getan hat.»

Ich schüttle heftig mit dem Kopf, reiße an den Fesseln – sie schneiden mir wieder in die Haut – und stoße ein Geräusch aus, das vielleicht ein Schrei ist. Hören kann ich nichts.

«Es tut weh», sagt Dr. Simon immer noch mit sanfter Stimme. «Ich weiß. Es tut immer weh, wenn man sich in einem Heilungsprozess befindet. Besonders die Realität zu erkennen, das tut weh. Und dir ist es schon lange nicht gutgegangen.»

Sie berührt meine Wange. Ich fahre zurück. Sie berührt meine andere Wange, ich werfe den Kopf zur anderen Seite.

Am folgenden Tag werden mir die Fesseln abgenommen. Man bringt mich in ein Büro und setzt mich in einen beigefarbenen Vinyl-Sessel mit Holzlehnen, der ganz bequem ist für einen Sessel, der in einem Klinikzimmer steht. Dr. Simon sitzt mir gegenüber in einem gleichen Sessel, so als wären wir gleichgestellt. Es ist immer noch ein Krankenhauszimmer, doch nur in dem Sinne, dass es ein Zimmer in einem Krankenhaus ist. Die Neonlampe, die an der Betondecke hängt, ist ausgeschaltet, und wir sehen uns im Schein von zwei Stehlampen an. Es gibt sogar einen Teppich, ein Rechteck im selben Beige wie die Sessel. Von meinem Platz aus kann ich die Sicherheitsbeamtin hinter mir nicht sehen.

«Möchtest du Kaffee oder Tee? Ich denke, dein Körper kann jetzt welchen vertragen, wenn du willst.»

Ich nicke. «Kaffee.»

«Milch oder Zucker?»

«Beides.»

Dr. Simon steht auf und gießt mir persönlich einen Kaffee ein. Die Kanne steht auf einem Edelstahltablett auf einem Teewagen an der Wand. «Normalerweise bin ich in dieser Phase gegen jede Stimulanz», sagt sie, wobei sie sich zu mir umdreht und dabei in dem Pappbecher rührt. «Aber es ist schließlich nur ein bisschen Koffein, stimmt's?»

Sie reicht mir den Becher, und ich halte ihn mit beiden Händen. Meine Handgelenke sehen schlimm aus, knallrot und verschorft. Um meine Knöchel ist es nicht besser bestellt, aber unter meiner rosa Krankenhaushose sind sie gerade nicht zu sehen. «Danke für den Kaffee», sage ich.

Sie setzt sich wieder in ihren Sessel und wartet, bis ich einen Schluck genommen habe. Sie hat keinen Laptop auf den Knien, auch keinen Notizblock. Wir wollen uns bloß ein bisschen unterhalten, das scheint der Eindruck zu sein, den sie dem Gespräch geben möchte.

«Wir haben versagt», sagt Dr. Simon. «Auf ganzer Linie. Wir übernehmen die volle Verantwortung. Das alles hätte nie passieren dürfen.»

Durch reine Konzentration und Willensstärke bin ich in der Lage, meinen Atem und meine Stimme ruhig zu halten. «Was bedeutet ‹alles›?»

Sie breitet die Arme aus. «Wirklich alles. Dass du das Gefühl hattest, fliehen zu müssen, dass du dich bedroht gefühlt hast. Diese – Maschine, der Staat, *unsere* Regierung. Das ist ein stumpfes Instrument, Gwendolyn.» Sie schlägt die Beine übereinander und schüttelt den Kopf. Wenn diese Trauer in ihrem Gesicht, diese Zerknirschung nicht echt ist, dann ist sie eine richtig gute Schauspielerin. «Wenn man außerhalb des Staates lebt, kann er einen zerquetschen, kann er jeden fertigmachen. Darum ist es wichtig, dass du dich jetzt wieder in seinem Inneren befindest. Wo es sicher ist.»

«Komischerweise fühle ich mich kein bisschen sicher», sage ich.

Sie lächelt höflich und nickt. «Davon rede ich ja. Männer mit Waffen und diese psychologische Monstrosität, der sie dich ausgesetzt haben. Aber ich bin sofort gekommen, als ich davon erfahren habe, Gwendolyn. Du musst dir deswegen keine Sorgen mehr machen. Wir konzentrieren uns jetzt darauf, dass es dir schnell wieder bessergeht. Und du nach Hause kannst.»

Ich schaue in meinen Kaffee und betrachte die Wirbel des Kaffeeweißers darin, dieses chemische Gemisch, das vorgibt, Milch zu sein.

Ich schaffe es nicht mehr. Die Spannung in meinem Körper ist wie eine Stahlwinde, die sich dreht und dreht und mich in mich selbst hineinzieht und alles andere herausquetscht. Ein Schluchzen dringt aus meinem Mund, dann weine ich los wie ein trauriges kleines Mädchen.

Ich nehme eine Handvoll Taschentücher aus der Box auf dem Tisch und presse sie an mein Gesicht. Dr. Simon sitzt geduldig da und unternimmt keinen Versuch, mich zu beruhigen. Ich nehme noch ein paar Tücher und putze mir die Nase, schnäuze Schnodder, Spucke und Tränen in das Taschentuch. Als ich fertig bin, balle ich die nassen Tücher in meinem Schoß zusammen. Ich atme tief durch die Nase ein, um wieder Luft zu bekommen. «Wie haben Sie das gemacht?», bringe ich hervor. «Wie haben Sie Terrance dazu gebracht, dass er ... dass er das getan hat.»

«Nach dem Vorfall in Buenos Aires mit diesem ... Mann, wer auch immer das war. Terrance hat Angst bekommen.»

«Natürlich hatte er Angst. Er wurde beinahe umgebracht.»

«Nein, Gwendolyn», sagt Dr. Simon. «Er hatte Angst vor dir.»

Ich starre sie an.

«Angst vor dir. Und um dich. Was wir dir angetan haben, als wir dich zur Flucht zwangen, hat dich mental verändert. Das hat er erkannt. Also hat er sich bei uns gemeldet. Er hat uns erzählt, dass du nach Zürich wolltest. Um das Geld zu holen, hat er gesagt.»

«Das Geld ist weg. Es war ungefähr fünf Minuten lang in meinem Besitz.»

Dr. Simon nickt. «Das Geld ist nicht wichtig, Gwendolyn.»

Schwachsinn. Es geht immer um Geld. Jetzt kapiere ich Dr. Simons Spielchen. Sie will mein Vertrauen gewinnen. Sie wartet darauf, dass ich meine Sünden nicht mehr allein tragen will.

«Ich meine es ernst, es ist weg. Wirklich.»

«Lass uns etwas gegenseitig versprechen», sagt sie. «Ich werde dich nie nach dem Geld fragen. Und du fängst nie wieder davon an.»

«Was haben Sie dann mit mir vor?»

«Sobald es dir bessergeht, fliegst du zurück in die Staaten. Du kannst einen neuen Namen bekommen, wenn du willst. Einen neuen legalen Namen. Eine Sozialversicherungsnummer. Selbst eine Kreditwürdigkeit.» Sie lächelt mich warm an, beugt sich vor und stützt die Ellenbogen auf die Knie. «Du bist noch jung. Du kannst dir ein paar Unis anschauen. Wir können dir helfen, einen Studienplatz zu bekommen, genau wie Terrance.»

Ich trinke noch einen Schluck Kaffee.

Dieser Kaffeeweißer schmeckt doch fast wie echte Milch.

Zwei Sicherheitsleute – ein Mann, den Dr. Simon mit Mr. LaBelle angesprochen hat, sowie eine Frau, die sie Ms. Rossi nennt – folgen mir den Korridor entlang. Beide tragen Cargohosen, Polo-Shirts und Stiefel. Es sind keine Kampfstiefel, aber die hätten durchaus auch zu ihnen gepasst. Die beiden gehören zu einem bestimmten Typus Mensch, den ich mit meinem Dad oft in den Fluren der Botschaften gesehen habe – sportlich, trotz des kleinen Bauchs ab Mitte dreißig, kluge Gesichter und Augen, die schon alles gesehen haben. Ich trage keine Handschellen, doch Ms. Rossi und Mr. LaBelle gehen nur wenige Schritte hinter mir, und ihre selbstsicheren Schritte hallen vom Betonfußboden des Tunnels gegen die Betonwände und die Betondecke.

Es gibt nur wenige Türen, und jede sieht aus wie die zu meinem Zimmer, fensterlos und mit einem Spalt am Boden, unter dem man ein Tablett hindurchschieben kann. Jede Tür ist mit einer Kombination aus Buchstaben und Zahlen bezeichnet, ohne dass es eine besondere Reihenfolge zu geben scheint: A-14, A-15, C-12. In der Mitte der Decke verläuft ein grauer Streifen, die Kabel für die Neonröhren.

Ich schaue über die Schulter zu Ms. Rossi. Sie hat eben bei Dr. Simon hinter mir gestanden. Ihr Gesichtsausdruck ist leer, und das macht mich wütend. Diese unmoralische amerikanische Professionalität: Ich bin nicht böse, das ist bloß mein Job.

«Was bedeuten die Buchstaben neben den Türen?», frage ich.

«Blick nach vorn», sagt sie.

«Gibt es hier überhaupt irgendwo Fenster?»

«Schauen Sie bitte nur nach vorn», sagt sie.

«Leck mich doch.»

Es ist nur ein kindliches Aufmucken, der Versuch einer Machtlosen, ein bisschen Macht zu spüren. Rossi weiß das besser als ich, und ich blicke auch schon wieder stur geradeaus, bevor sie den Befehl zum dritten Mal wiederholen muss.

Wie halten vor einer Tür mit der Kennzeichnung C-19. Es ist ein anderes Zimmer als das von gestern Nacht. Das war C-7. Es liegt genau auf einer Linie zu B-3, wo Dr. Simon und ich uns zuerst begegnet sind, als ob das gesamte Gebäude bloß aus einem einzigen langen Flur besteht.

In diesem Zimmer steht kein Krankenhausbett, stattdessen gibt es eine Pritsche. Darauf liegen ein Kissen, ein Laken und eine Decke. Alles hat einen institutionellen Anstrich, ist aber keine schlechte Qualität. Das Zimmer ist ziemlich gemütlich nach Regierungsstandards. Sie haben mir außerdem einen Klon des beigen Vinylsessels reingestellt. Und daneben einen kleinen Bücherstapel. Eine Geschichte der NASA. Eine Anthologie mit amerikanischen Gedichten. Die Autobiographie eines Heroinsüchtigen, der Jesus findet.

In der Ecke entdecke ich sogar ein wenig Luxus: ein Duschkopf, der an der Wand montiert ist, ein Abfluss am Boden und ein dünner Plastikvorhang, der in einem Viertelkreis eine Art Dusche abgrenzt, in der ich gerade eben stehen kann.

Daneben auf einem Stuhl wartet ein Handtuch auf mich, ein neues Set Krankenhauskleidung und ein Paar weiße Schuhe mit Gummisohlen und ohne Schnürbänder. Außerdem Toilettenartikel wie kleine Behälter mit Shampoo und Zahnpasta, ein dünner Plastikkamm und eine Zahnbürste mit einem flachen, runden Griff von der Größe meines Daumens. Vermutlich, damit ich daraus kein Messer schnitzen kann.

Mein Körper zittert unter dem harten Wasserstrahl, und ich dusche so schnell wie möglich, sodass das Shampoo nicht richtig aus meinen Haaren gespült wird. Für Conditioner hat es offenbar nicht gereicht. Als ich fertig bin, taste ich hinter dem Vorhang nach dem Handtuch und der Kleidung.

Meine Haare sind struppig wie das Fell einer streunenden Katze, und als ich versuche, sie mit dem Kamm glatt zu bekommen, sehe ich, dass jemand etwas unter der Tür durchgeschoben hat. Es ist ein Papptablett, und darauf steht eine Schüssel mit hellbrauner, heißer Suppe, heller Toast und ein Pappbecher mit einer orangefarbenen Flüssigkeit. Ich senke die Nase zur Schüssel und atme den salzigen, metallischen Geruch von Hühnersuppe ein. Ich bringe einen Löffel davon zum Mund und verbrenne mir die Zunge. Also nehme ich einen Schluck von der orangefarbenen Flüssigkeit. Es ist ein zuckeriges Irgendwas, das so schmeckt, wie sich ein Chemiker Orangensaft vorstellt, und zwar nach einer verblassen Erinnerung aus dem Langzeitgedächtnis. Ich dippe den Toast in die Suppe und lasse jeden Bissen auf meiner Zunge abkühlen, bevor ich ihn runterschlucke.

Als ich fertig bin, schaue ich zur Kamera hoch. Sie ist oben in einer Ecke des Zimmers befestigt und hinter dunklem Glas verborgen. Wer ist da auf der anderen Seite, frage ich mich. Dr. Simon? Nein, sie kann mich nicht die ganze Zeit beobachten, oder doch? Also eine Wache, die die undankbare Aufgabe erhalten hat, meinen Schlaf, meine Mahlzeiten, meine Toilettengänge und mein Duschen zu dokumentieren.

Ich winke der Kamera zu. «Das ist unfair», sage ich. «Sie können mich sehen, aber ich Sie nicht.»

Falls ich schlafe, dann erinnere ich mich nicht daran, dass ich eingeschlafen bin, darum fühlt es sich so seltsam an, als ich aufwache.

Ich hebe den Kopf und sehe mich um – ja, ich hatte recht. Der Spalt unter der Tür ist offen. Das hat mich geweckt. Statt des üblichen Tabletts mit Krankenhausessen sehe ich ein hölzernes Schachbrett, auf dem alle Figuren aufgebaut sind. Das ist ein Traum, sage ich mir, ein absonderliches Hirngespinst aus irgendeinem Teil meines Kopfes, ein Kurzschluss.

Aber nein.

Das ist real. Ich merke es an meinem Körpergefühl, als ich die Beine auf den Boden bringe. Ich merke es an der Kälte des Betonfußbodens und am Geräusch, das meine Füße machen, als ich zur Tür gehe. Ich hocke mich hin, lausche am offenen Spalt, dann lasse ich mich auf die Knie fallen, um drunter durchzuschauen. Irgendjemand ist da, aber er ist nicht zu sehen, nur sein Schatten fällt auf den Boden.

Also ziehe ich eine Figur, einen weißen Springer, zwei Felder vor und einen zur Seite, die übliche Eröffnung. Dann schiebe ich das Brett zurück in den Tunnel.

Eine Hand erscheint, männlich, soweit ich erkennen kann, mit heller Haut, der ein bisschen Sonnenlicht guttun würde, und kurzen, kräftigen Fingern. Er schiebt einen mittleren Bauern zwei Felder vor.

Ich ziehe meinen gegenüberliegenden Bauern auf ihn zu.

Er zieht einen Läufer bis zur Mitte.

Ich ziehe meinen anderen Springer.

Er schlägt meinen Bauern.

Ich senke den Kopf zum Spalt. «Wer sind Sie?»

«Du bist dran.» Die Stimme ist tief und gedämpft.

«Max», sagt er und schlägt meinen Springer.

Ich schiebe den nächsten Bauern ein Feld vor, sodass er diagonal vor seinem Läufer steht. «Sind Sie – ein Wachmann?»

Der Bauer verschwindet, und sein zweiter Läufer steht stattdessen auf dem Feld. «Weißt du überhaupt, wie man spielt?»

«Ich weiß, welche Züge die Figuren machen dürfen», sage ich.

Mein Läufer greift an und schlägt einen seiner Bauern. Mein erster Schlag.

Er kichert – nicht gemein, bloß amüsiert –, dann schlägt er meinen Läufer mit seiner Königin. «Schlecht im Schach, gut im Leben. Sagt man das nicht?»

«Wer sagt das?»

«Ich weiß nicht. Die Leute.»

Ich bewege meine eigene Königin diagonal an die rechte Seite des Brettes und hoffe, dass er es nicht merkt. «Was ist mit der Kamera in der Ecke», sage ich. «Kriegen Sie keinen Ärger?»

«Das ist meine. Ich überwache dich.» Wieder sein Läufer, der sich für einen Angriff positioniert. «Du spielst wirklich mies.»

«Dann muss ich ja gut im Leben sein», sage ich.

Wir spielen eine Weile weiter, wobei ich fast alle Figuren verliere, sogar meine Königin. Ich schaffe es nur, Max noch einen zweiten Bauern wegzunehmen.

«Wenn du aufgeben willst», sagt Max, «musst du deinen König umkippen.»

«Ich weiß», sage ich und ziehe den König vor.

«Schach», sagt Max. «Gibst du auf?»

«Nein.» Ich ziehe den König wieder zurück.

Am Morgen wartet Dr. Simon vor ihrem Büro auf mich. «Ich möchte dir gern etwas zeigen, Gwendolyn», sagt sie. «Es vermittelt dir vielleicht ein gewisses – Verständnis. Für das, was wir zusammen erreichen können.»

Wir gehen tiefer in den Tunnel hinein, Dr. Simon neben mir, Rossi und LaBelle ungefähr fünf Schritte hinter uns. Je weiter wir gehen, desto schäbiger sieht es hier aus. Irgendwann wurden die Wände nicht mehr gestrichen, und es zeigt sich der nackte Beton, dunkelgrau und braun, nass und bröckelnd. Ich höre es tropfen.

Auch die Türen sind hier älter – verbeulte Stahltüren mit altmodischen Schlüssellöchern und Glühbirnen, die in Drahtkörben darüber hängen. Ich verschränke die Arme, um die feuchte Kälte abzuhalten.

«Was steht in unseren Akten neben deinem Namen?», fragt Dr. Simon.

«Woher soll ich das wissen?»

«Da steht *feindliche Kämpferin*. Das bedeutet, du hast keine Rechte. Keinen Anspruch auf einen Anwalt oder sonst irgendwas», sagt sie. «Also frag dich, warum du nicht tot bist, Gwendolyn. Frag dich, warum du hier bist.»

«Weil Sie etwas von mir wollen.»

Das Klappern ihrer Absätze auf dem Beton verlangsamt sich. Sie trägt schlichte schwarze Lederpumps, nichts Teures, aber gut gepflegt. «Ja», sagt sie. «Ich will dir helfen. Auf eine Weise, wie nur ich es kann.»

Ich spüre, wie eiskaltes Wasser über meine offenen Schuhe läuft, und schaue runter. Ich stehe in einer zentimetertiefen Pfütze. Ein Rinnsal läuft den Flur entlang in die Richtung, in die wir gehen.

«Sorry», sagt Dr. Simon. «Das Wasser erobert sich seinen Tunnel zurück.»

«Tunnel?»

«Wir sind hier über hundert Meter tief.»

«Was ist das hier für ein Ort?»

«Ein Traum, Gwendolyn.»

Ich schaue sie an.

«Jedenfalls für mich. Eine Forschungsstation für mich ganz allein. Völlig geheim. Ruhig.»

«Sie haben das hier gebaut?»

«Nein, nein», antwortet sie. «Die Nazis haben diese Station

während des Zweiten Weltkriegs gebaut. Beziehungsweise, gebaut haben es Juden, Roma und Sinti und wer auch sonst immer ...»

Die Feuchtigkeit des Betons wird auf einmal kälter, und ich betrachte jede Schraube und jeden Riss im Beton mit einem neuen Blick, als könnten selbst diese toten Gegenstände mit dem Bösen aufgeladen sein. Ich zittere.

«Es ist bloß ein Bauwerk, Gwendolyn. Immerhin wird es so wenigstens genutzt. Die Polen haben in einem ähnlichen Gebäude ein Erdbebenzentrum eingerichtet. Dieses hier haben die Nazis für die Entwicklung nuklearer Waffen verwendet, aber die Russen waren schneller.» Sie hält vor einem Metallgitter und einem verriegelten Tor an. «Eine Weile hat es leer gestanden, aber die Regierung der DDR hat hier eine andere Art von Labor aufgebaut. Für einige ihrer begabtesten Psychiater.»

«Können wir bitte wieder in Ihr Büro gehen?»

«Es tut mir leid, ich dachte, das hier würde dich interessieren. Es ist ein besonderer Ort. Niemand, und ich meine, wirklich niemand, erhält sonst Zugang.» Sie nickt LaBelle zu, der zu einem grauen elektrischen Kasten an der Wand hinübergeht und ein paar Hebel umlegt. Den Tunnel entlang flammen Lampen auf und erhellen ein Durcheinander aus Betonbrocken, vor Alter dunklen Holzkisten, alten Schreibtischen und Bürostühlen auf Rollen. Rossi schließt das Tor auf.

Dr. Simon und ich gehen tiefer in den Tunnel und lassen die Sicherheitsleute hinter uns. Dieser Ort hier fühlt sich weniger an wie ein Labor als wie ein Schlangendarm, der vom Maul direkt bis zum Anus führt, oben rein, unten raus.

Die Schreibtische sind aus Laminat und die Stühle aus Plastik, mit modrigen orange- und senffarbenen Bezügen. Sie sehen wirklich aus wie aus einem deutschen Büro Mitte der 70er Jahre.

«Die psychiatrische Arbeit, die die Ostdeutschen hier machten, war geheim und gemessen an unseren engen westlichen Standards, sagen wir mal, *unorthodox*. Deshalb diese überaus hübschen Büros.» Dr. Simon öffnet eine Schreibtischschublade, und ich sehe ein paar Büroklammern, einen Stift und ein paar Münzen. Sie öffnet eine zweite und zieht ein Namensschild mit Foto hervor, ein kahlköpfiger Mann mit Hornbrille. Sie tippt mit ihrem rosa Fingernagel auf die Worte unter dem Foto. *«Streng geh…guh…»* Sie bemüht sich, das deutsche Wort zu entziffern.

«Streng geheim», sage ich. «Wer ist das?»

«Der gute Dr. Stanislaw Richter. Du hast sicher nie von ihm gehört.» Sie wirft das Namensschild wieder in die Schublade und schiebt sie zu. «Er war ein Pionier in der sogenannten politischen Psychiatrie. Der Beste auf diesem Feld in der DDR. Die Leute waren so neidisch auf seine Arbeit, dass sie gleich das gesamte Feld diskreditierten, es als monströs bezeichneten. Doch Dr. Richter hat sie gefunden. Ja, das hat er.»

Ich weiche einen Schritt zurück. «Was hat er gefunden?»

«Liebe. Er hat Liebe gefunden.»

«Liebe?»

«Oder eher Schönheit. Vielleicht auch die Wahrheit.» Dr. Simon lächelt und betrachtet dabei ihre Pumps. «Jedenfalls ein Heilmittel. Um die Bewohner der DDR von dem zu kurieren, was sie krank machte. Es war alles sehr philosophisch. Ich habe zwei Jahre gebraucht, um es zu verstehen.»

Meine Mundwinkel zucken, gleich muss ich loslachen. Sie ist verrückt. Dieser Ort ist das Labor einer Wahnsinnigen. Ich schaue kurz den Weg zurück, den wir gekommen sind. Die Sicherheitsbeamten stehen immer noch da und beobachten uns. Ich kann ihre Silhouetten erkennen. Dann schaue ich in die andere Richtung, tiefer in den Tunnel hinein. Die Lichter enden in etwa hundert Meter Entfernung, doch der Tunnel führt danach weiter in die Dunkelheit. Wieder höre ich das Geräusch von Wasser.

«Gwendolyn. Sag mir, Gwendolyn, was wünschst du dir? Mehr als alles andere?»

«Nach Hause zu gehen», sage ich.

«Nach Hause», wiederholt sie. «Eine seltsame Wortwahl für jemanden, der gar kein Zuhause hat.»

«Dann eben, hier rauszukommen.»

«Nein», sagt Dr. Simon. «Das ist es nicht, was du willst.»

Diesmal lache ich wirklich, und es klingt heiser und rau. «Oh doch, ist es», sage ich. «Ich will hier raus.»

«Was du dir wünschst, ist etwas viel Grundlegenderes», sagt Dr. Simon. Sie lächelt mit mir, als würden wir gemeinsam über etwas lachen. «Hier rauszukommen ist bloß negativ ausgedrückt. So wie ‹Freiheit›. Aber diese Worte bedeuten nichts, stimmt's? Sie drücken bloß die Abwesenheit von etwas aus.» Sie legt die Hände auf meine Schultern. «Was du willst, Gwendolyn, ist Sicherheit. Du willst Frieden. Du möchtest geliebt werden.»

27. KAPITEL

Mittagessen auf dem Papptablett: ein helles, vollkommen rundes Brötchen, ein viereckiges Stück Fleisch und ein viereckiges Stück Käse. Es gibt Kartoffelsalat, der die Konsistenz von Zahnpasta hat, und einen Keks in einer Plastiktüte. Ich balanciere das Tablett auf meinen Knien, rühre aber kaum etwas an. Dr. Simon schenkt Kaffee aus. Nachdem sie sich nach meinen Gefühlen, meinen Fortschritten und meinem Stuhlgang erkundigt hat, lehnt sie sich in ihrem Sessel zurück, sodass ihr Gesicht im Schatten liegt, außerhalb des Lampenlichts. Ich beschließe, ihr nichts von der Schachpartie mit Max zu erzählen.

«Am Ende ist das, was du möchtest, und das, was wir wollen, gar nicht so verschieden», sagt Dr. Simon.

«Frieden», sage ich und wiederhole ihre Worte aus dem Tunnel. «Und Sicherheit.»

«Habe ich nicht recht, Gwendolyn? Ist es nicht das, was du wirklich willst?»

Ich muss einen Augenblick überlegen. «Ja», sage ich.

«Wir auch», sagt sie. «Damit meine ich deine Regierung, den Staat. Frieden und Sicherheit sind universelle Bedürfnisse.» Sie schaut zu mir herüber. «Also, können wir vielleicht einen Handel abschließen – das, was du willst, gegen das, was wir wollen?»

Es ist offensichtlich, auf was sie aus ist: Sie will meinen Vater, serviert auf einem Papptablett.

«Ich habe keine Ahnung, wo er ist», sage ich.

«Das weiß ich. Interessant aber, dass er dir als Erstes in den Sinn kommt. Du sorgst dich wirklich um deinen Vater, das ist eindeutig.» Sie faltet die Hände im Schoß. «Ich meine, du bist eine … wie soll ich das ausdrücken? Eine Kriegerin. Eine Ninja. Das ist sicher. Aber da ist auch ein weicher Kern in dir, nicht? Dieser Tochter-Anteil in dir. Den finde ich interessant.»

«Wie gesagt, ich habe keine Ahnung, wo er ist.»

«Wie war er, als ihr noch zusammen wart? Wie war sein Verhalten?»

Ich schaue hinunter, analysiere die Beschaffenheit des Kartoffelsalats, viel zu gelb und weich. «Er war vermutlich so, wie Sie ihn sich vorstellen.»

Dr. Simon nickt. «Er litt an Depressionen, Angstzuständen.»

Ich schaue auf und bohre meinen Blick in ihren. «Das ist ja heute sehr verbreitet.»

Sie beugt sich mit der sanften Ernsthaftigkeit vor, die sie so gut beherrscht. «Du willst Rache, und das ist völlig verständlich. Aber wollte er das auch?»

Ich zucke die Schultern.

«Jemand wie dein Vater könnte in seiner Situation versuchen, sich ein Druckmittel zu beschaffen. Zum Beispiel, indem er Informationen weitergibt.»

Sie redet von seinem Geständnis für das Jüngste Gericht. Die vierzehn Videos und die handgeschriebenen Hefte, die ich hochgeladen habe, die Links, die nur darauf warten, gesendet zu werden. Dr. Simon hat es derartig nebenbei und unauffällig darauf fallenlassen, dass ich es beinahe nicht mitgekriegt habe. Doch dieses Geständnis ist tatsächlich das, worum es geht. In dieser und allen anderen Unterhaltungen mit ihr. Vielleicht ist es sogar der Grund dafür, dass ich überhaupt noch am Leben bin. Die eine Sache, die sie schon die ganze Zeit wollen.

«Ich weiß nichts darüber», sage ich emotionslos.

Dr. Simon räuspert sich höflich. «Ich habe etwas für dich, ein kleines Geschenk. Um den Fortschritt zu feiern, den wir erzielt haben.»

Ich stelle das Tablett neben mich auf den Tisch und schaue auf.

«Es gibt Neuigkeiten von Terrance.»

«Neuigkeiten?»

«Ja. Er ist an der Tulane University angenommen worden. Und sein Vater wird vorzeitig entlassen. Er zieht nach New Orleans, um bei seinem Sohn zu sein.»

Ich schließe die Augen und versuche es mir vorzustellen. Aber es klingt so absurd, so sehr nach einer Phantasie, dass es unmöglich wahr sein kann.

Als ob sie meine Gedanken lesen könnte, hält sie eine Postkarte hoch. «Hier», sagt sie. «Er wollte, dass du das hier bekommst. Ein Schnappschuss, den er gemacht hat. Ein Foto.»

Sie hält die Postkarte hoch, eine kleine Schwarzweiß-Postkarte: eine Straßenszene, ein dunkelhäutiger Mann mit offenem Hemd und einem schäbigen alten Hut, der lachend die Straße hinuntergeht und mit dem Finger auf ein Schaufenster zeigt. Weshalb er lacht, ist nicht zu erkennen, doch sein Ausdruck strahlt Freude aus, als das Licht über sein faltiges Gesicht fällt, eine überbordende Freude über jenen Moment, diesen schmalen Bruchteil einer Sekunde. New Orleans? Vielleicht. Bestimmt. Darum hat Terrance die Karte geschickt. Schau, sagt er mir damit, schau dir diese Art von Glück an, die hier zu finden ist.

Ich stelle mir vor, wie er sich die alte Leica ans Auge hält, wie er den Ausschnitt sieht, bevor es geschieht, wie er weiß, dass es dieser Augenblick ist, dieser Ausschnitt von zehn mal fünfzehn Zentimetern aus Licht und Schatten, der mein Fenster zur realen Welt sein wird.

Auf der Rückseite steht eine Nachricht:

G,
ich weiß nicht, wie ich es dir schreiben soll, aber ich weiß, warum ich es muss. Es tut mir leid. Aber es war die einzige Möglichkeit, wie ich dein Leben retten konnte. Es war das Schwierigste, was ich je tun musste. Aber du lebst und bist wieder gesund, und das war es mir wert. Das ist alles, was für mich zählt.
In Liebe,
T

Dr. Simon gestattet mir, die Karte mit in mein Zimmer zu nehmen, wo ich mich auf die Pritsche lege und sie ins Licht halte. Ich weiß nicht, wonach ich suche – eine geheime Nachricht, irgendetwas, das er gelöscht oder überschrieben hat? Doch es gibt keine Geheimnisse in den Worten. Ich erinnere mich nicht, ob ich ihn schon einmal beim Schreiben beobachtet habe, doch die Buchstaben sehen aus, als hätte er sie mit seinen schlanken, aristokratischen Fingern geschrieben. Ich kenne seine Handschrift nicht, aber ich kenne seine Berührungen, und das hier sind sie.

Doch der Beweis ist nicht die Nachricht. Es ist das Foto auf der anderen Seite. Das ist *sein* Foto, der Beweis *seiner* Augen. Er hat es aus der Nähe aufgenommen, einen intimen Moment eingefangen, als würde er über den Mann auf dem Foto zu mir sprechen und mir einen Witz erzählen. Er wollte, dass ich das sehe, das Lächeln dieses Mannes. Es ist ein Code, der bedeutet, alles wird gut. Wenn ich kooperiere. So wie er es getan hat.

Ich presse mir das Bild aufs Gesicht. Liebe riecht nach Chemikalien.

Der Spalt unten an der Tür klappt auf, und das Schachbrett wird hereingeschoben. Irgendwie habe ich das erwartet. So etwas Seltsames muss auf jeden Fall wiederholt werden. Also rutsche ich an der Wand neben dem Brett auf den Boden und ziehe meinen weißen Springer in einem L voran.

Heute ist Max in Bestform und metzelt meine weiße Armee nieder, da ihre Anführerin so unfähig ist. Aber zumindest bemühe ich mich.

«Sind Sie gern bei der CIA, oder arbeiten Sie auch nur für sie?» Ich mache einen Zug mit einem Turm, doch kaum lasse ich die Figur los, weiß ich schon, wie er ihn schlagen wird.

«Spiel einfach», sagt Max mit flacher Stimme. Er kann nicht darüber sprechen, soll dieser Tonfall mir sagen. Mein Turm wird gegen seinen Läufer ausgetauscht.

«Es ist sicher anstrengend, all diese Geheimnisse zu bewahren.» Mein einer Springer setzt zu einer Selbstmordattacke an und schlägt einen seiner Springer.

Max schlägt ihn mit einem Turm. «Ja, sehr anstrengend.»

Ich tue ihm einen Gefallen und mache einen neutralen Zug mit einem Läufer. «Wenn es Ihnen nicht gefällt, können Sie ja kündigen.»

Max lacht. «Das geht leider nicht. Und das weißt du auch.» Er zieht einen Springer vor. «Ein kleiner Hubschrauberflug über dem Meer, das passiert dann. Im Ernst, das machen die wirklich.»

«Also weglaufen», sage ich.

«Was?»

«Weglaufen», wiederhole ich.

«Weil es ja bei dir so gut geklappt hat», sagt Max.

Ich kippe meinen König um. «Ups», sage ich. «Sie haben gewonnen.» Ich höre, wie er über den Betonfußboden rutscht.

«Was ist los?»

«Ich spiele nicht gern.» Ich beuge mich runter zum Spalt und spähe hindurch bis zur Wand auf der gegenüberliegenden Seite des Flurs. «Ich will Ihr Gesicht sehen.»

«Das ist verboten», sagt er.

«Aber Schachspielen nicht, oder was?»

Er überlegt, dann tauchen sein Kinn, blasse Lippen und seine linke Wange unter dem Spalt auf. Schließlich auch sein linkes Auge, es ist grünbraun gefleckt. Wir starren uns einen Augenblick lang aus einer Entfernung von etwa fünfzehn Zentimetern an, doch mindestens fünf davon sind aus Stahl. Nach dem, was ich von ihm sehen kann, schätze ich ihn auf fünfundzwanzig.

«Hi», sage ich.

«Hi», sagt Max.

Meine Hand liegt in seiner Hand, und es schneit. Aber es ist nicht kalt, oder mir ist nicht kalt, obwohl Moskau im Dezember immer kalt ist.

Pavlik wirbelt mich herum, und ich rutsche auf einer Eisfläche unter dem Schnee aus und falle beinahe hin.

Doch er fängt mich auf, denn er ist gut darin, Mädchen aufzufangen, nachdem er sie herumgewirbelt hat, was er ziemlich oft tut.

Darum hasst mein Dad ihn auch. «Arroganter kleiner Scheißer» nennt er ihn und fragt mich: «Hast du den arroganten kleinen Scheißer heute in der Schule getroffen? Wer hat dich nach Hause begleitet, etwa der arrogante kleine Scheißer?»

Und Pavlik ist wirklich arrogant und scheiße, aber nur zu anderen Leuten. Nicht zu mir. Heute überreicht er mir ein Dutzend Blumen mit einer Verbeugung, während wir die Schule verlassen. Sie sind so weiß wie der fallende Schnee, sogar die Stiele, denn sie sind aus Papiertüchern gebastelt. Er hat dafür die ganze Nacht gebraucht, sagt er.

«Du warst die ganze Nacht wach?», frage ich.

«Wie soll ich denn schlafen?», sagt er. «Ich habe die ganze Zeit an dich gedacht.»

Mit neunzehn hätte ich die Augen verdreht, aber mit meinen gerade mal fünfzehn durchflutet mich eine Welle des Glücks, die nicht von einem Schwindelgefühl zu unterscheiden ist.

«Also …»

«Klar komme ich mit in deine Wohnung.»

Der Schnee fällt mir aufs Gesicht, wie in einem Liebesfilm. Ich bewerfe ihn mit einem Schneeball, und er wirft einen zurück. Er trifft nicht mich, sondern etwas anderes.

Ein Podest von etwa zwei Metern Höhe, ohne eine Statue darauf.

Nachdem die Sowjetunion zusammenbrach, haben sie die Statuen ihrer Helden abgerissen, aber die Podeste für zukünftige Helden blieben stehen.

Ich versuche die verblasste Plakette zu entziffern. Sie ist schwer zu lesen. «Hey», sage ich, «hey – der heißt so wie du. Pavel. Pavlik.»

«Morozov», sagt er.

Pavel Morozov, 1918–1932, lese ich: *Kinderheld und ein Vorbild für alle.*

Pavlik legt die Arme um meine Hüften und zieht mich an sich. Ich spüre seinen offenen Mund an meinem Hals, und als er weitergeht, fühlt sich seine Spucke kalt an.

«Was hat er gemacht?», frage ich.

«Wer?»

«Pavel Morozov.»

Er richtet sich auf, streicht mit seinem Daumen über meine Schläfe. «Pavliks Vater hat Getreide gehortet, um seine Familie zu ernähren», sagt er. «Darum hat die Geheimpolizei ihn erschossen.»

«Sie haben Pavlik erschossen?»

Er lächelt mich an, so wie die Russen oft über Amerikaner lächeln. «Nein, du Dussel. Pavlik hat seinen Vater verpfiffen.»

Geben und Nehmen, so funktioniert die Welt, und selbst die nette Dr. Simon ist entschlossen, mich daran zu erinnern. Quid pro quo. Eine Hand wäscht die andere. Tochter gegen Vater.

Darum haben die Sicherheitsleute mich an einen anderen Ort gebracht, eine Art Bunker in einem Bunker, anstelle des üblichen Therapeutenbüros mit sanftem Lampenlicht und gemütlichen Sesseln. Der neue Raum hat unverputzte Betonwände, die feucht sind von jahrzehntelanger Vernachlässigung. Sie sind in grünliches Neonlicht getaucht. Zwei lange Klapptische stehen da, darauf eine Reihe von Monitoren und ein paar Laptops, die in einer stoßfesten Gummischale stecken wie das von Dr. Simon. Auf jedem Monitor ist ein anderer Raum zu sehen. Ich erkenne mein Zimmer, Dr. Simons Büro und das Zimmer mit dem Krankenhausbett. Weitere Monitore zeigen Überwachungsfeeds von Fluren und Treppen, alle menschenleer, sowie eine riesige Stahltür, durch die ein Lastwagen passen würde.

Dr. Simon stößt sich von einem der Tische ab, die Rollen ihres alten Bürostuhls quietschen. Sie sagt, ich soll mich hinsetzen, und schiebt mir mit dem Fuß einen zweiten Stuhl hin. «Ich bitte dich nicht, mir zu vertrauen, Gwendolyn», sagt Dr. Simon. «Vertrauen muss man sich verdienen, und das habe ich noch nicht getan.»

Ich setze mich und schaue mich über die Schulter nach Rossi um.

«Was tun wir also, wenn wir wollen, dass jemand uns glaubt, dessen Vertrauen wir aber noch nicht gewonnen haben?»

«Ihm Beweise geben.»

«Genau», sagt sie und nimmt etwas vom Tisch neben sich. Es

ist ein altes Telefon aus rotem Plastik. Die Drehwahlscheibe ist durch eine Metallplatte ersetzt worden. «Hier ist also ein Beweis. Ein Beweis meiner guten Absichten.»

Sie stellt das Telefon auf den Fußboden vor mich, wodurch sich das Kabel strafft, mit dem das Telefon mit der Buchse in der Wand verbunden ist. «Entschuldige, es ist ein bisschen altmodisch, aber das ist alles, was wir haben. Wenn man erst mal von der Versorgung abgeschnitten war, ist es schwierig, neue Leitungen legen zu lassen.»

Ich betrachte das Telefon. «Wen soll ich anrufen?»

«Es wartet jemand am anderen Ende der Leitung auf dich», sagt sie. «Du brauchst nur abzunehmen.»

Ich will schon nach dem Hörer greifen, doch dann zögere ich. «Und was muss ich dafür tun?»

«Wenn du mir nach deinem Gespräch glaubst, dass alles, was ich dir gesagt habe, wahr ist ...» Sie rutscht vor und sieht mich wieder mit ernstem Blick an. «... Dann verrätst du uns eine einzige Sache. Nur eine. Das ist alles.»

«Und zwar?»

Sie hebt die Handflächen in die Luft. «Wo sich die Informationen befinden, die dein Vater öffentlich machen will.»

Ich wende mich ab, schaue erst zu den Monitoren auf den Tischen, dann verfolge ich das Telefonkabel von der Wand bis zu dem Apparat vor mir, das rote Plastik ohne Wählscheibe. Ich sehe nur einen einzigen Weg, einen einzigen Ausweg. Ich betrachte die Risse im Fußboden, die Feuchtigkeit, die überall hochkommt. Wie hat Dr. Simon es ausgedrückt? «Das Wasser erobert sich seinen Tunnel zurück.» Ich drehe den Kopf und betrachte die Kaffeemaschine in der Ecke, beiges Plastik, der zischende Glasbehälter. Dr. Simon und die Sicherheitsleute sollen glauben, dass ich ganz in Gedanken bin. Dass ich mir das Undenkbare überlege, nämlich ob ich meinen Vater verraten soll. Doch in Wahrheit habe ich mich schon längst entschieden.

Kinderheld. Ein Vorbild für uns alle.

Also greife ich nach dem Telefon.

Und ziehe es auf meinen Schoß.

Das rote Plastik ist bloß eine Hülle, aber am Gewicht spüre ich, dass im Inneren Metall ist. Ich hebe den Hörer und halte ihn mir ans Ohr.

«Hallo?», sage ich.

Erst ist da nur das statische Geräusch alter Kabel – Zischen und Knistern, hin und wieder ein Knacken. Vielleicht verbindet sich meine Stimme gerade mit einem Mobilfunkturm irgendwo über uns oder wird vielleicht durch Kabel und Drähte bis zum anderen Ende getragen, über Berge und unter Meeren hindurch.

Dann höre ich jemanden atmen und eine Stimme am anderen Ende der Leitung. «Hallo?», sagt sie. «Hallo? Hallo?»

«Hallo, hi», sage ich.

«Hallo, hi. Gwen?»

«Hi, ich bin's, Gwen – hallo.»

«Mein Gott ...»

Die Stimme ist weit weg, doch selbst durch das Knistern höre ich Terrances Ernsthaftigkeit.

«Ich kann dich hören», sagt er. «Ich höre dich, keine Sorge.»

Dr. Simon erhebt sich und scheucht Rossi nach draußen. In meinem Rücken schließt sich die Tür.

«Terrance?»

«Yeah, ja – Gwen, ich bin's ...»

«Terrance.»

«Ja. Gwen, ich bin ... Himmel, Gwen, wie geht es dir? Es tut mir so leid, Gwen. Es tut mir so leid. Wie geht's dir?»

Ich zittere und brauche beide Hände, damit mir der Hörer nicht herunterfällt. «Ich, ich weiß nicht. Mir geht's mies, Terrance. Aber schon besser. Es ... Gott, Terrance, es war furchtbar, aber ...»

«Wo bist du?», sagt er.

«Wo bist du?», frage ich zurück.

«In New Orleans. Ich hab hier eine Wohnung. Sie ist klein, aber ... Gwen, es tut mir so leid. Was ich dir angetan habe. Es ist okay, wenn du mich hasst, das sollst du nur wissen. Wenn du mich jetzt verachtest ... Ich wollte nur, ich hab es nur getan, ich wollte dir *helfen.*»

Ich glaube, ich kann den Ozean hören, der über die alten, ausgefransten Kabel rollt. Es kann sein, dass ich Wale singen höre, oder vielleicht sind es auch die Vögel, die auf den Kabeln sitzen, dort, wo sie aus dem Wasser kommen und sich übers Land ziehen, von einem Mast zum nächsten, über Felder und Wiesen bis zu einem feuchten alten Gebäude in einer schwülen Nacht in New Orleans.

«Lass mich die Stadt hören, Terrance», sage ich. «Lass sie mich hören.»

«Was?»

«Ich will die Stadt hören. Geh zum Fenster.»

«Okay. Gleich. Ich muss ... Gwen, wo bist du? Kommst du zurück?»

«Lass mich die Stadt hören, Terrance.»

«Das Fenster, der Riegel ist ... Okay, jetzt ist es offen.»

Gefiltert durch Tausende von Meilen höre ich Hupen und eine Menschenmenge, die am Fenster vorübergeht. Betrunkene, die laut lachen. Und sogar – ist das Musik? – ja, Musik, der Klang einer elektrischen Gitarre, eine Trommel und ein Becken, eine Band.

«Gwen, kannst du es hören?»

Mit den Fingerspitzen berühre ich meine Lippen, und mein Atem pulsiert heißt gegen die Haut.

«Gwen?»

«Ja. Ja, ich höre es.»

Holz gegen Holz, das Fenster wird geschlossen.

«Was für eine miese Sache war das denn, Gwen? Die haben mich vor ungefähr zwanzig Minuten angerufen und gefragt, ob ich mit dir sprechen will.»

«Bist du in Sicherheit, Terrance? Du ... sie haben dir doch nicht weh getan?»

Wieder Knistern in der Leitung. «Nein. Nein, sogar – haben sie dir von Tulane erzählt? Ich bin angenommen worden, Gwen. Ich bin drin.»

Ich wandere in Richtung Kaffeemaschine, bloß drei Schritte, dann verhakt sich das Telefonkabel an einem Stuhlrad. «Das ist toll, Terrance. Du gehst an die Uni.»

«Es tut mir so leid, Gwen. Dass ich das getan habe.»

«Mir tut es auch leid», sage ich, «was ich getan habe.»

«Was hast *du* denn getan?»

«Ich ... ich habe dein Leben ruiniert, Terrance. Ehrlich. Es tut mir leid, weißt du, dass ich dich da reingezogen habe.»

Dr. Simon schnippt mit den Fingern, und ich sehe sie an. Noch eine Minute, formt sie mit den Lippen.

«Es ist alles okay, Gwen. Ehrlich. Schau, es war ein Abenteuer, okay? Ein total beschissenes Abenteuer.»

«Es tut mir leid wegen – der Schweinerei im Hotelzimmer. Weißt du?»

«Ja. Das war – brutal. Aber es ist okay. Jetzt ist es okay.»

«Und als ich so betrunken war in diesem Club. Du warst so lieb zu mir.»

«Das war gar nichts, Gwen», sagt er, und ich höre ihn atmen, und seine Stimme bricht genau wie meine. «Gwen? Ich will, dass du etwas weißt. Ich liebe dich. Ehrlich. Ich liebe dich.»

«Ich liebe dich auch, Terrance. Ehrlich. Schon immer», sage ich. Dann lache ich ein bisschen. «Und deine Kamera. Deine arme Leica. Um die tut's mir auch leid.»

«Vergiss es. Ehrlich. Ich meine, es ist bloß eine Kamera.»

Ich schaue zur Kaffeemaschine, wo der Glastopf wütend zischend auf der Hitzeplatte steht. «Es tut mir leid, dass ich sie verkauft habe. Bei diesem Pfandleiher. Aber wir brauchten das Geld.»

«Ach, Gwen, das ist ... du weißt schon. Es ist bloß materiell. Das ist nicht wichtig.»

«Nein», sage ich. «Das ist überhaupt nicht wichtig.»

«Wirklich wichtig ist, dass es dir schnell bessergeht.»

Ich presse die Augen zusammen, umfasse fest das Telefonkabel. «Ja, ich weiß.»

—

Der Hörer liegt wieder auf der Gabel, und ich wiege das Telefon in meinen Händen. Es ist ein solider Gegenstand, ein Gegenstand für die Ewigkeit. Man könnte Nägel damit einschlagen, wenn man wollte.

Die Sicherheitsbeamtin kommt wieder ins Zimmer und steht mit verschränkten Armen da, während Dr. Simon fragend die Augenbrauen hochzieht. Nun?

Ich nicke und gebe ihr zu verstehen, dass ich zufrieden bin. Dass der Anruf die Bedingungen unseres Deals erfüllt hat.

«Gefühle können verwirrend sein», sagt Dr. Simon. «Es ist okay, wenn man sie nicht gleich versteht. Es dauert eine Weile, bis alles einen Sinn ergibt.»

«Manchmal nicht», sage ich. «Manchmal ergibt alles sofort einen Sinn.»

Ich schließe die Augen und atme so tief ein, wie es geht, ich fülle meinen Bauch mit Luft. Denn schleudere ich ihr das Telefon – das massive Metallding im roten Plastikbezug, schwer wie ein Stein – gegen die Schläfe.

28. KAPITEL

Aber es klappt nicht.

Mein Schlag trifft Dr. Simon nicht sauber. Ich hatte nicht mit ihren Reflexen gerechnet – die sehr gut sind, wie sich herausstellt – und dass ich nicht in Topform bin und meine eigenen Reflexe nach all der Zeit in Gefangenschaft verkümmert sind. Und so landet das Telefon bloß an ihrer Schulter und rutscht an ihrem Ohr ab. Im nächsten Moment hat Rossi schon den Arm um meinen Hals. Zwei Sekunden später liege ich auf dem Boden und habe ihr Knie im Rücken. Sie fesselt mir die Handgelenke und reißt mir dabei fast die Schultern aus den Gelenken.

Danach herrscht Dunkelheit. Ob mich die Wachfrau zu sehr gewürgt hat oder ob Dr. Simon mich mit einer Pferdespritze voll Beruhigungsmittel lahmgelegt hat, weiß ich nicht, weil ich es nicht sehe. Das ist die Strafe für voreiliges Handeln.

Ich wache da auf, wo alles angefangen hat, mit Lederriemen an ein Krankenhausbett gefesselt. An meiner Brust und meinen Schläfen befinden sich wieder Sensoren, und eine Maschine an meiner Seite gibt piepend meine Lebenszeichen an Dr. Simon weiter, die auf einem Stuhl sitzt und ein halb in Brotpapier eingewickeltes belegtes Brötchen isst.

An ihrem linken Ohr klebt ein Pflaster. Das ist alles. Bloß ein Pflaster. Noch nicht mal ein blaues Auge. Ein münzengroßer Klecks Mayonnaise landet auf ihrem Knie, und sie sagt «Mist, Mist», während sie ihn mit einer Serviette und etwas Wasser bearbeitet.

Sie fängt meinen Blick auf und schenkt mir tatsächlich ein schwaches Lächeln, beinahe entschuldigend.

«Wo ist Terrance wirklich?», sage ich.

Sie widmet sich wieder ihrem Brötchen und kaut nachdenklich. «Du glaubst mir sowieso nicht, egal, was ich sage», sagt sie und bedeckt dabei wohlerzogen den Mund. «Wozu soll ich dir also antworten?»

Die Schmerzen in meiner Schulter und meinem Genick sind unglaublich, und meine Stirn pocht, gleich unter dem Haaransatz, wo ich auf den Fußboden geknallt sein muss. «Ich gebe auf», sage ich langsamer und mit tonloser Stimme. «Sagen Sie mir, wo Terrance ist, und ich verrate Ihnen alles, was Sie wollen.»

Dr. Simon nickt und leckt sich Mayonnaise vom Mittelfinger. «Ja, das wirst du», sagt sie. «Du wirst mir alles verraten, was ich will.»

Sie sagt es ruhig, aber es klingt anders. Die Spielchen sind vorbei, bedeutet es. Jetzt wird es ernst. Sie faltet das Brotpapier und schiebt es vorsichtig außen in ihre Aktentasche.

«Möchten Sie wissen, wie Sie meinen Vater kontaktieren können?», sage ich.

«Ja. Aber dazu kommen wir im nächsten Teil noch schnell genug», sagt sie.

«Im nächsten Teil», wiederhole ich. «Folter.»

Dr. Simon legt den Kopf zur Seite, und ein Lächeln zuckt über ihren Mund. «Die amerikanische Regierung foltert niemanden, Gwendolyn. Das weißt du doch.»

«Aber Sie gehören nicht zur Regierung», sage ich. «Sie sind ein Contractor.»

«Ja, das stimmt. Ein kleiner Unterschied, aber nicht unwichtig.» Sie kratzt mit einem rosa Nagel an dem dunklen Fleck auf ihrer Hose. «Wenn du von Folter sprichst, dann meinst du doch Schmerzen, nicht?»

Ich bringe ein schwaches Schulterzucken zustande. Was sonst?

«Manche Menschen kriegen ein richtiges High von Schmerzen, weißt du – wenn sie dagegen angehen», sagt sie. «Sportler, zum Beispiel. Bei denen hat das etwas mit Stolz zu tun. Mit Ego. Aber es gibt noch extremere Fälle. Du bist so einer, glaube ich. Du wehrst dich gern gegen Schmerzen. Du sagst einfach ‹ihr könnt mich mal› zu Schmerzen.»

Ich presse die Augen zusammen. «Sagen Sie es mir einfach. Was kommt als Nächstes?»

Stuhlbeine rutschen über den Betonboden, als Dr. Simon aufsteht. Ich höre das leise Klappern ihrer Schuhe, als sie sich langsam nähert.

«Als Nächstes», sagt Dr. Simon, «kommt der spaßige Teil.»

Die Angst beginnt in meinem Magen und steigt hinauf in meinen Mund, wo ich sie auf der Zunge tatsächlich schmecken kann: Salz und Kupfer. Ich spüre den Puls in meinen Augen und höre ihn wie eine Basstrommel in meinem Kopf.

«Weißt du, woher Morphin stammt, Gwendolyn?», fragt Dr. Simon.

Ich zerbreche mir den Kopf. Vielleicht gefällt es ihr, wenn ich die richtige Antwort weiß. «Aus Mohnblumen», sage ich. «Morphin wird aus den Samen von Mohnblumen hergestellt.»

«Das ist richtig», sagt sie. «Und was ist mit Aspirin, woher kommt das?»

Wieder krame ich in meinem Gedächtnis, doch diesmal finde ich nichts. Ich schüttle den Kopf.

«Es stammt aus einem Prozess, bei dem Kohlenteer zu Färbemittel verwandelt wird. Stell dir das mal vor. Aspirin wird aus Kohlenteer und Farbe gewonnen.» Sie seufzt, voller Bewunderung für die Wunder der Wissenschaft. «Aber darüber sind wir längst hinaus. Dieser ostdeutsche Psychiater, von dem ich erzählt habe, Stanislaw Richter – er hat es geschafft, Gwendolyn. Er hat tatsächlich den Code geknackt. Und ich, ich habe seine Erfindung auf das nächste Level gebracht.»

«Herzlichen Glückwunsch.» Mein Flüstern ist heiser und schwach.

«Was wir entdeckt haben – ach, Gwendolyn, es ist einfach wunderbar. Kannst du erraten, was es ist?»

Ich schaue sie an. «Nein.»

Ihre Augen sehen feucht aus, als ob sie gleich anfängt zu weinen. Sie presst die Lippen zusammen und schüttelt den Kopf, als könne sie es selbst immer noch nicht glauben. «Wir haben herausgefunden, aus was Liebe gemacht ist.»

Ich blinzele zwei-, dreimal, weil es kompletter Schwachsinn ist, was sie da von sich gibt. Ich zerre an den Fesseln.

«Ganz genau, Gwendolyn. Wir kennen die chemische Zusammensetzung von Liebe.» Sie geht nach hinten ins Zimmer und nimmt ein Lederetui von einem Stahltisch. «Weißt du, was die Hauptzutat von Liebe ist, Gwendolyn?»

«Ich ... Nein.»

«Komm schon», sagt sie. «*Rate.*»

Ein knarzendes Geräusch kommt aus meiner Kehle. «Kleine Kätzchen», bringe ich heraus. «Regenbogen.»

Sie wendet mir den Kopf zu und verzieht den Mund, als wäre sie eine Grundschullehrerin und ich eine kleine Klugscheißerin. «Wie sich herausstellt, ist es Gift.» Sie lässt blaue Gummihandschuhe über ihre Hände schnappen. «Das Gift der Tropischen Riesenameise. Ein spezielles, neurotoxisches Peptid, das nur bei einer einzigen Art in Brasilien vorkommt. Komisch, was? Es hat ewig gedauert, bis wir es isolieren konnten.»

Mein Magen zieht sich zusammen, und ich reiße wieder an den Lederfesseln. «Ich gebe Ihnen, was immer Sie wollen. Informationen. Geld. Egal was. Ich sage Ihnen ...»

Eine Nadel dringt durch den roten Deckel eines kleinen Fläschchens. Sie zieht die Spritze auf. «Das grausamste Zeug auf der Welt. Wir mussten die Skala für Schmerzen noch mal ganz neu kalibrieren. Unerträglich, so heißt es. Aber, Gwendolyn», sie schnippt mit dem Finger gegen die Nadel, «wie sich gezeigt hat, sind sie doch erträglich.»

Ein Tropfen Schweiß läuft von meinem Handgelenk über meine Handfläche. Ich schaue hin und sehe, dass es Blut ist, weil ich so fest an den Lederfesseln gezerrt habe, dass meine Haut wieder eingerissen ist. «Was wollen Sie?» Die Worte klingen rau, als kämen sie von irgendwo tief als meiner Kehle. «Bitte. Was immer es ist ...»

«Das ist ja das Problem. Was ich will, ist so schwer in Worte zu fassen.» Sie nähert sich ruhig, ganz die weise Ärztin mit sanften Bewegungen. «Es ist viel einfacher, wenn ich es dir zeige.»

Ich beiße die Zähne aufeinander, bäume mich gegen die Fesseln auf, will mich mit einem tierischen Laut auf sie stürzen.

Doch sie hat keine Angst – wegen der Fesseln ist jede Angst überflüssig –, und seltsamerweise erkenne ich auch keine Boshaftigkeit. Ihre blassen Lippen lächeln, ganz so als wäre sie eine richtige Krankenhausärztin.

Die Nadel pikst mich in die Haut, dann gleitet sie in die blaue Vene in meiner Ellenbeuge.

Mit dem Daumen drückt Dr. Simon den Spritzenkolben langsam hinunter, und die Droge kriecht wie warmes Wasser zu meinem Herzen und zu meinem Kopf. Sie sagt, ich soll mich beruhigen, dann streichelt sie meinen Oberarm. Die Wärme ihrer Finger strahlt durch den Gummihandschuh.

Schmerz, Übelkeit – ich warte verkrampft auf die erste Welle dieses unerträglich-erträglichen Gifts. Doch sie kommt nicht.

Stattdessen gleite ich in ein Delirium des Glücks. Es wartet nicht, es baut sich nicht langsam auf, es nimmt sofort von mir Besitz.

Eine Comic-Sonne. Der gelbe Filzstift eines Kindes, der das Papier durchtränkt. Absolute Übersättigung. Der Salz-und-Kupfer-Geschmack der Angst wird durch Zucker und Kirschen ersetzt.

Es ist nicht so, als ob ich fliege, sondern die Welt fliegt zu mir. Ein Keuchen, ein Lachen – es kommt aus meinem Mund. Ich schließe die Augen. Ich sehe den Frühling.

Sie ist da, neben mir. Ich spüre ihren Atem, der über mein Ohr gleitet und dann über die Haut meines Halses und der Wange. Gefällt's dir?, fragt sie. Ich antworte nicht. Der weiße Film auf ihren Lippen knistert, als sie den Mund verzieht. Sie lächelt.

Sie lächelt, weil ich sie glücklich gemacht habe.

Manchmal ist sie da, direkt neben mir. Manchmal ist keiner da. Manchmal ist jemand anderes da. Ein gutaussehender, unrasierter Mann, athletisch und liebenswert, mit lockigen Haaren, und in einem Kittel von der Farbe eines perfekten Himmels. Er stellt mir Fragen, und ich antworte, und er macht sich Notizen auf einem Clipboard. Sind das überhaupt Worte, diese Geräusche, die aus meinem Mund kommen? Er beugt sich vor, um die Lederfesseln an meinen Handgelenken zu prüfen, und ich drücke mich hoch gegen den Gurt über meiner Brust, um ihn zu riechen.

Musik spielt – eine tibetische Klangschale von der Größe der Erde –, ein Tremolo in einem Ton, der alle Töne enthält. Es ist der Klang, den die Planeten singen. *Musica universalis.* Die Harmonie der Sphären.

Weißt du, wie sich der Sonnenschein auf deinen nackten Schultern anfühlt und auf deinem Hintern und deinem Bauch und deinen Fußsohlen, und das alles gleichzeitig? Ich weiß es, und ich wünschte, ich hätte die Worte, um es zu beschreiben.

Dreitausend Menschen, die mich lieben, küssen mich mit dreitausend Mündern und streicheln meinen Körper mit sechstausend Händen.

Mein Blut ist Champagner.

Das sind keine Metaphern.

Diese Dr. Simon – sie ist wirklich eine fürsorgliche Ärztin. Sie hat mir ein solches Geschenk gemacht. Und wie gemein ich zu ihr war. Wie unglaublich falsch ich ihre Absichten interpretiert habe. Sie liebt mich. Und dieser hübsche Mann macht sich noch mehr Notizen, so besorgt ist er um mein Wohlergehen. Er überprüft meinen Herzschlag, meinen Blutdruck – seht ihr sein besorgtes Gesicht? Das ist echtes Mitgefühl. Er blinzelt so süß, während er sorgfältig Zahlen aufschreibt. Er liebt mich auch. Ich weiß es.

Vielleicht schlafe ich zwischendurch, aber wer weiß schon, wie Dr. Simons magischer Liebestrank aus Peptiden von der Riesenameise aus Brasilien funktioniert. Zeit vergeht, leider ist sie viel zu kurz, und alles endet ganz plötzlich. Es ändert sich nicht langsam, verebbt nicht, wie Schmerzmittel es tun. Stattdessen fühlt es sich an, als würde ich plötzlich aus großer Höhe nach unten stürzen. Auf den asphaltierten Bürgersteig. Jeder Muskel pocht vor Erschöpfung, und meine Hand- und Fußgelenke brennen von frischen Bisswunden. Als ich die Augen flatternd öffne, bin ich allein im Zimmer. Der Tresen, wo Dr. Simon ihr Lederetui platziert hatte, ist leer. Die Sensoren, die mit meiner Brust und meinen Schläfen verbunden waren, sind fort. Auch die Maschine, die meine Lebenszeichen mit grünen und später mit roten Lichtern verkündet hat, ist verschwunden.

Ich will jemanden rufen, doch meine Kehle brennt wie Feuer, und auf meiner Zunge liegt ein dicker Belag. Ich will Wasser, doch nur ein heiseres Flüstern kommt aus meinem Mund. Wo ist die Fürsorge geblieben? Wo ist die Liebe? Die Lampen über mir sind heller als zuvor, das Licht greller und weißer. Sie blenden mich selbst durch die geschlossenen Augenlider. Übelkeit kriecht von meinem Magen hoch, und ich muss würgen. Ich versuche, den Hals zu drehen und die Kotze auf meiner Haut an meinem Krankenhaushemd abzuwischen, doch ich schaffe es nicht. Die bittere Kotze bleibt einfach an meinem Kinn hängen und wird kalt.

Mein Herz schlägt zu schnell. Ich spüre es gegen meine Rippen schlagen und Schockwellen ausstrahlen, die bis zu meinen Fingern und Zehen gehen und in meinen Schläfen pulsieren. Jede einzelne meiner Zellen tut weh. Als ob sie nach etwas greifen wollten, das sie nicht erreichen können. Meine Zellen *sehnen* sich. Das Zittern setzt ein paar Minuten später ein. Die nächste Welle der Übelkeit erfasst mich.

—

Dr. Simon ist völlig unbeeindruckt, als sie mir den Schleim mit einem rauen Papiertuch vom Kinn wischt. Die Hände in blauen Gummihandschuhen, dreht sie meinen Kopf hierhin und dorthin, wobei sie mich genau betrachtet. Eine Stableuchte erscheint vor mir und sie befiehlt mir, in das Licht zu schauen. Ich versuche es, muss aber gleich wieder wegschauen. Sie sagt, ich soll es noch mal versuchen.

Als Dr. Simon mit ihrer Untersuchung fertig ist, setzt sie sich auf ihren Stuhl und klappt den Laptop auf ihren Knien auf.

«Übelkeit», sagt Dr. Simon, ohne aufzusehen. «Auf einer Skala von null bis fünf?»

«Fünf.»

«Unruhe in den Gliedmaßen?»

«Fünf.»

«Konzentrationsschwierigkeiten?»

«Fünf», sage ich. «Was soll das?»

«Ein Angststörungs-Index, der für pharmakologische Untersuchungen modifiziert wurde.» Sie tippt etwas in den Laptop und späht auf ihren Bildschirm. «Was ist mit Unschärfe der Augen? Klingeln in den Ohren?»

«Was haben Sie mir gegeben?»

«Ich nenne es das Theta-Präparat, doch es ist noch nicht ganz ausgereift. Da wartet noch einiges an Arbeit für dich und mich.» Dr. Simon stellt ihren Laptop weg, sie steht auf und kommt zu mir. Von hier aus kann ich jede Pore in ihrem Gesicht erkennen und die Linie unter dem Kinn, wo ihr Make-up endet. «Was ist der therapeutische Zweck von Morphin?»

«High zu werden.»

«Nein. Das ist nur ein Nebeneffekt. Der therapeutische Zweck von Morphin ist, Schmerzen zu lindern.» Sie legt ihre Hand auf meinen Arm. «Wie war es, mein Theta-Präparat? Nur ganz subjektiv, meine ich.»

Ich nicke und schlucke. «Gut.»

«Na komm», sagt sie und grinst mich an. «Es war besser als gut. Besser als vollkommen überwältigend.»

Ich schaue weg.

«So wie Liebe, stimmt's? Denn es ist Liebe. Liebe und Kochsalzlösung. Aber das ist auch wieder nur der Nebeneffekt.» Sie legt einen Finger an mein Kinn und dreht mein Gesicht zu sich. «Eine philosophische Frage, Gwendolyn: Was ist Liebe? Im Grunde ihres Wesens?»

Ich antworte nicht.

«Liebe ist Verlangen, Gwendolyn. Du verlangst nach dem, was du liebst. Und was du liebst, dem gegenüber verhältst du dich loyal. Das, genau *das*, ist der therapeutische Zweck von Theta. Der politische Zweck.»

Ich schließe die Augen, damit ich sie nicht sehen muss. Doch das grelle Licht scheint trotzdem durch meine Lider und reizt die wunden Nerven in meiner Retina. Ich werde einfach tun, was sie will. Ich werde einfach mitspielen. «Was wollen Sie von mir?»

«Was wir wollen – was ich will –, ist, dass du nach uns verlangst. Dass du uns liebst.»

«Uns?»

Dr. Simon legt ihre Hände auf die Knie, drückt sie nieder, atmet langsam, als würde sie meditieren. «Du bist eine Bürgerin», sagt sie nach einer Weile. «Der Staat, deine Regierung braucht dich. Ein Körper kann nicht leben ohne, sagen wir mal, ohne Bauchspeicheldrüse. Und man sieht auch keine Bauchspeicheldrüsen ohne einen Körper herumlaufen, stimmt's?»

Ich blinzele sie an. «Ich ... ich bin die Bauchspeicheldrüse.»

«Ganz genau», sagt sie. «Du bist die Bauchspeicheldrüse.»

Ich verziehe das Gesicht, und trotz allem muss ich lachen. Trocken. Dann huste ich, bis ich Blut schmecke. Ich lache über ihr Bild mit der Bauchspeicheldrüse. Ich lache über ihren Anzug und ihre schicke Lederaktentasche aus dem Einkaufszentrum und ihren in Gummi geschützten Laptop. Als ich aufhöre zu lachen, als ich mich zwinge aufzuhören, laufen mir Tränen über die Wangen.

Das Verlangen wird immer schlimmer. Als sie geht, schmerzen meine Venen, als hätte man sie auf einem Strecktisch gedehnt, und meine Kopfhaut juckt so heftig, dass ich mir die Haare ausreißen würde, hätte ich nur die Hände frei. Fieber- und Schüttelfrostwellen rollen über mich hinweg, und manchmal ist mein

Kopf eiskalt, während meine Füße schwitzen, und manchmal ist es umgekehrt. Das Neonlicht dröhnt ohrenbetäubend.

Irgendwann geht die Tür auf, und der Mann mit den lockigen Haaren und dem perfekt himmelblauen Kittel kommt herein. Der Ausdruck auf seinem Gesicht ist jetzt noch besorgter. Seine Augen sind schmal und sein Kiefer angespannt, als er meine Temperatur misst und die Fesseln überprüft. Er zieht sich blaue Gummihandschuhe über und holt eine Tube mit Salbe hervor, die er mir auf Hand- und Fußgelenke schmiert. Seine Berührung ist warm und sanft und schmerzt so sehr, dass ich zusammenzucke.

«Wie ist die Übelkeit?», fragt er.

Ich kenne die Stimme von irgendwoher, aber es ist zu anstrengend, darüber nachzudenken. Ich schüttle den Kopf und sage: «Schlimm.»

Er betastet die Taschen seines Kittels, dann zieht er eine winzige Pille hervor. «Das ist Zofran. Ich lege sie dir unter die Zunge», sagt er. «Nicht runterschlucken, sie soll sich im Mund auflösen.»

Doch kaum berührt die Pille meinen Rachen, würge ich schon über die Bettkante. Der Mann zieht eine nierenförmige Schale hervor und fängt die Spucke auf, dann trocknet er mir den Mund mit einem Stofftuch.

«Du brauchst einen Tropf», sagt er.

Er geht und kommt mit einer Stange zurück, an der ein Plastikbehälter mit Kochsalzlösung hängt.

«Wie heißen Sie?», bringe ich hervor.

Er schaut mich von der Seite an, während er meinen Arm mit einer braunen Flüssigkeit einreibt, die aussieht wie Öl. «Ich habe unsere Schachspiele vermisst», sagt er leise.

Max. Er heißt Max. Jetzt erkenne ich die Form seiner Hände, auch durch die Handschuhe hindurch – seine kurzen, kräftigen Finger, mit denen er mich im Schach geschlagen hat. Und den

Ausschnitt seines Gesichts, das ich durch den Türspalt gesehen habe, den erkenne ich auch. «Sind Sie Arzt, Max? Was habe ich?», frage ich.

«Ich bin Krankenpfleger. Vorher war ich Sanitäter beim Militär», sagt er und bereitet die Nadel vor. «Ball deine Hand zur Faust. Du wirst einen kleinen Piks spüren.»

Der Einstich der Nadel tut furchtbar weh, doch in einer Sekunde ist es vorbei, und als ich die Augen schließe, hat er sie schon mit Klebeband an meinem Arm befestigt.

«Was geben Sie mir da?», frage ich.

«Wir versuchen es mal intravenös mit dem Zofran», sagt Max und befestigt eine Ampulle in der Plastikhalterung des Schlauchs, der zu meinem Arm führt. «Die Übelkeit sollte bald verschwunden sein. Aber sag ihr nicht, dass ich dir irgendwas anderes als Kochsalzlösung gegeben habe.»

«Warum nicht?»

«Übelkeit ist Teil des Entzugs», sagt er. «Und darum geht es vor allem.»

Ich betrachte seine Hände und versuche mich daran zu erinnern, was Dr. Simon gesagt hat. «Liebe ist bloß ein Nebeneffekt.»

Max' Adamsapfel hüpft hoch und runter, als er schluckt. «Es tut mir echt leid», sagt er mit leiser Stimme. «Ehrlich. Du verdienst das nicht.»

«Dann lösen Sie die Fesseln», sage ich. «Lassen Sie uns abhauen.»

Er schließt kurz die Augen, dann zieht er sich die Handschuhe aus. «Ich kümmere mich so gut wie möglich um dich, damit du es besser durchstehst», sagt er.

Am nächsten Tag geht es mir schon viel besser. Das Zofran hat die Übelkeit so gut wie vertrieben, genau wie Max versprochen hat.

Oder vielleicht wäre mir sowieso nicht mehr schlecht, nachdem ich diese Droge, Dr. Simons magischen Liebestrank, ihr Theta-Präparat, über meine Poren ausgeschwitzt habe. Als Dr. Simon kommt, überprüft sie die Nadel in meinem Arm.

«Abgesehen von etwas Flüssigkeitsmangel hast du es gut vertragen», sagt sie. «Aber dieser Sturz, wenn die Wirkung aufhört, der ist gemein, oder?»

Ich antworte nicht.

«Komm schon, Gwendolyn, ich möchte deine Meinung hören. War es nicht schlimm?»

«Was wollen Sie von mir?»

Ein Schulterzucken, als hätte sie noch gar nicht darüber nachgedacht. «Wir möchten bloß, dass du», und jetzt lächelt sie wirklich, das ist nicht geheuchelt, «die Liebe fühlst. Dass du sie verstehst. Hier drin.» Sie tippt sich auf Höhe des Herzens auf die Brust.

Dann nimmt sie eine gefüllte Ampulle aus der Tasche und befestigt sie in der Halterung des Tropfes, genau wie Max es vorher mit dem Mittel gegen Übelkeit getan hat.

Diesmal gibt es keine Zeremonie oder Vorbereitung. Sie steckt die Nadel in die Plastikhalterung des Tropfes. Der Rausch trifft mich stärker als am Tag zuvor, als hätte sie die Dosis erhöht, so hoch, wie sie sich nur traut.

Ich kippe rückwärts durch die Matratze, durch den Boden, mein Körper ist zu einem C gebogen, meine Wirbelsäule unfassbar biegsam, während ich durch lavendelfarbenes Licht stürze, das über meine Haut leckt.

29. KAPITEL

Vier- oder fünfmal geht das so – ein kurzer Besuch, wieder eine Injektion, wieder gleite ich das Universum aus Lavendellicht, in dem ich alle, denen ich begegne, voller Liebe und Güte küsse und von ihnen Liebe und Güte zurückerhalte. Jede Dosis wird höher und die Reise länger und besser. Jeder Sturz wird härter und brutaler. Das Zofran, das Max mir heimlich injiziert, hilft mir immer weniger. Und so wechselt er die Laken und meine Kleidung, die mit Schweiß, Kotze und Pisse durchweicht ist, und erklärt mir tief besorgt und frustriert, beinahe schon wütend, dass ich ihr endlich geben soll, was sie haben will, damit das hier ein Ende nimmt. Doch Max weiß nichts von Liebe.

Jedes Mal, wenn Dr. Simon ins Zimmer kommt und eine neue Spritze vorbereitet, glänzen meine Augen von einer Liebe, die ich nie zuvor gekannt habe.

Anscheinend habe ich dieses Gefühl vorher immer mit Bewunderung verwechselt. Mit Respekt? Lust? Die Verkörperung all dessen, was auf der großen, weiten Welt gut ist? Totaler Blödsinn. So definieren vielleicht Dichter die Liebe. Oder Kinder. Aber Dr. Simon hatte recht. Liebe ist Verlangen. Und nach was wir verlangen, dem gegenüber sind wir loyal.

Sie gibt mir all das bedingungslos. Abgesehen von ein paar einfachen Fragen ihrer Befindlichkeitsskala nach jeder Dosis will Dr. Simon nichts weiter von mir wissen. Sie gibt mir ihre Liebe bedingungslos.

Und daher bin ich nicht misstrauisch, als sie nach dem vierten oder fünften Trip meinen Tropf entfernt und Rossi und LaBelle anweist, mich aus dem Bett zu heben. Dr. Simon verfolgt immer nur die besten Absichten, weil sie mich so liebt.

Rossis starke Arme halten mich rechts, während LaBelle mich links stützt. Sie gehen langsam, passen sich netterweise meinem langsamen Schlurfen an, führen mich aus dem Zimmer und den Gang entlang in ein anderes Zimmer. Diesmal bekomme ich eines ziemlich weit am Ende, wo der Tunnel schon unverputzt ist und die Türen angenietete Riegel haben und aus verbeultem Stahl bestehen.

Die Zelle, in die sie mir hineinhelfen, ist vollkommen leer, und der Fußboden ist rutschig durch das Wasser, das im schwachen Licht braun leuchtet. Als Rossi und LaBelle mich loslassen, stolpere ich vorwärts und kann mich gerade noch rechtzeitig abfangen, bevor die Tür hinter mir zuschlägt. Ich trommle mit den Fäusten gegen die Tür, ich brülle, doch niemand kommt. Niemand kommt, denn das ist der Sinn der Sache. Selbst in meinem benebelten Zustand ist mir das klar.

Der Schmerz, der schreckliche Zustand danach, hatte gerade eingesetzt, als sie mich aus dem Bett geholt haben. Ich war erst wenige Minuten zuvor aus meinem Hochzustand zurückgekehrt und immer noch außer Atem. Doch jetzt kehren die gestreckten Venen und das Kopfjucken mit voller Wucht zurück. Und auch das Fieber und der Schwindel. Ich stolpere zur gegenüberliegenden Wand, die nass ist und glitschig wie der Fußboden, und presse meinen Körper dagegen. Es hilft ein bisschen, weil es die Hitzewellen abkühlt. Dann bewegen sich die Wände, erst hierhin und dann dorthin, aber nicht wirklich. Es ist bloß der Schwindel, dieser Kreisel in meinem Kopf, der sich immer noch wie wild dreht. Ich verliere das Gleichgewicht und rutsche zu Boden, sodass das eisige Wasser durch die rosa Krankenhauskleidung dringt.

Ich brauche einen Bezugspunkt, irgendetwas, an dem meine Gedanken sich festhalten können. Meine Augen hüpfen durch den Raum auf der Suche nach irgendwas, das mir durch diese Qual hindurchhilft, die gerade erst anfängt und immer schlimmer werden wird, bis sie unerträglich ist. Die Wände, die Decke und der Fußboden sind alle gleich groß, die Zelle ist ein perfekter Kubus. Das einzige Störende ist die gelbe Glühbirne in ihrem Käfig, die aussieht wie ein trauriger, blasser Kanarienvogel. Bloß die Glühbirne. Keine Kamera.

Ich bin nicht nur allein, sondern auch unbeachtet. Allein gelassen. Außerhalb von Gottes Liebe. Außerhalb der Arme des Staates, wie Dr. Simon gesagt hat. Hier, Gwendolyn, schau dir an, wie allein du bist.

Ich würge, und beißender gelber Schleim kommt aus meinem leeren Magen. Er tropft als dicker Faden aus meinem Mund hinunter in das stinkende Wasser. Als ich den Kopf hebe, reißt der Faden und springt zurück in meinen Mund. Er schmeckt nach Eisen und was immer da unten auf dem Fußboden ist. Eine Fieberwelle lässt mich frierend zurück. Ich zittere am ganzen Körper und werde durchgerüttelt, als würde ich über einen schlechten Schotterweg fahren, und das mit 160 Stundenkilometern.

Ich habe die Arme um meine Knie geschlungen und zittere vor Kälte, als die Tür plötzlich aufspringt – mit einem ohrenbetäubenden Kreischen von Metall, das mit Gewalt auseinandergerissen wird. Zwei Gestalten kommen herein und packen mich an den Armen, versuchen mich hinzustellen, aber meine Beine zittern zu sehr unter meinem eigenen Gewicht. Ich schaffe es gerade, den Kopf zu heben, und sehe eine menschliche Silhouette in der Tür stehen.

Dr. Simon nickt den Sicherheitsleuten zu. Sie lassen meine Arme los, und ich knicke ein, meine Knie knallen auf den Beton. Ich stütze mich mit einer Hand ab, dann drücke ich sie auf meine Brust, wo mein Herz so schnell schlägt, als wollte es herausspringen. Ich hinterlasse einen kotbraunen Handabdruck.

Sie macht einen Schritt vor und beugt sich so weit herunter, dass ihr Gesicht auf Höhe von meinem ist. In ihren Augen liegt sanftes Mitleid und auch Trauer – das hier schmerzt sie ebenfalls. Ihre ungeschminkten, trockenen Lippen sind leicht geöffnet, als wollten wir uns gleich küssen.

«Übelkeit», sagt sie ruhig. «Von null bis fünf?»

Ich will etwas sagen, doch als ich den Mund öffne und Dr. Simon meinen Atem riechen kann, weicht sie zurück.

«Unruhe in den Gliedmaßen?»

«Ich kann noch nicht mal stehen», bringe ich hervor.

«Dann also fünf. Und die Konzentration?»

«Ich sterbe.»

Sie legt die Hände an meine Schläfen und hebt meinen Kopf leicht an. «Du stirbst nicht, Gwendolyn. Du stirbst nicht. Noch nicht.»

«Helfen Sie mir», flüstere ich.

Dr. Simon nimmt eine Hand von meinem Gesicht und sucht in ihrer Hosentasche nach etwas. Als sie die Hand wieder herauszieht, liegt eine kleine Ampulle darin. «Möchtest du das hier?»

Ich schaue zu Boden, weg von ihr. Und nicke einmal.

Wieder hebt sie meinen Kopf, mit einem Finger unter meinem Kinn. «Die Liebe, die du gibst, ist die Liebe, die du erhältst.»

«Was?»

«Die Liebe, die du gibst, ist die gleiche, die du erhältst», sagt sie.

«Sagen Sie mir, was ich tun soll.»

Ein leichtes Schulterzucken. «Denk dir was aus.» Dann steht sie auf, verschränkt die Arme und schreitet durch das schmutzige Wasser. Ihren Schuhen wird das nicht gefallen.

Ein Schauder überfällt mich, kein Fieber oder Frösteln oder Übelkeit. Ich schluchze auf, trocken und geräuschlos. Wie winzig mein Körper ist. Wie schwach ich bin. Gib ihn auf. Gib ihn auf und spüre Gottes Liebe. Es ist erbärmlich, aber was soll's? Es war von Anfang an klar, dass es darauf hinauslaufen würde. Morgen oder in einer Woche oder in einem Monat. Ich wäre immer noch hier, mein Körper krank und verzweifelt, das Wasser wäre immer noch kalt, und die Gleichung würde sich niemals ändern: dein Glück für sein Leben.

«Er hat etwas vorbereitet für den Jüngsten Tag», flüstere ich.

Plötzlich sind da Schritte, sie geht wieder vor mir in die Hocke. «Gut, Gwendolyn. Gut.»

«Sein ... Geständnis. Darin berichtet er alles», sage ich leise. «Der Account liegt auf einem Cloud-Speicher. Die Links stehen zum Absenden bereit. In den Entwurfsordnern.»

«Wohin sollen sie gesendet werden?»

Ich schaue zu ihr auf, ihr Gesichtsausdruck ist so sanft. «An die Medien. *CNN*. Die *New York Times*. An alle.»

Sie schnippt mit den Fingern, und ich höre, wie einer der Sicherheitsleute ein Notizbuch zückt und auf einen Kugelschreiber drückt.

«Benutzername und Passwort, Gwendolyn.»

Ich artikuliere überdeutlich, damit sie die Schreibweise auf jeden Fall richtig versteht, die Sonderzeichen, die sinnlosen Ausdrücke im Passwort. Sie wiederholt noch einmal alles, dann zeigt sie mir den Zettel.

«Stimmt», sage ich.

Es wird ihnen nicht reichen. Sie werden merken, dass der

Account bloß einer von vielen ist, die ich eingerichtet habe. Morgen früh werden sie wegen der anderen zurückkommen. Ich werde sie so lange bei Laune halten, wie ich kann, so lange, bis ich nichts mehr an Informationen zu bieten habe. Was ich dann tue, weiß ich nicht. Aber darüber mache ich mir dann Gedanken.

Dr. Simon kommt mit der Spritze zu mir, sie dreht die Kappe von der Nadelspitze. Sie geht in die Hocke, rasch und geschäftsmäßig schiebt sie den schmutzigen Ärmel meines Oberteils hoch bis über den Ellenbogen. Sie sticht mir in die Haut und findet die Vene sofort. Im nächsten Augenblick sind alle verschwunden, und die Tür fällt zu.

Max misst meinen Puls und atmet hörbar aus, als er einen findet. Er legt seinen behandschuhten Handrücken an meine Stirn und prüft, ob ich Fieber habe, dann berührt er mich an der Wange.

«Versuche dich aufzusetzen», sagt er leise.

Ich versuche es, aber ich schaffe es nicht, also hilft er mir auf und zieht mich in eine sitzende Position, ganz so als würde er mit einer riesigen Puppe mit toten Augen posieren. Einen Moment später liegt eine Decke um meine Schultern, und Max schiebt eine zweite Decke unter mich, die er so oft gefaltet hat, dass die Nässe von unten nicht durchkommt.

«Danke», flüstere ich.

Er presst meine Hände in seine, er massiert meine Unterarme, wärmt sie durch Reibung. Ich bin nass und kalt, und er ist trocken und warm, und der Effekt ist gleichzeitig schmerzhaft und wohltuend. Ich huste und spüre, wie das Blut wieder in mein Gesicht zurückkehrt. Seine Hände gleiten zu meinen Schultern und drücken sie fest, dann klopft er gegen meine Wangen, abwechselnd rechts und links, rechts und links, bis ich tatsächlich grinsen muss und versuche, seinen Arm wegzuschieben.

«Dr. Simon sagt, keinen Tropf mehr, noch nicht mal Kochsalzlösung», flüstert Max. «Aber ich habe ein Pflaster, das ich dir hinters Ohr kleben kann. Oder noch mal die Zofran-Pillen. Wir können es versuchen.»

Es gelingt mir, bei der Erwähnung von Zofran den Finger zu heben, also schüttelt er eine Pille aus einem Fläschchen und sagt, ich soll den Mund öffnen. Diesmal muss ich nicht würgen, und in weniger als einer Minute hat sich die Pille unter meiner Zunge aufgelöst.

Das Zittern fängt wieder an, und ich ziehe mir die Decke fester um den Körper, auch wenn ich sie kaum halten kann. Max schaut auf die Uhr, dann sagt er, ich soll mich vorbeugen. Bevor ich verstehe, was passiert, ist er hinter mich gerutscht, drückt seine Brust an meinen Rücken und legt seine Arme um meinen Oberkörper. Ich spüre seinen Atem an meinem Hals. «Du brauchst Wärme», sagt er. «Du bist unterkühlt.»

Ich nicke und zittere weiter, doch das Zittern meines Körpers wird nun von seinem absorbiert, prallt gegen warmes Fleisch. «W-wirs-s-t d-du», ich kann das Stottern nicht unterdrücken, «Är-Är-g-ger kr-kr…»

«Ob ich Ärger kriege?», sagt Max. «Ja. Wenn du es ihnen erzählst.»

«Ma-Max …»

«Ja?»

«W-w-werd ich», ich schlucke und versuche das Stottern zu unterbinden, «werde ich st-st-sterben?»

Keine Antwort von Max.

Ich schlucke wieder. «Max …»

«Psst», sagt er und legt seine Arme noch fester um mich. «Entspann dich. Wenn du kannst.»

«Max», sage ich wieder. «Hol mich hier raus.»

Als ich aufwache, sind Max und die Decken verschwunden. Meine rechte Seite ist gelähmt, zumindest fühlt sie sich so an, weil ich auf der Seite liege und das Wasser und der Boden so furchtbar kalt sind. Ich würde mich gerne umdrehen, aber mehr, als daran zu denken, gelingt mir nicht. Denn ich würde ja bloß die andere Seite nass machen, und ich habe sowieso nicht die Kraft dazu.

Es ist das Geräusch der aufgehenden Tür, das mich weckt, dieses schreckliche metallische Aufheulen, den der Stahl von sich gibt. Die Sicherheitsleute kommen rein und dahinter Dr. Simon.

«Das ‹Geständnis› deines Vaters, oder wie immer er das genannt hat, ist leider ziemlich harmlos», sagt sie, ohne jede Spur von Schadenfreude in der Stimme. «Die Öffentlichkeit überrascht ja heutzutage nichts mehr. Ein Tag Aufregung, höchstens, und dann ist es nur noch Material für Anhänger von Verschwörungstheorien. Sorry.»

Ich blinzle sie an.

«Du solltest auch wissen, dass wir die Duplikate gefunden haben. Die NSA hat eine globale Suche durchgeführt und diesen – keine Ahnung, wie das heißt, Filehash, Checksum oder so – benutzt. Jedenfalls sind jetzt alle Kopien gelöscht.» Sie hockt sich neben mich, streicht mir die Haare aus den Augen und schiebt sie mir hinter die Ohren. «Du bist so stark, Gwendolyn. Du hast das Richtige getan. Das war bestimmt nicht leicht für dich.»

Alle Kopien sind gelöscht, einfach so. Die Vorstellung, dass die NSA so mächtig ist, dass sie das Internet einfach so durchsuchen und alles finden kann, erschreckt mich, oder würde mich erschrecken, wenn es mich noch interessieren würde. Denn jetzt ist es Zeit, dass die Kinderheldin, das Vorbild für alle, ihre Belohnung bekommt. Mühevoll richte ich mich zum Sitzen auf.

«Dein Vater ist irgendwo da draußen», sagt Dr. Simon. «Wie

lange ist es her, dass du dich bei ihm gemeldet hast? Er fragt sich vermutlich längst, ob es dir gutgeht.»

Als sie ihn erwähnt, funktioniert mein Hirn für einen Moment wieder, lange genug für einen klaren oder zumindest einigermaßen klaren Gedanken. Nein, mein Vater fragt sich nicht nur, sondern er ist verzweifelt, panisch. Er befürchtet das Schlimmste, denn was kann es sonst bedeuten, wenn ich so plötzlich abtauche? Ich stelle ihn mir vor, irgendwo wo es warm ist, denn in Filmen fliehen die Leute immer in ein tropisches Land. Sein Hemd klebt ihm am Rücken, während er in einem runtergekommenen Internet-Café sitzt und mit trommelnden Fingern auf die TOR-Verbindung wartet und dabei betet, dass er heute etwas von mir hört. Die Angst in seinem Kopf dröhnt lauter als die Motorräder auf der Straße.

«Du verwendest eine E-Mail-Adresse, um ihn zu kontaktieren.»

«Ja», flüstere ich.

«Das war keine Frage, Gwendolyn. Wir wissen das. So haben wir dich übrigens auch gefunden.»

«Sie war verschlüsselt.»

«Ja, das hat die NSA vermutlich ein paar Minuten lang beschäftigt. Jedenfalls», die Sorge in ihrem Gesicht wirkt so echt, «weiß dein Vater vermutlich, dass sie geknackt worden ist, und das ist vermutlich der Grund, weshalb er dir nicht antwortet. Aber wir sind sicher, dass er sie zumindest liest.» Dr. Simon holt einen Notizblock und einen Stift aus ihrer Tasche. «Also los», sagt sie, «schreib auf, was du ihm sagen willst, damit er weiß, dass es dir gutgeht.»

Meine Hände zittern, als ich Stift und Notizblock entgegennehme. Die Vorstellung, dass ich mir etwas Überzeugendes ausdenke und es dann zu Papier bringe, erscheint mir unmöglich.

Aber ich muss ihn warnen. Irgendwie muss ich unseren Bedrohungscode in meine Nachricht einarbeiten, und dieses »Alles bestens, mach dir keine Sorgen» muss unauffällig und banal klingen.

Denn genau das ist es, was Dr. Simon möchte.

Sie will, dass ich ihm sage, dass man mich geschnappt hat. Dass ich in Gefahr bin, dass ich sterben werde.

Ich kenne ihn, und sie tut es auch: Er wird im nächsten Moment aus der Deckung kommen – ein Anruf, um einen hastigen Deal abzuschließen, seine Freiheit für meine, dann ein Taxi zum nächsten Konsulat. Und das war's dann. Keiner von uns beiden würde je wieder auftauchen. Wie hat Max es ausgedrückt: ein Hubschrauberflug über dem Meer.

Ich zögere, der Füller drückt auf das Papier, und ein Tintenfleck breitet sich aus wie eine blau blutende Wunde.

Mein Körper zittert, aber es gelingt mir irgendwie, mich hinzustellen und wackelig stehen zu bleiben. Ich schreibe *DAD* in krakeligen Großbuchstaben, dann *MIR GEHTS GUT, MACH DIR* ... aber dann erstarrt meine Hand und weigert sich weiterzuschreiben.

Der Sicherheitsbeamte, LaBelle, macht einen Schritt auf mich zu.

Und dann kommt irgendwoher in meinem Inneren auf einmal eine Kraftexplosion, als hätte jemand ein Streichholz an meine Wut gehalten. Ich stürze mich auf ihn und jage ihm den Füller in die rechte Schulter.

Im nächsten Moment zuckt mein Körper in der Luft, wird hochgeschleudert von pulsierendem Licht und rhythmischen Schmerzen. Ich lande auf dem Fußboden, und jeder Muskel an meiner Seite zuckt im Takt eines rasenden Metronoms.

Ich atme Spucke, schmecke Blut, huste und spüre, wie mir der Urin warm und gleichmäßig an den Beinen hinunterläuft.

Dr. Simon erhebt sich, einen Elektroschocker in der Hand.

LaBelle kommt näher, eine Hand an seine blutende Schulter gepresst, die Zähne zusammengebissen. Er will mir mit dem Stiefel in die Seite treten, doch Dr. Simon hebt die Hand, und er tritt zurück.

Sie hockt sich neben mich und legt zwei Finger an meinen Hals, um meinen Puls zu prüfen. «Das war *sehr* ungezogen, Gwendolyn», sagt sie. «Dafür musst du jetzt ohne Abendbrot ins Bett.»

—

Mein Herz rast wie wild, viel zu schnell für meine Atmung, die zu langsam und flach ist, um mitzuhalten. Ich spüre die Kälte nicht mehr.

Entzug ist der eigentliche Zweck des Theta-Präparats. Die Liebe ist bloß ein Nebeneffekt. Und doch würde ich alles tun, um es zu kriegen. Dr. Simon, kommen Sie, sagen Sie mir, was ich tun soll, und ich tue es. Ich sage Ihnen alles. Ich drücke sogar selbst ab. Wie viele Durchläufe Ihres Liebestrankes gab es schon und wie viele Laborratten wie mich hat es gekostet? Egal, wie viele es waren, es war es wert. Hier in Ihrem Labor, Ihrer unterirdischen Höhle, können Sie tun, was Sie wollen. Niemand überprüft Sie. Es gibt keine Konsequenzen. Es gibt nur Sie und Ihr edles Werk, bei dem Sie Bürger wie mich von ihren Qualen erlösen. Sie sind die Göttin hier, Dr. S. Also erweisen Sie mir diese Gnade.

Max umarmt mich wieder. So wie das letzte Mal, seine Brust an meinem Rücken und eine Decke um uns beide, um die Wärme darin zu halten. Er hat mir noch ein Zofran gegeben, und endlich wirkt es. «Möchtest du etwas Brühe trinken?», fragt er.

Ich schlucke, überlege, was ich will, dann habe ich die Frage vergessen. «Kannst du mir eine besorgen?»

«Brühe? Ich habe welche in der Thermoskanne mitgebracht.»

«Noch eine Spritze», zische ich.

Er drückt seine Arme fester zu. «Das bringt dich um.»

«Ich weiß.»

«Du bist jetzt seit vierundzwanzig Stunden ohne. Also bleib stark. Kämpfe.»

Er schraubt eine Thermoskanne auf und gießt Brühe in einen Plastikbecher. Der Dampf steigt auf, er riecht köstlich. Die Wärme des Bechers in meiner Hand lässt mich vor Dankbarkeit zittern. Ich nehme einen Schluck. Es ist die Hühnerbrühe, die sie mir schon vorher gegeben haben, zu salzig und mit diesem metallischen Geschmack. Aber sie hilft.

«Langsam», sagt er. «Kleine Schlucke.»

Eine leichte Übelkeit steigt in mir auf, doch ich kann sie unterdrücken. Ich trinke noch einen Schluck. «Warum tust du das?»

«Was?»

«Menschlich sein.» Ich drehe den Kopf ein bisschen, damit ich sein Gesicht sehen kann. «Deine Patienten müssen dich lieben.»

«Du bist die einzige.» Er zieht die Decke vor uns zusammen, um den Spalt zu schließen. «Die letzte.»

Ich schaudere und frage mich wieder, wie viele andere wie mich es gegeben hat. Ist jetzt der richtige Zeitpunkt, um ihn zu drängen? Aber das ist eine dämliche Überlegung. Denn ich habe keine Zeit.

«Ich habe eine Million Schweizer Franken», sage ich. Es ist gelogen, aber was soll's. «Wir können sie uns teilen.»

Er schweigt lange Zeit. Ich spüre, wie seine Kiefermuskeln sich anspannen. Er verlagert sein Gewicht, und ich berühre seine Hand.

«Ich mach mir nichts aus Geld», sagt er.

«Jeder macht sich was aus Geld. Kannst du es für mich tun?»

Max atmet schnell und nervös. Ich spüre seinen Atem warm und schön an meinem Hals. Dann ist sein Mund neben meinem Ohr. «Ich muss los.»

«Max. Bleib, bitte.»

«Sorry ...»

Sie weckt mich, indem sie mir «Guten Morgen, Sonnenschein» ins Ohr flüstert. Aber meine Augen öffnen sich nicht, darum prüft sie meinen Puls, und ich höre, wie sie den Sicherheitsleuten befiehlt, mich aufzurichten.

Sie drücken mich gegen die Wand.

«Gut geschlafen?», sagt sie und klemmt sich das Stethoskop in die Ohren. Sie lauscht meinem Herzschlag, misst meinen Blutdruck und meine Temperatur. Schreibt alles in ein kleines Notizbuch.

«Kannst du mich hören, Gwendolyn?»

Meine Lippen flattern neben den Worten her. «I-ich br-brauche ...»

Sie zieht die Augenbrauen hoch. «Ja?»

«Decke.»

«Du willst eine Decke?»

Ich nicke.

«Sag mir, was du an deinen Vater schreiben willst», sagt sie leise. «Dann kannst du wählen: Decke oder Theta.»

Mein Mund öffnet sich wieder, doch es kommt kein Laut hervor.

«Willst du mir die Nachricht diktieren, Gwendolyn?»

Ich schüttle den Kopf.

Sie scheucht die Sicherheitsbeamten raus und dreht sich selbst erst in der Tür um. «Letzte Chance», sagt sie.

Ich bleibe, wo ich bin, und starre mit leeren Augen den traurigen gelben Kanarienvogel in seinem Käfig an.

Die Tür fällt hinter ihr ins Schloss.

Ich stelle mir eine Spritze mit Theta vor. Eine Spritze aus bernsteinfarbenem Glas oder Plastik, das wie Glas aussieht. Und eine unfassbar dünne Nadel am einen Ende. Es ist kaum vorstellbar, dass ein solches Universum aus Wundern durch eine so kleine Kanüle passt.

Ich zittere nicht mehr. Ich spüre die Kälte nicht mehr.

Komm schnell zu mir, Max.

Ich habe Dr. Simon meine zickige Seite gezeigt, habe das trotzige Kind gemimt, das trotz aller Strafen hartnäckig bleibt. Aber sie hat kühl und auf ähnlich zickige Weise reagiert, *deine Wahl, nicht meine.* Jetzt muss ich die Folgen meines Verhaltens tragen. Meiner Illoyalität. Meiner Nicht-Liebe.

Tick tack, Max.

Ich horche angestrengt, ob ich irgendetwas von der Welt außerhalb der Zelle hören kann. Doch Stahl und Stein geben nichts preis.

Er hat die Nerven verloren, der arme Max. Sein Einsatz für die gerechte Sache ist auf dem Weg von meiner Welt zurück in seine ins Wanken geraten.

Ich werde nicht mehr hier sein, wenn du zurückkommst, Max.

30. KAPITEL

Ich werde davon wach, dass ich mich übergebe. Als ich die Augen öffne, stehe ich irgendwie senkrecht. Max hat den Arm um meine Hüfte gelegt, und mein Arm liegt um seinen Hals. Aber er stützt mein gesamtes Gewicht, und nur deshalb falle ich nicht vornüber. Meine nackten Füße sind rot vor Kälte und nach innen gedreht.

Max zischt mir zu, dass ich leise sein soll und mich festhalten. Auf dem Boden liegt eine Pfütze meines Erbrochenen, aber es ist nicht der Fußboden meiner Zelle. Es ist eine zerkratzte, schmutzige Stahlplatte. Um mich herum surrt ein Motor, und ich spüre, dass wir uns bewegen.

Wir sind in einem Fahrstuhl.

Ich drehe den Kopf, versuche, meine Umgebung einzuordnen. Max' Kiefer sind angespannt, doch seine Augen sehen sehr besorgt aus. Er hält eine kleine Glock in der rechten Hand. Es ist das beliebteste Spielzeug bei der CIA, doch so, wie Max die Pistole hält, scheint das nicht für Krankenpfleger zu gelten. Der Fahrstuhl ist riesig und für sehr viel mehr Fracht gebaut als für zwei Personen. Der Motor über uns summt und jault, während er uns aufwärts transportiert.

«W-wo ...»

«Ich hole uns hier raus», flüstert er. «Kannst du allein stehen?»

Normalerweise schon, oder meinst du jetzt?, will ich fragen. Aber ich nicke, und Max lässt mich langsam los. Ich schwanke einen Moment hin und her, stütze mich an der Fahrstuhlwand ab und finde mein Gleichgewicht. Es ist ein Gefühl, als ob ich etwas Großes geleistet habe.

«Wenn die Türen aufgehen, sind wir oben in einer Garage», sagt Max. «Ich gehe als Erster, dann du. In sechs oder sieben Metern steht da ein rotes Auto. Du legst dich vor die Rücksitze auf den Boden. Verstanden?»

Ich drücke seine Schulter. «Danke.»

«Warte damit, bis wir es geschafft haben», sagt er. «Ich will's nicht beschreien.»

Wie gut ist er vorbereitet? Wie gut ist sein Plan? Am liebsten würde ich ihm die Pistole abnehmen und ehrlich gesagt auch die Autoschlüssel. Doch noch während dieser Gedanke sich mühsam in meinem Hirn formt, erfasst mich wieder Übelkeit, und ich krümme mich. Ich kann kaum stehen, was bedeutet, dass alle Verantwortung auf ihm liegt. Ich bin bloß ein schwankendes, kotzendes Stück Ballast auf dieser Fahrt. Warum tut er das? Wieso kümmert er sich um mich? Wegen der einen Million Franken? Oder ist es möglich, dass ein Mensch auf dieser Welt einfach nur aus Mitmenschlichkeit handelt?

Metall kreischt gegen Metall, dann ein Ruck. Ich falle gegen Max' Schulter, weil der Fahrstuhl anhält. Als die Türen aufgleiten, hebt Max die Pistole und entsichert sie.

Der Geruch von Motorenöl und Schimmel wabert herein. Hinter Max' Schulter sehe ich den roten Wagen, einen kleinen VW, vielleicht zwanzig Jahre alt, mit rostigen Kotflügeln. Dahinter parkt ein unmarkierter weißer Lieferwagen. Max tritt aus dem Fahrstuhl, schwenkt die Pistole langsam hin und her und zischt: «Los!»

Ich stolpere voran, falle beinahe hin und krache gegen den Wagen. Es kommt mir auf einmal unfassbar kompliziert vor, den Türgriff zu bedienen. Mein Hirn müht sich mit dem Öffnen der Autotür ab, als wäre es eine mathematische Aufgabe.

Hinter mir gibt es eine Explosion. Max' Pistole ist losgegangen, der Schuss hallt von der gewölbten Decke wider. Mein Blick fliegt in die Richtung, in die Max geschossen hat. LaBelle steht am Ende der Garage, etwa zehn Meter entfernt. Er hält selbst eine Pistole in der Hand und verfolgt Max' Bewegungen. Max schießt wieder, und diesmal stolpert LaBelle rückwärts in einen Stapel Kartons und rutscht zu Boden.

Dann liege ich vor den Rücksitzen auf dem Boden und ziehe eine karierte Wolldecke über mich. Max stellt den Motor an, und die Reifen quietschen über den Fußboden, als wir vorwärtsschießen.

Die Straße ist nicht asphaltiert, und ich rumple hin und her, während wir durch die Dunkelheit rasen. Max hat das Fenster geöffnet, und ich rieche Kiefern und Bergluft. Ich kann sie sogar schmecken und atme sie in tiefen, dankbaren Zügen ein – die Luft ist süß und gehaltvoll. Mit einiger Mühe ziehe ich mich hoch, bis ich aus dem Fenster sehen kann.

Ein Wald bei Nacht, eine schmale Schotterstraße, die nur von den gelben Scheinwerferkegeln erhellt wird. Motten stieben zur Seite. Ich strecke den Arm vor, will Max' Schulter drücken.

«Noch ist es nicht vorbei», sagt er.

Durch die Kälte- und Übelkeitswellen hindurch klopft mein Herz vor Liebe für diesen Mann, eine Liebe, die nichts mit Romantik oder mit Theta zu tun hat. Liebe im Sinne von Bewunderung und dem Wunsch, dass die ganze Welt voller Menschen wäre, die so gut und freundlich und mutig sind wie er. «Wohin fahren wir?», frage ich.

«Sag du es mir», sagt Max. «Richtung Osten liegt Dresden. Richtung Westen Nürnberg.»

«Westen. Fahr nach Westen.»

Wir rasen so schnell um eine Kurve, dass die Hinterräder wegrutschen, bevor der Wagen sich wieder fängt. «Wohin im Westen?», fragt er.

«Ich weiß noch nicht. Erst mal fahren.»

Vor uns taucht ein Maschendrahtzaun auf, obendrauf Stacheldraht, und ein verschlossenes Tor. Selbst im Licht der Scheinwerfer kann ich erkennen, dass das Tor neu ist und stabil. Max hält an, nimmt einen Bolzenschneider vom Beifahrersitz und steigt bei laufendem Motor aus dem Wagen.

Ich sehe ihm nach, seine unsicheren Schritte, wie er an der Kette herumfummelt und nach dem schwächsten Glied sucht – sie sind alle gleich, mein Hübscher, nimm irgendeins. Er ist ein tapferer Narr, der sein Leben riskiert und es vermutlich verlieren wird, um meines zu retten. Doch vielleicht stimmt das nicht ganz. Vielleicht bin ich bloß eine Variable in seiner Gleichung, und es ist gar nicht wichtig, ob es mein Leben ist oder das eines anderen. Vielleicht tut er es für irgendein Prinzip, für eine abstrakte Idee von Gerechtigkeit, die größer ist als ich, aber unsichtbar. Also ein tapferer Narr, aber mit Betonung auf Letzterem.

Dann ist er wieder im Auto und rammt den ersten Gang rein, drückt aufs Gas, dass die Reifen durchdrehen, und lässt den Motor bis zum Anschlag hochtouren, bevor er in den zweiten schaltet. Wir preschen durch das Tor und dann weiter den Weg entlang, die Bäume fliegen schneller und schneller vorüber. Ich sehe Max' verkrampftes Grinsen im Rückspiegel. Ich kann das Adrenalin wie Schweiß an ihm riechen. Eine Million nicht vorhandener Franken, die ich sehr gut angelegt habe.

Stille, bis auf den Gesang von Vögeln, das Gefühl von kalter Luft auf meinem Gesicht. Beim Einatmen fühlt es sich eisig in meinen Nasenlöchern an. Meinen Augen öffnen sich flatternd, und ich sehe einen altmodischen Wecker, dessen Zeiger auf 1.24 Uhr stehen, und dahinter eine holzvertäfelte Wand. Mein Körper ist in etwas Warmes, Weiches und Wunderbares eingewickelt, eine dicke Daunenbettdecke, die sich schwer anfühlt und gleichzeitig wolkenleicht. Ich rolle auf den Rücken, und die Matratze gibt unter mir nach und saugt mich in sich auf wie ein freundliches Willkommen.

Allerdings ist es nicht so einfach, mich hier aufzusetzen. Meine Ellenbogen geben nach, als ich versuche, mich aufzustützen, jeder Muskel kämpft dagegen an und möchte ruhig liegenbleiben. Selbst bei der kleinsten Bewegung schießt ein Schmerz wie falsch gebogene Stahlbänder von meinem Kopf in den Bauch und strahlt ab in Beine und Arme. Dann dreht sich das Zimmer, und ich falle zurück auf die Matratze, wo ich in unendlicher Weichheit feststecke. Ich kämpfe gegen die Übelkeit an, doch ich spüre auch den Druck in meinem Darm.

Ich bleibe einfach, wo ich bin, und hoffe, dass es vorbeigeht, wenn ich mich nicht rühre. Das Licht im Schlafzimmer ist weich und grau, es fällt durch gewölbte alte Fensterscheiben, die zwischen diagonalen Vorhängen stecken. Es strömt sanft über einen stabilen, aber ungemütlich wirkenden Holzstuhl, der blau-weiß gestrichen ist, und eine mit aufwendigen Schnitzereien verzierte Kommode, auf der eine weiße Keramikwaschschüssel steht.

Ich bin in einer Holzhütte. Es fehlen nur noch die sieben Zwerge, die ein fröhliches Lied anstimmen.

Die Vorstellung von fröhlichem Gesang und Zeichentrick-Zwergen und überhaupt Holzhütten bereitet mir Übelkeit. Meine Venen surren wie Gitarrensaiten, doch dann ebbt der Drang, mich aus allen Körperöffnungen zu entleeren, wieder ab.

Ich zwinge mich zum Sitzen und schwinge die Beine über die Bettkante. Saure Galle steigt mir in die Kehle hoch, doch ich unterdrücke den Würgereiz und stelle mich hin. Irgendwoher habe ich eine dicke Jogginghose und ein zu großes Sweatshirt – vielleicht eins von Max –, doch für die Eiseskälte bin ich außerhalb des Betts trotzdem nicht warm genug angezogen. Ich stolpere zur einzigen Tür und hoffe, dass das Badezimmer gleich nebenan ist. Dann wird mir klar, dass dieser ungemütliche, bemalte Stuhl eine Art Toilette darstellt, mit einem Loch in der Mitte des Sitzes und einer Porzellanschüssel darunter. Ich ziehe die Jogginghose gerade noch rechtzeitig runter und schnappe mir die Schüssel von der Kommode. Alles schießt oben und unten aus mir heraus, der Gestank ist widerlich.

In der Kälte zittere ich am ganzen Leib, und das Schaudern tut mir in den Muskeln und Knochen weh. Durch die Schmerzen hindurch stelle ich mir eine Spritze mit Theta vor, die in der Luft vor mir schwebt wie Macbeths Dolch. Ich stelle mir vor, wie ich danach greife und mir die Droge in meinen Arm schieße. Ich stelle mir den Tsunami der Liebe vor, der Sekunden später über mich schwappt und die Kälte, die Übelkeit und den Durchfall vertreibt.

Das Jucken auf meinem Kopf fließt wie Wasser über mein Gesicht, meinen Hals, mein Schlüsselbein, meine Brust und meine Arme. Ich kratze mich durch das dicke Sweatshirt hindurch, und als das nicht reicht, ziehe ich es aus und kratze fester. Die kalte Luft ist scharf und herrlich, doch der Juckreiz hört einfach nicht auf. Meine Nägel bohren sich tiefer in meine Haut, bis sie sich rötet.

Atme ein, befehle ich mir selbst, *eins-zwei-drei-vier.* Halten, *eins-zwei-drei-vier.* Ausatmen, *eins-zwei-drei-vier-fünf-sechs-sieben-acht.* Ich wiederhole diese Übung, bis sich mein Körper wieder beruhigt und das Jucken erträglicher wird. Ich betrachte meine Hände und Füße und stelle fest, dass Max sie gesäubert hat. Er hat den Schmutz all der Tage in der Zelle von meinem Körper abgewischt.

Selbst die Wunden von den Fesseln sind etwas verheilt und fühlen sich leicht fettig an, weil er sie offenbar mit einer Salbe bestrichen hat. Ich übergebe mich ein letztes Mal, dann danke ich den Göttern, dass Max mir eine Rolle Klopapier dagelassen hat.

Ich erhebe mich und schlurfe zur gegenüberliegenden Wand, lege mein Ohr an die grobe Kieferntür. Eine Uhr tickt im Nebenzimmer, doch ansonsten herrscht Stille. Langsam drehe ich den Griff und ziehe die Tür auf. Vor mir tut sich der Rest der Hütte auf, mit Steinwänden, Dielenböden und dicken Deckenbalken. Es gibt einen Kamin, in dem die Holzscheite noch glühen, und ein altes Sofa mit einem Bettlaken und einer zur Seite geschlagenen Decke, unter der offensichtlich jemand geschlafen hat.

Ich tappe barfuß über die glatten, knarrenden Dielen. Ein verbeulter Teekessel steht auf einem schwarzen Kanonenofen und ist noch heiß, und auf einer hölzernen Anrichte stehen zwei leere Dosen Baked Beans und ein Brotknust. Ich gehe zum Kamin, werfe ein paar Scheite hinein und schiebe sie mit dem Kaminbesteck zurecht, bis sie brennen. Die Wärme dringt durch den dicken Baumwollstoff von Max' Sportbekleidung. Ich nehme ein gerahmtes Foto vom Kaminsims. Es ist ein altes Familienporträt in Schwarzweiß, drei Generationen Männer in Lederhosen und Frauen in langen Wollkleidern, die sehr formell vor einer großen Außentreppe stehen.

Hinter mir geht die Tür auf, und kalte Luft bläst herein. Ich wirbele herum und lasse vor Schmerz beinahe das Foto fallen.

Max steht im Eingang, eine große Kiste voller Einkäufe im Arm. Bei meinem Anblick fährt er zusammen.

«Himmel», sagt er. «Wieso bist du aufgestanden?»

«Wo sind wir?», frage ich und stelle das Foto wieder zurück.

«In einer Jagdhütte. Ein alter Mann aus der Stadt hat sie mir vermietet.»

«Eine Jagdhütte wo, Max?»

«In den Alpen. Zwei Stunden außerhalb von Zürich», sagt er. «Ich bin nach Westen gefahren. Die Schweiz ist sicher, hab ich mir gedacht.»

Westen ist die offensichtliche Richtung, und die Schweiz genau da, wo Dr. Simon nach mir suchen wird. Ich verfluche mich, weil ich so dämlich gewesen bin. «Wir müssen hier weg. Oder zumindest muss ich weg.»

«Hier weg?», sagt er. «Gwen, schau dich mal an. Du bist krank. Ich musste dich irgendwo hinbringen, wo ich dich an einen Tropf hängen kann.» Max stellt die Kiste auf den Tresen und packt aus. Ein Paket Reis. Ein Laib Brot. «Noch ein paar Stunden, und du hättest es nicht überlebt.»

Ich spüre eine wunde Stelle und ein frisches Pflaster unter dem Sweatshirt-Ärmel, wo er mir den Tropf gesetzt haben muss.

«Der Entzug hat dich umgebracht», sagt er und klingt wütend, während er Äpfel, Kartoffeln und in Schlachterpapier eingewickeltes Fleisch herausnimmt. «Darum habe ich dich da rausgeholt.»

Ich sinke aufs Sofa und ziehe die Beine zur Brust hoch. «Du ... Du hast mich gewaschen.»

«Ich bin Pfleger. Das gehört zum Job.»

«Nein, ich meine, danke. Auch dafür, dass du mich gerettet hast.» Ich schlucke hart, und meine Arme fangen wieder an zu zittern. «Wie lange sind wir schon hier?»

«Drei Tage», sagt er. «Ich habe dir Kochsalzlösung gegeben und Nährstoffe. Und etwas, damit du das Schlimmste verschläfst.»

Ich deute mit dem Kopf zum Schlafzimmer. «Ich musste ... tut mir leid, ich musste mich übergeben. Ist nicht so schön.»

«Ich kümmere mich darum», sagt er. «Jetzt leg dich wieder hin.»

Draußen dämmert es, und in der Hütte wird es von Minute zu Minute kälter. Ich zittere selbst unter der Daunendecke. Die gestreckten Venen, der juckende Kopf, die Übelkeit und die Schmerzen – so fühlt es sich an, wenn man etwas möchte und es nicht haben kann. So fühlt es sich an, wenn man nicht loyal ist.

Doch Ruhe und Verlangen passen nicht gut zusammen. Beide fressen sich gegenseitig auf und werden giftig, so wie Bleichmittel und Ammoniak, also klettere ich aus dem Bett und lege mich bäuchlings auf den Fußboden. Vielleicht könnte ich meinen Atem in der Kälte sehen, wenn es hier Licht gäbe. Die Dielen unter meinen Zehen und Händen sind von der Zeit geglättet. Mit aller Kraft drücke ich mich von ihnen ab und versuche einen Liegestütz. Ich schaffe ihn gerade mal zur Hälfte, bevor ich zusammensacke, aber ich versuche es gleich noch einmal. Zehn sind mein Ziel, Ich werde das schaffen, und wenn ich dabei draufgehe.

Ich brauche ewig, und es ist richtig schlimm, doch am Ende schaffe ich sogar zwanzig. Damit tausche ich schlimme Schmerzen gegen gute, das Jucken gegen Kälte, die Angst gegen Erschöpfung. Aber als ich wieder im Bett liege und die Augen schließe, wartet in meiner Vorstellung schon eine frische Spritze.

Ich schlafe eine gewisse Zeit, oder dämmere zumindest vor mich hin. Als ich wieder aufwache, weckt der Duft von Suppe auf dem Herd im anderen Zimmer meinen Hunger – ein neues Verlangen. Das muss ein gutes Zeichen sein, dass ich etwas möchte, was ich tatsächlich haben kann, ohne dass es mich umbringt. Die köchelnde Suppe duftet nach Karotten, Kartoffeln und irgendetwas Kräftigem, Leckerem, ein Gemüse oder ein Gewürz, das ich nicht kenne.

Die Tür schwingt auf, von Max' Fuß angeschubst. Er schaltet das Licht mit dem Ellenbogen an, denn in den Händen hält er eine angestoßene Suppenschüssel.

«Fenchelsuppe», sagt er und stellt die Schüssel auf den Tisch neben dem Bett. «Meine Großmutter hat die immer gekocht, Krankensuppe hieß die bei uns. Hier, ich helfe dir.»

Er schiebt die Decke und Kissen zurecht, dann hält er mir die Schüssel unter das Kinn und gibt mir einen Löffelvoll. Da ist kein metallischer Geschmack von einer Konservendose oder zu viel Salz, um den künstlichen, im Labor hergestellten Hühnchengeschmack zu überdecken. In kleine Stücke geschnittenes Gemüse und etwas, das offenbar Fenchel ist, schwimmt in der Brühe herum, und danach schmeckt die Suppe auch. Max fängt ein kleines Rinnsal auf, das mir das Kinn herunterläuft, dann füttert er mich weiter.

«Ein Hausrezept», sagt er. «Der Fenchel soll gegen die Übelkeit helfen. Manchmal sind die alten Mittel die besten.»

Jeder Schluck gibt mir frische Energie, und Wärme breitet sich von meinem Bauch bis in meinen Kopf aus. Ich hebe die Hand, als ich genug gegessen habe, und Max bringt mir ein Glas Wasser. Es ist Wasser aus einem Brunnen und riecht nach Schwefel, so wie in diesen heißen Quellen, die Arthritis oder Ekzeme heilen sollen. Ich halte mir die Nase zu und trinke, weil ich weiß, dass diese Medizin mir guttut.

«Das Schlimmste hast du hinter dir», sagt Max. «Glückwunsch.»

Die Fenchelsuppe liegt mir unbehaglich im Magen, doch immerhin wird mir nicht übel. «Krankensuppe?», frage ich.

Er stützt sich am Bett ab und steht auf. «Ich habe sie aus dem Kopf gekocht. Vielleicht ist sie nicht ganz so geworden, wie sie sein soll.»

Eine Suppe aus der Erinnerung. Omas Wundermittel. «Nicht schlecht», sage ich.

«Ich schätze, wir können in ein oder zwei Tagen weiter. Wenn du dich einigermaßen fühlst.» Max wischt mir den Mund mit einem Geschirrhandtuch ab. «Du hast noch die Papierversion, oder? Die Originale vom Geständnis deines Vaters.»

Ich schaue ihn an. Irgendwann in den letzten Tagen hat er sich rasiert, seine Haut ist nackt und rosig wie die eines Kindes. Die scharfen Züge, die er vielleicht von seiner Großmutter geerbt hat, haben sich irgendwie in eine amerikanische Attraktivität verwandelt. Wie soll jemand wie er auf der Flucht leben? Ich berühre seine Wange. «Wenn wir das tun, bringen sie dich um. Das weißt du, oder?»

Er zuckt bloß die Schultern, als wäre das überhaupt nicht wichtig. «Die Welt wird nicht besser, wenn Leute wie wir Angst davor haben, das zu tun, was richtig ist», sagt er.

«So einfach ist das?»

«So einfach ist das», sagt er. «Du und ich, wir haben eine gute Chance. Wir müssen sie bloß nutzen.»

Vier Tage ohne Theta, bald fünf. Das Naxo-Zeug, das er mir gegeben hat, und das Essen wirken langsam. Und ebenso die Zeit, die das Verlangen austrocknet wie das Sonnenlicht die Pfützen. Ich will es immer noch, aber nicht so sehr wie noch vor ein paar Stunden oder auch vor ein paar Minuten. Das Verlangen ist nicht mehr wie in mir festgenagelt, und wenn ich mich richtig anstrenge, kann ich es ein paar Zentimeter zur Seite schieben, sodass auch andere Gedanken hindurchpassen.

Trotz der Kälte und der Anstrengung, die es mich kostet, klettere ich aus dem Bett und fange wieder mit den Liegestützen an. Erst zehn, dann zwanzig.

Dummer Max. Was hat er in mir gesehen, das anders ist als bei all den anderen Patienten, die er hatte? Die Chance, eine Mörderin zu benutzen, um selbst zum Heiligen zu werden? Seine Worte verfolgen mich. Leute wie wir, hat er gesagt. Leute mit Integrität. Gute Menschen. Das Zerren in meinen Venen wird wieder stärker.

Dreißig.

Ist es Betrug an meinem Vater, dass ich die Informationen verraten habe? Oder ist es das Einzige, was ihn retten kann? Die Logik daran ist verwickelt, voller Rückschritte und Umwege, die sich widersprechen. Wenn er getötet oder gefangen ist, wird sein Geständnis ihm jedenfalls nichts nutzen. Doch das ist eigentlich kein Widerspruch, denn mein Dad hat das Geständnis nie als Lebensversicherung für sich selbst betrachtet, sondern für mich. Und wenn es für mich ist, kann ich dann damit nicht tun, was ich will?

Vierzig.

Wenn ich es richtig mache, dann könnte es das sein, was uns beide rettet. Außerdem, seht euch doch an, was Dr. Simon und die anderen mir angetan haben. Also passt es, dass ich die bin, die für das verantwortlich ist, was ihnen passiert. Max' Prinzipien und meine Rache passen sehr gut zusammen, sie bilden ein hübsches Paar. Dr. Simon hatte recht. Das Verlangen ist Liebe, und was wir lieben, demgegenüber sind wir treu.

Fünfzig.

Die Endorphine und das Adrenalin tun das, was von ihnen erwartet wird, und heben meine Stimmung. Sie füllen mich mit Selbstvertrauen. Ich gehe schnell ins Zimmer nebenan, bevor ich meine Meinung ändere.

Max hockt neben dem Kanonenofen und schiebt Stöcke ins Feuer. Orangefarbenes Licht flackert über sein Gesicht. Er schaut auf, als ich reinkomme, und zieht die Augenbrauen hoch. «Ich wollte uns gerade Tee kochen.»

«Sie liegen in einem Schließfach», sage ich. «In einer Bank in Zürich. Feldman Capital Services.»

«Feldman Capital Services», wiederholt Max. Er steht auf und fasst die Ofenklappe an, schreckt aber zurück und wedelt hektisch mit den Fingern.

Ich gehe zu ihm und nehme seine Hand. Rosagraue Blasen bilden sich bereits auf der Handfläche. «Ich hole dir Wasser», sage ich.

«Ist nicht so schlimm. Und der Brunnen ist ganz den Hügel runter.» Er zieht mir seine Hand weg und wickelt ein Geschirrhandtuch darum. «Das Geständnis deines Vaters, meinst du? Und du bist sicher, dass du es holen willst?»

«Du hattest recht mit dem, was du gesagt hast. Über Leute wie uns», sage ich. «Und wie die Welt wird, wenn wir nicht das Richtige tun.»

«Dann fahren wir morgen zur Bank», sagt er. «Ich organisiere etwas, damit wir die Papiere scannen können.»

Er verzieht immer noch das Gesicht wegen der Verbrennung.

«Komm», sage ich. «Ich hole Wasser. Für deine Hand.»

Bevor er etwas sagen kann, nehme ich einen Blecheimer aus einem Regal und gehe zur Tür. Ich ziehe seine Wanderschuhe an und gehe trotz seiner Proteste durch die Tür. Die Luft ist eisig und köstlich, sie riecht nach Regen, Kiefernsaft und feuchter Erde. Einen Augenblick lang stehe ich auf der kleinen Veranda, die Hand auf dem Geländer, und spüre, wie der Wind durch mein Sweatshirt und meine Hose bläst. Mein Atem kommt in Wolken aus meinem Mund und löst sich auf. Die Grillen zirpen um mich herum, und der Wind lässt die Äste wackeln.

Eine lange Treppe führt hinunter zum Waldboden, und ich gehe vorsichtig, denn die Stufen sind rutschig, und ich habe mir die geliehenen Stiefel noch nicht zugebunden, außerdem sind sie mir zu groß. Max kommt in Strümpfen hinter mir her und sagt, ich soll zurückkommen. Der Boden am Fuß der Treppe ist dicke Laubschicht. Ich gehe ein paar Schritte den Pfad hinunter, dann spüre ich Max' Hand auf meiner Schulter.

«Stopp», sagt er. «Gwendolyn, bitte. Es ist nicht sicher, nicht nachts.»

Und bevor ich etwas sagen kann, führt er mich bereits wieder die Treppe hinauf. Krankenpfleger Max, er denkt immer nur daran, dass es mir gutgeht. Wenn er das hier überlebt, wird er mal ein guter Vater.

Als wir wieder oben sind, hebe ich gespielt ergeben die Hände und ziehe die Stiefel wieder aus. Er nimmt mir den Eimer ab und schaut mich vorwurfsvoll an. «Rein mit dir», sagt er, aber er lächelt dabei. «Wärm dich auf.»

Dann nimmt er zwei Stufen auf einmal und verschwindet den Pfad entlang.

Im Schlafzimmer stelle ich mich vor die Kommode mit der Waschschüssel, denn ich habe plötzlich das dringende Bedürfnis, mich zu säubern. Vielleicht für ihn. Oder weil wir morgen in die Stadt fahren. Es ist das erste Mal seit meiner Ankunft hier, dass ich in den Spiegel über der Waschschüssel schaue. Mein Gesicht sieht im Spiegel verzerrt aus, zu schmale Stirn und zu breites Kinn. Eine Reihe von Pickeln, die sich von meinem Mundwinkel bis zu meinem Kiefer ziehen, treten deutlich rot gegen die graue, leblose Haut hervor. Ich zucke zusammen, als ich sie mit den Fingern berühre, dann führe ich meine Hand zu diesem Nest aus Haaren auf meinem Kopf und fahre durch die Strähnen. Ich beuge mich näher zum Spiegel und teile meine Haare dicht am Kopf. Himmel, ist das etwa Grau? Nein, das kann doch nicht sein. Nicht mit neunzehn. Ich kneife die Augen zusammen: Mein Haaransatz ist nicht grau, er ist weiß.

Ich habe schon gehört, dass so etwas manchmal passiert. Bei Verurteilten, in der Nacht, bevor sie zur Guillotine geführt werden. Oder bei Mördern in den Tagen nach dem Mord. Das Alter hat damit nichts zu tun, sondern die Schwere des Traumas oder der Schuld. Ich spritze mir Wasser ins Gesicht, versuche, etwas Leben in meine Wangen zu reiben, und beuge mich noch einmal vor, um das Ergebnis zu betrachten. Da sehe ich zwischen den Rissen auf der Spiegeloberfläche eine Bewegung.

Nur eine winzige Bewegung. Als hätte ein Insekt seine Beine gerührt.

Ich weiche zurück und starre den Spiegel an. Bloß Paranoia, sage ich mir. Erschöpfung. Reste von Theta, die immer noch in meinem Körper wirken. Doch ich beuge mich noch einmal vor und blinzele in den Riss.

Der Umriss eines schwarzen Kreises, der sich erst nach rechts bewegt, dann nach links.

Ich schließe die Augen, bin sicher, wenn ich sie wieder öffne, stellt sich raus, dass ich mir diesen Kreis nur eingebildet habe. Aber wenn du ehrlich bist, Gwendolyn, dann kannst du schon eine ganze Zeit lang nicht mehr richtig zwischen Realität und Einbildung unterscheiden.

Ich lege die Finger um den Rand der Waschschüssel. Dann hebe ich sie an, das Wasser schwappt über mich und färbt mein graues Sweatshirt schwarz. Mit voller Wucht schleudere ich sie nach vorn. Das Porzellan lässt das Spiegelglas zu einem Spinnennetz zersplittern, fliegt dann weiter, in den Raum dahinter, eine Höhle in der Wand, zwanzig oder dreißig Zentimeter tief. Die Schüssel schlägt gegen den Rand einer Videokamera, die dort auf einem Stativ steht, und kippt sie zur Seite, wobei die Linse sich immer wieder vor- und zurückdreht bei dem Versuch, sich scharfzustellen.

Meine Füße rutschen auf dem nassen Boden aus, als ich aus dem Zimmer laufe. Ich schnappe mir eine Bratpfanne aus dem Regal und schlage sie gegen die Lampe. Die Glühbirne explodiert, und ein Schauer von weißen Scherben geht auf mir nieder. Doch dann fällt ein schwarzer Plastikzylinder von der Größe eines Lippenstifts an einem Kabel herab, und sein Glasauge blinzelt mir sogar noch in der Dunkelheit zu. Ich stürze mich auf die Standuhr und entdecke eine weitere Linse in der Mitte des Zifferblattes. Mit aller Kraft ramme ich meine Schulter in den Uhrenkasten, der mit einem lauten Krachen umfällt. Das Holz splittert, und die Federn lösen sich mit einem «Boing» wie im Comic.

Er wird jede Sekunde zurücksein, mein Retter Max. Ich reiße die Schubladen in der Küche auf, packe ein altes Messer mit gezackter Schneide und springe zur Tür. Wieder rutsche ich aus, diesmal auf der nassen Treppe, und ich stürze die letzten Stufen hinunter und lande im Matsch. Aber in der nächsten Sekunde bin ich wieder auf den Beinen, rase den Pfad entlang, merke kaum, dass sich Zweige und Steine in meine nackten Fußsohlen bohren.

Die Wut treibt mich an, und meine Muskeln sind plötzlich wieder so kräftig wie zuvor. Selbst meine Sicht ist schärfer, denn ich kann Umrisse in der Dunkelheit erkennen, und unterschiedliche Grauschattierungen erscheinen mir so klar voneinander getrennt wie Rot und Gelb. Es ist, als wäre es mein natürlicher Zustand, vor Angst und Wut zu rennen, so wie eine Katze dann am meisten Katze ist, wenn sie jagt. Ich renne den Weg entlang tiefer in den Wald hinein und sehe Max vor mir. Er eilt auf mich zu, lässt den Eimer fallen und kauert sich angriffsbereit hin.

Da ertönt eine Reihe von tiefen Knackgeräuschen und ein statisches Summen, und Flutlichter explodieren aus den Wipfeln der Bäume, vier, nein, sechs. Sie tauchen die Welt in weißes Licht. Eines der Lichter bewegt sich und leuchtet mir direkt in die Augen.

Ich will den Arm heben, um meine Augen zu schützen, doch eine Hand packt mich. Ich fahre mit dem anderen Arm herum, und die Messerklinge schneidet durch die Luft und landet in etwas Weichem. Die Hand lässt los, und eine Figur stolpert zurück, das Gesicht grellweiß ausgeleuchtet, das Blut aus einer Bauchwunde grellrot. Es ist nicht Max. Es ist LaBelle, der Sicherheitsmann aus dem Labor, den Max bei unserer Flucht erschossen hat – angeblich. LaBelles Mund ist offen, er schnappt nach Luft. Er schwankt vor und zurück, als würde er sich zu einem Song bewegen, dann kippt er vor und bricht in meinen Armen zusammen.

Zwei Schatten rücken von rechts und links auf mich zu, und ich wirbele herum, während LaBelle immer noch an mir hängt. Ein Metallknüppel saust durch die Luft und trifft LaBelle am Hinterkopf. Blut spritzt mir wie Regentropfen ins Gesicht. Ich lasse LaBelle zu Boden fallen und steche das Messer in Richtung des Umrisses zu. Er weicht aus und schwingt wieder den Knüppel, doch ich ducke mich zur Seite weg, gerade als die zweite Figur mich packen will. Ein Elektroschocker knistert böse in der Dunkelheit und gibt mir einen Anhaltspunkt. Ich greife mit meiner freien Hand etwa fünfzehn Zentimeter in die Dunkelheit darüber und erwische den Unterarm der zweiten Person. Ich reiße ihn zu mir her und zerre Max ins Licht.

Ich lege Max den Arm um den Hals, halte ihm das Messer direkt an seine hervortretende Schlagader, während ich ihn zwischen mich und den ersten Angreifer manövriere. Es ist Rossi, und sie umkreist mich langsam. Sie will mich so positionieren, dass mir das Licht direkt ins Gesicht scheint.

«Bitte», keucht Max, «Gwen, komm, ich habe nur ...»

Ich lege die Klinge noch einmal besonders sichtbar über Max' Schlagader, denn Rossi weiß ganz genau, wie schnell er ausbluten würde.

«Gwendolyn?», fragt eine Stimme hinter mir, nur ein paar Meter von mir entfernt. «Gwendolyn, kannst du mich hören?»

Dr. Simon. Höflich, wie immer, ganz die immer ruhige Seelenklempnerin.

«Du kannst nichts tun, Gwendolyn. Weißt du, wo wir sind?»

Was hat Max gesagt? Kurz hinter der Schweizer Grenze. Nur zwei Stunden von Zürich entfernt.

Ihre Schritte rascheln durch die Blätter, während sie vorsichtig auf mich zukommt. «Du befindest dich in achtzig Meter Entfernung vom Labor. So ist das. Du hast das Gelände nie verlassen.»

Mein Mund ist direkt neben Max' Ohr. «Stimmt das?»

Ich lockere meinen Arm gerade genug, dass er antworten kann. «Ja», keucht er.

Ich werfe einen Blick in Dr. Simons Richtung. Sie ist wie für einen Spaziergang im Wald gekleidet, mit einer gefütterten Jacke und hohen Stiefeln. In der Hand hält sie eine kleine Pistole, und die Mündung ist auf mich gerichtet. Die Botschaft ist deutlich: Ich habe keinen Nutzen mehr für sie. «Wir sind dir dankbar für deine Hilfe», sagt sie. «Wirklich.»

Ich schaue wieder zu Rossi, und sie macht noch einen Schritt zur Seite. Ich spüre, wie Max sich verkrampft, er lässt sie nicht aus seinem Blick. Dann treten zwei weitere Figuren ins Licht, beide mit angelegten Gewehren.

Sie tragen schwarze Kampfausrüstung und bewegen sich mit perfekter Präzision – Agenten einer Spezialeinheit, deren Job es ist, weit tödlichere Gegner als mich auszuschalten. Sie werden mich sofort erschießen, wenn ich Max die Kehle durchschneide. Vielleicht knallen sie mich sogar vorher ab und ihn gleich mit.

Max reißt die Arme hoch und packt meine Handgelenke, er schleudert das Messer weg und befreit sich von meinem Unterarm. Im nächsten Moment stürzt sich Rossi auf mich und drückt mich zu Boden.

Und dann kann ich mich nur noch gegen Umrisse und Schatten wehren, die nach mir treten und mit Fäusten und Ellenbogen auf mich einschlagen.

31. KAPITEL

Um mich zurück ins Laboratorium zu bringen, brauchen sie keinen Krankenwagen oder überhaupt ein Auto. Die beiden Spezialagenten reichen Max ihre Gewehre und tragen mich einfach ein paar Dutzend Meter bis zum geöffneten Garagentor des Labors. Die Männer sind stark, ich kann ihre Muskeln durch ihre Kampfmontur hindurch spüren. Ich sollte wohl geschmeichelt sein, dass man zwei von *America's Finest* auf die kleine Gwendolyn Bloom angesetzt hat.

Sie tragen mich horizontal, einer hat mir den Arm direkt unter den Achseln um die Brust gelegt und drückt fest zu, der andere hält mich an den Beinen. Der Druck auf meiner Brust schnürt mir die Luft ab, und ich sehe alles wie durch einen weißen Tunnel. Ich wehre mich mit aller Kraft, bäume mich auf, schreie, versuche meine Nägel in ihr Fleisch zu bohren. Doch langsam geht mir der Sauerstoff aus, und meine Kräfte schwinden zusehends.

Wir sind im Fahrstuhl und fahren hinab. Wir sind im Korridor und gehen geradeaus. Die Agenten strahlen keine bewusste Brutalität aus. Sie tun, für was man sie ausgebildet hat, sie funktionieren, ohne böse Absicht.

Dann lande ich auf dem Fußboden und ringe um Atem. Ich hole so tief Luft, dass mir beinahe die Lunge platzt. Schnell kehrt meine Sicht zurück: Wir sind wieder in dem Krankenzimmer. Die Lichter über mir brennen hell, die Luft ist voller Desinfektionsmittel, das mir in den Augen brennt. Offenbar haben die beiden

Agenten mich aus Versehen fallen lassen, denn sie beugen sich über mich, um mich wieder hochzuheben.

Den ersten packe ich vorn an der Weste mit den vielen Taschen und reiße ihn zu mir herunter. Meine Zähne bohren sich in seine Wange, und der gellende Schmerzensschrei, den er ausstößt, ist ohrenbetäubend. Er windet sich, ich schubse ihn weg und ramme dem zweiten Mann meinen nackten Fuß in den Bauch. Es ist nicht mein bester Tritt, aber er wollte sich gerade mit ganzem Gewicht auf mich stürzen, darum erwische ich ihn voller Wucht. Er keucht auf, sein Körper klappt um mein Bein zusammen. Ich nutze den Schwung und schleudere ihn zur Seite, wo er in einen Stahlwagen mit medizinischen Instrumenten kracht. Sie fliegen alle weit durch die Luft.

Mehr Geschenke bekomme ich von diesen Typen nicht, das weiß ich. Sie haben mich unterschätzt, vielleicht sogar so etwas wie Mitleid empfunden, als sie mich wieder zurück ins Labor schleppten. Aber damit ist jetzt Schluss. Das Gesicht des ersten Agenten ist blutverschmiert, aber er steht genauso schnell auf wie ich, stürzt sich auf mich, setzt zu einem geübten Kinnhaken an. Ich weiche aus, schlage seinen Arm weg und ramme ihm ein Knie in die Eier. Als er vornüberkippt, reiße ich seinen Kopf am Kinn hoch und schleudere ihn gegen die Wand.

Skalpelle und Reagenzgläser schrammen unter den Stiefeln des zweiten Agenten über den Betonboden. Er zieht sich am Krankenhausbett hoch, während er mit der anderen Hand eine Pistole aus einem Knöchelhalfter zerrt. Das instinkthafte Training vom Waisencamp ergreift ohne zu zögern von mir Besitz. Mit zwei langen Schritten durchquere ich den Raum und hebe dabei ein Skalpell vom Boden auf. Ich packe die Pistole und drehe sie dem Agenten aus der Hand, bevor der Mann gezielt hat. Die Klinge des Skalpells fährt sauber über seine Kehle, und er kippt vornüber auf die Knie.

Mit der Pistole in der Hand wirble ich herum und sehe, dass der erste Agent seine Waffe zieht. Ich befehle ihm, sie fallen zu lassen. Er zögert einen Moment. Ich schieße ihm direkt unter das rechte Auge. Der Schuss hallt in dem kleinen Raum wie der hohle Klang einer riesigen Kirchenglocke.

Ich rutsche auf nackten Füßen durch das Blut auf dem Boden, nähere mich der Tür und trete, die Pistole zuerst, auf den Korridor. Max steht fünf Meter weiter mit seiner erhobenen Glock da, er wirkt unsicher, sein Atem geht schnell und nervös.

Er zielt auf mich und ich auf ihn, und wir erstarren beide. Rossi und Dr. Simon und wer weiß wie viele andere sind immer noch irgendwo hier drin. Doch alle dachten, dass die beiden toten Spezialagenten mit mir fertigwerden würden, daher ist es klar, dass Max' Anwesenheit hier, völlig auf sich gestellt, nicht zum Plan gehört.

Der Korridor ist schwach beleuchtet, sodass zwischen den Lichtkegeln tiefe Schatten liegen. Ein halbwegs kompetenter Scharfschütze könnte mich erschießen, ohne dass ich seine Anwesenheit auch nur ahnen könnte. Ich brauche eine Versicherung, von Max, oder zumindest ein Schutzschild.

«War das schon von Anfang so geplant, Max? Vom ersten Schachspiel an?» Ich gehe nach rechts und nähere mich ihm ein paar Zentimeter. «Oder haben sie dich erst später umgedreht?»

Er zieht die Augenbrauen zusammen. «Ist das wichtig?»

«Nicht wirklich», sage ich und mache noch einen Schritt auf ihn zu. «Aber es hat mir schon ein bisschen das Herz gebrochen. Nur, dass du es weißt.»

«Ja. Mir auch», sagt er. «Jetzt nimm die Pistole runter.»

Ich mache noch einen Schritt.

«Nimm die Pistole runter, Gwen.»

Zwei Schritte, drei, und dann bin ich bei ihm. Seine Hand mit der Pistole packte ich zuerst, dann nagle ich ihn mit der Schulter an die Wand. Er grunzt auf und lässt die Glock fallen. Ich greife mit beiden Händen in seine Haare, packe sie und ziehe fest. Die Pistole kicke ich mit dem Fuß weg.

«Wo ist sie?», zische ich und drücke ihm die Pistolenmündung in die Wange.

In der dröhnenden Stille des Korridors zittere ich vor Erschöpfung. Beim Gedanken an LaBelle und die beiden toten Agenten schwappt Übelkeit wie eine Welle Salzwasser in meinem Bauch hoch. Doch ich weiß, dass Dr. Simon mich über die Überwachungskameras beobachtet, also verberge ich es so gut ich kann hinter einem stoischen Gesichtsausdruck und einem durchgedrückten Rücken.

Ich stoße Max an der Schulter vorwärts und presse ihm die Pistole zwischen die Schulterblätter. «Wer ist noch alles hier?», flüstere ich.

«Dr. Simon. Rossi. Und noch ein anderer Typ, ein Stratege.»

«Wer noch? Sag es mir, sonst bring ich dich um.»

«Das sind alle», antwortet er. «Und umbringen wirst du mich sowieso.»

Er sagt es mit so flacher Stimme, dass ich beinahe widersprechen will, aber er würde mir sowieso nicht glauben. Zu Recht, denn ich würde lügen. «Warum machst du das, Max?»

«Für Amerika, Gwen. Billiges Benzin und Karamell-Lattes und Hosen mit Gummizug.» Er dreht den Kopf und grinst mich tatsächlich an. Dann fängt er an, die amerikanische Hymne laut und falsch zu singen. *«Oh-oh say can you see …»*

«Halt die Klappe, Max.»

«By the dawn's early light …»

Ich quetsche seine Schulter und bohre ihm die Pistole noch tiefer in den Rücken. «Halt deine verdammte Klappe.»

Doch er singt immer lauter. Der Sarkasmus trieft aus jedem schiefen Ton, sonst würde er wie ein peinlicher betrunkener Typ bei einem Baseballspiel klingen. *«What so proudly we hail ...»*

Und wegen seiner Singerei sehe ich den Schlag nicht kommen. Der Stock trifft mich in die Niere, direkt unter den Rippen. Mein Oberkörper explodiert in einem gleißenden weißen Licht. Meine Knie geben nach, der Schlagstock presst sich in meinen Hals und wird zurückgezogen. Ich versuche, die eine Hand um die Metallstange zu schieben, während ich die Pistole über meinen Kopf schwinge und auf meinen Angreifer ziele, ohne meinen eigenen Kopf wegzuschießen.

Aus der Dunkelheit vor uns tritt Dr. Simon, gemeinsam mit einem weiteren Agenten in Kampfausrüstung. Auf ihrem Gesicht liegt eine professionelle Art von Panik, eine verärgerte Managerin, die mit den heutigen Leistungen ihres Teams sehr unzufrieden ist. Sie schreit dem Agenten etwas zu, und er hebt eine Pistole. Ihre Mündung bewegt sich mit jeder Zuckung meines Körpers.

Ich werde gleich bewusstlos, ich spüre es. Der Metallstab quetscht sich in meine Luftröhre, und der Schlag in meine Seite scheint irgendeine Art Gift in meinem Inneren freigesetzt zu haben, das nun in meine Organe sickert. Die Pistole fällt mir aus der Hand und springt über den Boden. Doch ich bin noch nicht so weit weggetreten, dass ich Dr. Simon und den Spezialagenten nicht mehr sehen kann. Sie schreit wieder, deutet auf mich, und auch ohne sie zu hören, weiß ich, welcher Befehl aus ihrem Mund kommt. Was jetzt gleich passieren wird, kenne ich aus zehntausend Trainingseinheiten: Ich sehe es an der Art, wie der Körper des Agenten sich anspannt, wie seine Augen sich zusammenziehen. Nur noch eine Millisekunde, bis ...

Mit aller Kraft zerre ich den Stock nach unten und bücke mich, ziehe den Körper meines Angreifers weit genug hoch, damit ich uns beide herumschleudern kann. Ich spüre, wie die Kugeln in seinen Körper eindringen, durch sein Fleisch und dann in meins. Hinter meinem Ohr knallt es, und etwas Nasses und Heißes, wie Kerzenwachs, fließt über meine Wange. Ich weiche ein paar Schritte zurück, und die Einschläge kommen immer noch, selbst als mein Angreifer zu Boden fällt. Dann ist der Schlagstock in meiner Hand und saust durch die Luft. Wenn ich die Entfernung und Geschwindigkeit richtig eingeschätzt habe, dann wird er – ja, genau, direkt an der Schläfe des Agenten landen. Sein Kopf fliegt zur Seite, und Dr. Simon schreit auf. Ich schwinge den Stock noch einmal und erwische den Kopf des Mannes auf der anderen Seite, der in die Wand kracht und zu Boden rollt.

Dr. Simon und Max hasten auf die Pistolen zu, die mir und dem Angreifer aus der Hand gefallen sind. Mein Fuß trifft Dr. Simon unterm Kinn, als sie gerade nach einer greifen will, und stattdessen nehme ich die Waffe. Max greift nach der anderen, doch ich schlage mit dem Stock so fest auf sein Handgelenk, dass er hinfällt. Ich nehme auch die zweite Pistole an mich.

Ich scanne den Korridor nach weiteren Personen, doch er ist leer, jedenfalls scheint er leer. Erst jetzt erkenne ich meinen Angreifer mit dem Knüppel – das Blut bildet eine Pfütze unter Rossis Rücken, dort, wo die Kugeln des Agenten sie getroffen haben.

Dr. Simon späht zwischen zitternden Fingern hindurch zu mir, ihre Augen sind vor Angst geweitet. Ein Glücksgefühl durchströmt mich, als ich sie so sehe, so mächtig wie eine Spritze mit frischem Theta und heißer als der Schmerz in meiner Seite. Ich ziele mit einer Pistole auf Max, mit der anderen auf Dr. Simon.

Max wehrt sich nicht mal mehr. Er zerrt nicht an dem Klebeband, das ihn am Stuhl festhält. Er bittet nicht um Wasser. Dr. Simon benimmt sich jedoch fast wie immer, nachdem ihr erster Schreck verflogen ist. Obwohl ich auch sie an Hand- und Fußgelenken sowie um den Oberkörper gefesselt habe, bringt sie irgendwie trotzdem ein steifes Lächeln zustande und wirft sogar ab und zu ihre einigermaßen hübschen Haare zurück, wenn sie etwas sagt. Für sie ist das alles anscheinend ein Forschungsprojekt, vielleicht sogar etwas für einen Fachartikel: *Das Klebeband und seine Wirkung im therapeutischen Verfahren.*

Ich halte den Blick auf die Monitore, suche nach anderen Spezialagenten oder Sicherheitsleuten wie Rossi und LaBelle, aber da ist niemand. Außer uns sind hier nur die Leichen – zwei im Krankenzimmer und zwei im Korridor.

«Beeindruckend, was du da eben getan hast», sagt Dr. Simon mit einer Bewunderung in der Stimme, als hätte ich gerade einen Wettbewerb gewonnen.

«Sie hätten mehr Leute anstellen sollen.» Ich öffne einen Metallschrank und fahre mit dem Finger über eine Reihe externer Laufwerke, die wie Bücher nebeneinander aufgereiht stehen.

«Da ist sie, die berühmte Arroganz der Gwendolyn Bloom», sagt sie. «Natürlich nur aufgesetzt. Aber hey, durch Schein zum Sein, stimmt's?»

Ich ziehe eines der Laufwerke heraus. Es ist schmal, und die Oberfläche ist verstaubt. Vorn befindet sich ein Stück Abklebeband, auf dem *ABERNATHY, JEROME* steht. Auf einem zweiten Laufwerk steht *RANDALL, OCTAVIA*. Es sind mindestens vier Dutzend Laufwerke und vier Dutzend Namen. Ich schaue Dr. Simon an und tippe mit der Mündung meiner Pistole auf die Laufwerke.

«Kopien der Therapiesitzungen deiner Vorgänger», erklärt sie.

«Du solltest ihnen dankbar sein, ihnen vielleicht einen kleinen Altar einrichten. Das Theta-Präparat, das wir ihnen verabreicht haben, war noch nicht so weit entwickelt wie deins.»

Die Worte, mit der sie Theta ganz am Anfang beschrieben hat, klingen noch in meinen Ohren. «Das Gift der Riesenameise: Wir mussten die Skala für Schmerzen noch mal ganz neu kalibrieren.» Ich will sie fragen, was mit den anderen Opfern geschehen ist, doch der selbstzufriedene Zug um ihren Mund reicht mir schon als Antwort.

Auf einem Tisch entdecke ich einen aufgeklappten Laptop, mit dem mein eigenes Laufwerk verbunden ist: BLOOM, GWENDOLYN. Ich setze mich auf den Stuhl davor und klicke es mit der Maus an. Ein Ordner nach dem anderen zeigt sich, sortiert nach Datum, jeder mit Videoaufzeichnungen. Ich öffne eine, erkenne mich in den ersten Nächten hier. Links liege ich gefesselt in einem Bett, auf dem Kopf das Virtual-Reality-Headset, ich reiße an den Fesseln. Rechts die Bilder aus dem Headset, durchgeschnittene Kehlen, Leichen, die zu Staub zerfallen.

Ich öffne einen anderen Ordner: Ich in einem Sessel mit hängenden Schultern, die Knie zusammengepresst, ein Haufen Taschentücher in meinem Schoß. Ich schluchze.

Und noch ein Video: Ich auf der Toilette in der Blockhütte, mein Körper ein einziges Zittern.

«Sie haben gesagt, das hier sind Kopien?», sage ich.

«Was?»

«Die Laufwerke. Sie haben gesagt, es sind Kopien.» Ich drehe mich im Stuhl um und suche in ihrem Gesicht nach einer Spur von Schuldgefühlen oder überhaupt irgendetwas Menschlichem. «Wo sind die Originale? In Washington?»

«Aber nein, Washington hat damit nichts zu tun», sagt sie. «Protokolle von Experimenten, Versuche an Menschen, das ist alles streng verboten. Die interessieren sich bloß für Ergebnisse, Ergebnisse, Ergebnisse – niemals für den Prozess. Sie interessieren sich einen verdammten Scheiß für die eigentliche Arbeit.» Sie hustet, als würde sie die Vorstellung persönlich beleidigen, dann schnieft sie. «Tust du mir einen Gefallen, Gwendolyn?»

«Einen Gefallen?»

«Ja, einen Gefallen. Aus Nettigkeit», sagt sie. «Nachdem du mich getötet hast, zeig es ihnen. Zeig es der ganzen Welt: Wir haben herausgefunden, aus was Liebe besteht. Und du hast dabei geholfen.»

Die Pistole zuckt in meiner Hand, als wäre sie eine ihrer wütenden Riesenameisen, die verzweifelt nach einem Opfer sucht.

Dr. Simon deutet mit dem Kopf zu einem Laptop am Ende des Tisches, der in einem Durcheinander aus Kabeln und externen Laufwerken steht. «Die Originale sind auf dem großen Laufwerk da, das aufrecht steht», sagt sie. «Es hat sechs Terabyte. Vom ersten Patienten bis zu dir sind alle drin.»

Ich rolle mit dem Stuhl hinüber und schalte den Computer an, dann öffne ich das Laufwerk. Da sind sie, genau wie Simon gesagt hat: Abernathy, Jerome. Randall, Octavia. Bloom, Gwendolyn. Meine Hand zittert, als ich mich durch mehrere Dutzend weitere Ordner scrolle. Amerikaner. Latinos. Chinesen, Russen, Araber. Es sind hauptsächlich Männer, aber es sind auch dreizehn oder vierzehn Frauen darunter. Es ist die Sammlung einer wahnsinnigen Wissenschaftlerin, die Glasgefäße und Formaldehyd durch digitale Speichermethoden ersetzt hat.

«Ich schlage vor, dass du Kopien an die wichtigsten psychiatrischen Magazine schickst», sagt sie. «Du kannst sie googeln. Aber auch an die Presse. Ich mache mir keine Illusionen, Gwendolyn. Politische Psychiatrie ist eine radikale Arbeit. Wirklich radikal.»

«Keine Sorge», sage ich leise, schließe den Laptop und kable das Laufwerk ab. «Ich werde dafür sorgen, dass alle Welt davon erfährt.»

«Ich erwarte keinen Nobelpreis. Sie werden mich für ein Monster halten. Alle werden das.»

«Weil Sie eins sind», sage ich.

Das Klebeband spannt sich, als sie mit der Schulter zuckt. «Noch», sagt sie. «Aber in hundert Jahren ...»

Das Blut weicht mir aus dem Kopf, als ich aufstehe, und ich muss mich an der Stuhllehne festhalten, um nicht umzukippen. Ich hebe die Pistole an, ziele sorgfältig auf Dr. Simons Kopf, auf die Stelle zwischen ihren Augen. Dann lasse ich sie sinken.

«Komm schon, Gwendolyn», sagt sie. «Wir haben genug gemeinsam geschafft.»

«Haben Sie ... haben Sie es je selbst ausprobiert?», sage ich.

Sie schüttelt kurz den Kopf.

«Möchten Sie es gern?»

Ein Lächeln breitet sich auf ihrem Gesicht aus, und ihre Augen strahlen. «Oh, Gwendolyn», sagt sie.

Ich schaue mich im Zimmer um, entdecke ihr schwarzes Etui auf einem Regal und öffne es. Eine Reihe neuer Spritzen, noch in ihren Plastikhüllen, sowie kleine Ampullen mit der Aufschrift THETA 6.2.

Sie sieht mir zu, wie ich eine Spritze auspacke und sie zur Hälfte fülle, dann schaue ich sie an, und sie fordert mich mit einem Nicken auf fortzufahren. Ich ziehe die Spritze ganz auf.

«In meinen Arm», sagt sie. «Wenn es dir nichts ausmacht.»

Aber ihre Arme sind mit Klebeband an ihre Seite gebunden, also knöpfe ich ihre Bluse auf, ziehe den Kragen runter, bis ihre Schulter freiliegt. «Hier?»

«Ja, das ist auch vollkommen in Ordnung», sagt sie.

Ihre Augen folgen der Spritze, als ich sie zum fleischigen Teil unter ihrem Schulterknochen führe. Die dünne Nadel durchsticht ihre Haut. Ich drücke den Kolben langsam herunter. Ihr Körper entspannt sich völlig, als wären die letzten Momente in ihrem Leben die allerbesten.

Ich lasse die leere Spritze auf den Boden fallen, nehme Dr. Simons Hand und drücke sie.

Jeder verdient einen glücklichen Tod.

Ich warte, bis sie fünf Minuten später aufhört zu atmen. Dann nehme ich das schwarze Lederetui und wende mich an Max. Seine Augen sind immer noch riesig vor Angst.

«Was ist mit dir?», sage ich. «Willst du auch was?»

Er schaudert, was ich als Nein interpretiere.

«Was meinst du», sage ich und nehme eine der Ampullen in die Hand. «Sollen wir die mitnehmen?»

«Wir?»

Es ist sein erstes Wort, seit ich ihn an den Stuhl gebunden habe. Er klingt heiser und schwach.

«Ich weiß noch nicht mal, wo wir sind. Ja, du kommst mit mir.» Ich krame in einer Schublade und finde eine Schere. «Also, nehmen wir das Theta mit oder nicht?»

Er räuspert sich und schluckt. «Es könnte ... nützlich sein. Für die Forschung. Wenn man es den richtigen Leuten gibt.»

Ich schneide das Klebeband auf, binde seine Handgelenke los und arbeite mich hoch bis zu seiner linken Schulter. Dann gebe ich ihm die Schere, damit er sich vom Rest selbst befreien kann.

«Vielleicht», sage ich und nehme die Pistole wieder in die Hand. «Aber vielleicht gibt es gar keine richtigen Leute mehr.»

Er müht sich mit der Schere ab – sein linkes Handgelenk ist geschwollen und schwarz verfärbt, dort, wo ich ihn mit dem Schlagstock getroffen habe. Währenddessen betrachte ich die

Ampulle mit Theta in meiner Hand, wie sich das Licht darin spiegelt. Ich werfe einen Blick auf die tote Dr. Simon und empfinde Neid. Die Venen strecken sich in meinen Armen, und mein Kopf beginnt zu jucken

Ich lasse die Ampulle zu Boden fallen und werfe die anderen hinterher. Tu es schnell, befehle ich mir, bevor du dich anders entscheiden kannst. Mit dem Griff meiner Pistole zerschlage ich jede einzelne Ampulle und reibe die Flüssigkeit in den nassen Betonfußboden.

32. KAPITEL

Der kleine rote VW rast zwischen Märchenwäldern und Industriestädten über die Autobahn, vorbei an Transportlastern mit großen Geräten für den Bergbau, die an ihren Befestigungskabeln zerren wie gefangene Riesen. Die Luft ist grau von Abgasen, die man sogar auf der Zunge schmecken kann – Schmutz, Schwefel und Diesel. Ich finde es alles herrlich.

Meine Augen brennen vom Rauch und vor Erschöpfung, doch auch von der Helligkeit in diesem Dämmerlicht. Das Labor befand sich im Erzgebirge, wie ich jetzt weiß. Wo die Kommunisten Eisen und Uran förderten – das eine für Stahl, das andere für das Atomprogramm der DDR. Eine ganze Weile sind wir nach Westen unterwegs. Max sitzt am Steuer, ich auf dem Rücksitz, mit der Pistole auf meinem Schoß. Wir fahren entlang der Grenze zwischen Deutschland und der Tschechischen Republik, biegen dann Richtung Südwesten ab und weiter durch Bayern. Am späten Nachmittag werden wir in Zürich sein.

Ich krame in der Tüte mit Essen herum, die wir aus dem Labor mitgenommen haben, und hole mir noch einen Keks aus der Packung. Das geht schon seit einer Stunde so. Ich stopfe mir alles rein, was ich in die Finger bekomme, runde Kekse, viereckige Scheiben Schinken, Tetrapaks voller Orangensaft. Mein Blut prickelt vor Zucker, Salz und Fett.

«Wie geht's dem Handgelenk?», rufe ich Max zu, wobei mir Kekskrümel aus dem Mund fallen.

«Okay», sagt er, ohne den Blick von der Straße zu nehmen.

«Tut's noch weh?»

«Höllisch. Danke der Nachfrage.»

Als wir das Labor verlassen haben, bewegte er sich wie ein ängstlicher Roboter. Alles, was ich sagte, führte er aus, ohne zu zögern und ohne sich zu beschweren. Ja, er wusste, wo Essen zu finden war. Ja, er wusste, wo Dr. Simon ihre Kleidung aufbewahrte. Er holte eine Tasche mit ihren Sportklamotten aus einem Schrank. Ich wusch mich so gut ich konnte und zog ihre Yogahose, ihre pinkfarbene Neoprenjacke und rotweiße Turnschuhe an, die mir eine Nummer zu klein sind. In ihrer Brieftasche fand ich drei Pässe mit ihrem Foto, aber keinen mit dem Namen Dr. Simon. Zu jedem Pass gehörten zwei Kreditkarten und noch ein paar weitere persönliche Dokumente für eine Tarnidentität – Büchereiausweis, Mitgliedspass im Sportclub, Stromrechnungen mit Eselsohren.

Ich kann mich nicht für sie ausgeben, noch nicht mal mit meinem neuen weißen Haaransatz, und es wäre zu gefährlich, ihre Kreditkarten zu benutzen. Aber ich habe trotzdem alles in ihre Sporttasche gepackt, genauso wie das Laufwerk und Dr. Simons Laptop. Nun steht sie hier neben mir auf dem Rücksitz.

Das gedämpfte Summen der Räder auf der Autobahn, die sich wie ein schwarzes Band durch den nebligen Wald zieht, macht es mir nicht leicht, die Augen offen zu halten. Nur noch fünf Stunden, sage ich mir, höchstens sechs. Wir werden kurz vor Geschäftsschluss in die Bank in Zürich gehen, dann bezahle ich Max, und wir trennen uns. So habe ich es jedenfalls zu ihm gesagt.

«Das Benzin ist bald alle», gibt Max bekannt.

Ich rutsche im Sitz vor und schaue über seine Schulter. «Nächste Abfahrt raus», sage ich.

Wir fahren nach ein paar Kilometern von der Autobahn ab. Eine große Tankstelle mit einem getrennten Bereich für Lastwagen und einem für PKWs, dazwischen ein Restaurant. Ich steige mit Max aus dem Auto und bleibe immer an seiner Seite. Im Restaurant kaufe ich uns Burger, Pommes und Cola, eine deutsche Zeitung, ein Handy und mehrere SIM-Karten. Ich bezahle alles mit Dr. Simons Bargeld.

Beim Rausgehen fällt mein Blick auf das Datum der Zeitung.

Vier Monate. Ich war vier Monate weg.

Die Zeitung raschelt in meiner Hand, und ich drehe sie zu einer festen Rolle zusammen. Ich könnte ihn damit töten. Das haben sie uns im Waisenlager beigebracht.

«Ihr habt mir vier Monate meines Lebens gestohlen», sage ich leise.

Doch die Fahrt hat seine Angst vertrieben, und er betrachtet mich ohne Gefühlsregung. «Besser als dein ganzes Leben», sagt er. «Und außerdem war ich das nicht. Ich hatte keine andere Wahl.»

«Ach wirklich», sage ich. «Du hattest also keine andere Wahl.»

«Wenn man erst mal drin ist, dann kommt man nicht wieder raus. Niemals.» Max schließt die Autotür auf und bedeutet mir einzusteigen.

«Der Hubschrauberflug über dem Meer», sage ich. «Ja, richtig.»

«Genau.»

«Du bist also auch bloß ein Opfer, was?», sage ich. «Du Armer.»

Wir fahren eine ganze Stunde schweigend weiter, und die Wut brodelt in dem kleinen Innenraum des VWs. Schließlich lasse ich das Fenster ein Stück weit runter, um frische Luft hereinzulassen. Max sagt, ich soll es wieder zumachen. Ich sage ihm, er soll sich ins Knie ficken. Dann schweigen wir wieder.

Irgendwo hinter Nürnberg versuche ich die Zeitung zu lesen, aber mittlerweile bin ich so erschöpft, dass mein Hirn über die langen Worte stolpert und ich die Sätze, an deren Ende sich die Verben häufen, nicht mehr kapiere.

«Kannst du Deutsch lesen?», fragt Max überfreundlich, als ob er einen Neuanfang machen will.

«Ich versuche es. Und du?»

«Hab's nie gelernt.»

«Wozu sich auch die Mühe machen, stimmt's?», sage ich. «Du bist ja Amerikaner.»

Er überhört den Spott. «Ehrlich gesagt, hast du nicht viel verpasst in den vier Monaten. Ich meine, du hast dir eine gute Zeit ausgesucht, um, äh, von der Bildfläche zu verschwinden.»

Ich öffne eine Flasche Cola von der Tankstelle und trinke.

«Ein paar alte Promis sind gestorben, aber niemand Großes. Irgendein Gesetz ist im Kongress nicht durchgegangen, und die Republikaner waren genervt. Oder die Demokraten, habe ich vergessen.»

Ich lege die Zeitung weg und schaue aus dem Fenster. Die Straßen wirken wie aus der Zukunft: Sie sind schmal und dunkel von einem Regenschauer. Gebäude, die aussehen wie Eiswürfel, stehen in ordentlichen Reihen gleich hinter den Leitplanken. Hier gibt es keine Geschwindigkeitsbegrenzung, und die tiefliegenden, aerodynamischen Autos, die mit einem Summen auf der Überholspur an uns vorbeiziehen, zeigen uns, dass unser alter VW da einfach nicht mithalten kann.

«Wie ist das so?», fragt Max. «Auf der Flucht?»

Ich schaue wieder nach vorn und merke, dass er mich im Rückspiegel ansieht. «Ermüdend», sage ich.

«Aber gewöhnt man sich nach einer Zeit daran?»

«Nein.»

Ich merke, dass er mehr hören will, also seufze ich und beuge mich zwischen den Sitzen vor. «Es ist nicht die Flucht an sich», sage ich. «Sondern das ständige Aufpassen. Die ständigen Blicke über die Schulter. Und man ist doch nie darauf gefasst, wenn die Verfolger tatsächlich kommen. Das hat mein Dad mir gesagt.»

«Stimmt das?»

«Das musst du mir sagen. Ich bin ja nicht diejenige von der CIA.»

«Ich ja auch nicht mehr», sagt er und trommelt mit den Fingern auf das Lenkrad. «Genau wie alle anderen da. Wir waren alle nur Auftragnehmer.»

«Trotzdem. Du hast es gesehen. Eine Dampfwalze, der nie der Dampf ausgeht.» Ich schaue zu, wie die braune hochzuckrige Diabetesbrühe in der Colaflasche hin und her schwappt. Ich wünsche mir, ich hätte nicht das ganze Theta vernichtet. «Als Erstes brauchst du einen neuen Pass. Australien würde für dich passen. Lern schon mal den Akzent.»

«Gwendolyn ...»

«Lass dir die Haare wachsen. Dann suchst du dir einen Job am Strand. Ich hab gehört, Belize soll schön sein ...»

«Nur, dass es für mich nicht so endet, stimmt's, Gwendolyn?» Unsere Blicke treffen sich im Rückspiegel. «Aber danke. Bademeister an einem Strand von Belize. Schöne Idee.»

Gedankenverloren spiele ich mit der Sicherung der Pistole herum.

Eine Stunde vor Zürich kommen wir in einen Stau. Ich koche auf dem Rücksitz vor Ungeduld und ritze mit dem Daumennagel so lange Rinnen in die Polsterung, bis ich den Stoff einreiße. Ein Polizeiauto, dann ein zweites, rast über den Standstreifen und verschwindet hinter einem Hügel.

Max stellt das Radio an, dreht am Sendeknopf – eine deutsche Werbung für verbilligte Haushaltsgeräte, nur diese Woche; Nachrichten auf Französisch, diesmal wird der Innenminister ganz bestimmt zurücktreten! Schließlich findet er einen Sender, der fetzige amerikanische Popmusik spielt. Eine bekannte Sängerin, deren Namen ich vergessen habe, singt davon, dass sie gerne eine zweite Chance bekommen würde. Im Hintergrund rappt eine männliche Stimme: *No such thing as second chances.*

Schließlich kommen wir über den Hügel, und ein umgestürzter Traktor kommt in Sicht. Holzbalken von seiner Ladung liegen wie ausgekippte Zahnstocher über die Autobahn verteilt. Die Polizei leitet den Verkehr zu einer Ausfahrt um.

Max schaut auf die Uhr. «Wir schaffen es nicht vor fünf zur Bank.»

Ich schließe die Augen und spüre, wie meine Ungeduld wächst.

«Also, was sollen wir tun?», fragt Max.

Ich lege eine SIM-Karte in das neue Handy und suche nach Hotels. «Nimm die erste links nach der Ausfahrt. In zehn Kilometern Entfernung ist ein kleines Motel. Billig.»

Aber wir sind nicht die Einzigen mit dieser Idee. Als wir beim Motel ankommen, ist nur noch ein Einzelzimmer zu haben, und selbst darum müssen wir noch kämpfen. Dass wir keine Pässe haben, ist ein Problem, ebenso, dass wir bar bezahlen wollen. «Sehr ungewöhnlich», murmelt die Rezeptionistin immer wieder, während wir unsere Anmeldung ausfüllen. «Sehr ungewöhnlich.» Max schlägt leise vor, dass wir sie bestechen, aber wenn man sich ihren festen Dutt anschaut, dann wirft sie uns bei einem Bestechungsversuch vermutlich gleich raus. Also rede ich schließlich in bittendem Ton auf Französisch mit ihr und tue so, als wäre ich eine planlose Ausländerin.

Das Zimmer ist schäbig und abgewohnt, aber sauber. Ein Einzelbett steht an der Wand, und wir müssen über einen abgewetzten blaubeigen Sessel klettern, um in das winzige Bad zu kommen. Es ist eine merkwürdig intime Situation dafür, dass wir Geisel und Geiselnehmerin sind, doch wir haben keine andere Wahl. Max duscht zuerst und muss die Tür offen lassen. Ich steige danach in die Dusche und lege die Pistole neben das Shampoo. Max befehle ich, während ich dusche auf dem Toilettendeckel zu sitzen.

«Du nimmst das Bett», sagt er, als wir wieder trocken und angezogen sind. «Ich nehme den Fußboden.»

Aber ich sage nein, befehle ihm stattdessen, den Sessel vor die Tür zu schieben, dann lasse ich mich darin nieder. Wir schalten den Fernseher an, wo ein Ingenieur aus Leipzig gerade bei einer Spielshow eine Reise nach Disneyland gewinnt. Als die Show vorbei ist, schauen wir eine amerikanische Reality-Serie über verzweifelte Hausfrauen, die gegenseitig Intrigen spinnen. Im Höhepunkt schüttet eine Blonde einer Brünetten in einem seltsam leeren Restaurant ein Glas Chardonnay ins Gesicht. Der schöne Alkohol, so eine Verschwendung, denke ich.

«Das ist es», sagt Max vom Bett. Er hat sich ein Kissen hinter den Kopf geschoben. «Dafür werde ich sterben.»

Ich bin so müde, dass ich den Satz nicht mehr richtig verstehen kann. «Wofür?»

«Dafür», sagt er und deutet auf den Fernseher. «Für sie. Für Amerika. Für diese Serie.»

In seiner Stimme liegt kein Vorwurf. Als wäre es einfach eine logische Schlussfolgerung für ihn. Er wird sterben, und ich werde ihn umbringen. Ich öffne den Mund, um etwas zu antworten, aber andererseits, was soll ich sagen?

«Stört es dich, wenn ich umschalte?»

«Nein», sage ich.

Er zappt durch einen Wetterbericht, ein Fußballspiel, ein klassisches Konzert, zurück zum Fußballspiel, wieder zum Konzert. Es ist die Art von Musik, die oft in Filmen beim Höhepunkt gespielt wird, ein großes, vielstimmiges Orchester mit einem vollen Chor im Hintergrund, wie bei einer magischen Beschwörung.

«*Carmina Burana*», sagt Max.

«Von der habe ich noch nie gehört», sage ich.

«So heißt das Stück», sagt Max. «Meine Oma hat mich mal mitgenommen, zum Detroit Symphony Orchestra. Das Konzert hat mich umgehauen. Ich war vielleicht sieben. Eine Woche später habe ich mit Klavierunterricht angefangen.»

Im blauen Schein des Fernsehers sieht sein Gesicht glücklich und traurig zugleich aus. «Krankensuppe», sage ich.

«Krankensuppe?»

«Nach dem Rezept deiner Oma», sage ich. «Oder war das auch gelogen?»

Er stellt den Fernseher aus, dreht sich zur Seite und stützt den Kopf auf die Hand. «Ich hatte Leukämie, als ich klein war. Fenchelsuppe hat mir gegen die Übelkeit geholfen. Nach der Chemo.»

«Ist mir egal, Max.»

Er zuckt die Schultern. «Und mir ist es egal, ob es dir egal ist.» Er wirft sich auf den Rücken und starrt zur Decke. «Ich habe Dr. Simon gesagt, dass du den Entzug nicht überleben wirst. Das wäre nicht wichtig, hat sie gesagt, du wärst nur eine Datenquelle. Ich hab ihr gesagt, dass wir mehr Geld bekommen, wenn wir die Info aus dir rausholen. Die Simon hat nur gesagt: Okay, mach, was du meinst.»

«Mein Held», sage ich. «Deine Oma ist bestimmt stolz auf dich.»

Max schließt die Augen und atmet tief ein. «Die Blockhütte, deine Pflege, das alles ... Da war ich nicht bloß von Anfang an mit dabei, Gwendolyn. Das alles war meine Idee.»

«Tut mir leid für dich, dass es nicht funktioniert hat.»

«Hat es doch», sagt er. «Du lebst.»

Er schläft kurz nach Mitternacht ein und schnarcht leise. Ich halte mich wach, indem ich mir einen Touristenflyer anschaue und den Text im Kopf ins Spanische, Arabische und Russische übersetze. Das klappt eine Weile, aber mein Blick kehrt immer wieder zu Max zurück. Ich muss es heute Nacht tun. Dann fahre ich zur Bank, leere mein Schließfach und bin mit Lila Keretis Pass außer Landes, bevor seine Leiche gefunden wird.

Die Pistole ist für diesen Zweck zu laut und offensichtlich. Eine Megadosis Theta wäre besser, um Max umzubringen, aber wenn ich Theta hätte, würde ich mir selbst einen Schuss setzen. Also das Kissen. Das ist leise und geht schnell. Oder einigermaßen schnell.

Leukämie. Chemo. Omas Krankensuppe. Scheißlügner. Aber selbst wenn es stimmt, was er erzählt hat, ist es doch bloß ein billiger Trick. Warte, Max, spielen wir die Szene noch mal, aber diesmal mit Geigenmusik im Hintergrund, während du durch ein verregnetes Fenster schaust. Ich lege den Flyer neben mich auf den Sessel und gehe zum Bett rüber. Vorsichtig lasse ich mich auf der Matratze nieder, um Max nicht zu wecken.

Doch es gibt nur ein Kissen, und das liegt unter seinem Kopf.

Ich muss ihm also den Mund zuhalten, ihm das Kissen wegreißen und auf sein Gesicht drücken. Meine Hände zittern, doch ich bewege sie langsam über sein Gesicht.

Statt ihm den Mund zuzuhalten, berühre ich ihn an der Wange.

Die Uhr zeigt 1.50 Uhr. Kein Grund zur Eile, sage ich mir. Soll er noch zehn Minuten bekommen.

Ich beuge mich vor, lege den Kopf neben seinen Arm auf die Matratze und schaue zu, wie die Uhr auf 1.51 Uhr springt.

—

Terrance trägt einen Anzug und sieht umwerfend aus, als er sich im roten Plüschsofa zurücklehnt. «Erinnerst du dich an meine Mutter?», sagt er zu mir. Die Frau neben ihm streckt den Arm über den Tisch und schüttelt mir sanft die Hand. Sie hat wunderschöne dunkelbraune Haut mit dem gleichen warmen Schimmer wie Terrance, so als würde sie von innen leuchten. Ihre Haare sind kurzgeschnitten, und sie sieht toll aus in ihrem cremefarbenen Kleid, vermutlich echte Seide. Ich schätze, sie ist ungefähr zwanzig.

«Ich dachte, Sie sind bei einem Segelunfall gestorben», sage ich.

Mrs. Mutai schenkt mir ein Glas Wasser aus einer Karaffe ein. «Du siehst durstig aus.»

«Ich bin bloß müde», sage ich.

Ich schaue auf die Fliege und den blauen Blazer mit den Messingknöpfen, den der Maître d' mir geliehen hat, und schäme mich dafür, dass ich hier in schmutziger rosa Krankenhausbekleidung aufgetaucht bin. «Da sind gar keine Preisschilder dran», sage ich.

«Hier ist alles umsonst», sagt Terrance. «Ich habe sogar Austern für heute Abend bestellt.»

«Das war sehr unhöflich, Terrance», sagt Mrs. Mutai. «Was, wenn Gwendolyn koscher isst, was dann?»

«Gwendolyn glaubt nicht an Gott, Mom», sagt Terrance. «Sie war mal eine Hindu und wurde dann als irgendwas wiedergeboren, was ihr nicht gefallen hat.»

«Du glaubst nicht an Gott, Gwendolyn?», fragt Mrs. Mutai. «Was passiert denn dann mit uns, wenn wir sterben?»

Ich suche nach einer Antwort und bin dankbar, als wir von einer Band unterbrochen werden, die mitten im Zimmer zu spielen beginnt. Es ist ein großes Orchester und sogar ein Chor. *Carmina Burana* erklingt, sehr laut, beinahe ohrenbetäubend.

«Das war Hitlers Lieblingsmusikstück», sagt eine Frauenstimme.

Ich schaue auf, und auf der anderen Seite von Terrance sitzt eine neue Frau. Sie trägt das Haar in einem Bob, den sie offenbar selbst mit billiger roter Haarfarbe aus der Drogerie getönt hat. Ihre blasse Haut wirkt wie ein durchsichtiges Tuch, das über etwas Dunklerem liegt. Sie ist kaum älter als ein Teenager und trägt ein grünes Paillettenkleid, doch über ihrer linken Brust ist ein Namensschild aufgenäht, wie beim Militär. Darauf steht: SAFIR.

«Als ob du so was wüsstest.» Aus irgendeinem Grund bin ich sauer. Ich mochte die Musik sehr, und jetzt hat diese Frau sie ruiniert.

«Iss deine Austern, sonst bekommst du keinen Nachtisch», sagt sie. «Das meine ich ernst, Gwen.»

Ich nehme eine Auster aus dem Wasserglas, das Mrs. Mutai mir eingeschenkt hat, und öffne sie. Das Innere ist voll mit einem grauen Gelee, und der Geruch bringt mich zum Würgen.

Die neue Frau schaut Mrs. Mutai an. «Kinder ... Sie glauben, sie wissen alles.» Sie wendet sich an mich und lächelt freundlich. «Dann heb die Auster für deinen Dad auf. Er kommt gleich.»

Ich stehe auf. Irgendetwas drängt mich zum Gehen, und zwar sofort. Ich schlängele mich durch Tische, an denen Männer in Anzügen und Frauen in langen Kleidern sitzen, und stoße beinahe den Ober um, der einen albernen Schnurrbart trägt und eine rote Nelke in seinem Aufschlag.

Ich nehme die Fliege ab und ziehe den Blazer aus, dann zähle ich Scheine von einem Stapel Tausend-Franken-Noten, der gar nicht weniger wird. «Hier», sage ich und schiebe dem Ober die Scheine hinüber. «Sorgen Sie dafür, dass er keine Austern isst.»

«Hier ist alles umsonst, Miss Bloom», sagt der Ober beleidigt. Dann deutet er über meine Schulter. «Und außerdem sind Sie wohl zu spät gekommen.»

Ich drehe mich um. Mein Dad sitzt auf meinem Platz am Tisch und lacht mit meiner Mom, Mrs. Mutai und Terrance, während er eine leere Austernschale auf den Haufen vor ihm legt.

Ich schrecke hoch und spüre Max' Hände auf meinem Mund. Mein Ellenbogen zuckt zurück, landet direkt in seinem Bauch. Er stößt einen Schmerzensschrei aus. Ich haste über den Fußboden, meine Füße verfangen sich im Griff der Sporttasche, und ich fliege hin, doch in weniger als einer Sekunde bin ich wieder auf den Beinen und halte die Pistole auf Max' Brust.

«Himmel, Gwen», keucht er. «Mein Gott, bitte schieß nicht.»

«Du hast versucht, mich zu ersticken!», zische ich.

«Du hast geschrien, Gwen. Du hattest einen Albtraum. Himmel, ich wollte dir bloß helfen.»

Das Licht im Zimmer ist leicht bläulich, und die Uhr zeigt 5.33 Uhr. Ich lasse die zitternde Pistole sinken und falle in den Sessel.

Er klettert aus dem Bett, kniet sich auf den Teppichläufer vor mir und berührt mich am Arm. «Alles in Ordnung?»

«Bestens», flüstere ich. «Wasch dich. Wir gehen.»

Er nickt, steht auf, geht ins Bad. Zu spät für das Kissen. Also vielleicht irgendwo bei einem Stopp auf dem Weg nach Zürich. Auf einer unbefahrenen Seitenstraße, in einem Straßengraben. Oder auch nicht.

Wie durch ein Wunder finden wir einen engen Parkplatz zwischen einem Bentley und einem Lamborghini, nur einen Häuserblock entfernt von Feldman Capital Services. Wir gehen bei leichtem Regen zum Eingang, gerade stark genug, um uns daran zu erinnern, dass wir das nächste Mal einen Schirm mitbringen. Hinter den goldglänzenden Messingtüren begrüßt uns ein adretter Angestellter in grauem Anzug und mit gestärktem Kragen mit einem kurzen Nicken. «Sie dürfen eintreten», bedeutet das Nicken. «Selbst in Turnschuhen und pinkfarbener Neoprenjacke. Ja, wirklich. Aber bitte stehlen Sie keine Kugelschreiber.»

Offenbar passiert das wirklich manchmal mit Kunden, die ein biometrisches Bankschließfach haben. Eine junge Frau begrüßt uns sogar mit einem richtigen Lächeln, nachdem wir den Summer zum Hinterraum des unteren Gewölbes betätigt haben. Man führt Max und mich zu einer gemütlichen Ledercouch, und dann serviert man uns auf gepflegte Weise Kaffee.

Die junge Angestellte bittet mich, in den Retina-Scanner zu schauen, dann führt sie mich zu einer Kabine und stellt meine Stahlkassette auf den Tisch. «Den Fingerabdruck bitte in diese Richtung», sagt sie und deutet auf den Ableser an der Vorderseite. «Nehmen Sie sich so viel Zeit, wie Sie brauchen.» Ich schaue ihr nach, als sie die Kabine verlässt und die Tür hinter sich schließt. Ich bin sicher, sie hat schon einige Finanzmogule oder flüchtige Ex-Diktatoren erlebt, die wie Obdachlose in die Kabine gehen und dann im Anzug wieder herauskommen, einen glänzenden Gucci-Weekender voller Bargeld in der Hand. Wie enttäuscht sie wohl von meiner kleinen Sporttasche sein wird.

Ich hebe langsam den Deckel, starre auf den Stapel Schulhefte, die Plastiktüte mit den identischen SD-Karten, den Pass, das Paket Tausend-Franken-Scheine. Meine Lippen zittern, ich muss grinsen. Es ist alles noch da.

Ich stecke den Pass und eine SD-Karte zu der Pistole in meine Jacke, schiebe zur Sicherheit eine weitere Karte in meinen Schuh, dann blättere ich die Geldscheine durch – dreihunderttausend Franken – und stopfe sie in die Sporttasche.

Max ist natürlich verschwunden, als ich zurück in die Lobby komme. Doch die Angestellte wartet hinter einem Tresen auf mich und tippt in einen Computer.

«Mein Freund?», sage ich. «Ist er …?»

«Er ist gerade gegangen.»

Ich nicke. «Danke.»

Doch draußen auf den Stufen von Feldman Capital Services wartet eine Überraschung auf mich: Max lehnt am Geländer, eine Hand in der Hosentasche, in der anderen eine Flasche Bier. Er schaut auf, als ich auf ihn zugehe, ein bisschen neugierig, aber nicht sehr.

«Du bist ja noch da», sage ich.

«Ich brauchte was zu trinken. Und dachte mir, warum nicht?» Er räuspert sich und betrachtet seine Schuhe. «Darf man eigentlich hier auf der Straße trinken?»

Wir sind in der Schweiz, also entweder absolut nicht oder selbstverständlich ja. «Keine Ahnung.»

«Na, dann werde ich mal das Risiko eingehen», sagt er. «Wie war es in der Bank?»

«Alles in Ordnung», sage ich auf Deutsch.

«Das ist etwas, was sie hier wirklich draufhaben, *Ordnung*.» Er hebt die Flasche wie zum Toast und trinkt einen langen Schluck. «Also, wie machen wir es?»

«Was?»

«Ich dachte, du tust es in der Nacht, während ich schlafe. Dann dachte ich, heute Morgen.» Er schaut sich um und wischt sich mit dem Ärmel über die Nase. «Also wie? Du kannst mich wohl schlecht auf der Straße erschießen.»

Ich kneife die Augen zusammen. Nein? Ich schiebe eine Hand in meine Jackentasche und berühre die Pistole. «Vielleicht habe ich ja, na ja, meine Meinung geändert.»

«Aha», sagt er und nimmt noch einen Schluck. «Das ist ja schön.»

Ich ziehe die Hand wieder heraus und halte ihm ein dickes Bündel Franken hin, das einmal gefaltet ist. «Hier, dein Anteil. Einhunderttausend.»

Max betrachtet meine Hand. «Also keine Million.»

«Das war gelogen.»

Er zuckt die Schultern. «Ja, hab ich mir schon gedacht.»

«Nimm», sage ich. «Du wirst es brauchen.»

«Oh ja, stimmt. Australischer Pass. Haare wachsen lassen.» Max nimmt das Geld ohne jede Regung und steckt es sich in die Hosentasche. «Hast du Lust, irgendwo zu frühstücken?»

Ich schüttle den Kopf.

«Na gut», sagt er und stößt sich vom Geländer ab. «Dann pass auf dich auf.»

«Du auch», rufe ich hinter ihm her. «Hab ein schönes Leben.»

Er hebt locker die Hand und winkt zum Abschied, während er davongeht. «Hoffen wir, dass mir mehr als fünf Minuten bleiben», ruft er zurück.

TEIL 4
MARIKE

33. KAPITEL

Es ist ganz sicher ein Fehler. Aber vielleicht auch nicht. Denn in mir macht sich ein leichtes Gefühl breit, als ich ihn davongehen sehe – lebendig. Mein Atem schwingt sich in die Lüfte; mein Herz schlägt gleichmäßig und ohne Schuldgefühle. Ein Teil von mir – ein großer Teil – ist wütend und beschimpft den Rest von mir als sentimentale Idiotin. Aber ich kann es einfach nicht tun. Nicht noch einen. Nicht heute. Und auch nicht morgen. Ich gehe los, mit zweihunderttausend Franken in der Tasche, einem sauberen Pass und einer Sporttasche voller Beweise. Was die Pistole angeht, so wird die in den Fluss wandern. Nicht jetzt, aber bald.

Ich schlendere eine Weile umher, überquere den Fluss über verschiedene Brücken in beide Richtungen, werde beinahe von einer Straßenbahn überfahren und muss bloß lachen. Ich kaufe mir eine Brezel von einem Straßenverkäufer, es ist das Köstlichste, was ich je gegessen habe. Zur Mittagszeit befinde ich mich in der Altstadt und schlendere wie eine Touristin an den Läden vorbei, in denen Millionäre einkaufen. Dann fällt mir mein mitternachtsfarbener Anzug wieder ein, für den ich schon vor Monaten bezahlt habe. Ob ich den Laden wiederfinde?

Natürlich ist Lorbers Bekleidungsgeschäft immer noch an derselben Stelle. Und Marcel, der mich damals beraten hat, erkennt mich sofort. «Wir hatten schon Sorge, dass Sie ... nun, herzlich willkommen zurück.»

«Danke», sage ich. «Es ist schön, wieder hier zu sein.»

Ich probiere ihn an, diesen Hosenanzug, der weder blau noch schwarz ist, sondern ständig zwischen beiden Farbtönen changiert.

Marcel lächelt. «Man fühlt sich darin ... erhaben, nicht wahr?»

Ich drehe mich vor dem Spiegel, zupfe am Knopf des Jacketts, ziehe es am Bund etwas enger. Der Anzug sitzt schmal an meinem Körper und glänzt ein bisschen, dort, wo er den Kurven meiner Schultern folgt. «Ja», sage ich. «Das stimmt.»

«Er sitzt ein wenig locker. Das können wir natürlich noch enger machen», sagt Marcel.

«Nicht nötig», sage ich. «Da wachse ich rein.»

Marcel hilft mir dabei, eine passende Bluse, Strümpfe und ein Paar Schuhe zu finden, und ich verlasse den Laden von Kopf bis Fuß neu eingekleidet.

Von einer alten Frau auf der Straße kaufe ich einen Schirm, der zehn Franken kostet, doch ich gebe ihr zwanzig. Dann überquere ich pfeifend den Fluss.

Ich gehe in Richtung des weniger schicken Viertels im Osten der Altstadt, zu dem kleinen Antiquitätenladen, in dem Miriam Sonnenfeld Sammlerstücke verkauft, die den Originalen bemerkenswert ähnlich sehen.

Sie begrüßt mich mit unverhohlener Abscheu, verzieht sogar den Mund. «Stehen Sie unter Drogen? Sie sehen aus wie eine Abhängige, die einen teuren Anzug gestohlen hat.»

Ich mache ihr keinen Vorwurf – mit meinem eingefallenen Gesicht und den ungepflegten Haaren sehe ich vermutlich wirklich wie ein Junkie aus. «Ich hatte in letzter Zeit ein wenig ... Ärger.»

Sie betrachtet mich und tippt mit den roten Nägeln gegen ihr Kinn. «Diese Razzia im Obelisk Grande – galt die Ihnen?»

«Ja.»

«Und diese Identität, die ich erschaffen habe – wie hieß sie noch? Kereti?»

«Sie lebt noch, jedenfalls im Moment. Aber ich brauche eine andere Identität. Die beste, die Sie haben.»

Miriam deutet mit dem Kopf zum Hinterzimmer. Ich folge ihr die Treppen hinunter, wobei ich auf die dritte Stufe achte, und weiter in ihr Atelier. Sie räumt einen Stapel Papiere von der Mitte ihres Tisches, damit sie mich darüber hinweg sehen kann. «Die beste, die ich habe», wiederholt sie. «Worin die beste? Im Überqueren von Grenzen? Oder wollen Sie einen Abschluss von Yale haben?»

«Ich brauche etwas Dauerhaftes», sage ich. «Es ist mir egal, wo ich geboren wurde oder wo ich zur Schule gegangen bin. Ich will bloß ein normales Leben führen. Mir einen Job suchen. Eine Wohnung mieten.»

«Und warum nicht als Lila Kereti?»

«Sie hat eine Geschichte. Ich möchte neu sein. Rein.»

«Dann sollten Sie mit einem Priester sprechen», sagt Miriam.

«Was ich brauche, ist aus Papier», sagte ich. «Können Sie mir helfen oder nicht?»

Sie schaut gedankenverloren auf die Kellerwand. «Geburtsurkunde. Schulzeugnisse.»

«Wenn möglich», sage ich.

«Das ist alles teuer», sagt sie und lehnt sich vor.

«Ich weiß.»

«Nein. Wissen Sie nicht.» Sie hält einen abgenutzten Schweizer Pass hoch. «Als es nur, wie Sie sagen, um Papier ging, war das eine Frage von handwerklichen Fertigkeiten. Jetzt aber geht es um biometrische Chips und Datenbanken. Das Handwerkliche ist erst der Anfang.»

Ich schlucke. «Wie viel?»

«Eine vollständige Identität – *rein*, wie Sie gesagt haben – kostet fünfzigtausend.»

Sie will mich über den Tisch ziehen. Oder vielleicht auch nicht. Ich schließe die Augen, dann nicke ich. «Ich bezahle jetzt alles und kontaktiere Sie, wenn ich weiß, wohin Sie mir alles schicken sollen.»

«So eine Arbeit ist aufwendig», sagt Miriam. «Aber ich verspreche Ihnen, wenn ich fertig bin, dann brauchen Sie nie wieder hierherzukommen.»

Sie nennt mir keinen Abholtermin, sagt bloß, dass alles fertig sein wird, wenn es so weit ist. Ich verlasse ihr Geschäft eine Stunde später, nachdem ich weitere Fragen beantwortet habe und sie meine Fingerabdrücke genommen und ein Foto gemacht hat. Mittlerweile habe ich die Hälfte meines Geldes bei Miriam und Max gelassen, und es ist noch nicht einmal Abend.

Aber noch ist mein Tagwerk nicht getan, noch nicht mal annähernd.

Eine halbe Stunde später stehe ich vor Naz Sadiks Büro und bringe mich auf der anderen Straßenseite in Position. Um 16.45 Uhr hole ich mir einen Kaffee und komme zurück. Um 17 Uhr öffnet sich die Tür des Gebäudes, und Naz kommt heraus.

Heute trägt sie einen knallpinken Hijab. Er sieht hübsch aus in Kombination mit ihrem himmelblauen Schirm und dem ebenfalls himmelblauen Trenchcoat. Selbst im Regen sticht Naz aus der eintönigen grauen Masse der Züricher heraus, was mir ihre Verfolgung ungemein erleichtert. Sie steigt in eine Straßenbahn, nimmt die mittlere Tür; ich steige hinten ein. Ich spähe zwischen Schultern hindurch und erhasche Ausschnitte von ihr, wie sie auf ihr Handy schaut, ein Kaugummi auswickelt, wieder auf ihr Handy sieht. Sie lächelt, als hätte sie gute Nachrichten erhalten.

Acht oder neun Fahrgäste steigen gemeinsam mit ihr an der Haltestelle aus, also mische ich mich unter sie und halte mich etwas zurück. Ich sehe, wie sie einen Schlüssel aus der Tasche zieht, und verringere den Abstand zu ihr. Als sie den Schlüssel in eine Tür schiebt, bin ich schon fast neben ihr.

«Naz», sage ich leise, weder ein Flüstern noch ein Zischen.

Sie zuckt trotzdem zusammen und fährt herum. Als sie mich erkennt, keucht sie auf und legt sich die Hand auf die Brust. «Lila Kereti», sagt sie. «Mein Gott. Woher wissen Sie ...»

«Ich bin Ihnen von Ihrem Büro aus gefolgt.»

«Ah. Gut. Natürlich.» Sie fummelt mit ihrem Schlüssel herum und überlegt offenbar, ob wir reingehen sollen oder ob sie den Ärger lieber draußen ausfechten will. «Schauen Sie, was da passiert ist mit dem Geld ... Ich habe Ihnen ja schon erklärt, dass ich keine Kontrolle darüber hatte.»

«Ich weiß. Deswegen bin ich nicht hier.» Ich sehe mich um, prüfe, ob die Straße leer ist. «Ich brauche Ihre Hilfe.»

«Wenn Sie meinen Sekretär anrufen, können wir sicher ...»

«Sie wollen auf keinen Fall, dass ich in Ihrem Büro aufkreuze», sage ich und schiebe eine Hand in meine Jackentasche. «Es muss jetzt sein. Heute Abend.» Ich ziehe die Pistole heraus und reiche sie ihr mit dem Griff zuerst.

Sie betrachtet die angebotene Waffe. «Was soll das?»

«Das ist Ihre Versicherung, dass ich Ihnen nichts tun werde.»

Naz nimmt die Pistole und schließt die Tür auf.

Gedämpftes gelbes Licht leuchtet schläfrig auf zwei butterfarbene Zweisitzer und einen geschwungenen Marmortisch, auf dem ein Auktionskatalog von Sotheby's, die *Vogue* und eine Vase mit weißen Lilien arrangiert sind. Sie sehen teuer aus und frisch, wie alles in Naz' Wohnzimmer. Ich fahre mit einem Finger über die Buchrücken in ihrem Regal. Bücher auf Arabisch und Türkisch, Deutsch, Französisch und Englisch. Auf einem erleuchteten Sockel steht ein silberner Teekessel in einer Ausstellungsvitrine, wie in einem Museum. Ich betrachte ihn – ganz hübsch und irgendwie seltsam eckig –, aber was ihn so besonders wertvoll macht, verstehe ich nicht.

«Sie sind ein Fan von Dressers Arbeiten», sagt Naz, als sie mit einem Tablett aus der Küche kommt.

«Der Teekessel?», frage ich.

«Er ist von Christopher Dresser. Sieht modern aus, doch er hat diese Gegenstände im viktorianischen England entworfen. Ein völlig neuer ästhetischer Ansatz.» Sie stellt das Tablett neben die *Vogue* und den Sotheby's-Katalog auf den Tisch. Ein Teller mit kunstvoll arrangierten Crackern und Käse. Ein Glas Wasser für mich, Scotch für sie. «Dieser da ist ein Prototyp. Er ist nie in Produktion gegangen. Sind Sie sicher, dass Sie nicht etwas ... Stärkeres trinken wollen?»

Ich lehne ab und setze mich auf den Zweisitzer. «Ich hätte nicht gedacht, dass ein Teekessel ... Sie wissen schon, so von Bedeutung sein könnte.»

«Ist er nicht. Es ist ein Teekessel.» Naz lässt sich auf das Sofa mir gegenüber fallen und zieht die Beine unter sich. «Er funktioniert genau wie jeder andere Teekessel auch. Aber mit dem Geld, das ich für ihn bezahlt habe, könnte ich einem Kind das Studium finanzieren.»

Diese unschöne Vorstellung hängt einen Augenblick in der Luft, wie der Schock nach einer Obszönität, die anständige Menschen niemals laut aussprechen würden. Dann nehme ich einen Schluck Wasser und lache kurz auf.

«Es ist eine abgefuckte Welt», sagt sie und hebt ihr Glas, als wollte sie darauf anstoßen. «Aber das wissen Sie ja selbst, oder, Lila?»

«Darum bin ich hier», sage ich. «Ich war ... ich wurde festgehalten. Vier Monate lang.»

«Ich habe davon gehört», sagt Naz. «Als ich keine Nachricht mehr von Ihnen bekam, habe ich das Schlimmste befürchtet.»

«Es ist vorbei. Glaube ich. Jedenfalls für eine Weile.» Ich mache mir ein Sandwich aus zwei Crackern und einem Stück Käse. «Terrance – haben Sie ihn gesehen?»

«Verdammt.» Naz seufzt und nippt an ihrem Scotch. «Gerade als ich dachte, wir würden den Bechdel-Test bestehen.»

Ich schaue sie fragend an.

«Der Bechdel-Test. Wenn zwei weibliche Figuren in einem Film oder einem Buch ein Gespräch führen, das sich nicht um einen Mann dreht. Sie wären erstaunt, wie selten das vorkommt.»

Ich schließe ungeduldig die Augen. «Wissen Sie, wo er ist, oder nicht?»

«Er ist in Budapest. Er kam einen Tag nach der Razzia zu mir. Ich habe eine Verbindung für ihn hergestellt und ihm einen neuen Pass besorgt.»

«Budapest», wiederhole ich.

«Das ist alles, was ich weiß. Ich habe keine Ahnung, welchen Namen er verwendet und ob er wirklich nach Ungarn gereist ist.» Naz stellt ihr Glas ab und beugt sich mit gefalteten Händen vor. «Lila, darf ich Ihnen einen Rat geben?»

Ich nicke.

«Die Flucht ist schon allein schwierig genug. Aber zu zweit ...» Sie unterbricht sich, nimmt noch einen Schluck. «Liebe, menschliche Bindungen ... das sind Privilegien, die Sie nicht haben.»

«Schon gut, verstanden. Danke.» Ich fahre mit der Hand über

das helle Leder der Armlehnen und sehe mich um – Naz' Heim ist gemütlich und sauber und ganz wie sie. Alles ist beständig. «Ich bin hier, weil ich einen Plan brauche. Und auch einen Schlafplatz für eine oder zwei Nächte, um alles zu organisieren.»

«Sie können gerne hier wohnen», sagt sie. «Natürlich zum üblichen Stundenhonorar.»

Ich lächle beinahe, als hätte sie einen Witz gemacht, aber das hat sie nicht. «Ich habe einhundertfünfzigtausend Franken. Das ist alles, was von dem Geld noch übrig ist.»

Naz lehnt sich wieder zurück, schiebt die Haare hinters Ohr und lächelt.

«Was?», frage ich.

«Das ist meine Lieblingsszene. Die abgebrannte Mandantin.» Sie steht auf. «Ich möchte Ihnen etwas zeigen.»

Sie verschwindet in ein anderes Zimmer, kommt einen Moment später mit einem Aktenordner zurück und setzt sich wieder. Sie schlägt ihn auf ihren Knien auf und blättert durch die Seiten. «Der Papierkram, den ich für Sie erledigt habe, die Firmen ... Webb-Rosenthal, España Shipping, Fomax Optical. Sie erinnern sich?»

«Natürlich.»

«Und die Bankkonten.»

«Die jetzt leergeräumt sind, dank Ihrer Hilfe.»

Naz wirft mir einen warnenden Blick zu. «Dann ist da noch das hier», sagt sie.

Sie schiebt einen Stapel Papiere zu mir über den Tisch. Ich nehme sie zur Hand. Es ist ein Pachtvertrag für einen Ort namens Ports Francs et Entrepôts de Genève SA, unterschrieben von niemand anderem als Lila Kereti. Ich erinnere mich daran, dass ich ihn schon mal gesehen hatte, im Zimmer Nummer 33 in der Pension Alexandra. Lilas Unterschrift hatte meine Aufmerksamkeit geweckt, aber mehr habe ich nicht über den Vertrag nachgedacht.

Ich schaue Naz an. «Eine Pacht ... Aber für was?»

«Für einen Tresorraum. Am Freihafen von Genf. Früher hat man so was für Getreide oder Baumwolle benutzt, eigentlich für alles, was gehandelt werden konnte. Die Händler haben die Waren in solchen Großtresoren zollfrei gelagert, ohne Fragen beantworten zu müssen, bis sie weiter an ihr Ziel verschifft wurden.»

«Ich brauche kein Getreide, Naz», sage ich. «Oder Baumwolle.»

«Das war früher. Dann kamen reiche Leute, solche, die ein Vermögen für Teekessel ausgeben, auf die Idee, dass man auch andere Dinge darin lagern konnte – Kunstgegenstände. Wein. Alles, was etwas wert ist. Dollar und Yen gewinnen und verlieren an Wert, aber ein Picasso bleibt immer ein Picasso.»

«Und was ist in diesem Tresorraum in Genf?»

«Ich habe keine Ahnung», sagt Naz. «Aber was immer da drin ist, gehört Ihnen.»

Das Lagerhaus für die Superreichen ist ein beigefarbenes Rechteck aus Fertigbeton neben den Gleisen, etwas südlich vom Zentrum von Genf. Es gibt einen McDonald's ganz in der Nähe und eine Pizzeria und Gebäude, die wie Lagerhäuser aussehen. Aber das ist bloß Fassade, sagt Naz. In diesen Gebäuden, die von außen wie Lagerhallen wirken, befinden sich Kunstgalerien, Versicherungsagenturen, Kanzleien – professionelle Dienstleister, die ihre Büros dort anmieten, wo die Reichen zu finden sind. In diesem Teil von Genf ist Geld nicht bloß unauffällig, es ist völlig versteckt.

Wir haben Naz' Haus um genau sechs Uhr heute Morgen verlassen und sind drei Stunden mit ihrem Mercedes durch den dichten Verkehr gefahren. Ich habe mich bemüht, meine Erwartungen herunterzuschrauben, aber trotzdem tippe ich die ganze Fahrt über vor Aufregung auf die Armlehne, und mein Magen verkrampft sich immer wieder. Um exakt neun Uhr biegen wir auf den Parkplatz am Freihafen ein.

Thérèse ist um die vierzig, hat ihre braunen Haare zu einem stylischen Knoten gebunden und trägt einen grauen Anzug mit einem spitz zulaufenden Revers. Als wir hereinkommen, tritt sie aus einem Büro in die Lobby, als wäre unsere Ankunft auf die Sekunde genau geplant. Sie begrüßt uns auf Englisch.

«Das ist, äh, Ihr erster Besuch hier?», fragt Thérèse.

«Ja. Der Pachtvertrag wurde von jemandem arrangiert», sage ich.

«Dann herzlich willkommen. Möchten Sie einen Kaffee oder einen Tee ...»

«Bitte zeigen Sie uns einfach den Tresorraum», sagt Naz.

Während Thérèse die Papiere von Lila Kereti prüft, packt Naz mich am Unterarm. «Denken Sie dran, der Raum kann vollkommen leer sein. Bereiten Sie sich auf eine Enttäuschung vor», sagt sie und betrachtet mich über die Gläser ihrer Audrey-Hepburn-Sonnenbrille.

Thérèse erscheint mit einem absurd großen Schlüssel in der Hand und bedeutet uns, ihr zu folgen. Der Fahrstuhl ist ein glänzender Stahlwürfel, und damit fahren wir hoch zum vierten Stock, gehen an geschrubbten Betonwänden und schweren Stahltüren entlang. Das Klackern von drei Paar Absätzen hallt von den Wänden wider.

«Ich warte genau hier», sagt Thérèse, während sie die letzte Tür öffnet. «Falls Sie irgendetwas brauchen, rufen Sie mich einfach.»

Mit professionellem Takt dreht Thérèse sich um, während wir eintreten und das Licht anschalten.

34. KAPITEL

In dem Tresorraum steht eine einzelne große Holzkiste, auf deren Seite mit einer Schablone ESPAÑA SHIPPING gesprayt wurde. Ich fahre mit der Hand über das grobe Holz und schaue zu Naz.

«Und ausgerechnet heute habe ich meinen Werkzeuggürtel nicht dabei», sagt Naz.

Doch das Problem ist schnell behoben. Knapp eine Minute nachdem wir sie losgeschickt haben, klopft Thérèse an die Tür und reicht mir ein Stemmeisen und einen Hartgummi-Hammer. Ich lehne Naz' Angebot, mir zu helfen, ab und erhalte ein dankbares Lächeln. Sie zieht sich in den Korridor zurück, wo sie mit Thérèse wartet, während ich mich an die Arbeit mache. Ich klopfe das Brecheisen unter den Deckel und stemme dann mein ganzes Gewicht dagegen, bis sich die Nägel quietschend lösen.

Die erste Schicht besteht aus sorgfältig gefalteter Kleidung. Blaue Jeans, ein dicker Ski-Parka, ein hübscher Schal. Dann Bettdecken, gute Qualität, und ein roter Bettüberzug aus Seide, für ein Doppelbett. Es ist alles sehr intim und unterscheidet sich auch nicht wirklich von irgendeinem anderen privaten Lagerraum. Doch auf einmal bin ich wieder in New York, in Queens, in dem Lagerraum, den mein Dad gemietet hatte. Als er plötzlich verschwand, war ich dort eingebrochen, auf der Suche nach Hinweisen. Ich habe nicht ihn, sondern nur mein altes Leben darin wiedergefunden.

Eine Spielzeugrennbahn, ein riesiger, ausgestopfter Elefant, grau und abgelebt, Disney-DVDs und ein Bündel Kinderbekleidung – Pullis und Cordhosen, die an den Knien abgewetzt sind, und abgenutzte kleine Turnschuhe. Dann sehe ich die Fotoalben.

Wie schon in Queens ermahne ich mich, die Alben zur Seite zu legen und die Erinnerungen nicht hochzuholen, aber natürlich tue ich es nicht. In den Alben finde ich Bilder eines kleinen Jungen von drei oder vier Jahren. In einem Park. In einem Schwimmbad. In einem Ruderboot. Und auf jedem einzelnen Bild ist dieselbe Frau an seiner Seite. Sie hat dunkle Haare, braune Augen und ist leger gekleidet in Jeans und Sweatshirt. Wäre ich sieben oder acht Jahre älter, könnten wir uns ähnlich sehen. Das Auffälligste an ihr ist ihre offensichtliche Liebe für den Jungen, ihren Sohn. Auf diesen Fotos sind Lila Kereti und ihr Sohn.

Ich erinnere mich, dass dies hier nicht bloß ein Lagerraum ist. Nicht in dem Sinne, wie der in Queens einer war. Es ist ein klimatisierter Tresorraum im Genfer Lagerhauskomplex der Reichen, und er kommt mit einer mehrsprachigen Angestellten, die einem Kaffee oder eine Brechstange bringt, wenn man es möchte. Also schiebe ich meine Sentimentalitäten wegen der Fotos zur Seite und grabe weiter.

Ein alter orientalischer Teppich, in den etwas eingewickelt ist. Ich breite ihn auf dem Boden aus – er ist alt, abgelaufen und in meinen Augen ohne Bedeutung – und finde zwei Gegenstände darin. Der erste ist eine antike Kriegermaske aus Bronze, der zweite eine kleine Figur von etwa 20 bis 25 Zentimeter Höhe, eine Marmorgöttin, die eine Schüssel hält.

Ich stelle sie an die Wand und hole die nächsten Dinge aus der Kiste: drei Pappzylinder, jeder etwa einen Meter lang. Sie fühlen sich leer an, beinahe ohne Gewicht, doch als ich den ersten Deckel entferne, finde ich eine Rolle aus altem, brüchigem Papier darin. Ich rolle sie vorsichtig auf und erkenne die Kohlezeichnung eines Mannes mit angstverzerrtem Gesicht, doch nur die Schatten, keine Highlights, noch nicht einmal ein Umriss für den Rest – ein Gesicht, das ausschließlich in den unsichtbaren Teilen zu erkennen ist. In der zweiten Papprolle befindet sich ebenfalls ein Bild, diesmal eine häusliche Szene: eine gutbetuchte Familie in der Kleidung des 16. Jahrhunderts an einem Tisch, der Vater lacht über etwas, was seine Tochter sagt; die Mutter stellt einen Brotlaib auf den Tisch und lächelt bescheiden. In der dritten Rolle steckt eine kleine Sammlung von moderneren Bildern: kubistische Fische schwimmen in einem kubistischen Meer. Eine nackte Frau mit einem winzigen Kopf und rechteckigen Armen.

Unter den Rollen finde ich eine Reihe flacher Pappumschläge in der Kiste. Ich fahre mit dem Finger den Rand des obersten Umschlags entlang und öffne ihn. Ein Goldrahmen liegt darin, und als ich ihn herausziehe, finde ich ein Stillleben – eine Schüssel mit Obst und einem toten Fasan –, das aus scharfkantigen, verpixelten Farbblöcken gestaltet ist. Im zweiten Umschlag liegt ein älteres, traditionelleres Bild: eine Frau in einem viktorianischen Kleid, die den Kopf vom Betrachter wegdreht, doch mit den Augen zurückschaut, als wolle sie den Künstler dazu auffordern weiterzumachen. Und im dritten Umschlag stoße ich auf eine wilde Collage aus Farben, die unter einem schützenden Glas zu explodieren scheinen. Grün, Gelb, Blau, Orange, hier getrennt, dort miteinander vermischt in einer abstrakten Meereslandschaft. Am rechten Rand chinesische Zeichen, erst groß, dann klein.

Ich erkenne keinen der Kunststile oder irgendeine der Signaturen unten auf den Bildern. Jedes Bild ist anders, und es gibt keine Verbindung der Werke, bis ich zurücktrete und die gesamte Sammlung auf einmal betrachte. Alle Gesichter sind ungewöhnlich, keines ist bloß zufrieden oder ausdruckslos, sondern alle sind voll Liebe, Trauer oder Freude, das ganze Spektrum dessen, was ein Mensch empfinden kann. Wo es Farbe gibt, da ist sie grell und kräftig, sie fordert den Betrachter auf, gesehen und gehört zu werden. Irgendjemand, vielleicht Lila, hat diese Kunstwerke gesammelt, weil sie sie liebte.

Als ich fertig bin, stehe ich da und berühre mit zitternden Fingern meine Lippen. Ich habe noch nie solche Schönheit gesehen und ganz sicher nicht versammelt an einem Ort. Es kommt mir wie ein Familientreffen all der guten Dinge vor, die in dieser Welt noch existieren.

Dann überlege ich, wie viel das alles wohl wert ist.

Ich lehne mit dem Rücken am goldverzierten Kopfteil des Bettes, sitze barfuß auf einem Bettüberzug aus rosa Satin. Hinter den durchsichtigen Vorhängen glitzert Genf ganz ähnlich wie Zürich – bescheiden, die Lichter wie sorgfältig verteilte Goldmünzen, aber nicht zu viele, damit die Stadt nicht zu protzig wirkt. Naz hat ihr Jackett ausgezogen und geht nur in Rock und ärmelloser rosa Bluse – dasselbe Rosa wie die Bettdecke – im Zimmer auf und ab. Sie nickt, während sie in ihr Handy spricht. «Ja, ja, verstehe, ich verstehe, Agatha, natürlich, morgen früh ist in Ordnung.»

Sie legt auf, grinst vor Glück und wippt aufgeregt auf und ab. «Morgen früh kriegen wir den vollständigen Bericht, sagt Agatha, aber es sieht gut aus. Richtig gut.»

Ich versuche zu lächeln.

«Ehrlich, was heute passiert ist, das passiert nur einmal im Leben», sagt Naz. «Und Sie ziehen ein Gesicht wie ich, wenn mir der Scotch ausgegangen ist. Apropos ...» Sie deutet auf die Minibar.

«Klar», sage ich. Ich sehe ihr nach, wie sie praktisch durch das Zimmer hüpft und dabei unverhohlene Freude ausstrahlt, die

Freude einer Anwältin: Du hast deinen Teil bekommen und ich meinen, was ist sonst noch wichtig?

«Es ist bloß ... Das letzte Mal, als ich in so einem Hotel wie diesem hier war ...»

«Letztes Mal war letztes Mal», sagt sie. «Diesmal ist diesmal. Das Wichtige ist, dass wir schnell sind.»

«Naz, hören Sie ...»

«Ich habe schon die Papiere aufgesetzt. Eine neue Firma auf den Kanaren.» Sie kippt braune Flüssigkeit aus einer winzigen Flasche in ihr Glas. «Keine Sorge. Ich habe eine neue E-Mail-Adresse und die beste Chiffrierung, die man mit Geld kaufen kann.»

Ich durchquere das Zimmer, nehme ihr das Glas ab und stelle es auf den Tisch. «Das, was wir da tun ... das ist nicht richtig.»

«Sie sind eine reiche Frau», sagt Naz. «Sie können tun, was Sie wollen.»

«Lila Kereti ist eine reiche Frau.»

«Ihrem Pass nach sind Sie Lila Kereti.»

«Juristisch.»

«Gibt es irgendwas, das sonst noch zählt?» Sie schnappt sich ihr Glas und betrachtete mich, während sie trinkt. «Gott schütze sie, wo immer sie ist, doch Lila Kereti 1.0 ist nicht mehr. Jetzt gibt es Lila 2.0. Jünger, schneller, klüger.»

Sie leert das Glas, stellt es hin und lächelt mich an.

«Schlafen Sie», sagt sie. «Ich bin in meinem Zimmer und errichte Lilas Empire.»

Einen Moment später ist sie verschwunden, und ich höre sie tatsächlich im Korridor vor sich hin pfeifen. Ich hänge die Kette vor und lege mich in die Badewanne, noch während das Wasser einläuft. Das warme, weiche Reiche-Leute-Wasser steigt millimeterweise an, es legt sich über meine Ohren und dämpft die Geräusche der Welt.

Lila, wohin bist du verschwunden? Wo ist dein Sohn? Seid ihr beide tot oder nur einer von euch?

Das Wasser bedeckt meine Nase und nimmt der Welt die Luft.

Warum hast du deine Schätze nie abgeholt, Lila? Hast du dort, wo du bist, keinen Bedarf mehr an weltlichen Dingen? Bist du in einem buddhistischen Kloster? Unter der Erde?

Ich öffne den Mund und lasse die Luftblasen an die Oberfläche steigen, wo sie zerplatzen.

Agatha Lupo trägt silberne Cowboystiefel, ein gelbes Cape und einen rosa Rock, der fast als Ballett-Tutu durchgehen könnte, so luftig steht er von ihr ab, als hätte sie gerade eine Pirouette gedreht, und der Rock hätte sich einfach in der Luft gehalten. Ihrem Aussehen nach ist sie Asiatin und etwa so alt wie Naz. Sie schreitet im Tresorraum herum, als wäre der Raum ein Tanzboden, dann verkündet sie ihr Urteil: «Ms. Kereti, Sie haben einen exzellenten Geschmack.»

«Danke.»

«Allein der Teppich», sagt Agatha. *«Allein der Teppich.»* Sie zieht ein Paar weiße Handschuhe an und untersucht den Teppichsaum. «Ein Perser. Aus der Provinz Kerman. Um 1700. Heute findet man dieses Sichelmotiv mit Weinrebe und Palmette nicht mehr. Nicht in diesem guten Zustand.»

Ich schüttle den Kopf, nein, das tut man sicher nicht.

«Nach konservativer Schätzung», sagt sie, «wird der Teppich bei einer guten Auktion etwa zwanzig einbringen. Vielleicht fünfundzwanzig. Wie klingt das?»

«Gut», sage ich und muss beinahe über die Absurdität lachen, dass dieser Teppich so viel wert sein soll. «Ich meine, wunderbar. Zwanzigtausend klingt toll.»

Agatha und Naz wechseln einen Blick, in dem eine ganze stumme Konversation liegt.

Naz legt eine Hand auf meinen Unterarm, beugt sich vor und flüstert mir ins Ohr: «Zwanzig Millionen.»

Ich blinzele sie an, *zwanzig Millionen was?* «Ich verstehe nicht.»

Jetzt ist Agatha dran. Sie zieht ein Bündel Papiere aus einer Aktentasche und bedeutet mir, zu ihr zu kommen. Es ist eine lange Liste: Nummer des Gegenstands, geschätzter Wert, tatsächlicher Verkaufspreis. «Die Textil- und Teppich-Auktionen der letzten sieben Jahre», sagt Agatha. «Schauen Sie sich diese Zahlen an, und keiner von denen war so gut wie Ihrer. Die meisten Käufer sind anonym, doch wir wissen, dass sie aus den Golfstaaten stammen und normalerweise zur Königsfamilie gehören.»

«Zwanzig Millionen», sage ich. «Dollar?»

«Konservativ geschätzt», sagt Agatha.

Die Luft in dem Tresorraum scheint zu vibrieren, und ich muss mich gegen die Wand lehnen. Ich bin dankbar für den kalten Beton. Ich schließe die Augen und bin wieder in der Zelle von Dr. Simons Labor. Meine Venen strecken sich.

«Holen Sie ihr einen Eimer», höre ich Dr. Simon rufen. «Verdammt, beeilen Sie sich!»

Rossi und LaBelle halten mich an den Armen fest. Dr. Simon klopft mir gegen die Wangen.

«Nehmen Sie einen Schluck Wasser», sagt Dr. Simon. «Hier, trinken Sie.»

Ich öffne die Augen und sehe Naz vor mir hocken, eine Flasche Wasser wie ein Geschenk in der Hand. Agatha sitzt neben mir auf dem Boden und hält mich am Arm, ihre Angestellte Thérèse hält meinen anderen Arm. Naz flößt mir etwas Wasser in den Mund, und ich schlucke.

«Tut mir leid», sage ich.

«Das muss Ihnen nicht leidtun», sagt Naz. «Sie haben einen Schock. So was passiert.»

«Nein», sage ich. «Ich meinte, tut mir leid, dass ich Ihnen nicht glauben kann. Dass ist doch Blödsinn. Zwanzig Millionen für einen kleinen Teppich. Das ist doch nicht real.»

«Blödsinn ist es in Ihrer Welt.» Agatha lächelt freundlich. «Aber nicht in meiner.»

Die Maske ist eine etruskische Bronze, die Göttin eine Marmorstatue von den Kykladen. Die Meereslandschaft ist ein später Zhang Daqian und das Stillleben ein früher und unterschätzter Braque. Das Bild der Frau in dem viktorianischen Kleid, die den Kopf wegdreht, aber zum Betrachter zurückschaut, ist unsigniert, doch Agatha hat ihre Theorien.

Die Zeichnungen enthalten eine Skizze von Modigliani und einen seltenen Ferdinand Bol, ein Schüler von Rembrandt. Bei der Kohlezeichnung des gequälten Gesichtes legt Agatha ihre Finger zusammen und sagt in einer Stimme, als spräche sie ein Gebet, dass sie von Raffaello Sanzio stammt und seit 1916 als verschollen galt.

«Wer ist das?», frage ich.

«Er ist meist nur unter dem Namen Raffael bekannt», sagt sie.

Obwohl die besten Preise bei einer öffentlichen Auktion erzielt werden, schließen Naz und ich dies zu Agathas Enttäuschung aus. Alle Transaktionen müssen äußerst diskret getätigt werden und außerdem – bei diesem Punkt ist Naz unnachgiebig – hier im Freihafen von Genf, wo die Regierung nicht informiert werden muss und keine Steuern zu zahlen sind. Dies, so erfahre ich, ist der Sinn eines Freihafens: Es ist eine geheime Welt, die versteckt in den unauffälligen Gebäuden neben den Gleisen liegt, eine Welt, in der die Reichen ihre Geschäfte fernab der Augen jedweder Behörden abwickeln können.

Naz gründet meine neue Firma – LK Marketing Services –, und Agatha ruft ihre Käufer an. Danach sitze ich drei Tage lang in Meetings im Showroom des Freihafens. Eine platinblonde Achtzigjährige, die ihren winzigen Hund mit juwelenberingten Fingern streichelt und jedes Stück mit zusammengekniffenen Augen mustert, flüstert ihrem Kunsthändler einen Preis zu, als der Braque gezeigt wird. Ein Russe mit rasiertem Kopf und einem glänzenden Anzug über seiner ausladenden Brust knurrt etwas in sein Smartphone, während seine streichholzdünne Freundin sagt, Ja, der Modigliani wäre perfekt für die Skihütte in Chamonix. Ein kinnloser Adeliger aus London in einem Blazer mit Messingknöpfen und einem richtigen Plastron – dem ersten, den ich in meinem Leben sehe – brummelt und ächzt vor sich hin, während er mit seinem gelben Fingernagel über die Marmorgöttin fährt und beim Grinsen gelbe Zähne zeigt.

Der Ferdinand Bol geht an eine chinesische Geschäftsfrau, der Teppich an einen Prinzen aus Katar, der in der letzten Sekunde noch einen Blick auf die etruskische Kriegermaske wirft und sagt, die würde er auch nehmen. Es scheint ein Gesetz zu geben, dass niemand mich direkt ansprechen darf. Stattdessen werden die Preise zuerst einem Mitglied der Käufer-Entourage mitgeteilt, der sie Agatha weitergibt, diese an Naz, die mir wiederum eine Zahl präsentiert, die mit Bleistift notiert wurde und nur dann unterstrichen ist, wenn Agatha findet, dass sie annehmbar ist.

Ein Gefühl der Unwirklichkeit stellt sich ein, und die ganze Zeit über kann ich nicht glauben, dass all dies nicht nur möglich ist, sondern sogar legal. Dinge, die mir gar nicht gehören, werden in Geld umgewandelt, das mir gehört. Hin und wieder entschuldige ich mich, ziehe mich auf die Toilette zurück und weine. Die Halluzinationen und Erinnerungen, mit denen ich in Dr. Simons Labor gequält wurde, sogar die chimärischen Kombinationen von beidem, kommen mir realer vor als das, was gerade passiert.

Frau Schürr, eine Frau um die sechzig in Lederhosen und einem zu großen Pulli, betrachtet die Kohlezeichnung des angsterfüllten Gesichts von Raffael. Sie legt den Kopf zur Seite und verlagert ihr Gewicht auf den Absatz eines ihrer Stiefel. Ihr Ehemann sitzt ungeduldig in einem Sessel aus Leder und Stahl und erinnert sie alle zwei Minuten an ihre Verabredung zum Mittagessen.

Frau Schürr hat noch einen zweiten Mann mitgebracht, ein Kind von dreißig Jahren mit flusigen blonden Haaren, das Jeans und eine rosa Brille trägt. Er stellt sich genauso hin wie sie.

«Ich will nicht mit so einem traurigen Gesicht an der Wand wohnen», sagt Frau Schürr auf Deutsch.

«Es ist ein Raffael», sagt Rosa Brille. «Ist gerade total angesagt. Du kannst das Bild in einem Jahr mit dreißig Prozent Gewinn verkaufen.»

Agatha geht auf sie zu und zeigt dem Mann einen Katalog.

«Siehst du», sagt er. «Es geht nicht um Traurigkeit, meine Liebe. Sondern um deinen Gewinn.»

Frau Schürr berät sich einen Moment mit ihm, und dann wird mir eine Zahl gezeigt. Sie ist dreimal unterstrichen, und Naz schaut mich an. Aber ich schüttle den Kopf.

Naz lehnt sich zu mir. «Sie wären dumm, wenn Sie das nicht annehmen», flüstert sie.

Ich stehe auf und fahre mit den Händen über meine Hose, als würde ich Staub von meinen Oberschenkeln wischen. «Der Raffael ist nicht länger zu verkaufen», sage ich tonlos.

Frau Schürr, Rosa Brille und sogar ihr Ehemann schauen mich an.

«Ich behalte ihn», sage ich. «Danke für Ihre Zeit», füge ich noch auf Deutsch dazu.

Naz folgt mir aus dem Zimmer, und als sie mich eingeholt hat, sehe ich, dass sie noch nicht weiß, wie sie mit meinem Verhalten umgehen soll, streng oder mitfühlend. Sie entschließt sich fürs Letztere.

«Was ist los? Das war ein ausgezeichnetes Angebot. Besser als ausgezeichnet.»

Ich bleibe stehen und lasse jemanden vorbeigehen. «Ich will das Bild wieder in den Tresorraum legen. So wie es war.»

Naz blinzelt mich mit offenem Mund an. «Wir haben noch andere interessierte Käufer ...»

«Genau so wie es war», wiederhole ich. «Sie arbeiten für mich, vergessen Sie das nicht.»

Später im Restaurant ist Naz sauer, bemüht sich aber, es nicht zu zeigen. Sie besteht darauf, dass wir Champagner bestellen, um zu feiern. Doch Agatha lehnt ab, dann sagt sie mir mit einem kühlen Lächeln, dass es vollkommen verständlich ist, wenn der Verkäufer Bedenken empfindet. «Wenn Sie den Raffael irgendwann liquidieren wollen, rufen Sie mich einfach an», sagt sie, küsst mich zum Abschied auf beide Wangen und läuft beschwingt davon.

«Den Raffael *liquidieren*», sagt Naz und gibt dem Ober ein Zeichen. «Es ist ihr Geschäft, deshalb kann man ihr keinen Vorwurf machen, aber *liquidieren*. Das ist doch ein bisschen stillos.»

Jetzt spielt sie meine Verbündete, aber das ist in Ordnung. Dafür bezahle ich sie ja.

«In ein oder zwei Tagen ist alles geklärt. Ich habe noch ein Konto für Sie eröffnet, hier in der Schweiz. Dabei fällt mir ein ... Das hier kam heute Morgen ins Büro.» Sie zieht einen großen Umschlag aus der Aktentasche und schiebt ihn mir über den

Tisch zu. «Mein Sekretär ist persönlich hingefahren. Ihre Lieferung.»

Meine neue Identität. Ich kenne noch nicht einmal meinen neuen Namen, doch der Umschlag mit dem Pass und all den Papieren ist erfreulich dick. Ich lege ihn auf den Sitz neben mich.

«Die Pacht für den Tresorraum im Freihafen war für wie lange, zwanzig Jahre?», sage ich.

«Im Voraus bezahlt», sagt Naz. «Sie haben eine Menge Geld darin gelassen.»

«Der Raffael bleibt, wo er ist. So will ich das.»

Der Ober bringt die Flasche Champagner. Während er mit dem Öffnen der Flasche und dem Einschenken beschäftigt ist, betrachte ich die anderen Gäste im Restaurant, die Pärchen und Familien, die Geschäftsleute, alle offenbar sehr wohlhabend, die ihr Foie Gras und Wagyu Beef so unbeeindruckt essen, dass ich mich frage, ob sie überhaupt etwas schmecken.

«Ich bin nicht gleichgültig», sagt Naz, als der Ober uns eingeschenkt hat. «Das sollten Sie wissen.»

Ich schaue sie an.

«Was Lila angeht. Oder irgendwen.» Sie nimmt einen ersten Schluck Champagner. «Mein Vater kam in die Schweiz, als ich zwei war. Er hat als Straßenbahnfahrer gearbeitet, und er hatte noch Glück, so einen Job zu bekommen. ‹Sei ein Korken›, hat er immer zu mir gesagt.»

«Ein Korken?»

Sie nimmt den Korken der Champagnerflasche in die Hand. «Wenn man den mit zum Grund des Meeres nimmt und loslässt, was passiert dann?»

«Er steigt auf», sage ich. «Zur Oberfläche.»

Sie legt den Korken wieder auf das Tischtuch. «Der Raffael – wieso nehmen wir an, dass er Lila Kereti gehört? Weil er in ihre

Sachen eingepackt war? Wenn sie ihn verdient hat, frage ich mich, wofür? Wenn es ein Geschenk war, wer hat es ihr gegeben?»

Ich zucke die Schultern. «Das ist egal.»

«Genau. Also warum kann er nicht Ihnen gehören, der echten Lila Kereti, der juristisch *legalen* Lila Kereti?»

Sie stößt leicht mit ihrem Glas an meines, das ich unberührt auf dem Tisch stehen lasse.

«Sie sind jetzt ganz oben, meine Liebe», sagt Naz. «Wo die Korken hingehören.»

35. KAPITEL

Aus dem Fenster hinter ihrem IKEA-Sofa kann Marike Saar den Fluss sehen und dahinter die Hügel von Buda. Auf dem Sofa trinkt sie morgens ihren Kaffee und abends ihren Tee. Auf dem Kaminsims steht zwischen den Kerzen ein Foto von Nick und Imre, den freundlichen jungen Männern, deren Wohnung Marike gemietet hat, weil Imre für drei Monate nach Berlin ist, um an einem Filmprojekt zu arbeiten. Auf dem IKEA-Sofatisch liegt Nicks Gedichtband, *Budapest bei Nacht,* veröffentlicht von einem kleinen lokalen Verlag.

Marike schlendert zweimal täglich durch ihr Viertel auf der Pest-Seite, das von den Einheimischen «Pescht» ausgesprochen wird. Morgens kauft sie in der Fußgängerzone nur einen Häuserblock weiter ihre Lebensmittel ein. Wenn Henri draußen vor seinem Friseursalon raucht, bleibt sie kurz stehen und fragt nach seinen zwei Corgis, Trinidad und Tobago. In ihrer ersten Woche in Budapest hat Henri ihr die Haare gefärbt, um das vorzeitige Grau zu überdecken (*«Tragique»*, sein Kommentar) und das strähnige Durcheinander auf ihrem Kopf zu einem kinnlangen, ponylosen Bob zu schneiden.

Abends geht Marike zum Essen in eines der drei Cafés und danach in eine Bar mit Live-Musik, normalerweise Jazz, die es hier überall gibt. Zwischen diesen beiden Ausflügen liest sie, schläft viel und lernt Ungarisch mit einem Studenten, der zu ihr in die Wohnung kommt. Es ist ein ruhiges Leben, die Tagesabläufe sind fast immer gleich. Genau an dieser Routine freut sie sich.

Marike fällt es leicht, nicht zu viel an ihren Vater zu denken. Das anonyme Paket, das sie an das örtliche Büro der *New York Times* oder des *Guardian* schicken wird, kann immer noch bis nächste Woche warten. Danach wird nichts mehr so sein wie vorher, und wie gesagt, Marike genießt die Routine.

In ihrer dritten Woche in Budapest geht sie eines Abends in ein Café und trifft Henri und seinen Partner Jan an einem Tisch in der Ecke. Sie winken Marike zu sich, und sie geht hinüber. Marike hat keine Lust mehr auf das Paprikash, das phantastisch schmeckt, das sie hier jedoch immer isst, darum lässt sie zu, dass die beiden ihr etwas empfehlen, dessen Namen sie nicht aussprechen kann und das nicht auf der Karte steht. Vielleicht ist es Kalb, wogegen Marike eigentlich etwas hat, das sie aber trotzdem isst.

Im Fernseher über der Bar läuft eine deutsche Nachrichtensendung. Nach dem Wetter (ungewöhnlich sonnig) und den Fußballergebnissen (Düsseldorf hat verloren) berichtet der Nachrichtensprecher von einem Ereignis, das ihn herzlich wenig zu interessieren scheint, doch er hat noch eine Minute zu füllen, also bitte: Bei einer Methangasexplosion im Erzgebirge ging ein verlassenes, unterirdisches Labor in Flammen auf, das von der Regierung der ehemaligen DDR betrieben worden war. Es gab keine Verletzten, sagt der Nachrichtensprecher, aber wegen der Abgeschiedenheit des Labors und wegen der Verbindungen zu einem finsteren Kapitel der Geschichte des Landes habe die Regierung beschlossen, den Ort mit Beton zu versiegeln und ihn unterirdisch abbrennen zu lassen.

Jan fragt Marike, ob sie jemanden zu Trinidads Geburtstagsparty am Samstag mitbringen will, doch sie antwortet nicht gleich. Er muss ein zweites Mal nachfragen, bevor sie sagt, nein, sie käme allein. Ihr Gesicht sieht aus, als stünde sie unter Schock, bemerkt Henri, als er nach der Rechnung greift, aber auf eine positive Weise, ein guter Schock. Als hätte sie gerade im Lotto gewonnen. Marike nimmt Henri die Rechnung aus der Hand und bezahlt. Auf dem Weg nach draußen umarmt sie beide, verabschiedet sich mit Wangenküsschen und sagt, sie würden sich dann ja am Samstag sehen.

So wie zuvor Judita sehe ich Marike praktisch von außen, mit Abstand, als wäre sie nicht ich. Doch ich bin froh, dass sie doch ich ist. Ich mag die Art, wie sie sich anzieht und ihre Haare trägt. Ich mag die Cafés, in die sie geht, und das Essen, das sie bestellt. Und ich mag, was Marike nicht ist: Sie ist nicht aggressiv, hinterhältig oder unfreundlich. Marike ist ein Korken, der auf der Oberfläche des Lebens von einem Tag zum nächsten hüpft.

Am Abend nach dem Essen mit Henri und seinem Freund gehe ich über die Brücke zur Buda-Seite, als die orangefarbene Sonne gerade hinter den Hügeln untergeht. Es gibt dort eine Galerie, von der ich gehört habe, in der donnerstags und freitags Live-Musik gespielt wird. Ich brauche ziemlich lange, bis ich sie finde, denn die Straßen verlaufen hier drüben wild durcheinander wie in einem Rattennest. Ich frage sogar in meinem rudimentären Ungarisch nach dem Weg und bin stolz, dass ich die Antwort verstehe.

Eine halbe Stunde nach Beginn des Konzerts erreiche ich das schäbige Lagerhaus. Ein Mädchen, das einen Kühlschrank bewacht, der gleich hinter der Eingangstür steht, verkauft mir eine Flasche Mineralwasser. In der Ecke spielt ein wildmähniges Trio Bass, Schlagzeug und ein brummendes Bariton-Saxophon. Die Menge ist etwa mein Alter, Studenten in T-Shirts und Jeans, die auf dem Fußboden sitzen, Bier aus Flaschen trinken und sich

Joints teilen. Ich finde einen Platz am hinteren Rand der Halle, setze mich im Schneidersitz auf den schmutzigen Betonboden und schließe die Augen.

Das Trio spielt ein blökendes, herrliches Durcheinander, eine Melodie erkenne ich erst allmählich zwischen all den schrägen Harmonien und dem Rhythmus des Schlagzeugers, der auf alles Mögliche einschlägt, von einem Gong bis zu Plastikeimern. Nach fünf Minuten stelle ich fest, dass die Musik doch kein Chaos ist. Sie ist absolut perfekt, jedoch auf eine Weise, die der Rest der Welt erst mitbekommt, wenn alle richtig zuhören. Perfektion, verborgen in einem Chaos, das kein Chaos ist.

Mathematische Musik. So habe ich sie mal genannt. Eine Rechenaufgabe, die man mit den Ohren hören und in der Brust spüren kann. Ich öffne die Augen wieder und lasse meinen Blick über die anderen Zuhörer schweifen. Sie nicken im Takt, starren in die Ferne, als würden sie nachdenken. Mein Blick wandert zu den Bildern an den Wänden, Ölbilder und Fotos, kindisch, schlecht, diszipliniert und wundervoll.

Als der Auftritt zu Ende ist, wandere ich am Rand der Galerie umher und bleibe vor einem Schwarzweißfoto stehen, auf dem die Schultern und der Rücken einer Frau zu sehen sind, die auf einem Bett liegt. Einen Arm hat sie unter den Kopf geschoben, und er verschwindet unter den wilden dunklen Haaren. Das Licht folgt den Konturen der Muskeln und Hautfalten auf ihrem Rücken, Wellen aus Licht und Schatten und alle Abstufungen dazwischen. Sie ist schön, aber vielleicht weiß sie das nicht, sondern nur der Fotograf. Ein Leberfleck hier, die Narbe von einer Verbrennung – sie schämt sich vielleicht wegen dieser Dinge, doch sie sind da und sehen für denjenigen, der sie fotografiert hat, wunderschön aus.

Ich vermute mal, es ist nicht ausgeschlossen, dass sonst jemand auf dieser Welt an derselben Stelle wie ich einen Leberfleck hat und gleich darüber eine Narbe von einem Lockenstab, die ich mit dreizehn bekommen habe. Doch es überrascht mich trotzdem, wie lange ich brauche, um mich selbst zu erkennen. Und als ich es tue, bin ich immer noch nicht ganz sicher. Ich betrachte das kleine Schild, das neben dem Rahmen an die Wand geheftet ist. *Schlafende Frau.* Albumin-Druck. Carlo Frei.

Die zweite Gruppe fängt an zu spielen, doch ich bahne mir einen Weg zu dem Mädchen am Eingang und deute auf das Foto.

«Wer ist Carlo Frei?», sage ich.

Sie zieht die Augenbrauen hoch.

«Ki ez Carlo Frei?»

Sie hebt einen Finger, um mir zu bedeuten, dass ich warten soll, und kehrt kurz darauf mit einer leicht zerfledderten Broschüre von einer Druckerei zurück. Zuerst denke ich, sie hat mich nicht verstanden, aber dann tippt sie mit einem schwarz lackierten Fingernagel darauf. «Carlo Frei», sagt sie.

Am Genfer Bahnhof habe ich auf die Frage des Ticketverkäufers nach dem Ziel meiner Reise «Budapest» gesagt. Ich bin immerhin noch nie da gewesen, und jemand hat mir einmal erzählt, es wäre eine der schönsten Städte der Welt. Schwierig, sich dort nicht zu verlieben, hat sie gesagt, glaube ich.

Und nun stehe ich vor Foto Jó, einer schäbigen kleinen Ladenfront im Jüdischen Viertel, in der Nähe der großen Synagoge. Chassidische Männer mit Jamulken, Bärten und Schläfenlocken, deren Gebetsschals unter ihren weißen Hemden hervorschauen, streiten vor der Jeschiwa nebenan. Sie beachten mich nicht, denn sie sind an die Hipster gewöhnt, die in letzter Zeit hier ins Viertel gezogen sind.

Es ist keine gute Idee, Terrance bei der Arbeit zu überraschen.

Ich bin für ihn ein Geist, und vielleicht kein guter. Ich muss mich ganz besonders konzentrieren, damit ich nicht vergesse, dass er mich nicht hintergangen hat, dass die Stimme, die ich im Labor gehört habe, nicht die seine war. Es ist so, als wäre ich wütend auf einen Freund, von dem ich etwas Gemeines geträumt habe – mein Verstand weiß, dass er unschuldig ist, aber mein Herz und mein Bauchgefühl haben es noch nicht begriffen.

Also hänge ich draußen vor dem Laden herum, sehe zu, wie sich die Schatten verändern, wenn der Tag in den Abend übergeht. Um fünf Uhr kommt eine Frau heraus – hübsches Gesicht, gepiercte Nase, die Haare kurz an den Schläfen, lang und blau gefärbt oben auf dem Kopf. Sie zündet sich eine Zigarette an, schaut auf ihr Handy, dann öffnet sich die Tür wieder, und Terrance kommt heraus. Er hat sich die Haare etwas länger wachsen lassen und trägt eine Brille mit einem großen Plastikgestell. Er schiebt die Hände in die Taschen seiner engen Jeans, und die beiden gehen zusammen auf eine breite Straße zu. Ich folge ihnen in einiger Entfernung, höre hier und da Fetzen ihrer Unterhaltung. Er versucht irgendwas auf Ungarisch zu sagen, und die Frau lacht und wechselt zu Englisch.

Ein chassidischer Teenager mit roten Wangen und einem Fusselbart ruft Terrance eine Begrüßung zu, und Terrance winkt zurück. Er und seine Begleiterin laufen weiter, sie gehen sehr dicht nebeneinander, dann halten sie vor einem Ladenfenster und sprechen über irgendetwas, das sie dort sehen. Terrance sagt etwas, und sie antwortet, wobei sie seinen Arm berührt. Junge, sie lacht echt viel. So lustig kann das, was er sagt, nun auch wieder nicht sein. Also hör auf damit, Mädel.

Auf der Straße ist es voll, und ich muss näher ran an die beiden, damit ich sie nicht aus den Augen verliere. Am Eingang der U-Bahn halten sie wieder. Sie stellt sich auf die Spitze ihrer roten Doc Martens und küsst ihn auf die Wange. Er drückt ihren Arm, lächelt und folgt ihr mit den Augen, als sie die Treppen der U-Bahn hinunterspringt.

Und wenn schon, sage ich mir. Dann ist er eben in einer Beziehung. Dann sind sie eben ein Paar. Er hat das Recht auf alles Glück, das er finden kann. Terrance geht eine Seitenstraße entlang. Vor einem Straßenimbiss bleibt er stehen und kauft sich eine Art Hotdog, der köstlich duftet.

So langsam müsste er zu Hause ankommen. Dies ist ein Wohngebiet, wo die Mieten günstig sind. Hier wohnen viele Leute wie er, mit coolen Brillen und engen Jeans. Genau der richtige Ort für einen Graphiker. Doch Terrance geht weiter, immer näher auf die Donau zu. Ich halte einen halben Block Abstand und achte darauf, dass immer ein paar Leute zwischen uns sind. Vorne hält eine volle Straßenbahn auf einer Linie, die über die Brücke zur Buda-Seite führt. Terrance geht schneller, läuft. Ich folge ihm. Noch eine Straßenbahn hält an, lädt Passagiere ab, nimmt noch mehr Fahrgäste auf. Er nähert sich der Haltestelle, noch zwanzig Meter, noch fünfzehn ...

Die Türen schließen sich, eine Glocke ertönt, und die Straßenbahn ruckelt vorwärts. Terrance wird langsamer, stützt die Hände auf die Hüften, schaut der Straßenbahn hinterher. Dann geht er auf die Brücke zu, und ich folge ihm.

Die Hügel auf der anderen Seite des Flusses liegen bereits im Schatten. Hinter ihnen leuchtet die Sonne noch in voller Pracht, die Strahlen dringen wie Suchscheinwerfer durch den Smog. Der Wind frischt auf, und in den Schatten der Buda-Hügel wird es kühl. Ich ziehe den Reißverschluss meine Lederjacke zu und wühle mich noch tiefer in sie hinein. Zehn Schritte vor mir tut Terrance dasselbe.

Ich hatte keinen Plan, und ich habe auch jetzt keinen. Ich

wollte ihm einfach nur folgen, sehen, wohin er geht. Ich wollte, wenn möglich, irgendwas von seinen Gedanken lesen. Das war es so ungefähr, mehr wollte ich nicht. Aber nun sind wir hier, wir beide. Das Schloss Buda erwacht großartig und golden zum Leben, die Abendbeleuchtung geht an und verwandelt es in eine eigene Sonne. Ein Touristenpärchen bleibt stehen; die Frau zieht ihr Handy hervor, um ein Foto zu machen. Ich eile an ihnen vorbei, und es ist mir egal, dass ich ihr Bild ruiniere.

Ich rufe ihn mit seinem neuen Namen, Carlo Frei, Carlo der Freie, doch wir laufen gegen den Wind, und er hört mich nicht. Ich gehe schneller, da spüre ich, wie mein rechter Schnürsenkel gegen mein linkes Schienbein schlägt. Ich sehe meinen Vater die Stirn runzeln, wo immer er gerade ist, und mich daran erinnern, wie gefährlich ein schlecht gebundener Schuh sein kann. Doch mein Vater ist nicht hier, sondern Terrance, also fange ich an zu laufen und rufe ihn wieder. «Carlo!»

Er dreht sich beinahe panisch um, dann merkt er, dass es nur eine einzelne Frau ist. Vielleicht eine Bekannte aus der Galerie. Oder eine Kundin von Foto Jó. Terrance blinzelt mich an. Er ist nur verwirrt, er hat keine Angst.

Ich falle beinahe hin, als ich stehen bleibe, dann lache ich. Doch was sich auf seinem Gesicht abzeichnet, als er sieht, dass ich es bin, als er mich tatsächlich erkennt, das weiß ich nicht, denn mein Blick verschwimmt. Es fallen keine Worte, nur unser Atem ist zu hören, als wir uns aneinanderklammern und schwankend auf der Brücke zwischen Buda und Pest in den Armen liegen.

TEIL 5
EPILOG

36. KAPITEL

Es ist also alles gut ausgegangen, oder? Das ist das Ende, das ich wollte, oder zumindest fast so, wie ich es wollte. Vieles aus der Vergangenheit spricht gegen eine Beziehung zwischen Gwendolyn Bloom und Terrance Mutai IV, doch zwischen Marike Saar und Carlo Frei gibt es solche Vorbehalte nicht. Sie können bei null anfangen. Ein neues Leben in einer neuen Stadt. Und was die Frau mit den blauen Haaren angeht, so bedeutet sie ihm nichts, wie sich herausstellt. Eine Kollegin, die ein bisschen in ihn verknallt ist. Wie schön.

Doch mit den Enden ist es so eine Sache. Es gibt nur ein einziges wirkliches Ende, und so weit ist es noch nicht. Wer deshalb eine Geschichte an einer bestimmten Stelle beendet, wird immer eine Lüge erzählen. Denn das Leben geht weiter, so lange es eben weitergeht, und einen völligen Neustart gibt es nie.

Das lerne ich sofort, gleich hier auf der Brücke. Terrance lädt mich in seine Wohnung ein, aber was hätte er auch sonst tun sollen? Als wir da sind, kocht er Wasser für den Tee auf einem Spirituskocher, der auf dem Fußboden steht. Ich nehme ein Glas von ihm – eines der zwei Gläser, die er besitzt – und setze mich im Schneidersitz auf das Sofa, das gleichzeitig seine Matratze ist und ebenfalls auf dem Boden liegt. Terrances Tee schmeckt allerdings gut, nach Minze und Lakritze, aber der Aufkleber ist auf Ungarisch, und wir können es beide nicht übersetzen.

Er entschuldigt sich mehrfach dafür, wie klein und schäbig

seine Wohnung ist, und ich erkläre ihm genauso oft, dass alles gut ist, dass sie eigentlich ganz hübsch ist, irgendwie gemütlich. Er sitzt neben mir auf der Matratze und trinkt seinen Tee.

«Es ist jetzt alles erledigt», sage ich leise. «Glaube ich. Jedenfalls soweit es mich angeht. Vorüber, meine ich. All das.»

Die Worte kommen einfach so aus mir heraus, und ich hoffe, er versteht mich. Ich möchte, dass er mich berührt, bloß an der Schulter oder am Arm, doch er tut es nicht. Er hat mich seit der Brücke nicht mehr angefasst.

«Was – was haben sie mit dir gemacht?», sagt er. «Ich meine, falls du es mir erzählen willst.»

«Sie haben mich vier Monate gefangen gehalten, schätze ich.» Meine Stimme klingt tonlos und ist kaum hörbar. «In einem ... so einer Art Höhle. Einem Geheimgefängnis der CIA. Unterirdisch. Sie haben es als Forschungseinrichtung bezeichnet.»

Er schaut mich aus den Augenwinkeln an. «Mein Gott.»

«Erst gab es diese Psycho-Geschichte. Geräusche. Bilder. Folter. Zuerst. Dann Drogen. Na ja, eine Droge. Dann ...» Meine Stimme erstirbt. Die Anspannung strahlt von ihm ab, als hätte er Fieber, er will nicht, dass mir das passiert ist, und weil es schon passiert ist, will er wenigstens nichts davon hören. Ich stehe auf, doch in dem kleinen Zimmer komme ich mir bedrohlich groß vor, also setze ich mich wieder, aber diesmal ihm gegenüber auf den Boden. «Egal. Wie gesagt, es ist vorbei.»

Er atmet tief ein, dann aus. «Du kannst darüber reden. Es stört mich nicht.»

«Vielleicht später.»

«Wie heißt du jetzt?»

«Marike Saar», sage ich. «Mir gefällt der Name.»

«Was ist das, Holländisch? Oder Finnisch?»

«Estnisch.»

«Sprichst du Estnisch?»

Ich stoße ihn leicht an. «Natürlich nicht. Marike ist in Paris aufgewachsen.»

«Das ist gut», sagt er. «Allerdings ein bisschen zu passend, finde ich.»

«Ein bisschen», sage ich. «Und du – Carlo Frei?»

Er nickt. «Komischer Name.»

«Stadtluft macht frei», sage ich, weil mir die Unterhaltung mit Sabiha wieder einfällt.

«Was?»

«Nichts. Das habe ich mal im Fernsehen gehört.» Ich berühre seinen Unterarm, bloß mit zwei Fingern, und bin erleichtert, dass er ihn nicht wegzieht.

«Du hast dein Ding gefunden, oder? Du arbeitest mit diesem Jó.»

«Miksa Jó», sagt er. «Ich habe bei ihm mit Blaudruck angefangen und andere Arten von Kontaktdrucken. Und mich bis zum Albumin hochgearbeitet.»

«Cool.»

«Für den Platindruck brauche ich wohl noch ein oder zwei Jahre. Ist ziemlich schwierig.»

Ich beiße mir auf die Lippen. In seinen Worten schimmert durch, wie glücklich er ist. «So habe ich dich hier gefunden, weißt du? Da hing ein Druck in einer Galerie. Von mir. Ich war ziemlich geschmeichelt.»

Er schaut nach unten und stößt ein Lachen aus, dass sich der Tee in seiner Tasse kräuselt. «Das ist ja beinahe schicksalhaft.»

So wie er es sagt, scheint das Schicksal nicht automatisch etwas Gutes zu sein. Oder vielleicht interpretiere ich da etwas hinein. Ich schaue an die Wand hinter ihm. Ordentliche Reihen aus an die Wand gehefteten Schwarzweißbildern.

«Sind die von dir?»

Er nickt. «Ja. Übungen.»

Straßenszenen. Ein Porträt eines chassidischen Mannes, der seine Tochter an der Hand hält. Eine alte Dame, der der Schaffner in die Straßenbahn hilft. Eine Frau mit hübschem Gesicht und gepiercter Nase, oben langhaarig, an den Seiten kurzgeschnitten.

«Sehr gut», sage ich. «Ehrlich. Du bist – die sind außergewöhnlich.»

Er folgt meinem Blick. «Das ist Marta. Ihr würdet euch mögen. Sie ist eine Kollegin von mir.»

«Ja, bestimmt würden wir das.»

«Sie steht sehr auf Jazz. So wie du.»

«Und wie du», sage ich.

Er schaut mich an – ich spüre es, aber ich kann seinen Blick nicht erwidern. Stattdessen ziehe ich den Schwanz ein und konzentriere mich auf die Haut direkt unter seinen Augen. «Ich weiß nicht, was wir jetzt tun sollen», sage ich.

«Ich auch nicht.»

«Du bist hier glücklich.»

«Ja, das bin ich», sagt er.

Ich freue mich, dass er glücklich ist, aus ganzem Herzen. Deshalb fühle ich mich schlecht, weil ich bloß nicken und gezwungen lächeln kann. «Jedenfalls», sage ich, «habe ich eine – na ja, da gibt es eine Menge Sachen. Wir sollten uns mal unterhalten. Ich meine, ein anderes Mal.»

Er klopft neben sich auf die Matratze. «Komm her», sagt er.

Irgendwann nach drei Uhr morgens stehe ich auf, um zu pinkeln. Ich tappe barfuß über den Flur zur Gemeinschaftstoilette und halte die Tür zu seiner Wohnung mit einem Schuh offen, damit sie nicht hinter mir zufällt. Meine Augen sind rot und schmerzen, ebenso wie seine, aber das liegt am Schlafmangel. Keiner von uns hat bisher geweint. Erst war ich froh, doch als die Stunden vergehen, hat es mich wütend gemacht. Vielleicht haben wir unsere Tränenmenge einfach aufgebraucht. Oder vielleicht ist etwas in uns beiden zerbrochen, und wir können nicht mehr weinen.

Der Klositz ist kalt, und jemand hat eine Unterhose in der Ecke zurückgelassen. Ich habe Terrance die Fünfzehn-Sekunden-Version der Freihafengeschichte ins Ohr geflüstert, ohne ihm wirklich zu sagen, wie viel Geld ich besitze. Aber ich habe gesagt, ich hätte genug, um bequem leben zu können. Seine Antwort war ein Achselzucken, ein leises «Das ist schön, echt». Es war nicht sarkastisch oder bitter, bloß etwas, das man so sagt, wenn jemand Glück gehabt hat, den man nicht besonders gut kennt.

Ich ziehe das Handy aus meiner Tasche und checke die Uhr. Ich hatte erwartet, dass ich um diese Uhrzeit ... ich weiß auch nicht, wieder verliebt sein würde. Oder zumindest nackt neben ihm liege. Doch vielleicht ist dieser Teil in uns auch kaputtgegangen. Ich ziehe meine Jeans hoch und wasche mir Hände und Gesicht mit dem kalten, metallischen Wasser aus dem Hahn. «Lass uns zusammen reich sein, Terrance», sage ich zu meinem Spiegelbild. «Oder einfach nur zusammen sein.»

Als ich wieder unter die Bettdecke gleite, spiegelt sich das Licht in seinen Augen. Sie sind ernst und müde, aber kein bisschen schläfrig. Er legt einen Arm über mich und fährt mit einem Finger leicht über den Stoff, der auf meinem Schlüsselbein liegt.

«Terrance, wenn du irgendwas brauchst ... Geld ... Du kannst haben, was du willst. Du kannst es auch als dein Geld betrachten.»

Er atmet eine Weile ruhig ein und aus. «Mir geht's gut. Behalt das Geld.»

Ich schließe die Augen und kämpfe gegen eine irrationale Wut an. Blödes reiches Kind, auch wenn er das gar nicht mehr ist.

«Was meinst du damit, dir geht's gut? Wie kann es dir gutgehen?», frage ich.

Er zuckt die Achseln. «Ich bin glücklich. So wie es ist.»

«Schwachsinn. Du hattest immer Geld. Ich nicht.»

«Okay», flüstert er.

«Es ist nicht ... Du verstehst mich nicht.»

«Okay», sagt er wieder.

Ich atme langsam, versuche ihn zu verstehen. Wieso geht es ihm gut? Wegen der Frau, Marta. Oder vielleicht wegen seines Jobs. Das ist alles, was er will, alles, was er erreichen möchte.

Ich greife nach seinem Unterarm. «Entschuldige», flüstere ich. «Ich bin bloß ... Ich weiß auch nicht.»

«Schon in Ordnung.» Er küsst mich auf die Schläfe, aber nicht sinnlich oder sexy, sondern nur, um es zu tun. «Also», flüstert er in meine Haare, «wie lange bleibst du in Budapest?»

Am Morgen haben wir uns nichts mehr zu sagen, weder über die vier Monate, die hinter uns liegen, noch über die gemeinsame Zeit – eine Woche oder fünf Minuten –, die vor uns liegt. Als es dämmert, beschließen wir, frühstücken zu gehen, also machen wir uns auf den Weg in sein Viertel. An einem Ecktisch in einem Café, das gerade aufgemacht hat, essen wir frisches Brot und trinken Kaffee und warten darauf, dass die Croissants im Ofen fertig backen. Der Kellner ist unfreundlich und offenbar genervt, dass wir in seine ruhige erste Stunde eingedrungen sind.

«Dein Vater», sagt Terrance, als der Kellner in der Küche verschwindet. «Wie geht es ihm? Hast du was von ihm gehört?»

Ich schüttle den Kopf.

«Nein? Und was willst du jetzt tun?»

Ich schaue nicht von meinem Brot auf, das ich gerade mit Butter bestreiche. «Er muss warten.»

«Worauf?»

«Bis ich keine Lust mehr habe, einkaufen zu gehen. Und mich um meine Zimmerpflanze zu kümmern.»

Er lächelt verwirrt. «Ich verstehe nicht.»

«Weißt du, was meine größte Sorge ist? Was mich nachts nicht schlafen lässt? Ungarische Verbkonjugationen.» Ich konzentriere mich auf die Bewegungen meines Messers auf dem Brot. «Ich bin ein selbstsüchtiges Miststück, sag es ruhig.»

«Gwen, das ist dein Leben. *Dein Leben.*» Er greift über den Tisch und nimmt meine beiden Hände. «Es gehört dir. Du schuldest es ihm nicht. Glaubst du, er will, dass du seinetwegen stirbst?»

Ich schaue weg.

«Ich bin sicher, er möchte lieber, dass du hier bist, dass du glücklich bist. Also hör auf, dich schuldig zu fühlen.»

Ein alter Mann kommt zur Tür herein. Er trägt einen Tweedmantel, einen Hut und hält die Zeitung unter dem Arm. Er ruft dem unfreundlichen Kellner ein vertrautes «Guten Morgen» zu, und der grüßt ihn vertraut zurück. Der alte Mann sagt irgendetwas Lustiges, als er seinen Platz einnimmt – vermutlich seinen Stammplatz –, und der Kellner lacht. Draußen geht die Sonne auf, und leichter Dampf steigt von den Straßen auf.

«Gefällt es dir hier in Budapest?», frage ich.

«Ich bin vorsichtig», sagt er. «Es gibt nationalistische Milizen in den Straßen. Jobbiks. Sie verprügeln Immigranten, Schwarze – manchmal auch Juden.»

«Warum willst du dann bleiben?»

«Ich bin New Yorker. Ich kann auf mich aufpassen.»

«Das meine ich nicht.» Ich drehe meine Kaffeetasse auf der Untertasse, und das Porzellan ist so heiß, dass ich mir die Fingerspitzen verbrenne. «Bist du hier glücklich?»

Er beißt sich auf die Unterlippe, während er nachdenkt. «Ich stehe morgens auf. Ich mache Kunst, ich lerne Dinge. Ich treffe Freunde. Wir reden und trinken.»

Eine Routine, die praktisch jeden Tag gleich abläuft, Woche für Woche. «Also bist du glücklich», sage ich.

«Ich kenne keine bessere Definition.» Er seufzt, und der Seufzer verwandelt sich in ein Lachen. «Wir hätten all das in Buenos Aires haben können, weißt du – Kaffee, Frühstück. Und uns den ganzen Mittelteil ersparen.»

«Vermutlich.»

Als wir fertig sind, will ich bezahlen, aber Terrance lässt mich nicht. Auf dem Gehweg vor dem Café zieht er den Kragen seiner Jacke fester zu. «Es wird heute noch wärmer», sagt er.

«Ja, wahrscheinlich.»

«Wir sollten das wiederholen.»

«Vielleicht gehen wir mal zusammen zu Abend essen», sage ich. «Nächste Woche.»

«Oder ... Heute Abend ist eine Ausstellung», sagt er. «Du solltest kommen.»

Ich nicke. «Okay.»

«Ich schicke dir die Adresse.»

«Okay.»

Pläne für später. Ich nehme an, so macht man das, so legt man das Fundament für ein normales Leben: Man verabredet sich, wo man sich am Abend trifft, und dann am Morgen, und so entsteht ein Muster. Ich gehe zu einer Hauptstraße, wo ich die Straßenbahn zur Pest-Seite nehmen kann. Doch das Wetter ist wirklich wärmer als gestern, wie Terrance gesagt hat, deshalb beschließe ich, zu Fuß zu gehen.

Ich werde ihn bei der Ausstellung treffen. Vielleicht auch diese Marta. Auf der Brücke muss ich meine Augen mit den Händen beschatten, so hell scheint die Sonne heute. Sie spiegelt sich auf dem Fluss und färbt seine Wellen strahlend blau wie der Himmel. Vielleicht überrasche ich ihn, indem ich Marta danach mit zum Essen einlade. Aber vermutlich nicht.

Die Brücke zwischen Buda und Pest ist länger, als sie scheint, doch ich bereue meine Entscheidung nicht, zu Fuß zu gehen. Ich habe viel, worüber ich nachdenken muss. Wir werden uns aus der Ausstellung stehlen, uns eine kleine Bar suchen, wo es Musik gibt, und da zwei der billigsten Gerichte auf der Karte bestellen.

Schaut mich an, so gedankenverloren – als ob jemand in meiner Lage sich erlauben könnte, die taktische Aufmerksamkeit schleifen zu lassen, und sei es auch nur für einen Spaziergang. Es zeigt sich, dass ich nicht allein auf der Brücke bin. Trotz der frühen Stunde und der kühlen Morgenluft geht jemand dreißig oder vierzig Schritte hinter mir. Ein großer Mann im Mantel mit guter Figur, das graue Haar kurzgeschoren, wodurch er wirkt wie ein Militär, der die Uniform abgelegt hat. Selbst aus der Ferne würde ich Brent überall wiedererkennen.

37. KAPITEL

Der Fußgängerweg der Brücke endet an einer Überführung, die sowohl als inoffizielle Skaterbahn als auch als Obdachlosenlager dient. Ich werde langsamer und warte darauf, dass Brent mich einholt. Er geht einfach an mir vorbei, und ich halte mich neben ihm. Nicht wie alte Bekannte, sondern einfach wie zwei Fußgänger, die zur selben Zeit in die gleiche Richtung laufen.

Behelfsmäßige Zelte aus Plastikplanen und Holzkisten werden um uns herum lebendig. Es sind hauptsächlich Europäer, doch auch ein paar arabische und nordafrikanische Flüchtlinge, die es geschafft haben, der Polizei und den faschistischen Patrouillen zu entgehen. Sie machen sich Frühstück, und Wasser kocht auf blau brennenden Spiritusflammen.

«Herzlichen Glückwunsch», sagt Brent. «Das meine ich ganz ehrlich.»

«Wofür?»

«Du hast nicht nur überlebt, Kleine. Sondern hast dir auch noch eine goldene Nase dabei verdient.»

Die Wut kriecht in mir hoch, angemessen oder nicht. «Wer hat die CIA auf mich angesetzt? War das Ihr Team?»

«Wir waren es, die euch gewarnt haben», flüstert er. «Der Anruf im Hotel, das waren wir.»

Ich schiebe die Hände in die Taschen. «Ich will Sie nicht beleidigen, aber ich will Sie nicht mehr wiedersehen. Ich bin fertig mit der Sache, okay? Vollkommen. Ich habe genug bezahlt.»

«Klar. Kein Problem.» Aber er gibt zu schnell nach, weshalb mich sein nächstes Wort nicht überrascht. «Obwohl ...»

«Was?», zische ich.

«Wir haben Informationen, die dich vielleicht interessieren. Über deinen Vater.»

Ich schließe die Augen.

«Wir haben gehört, du hast einige Zeit im Erzgebirge verbracht, in einem Labor. Warst du dafür verantwortlich, was mit dieser Psychiaterin Dr. Simon passiert ist?»

«Was ist mit meinem Vater, Brent?»

«Ich verwende jetzt den Namen Paul. Beantworte meine Frage.»

Wir nähern uns dem Ende des Obdachlosenlagers und steigen eine Treppe zur Straße hinauf. «Nun, *Paul*, Dr. Simon ist ganz allein dafür verantwortlich, was mit Dr. Simon passiert ist.»

«Vielleicht kannst du dann der Person, die sie umgebracht hat, diese Nachricht überbringen: Die Welt ist ihr ewig dankbar dafür.»

«Verdammt noch mal, sagen Sie mir, was mit meinem Vater ist!»

Er bleibt oben auf der Treppe stehen und sieht sich um, er mustert über den leeren Bürgersteig. «Wir möchten alles über das Programm erfahren, das Dr. Simon in diesem Labor durchgeführt hat. Was sie gemacht hat und wer noch dabei war.»

«Ich hab eine Festplatte mitgenommen, als ich gegangen bin. Ich wollte sie der Presse zuspielen.»

«Was dagegen, wenn wir zuerst einen Blick draufwerfen?»

«Mein Vater ... Sagen Sie mir, was mit ihm ist, dann gebe ich sie Ihnen.»

Er lehnt sich gegen das Geländer, als müsse er über mein Angebot nachdenken. «Bist du schon mal in der Synagoge in der

Dohány-Straße gewesen? Wirklich beeindruckend. Man fühlt diese Verbindung, weißt du?»

«Haben wir einen Deal?»

«Die Sabbat-Zeremonie heute Abend, die solltest du dir ansehen.»

Er drückt sich vom Geländer ab, und genau in diesem Moment hält eine Straßenbahn an der Haltestelle an. Brent verschwindet in ihrem Inneren.

—

Ein Budapester Polizist in Uniform und zwei durchtrainierte Wachmänner in Lederjacken und mit schwarzen Jarmulken bewachen das Stahltor vor der Synagoge. Ich warte in dem kleinen Park vor dem Eingang, beobachte die Touristen, wie sie in ihre Reiseführer schauen und neben dem Holocaust-Denkmal Selfies mit Duckface und Peace-Zeichen machen. Erst als der Gottesdienst beginnen soll, gehe ich näher heran.

Die Wachmänner winken mich durch den Metalldetektor und durchsuchen meinen Rucksack. Ich habe die Festplatte kopiert, und das Duplikat muss eine gründliche Überprüfung über sich ergehen lassen. Aber warum auch nicht? Es sind sechs Tetrabyte menschlichen Leids darauf. Ich erkläre ihnen, dass es für meinen Job ist, und nach kurzer Beratung lassen sie mich damit rein. Es sind nur wenige Menschen in der Synagoge, Männer auf der einen Seite, Frauen und Kinder auf der anderen. Ich nehme auf etwa halber Höhe und mit zwei Reihen Abstand zu allen anderen Menschen Platz.

Nach europäischen Standards ist das Gebäude nicht besonders alt, doch die komprimierte Geschichte des 20. Jahrhunderts lastet auf ihm, die ausschließlich furchtbar gewesen ist. Dieses Gebäude war das Zentrum des jüdischen Ghettos im Zweiten Weltkrieg, und dann kamen die Sowjets und nutzten es als Stall. Doch die Synagoge wurde restauriert, die blauen und goldenen Fresken wurden wieder zum Leben erweckt, die Türme vorn gesäubert und vergoldet.

Die Gottesdienstbesucher sind eine Mischung aus Anwohnern und Touristen, und die Orthodoxen scheinen die vorderen Reihen zu bevorzugen, wo sie sich alle mit *«Gut Shabbos»* begrüßen und miteinander plaudern, bis der Gottesdienst anfängt. Eine Frau in einem Burberry-Trenchcoat gleitet neben mir auf die Bank, und ich weiß, bevor ich aufgeschaut habe, dass es Mazal ist. Sie ist die einzige Frau mit brauner Haut in dieser Synagoge, und die Leute drehen sich um und schauen sie an. Ein paar Kinder deuten sogar mit dem Finger auf sie, bis ihre Mütter ihnen auf die Hände klopfen. Mazal zeigt keine Reaktion.

Ich weiß nicht, wann ich zum letzten Mal an einem Gottesdienst teilgenommen habe – vielleicht war es bei der Hochzeit von irgendeinem Freund meines Vaters oder einer Bar Mitzwa. Mazal und ich folgen der Gemeinde, stehen auf, wenn alle aufstehen, und setzen uns, wenn alle sitzen.

«Hast du es dabei?», flüstert Mazal.

Ich schiebe ihr den Rucksack zu. Sie hebt die Klappe und späht hinein.

«Jetzt sind Sie dran», flüstere ich. «Was ist mit meinem Vater?»

«Entspann dich. Er ist in Sicherheit, jedenfalls glauben wir das.»

«Wo?»

«In Katar. Bei der Familie Al-Saqqaf. Als Gast des Scheichs.»

Der Name kommt mir bekannt vor. Ich presse die Augen zusammen und krame in meinen Erinnerungen. «Ich kenne ihn», flüstere ich. «Ich war mal da, in seinem Haus. Beim Opferfest.»

Am Ende der Fastenzeit, als der Scheich sich über das Lamm stellte und ihm mit dem Messer die Kehle durchschnitt.

Die Gemeinde erhebt sich wieder, und Mazal und ich stehen ebenfalls auf.

«Als Gast? Sind Sie sicher?», frage ich leise.

«Nachdem wir ihn aus Uruguay herausgeholt hatten, haben wir ihn nach Recife in Brasilien geflogen und ihm neue Papiere gegeben. Als Letztes haben wir ihn gesehen, wie er in Doha aus einem Flugzeug stieg und dort von einem Auto abgeholt wurde, das auf Al-Saqqafs Namen läuft. Das Treffen wirkte – einvernehmlich.»

Ich warte, bis ein weiteres Gebet gesprochen wird und die Gemeinde mitspricht, erst dann frage ich weiter.

«Haben Sie irgendwelche Informationen über den Scheich?»

«Einen ganzen Aktenschrank voll. Er ist altmodisch, hasst Politik, hasst die radikalen Islamisten noch mehr. Dein Vater ist dort in Sicherheit.»

Ich schließe die Augen und spüre die Wüstensonne auf meinem Gesicht. «Ich muss Kontakt zu ihm aufnehmen», flüstere ich.

«Das liegt an dir», flüstert Mazal zurück. «Wie du dir vorstellen kannst, nehmen die Al-Saqqafs keine Anrufe des Mossad entgegen. Vielleicht kann deine neue Freundin dir da helfen.»

«Meine neue Freundin?»

«Dragoslava Zoric. Der Scheich und ihr Vater haben mal Geschäfte zusammen gemacht.» Mazal zieht den Rucksack auf ihren Schoß. «Du hattest übrigens recht.»

«Womit?»

«Dass die Zorics keine Waffengeschäfte mehr machen. Wir haben das bestätigen können. Unsere Kräfte können jetzt woanders eingesetzt werden.»

«Sie jagen sie also nicht mehr?»

«Wie gesagt, unsere Kräfte wurden umgeleitet. Wir betrachten sie nicht länger als aktive Bedrohung.» Mazal erhebt sich und wirft sich den Rucksack über die Schulter.

«Gehen Sie nicht», zische ich. «Wir sind noch nicht fertig.»

Mazal drückt meinen Unterarm. «Wieder einmal dankt der Staat Israel dir für deine Bemühungen.»

Einen Moment später ist sie verschwunden, gleitet den Gang entlang und zur Hintertür hinaus. Ich schaue auf ihren Platz neben mir und sehe, dass sie etwas liegenlassen hat.

Es ist ein Streichholzheftchen. *El Gran Castillo, Sarajevo*, steht auf dem Deckel.

Ich bleibe bis zum Ende des Gottesdienstes, stehe auf und setze mich wieder wie alle anderen, trinke süßen Weißwein, der in Pappbechern gereicht wird – das erste Rauschmittel, das ich seit meiner letzten Dosis Theta zu mir nehme. Ich hoffe, dass es mir dabei hilft, die Worte des Rabbis in einer Sprache, die ich nicht verstehe, nachzufühlen, damit sie mir Frieden bringen, wie offenbar allen anderen hier.

Als es vorbei ist, strömen die Gläubigen nach draußen, aber eine Frau, die weiter vorn gegessen hat, bleibt im Gang neben mir stehen. Sie führt ihre beiden Kinder in Richtung Tür, doch aus irgendeinem Grund bleibt sie stehen und wartet darauf, dass ich sie ansehe.

«*Beszélsz magyarul?*», sagt sie.

«*Csak egy kicsit*», entschuldige ich mich.

Sie wechselt in langsames Englisch. «Sind Sie Besucher hier, oder sind Sie lebendig hier in Budapest?» Ich deute ihre Worte – Leben Sie in Budapest? «Ja», nicke ich. «Ich lebe in Budapest.»

«Nicht so viele junge Leute, aber wir versuchen», sagt sie. «Wir haben Unterricht. An den Abenden von Mittwoch. Wenn Sie interessiert daran.»

Sie ermahnt ihre Kinder, mit dem Streiten aufzuhören, während sie in einer riesigen Handtasche kramt und eine Broschüre herauszieht. «Manchmal in der Welt, wir verlieren – Entschuldigung mein Englisch – unsere Selbst, unsere Geist, Sie verstehen? Wer wir sind im Inneren. Diese Welt ist sehr – schwierig. Ergibt Sinn, was ich sage?»

«Ja, ich verstehe Sie sehr gut.» Ich nehme die Broschüre und stecke sie mir in die Jacke. «Ich denke darüber nach. Danke.»

Dann bin ich auf einmal nur noch mit drei oder vier anderen im Tempel – Leute, die noch ein wenig mehr Zeit mit Gott benötigen. Aus Gründen, die ich nicht erklären kann, knie ich mich hin und falte die Hände. So macht man es doch, denke ich, so betet man.

Diese Botschaft ist an keine Namen oder an Bilder von irgendjemandem gerichtet – niemand mit einem Bart, keine menschliche Form. Das würde es mir zu leicht machen, nicht zu glauben. Es ist einfach die Hoffnung, dass da irgendetwas ist, das meine Botschaft bekommt. Ich kann meine Gedanken nicht so gut strukturieren, dass ich sie in Worte fassen kann, also lasse ich das Ganze einfach aus mir herausfließen, bruchstückhafte Daten, totgeborene Ideen, angerissene Bilder, halbgedachte Gedanken. Loyalität, Vater. Flucht. Müde. Glück. Dies.

Ich wische mir mit dem Ärmel über die Augen, greife nach meinem Rucksack, um mir ein Taschentuch herauszuholen, dann fällt mir ein, dass Mazal ihn ja mitgenommen hat. Das Blut weicht mir aus dem Kopf, als ich aufstehe, sodass ich mich hinsetzen muss, bis der Schwindel vorübergeht. Hat mich irgendwer gehört? Hat meine Botschaft ein Ohr gefunden? Keine Antwort. Kein Blinklicht. Kein Zeichen dafür, dass ich etwas anderes getan habe, als den Wahnsinn aus meinem Kopf in die Welt hinauszukippen.

Auf dem Weg nach draußen werfe ich einen Blick auf mein

Handy. Eine Adresse von Terrance, gefolgt von einem *Wir sehen uns um 22 Uhr.*

Ich seufze. Ich stehe am Eingang zur U-Bahn, schaue auf seine Nachricht und lese stattdessen: *Sind Sie lebendig in Budapest?*

Die Galerie liegt außerhalb in der Nähe der Universität, neben einem Park, in dem es Buden gibt, die Bier verkaufen und köstliche Dinge, deren Namen ich noch nicht aussprechen kann. Es ist der Treffpunkt der Budapester Jugend. Der gebildeten Jugend, die sich mit Kunst auskennt. Irgendwie finde ich den Weg durch die Menge zur Galerie, schlängle mich zwischen Gruppen von Leuten hindurch, die sich alle kennen. Schließlich stehe ich an einer Wand neben einem Schwarzweißfoto, das auf eine Pappe geklebt worden ist. Titel: Platin-Print Nummer 8. Künstler: Marta Nagy. Das Motiv: Terrance, nackt, der auf einem Stuhl sitzt und liest. Es ist nichts Sexuelles an diesem Foto, es ist ganz sachlich. Doch er sieht umwerfend aus in seiner Nacktheit, wie das Licht schräg über seine rechte Schulter und die Hälfte seines Gesichts strahlt, über sein Schlüsselbein, wie es die Spitze seines Penis gerade noch erhellt, der an seinem linken Oberschenkel ruht, und dann weiter bis zur Außenkante seines linken Fußes, wo die Diagonale des Lampenscheins endet. So kenne ich ihn von unseren schönsten gemeinsamen Augenblicken. Und offensichtlich kennt Marta ihn auch so.

Ich sehe Terrance weiter hinten. Er trägt vier Bierflaschen in seinen erhobenen Händen und drängt sich durch die Menge in Richtung der Frau mit blauen Haaren, die eine Zigarette raucht. Gerade als ich mich abwenden will, erspäht er mich und grinst, winkt mich zu sich.

Als ich ankomme, hält Marta gerade Hof, erklärt auf Englisch, wie kompliziert die Arbeit mit Platindruck ist. Terrance nickt die ganze Zeit. Ja, total kompliziert, dieser Platindruck. Ich verschränke die Arme vor der Brust, schaue zu Boden und wünsche mir, ich wäre nicht gekommen. Dann sagt Terrance: «Hört mal alle, das hier ist meine Freundin Marike.»

Mein Hirn braucht eine Sekunde, um zu begreifen, dass er mich meint, und ich schaue auf und zwinge mich zu einem Lächeln.

Marta strahlt. «Carlo hat mir alles von dir erzählt.»

«Ja, von dir habe ich auch schon gehört», sage ich.

«Hast du das Foto gesehen, das ich von ihm gemacht habe?»

«Ja. Großartig. Eine sehr schöne Arbeit.»

Sie verdreht die Augen. «*Er* ist schön. Meine Arbeit ist okay, nicht großartig. Aber danke. Das ist nett.»

«Kann man es kaufen?», frage ich.

Terrance wirft mir einen Blick zu.

«Na ja, alles ist zu verkaufen, oder?», sagt sie.

Terrance lässt eine Hand auf meine Schulter fallen. «Entschuldige uns, Marta, ich muss noch was mit Marike besprechen.»

Er nimmt mich an der Hand und führt mich nach draußen. Der Qualm von Zigaretten und Gras zieht in dicken Schwaden an uns vorbei, und wir flüchten in eine Ecke des Parks.

«Hey», sagt er. «Hey, ist alles in Ordnung?»

Ich kneife die Augen zusammen und nicke. «Das ist nur nicht wirklich meine Welt.»

Er umfasst meine Schultern und drückt sie sanft. «Ich wusste nicht, dass sie das Bild ausstellt.»

Ich mache mich los. «Schon gut. Ich hab dich schon mal nackt gesehen.»

«Das meinte ich nicht.» Er seufzt, lässt die Arme fallen. «Sie ist wirklich cool. Ich mag sie. Wir haben zusammen geschlafen. Aber jetzt sind wir Freunde, das ist alles.»

«Ja. Cool. Geht mich ja nichts an.»

Er nimmt meine Hand und führt mich zum Gehweg. Wir gehen langsam zwischen dem Zaun des Parks und den parkenden Autos. Der Gehweg ist glücklicherweise leer. Ich denke daran, was er von den Milizen gesagt hat.

«Ich habe heute gute Nachrichten bekommen», sage ich plötzlich. «Über meinen Dad. Er lebt. Offenbar geht es ihm gut.»

«Was? Das ist ja toll!»

Ich antworte lange Zeit nicht. Er berührt mein Kinn, dreht mein Gesicht zu sich.

«Ich meine, das wolltest du doch», sagt er. «Du wolltest ihn finden.»

«Ja, wollte ich.»

Wir erreichen die Ecke, wo die Straße auf eine lange Hauptstraße trifft, die sich in der Ferne verliert. Ich fange an zu gehen, und Terrance geht mit mir.

Ich nehme seinen Arm, lasse meine Hand in seine gleiten. «Das fühlt sich irgendwie wie Urlaub an», sage ich leise.

«Was denn?»

«Das Ganze hier. Dieses normale Leben. Wie lange wird es anhalten, denkst du?»

Er verschränkt die Finger mit meinen. «So lange, wie du es willst. Wenn du es willst.»

Ich spüre, wie meine Lippen zittern, während ich versuche zu lächeln. «Sie werden niemals aufhören, weißt du? Niemals. Nach uns zu suchen, meine ich.»

Er macht einen Schritt zurück und löst unsere Hände. «Und es ist mir egal. Wirklich. Hier will ich sein. Und du musst dich entscheiden.»

Ich schaue ihn an, antworte aber nicht.

Terrance deutet auf die Menge hinter uns. «Schau, ich gehe jetzt zurück in die Galerie. Ich will mit meinen Freunden einen trinken gehen. Kommst du mit? Denn du bist herzlich willkommen. Ich würde mich freuen, wenn du dabei bist.»

Ich drehe mich um und schaue die Hauptstraße entlang. Sie streckt sich in die Ferne bis zu einem unsichtbaren Punkt in weiter Ferne. «Ich glaube ... ich glaube, ich bin zu müde», sage ich.

Er nickt, schließt die Augen. «Dann ruf mich morgen an», sagt er. «Oder wann immer du willst.»

Ich schlucke hart. «Sag Marta, ich mag ihre Arbeit. Ehrlich.»

38. KAPITEL

Es hat hier einen Krieg gegeben, vor Jahrzehnten, oder erst gestern, das ist schwer zu sagen. Ein schimmerndes Bürogebäude von bescheidener Vorortgröße steht auf der einen Seite der Straße. Ihm gegenüber steht ein anderes Gebäude umringt von Schutt, das Innere bloßgelegt, die Wohnungen darin für alle Augen sichtbar. Verblichene Tapeten an den Wänden – gelbe Karos in einer Wohnung, rosa Blumen in einer anderen –, und einzelne Möbelstücke stehen da, als wäre das Gebäude von Artilleriebeschuss entzweigeteilt worden. Ein Küchentisch neben einem offenen Kühlschrank. Ein gusseisernes Bett, dessen zerrissenes Laken in der Brise flattert.

Sarajevo Landschaft #1, so würde Terrance es nennen. Er würde den Taxifahrer bitten anzuhalten, und eine Sekunde später stünde er mit seiner Kamera draußen. Er würde die Szene kritisch mustern, genau den richtigen Ausschnitt wählen, so wie nur er es kann. Er würde die Kamera zum Auge heben, ein oder zwei Bilder schießen, und das wär's. Dann würde er einen anderen Ausschnitt wählen, noch einmal hinschauen, zwei weitere Aufnahmen machen. All das würde er tun, wenn er hier wäre.

Ich bin am Morgen nach der Ausstellung abgereist. Einen Briefumschlag mit dem Schlüssel meiner Wohnung habe ich unter den Rollladen von Henris Friseursalon geschoben, mit einem Zettel darin, auf dem ich ihn bitte, Nicks und Imres Pflanze zu gießen. Was Terrance angeht, werde ich mich bei ihm melden, wenn ich zurückkomme. Falls ich zurückkomme. Denn auf der Zugfahrt nach Belgrad – acht Stunden in einem Regionalzug aus der kommunistischen Ära, offenbar der einzige, der nach Belgrad fährt – habe ich beschlossen, dass meine Rückkehr eher unwahrscheinlich ist.

In Belgrad erfuhr ich, dass es keine Direktverbindung nach Sarajevo gibt, denn der jüngste Genozid belastet die Beziehungen zwischen den beiden Städten. Ich kann über Zagreb fahren, ein zwanzigstündiger Umweg, oder einen Taxifahrer bezahlen und in drei Stunden da sein. Draußen vor dem Bahnhof treffe ich Midho, der davon lebt, Passagiere zwischen Belgrad und seiner Heimatstadt Sarajevo mit dem Auto hin und her zu fahren. Er besitzt einen gut gepflegten VW-Kombi, den er seinen Ferrari nennt. Ich habe ihn bar bezahlt, einhundert Schweizer Franken, und mich als Sveta vorgestellt, ein Einweg-Pseudonym.

Midho deutet mit dem Finger auf die Ruinen des Gebäudes. «Sorry für das Chaos», sagt er. «Dienstmädchen hat heute ihren freien Tag.»

Ich lächle ihn unsicher an, und er lacht, wie Menschen lachen, die zu viele Tragödien erlebt haben. Die Welt ist eine Hölle, also wozu sich damit aufhalten?

Praktisch jedes Gebäude, das älter ist als ich, trägt Narben, sternenförmige Wunden von Granatenbeschüssen, die grob geflickt wurden, ganze Schnüre aus Einschusslöchern von Maschinenpistolen, die zu unbedeutend sind, um sich damit zu beschäftigen.

Dann fahren wir um eine Kurve, und vor uns ragt eine riesige Moschee aus weißem Marmor und Gold auf. Ein Muezzin ruft zum Gebet, und Menschen strömen in das Gebäude, Männer in schlichten weißen Hosen und langen Hemden, die ihnen fast bis zu den Knien reichen, Frauen im Hijab und in Burkas.

«Saudis», sagt Midhol und deutet auf die Moschee. «Wir brauchen Fabriken und Schulen, und sie geben uns das. Vor dem Krieg haben Muslime wie ich und meine Frau nie solche Kleidung getragen.» Er schüttelt den Kopf. «Die Zoric-Familie ist der einzige Arbeitgeber hier. Möbelfabrik. Und Krankenhaus, gutes Krankenhaus.»

«Du schätzt die Zoric-Familie also?»

«Viktor Zoric wurde vor ein paar Jahren getötet.» Midho kramt nach einer Zigarette.

«Er war Serbe, stimmt's?»

«Serbe, aber bosnischer Serbe, *unser* Serbe. Kriminell, sagt man, aber *pfft.*»

Er tippt mit einem Finger an seine Schläfe. «Seine Tochter, sie ist schlau. All das Geld, sie kann überall leben. Aber sie bleibt in diesem Loch. Loyal, wie ihr Vater.»

«Da gibt es einen Ort, von dem ich mal gehört habe. El Gran Castillo. Weißt du, wo das ist?»

«Östlich. Viktors Hotel. Große Gangster-Partys jede Nacht, bevor er gestorben. Jetzt, nichts mehr.» Midho bläst den Rauch aus. «Gehört seiner Tochter, glaube ich.»

«Kannst du mich dahin bringen?»

El Gran Castillo. Die große Burg. Ein unerklärlicherweise spanischer Name für ein österreichisch-ungarisches Hotel, das einer Serbin in Bosnien gehört. Es steht ein paar Kilometer von der Stadt entfernt in einem Viertel, in dem vor einem Jahrhundert die österreich-ungarischen Obrigkeiten gewohnt haben, wie Midho mir erklärt. Als sich die Serben nach dem Krieg zurückzogen, nahmen sie alles mit, was sie tragen konnten, und brannten das, was sie nicht tragen konnten, nieder.

Er lässt mich vor einem leeren Parkplatz raus. Seit Viktors Tod kommen nicht viele Besucher, sagt Midho. Doch das Gebiet darum herum ist ein beliebtes Touristenziel bei den Arabern vom Golf – Familien, die endlose Sandstrände gewöhnt sind, auf der Suche nach saftigem Grün.

Mein nächster Schritt wird für mich ziemlich knifflig. Als ich Lovrenc und Dragoslava zum ersten Mal begegnet bin, waren wir Gegner. Jetzt komme ich, um sie um Hilfe zu bitten. Also warte ich darauf, dass man mich bemerkt, und mache mich ohne jede List sichtbar. Ich gehe einen schlammigen Weg neben dem Hotel entlang, eine Allee aus ungepflegten Bäumen, und schaue mir die Gegend an. Immer wieder kommt eine alte Villa hinter den Blättern in Sicht, seriöse, bodenständige Architektur, die den Kampf gegen das Unkraut, den Regen und den Winter verliert. Midho hatte recht mit den Plünderungen: Die Fenster sind nicht bloß zerbrochen, und die Türen hängen nicht bloß schief in den Angeln – sie sind einfach verschwunden und haben schwarze Rechtecke hinterlassen, um die sich Efeu rankt.

Vor mir sehe ich Bewegung und höre Kinder spielen. Als ich näher komme, werden sie leiser. Es ist ein Roma-Lager, eine Ansammlung von Hütten aus Holz und Metall. Ein paar Frauen in knallgrünen, orangefarbenen und rosa Kleidern sitzen auf provisorischen Haustreppen. Die Kinder nähern sich mir neugierig, halten aber weiterhin Abstand und mustern den Neuankömmling.

Der Weg biegt direkt bei ihrem Lager rechts ab und führt zu einem ausgehöhlten Backsteingebäude. In einem Umkreis von zwanzig Metern liegen Trümmer um das Gebäude. Als ich davorstehe, erfasst mich plötzlich eine Welle der Verzweiflung, und ich stolpere einen Schritt zurück. Rahmen von Kinderbetten liegen hier verbogen und zerschunden herum. Gegenstände von Kindern – bunte Stühle und niedrige Tische, Teddybären und Plastikspielsachen – sind auf dem ganzen Hof verstreut. Durch den Kohlenstaub der Explosionen und nach zwei Jahrzehnten im Freien sind sie kaum noch zu erkennen.

Meine Verzweiflung ist gepaart mit Schweigen, und ich merke, dass die Roma-Kinder verschwunden sind. Sie haben wohl Angst vor Geistern, nehme ich an. Doch einen Moment später sehe ich den tatsächlichen Grund: Ein Schild in vier Sprachen, GEFAHR: MINEN. Ich starre nach unten, studiere den Boden um mich herum, schaue auf einen verkohlten Teddybären, den Kopf einer Puppe, die einmal von jemandem geliebt worden ist, den Rumpf eines geschmolzenen Plastikautos. Ich bin in den Krieg von anderen hineingestolpert, ich bin auf die Tragödie anderer Menschen geprallt.

Ich drehe mich um, halte mich auf dem kleinen Weg, bis ich wieder das Lager erreiche, wo die Roma-Kinder immer noch versammelt sind. Sie weichen mir aus, als ich näher komme, halten sich fern von der Fremden, die über den verbotenen Platz gegangen ist, was man ihnen strengstens verboten hat. Eine der Mütter erhebt sich vom Treppenabsatz und eilt auf mich zu, zischt etwas, macht Gesten mit ihrer gekrümmten Hand, die sehr eindringlich wirken. Vermutlich ein Fluch, und nach ihrem Ausdruck zu urteilen, soll er mich nicht gerade beschützen.

Der leere Parkplatz von El Gran Castillo deutet darauf hin, dass das Hotel geschlossen ist. Erst als ich näher komme und mir den Speisesaal anschaue, jeder Tisch makellos gedeckt mit Porzellan und Silberbesteck, jeder Aschenbecher und jedes Kristallglas fleckenlos sauber, wird mir klar, dass das Hotel einfach unwahrscheinlich unbeliebt sein muss.

Ich betrete das Restaurant, wo ein Ober mit Fliege und Weste mich schon erwartet. Er hat mich vermutlich gesehen und ist daraufhin aus seinem Sessel aufgestanden und hat seine Zeitung weggesteckt. Vielleicht aber auch nicht. Vielleicht steht er immer so da, für den unwahrscheinlichen Fall, dass Gäste kommen.

Es ist leer hier, aber nicht im Sinne von wenigen Gästen, sondern im Sinne von buchstäblich keinem einzigen Gast, mit Ausnahme von mir.

«Wünschen Mademoiselle einen Tisch?», fragt er in vornehmem Englisch.

Ich bestätige nickend, dass Mademoiselle das wünscht. Absurderweise schaut er erst in ein Buch mit Tischreservierungen und fährt mit einem Finger über eine leere Seite, bevor er eine Speisekarte vom Stapel nimmt und mich zu einem Tisch für sechs Personen führt, von dem aus man einen herrlichen Blick über den Parkplatz hat.

«Nur einen Kaffee», sage ich.

Er verbeugt sich und verschwindet in einem anderen Raum, vermutlich die Küche.

Nichts rührt sich, solange er meine Bestellung weitergibt. Kein Mensch betritt das Restaurant, niemand fährt auf den Parkplatz. Der Ober kehrt zwanzig Minuten später mit einem Silbertablett zurück, darauf eine winzige Espressotasse und ein Silberservice aus Kaffeekanne, Sahnekännchen, ein Teller mit Keksen, eine Schüssel Marmelade, ein Glas Wasser, ein Behälter mit verschiedenen Zuckersorten und eine silberne Zuckerzange.

«Entschuldigen Sie», sage ich, «aber wo sind die anderen Gäste?»

«Es ist Nachmittag an einem Wochentag», sagt er und zuckt mit den Schultern.

Ich rühre ein Stück Zucker in den Kaffee. Es ist der bittere Balkankaffee, dick wie Flussschlamm. «War Dragoslava heute schon da?»

Seine Augenlider flattern tatsächlich, und er knetet die Hände.

«Dragoslava? Ah, nein. Nein. Genießen Sie Ihren Kaffee, Mademoiselle.»

Wie sich herausstellt, hatte ich unrecht, und es ist doch nicht ganz so leer hier. Einen Augenblick nachdem er in die Küche verschwunden ist, erscheint er wieder in der Tür, und neben ihm steht ein Mann im Anzug, der mich abschätzig betrachtet und dem Ober dann Anordnungen zuflüstert.

Sie lassen mich eine halbe Stunde lang allein, dann kommt der Ober mit der Rechnung. «Wünschen Sie noch etwas, Mademoiselle?»

«Oh, ich warte nur auf eine Freundin», sage ich.

«Eine Freundin?»

«Auf Dragoslava Zoric. Ich glaube, ich hatte sie bereits erwähnt.»

Er lässt die Rechnung auf dem Tisch und geht wieder in die Küche. Einen Augenblick später ist er zurück, diesmal mit einem senfgelben Telefon in den Händen, dessen Kabel hinter ihm herschleift. Der Mann im Anzug wartet an der Tür, die Hände vor sich gefaltet. «Ein Anruf für Sie», sagt der Ober und stellt das Telefon auf den Tisch.

Ich nehme den Hörer auf und halte ihn an mein Ohr.

«Was zum Teufel tust du da?»

Dragoslava. Unverkennbar.

«Ich war gerade in der Gegend», sage ich. «Dachte, ich komme mal vorbei.»

«Steh auf», sagt sie, «und schau aus dem Fenster.»

Ich tue es und sehe einen schwarzen Mercedes auf den Parkplatz fahren.

«Ein Auto ist gerade gekommen», sage ich.

Ich höre sie wütend atmen. «Bezahl deinen Kaffee und steig ein.»

Dass ich keine Augenbinde oder einen Sack über den Kopf gezogen bekomme, ist für mich Anlass zur Sorge. Es kann zwei Dinge bedeuten: Geheimhaltung ist unnötig, weil wir an einen öffentlichen Ort fahren. Oder zweitens, und wahrscheinlicher, die Augenbinde ist deshalb unnötig, weil ich gleich erschossen werde.

Ich kenne weder den Fahrer noch den Wachmann. Es sind gutgekleidete Leibwächter von der Sorte, die ich auf der *Erebus* kennengelernt habe, kräftige Männer in Anzügen und mit Krawatte, die sich professionell und effizient verhalten. Ich und mein Rucksack werden kurz durchsucht, dann ermahnt mich der Fahrer, dass ich mich anschnallen soll.

Ich frage, wohin wir fahren, doch man sagt mir bloß «zu Dragoslava». Das Auto rast durch die Stadt, und ich bin erleichtert angesichts der Vorstellung, sie an einem bevölkerten öffentlichen Platz zu treffen. Dann biegt der Mercedes in einen gewundenen Pfad ein, der in die Hügel führt, und meine Erleichterung wird zur Anspannung.

«Sind wir bald da?», frage ich.

Der Wächter auf dem Beifahrersitz dreht den Kopf. «Gleich ist es vorbei.»

Das Auto wird langsamer, als ein paar Ruinen in Sicht kommen, zerfallene Gebäude, die einst drei oder vier Stockwerke hoch waren. Sie sind aufgerissen, sodass die Innenwände und Türen zu sehen sind, eine Pinnwand der Hausverwaltung, ein Waschbecken, das an einem Rohr hängt. Es ist kein Büro- oder Wohngebäude – mein Verstand versucht die subtilen Zeichen seiner Identität zu deuten, weigert sich aber, die Wahrheit zu erkennen. Die Möbel würden zu einer öffentlichen Einrichtung passen, die Wände waren früher in einem ganz bestimmten Weiß gestrichen, einem Krankenhaus-Weiß. Ich sehe ein verkohltes Wandbild mit

Comiczeichnungen von einem Kaninchen und einem Streifenhörnchen, die auf einer Wiese unter einem Regenbogen spielen und eine gelbe Sonne betrachten. Das Comic-Bild von einem Arzt in einem weißen Kittel. Eine Schwester, die sich über das Bett eines Kindes beugt.

«Was ist das hier für ein Ort?», frage ich die Männer, erst auf Englisch, dann auf Russisch, und meine Worte kommen keuchend aus meinem Mund.

«Dragoslava», antwortet der Fahrer.

Der Mercedes fährt zwischen zwei der zerstörten Gebäude hindurch, kriecht über eine Straße, die überraschend neu und ebenmäßig ist, kommt auf der anderen Seite wieder heraus. Die Straße führt einen Hügel hinauf, auf dem ein neues Krankenhaus steht, ein Gebäude aus glänzendem Glas und sauberen weißen Ziegeln, an dem Menschen geschäftig vorbeilaufen oder auf dem Gehweg stehen. Ein Mann zieht ein kahlköpfiges Kind in einer Karre. Ein Teenager im Rollstuhl raucht eine Zigarette. Ein Elternpaar wartet geduldig neben seiner Tochter, die auf Krücken geht. Der Mercedes parkt unter dem Vordach, und eine Frau tritt aus der Lobby. Sie trägt Bluse und Rock, Strumpfhose und Pumps, und die Narben an ihrem Gesicht sind nur sichtbar, wenn der Wind ihr durch das dunkle Haar fährt.

Sie öffnet die Hintertür, bevor der Wächter auf dem Beifahrersitz Gelegenheit dazu hat, und strahlt mich an wie eine alte Freundin. Nur an ihren Augen merkt man, wie sauer sie ist; sie wirft mir bitterböse Blicke zu, als ich aussteige und sie mich in ihre Arme zieht.

«Wie kannst du es wagen!», zischt Dragoslava so dicht an meinem Ohr, dass es ganz feucht wird.

Ich versuche zu lächeln, aber es zeigt nur, wie verkrampft und unsicher ich bin. Dragoslava sagt etwas auf Bosnisch zu dem Fahrer und dem Wachmann und führt mich dann über den Gehweg fort, wobei sie einen Arm um meine Schultern legt.

«Ich bin gekommen, weil ich deine Hilfe brauche», sage ich leise.

«Halt die Klappe», sagt sie.

Erst als wir am Krankenhaus und an den letzten Patienten auf dem Gehweg vorbei sind, wendet sie sich mir zu. Das Lächeln, das sie sowieso nicht ernst gemeint hat, ist aus ihrem Gesicht verschwunden.

«Dreh dich um», sagt sie.

Ich tue, was sie sagt.

«Was siehst du?»

«Ein Krankenhaus», antworte ich.

«Beschreib es», sagt sie.

Ich schlucke. «Es ist groß. Neu.»

«Streng dich an.»

Ich schließe die Augen und versuche zu erahnen, was sie hören will. «Es ist nützlich. Wichtig.»

Sie stößt mich gegen die Schultern, sodass ich stolpere und mich zu ihr umdrehe.

«Leben», sagt sie. «Hoffnung. Gute Taten.»

Ich nicke, als würde ich verstehen, worauf sie hinauswill. «Ja», sage ich. «Ja, das alles.»

«Teuer», fährt Dragoslava fort. «Aber auch fragil. Wir haben den Krankenhausbetrieb vor sieben Monaten eröffnet. Und jetzt taucht eine Flüchtige, die von der CIA gesucht wird, in Sarajevo auf und fragt nach mir.»

«Es tut mir leid», sage ich. «Ich dachte ...»

«Die Welt ist voll mit Menschen, die Hilfe brauchen», sagt sie. «Nicht nur Gwendolyn Bloom.»

Wir gehen eine Weile schweigend am Rand des Krankenhausgeländes entlang, neben Erdhaufen, auf denen Unkraut wächst. Egal, in welche Richtung wir gehen, die Ruinen sind immer vor uns.

«Es hat also geklappt in der Schweiz», sagt sie schließlich. «Du hast bekommen, was du wolltest.»

Ich weiß nicht genau, wie viel ich ihr erzählen soll. «Ja», sage ich. «Es ... war noch etwas da.»

«Viel?»

«Ja.»

Sie wird langsamer, und ich spüre, dass sie überlegt, ob sie mich nach einer Summe fragen soll, die sie für ihre Großzügigkeit bezahlt.

«Du hast Bohdan Kladivo getötet, bevor er mich töten konnte. Also habe ich meine Schuld dir gegenüber beglichen, und ich habe nicht die Absicht, mein Wort zu brechen», sagt sie. «Aber es gab eine Bedingung, weißt du noch? Dass du nie wieder in meine Nähe kommst.»

«Wenn es einen anderen Weg gäbe ...»

«Bist du jetzt nicht reich genug, um deine Probleme allein zu lösen?»

«Es ist nicht diese Art Problem», sage ich. «Es geht um meinen Vater. Er ist bei Scheich Al-Saqqaf. In Katar. Als Gast.»

«Brauchst du ein Taxi zum Flughafen?»

«Ich muss mit ihm Kontakt aufnehmen. Ihr habt Geschäfte mit ihm gemacht.»

«Mein Vater hat Geschäfte mit ihm gemacht», sagt Dragoslava. «Ich habe den Scheich schon seit Jahren nicht mehr gesehen. Wieso kannst du nicht rausfinden, wer sein Anwalt ist? Oder sein Büro anrufen?»

«Wie viele Monate soll ich Voicemails und Nachrichten bei seinen Sekretären hinterlassen?» Ich bleibe stehen und warte darauf, dass sie mich ansieht. «Ein Anruf, eine Empfehlung. Das ist alles, um was ich dich bitte.»

«Das Wort dafür ist ‹bürgen›. Du willst, dass ich für dich bürge.»

«Ja. Ich möchte, dass du für mich bürgst», sage ich. «Genau wie ich für dich gebürgt habe. Bei den Israelis.»

Sie sieht mich aus zusammengekniffenen Augen an. «Die Nachricht, die du weitergeben solltest.»

«Sie haben mich in Zürich gefunden, und ich habe ihnen gesagt, dass ihr aus dem Waffengeschäft ausgestiegen seid. In Budapest haben sie mich noch einmal besucht und mir gesagt, dass meine Aussage sich bestätigt hat.» Ich mache einen Schritt auf sie zu. «Ihr steht nicht mehr auf ihrer Liste. ‹Keine aktive Bedrohung mehr›, so haben sie es bezeichnet.»

«Und du hast ihnen geglaubt?», fragt sie.

«Sie haben keinen Grund zu lügen», sage ich. «Das sollte doch zumindest für einen Anruf bei Scheich Al-Saqqaf reichen.»

«Aber warum sollte ich dir glauben? Wir kennen uns nicht mal.» Sie deutet mit dem Kopf zu einer kleinen Anpflanzung neben dem Krankenhausgelände, einem kleinen Wald. «Siehst du die Bäume da?»

Ich nicke.

«Sieh dir an, was darum herum ist», sagt sie.

Kaputte Straßen, planierte Gärten um zerfallene Häuser, das Gegenteil von unberührter Natur.

«Hast du den Jungen im Rollstuhl vor dem Krankenhaus gesehen?», fragt sie.

Der Teenager, der geraucht hat. «Ja», sage ich.

«Er hat versucht, ein Foto von einem Vogel zu machen und ist dabei in so einen Wald gegangen. Jetzt wird er nie wieder gehen können. Er hat die wichtigste Regel ignoriert, die jedes Kind hier lernt: Vertraue nur dem, was alt und abgenutzt ist. Denn überall, wo es schön ist und grün, da hat der Teufel Landminen hinterlassen.»

Der Wind frischt auf, die Bäume in dem Wäldchen voller Landminen neigen sich. Ich verschränke die Arme vor der Brust.

Ständer mit Polyestertüchern und Souvenirs, die in China hergestellt wurden, reihen sich in der Fußgängerzone einer an den anderen. Spielzeugpistolen, die aussehen wie echte Waffen, liegen neben Puppen in traditioneller bosnischer Tracht. Aschenbecher von der Olympiade 1984, als zerbombte Krankenhäuser und Gräben voller Leichen noch in der Zukunft lagen.

Die Straße führt auf einen gepflasterten Platz, um den Cafétische stehen. Ein vier- oder fünfjähriger Junge lässt die Hand seiner Mutter los und jagt einen Schwarm Tauben in die Luft. Sie wirbeln um ein Hochzeitspaar, das gerade vor einem Brunnen fotografiert wird – er starrt mit großen, nervösen Augen in die Kamera, sie umklammert die Bänder eines Bündels mit Ballons. Ein orangefarbener Ballon löst sich, und einen Moment lang bleiben alle auf dem Platz stehen, unterbrechen ihre Gespräche, halten die Kaffeetassen in der Luft, um dem Ballon dabei zuzusehen, wie er in den kalten grauen Himmel steigt.

Sollen wir die Braut bemitleiden oder uns für den Ballon freuen? Das ist für einige Sekunden der gemeinsame Gedanke. Dann kehren alle wieder zu wichtigeren Dingen zurück, die Stimmen werden lauter, die Schritte fortgesetzt. Nur ich und das Kind, das die Tauben aufgescheucht hat, sehen dem schrumpfenden orangefarbenen Fleck hinterher, der in drei Dimensionen hin und her fliegt, die aber wirken, als wären es nur zwei. Der Ballon hofft auf eine große Reise, einen Flug über das Meer, über eine Wüste, einen Dschungel, Kamele und Tiger, die neugierig zu dem glücklichen Abenteurer hinaufsehen.

Was für herrliche Dinge möglich sind, wenn man frei ist.

Ich gehe durch die Straßen rund um den Platz und finde ein Hotel, wo ein Hundert-Franken-Schein und eine Lüge über einen verlorenen Pass mir gestatten, mir unter dem Namen Svetlana Petrov ein Zimmer zu nehmen. Vom Balkon aus sehe ich die weiße Marmormoschee auf der anderen Seite des Flusses Miljacka, die Midho mir auf der Fahrt in die Stadt gezeigt hat. Ich lehne mich an das Geländer, schaue auf den Verkehr, der drei Stockwerke unter mir dahinkriecht, und rufe Naz' Büro an.

Sie geht sofort ran und begrüßt fröhlich ihre Lieblingsmandantin.

«Ich möchte, dass Sie etwas für mich prüfen», sage ich. «Das Allgemeine Kinderkrankenhaus von Sarajevo.»

Ich höre die Tasten unter Naz' Fingern klappern.

«Ja. Hier habe ich es», sagt sie.

«Gibt es da eine Stiftung, die das Krankenhaus finanziert?»

Eine weitere Pause, noch mehr Tastenklappern. «Ja. Die Lovrenc und Dragoslava Zoric Stiftung.»

«Und ist das eine legale Stiftung?»

«Scheint so.»

Vom Minarett der Moschee ruft der Muezzin zum Abendgebet, und der Ruf wird von den Minaretten der ganzen Stadt aufgenommen und weitergetragen.

«Ich möchte eine Spende überweisen», sage ich. «Nehmen Sie das Konto, das Sie für sinnvoll halten.»

«Wie viel?»

«Zehn Millionen», sage ich.

Eine lange Pause, ein bestimmtes Schweigen. «Lila ...»

«Tun Sie es, Naz. Heute. Jetzt gleich.»

«Das ist sehr ... großzügig von Ihnen.»

«Naz?»

«Ja?»

«Hat jemand eine Nachricht für mich hinterlassen?»

Ein trauriges Seufzen. «Eine Nachricht», wiederholt sie. «Nein, tut mir leid.»

Unten auf der Straße strömen Fußgänger über die Brücke zur Moschee. Menschen in langen Hemden, Burkas, Jeans. Unbedeckte blonde Köpfe. Ich mache noch ein wenig Smalltalk mit Naz, für den sie mir ohne Zweifel eine saftige Rechnung stellen wird, dann legen wir beide auf.

Zehn Millionen. Wie leicht ich diese Summe ausgesprochen habe, als ginge es um zehn Millionen Salzkörner. Es ist die andere Summe – null Nachrichten –, die mir wirklich weh tut. Ich stoße mich vom Balkongeländer ab, schließe die Türen und ziehe die Vorhänge zu.

Marike Saars Wohnung hatte einen Balkon wie diesen, hatte Vorhänge wie diese. Wie schnell das eine Zimmer gegen das andere ausgetauscht wurde. Budapest gegen Sarajevo. Carlo Frei gegen niemanden. Ich legte mich im abgedunkelten Zimmer auf das Bett, schließe die Augen und stelle mir vor, wie es gewesen wäre, wenn ich geblieben wäre, wenn er geblieben wäre. Marike und Carlo, die jetzt vielleicht Kaffee in Marikes Wohnung trinken würden. Marike und Carlo, die auf dem Boden knien, Carlos Fotos ausgebreitet auf Marikes IKEA-Sofatisch. Ich mache bewundernde Geräusche, «mm» und «hm», bis ich ihn schließlich verstehe, den Künstlerblick. Und am Ende sieht Marike die Welt so wie Carlo, all die kleinen Dramen und Figuren, die das Leben so interessant und schön machen.

Aber ich bin nicht geblieben. Und jetzt ist Carlo allein in seiner alternativen Free-Jazz-Budapest-Wirklichkeit, wo man, wenn man genau hinhört, eine Melodie unter dem Chaos finden kann. Eine Logik unter dem Chaos, und darum Gerechtigkeit, und darum

Sicherheit. Gute Menschen, die ein gutes Leben führen. Warum sollte irgendwas schiefgehen? Ich dränge die Marike-Carlo-Phantasie mit Mühe aus meinem Kopf und drücke mir ein Kissen übers Gesicht. Das Bettzeug riecht schwach nach chemischer Reinigung und Zigarettenrauch. Marikes Bett roch immer nach Lavendel.

Die Nacht vergeht wie im Zeitraffer – der schwarze Himmel wird blau, die Verkehrsampeln zählen die Sekunden, die Marmormoschee leuchtet auf. Weil ich nicht einschlafen konnte, habe ich mir einen Stuhl auf den Balkon gestellt, und von ihm aus schaue ich zu, wie der Morgen dämmert. Erst als das Zimmertelefon klingelt (*raus da raus da raus da raus da*), rühre ich mich, stolpere auf tauben Beinen ins Zimmer. Ich reiße den Hörer an mein Ohr. «Ja?»

Ich habe Besuch, sagt der Empfangschef am anderen Ende. Jemand wartet in der Lobby auf mich. Er weiß mehr, sagt aber nichts.

Ich putze mir die Zähne, wasche mir das Gesicht und kämme meine Haare, bevor ich runtergehe. In der Lobby wartet Dragoslava auf einem Sofa auf mich. Die Angestellten und Portiers sind steif vor Respekt. Sie steht auf, als ich am Fuß der Treppe ankomme, und wir verlassen gemeinsam das Hotel.

«Wie hast du mich gefunden?», frage ich.

«Ich kenne jeden in Sarajevo», sagt sie. «War nicht schwierig. Du solltest mit deinen Decknamen vorsichtiger sein. Svetlana Petrov. Du hättest dich genauso gut unter Jane Smith anmelden können.»

Wir überqueren die Straße und gehen neben dem Fluss entlang.

«Hast du das Geld bekommen?», sage ich.

«Glaubst du, du kannst mich damit bestechen?»

«Es ist für das Krankenhaus», sage ich. «Ohne Bedingungen. Ob du mir hilfst oder nicht.»

«Zehn Millionen», sagt sie. «Wir brauchen eine Abteilung für Verbrennungen, jetzt können wir uns eine leisten. Wie sollen wir sie nennen?»

«Die Anonyme-Spender-Abteilung», sage ich.

«Nicht die Lila-Kereti-Abteilung?»

Ich sehe sie an, doch in ihrem Gesicht ist nichts zu lesen.

«Das war der Name auf den Konten», sage ich. «War sie – war sie eine reale Person?»

«Sie war eine der Geliebten meines Vaters. Seine Lieblingsgeliebte. Sie hatten einen Sohn zusammen.» Dragoslava bleibt an einer niedrigen Mauer stehen, die neben dem Fluss herführt. «Wenigstens kann jetzt jemand etwas mit ihrer Hinterlassenschaft anfangen. Da sie es ja nicht mehr kann.»

Ich will schon weiterfragen, doch irgendwas hält mich davon ab … ein Gefühl, dass dies ein unerwünschtes Thema ist.

Dragoslava deutet auf die andere Seite des Flusses. Die Gebäude sind zum Teil sehr alt und traditionell, zum Teil sehr neu und modern. «Die Serben waren da drüben, sie sind bis ans Ufer gekommen. Wir waren hier gefangen.» Sie dreht sich um und deutet zu einer Kreuzung. «Die Scharfschützen auf ihrer Seite zielten auf die Zivilisten auf unserer. Wenn man auf eine offene Straße kam, musste man um sein Leben laufen. Erst die Kinder, bevor die Schützen reagieren konnten. Dann die Eltern.»

Dragoslava verschränkt die Arme, die Erinnerungen sind so alt und vernarbt, dass sie nicht mehr schmerzen. «Ich bin zuerst gelaufen, dann kam meine Mutter. Die Kugel hat sie in den Bauch getroffen. Manchmal zielten die Scharfschützen absichtlich daneben, sie trafen absichtlich nicht tödlich. Damit es länger dauerte. Damit alle zusehen konnten.»

Ich schweige, und Bilder von meiner eigenen Mutter blitzen vor mir auf. Sie alle stoppen vor ihren letzten Momenten, die ich glücklicherweise nicht miterleben musste.

«Und? Was hast du getan?», frage ich nach einer Weile.

Sie schaut mich aus den Augenwinkeln an und zuckt die Schultern. «Ich habe auch zugesehen. Ein paar Männer sind losgerannt, um sie von der Kreuzung zu schleppen, doch der Scharfschütze hat auf alles geschossen, das sich bewegt. Jemand hat ihr das Ende einer Eisenkette zugeworfen, doch sie war zu schwach, um sich daran festzuhalten.»

Ich drücke vorsichtig ihren Oberarm. Sie versucht zu lächeln.

«Drei Stunden», sagt Dragoslava. «So lange hat sie gebraucht, um zu sterben.»

Ich kann bloß nicken und schaue sie mit feuchten Augen an.

Dragoslava stößt einen Seufzer aus, dann schüttelt sie den Kopf. «Was du gestern gesagt hast, über die Israelis ...»

«Es stimmt wirklich. Ihr seid von der Liste gestrichen. Das haben sie mir gesagt.»

Sie drückt sich von der Mauer ab, strafft die Schultern. Unser Treffen ist vorbei. «Ich rufe den Scheich heute Nachmittag an», sagt sie. «In der Zwischenzeit bleibst du bei mir.»

39. KAPITEL

Die Einschusslöcher an den Mauern sind geblieben, und die aufgerissenen Flächen im Dach sind mit Plastikplanen zugedeckt, die im Wind rascheln. Eine Frau in Dienstbotenuniform, die sich als Blanka vorstellt, begrüßt mich an der Haustür und führt mich an Baugerüsten und Arbeitern vorbei eine große Treppe hinauf, bei der das Geländer fehlt.

Im zweiten Stock ist ein Loch im Boden, das zum Loch im Dach passt, doch Blanka geht einfach darum herum, warnt mich nur kurz, dass ich aufpassen soll, besonders falls ich getrunken habe. Mein Zimmer liegt ganz hinten und blickt auf einen Hof mit einem Stall, einem Gästehaus und einem langen Schuppen, von dem ich annehme, dass dort die Schlafräume der Wachmannschaften der Zorics sind, die mit ihren Gewehren und deutschen Schäferhunden über das Gelände patrouillieren. Das Abendessen, sagt Blanka, wird um sieben Uhr im Speisezimmer serviert. Ich bedanke mich bei ihr, und als sie den Flur zurückgeht, schließe ich die Tür.

Früher einmal – vor zehn Jahren oder vor hundert – waren die Wände gelb gestrichen. Jetzt liegt der Mörtel wie Schuppen auf dem zerschrammten Holzfußboden. Mein Bett allerdings ist ein gusseisernes, komfortables Meisterwerk mit weißen Laken und einer dicken Daunendecke, die gefaltet auf der Mitte der Matratze liegt.

Die jaulenden Bohrer, pochenden Hämmer und kreischenden

Sägen ein Stockwerk unter mir und auf der anderen Seite des großen Hauses klingen hier meilenweit entfernt. Die Dielen knarren bei jedem Schritt, und ich bemerke eine rechteckige Stelle, die wirkt, als sei sie frisch gestrichen worden. Wahrscheinlich hat an dieser Stelle vor gar nicht so langer Zeit eine Kommode gestanden. Wer hat hier wohl gewohnt, bevor Dragoslava es übernommen hat, und was ist mit ihnen geschehen?

Ich glaube nicht an Geister, aber bei diesem Ort mache ich eine Ausnahme. Blutige Kriege, die bis zu Alexander dem Großen zurückgehen. Niedergebrannte Kirchen. Niedergebrannte Moscheen. Niedergebrannte Synagogen. All die Geister der letzten Jahrhunderte wandern eine Straße entlang, die bis nach Sarajevo führt. Ich stütze mich auf das Fensterbrett, die Vorhänge neben mir wehen leicht in der Brise, und blicke auf die saftiggrünen Minenfelder unter mir.

Dragoslava arbeitet lange, darum esse ich ganz allein in dem schwach erleuchteten Speisezimmer. Es gibt Fleischstücke in einer dünnen, würzigen Tomatensauce, dazu einen Salat aus Gurke, Tomate und weißen und rosa Zwiebelringen.

«*Hvala vam*», sage ich langsam, als Blanka den Teller vor mich hinstellt. Danke. Meine ersten Worte auf Bosnisch, die ich mir gemerkt habe.

Blanka unterdrückt ein Kichern und lächelt. «*Nema na čemu*», sagt sie und betont meinetwegen jede Silbe.

«Gern geschehen», sagt eine weibliche Stimme hinter mir.

Ich drehe mich um. Dragoslavas Silhouette ist in der Tür zum Speisezimmer zu sehen, ein dunkler Schatten, der sich müde gegen den Türrahmen lehnt.

«Ich weiß», sage ich.

«Nein, ich sage gern geschehen.» Dragoslava streift die Pumps von ihren Füßen und kommt barfuß ins Zimmer. An einem abgenutzten Sideboard bleibt sie stehen und zieht den Korken aus einer halbleeren Weinflasche. «Dass ich dich hierhergebracht habe. Obwohl ich es eigentlich nicht wollte. Möchtest du auch Wein?»

«Ich bleibe lieber bei Wasser, danke.»

Sie setzt sich mir gegenüber auf einen Stuhl und trinkt einen langen Schluck. «Lovrenc ist Ski fahren», sagt sie.

Ich blinzle sie an. «Ski fahren?»

«Du weißt schon, Berge, Schnee, unbequeme Stiefel.»

«Ich weiß, was Ski fahren ist.»

Dragoslava schwenkt ihr Weinglas in der Hand. «Vielleicht in Aspen. Oder wo auch immer zu dieser Jahreszeit gerade Schnee liegt. So verbringt er heutzutage seine Zeit. Sonst macht er nichts.»

«Klingt ... angenehm.»

Dragoslava schließt die Augen, atmet langsam ein, und die Erschöpfung strahlt in beinahe sichtbaren Wellen von ihr ab. «Heute kam eine Frau zu uns. Ihre neunjährige Tochter braucht Medikamente, die dreitausend Euro im Monat kosten. Der Staat will nicht dafür bezahlen. Weil das Mädchen bald stirbt, sagen sie.»

«Also hast du für die Medikamente bezahlt», sage ich. Es ist keine Frage, sondern offensichtlich die Antwort.

«Du hast sie bezahlt», sagt Dragoslava leise. Sie öffnet die Augen, und plötzlich ist ihr Blick scharf und wachsam. «Tu gute Dinge mit deinem Geld, Gwendolyn. Verschwende es nicht in Bars in Aspen. Menschen sind gestorben für das, was du besitzt.»

Ich nicke, um ihr zu zeigen, dass ich verstehe. Sie soll wissen, dass ich tun werde, was sie sagt.

«Ich habe ihn übrigens erreicht», sagt sie. «Den Scheich.»

Mein Besteck fällt klirrend auf den Teller. «Und?»

Sie verzieht den Mund zu einem schmalen Lächeln. «Du kannst heute Abend mit ihm sprechen. Nach dem Essen.»

«Mit dem Scheich?»

«Mit deinem Vater.»

Ich stehe auf Dragoslavas Terrasse und presse mir ihr riesiges Satellitentelefon ans Ohr, während die Nummer wählt. Die Stimme meines Vaters antwortet, ein vorsichtiges «Hallo?».

«Dad.»

Ich kann richtig hören, wie sich ein Lächeln über seinem Gesicht ausbreitet. «Hi, Mäuschen.»

Dann ist es eine Weile ganz still, oder zumindest so still, wie es bei einer verschlüsselten Verbindung, bei der zwei Telefone mit einem Satelliten verbunden werden, möglich ist. Ein Surren und Zirpen und einzelne melodische Töne erscheinen und verstummen wie elektrische Wolken in der Leitung. Ich denke an Terrance, oder an die Stimme, von der ich dachte, dass sie ihm gehört. Mein Körper verkrampft sich.

«Mäuschen? Kannst du mich hören?», sagt die Stimme am anderen Ende.

«Meine Fische», sage ich. «Die ich mit neun hatte, weißt du noch?»

Eine knisternde Pause, dann: «Ja.»

«Wie haben sie geheißen?»

«Monkey und ... Lollipop, glaube ich?»

Ich schließe die Augen. «Das waren zwei. Wie hieß der dritte?»

Wieder eine Pause. «Stinkface», sagt er.

Ich umklammere das Telefon fester. «Ich hatte keinen dritten Guppy», sage ich tonlos.

«Warte mal – doch, Mäuschen. Lollipop ist gestorben, weißt du noch? Zum Ersatz habe ich dir Stinkface gekauft. Dann habe ich das falsche Reinigungsmittel für das Aquarium benutzt, und dann ... Na ja, du weißt schon.»

Ich lache leise, weil ich mich jetzt erinnere. Monkey, Lollipop und Stinkface – das tragische Trio, das keine Ahnung hatte, was sie mir zehn Jahre später bedeuten sollten. «Dad!», stoße ich hervor.

Er lacht ehrlich, ein Geräusch, das ich wiedererkenne und das mir ebenso seine Identität bestätigt wie ein toter Guppy.

Er wechselt zu Spanisch, und selbst jetzt spricht er leise und indirekt. «Ich werde hier dick, Mäuschen. Du würdest mich nicht wiedererkennen.»

Ich antworte ebenfalls auf Spanisch. «Füttern Sie dich so gut, Dad?»

«Muslimische Gastfreundschaft, das kennst du ja. Der Scheich und ich ... Du warst mal hier, weißt du noch? Das Opferfest? Das Lamm?»

«Ja, ich erinnere mich. Du bist also ein Gast, kein ...»

«Nein. Ich meine, ja, ich bin ein Gast.»

«Wir hatten einen Bedrohungscode vereinbart, erinnerst du dich?»

«Klar, ich erinnere mich sehr gut. Allerdings habe ich seit Ewigkeiten nicht mehr daran gedacht.» Wieder ist Stille in der Leitung, nur ein Sirren und Brummen. Seine Stimme klingt angestrengt, als er weiterspricht. «Als du gegangen bist, das war ... das war das Schlimmste.»

Ich presse die Augen zusammen, kämpfe gegen die Tränen. «Ja», sage ich. «Ja, ich weiß. Für mich auch. Sie haben mich festgehalten, Dad. Vier Monate lang. Wusstest du das? Vier Monate.»

Sein Atem zittert, und ich bin sicher, dass er sich vorstellt, was das bedeutet. Er kennt die Einzelheiten nicht, aber in groben

Zügen weiß er ziemlich genau Bescheid. «Kleines», sagt er, «mein Mäuschen, es tut mir so leid.»

«Aber ich habe gewonnen, Dad. Erinnerst du dich an die Sache, über die wir gesprochen haben, bevor ich weg bin?» Ich muss mich zusammenreißen, dass ich nicht zu viel sage.

«Ja?»

«Ich habe die Person gefunden, die die Papiere für mich aufbewahrt hat. Im Gasthaus, weißt du?»

«Ja. Die Papiere. Die sollten eine Lebensversicherung sein.»

«Ja, das hat funktioniert, Dad. Es hat funktioniert ... Wir können jetzt für alle Zeiten Doughnuts essen. So viele, wie wir wollen.»

«Doughnuts make the world go round, stimmt's?» Er lacht traurig. «Ich bin stolz auf dich, Kleines. Das sollst du wissen.»

Meine Augen brennen und fühlen sich zu klein an für ihre Höhlen, und ich beiße mir auf die Unterlippe. «Ich habe es dir gemailt. Aber du hast nicht geantwortet.»

«Die E-Mail-Adresse wurde gehackt. Ich konnte dich nicht anders erreichen. Vermutlich haben sie ...»

«So haben sie mich gefunden», sage ich. «Ich weiß, Dad.»

«Aber ich bin entkommen, Gwen. Unser Freund mit dem amerikanischen Haarschnitt, weißt du noch? Er hat mich rausgeholt. Dann bin ich hierhergekommen.»

«Der Mann, bei dem du bist, ist er ein guter Mensch?»

«Der beste.» Ich höre an seiner Stimme, dass er es so meint.

«Ich glaube, ich ... Ich würde gern zu dir kommen. Und dich sehen.»

Wieder eine Pause. «Ja. Das wäre schön.»

«Sehr bald.»

«Okay.» Er stößt ein Seufzen aus. «Ich hab dich lieb, Mäuschen.»

«Ich hab dich auch lieb, Dad.»

«Sehen wir uns bald?»

«Ja, bald.»

Selbst nachdem wir aufgelegt haben, presse ich das Telefon weiter an mein Ohr. Er hat es geschafft. Er hat es wirklich geschafft. Er lebt.

Erst als Dragoslava ihr Weinglas auf den Steintisch hinter mir stellt, wird mir ihre Anwesenheit bewusst. Ich drehe mich um und sehe in ihr Gesicht, das halb im Schatten liegt, halb von den Lampen im Haus beleuchtet wird. Die eine Augenbraue hat sie fragend in die Höhe gezogen.

«Und?»

Die Worte kommen zitternd aus meinem Mund. «Es geht ihm gut», sage ich. «Es geht ihm gut.»

Das Licht fällt auf die narbenlose Seite von Dragoslavas Gesicht, und ihr weicher Mund formt ein zufriedenes Lächeln. «Und wie sieht dein Plan aus?»

«Ich gehe morgen zum Flughafen. Vielleicht kann ich abends schon in Doha sein, wenn ich eine Verbindung kriege.»

«Oder ich bringe dich hin», sagt sie.

«Wie, du bringst mich hin?»

Sie kichert verlegen. «Mein Vater hat uns ein Flugzeug hinterlassen. Ein protziges Ding. Sieht aus wie ein fliegender Stripperclub. Ich bringe es nicht über mich, es zu verkaufen.»

«Bist du sicher?»

«Für zehn Millionen ist es das Mindeste, was ich tun kann.» Sie berührt meine Schulter, lässt ihre Finger ein wenig länger liegen. «Leg dich hin, schlaf ein paar Stunden. Wir fliegen am Morgen.»

Die Nachtluft scheucht noch ganz andere Geister auf. Ich kann hören, wie die deutschen Schäferhunde sie anknurren, während sie durch die Bäume über dem Minenfeld fliegen. Was hat Midho gesagt, als wir von Belgrad kamen? Dass Dragoslava aus Loyalität hiergeblieben ist. Aber nicht wegen der Geister, sondern wegen der Lebendigen. Für den Teenager ohne Beine und die tödlich erkrankte Neunjährige. Für ihre Eltern. Für eine Stadt, die ums Weiterleben ringt.

In meinem Leben habe ich nur wenigen Menschen vertraut. Wenn ich darüber nachdenke, kann ich sie an einer Hand abzählen. Doch Dragoslava gehört dazu, so absurd das klingt. Ich habe keine Erklärung dafür, außer eben gerade die Absurdität, dass ich von allen Menschen auf der Welt ausgerechnet ihr mein Leben anvertraue, der Tochter eines Gangsters, die erst vor ein paar Monaten den Auftrag bekommen hatte, mich zu töten.

Unter meiner Daunendecke schließe ich die Augen und höre zu, wie der Wind durch die losen Schindeln auf dem Dach und durch die Lücken in den Fensterrahmen heult. Terrance hätte es nicht verstanden. Er hätte die Logik des Absurden nicht akzeptiert. Darauf läuft es hinaus, denke ich. Dass man mit der Vorstellung leben kann, dass nichts einen Sinn ergibt und auch nie ergeben wird. Er hat sich ein Leben zurechtgeschustert, mit dem Namen Carlo Frei und einem Job, der es ihm gestattet, wunderschöne Dinge zu erschaffen. So lange er niemals von seiner Arbeit aufschaut, kann er an dieser Illusion festhalten. Doch wie schnell wurde sie uns in Zürich genommen.

Morgen fliege ich nach Katar. Und übermorgen ... Das ist eine leere Seite, irgendetwas Absurdes, das sich erst noch zeigen muss.

Der Jet ist unmarkiert, hat nur eine Nummer am Heck. Innen riecht er nach altem Zigarettenrauch und Eau de Cologne. Alles, was nicht aus Holzimitat oder Leder besteht, ist vergoldet. Die Initialen VZ sind praktisch überall.

Dragoslava setzt sich in den Sitz mir gegenüber – eingerissenes, taupefarbenes Leder, Schweißflecken auf den Armlehnen – und schiebt mir eine Reisetasche zu. Ich ziehe sie auf meinen Schoß und öffne sie. Ziegelsteingroße Päckchen Bargeld, die in Plastik eingewickelt sind, und neue, originalverpackte iPhones.

«Ein Geschenk für den Scheich», sagt sie. «Es sind eine Million Dollar ... Es kommt auf die vielen Nullen an. Und Handys für seine Enkelkinder. Er hat vierzehn. Merk dir das.»

«Das zahle ich dir zurück», sage ich und schäme mich, dass ich nicht selbst daran gedacht habe, ein Geschenk mitzubringen.

«Natürlich», sagt Dragoslava, als das Flugzeug sich in Bewegung setzt. «Hübscher Anzug, übrigens.»

Ich schaue an mir herab und wische mir einen imaginären Krümel vom Ärmel. «Den habe ich mir in Zürich gekauft», sage ich.

Sie beugt sich vor, befühlt den Stoff, bewundert, wie er zwischen Blau und Schwarz changiert. Ich frage sie nach ihrem eigenen Anzug, und einfach so plaudern wir wie alte Freundinnen über Klamotten. Ich glaube, so eine Art von Unterhaltung habe ich noch nie geführt.

Die Räder lösen sich von der Startbahn, und ich werde in meinen Sitz gepresst. Diese kribbelige Vorfreude breitet sich von meinem Bauch in meine Gliedmaßen aus. Nur noch ein paar Stunden Flug. Die Reisetasche rutscht über den Boden, und ich bremse sie mit meinem Fuß ab. Wie nett von Dragoslava, mir das alles zu leihen, wie nett sie immer noch ist. Ich betrachte sie, die Konturen ihrer Narben, die Linie ihres Kiefers und ihr fokussierter Blick, die immer aufmerksamen Augen. Sie kennt die Gefahren der Welt da draußen vor dem Fenster, die Feigheit und Bösartigkeit der

Menschen. Und doch hat dieses Waisenmädchen, das zur Tochter eines Gangsters wurde und das jeden Grund hat zu hassen, einen anderen Weg gewählt.

«Sie hat dir ein bisschen ähnlich gesehen», sagt Dragoslava über das Dröhnen der Motoren hinweg.

Ich blinzele. «Wer?»

«Lila.»

Ich denke an die Fotoalben, die Bilder von ihr und ihrem Sohn. «Ich habe sein Bild gesehen, das von ihrem Sohn», sage ich. «Deinem Halbbruder.»

«Und?»

«Nichts weiter», sage ich. «Ich wollte es dir nur sagen.»

«Er ist mir egal.» Sie schließt die Augen und lehnt den Kopf an ihren Sessel.

«Ich habe etwas für Lila dagelassen, falls sie wiederkommt. Damit sie versorgt ist.»

«Lila kommt nicht wieder.»

«Dann vielleicht ihr Sohn. Ich wollte nicht, dass gar nichts für sie übrigbleibt.»

Dragoslava stößt einen kurzen Laut aus. «Warum? Du hast sie nicht mal gekannt.»

«Als ich ihre Sachen gesehen habe ...» Ich verstumme und überlege, wie ich es formulieren soll. «Es war alles so persönlich. Irgendwie dachte ich ... ich weiß auch nicht. Ich wollte, dass es irgendeinen Sinn ergibt.»

«Du meinst, du wolltest eine Verbindung finden. Zwischen dir und ihr.» Sie schlägt die Augen auf und beugt sich vor, stützt die Ellenbogen auf die Knie. «Was dachtest du, das du findest? Die fehlende Hälfte eines goldenen Schlosses?»

«Ich weiß, es ist dumm.» Ich schaue aus dem Fenster, wo die grünen bosnischen Hügel unter uns langsam von weißgrauen

Wolken verdeckt werden. «Meine Mutter war hier, weißt du. In Bosnien, mit dem Friedenscorps.»

Sie wirft mir einen harten Blick zu. «Wir sind keine Halbschwestern, falls du dir darüber Gedanken machst.»

«Natürlich nicht.»

«Ich meine, möglich wäre es», sagt sie. «Mein Vater hat mit einer Menge Frauen gevögelt.»

Ich spüre, wie sich meine Schultern anspannen. «Ich habe bloß ... nach einer Verbindung gesucht. Ob sich der Kreis vielleicht schließt. Ob die Teile irgendwie zusammenpassen.»

«Familie, meinst du», sagt Dragoslava.

«Ich schätze ja.»

«Diese Verbindung, von der du sprichst – Familie, Verwandtschaft, Nationalität –, die hat uns die Minenfelder im Wald beschert.» Sie schließt die Augen und lehnt sich wieder zurück. «Darauf hat mein Vater seine Geschäfte aufgebaut.»

«Ich weiß.»

«Also hör auf, nach einem Sinn zu suchen. Hör auf, dir einzureden, dass du eine Prinzessin bist, die noch bekommt, was ihr rechtmäßig zusteht.» Sie verzieht das Gesicht bei der Vorstellung. «Du hast nicht wegen irgendeiner gemeinsamen DNA gewonnen. Du hast gewonnen, weil du schlau bist und Glück gehabt hast. Und das sollte dir reichen.»

Die Motoren des Flugzeugs jaulen, während wir immer höher in die Wolken steigen und die Welt unter uns verschwindet.

40. KAPITEL

Das Flugzeug landet auf dem in der Hitze flimmernden Asphalt, ruckelt ein paarmal und rollt dann aus. Die Flughafengebäude – zwei kleine Wellblechhütten und ein einstöckiger Flachbau aus nacktem Beton – sehen spartanisch aus und sind praktisch leer. Zwei weiße Toyota Land Cruiser und eine schwarze Mercedes-Limousine fahren über das Rollfeld heran und halten neben dem Flugzeug.

Bei einer Besucherin von Dragoslavas Rang will Scheich Al-Saqqaf offenbar keine Risiken eingehen. In den Toyotas sitzen je vier Männer in fließenden Gewändern, die ihre Kalaschnikows so locker bei sich tragen wie Studenten ihre Rucksäcke. Ein gutaussehender Angestellter im Anzug wartet unten an der Gangway, heißt uns lächelnd willkommen und führt Dragoslava und mich zu dem Mercedes.

«Offenbar ist ein Sandsturm angekündigt», sagt Dragoslava. «Das wird ein paar Stunden dauern. Nach dem Essen mit dem Scheich fliegen wir wieder zurück.»

Hinter dem Privatflughafen gibt es nichts als Wüste, die nur von einem schwarzen Asphaltband durchschnitten wird. Es sind keine anderen Autos auf der Straße, also drücken die Fahrer aufs Gas und rasen auf ihr Ziel zu. Ob sie so schnell fahren, weil sie es wirklich eilig haben, oder ob man hier eben so schnell fährt, kann ich nicht sagen.

«Die Al-Saqqaf-Familie sind wunderbare Menschen. Sie waren immer gute Freunde der Zoric-Familie», sagt sie und schaut dabei zum Fahrer, damit ich verstehe, dass unser Gespräch belauscht wird.

«Ich bin den Al-Saqqafs überaus dankbar», sage ich und folge ihrer Anweisung. «Sie sind sehr mächtig und von allen respektiert.»

Dragoslava schenkt mir ein minimales Lächeln. Es ist mir nicht entgangen, dass wir beide trotz des hohen Status, den Dragoslava hier genießt, der Gnade unseres Gastgebers ausgeliefert sind.

Ich schaue auf die Uhr und schlucke nervös – bald ist es so weit. In weniger als einer Stunde werde ich ihn sehen. Ich habe keinen Plan und möchte mir die Begegnung noch nicht einmal zu genau ausmalen. Bloß eine ungefähre Richtung, in die die Konversation gehen wird. Naz, das Geld. Dass ich nicht mehr flüchten will. Dass Marike Saar ihr Leben leben will und dass er gern ein Teil davon sein kann. Doch wo auf der Welt Marike leben will und wie, das ist noch verhandelbar.

Wir fahren etwa fünfzehn Minuten lang, tiefer in die Wüste. Die Straße vor uns verschwindet unter Sandwellen, die darüber hinwegziehen, und taucht dann wieder auf. Immer wieder kommen kurze Meldungen aus dem Funkgerät des Fahrers, in einem lokalen arabischen Dialekt, den ich nicht verstehe.

Nach ein paar knappen Worten aus dem Funkgerät, die wie ein Befehl klingen, verlangsamen die beiden SUVs hinter uns ihr Tempo. Unser Fahrer nimmt das Handset und antwortet. Auch er ist kurz angebunden. Der Mercedes hält mitten auf der Straße an, während einer der Toyotas an uns vorbeifährt und direkt vor uns stehen bleibt.

«Frag ihn, warum wir anhalten», sagt Dragoslava.

Ich beuge mich vor und frage den Fahrer, wobei ich alle Mühe gebe, höflich und unbesorgt zu wirken. Der Fahrer zuckt bloß die Schultern und sagt auf Arabisch: «Wir sollen hier warten.»

Ich übersetze auf Englisch, dann sehe ich etwas vor uns. Etwa einen Kilometer entfernt taucht auf der Straße der geisterhafte Umriss eines Fahrzeugs auf, das wie eine Fata Morgana mal flirrend in Sicht kommt, mal wieder verschwindet. Dann erkenne ich, dass es nicht nur ein Fahrzeug ist, sondern mehrere, ein Konvoi wie unserer.

Die Männer steigen aus den Toyotas, schreien sich etwas zu und gehen auf der Straße in Position. Sie halten ihre Gewehre nicht im Anschlag, nicht ganz, aber sie sind bereit.

«Draußen sind wir sicherer», sage ich leise zu Dragoslava.

Wir verlassen das Auto, lassen den Fahrer allein in dem Mercedes sitzen. Die plötzliche Hitze haut uns beinahe um, und der Wind hat aufgefrischt. Hinterhältige sandige Luft wirbelt um uns herum, die meine Lungen mit jedem Atemzug verbrennt. Die Wachmänner sind angespannt, sie beobachten die näherkommenden Fahrzeuge mit schmalen Augen. Ihr Anführer befiehlt, dass sie sich über die Breite der Straße verteilen.

Das erste Auto ist ein Land Cruiser, so wie unserer, gefolgt von einer Mercedes-Limousine, ebenfalls wie unsere. Die Wachmänner fangen an zu lachen und lassen ihre Waffen sinken, als der Konvoi direkt vor uns hält. Die Hintertür des Mercedes öffnet sich, und ein dickbäuchiger Mann mit Sonnenbrille und einem angegrauten schwarzen Bart steigt aus. Er ist in ein kostbares weißgrünes Gewand gehüllt. Die Wachen machen ihm schweigend den Weg frei.

Jetzt erkenne ich ihn. Das ist der Mann, der sich über das Lamm gestellt und es beruhigend zwischen den Ohren gekrault hat.

Der Scheich begrüßt Dragoslava fröhlich und umarmt sie, wobei er ihr jovial auf den Rücken klopft. Ich hole die Reisetasche mit den Geschenken vom Rücksitz des Mercedes.

«Salam», sagt der Scheich, nimmt meine Hände in seine und

zeigt ein breites Lächeln unter seinem Schnurrbart. *«Ahlan wa sahlan fiki fi dari.»*

«Friede sei mit Euch. Es ist eine Ehre, in Eurem Land willkommen geheißen zu werden.» Ich spreche in sehr formellem Arabisch, neige den Kopf, dann halte ich ihm die Reisetasche entgegen. «Dies sind Geschenke für Euch, verehrter Scheich, und für Eure gesegneten Enkelkinder.»

Er späht in die Tasche, wirft einen Blick auf die iPhones und die Geldbündel, dann klopft er mir auf die Schulter. «Du bist groß geworden», sagt er in reinstem Oxford-Englisch. «Du hast mich schon mal besucht, weißt du noch? Wir haben zusammen das Ende der Fastenzeit gefeiert.»

«Ich erinnere mich», sage ich. «Danke, dass Ihr meinen Vater als Gast aufgenommen habt. Ihr wisst nicht, was das für uns bedeutet.»

«Ein ehrenhafter Mann ist hier immer willkommen.» Er lächelt mich warmherzig an. «Dein Vater hat nicht mehr ruhig sitzen können vor Aufregung. Da dachte ich, warum trefft ihr euch nicht schon auf der Straße? Dann könnt ihr zusammen in einem Wagen fahren, wenn ihr wollt. Ihr habt euch sicher viel zu erzählen.»

«Er ist hier?», sage ich. «Mein Vater ist hier?»

Der Scheich dreht sich um und deutet auf die Limousine. Die hintere Tür öffnet sich wieder.

Sein Bart und seine Haare sind ordentlich geschnitten, sein gesundes, grinsendes Gesicht ist von der Sonne gerötet. Mein Vater hat zugenommen, wie er gesagt hat, er hat fast wieder sein altes Gewicht erreicht, sodass sein weißes Hemd und die Khakihose beinahe gut sitzen.

Meine Beine zittern, und ich kann mich irgendwie nicht rühren, aber das macht nichts, denn er kommt zu mir. Er geht, er läuft nicht, und sein Gang ist genau so, wie ich mich an ihn erinnere, als er noch selbstsicher war und stark. Er breitet die Arme aus, er legt sie um mich und zieht mich an seine Brust.

Damals in Montevideo dachte ich, es wäre das letzte Mal, dass ich sein Herz schlagen höre. Aber ich habe mich geirrt. Hier ist es, und es schlägt gleichmäßig und stark. Ich schaue hoch, und in seinen Augen glitzern Tränen. «Mäuschen», sagt er, «das ist das letzte Mal, dass wir uns trennen, ja?»

Er hält mich so fest, dass er mich beinahe zerquetscht. Dragoslava dreht sich weg, um uns etwas Privatsphäre zu geben, doch der Scheich und seine Männer schauen uns zu. In ihren Gesichtern liegt eine Mischung aus höflicher Wärme und Langeweile.

Über den Worten meines Vaters, den Scherzen der Männer, dem Wind und dem ruhigen Brummen der Automotoren höre ich ein anderes Geräusch. Es beginnt als winziges Surren und wächst sich zu einer Art Orgelakkord aus. Der Scheich schaut zum Himmel, ebenso wie seine Männer, sie suchen nach der Ursache des Geräuschs.

Dann höre ich ein zweites Geräusch, es klingt wie reißender Stoff und dauert nur ein, zwei Sekunden. Ein tiefer Ton, der zu einem kreischenden Pfeifen wird. Die Wachmänner laufen in die offene Wüste, während der Scheich sich zu mir und meinem Vater dreht. Sein Gesicht drückt tiefe Enttäuschung aus. Der Mercedes, mit dem er gekommen ist, verwandelt sich in eine weiß-orangene Flamme, der Mercedes, mit dem ich gekommen bin, explodiert.

Mein Vater wirft sich auf mich, sein Körper umhüllt meinen, und er drückt mich unter sich zu Boden. Eine dritte Explosion erschüttert die Wüste, eine vierte und eine fünfte, die ich alle kaum mehr höre. Aber ich spüre sie durch den Körper meines Vaters und durch den Boden, der sich unter uns hebt.

Langsam löse ich mich aus den Armen meines Vaters und krieche unter ihm hervor. Er existiert nur noch zur Hälfte. Sein Gesicht, seine Brust sind intakt, doch seine Rückseite ist weggerissen. Dort ist nur noch verbranntes Fleisch und Organe und Knochen und Hirnmasse. Ich sitze im Schneidersitz auf dem Boden, halte seinen Kopf in meinem Schoß, betrachte sein unverletztes, schlafendes Gesicht, während meine Hände versuchen, die Rückseite seines Kopfes vorsichtig zu glätten und sie wieder in ihre menschliche Form zu bringen.

Ich sehe mich um und schreie um Hilfe, doch alle sind tot. Scheich Al-Saqqafs Wachmänner liegen auf der Straße. Manche haben es ein paar Schritte in die Wüste geschafft, manche liegen dort, wo sie gestanden haben. Der Scheich selbst ist nur noch eine schwarze Masse in dem herrlichen grünweißen Gewand. Die Reisetasche mit den Geschenken liegt neben ihm, mein Symbol der Dankbarkeit und des Vertrauens.

Die Geräusche kehren zurück, doch nur der Wind ist zu hören und das Knistern der brennenden Autos und Leichen. Das Geplänkel der Wachen ist verstummt, ebenso das seltsame Surren der Drohne.

Ich halte meine zitternden Hände vor mein Gesicht, denn jetzt verstehe ich, jetzt begreife ich, was passiert ist. Als ich mit den Fingern mein Gesicht berühre, spüre ich Nässe und eine seltsam ölige Textur. Ich betrachte meine Fingerspitzen und sehe Blut, aber auch Fetzen von Fleisch, wo sich Schrapnelle in mich hineingebohrt haben. Mein linker Arm und meine Schulter haben ebenfalls etwas abgekriegt, und auch meine rechte Wade. Seltsamerweise spüre ich keine Schmerzen.

Ein Auto ist noch intakt, einer der beiden Toyota Land Cruiser, die uns vom Flugplatz begleitet haben. Ein Auto und ein Mensch haben überlebt. Dragoslava zieht sich über den Boden auf den

Toyota zu. Auf dem Asphalt hinterlässt sie eine dunkle Spur, die aus ihren nutzlosen Beinen fließt. Panik steigt in mir auf, dann Wut.

Ich stolpere hinter ihr her, rufe ihren Namen, doch sie reagiert nicht. Ich packe sie hinten an ihrer Bluse und drehe sie um. Ihre Hände flattern hoch zu meiner Brust, und ihr Mund öffnet und schließt sich ohne ein Wort. Sie blutet aus dem Bauch, da ist ein See aus Rot und Pink, alle Schattierungen von Hell- bis Dunkelrot. Blut pulsiert in der mit Sand gefüllten Luft.

Mit den Händen umfasst sie vorsichtig meinen Kopf und zieht mich zu sich. «Das hast du getan», flüstert sie.

Ich hebe den Kopf und betrachte die Zerstörung um uns herum. Zwischen den Wracks und den verbrannten Hüllen von mindestens einem Dutzend Menschen suche ich nach einem Feind, der nicht hier ist. Ich kann mir vorstellen, wie sie mit aufgekrempelten Hemdsärmeln in einem klimatisierten Konferenzraum sitzen und kichern, wie sie sich auf die Lippen beißen, als sie auf die Monitore starren, wie sie zufrieden ächzen, als die erste Rakete ihr Ziel gefunden hat.

Dragoslava schreit vor Schmerzen auf, als ich sie unter den Achseln packe und zum Toyota schleife. Ich lege sie auf den Boden vor den Rücksitzen, durchsuche die Leiche des Fahrers nach den Schlüsseln und klettere hinters Lenkrad.

Die Reifen fahren malmend über Wrackteile, als ich das Auto wende und den Weg zurückfahre, den wir gekommen sind. Mit der einen Hand halte ich das Lenkrad, die andere lege ich auf Dragoslavas Schulter, ich rede mit ihr, sage ihr, dass alles gut wird, sage ihr, dass es mir leidtut.

Dunkle Wolken voller Sand wirbeln über die Straße, und mit ihnen kommen die ersten Schmerzen in meinem Gesicht, meiner Schulter und Wade. Der Schmerz ist seltsam, ein Brennen und ein

Hämmern in meinem Fleisch, das schlimmer ist, als ich es mir je hätte vorstellen können. Ich sehe nur noch Sand und Bewegung und fahre praktisch blind. Die Straße taucht nur alle paar Sekunden vor mir auf und verschwindet dann ebenso schnell wieder.

Eine lange Zeit lasse ich den Wagen vorwärtsrollen. Ich weiß, dass die Straße geradeaus führt und der Flugplatz vor uns liegt. Mit den Fingerspitzen an ihrem Hals fühle ich Dragoslavas Puls, der immer schwächer wird. Die Reise endet, als die Vorderachse des Land Cruiser in einen Laternenpfahl kracht und ich nach vorn gegen das Lenkrad geschleudert werde. Geisterfiguren tauchen auf, Geisterhelfer, die Dragoslava und mich aus dem Auto zerren. Der Pilot und der Copilot tragen sie an Bord des Flugzeugs, während ich hinter ihnen die Gangway hochstolpere.

Eine Stunde nach dem Abflug stirbt Dragoslava.

Ich liege den ganzen Weg nach Sarajevo neben ihrer Leiche.

PROLOG

Mein Ruh ist hin

Mein Herz ist schwer.

Als die Frau die Worte zum dritten Mal singt, wischt sich Marike mit der Hand über die Augen. Jetzt klebt Wimperntusche an ihren cremefarbenen Handschuhen, die bestimmt nicht mehr rausgeht. Es war sowieso eine dumme Anschaffung – wer trägt denn noch Handschuhe, selbst für die Oper? Aber sie sahen so hübsch aus und verdecken perfekt das Narbengewebe auf ihrem linken Unterarm.

Der schöne Johnny berührt ihren Oberschenkel durch das schwarze Paillettenkleid. Eine liebevolle Geste, eine fragende Geste. Johnnys Freund sitzt immerhin direkt neben ihm. Marika fängt Johnnys Blick auf, formt mit den Lippen die Worte «Alles gut».

Er zieht ein Taschentuch aus der Brusttasche seines Smokings und reicht es ihr. Es ist aus reiner weißer Baumwolle, was bedeutet, dass sie auch das ruinieren wird. Marike fragt sich, wie viel es wohl gekostet hat, denn es ist durchaus möglich, dass man ihr dafür eine Rechnung schickt. Aber vermutlich nicht. Janal Purohit ist nicht diese Sorte von Anwalt.

Lasst uns feiern gehen, hat der schöne Johnny gesagt. Mohammed und ich haben noch eine Extra-Karte für Jessica Chen, von der hast du doch bestimmt schon gehört. Nein? Schätzchen. Schätzchen.

Marike Saar kennt sich nicht mit Opernsängerinnen aus, kennt diesen Impresario aus Peking nicht und mag auch keine Menschenmengen. Und es ist noch nicht einmal eine richtige Oper, sondern Lieder von Schubert und Rachmaninoff. Daher kann Marike sich noch nicht einmal in der Handlung der Oper verlieren.

Doch es muss gefeiert werden. Es wäre unhöflich, es nicht zu tun. Man hat ihr eine provisorische Staatsbürgerschaft für Singapur erteilt, und es hat sie nichts gekostet als die sechzigtausend Dollar für die Anmeldung, die Rechnung, die Johnny ihr stellen wird, sowie eine Investition von 20 Millionen Dollar in eine Firma, die vom Neffen des Außenministers von Singapur geleitet wird. Schon in ein oder zwei Wochen kann sie ihren vorläufigen Pass abholen.

Jetzt ist Pause, Gott sei Dank. Reihenweise strömen Gäste in Fracks und Abendkleidern aus den Rängen in die Lobby. Marike eilt voran, so schnell sie es in den hohen Schuhen wagt. Sie ist vor dem Massenandrang an der Bar und holt zwei Gläser Rotwein, von denen sie eines bereits auf dem Weg zurück zu Johnny und Mohammed leert. Sie haben einen Bekannten getroffen, einen Partner aus Johnnys Kanzlei, und Marike wartet, bis Mohammed ihr bedeutet, dass sie zu ihnen kommen soll.

«Es klingt so traurig», sagt der Partner gerade. «Es hat mir fast das Herz gebrochen.»

«*Mein Ruh*», sagt Mohammed. «*Mein Herz* – ich wünschte, ich könnte Deutsch verstehen.»

«Marike kann Deutsch», sagt Johnny.

Sie drehen sich alle zu ihr um, doch der Partner wendet schnell den Blick wieder ab. Marike lässt ihre Haare lang wachsen, damit sie einmal ihre linke Wange bedecken. Doch sie sind noch immer zu kurz und haben es noch nicht bis zu diesem Lava-Bett aus hellrosa und weißem Narbengewebe geschafft, das für alle sichtbar ist.

Marike räuspert sich und schaut in ihren Wein. «Es bedeutet so viel wie: Mein innerer Frieden ist dahin», erklärt sie. «Und mein Herz fühlt sich an wie ein Stein.»

«Ah», sagt der Partner mit einem verkrampften Lachen. «Na, das ist ja aufmunternd.»

Marike lächelt höflich, wodurch sich das Narbengewebe in schmerzhafte Falten legt. Plötzlich ist sie sich der Menschenmenge um sie herum nur zu bewusst, der Nähe der anderen Körper. Sie schaut in tausend narbenlose Gesichter, spürt, wie sich ihre Venen strecken, als würde man sie spannen wie Geigensaiten, spürt, wie sich ihr Magen zu einem Ball zusammenschnürt, wie er die Angst und das Verlangen in ihr Herz presst.

Die Lichter werden zwei-, dreimal gedimmt. Die Pause ist vorüber. Sie drängt sich durch eine Menschentraube zur Toilette, nähert sich dem Waschbecken und schaut nicht in den Spiegel. Stattdessen trinkt sie Wasser direkt vom Hahn, dann öffnet sie ihre Clutch und holt ein Fläschchen mit Pillen heraus. Die hat man ihr nach der dritten OP verschrieben, und seither lässt sie sich das Rezept jeden Monat bei einem willigen Arzt erneuern. Marike lässt Wasser in ihre gewölbte Hand rinnen, trinkt und schluckt dabei ein paar Pillen hinunter.

Die Toilette ist fast leer. Hinter ihr hört Marike die Spülung, dann das Klacken eines Riegels, der zurückgeschoben wird. Die Frau, die aus der Kabine kommt, trägt ein burgunderrotes Cocktailkleid, das gut zu ihrer braunen Haut passt. Ihre Haare sind kürzer, als Marike sie in Erinnerung hat, doch sie erkennt die feinen Züge, die schmale Nase der Frau.

Wortlos wäscht sich die Frau neben Marike die Hände, trocknet sie mit einem Papierhandtuch und geht davon.

Marike nimmt das gefaltete Stück Papier, das die Frau auf dem Waschbeckenrand hinterlassen hat, und steckt es in ihre Clutch.

MIX
Papier aus verantwortungsvollen Quellen
FSC® C083411

Das für dieses Buch verwendete Papier ist FSC®-zertifiziert.